KB040927

옥중
서신
1

김대중이 이희호에게

옥중서신1

초판 1쇄 2009년 9월 25일 발행
2판 1쇄 2019년 8월 18일 발행
3판 1쇄 2024년 1월 6일 발행

지은이 김대중
펴낸이 김성실
표지디자인 형태와내용사이
제작 한영문화사

펴낸곳 시대의창 등록 제10-1756호(1999. 5. 11)
주소 03985 서울시 마포구 연희로 19-1
전화 02)335-6121 팩스 02)325-5607
전자우편 sidaebooks@daum.net
페이스북 www.faceook.com/sidaebooks
트위터 @sidaebooks

ISBN 978-89-5940-832-0 (04810)
ISBN 978-89-5940-831-3 (전2권)

우 편 봉 함 엽 서

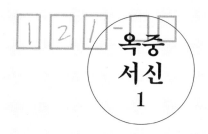

옥중
서신
1

김대중이 이희호에게

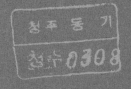

편지로 새긴
사랑,
자유,
민주주의

시대의창

김대중

1924년 1월 6일 전라남도 신안군 하의면 후광리에서 태어나 하의공립보통학교, 목포제일보통학교를 거쳐 1943년에 목포공립상업학교를 졸업했다. 1945년 차용애 여사와 결혼했으나 사별한 후, 1962년 당시 YWCA연합회 총무로 활동하던 이희호 여사를 만나 평생 반려자이자 정치동지로 연을 맺었다. 1961년 치러진 제5대 민의원 보궐선거에서 국회의원으로 처음 당선되었으나 5.16쿠데타로 인해 의원 선서조차 하지 못했다. 1963년 민주당 소속으로 목포에서 제6대 국회의원으로 당선된 후 7·8·13·14대 국회의원으로 활발한 의정활동을 펼쳤다.

1970년에는 신민당의 대통령 후보로 선출되어, 1971년 제7대 대통령 선거에 출마했으나 90여만 표 차로 낙선했고, 이후 미국과 일본 등지에서 유신반대 민주화운동을 전개했다. 1973년 8월에는 일본에서 중앙정보부 요원에게 납치당해 수장당할 뻔 했으나 구사일생으로 살아났으며, 1980년에는 내란음모사건 혐의로 군사재판에서 사형선고를 받았으나 세계 각국에서 구명운동이 전개되어 감형되었다.

1982년 미국으로 망명했다가 1985년 귀국했지만 가택연금이 반복되었다. 1987년 '평화민주당'을 창당해 그해 12월 제13대 대통령 선거에 출마했으나 낙선했다. 1992년 민주당 제14대 대통령 후보로 지명되어 출마한 대통령 선거에서도 또다시 낙선했고 이후 정계 은퇴를 선언했다.

1993년 7월 영국에서 귀국하여 '아태재단'을 설립하고 이사장에 취임했다. 1995년 정계복귀를 선언하고 '새정치국민회의'를 창당한 후 1997년 12월 18일 제15대 대통령 선거에서 당선되었다.

1998년 2월 25일 제15대 대통령에 취임한 그는 IMF 외환위기를 조기에 극복하고, 2000년 6월에는 남북분단 이후 최초로 남북정상회담을 개최하여 '6.15공동선언'을 발표했으며, 대북포용을 핵심으로 하는 '햇볕정책'을 펼쳐 남북관계의 진전에 큰 성과를 가져왔다. 2000년에는 남북관계 진전 및 민주주의와 인권신장에 헌신한 공로로 한국인 최초로 '노벨평화상'을 수상했다. 대한민국 정부로부터 무궁화 대훈장을 받았으며 러시아 외교대학원에서 정치학 박사학위를 받고 국내외 20여개 대학에서 명예박사학위를 받았다.

2009년 급성호흡부전증후군으로 병원에 입원하여 치료 중 8월 18일 파란만장했던 생애를 뒤로 하고 끝내 서거했다.

지은 책으로는 《대중경제론》《3단계 통일론》《다시, 새로운 시작을 위하여》《21세기와 한민족》《통일지향의 평화를 위하여》등 20여 권이 있다.

나에게 유일한 영웅은 국민이다.
국민은 최후의 승자이며, 양심의 근원이다.

불행한 공간, 위대한 증언

이 책은 고 김대중 전 대통령께서 큰 관심을 두시고 몸소 그 구성에 대한 지침까지 내리셨던 옥중편지 모음입니다. 그런 연유로 기획되어 원고 정리가 끝나고 제작에 들어가려던 참에 애통하게도 김 대통령께서 우리 곁을 떠나셨습니다. 유고집처럼 된 이 책머리에 글을 쓰는 저의 심경은 한없이 허전하기만 합니다. 대통령께서 무사히 퇴원하셔서 이 책의 출간을 보시게 되었다면 얼마나 기뻐하셨을까, 하는 아쉬움이 간절합니다.

비록 늦었지만, 김 대통령님께 바치는 마음으로 이 《옥중서신 1, 2》를 상재上梓하면서 다시 한 번 추모의 묵념을 올립니다. 김 대통령께서도 하늘나라에서 이 책의 탄생을 기뻐해 주시리라고 믿습니다.

'옥중'은 불행한 공간의 극極입니다. 김대중 대통령께서는 그런 숨막히는 극한상황 속에서 전후 6년 동안이나 갇혀 사셨습니다. 이 책에 담긴 '옥중서신'은 그런 불행 속에서 싹트고 자라서 꽃이 핀 위대한 간증의 글입니다. 김 대통령께서 독재자의 거듭된 박해로 감옥에 드나들지 않으셨다면 이런 기념비적인 편지 모음은 세상에 나오지도 않았을 것입니다.

다시 말해서 김 대통령께서 군사독재를 물리치기 위한 민주화투쟁의 선봉에 서서 치열하게 싸웠기 때문에 '옥중'으로 가셨고, 거기서 '서신'이 나오게 된 것일진대, 여기 수록된 옥중편지는 그것을 주고받은 내외분 사이의 서신에 그치지 아니하고, 한국 현대사를 밝혀보는 감정문서라고도 할 수 있습니다.

김 대통령 내외분 사이에 오간 옥중서신은 두 권으로 편집되어 나왔습니다. 《옥중서신 1》에는 김대중 대통령께서 이희호 여사께 보낸 옥중편지가 담겨 있는데, 시기적으로 세 단계가 있습니다.

제1장은 김 대통령께서 1976년 3.1절 때의 '민주구국선언사건(대통령 긴급조치 9호 위반)'으로 징역 5년형이 확정되어 진주교도소에서 복역하시던 시기에 나온 편지이고, 제2장은 1977년 12월 김 대통령께서 서울대학병원 안의 특별감방으로 이송되어 수감 중일 때 쓰신 편지입니다. 그리고 제3장은 1980년 5.17사건(김대중내란음모사건)으로 전두환 군부에 의해서 사형이 확정되었다가 미국정부의 개입으로 무기로 감형된 후 청주교도소에서 수감생활을 하실 때의 편지입니다.

《옥중서신 2》에는 이희호 여사께서 망명지나 옥중에 계신 김대중 대통령께 보내신 서신이 실려 있습니다. 제1장에는 1972~1973년 사이에 김 대통령께서 미국과 일본에 망명 중일 때에 이희호 여사께서 보내신 편지가 들어 있는데, 그때의 시대적 배경은 이러합니다.

5.16군사쿠데타로 민주정부를 무너트리고 집권한 박정희 대통령은 1971년 4월에 실시한 대통령 선거에서 김대중 후보가 유효투표의 46퍼센트를 얻은 대약진에 놀라, 그해 12월에 난데없이 국가비상사태를 선포했다가, 다음 해인 1972년 여름에는 '7.4남북공동성명'을 발표하여 남북 간의 화해무드를 고조시키더니, 10월 17일에는 전국에 비상계엄

령과 아울러 저 악명 높은 '유신'을 선포합니다. 이때 김대중 대통령께서는 국외에 나가 계셨습니다. 유신 선포 엿새 전인 10월 11일 신병치료를 겸하여 일본으로 나가셨던 것입니다. 김 대통령께서는 그곳에서 유신 선포를 강력히 반대하는 성명을 발표하시고, 이후 망명생활로 들어가 미국과 일본을 왕래하시면서 강도 높은 반독재·반유신 투쟁을 전개합니다. 박 정권은 1973년 8월 8일 중앙정보부를 시켜 도쿄의 한 호텔에서 김 대통령을 납치하여 살해하려다 미국의 개입으로 실패하고, 김 대통령께서는 천우신조로 동교동 자택으로 생환하시게 됩니다.

《옥중서신 2》 제1장의 첫 서신은 '유신'이 난 지 두 달 만에 썼으며, 마지막 편지는 납치사건이 발생하기 1주일쯤 전에 쓴 것입니다. 그러기에 김 대통령의 생명과 안전을 크게 걱정하시는 이희호 여사의 절박한 심정과 당부가 서신의 주류를 이루고 있습니다. 제2장에서는 1977년 김 대통령께서 민주구국선언사건으로 진주교도소에 갇혀 있을 때, 이희호 여사께서 보내신 서신이 들어 있습니다. 제3장에는 이른바 김대중내란음모사건으로 김 대통령께서 청주교도소에서 무기수로 복역 중이실 때 이희호 여사께서 보낸 편지들이 수록되어 있습니다. 혹독한 수감생활 가운데서도 김 대통령 내외분께서는 온갖 위협과 회유에 굴하지 않으시고 성자다운 모습으로 의연하게 의인의 길을 보여주셨습니다. 그러한 결의와 위로, 격려와 다짐이 여기 《옥중서신 1, 2》에 잘 배어나고 있습니다.

김대중 대통령은 고난과 영광의 극을 경험한 세계적인 지도자였습니다. 그분은 형극荊棘의 길에서도 남다른 위대함을 발휘하셨습니다. 그분의 놀랄 만한 독서와 집필에 대한 열정은 널리 알려진 사실입니다. 환난 중에서도 학문과 경륜과 정의를 탐구하는 마음이 불타고 있었기에, 여기 수록된 옥중서신이 나오게 되었다고 봅니다.

《옥중서신 1, 2》는 그저 소식과 안부를 나누는 가족 간의 편지가 아닙니다. 편지의 형식을 빌린 신앙고백이자 나라와 세상을 진단하는 간증이며, 내일을 위한 처방입니다. 그러면서 부부 사이의 애틋한 사랑이, 저 높은 경지에서 아롱지는 성스러움이 우리를 감동케 합니다. 특히 김 대통령의 서신은 역사탐구이자 문명비평이며, 연구논문이기도 합니다. 그리고 민족과 역사 앞에 띄우는 간절한 소망의 메시지이기도 합니다.

이희호 여사께서 옥중으로 보낸 서신에는 아내로서의 뜨거운 사랑이 넘치고 있습니다. 그것은 지적으로 다져져 있고, 신앙으로 뒷받침된 높은 차원의 사랑임이 분명합니다. 그뿐 아니라 동지로서, 후원자로서, 조언자로서, 단순한 배우자 이상의 존재였음을 알 수 있습니다.

두 내외분께서 주고받은 옥중서신은 전에 단행본으로 나온 바 있습니다만, 이번에는 그때 공개할 수 없었거나 수록하지 못했던 새로운 서신이 많이 추가되어 있어 사료적 가치가 더욱 크다고 하겠습니다.

《옥중서신 1, 2》가 세상에 나오게 된 것을 기뻐하면서 이처럼 단아하고 품격 있는 책으로 꾸며주신 '시대의창' 여러분의 노고에 치하를 드립니다. 아무쪼록 나라와 사회를 걱정하고 정의와 평화의 길을 지향하는 각계의 시민과 건강한 내일을 준비하는 젊은이들이 이 책을 애독해주시기를 당부하면서 저의 추천의 글을 마치고자 합니다.

김대중 전 대통령의 명복과 이희호 여사의 건강을 기원합니다.

한승헌(인권변호사)

1980년 9월 17일, 한국의 군법회의는 김대중 씨에게 국가내란음모와 반국가단체 조직 혐의로 유죄판결을 내렸습니다. 재판은 어처구니없는 소극笑劇에 불과했지만 사형선고는 그렇지 않았습니다. 선고 내용이 발표되자 국제적으로 큰 파문이 일었습니다. 1973년 일본의 한 호텔에서 김대중 씨가 CIA 요원에 납치되었을 때 일본, 미국 등 열강들이 그랬던 것처럼 국제적 관심과 항의가 거세지자 한국 정부는 일단 주춤할 수밖에 없었습니다. 야당 지도자를 죽음으로 몰고 가려던 한국 정부의 의도는 1970년대에 이어 다시 좌절된 것입니다.

사형수로서 5개월간 독방에서 수감생활한 뒤, 무기수로 감형된 김대중 씨는 1980년 11월 21일부터 1982년 12월 23일 석방될 때까지 한 달에 단 한 번 가족에게만 봉함편지를 쓸 수 있었습니다. 교도관들은 단한 장의 엽서에 빼곡하게 쓴 29통의 '서신' 하나하나를 면밀하게 검사한 후 집으로 보냈습니다. 이 '옥중서신'들은 자신을 파괴하려는 온갖 수단에 꿋꿋하게 맞서는 한 인간의 뛰어난 의지력을 보여주고 있으며,

---

* 1987년 미국 캘리포니아대학 출판부에서 발행되었다.

극한적이고 비인간적인 상황 속에서도 끈질기게 인간의 희망을 포기하지 않는 놀라운 증거가 아닐 수 없습니다.

김대중 씨는 이 서신들에서, 오랜 세월 고난 속에서도 굴복하기를 거부해온 자신의 신념과 종교적 믿음을 기술하고 있습니다. 이 서신들은 마치 김대중 씨가 가꾼 내면의 꽃밭 같은 느낌을 줍니다. 14번째 편지에서 그는 이렇게 적고 있습니다.

"집 마당에 스핑카, 장미, 무궁화, 사루비아 등이 싱그럽게 핀 것을 알았습니다. 그 광경이 눈에 선하여 보고 싶은 생각이 간절합니다. …… 여기도 운동하는 장소에 화단이 길게 뻗쳐 있습니다. 요즈음은 맨드라미, 과꽃, 서광 등이 한창의 고비를 넘겨 시들어갑니다. 봄 이래 운동 때마다 여러 가지로 열심히 돌봐주었더니 내가 관리한 구역은 한결 잘 피었습니다. 나의 하루 일과 중 이때가 가장 기쁜 시간이었습니다. 이제부터는 국화가 피는 것을 보는 것이 큰 기대거리입니다."

교도소 안에서, 야만적인 탄압 속에서 그리고 너무나 작은 공간 안에 갇힌 사람이 생명의 성장의 중요성을 생각하는 것입니다. 마찬가지로 이 편지들도 꽃처럼 피어납니다.

데이비드 맥칸David R. McCann
(하버드대 한국학 연구소장)

김대중 대통령의 《옥중서신》은 깊은 인류애에 뿌리를 둔 종교적·정치적 원칙들에 대한 그의 확고한 헌신의 증거입니다. 그를 국제적으로 잘 알려진 정치적 인물로만 알고 있던 사람들이 《옥중서신》을 읽고 나면 먼저 그가 비범한 신념과 마르지 않는 용기의 샘을 지닌 따뜻하고 사려 깊은 사람임을 알게 될 것입니다. 그 편지들에서 우리는 종교적 가르침의 성실한 실천, 가족이란 가치에 대한 깊은 애정, 그의 역사의식과 학문과 문학에 대한 사랑을 강하게 느끼게 됩니다.

나는 《옥중서신》을 통해 김대중 대통령의 감성 및 지성의 내면에 대해 그리고 이 편지들이 쓰일 수 있었다는 사실 자체에 큰 인상을 받았습니다. 옥중의 정치범들에게 책을 읽고 글을 쓰는 것이 허용된다면 얼마나 풍성한 감옥문학이 생겨날까요? 세계의 많은 뛰어난 작가와 사상가들이 그들의 사상과 표현의 자유에 대한 신념 때문에 악명 높은 감옥에 수감되었고, 아직도 갇혀 있는 사람들이 있습니다. 그들의 용기와 수난은 자유와 정의를 위해 싸운 김대중 대통령과 같은 용감한

* 1999년 스웨덴 스톡홀름대학 태평양아시아연구소에서 발행되었다.

한국인들의 용기와 수난과 많은 공통점이 있습니다.

김대중 대통령 같은 용감한 민주주의 전사가 무수한 역경을 극복하고 국가 지도자가 되는 데 성공한 것은 아직도 자유와 인간의 기본권을 위해 싸우고 있는 우리들에게 희망의 횃불이 됩니다. 우리 모두는 인류애를 공유하고 있습니다. 한국에서나 버마에서나, 동양에서나 서양에서나 우리 모두는 기쁨과 슬픔 그리고 인간으로서의 희망과 열정을 함께 나누고 있습니다. 만약 우리가 화합과 상호이해를 위해 함께 노력할 수 있다면 이 세상은 온 인류에게 평화의 안식처가 될 것입니다.

김대중 대통령의 《옥중서신》은 더 행복하고 보다 안전하며 더욱 자비로운 인류사회를 건설하기 위한 운동에 귀중한 공헌을 할 것입니다. 그는 정의롭고 민주적인 정치체제를 수립하려고 노력하는 우리를 진실하게 지지하고 있습니다. 그의 지지는 내게 가슴 벅찬 긍지를 줍니다. 이런 친구들이 있기 때문에 우리는 종국적으로 성공하리라는 확신을 가질 수 있는 것입니다.

1999년 4월 23일
양곤, 버마
아웅산 수지

차례

1장 핍박 그리고 자유
진주교도소에 수감 중이던
김대중 전 대통령이 가족에게 보낸 편지(1977년)

2장 못으로 눌러 쓴 메모 서울대병원에 수감 중이던 김대중 전 대통령이
이희호 여사에게 보낸 메모(1978년)

3장 시대의 깃발

청주교도소에 수감 중이던 김대중 전 대통령이
이희호 여사 및 가족에게 보낸 편지(1980~1982년)

付号 特別市 麻浦己 東橋洞 一七六一

李 姬 篇 堂

靖世橋掌 內

金 大 中

□□□-□□

1장

핍박 그리고 자유

—

진주교도소에 수감 중이던 김대중 전 대통령이
가족에게 보낸 편지

1977년

– 1976년 3월 1일, 가톨릭 신자 700여 명과 수십 명의 개신교 신자들이 명동 성당에서 3.1절 기념미사를 드리고
있을 때 김대중, 함석헌, 윤보선, 정일형, 문동환 등 민주인사 10인이 서명한 〈민주구국선언서〉를 서울여대 이
우정 교수가 발표했다. 이 사건으로 김대중 등 민주인사들은 '긴급조치 9호' 위반으로 구속되었고 김대중은 징
역 5년 자격정지 5년을 언도받았다.
 이 장에 실린 편지들은 김대중이 '3.1민주구국선언사건'으로 진주교도소에 수감되었을 때 아내 이희호 및 가족
에게 보낸 것들이다.
– 편지에서 저자가 언급한 가족사항은 다음과 같다.
 홍일 : 장남   홍업 : 차남   홍걸 : 삼남   지영 모 : 홍일의 아내
 지영 : 홍일의 장녀   정화 : 홍일의 차녀   필동 : 이희호의 큰오빠 이강호 씨 댁
 대의 : 첫째 남동생   대현 : 둘째 남동생
 홍준·홍훈·혜경·혜영 : 첫째 남동생 김대의의 자녀들
 형주(=홍석)·홍민·연학·연수 : 둘째 남동생 김대현의 자녀들
– 이 책에 실린 편지들은 김대중이 썼던 편지 원문을 최대한 훼손하지 않고 살려 실었다. 따라서 원문의 어투, 표
현, 문장, 단어, 띄어쓰기를 살렸다.
– 본문 내용 중 괄호 안에 고딕체로 쓰인 것은 편집자주를 뜻한다.

1977년 4월 29일

우리는 동행자입니다

당신에게

당신이 보낸 두 통의 엽서와 홍걸이 편지를 기쁘게 받아보았소. 어제는 김인기金寅起 변호사가 오셨고 오늘은 광주서 이기홍李基洪 변호사가 와주어서 두 분께 매우 감사했습니다. 나는 매일 기구와 독서로 시간을 보내고 있습니다. 어떤 실존주의자는 "인간이란 주어진 조건에서 자기가 선택한 바를 성취하는 가능성"이라고 말했습니다. 나는 오늘의 우리 현실 속에서 내 자신이 신념으로 택한 이 길이기 때문에 불평과 후회 없이 그리고 조용한 마음으로 걸어나갈 작정입니다. 하느님의 정의가 결코 나를 버리지 않을 것이라 믿고 있습니다. 지금 살아 있는 것 자체부터 그분의 은혜가 아니고 무엇이겠습니까? 더욱이 나같이 자격 없는 사람을 전국의 수많은 교우教友들이 기도로써 보살펴주고 있는 것을 생각할 때 언제나 큰 위로와 격려를 받고 있습니다.

내가 가장 감사히 생각한 것은 내가 이렇게 있어도 가족을 위해서 걱정할 아무 필요가 없다는 점입니다. 당신과 자식들에 대한 감사와 자랑스러운 생각을 언제나 절실하게 느끼고 있습니다. 특히 당신에 대한 존경과 감사와 그리운 생각은 한층 더합니다. 앞으로 다시 같이 있게 되면 당신이나 자식들에게 그 전에 부족했던 점을 반드시 보상할 생각입니다. 우리는 사적으로는 가족관계이지만 정신적으로는 같은 세계를 살아가는 동행자간同行者間입니다. 현실이 비록 괴롭더라도 우리들의 애정과 행복을 파괴할 수는 없습니다. 나로 인하여 겪을 당신과 가족들 그리고 비서, 동거인들, 모든 형제친척들이 겪는 정신적, 현실적 고충과 희생을 생각하며 마음속으로 사과와 위로를 보내고 있습니다. 홍준이 집, 홍철이 집, 필동 그리고 집안 모든 사람들에게 두루 안부 전해주기 바랍니다.

　홍일이에게

　그동안 잘 있느냐. 지영이 모와 애기도 다 잘 있는 것으로 알고 있다. 홍걸이 편지에 지영이 이야기가 있어 퍽 보고 싶었다. 언제 사진 한번 보았으면 좋겠다. 너에게 할 말은 어머니에 대한 글 속에 있으니 다시 되풀이 않겠다. 너는 침착하고 판단력이 있으며 일의 처리능력도 제대로 있으니 앞으로 잘 발전시키면 반드시 성공적인 인생을 이룩할 수 있을 것으로 믿고 있다. 다시 만나면 너나 홍업이에게 사회인으로서의 갈 바를 좀더 이야기해줄 수 있을 것 같다. 언제나 부부간에 존경하고 서로 의논하면서 나가기 바란다.

　홍업이에게

　자세한 것은 어머니의 글 속에서 보아라. 내가 너의 착한 마음씨와 너그러운 도량을 매우 사랑하고 있다는 것을 알아주기 바란다. 동시에 네가 네 운명을 강인한 정신과 꾸준한 노력으로 성공적으로 개척해나가기를 기대하고 있으며 그렇게 되리라 믿고 있다. 시간이 있을 때 하나라도 많이 그리고 충실하게 배우도록 노력하기 바란다.

　홍걸이에게

　너의 편지 아주 기쁘게 읽었다. 좋은 벗들도 생기고 선생님 수업도

3.1사건으로 구속된 민주인사들의 아내와 관련자들. 앞줄 왼쪽부터 문동환의 아내 페이문, 이문영의 아내 김석중, 이태영, 서남동의 아내 박순리, 안병무의 아내 박영숙, 문익환의 아내 박용길, 이우정, 이해동의 아내 이종옥, 이희호, 윤반웅의 아내 고귀손. 뒷줄 왼쪽부터 함석헌, 윤보선, 공덕귀, 정일형

재미있다니 얼마나 다행이냐! 읽는 책의 종류가 달라지고 있다니 당연하다. 너는 이제 중학생이 아니냐? 머지않아 청년이 되는 것이다. 지금 네 시절은 신체적으로 정신적으로 많은 변화가 온다. 거기 따라 걱정, 의문, 고민, 초조 등의 마음의 갈등을 겪게 된다. 아버지도 그랬고 엄마나 형들도 그랬다. 그러니 너 혼자 해결 안 되는 일은 주저 말고 엄마나 형들에게 의논해라. 다만 어디까지나 의논을 하는 것이고 결정은, 판단은 네가 자주적으로 해야 한다. 이 세상은 부모도 형제도 누구도 나 대신 살아줄 수가 없는 것이다. 당장 학교 시험도 네가 쳐야 하고 선생이나 친구들과의 관계도 네가 처리해나가야지 누구도 대신할 수는 없는 것을 보아도 알 수 있지 않느냐? 너는 어린애 때부터 정직했고 한 가지 일에 놀라운 꾸준함을 보여주었다. 지금과 같이 그리고 더 열심히 해나가면 꼭 성공할 것이다. 너의 가정교사 선생님께 나의 안부와 감사 인사 드려라. 홍철, 홍민, 홍훈이에게도 내가 안부하더라고 전해라.

핍박 그리고 자유

1977년 5월 28일

하느님이 나에게 특별히 마련한 은총

당신에게(홍일, 지영 모, 홍업이도 같이 보아라)

그동안 가족들이 보내준 편지를 통하여 두루 무사한 것을 알고 있소. 지영이도 감기가 나았다니 다행한 일이오. 아주 귀엽고 총명하다니 참 기쁘오. 남의 일에는 도무지 관심이 없는 홍걸이가 편지에 세 번이나 지영이 이야기를 쓰고 귀엽다고 칭찬했으니 알 만한 일이오. 아이들은 3~4세가 될 때까지 부모가 데리고 자는 것이 정신적 안정에 퍽 도움이 될 거요. 자립심을 기르는 것은 철이 난 이후에 가르쳐도 늦지 않을 거요. 프로이드의 심리학에도 있듯이 사람은 커서 어른이 되어도 모태로의 회귀욕이 있다는데, 하물며 어려서 어머니에게 100퍼센트의 의지와 사랑을 느끼는 유아를 따로 재우는 서양식이 정신건강에 아주 나쁠 것은 당연한 일일 것이오.

홍업이는 요즘 건강이 어떤지 걱정이오. 그 애는 좀더 규칙적이고 절제 있는 생활을 하여 아주 본격적으로 나빠지기 전에 미리 고쳐버려야 할 텐데 특히 주의시켜주시오. 그리고 당신도 너무 무리를 거듭하고 있으니 자기 몸도 살펴가면서 나가주기 특히 바래요. 당신은 지금 우리집의 기둥이니 이 점을 생각해서도 건강에 유의해주기 바라오.

나는 언제나 내 건강을 지키는 것이 나의 가장 큰 책임 중의 하나라는 것을 명심하고 있소. 내가 투옥된 지도 벌써 15개월이 되어갑니다. 물론 그간 고생도 많았지만 그러나 나는 이 생활을 하느님이 나에

3.1사건으로 구속된 남편을 위해 기도 중인 이희호 여사

게 특별히 마련하신 큰 은총이었다고 생각합니다. 나는 이 15개월의 강요된 인퇴생활引退生活 덕분에 너무도 많은 것을 배우고 깨달았습니다. 물론 아직도 미흡한 것 투성이지만 그러나 만일 내가 여기 들어오지 않았다면 지금 깨달은 정도의 종교적 각성, 지식의 증진, 정신적 연단, 자신의 수양, 앞날에 대한 계획 등을 도저히 터득하지 못했을 것입니다. 이를 생각하면 다행스럽고 감사한 심정입니다.

전에 우리나라에도 왔다 간 '루이제 린저'라는 여류작가가 쓴 에세이 《9월의 어느 날》이라는 책 중에 "인간은 언제나 행幸과 불행不幸이 반반이다"는 말이 있습니다. 나의 지금의 경우도 그렇습니다. 사실 완전히 다 나쁜 일도 없고 완전히 다 좋은 일도 없습니다. 가난한 집에 나서 발분성공한 사람이 있는가 하면 부한 집에 났기 때문에 유약해져버린 일이 흔한 것을 봅니다. 문제는 어떠한 환경의 도전이든 이에 슬기롭고 용감하게 응전하는 사람에게만 참된 성공과 발전 그리고 행복이 있다는 것입니다. 우리 국민과 마찬가지로 우리 집안도 지금 가장 힘든 도전을 받고 있습니다. 이것은 우리가 바르게 신념대로 살려는 한 피할 수가 없는 운명입니다. 내가 진심으로 바라는 것은 옥중에 있는 나나, 밖에 있는 당신이나 아이들, 형제들이 이 고난의 시련을 정면으로 대하며 거기에 대한 가장 효과적인 응전을 함으로써 후일에 이 기간을 일생의 가장 값있는 시절로 기억될 수 있게끔 하루하루를 충실히 살아나가는 것입니다. 그리고 비서들, 친지들에 대해서도 똑같은 간절한 희망을 가지고 매일 기구하고 있습니다.

여기 있으면 편지가 가장 큰 위로입니다. 당신과 가족들이 다른 목사, 신부님들께도 자주 편지해주시오. 박순천 선생과 장 박사 사모님 건강이 어떤지 안부 살펴주시오. 윤반웅 목사님 부인, 김종완 씨 등 여러분의 편지 아주 기쁘게 받았습니다. 오늘 김옥두 군의 차입으로 돌아온 것을 알았습니다. 요 며칠 매우 걱정했습니다.

홍일이 아파트가 해결되었다니 다행이오. 부족한 돈은 어찌했는지 여기서는 걱정해봤자 소용없으나 마음이 쓰입니다. 그의 처가에도 안부 전합니다.

사랑하는 홍걸아!

너의 편지는 반가이 받아보았다. 아빠는 너희들의 편지 받는 것이 가장 큰 기쁨이다. 더구나 네가 학교성적도 좋아지고 체육도 잘 되어간다니 참 기쁘다. 무엇보다도 좋은 친구가 많이 생기고 선생님들에게도 호감을 느끼면서 재미있게 공부한다니 더 바랄 것이 없구나. 친구들에게는 되도록 친절하고 관대하며 그의 인격을 나의 인격같이 존중해주어야 한다. 내가 남으로부터 존경받고 사랑받으려면 먼저 나부터 남에게 그렇게 해야 한다. 그러나 동시에 꼭 명심할 것은 아무리 친구를 아낀다 하더라도 그의 주장이나 행동이 너의 판단에 도저히 받아들일 수 없을 때 그리고 그것은 너무도 중대한 문제이기 때문에 도저히 그대로 넘길 수 없을 때는 결코 그대로 따라가서는 안 된다. 옳지 않은데도 마지못해 따라가는 그런 사람은 자주성과 신념이 없는 사람이며 결코 장래 자기 앞을 성공적으로 개척해나갈 수 없는 사람이다. 그러나 이와 같이 특별히 큰 차별이 없는 한 되도록 친구의 의사를 존중해주고 화목하게 지내는 것이 인생에 있어서 많은 벗들과 원만히 살아나가며 행복하게 살아가는 가장 중요한 길이다.

이번에 형주한테서 편지가 왔는데 아주 기쁘게 받아보았다. 내용도 아주 훌륭하더라. 너와 형주는 서로 아주 좋은 벗이며 형제간이니 참 행복한 일이라고 생각한다. 언제나 같이 의논하고 토론하는 것이 서로를 위해 참 좋을 것 같다. 홍철이, 연수, 연학이가 나를 위해 열심히 기도한다니 참 고맙다. 형주나 그 동생들에게 고마운 말 전하여라. 그 전에 내가 말하던 '정신력을 기르는 책'을 잊지 말고 되풀이해서 읽어라. 꼭 필요한 일이다. 중간고사를 치렀다는데 성적이 더욱 좋아졌기를 바란다. 몸 건강하여라. 아버지.

1977년 6월 23일

카이사의 것과 하느님의 것

사랑하는 홍걸, 형주, 홍민, 연수 그리고 홍훈아!

그동안 너희들이 보내준 편지를 아주 기쁘게 받아보았다. 홍걸이는 아버지의 건강을 걱정하면서도 학교 일에도 충실하니 다행이다. 너는 어려서부터 정직하고 남을 절대로 헐뜯거나 고자질한 법이 없었다. 그리고 한 가지 일을 붙들면 놀라울 정도로 꾸준히 그 지식을 터득해냈다. 그러한 너의 장점을 더욱 길러나가면 반드시 성공할 것을 나는 믿는다. 형주는 큰아버지가 보기에 참으로 착한 애다. 생각도 아주 깊다. 모든 일에 적극성을 가지고 대해 나가면 너는 나무랄 데가 없는 사람이 될 거다. 홍민이 편지를 읽고 느낀 것은 너는 참 큰 포부와 능력을 가질 수 있는 사람이라는 것이다. 부디 지금같이 바르고 씩씩하게 자라서 이순신 장군 같은 훌륭한 인물이 되어라. 연수를 생각할 때 너는 참 하느님의 복을 온통 타고난 사람이다. 얼굴 예쁘고 피아노 잘 치고 편지를 보니 글도 그렇게 잘 쓸 수가 없다(글 잘 쓰는 것은 너의 오빠들도 마찬가지지만). 그렇게 복을 타고났을수록 하느님과 부모님께 감사하고 더욱 고운 마음씨를 갖도록 노력해라. 사람은, 특히 여자는 고운 마음씨가 가장 큰 보배다. 우리 홍훈이를 생각할 때 나는 언제나 혼자 웃는다. 너는 결코 보통 어린이가 아니다. 만일 착한 마음과 열심히 공부하는 것을 게을리하지 않는다면 너는 꼭 특별한 일을 할 것이다. 부디 큰아버지 말을 명심해라.

사랑하는 홍걸이 그리고 조카들아! 너희들이 모두 훌륭한 사람이 되는 것이 나나 부모들의 간절한 소원이다. 훌륭한 사람이란 첫째로 마음이 바른 사람이다. 자기 가슴속에 있는 양심의 소리, 즉 하느님의 소리에 충실하여 언제나 옳고 바른 일만 하고 부정한 일은 어떤 이익이 있어도 물리쳐야 한다. 둘째는 자기 이웃을 진심으로 사랑해야 한다. 부모, 형제, 벗 그리고 같은 동포, 나아가서는 세계 모든 사람을 사랑해야 한다. 남을 사랑하는 것만이 나도 남으로부터 사랑받고 행복하게 살아나가는 길이다. 그래서 예수님은 "네 이웃을 네 몸같이 사랑하라"고 가르치신 것이다. 셋째는 열심히 공부하고 노력해서 어떤 경우든지 자기가 맡은 일을 충실히 해내는 실력을 길러야 한다. 이 세상은 한편에서는 남과 협조하면서 한편에서는 치열한 경쟁을 해야 한다. 경쟁에 이긴 자만이 성공할 수 있고 행복할 수 있다. 넷째는 튼튼한 건강이 아주 중요하다. 건강하지 못하면 그것 하나만으로 이미 인생의 패배자가 되는 것이다. 지면이 짧아서 충분히 설명 못했지만 부모님이나 형들에게 더 설명 들어라.

그리고 형주와 홍걸이는 이제부터는 좋은 문학책을 읽는 것이 어른이 되어가는 너희들의 정신에 좋은 양식이 된다. 집에 있는 책 중 《노인과 바다》《토지》《들불》《대위의 딸》(푸쉬킨)《진주》《뿌리》《천국에의 길》 등 A. J. 크로닌 것 4권, 대세계사화(10권), 간디, 막사이사이 등 위인전, 국사사화(5권) 등 차례로 읽어라. 그럼 모두 잘 있어라.

당신에게(홍일 내외, 홍업이도 같이 보시오)

오늘 17일자 당신의 편지 받았소. 너무 동분서주하다 건강을 해칠까 염려되니 몸도 좀 생각해가면서 하기를 특히 부탁하오. 집안 두루 별고 없다니 다행한 일이오. 나는 요즘 감기기침이 잡히지 않고 다리 통증이 좀 심해져서 잠자는데 고생이 더 하나 건강유지에 정성을 다하고 있소. 특히 밖에서 여러 사람이 걱정을 해주니 마음에 큰 위안이자 힘이 됩니다. 전국 각지서 찾아도 오고 편지도 오니 참 감사할 뿐이오. 매일같이 홍일 내외와 지영이, 홍업이, 홍걸이, 비서나 동거인들 그리고 형제친척들과 모든 벗들을 위해서 기도하고 있소. 당신을 위해서는 특히 감사한 마음으로 기도합니다. 나는 정신적으로는 기대했던 것 이상으로 안정되고 신념에 차 있으니 걱정 마시오. 과거 여러 번 생사의 위기를 겪었던 것을 생각하면 현재가 얼마나 감사하오. 내가 바다 가운데 던져지기 직전에는 심지어 하반신은 상어밥이 되더라도 상반신만이라도 살기를 바랐어요.

남이 나에게 고통을 줄 수는 있지만 결코 불행하게 만들지는 못하오. 아무리 지루한 날도 24시간 이상은 아니고 아무리 빨리 가는 날도 24시간 이상은 아니오. 나는 독서와 수양으로 결코 지루하지 않은 24시간을 보내고 있소. 다만 내가 이 시간을 충실히 보내고 있는지 항시 반성하고 있소.

유명한 예수님의 말 중 "카이사의 것은 카이사에게 하느님의 것은 하느님에게"라는 말을 우리가 다 알지요. 전에는 이 의미를 아무래도 잘 몰랐소. 그리고 예수가 교묘한 말재주를 하신 것인가도 생각했었소. 신학자들도 견해가 분분합디다. 그런데 요즈음 곰곰이 생각하여 그 깊은 뜻을 알 수 있는 것 같소. 나는 '카이사의 것', 현실적인 지배자라든가 사회적 제약 같은 것들 중 하느님의 것과 충돌되지 않으면 따라가라. 세금도 내고 법도 지켜라. 그러나 '하느님의 것', 즉 신앙양심의 수호라든가 하느님의 자식으로 다 같이 평등한 인간의 존엄성이라든가 이것은 하느님의 것이니 하느님 이외의 누구 앞에도 굽혀서는 안 된다는 뜻으로 해석합니다.

그러기 때문에 예수님은 자기가 생각하는 하느님의 절대적 정의를 위해서는 평소의 온유나 관용을 단호히 버리고 무서우리만큼 싸우시다 목숨을 바쳤소. 알다시피 로마에서 기독교가 합법화되기까지 300년, 그간 많은 순교자를 냈는데 그 이유는 당시 신격화된 카이사나 로마제국에 경배하는 것을 기독교 신자들이 거부했기 때문이었소. 당시 믿지 않는 로마 사람들은, 평소에는 그토록 온유하고 법을 잘 지키는 기독교도들이 왜 고개 한번 숙이면 되는 것을 거부하고 아까운 생명을 잃는지 이해할 수가 없었다 하오. 그러나 기독교도로서는 하느님 이외의 인간이나 어떤 대상에도 경배할 수 없다는 것이 목숨하고도 바꿔야 할 가장 귀중한 '하느님의 것'이었던 것이오.

이와 같이 '카이사의 것'에 대해서는 온유하게 복종하면서도 '하느님의 것'에 대해서는 생명으로 지킨 그들은 마침내 예수님과 수많은 신도들을 처형했던 로마제국을 그 위대한 신앙과 정신력 앞에 굴복시켰을 뿐 아니라 서구 전체 그리고 이제는 세계 각지에 큰 빛을 발휘하게 된 것입니다. 오늘의 한국의 기독교가 이쯤 된 것도 그러한 정신으로 천주교도와 기독교 신자들이 조선왕조 시기와 일제의 탄압을 이겨낸 덕이 아니고 무엇이겠소. 나는 오늘의 우리 기독교 신자들이 특히 공산주의와 대결한 이 유사 이래의 위기에 처하여 '하느님의 것'에 대한 결의를 새로이 해야 할 때라고 생각하오. 이것이 오늘의 난국에 처한 우리의 마음의 기본이 되어야 할 것이오.

안병무 박사와 박세경 선생께 쾌유를 빈다고 전해주시오. 여타 가족 안부 기타는 곧 면회가 있을 때로 미루겠소.

1977년 8월 29일

신앙문제에 대한 나의 생각

당신에게

이 편지를 보기 전에 면회가 있을 것이니 안부는 하지 않소. 이 달은 특별히 신앙문제에 대한 나의 생각을 적어보겠소. 그리하여 당신과 신앙의 대화를 갖는 동시에 홍일이, 홍업이 그리고 김옥두, 한화갑, 김형국 동지들의 신앙에도 도움이 되었으면 좋겠소. 아직도 매우 부족한 신앙의 정도인 줄을 잘 알지만 자기 생각을 정리하는 셈치고 적은 것이니 읽고 의견들이 있으면 전해주기 바라오.

1. 종이신 예수

어떤 신학자는 예수의 그림상이 초기의 천국을 가리키는 모습, 중세의 왕으로서 심판하는 모습, 근대의 십자가상의 모습과 양을 치는 모습 그리고 현대의 수건을 허리에 두르고 제자들의 발을 씻기는 모습으로 변천해왔다고 합니다. 이는 각기 그 시대가 찾는 예수상일 것입니다. 오늘의 예수는 종이신 예수이며 이것은 처음부터 그의 참모습입니다. 섬김을 받으러 온 것이 아니라 섬기러 오신 예수, 제일 낮은 자가 제일 높은 자라 한 예수, 누가복음 1장 51절부터 53절에 기록된 예수, 죄인이며 억눌린 자들을 구원하고 해방하기 위해 찾아왔으며 그들을 위해 헌신하고 싸우다가 십자가에 못 박힌 예수인 것입니다.

토인비는 《역사의 연구》에서 부처는 이 세상을 초탈할 것을 가르쳤고, 공자는 이 세상에 머물되 지배자의 통치의 길을 가르쳤으나, 예수는 이 세상에 머물며 지배받는 민중의 해방의 길에 몸바쳤다고 했습니다. 예수의 가르침은 한 마디로 사랑입니다. 하느님과 이웃에 대한 사랑. 그러나 하느님에 대한 사랑도 이웃사랑을 통해서만 이루어집니다. 천국에 이르는 길도 이웃사랑으로서만 가능합니다. 놀라운 것은 예수는 마태복음 25장 31~46절을 통하여 우리 형제 중에 제일 작은 자에게 선행을 한 자는 그가 하느님을 믿건 안 믿건, 자기 선행에 대한 하느님의 보상을 기대하건 말건 하느님 쪽에서 인정해서 천국을 그들에게 차지하게 하시겠다고 선언했습니다.

사도 바울은 소위 그리스도교의 제2대 교조라고도 볼 수 있을 정도로 위대한 공적이 있습니다. 그러나 그는 지나친 말세사상, 말세주의에 기울어 예수님이 보이신 현세에서의 이웃사랑을 통한 사회의 향상 개선을 부당하게 경시한 것 같습니다. 이러한 바울적 경향은 거의 2000년을 두고 계속되어왔는데 이제야말로 우리는 예수님이 가르친 본연의 길로 복귀하지 않으면, 종이신 예수의 길로 우리 교회와 믿는 이들이 돌아가지 않으면 공산주의와의 대결의 격랑 속에서 그리스도교는 어떠한 역할도 보람도 찾지 못할 것입니다.

2. 예수와 자유의지

어떤 신학자는 말하기를 플라톤은 인간성을 악으로 보고 철인에 의한 교육과 지배를 통한 전체주의적 사회를 꿈꾸었고, 아리스토텔레스는 반대로 인간은 본래 선한 것이며 자연법의 원리에 의한 사회의 개량을 생각했다고 합니다. 그러나 그는 말하기를 예수에 이르러 비로소 인간의 자유의지가 주장되었으며 이것은 사상사적으로 굉장히 중요한 일이라고 강조하고 있습니다. 사실 예수의 일생은 자유의지의 일생이었습니다. 그는 자유의지로 눌린 자들을 찾아가 그들의 벗이 되었고, 자유의지로 압제자들의 율법과 안식일과 정결례 등을 내두른 민중 억압과 착취에 대항했으며, 자유의지로 죽음이 기다리는 예루살렘에 입성했으며, 자유의지로 대사제大司祭의 심문에 죽음을 초래하는 답변을 했으며, 자유의지로 십자가형을 받았습니다. "누가 나에게서 목숨을 빼앗아 가는 것이 아니라 내가 스스로 바치는 것이다. 나에게는 목숨을 바칠 권리도 있고 다시 얻을 권리도 있다(요한복음 10:18)"고 한 장대한 선언을 우리는 볼 수 있습니다.

그뿐 아니라 예수는 우리를 죄인의 입장에서 무조건 해방시키고 하느님의 아들, 즉 그 자신의 형제의 입장에 끌어올림으로써 우리에게 자유의 권리를 준 것입니다. 우리는 하느님의 아들이며 따라서 당신과 나, 일 대 일의 동등 관계인 것입니다. 우리가 하느님의 역사에 동참한 것은 아들로서의 자유의지에서지 종으로서의 강제는 아닌 것입니다. 그러므로 예수를 통해서 우리의 자유는 천부의 권리인 것이며 불가양不可讓이며 불가침不可侵의 것이 되었습니다. 이러한 기독교 정신이 서구 민주주의의 큰 물줄기이며 바탕인 것입니다.

3. 카이사의 것, 하느님의 것

저번에도 말했지만 나는 처음에는 이 말의 의미를 잘 몰랐으며 신학자들의 해석도 납득이 잘 안 갔습니다. 내가 판단하기로는 예수의 이 말은 '카이사의 것이라고 볼 수 있는 세상 일반의 권리, 즉 법을 지키고 세금을 내는 것, 또는 유태교 율법의 일상적 규칙을 지키는 것은 상대적인 정의로서 따르는 것이 좋다. 그러나 그러한 지배자의 권리가 아닌 하느님의 것인 신앙의 자유, 인간의 존엄성 등 절대적 정의에서는 생명과 바꾸더라도 카이사(지배자)에게 양보해서는 안 된다.' 이러한 교훈으로 봅니다. 과연 예수는 부당한 줄 알면서 자신의 성전세도 냈으며 병이 나은 자에게는 제사장을 찾아가 모세의 율법대로 예물을 바치라고도 했습니다. 그러나 바리새인과 율법학자들의 위선과 민중에 대한 인권침해에 대해서는 이를 하느님의 것에 대한 침해로 보고 단호히 투쟁했으며 죽음도 사양하지 않았습니다.

서기 313년의 콘스탄티누스 황제의 밀라노 칙령으로 그리스도교가 합법화되기까지 로마에서는 수많은 기독교인의 희생이 있었던 것을 우리는 잘 압니다. 그때도 일반 로마 시민들이 도무지 이해하지 못한 것은 기독교인들이 평소에는 정부의 말에 그토록 순종하면서 왜 고개 한 번 숙이면 되는 카이사에의 참배를 반대하고 죽음을 택하느냐 하는 것이었습니다. 그들은 그것이 신앙과 신앙의 자유에 대한 인간의 본질적 권리, 즉 하느님의 것이라는 것을 이해하지 못했던 것입니다. 그리하여 예수와 그 후계자들의 슬기롭고도 단호한 행동은 마침내 예수를 십자가에 건 그 로마를 불과 300년 내에 정복하는 위업을 이룩한 것입니다. 이것은 또한 인류에 대한 영원한 교훈이기도 합니다.

4. 천국과 지상

이미 바울을 예를 들어 이야기한 대로 이 문제같이 우리가 오랫동안 잘못 생각해온 일은 없으며 또 해로움을 크게 남긴 일도 없다고 믿습니다. 예수님은 천주경을 통해서 이미 "그 나라가 임하시며 아버지의 뜻이 하늘에서와 같이 땅에서도 이루어지소서" 하고 가르치셨습니다. 예수는 인간의 지상에서의 행복을 중시하여 병자를 고치시고 빵과 생선의 기적을 베푸셨습니다. 형제에게 밥 주고 물 주고 옷 준 사람이야말로 천국을 차지한다고 천명했습니다. 물론 천국이 우리의 최후 목적이지만 그러나 이 지상에서는 아무래도 좋은 것이라고 예수는 가르치지 않았습니다. 현세 경시, 그래서 결과적으로 불의의 지배자들의 편리에 봉사하는 것은 그릇된 그의 후계자들의 과오인 것입니다. 도대체 눈에 보이는 현세에서 하느님의 정의가 실현되지 않는데 이것을 제쳐놓고 아직 보지 못한 내세만 이야기하는 것은 오늘과 같이 인간이 현실적이고 실증實證적으로 된 세상에서는 빈축의 대상 이외에는 아무것도 없습니다.

미국의 위대한 심리학자인 에리히 프롬은 오늘의 기독교는 무신론과 싸우는 것과 마찬가지로 오늘의 자본주의 사회의 인간소외, 기계機械능률, 동조성同調性 등의 우상숭배 그리고 행복으로부터 버림받은 대중을 위해 싸워야 한다고 강조하고 있습니다. 천국과 지상은 무관의 것이 아니라고 믿습니다. 어떤 신학자가 지적하듯이 천국과 지상은 입방체(천국)와 저변底邊(지상)의 관계라고도 할 수 있습니다. 지상이 바로 천국과 같을 수는 없지만 지상에서 하느님의 정의 실현은 가능한 것입니다. 적어도 교회가 이를 위해 노력조차 않는다면 종교는 아편이라는 빈축을 허언虛言이라고 반박할 수 없을 것입니다.

5. 자기 십자가

예수는 "누구든지 자기 십자가를 지고 나를 따라오지 않으면 내 제자가 될 수가 없다"고 했습니다. 자기 십자가란 무엇일까요? 그것은 이웃사랑을 통한 하느님 사랑이요, 이웃사랑을 위해서는 목숨조차 바친 예수의 길을 가는 것입니다. 예수는 어떻게 보면 가장 큰 실패자였습니다. 마지막 처형될 때는 믿던 제자도 차버리고 도망갔습니다. 물론 그의 교훈은 생전에 세상에서 전혀 받아들여지지 않았습니다. 그러나 2000년이 된 오늘 예수만큼 위대한 성공자는 없습니다. 그의 희생은 결국 눈부신 자기현현顯現이 되었습니다.

현세에서의 거대한 성공자들, 로마의 아우구스투스, 이집트의 이그

진 정 서

서울 지방 검찰청 검사장 귀하

하나님의 은총이 귀하와 하시는 일에 함께 하시길 빕며 검찰업무에 얼마나
수고가 많으십니까?
저희들은 세칭 "명동사건"에 관련되 인제 대통령 긴급조치 위반등으로 구속
기소 되어 서울 구치소에 수감되 있는 분들의 아내밀가족들 입니다.
신앙양심으로 한평생을 일관해 왔던 저희들의 남편들은 평소 성실한 시민으
로서 이 민족구 국가에 대하여 있는힘을 다해 봉사해 왔으며 한가정의 가장으로
서 책임구 의무를 다하면서 기독교적인 삶을 살아왔으나 금번 갑작스런 정부의
발포를 듣고 놀라움구 당황을 금치 못했읍니다.
법의 위반 행위는 법에 의해 공정한 판단을 받아야 마땅함이 법질서를 수호
하는 일이겠지만 이제 구속한달이 가 까워지고 기소까지된 지금에 접견조차
금지하고 있는 처사에 대해서는 저희들로서는 이해할수없는 일이며 의심구 안타
까움을 금할수 없읍니다.
법상식에 무식한 저희들은 법 이전에 가족들의 안타까움을 간절히 호소하오
니 옥중에서나마 자유롭게 남편들을 접견할수있도록 접견 금지를 해제 하여 주
시기 바라옵니다.
하나님의 도와주심이 귀하의 가정에도 함께 하시길 빕니다.

1976년 4월   일

문익한 의처 박용길   함세웅
김대중 의처 이 희호   문동환 문혜림
이문영 의처 김석중   서남동 맏순리
안병무 의처 박영숙   서남동
문반웅 의처 고 재 현   문정현
이해동 의처 이종옥

3.1사건 구속자 아내들이 검찰청에 보낸 진정서.
남편들의 면회금지 조치를 해제해 줄 것을 요청하고 있다.

핍박 그리고 자유

티온, 진의 시황제 등이 지금 그 앞에 가면 너무도 초라하고 무색합니다. 인간은 본질적으로 패자의 운명 속에 태어났습니다. 왜냐하면 결국 죽어야 하기 때문입니다. 이 운명은 누구도 피할 수 없습니다. 다만 진리 속에 살다 죽은 사람만이 그 진리를 통해서 자기를 나타내고顯現 자기를 완성합니다. 진리란 우리의 양심이 받아들이는 인간의 길일 것입니다. 양심의 길이란 이웃사랑의 길이며 우리를 창조하고 우리를 사랑하며 독생자까지 보내시고 희생시키신 하느님의 길일 것입니다. 그 하느님의 길을 위해 십자가를 진 사람은 예수와 같이 영원한 승자이며 지상의 행복자일 것입니다. 물론 그 길은 험하고 고난의 길이지만 결코 불행의 길도 불가능의 길도 아닐 것입니다.

1977년 9월 20일

고난을 통한 연단

당신에게 (그리고 홍일, 지영이 모, 홍업에게)

오는 27일이 추석이므로 추석 선물로 생각하고 이 편지를 씁니다. 가족 모두와 비서, 동거인들 모두가 어려운 중에도 기쁘게 추석을 쇠주기를 진심으로 바랍니다. 나로 인하여 마음 괴롭게 이 명절을 보낸다면 참으로 내가 바라는 바가 아닙니다.

사실 우리 국민은 진심으로 즐기는 명절도 경축일도 별로 없는 것 같습니다. 미국 CBS 방송의 대기자인 Walter Cronkite가 쓴 것을 보면 작년의 독립 200주년 기념일인 7월 4일에는 전 미국의 도시농촌 할 것 없이 국민들이 상상도 못하게 거리로 쏟아져 나와 알건 모르건 서로 붙잡고 축하했는데 그날 하루로서 월남전, 워터게이트 사건 등으로 심각하게 분열되었던 국민 간의 마음의 거리가 당장에 재결합되어 전통의 미국민의 단결을 되찾는 데 큰 성과가 있었다고 합니다. 우리나라도 추석이나 8.15 등은 정말로 국민 전체가 같이 즐기는 날이 되었으면 좋겠다고 간절히 생각합니다. 이달 면회 때의 가장 큰 기쁨은 지영이를 본 것이었습니다. 건강하고 활발하고 귀엽고 그 후도 자주 눈에 아른거리며 그때 한번 안아보지 못한 것이 퍽 서운합니다.

나의 8월 편지에 대한 당신의 회답은 큰 참고가 되고 공부도 되었습니다. 홍업이의 회답도 큰 위로가 되었습니다. 홍일이의 석사논문을 읽었습니다. 배운 것이 많습니다. 방향도 타당한 것 같은데 앞으로 더 깊이 연구해서 보다 전문적인 식견을 갖도록 바랍니다. 지영이 모 편지도 기쁘게 읽었으며 공부하려는 생각을 가진 것을 퍽 다행스럽게 생각합니다. 김옥두, 한화갑, 김형국, 조기환 동지들을 위해서도 그들의 영적, 지적 발전을 위해 매일 기도합니다. 김종환 동지의 편지를 자주 받습니다. 다시없는 위로와 기쁨이며 김 동지 집안의 행복과 돼지사업이 잘 되도록 기도하고 있습니다. 그리고 당신과 홍걸이의 건강을 위해서 걱정하고 있습니다.

　당신 편지대로 내가 여기 생활을 하게 된 지도 벌써 1년 반이 지났습니다. 세월이 참으로 빨리 갑니다. 이상하게도 밖에서보다 훨씬 빨리 갑니다. 6시 기상, 8시 취침인데 매일 고정적으로 조석기도, 성서, 영어, 역사 연구의 독서에 겸하여 문학, 교양, 전문서적 서너 가지 더 읽고 하루 세 번 체조와 마칠(상세) 하는 등 하면 하루가 번쩍 가버립니다. 서울 있을 때는 변소 뒷뜰이 넓어서 비둘기, 참새가 날아왔습니다. 건빵, 떡 등을 일일이 잘게 잘라주었는데 달려들어 먹는 것을 보면 참 재미가 있었습니다. 나중에는 습관이 되어서 비둘기와 참새들이 달라고 울어대기도 하고 내가 나타나면 참새는 물에서 고기가 뛰어오르는 듯한 포즈로 춤추면서 재롱도 부립니다. 그들이 울어대면 "네놈들이 나한테 맡겨놓은 것이 있느냐? 건방지게" 하고 중얼대면서도 하루에 열 번도 넘게 변소문으로 모이를 던져주는 것은 참 즐거운 일이었습니다.

　교도소 왔을 때 제일 먹고 싶은 것이 커피였습니다. 이것은 한 1년 동안 그랬습니다. 담배는 별로 절박하지 않았습니다. 그러나 지금도 밖에 나가면 제일 먼저 담배 파이프 물고 커피 한 잔 달라고 할 것 같습니다. 여기 생활에 가장 기쁜 것은 면회와 편지입니다. 그리고 보고 싶은 책을 손에 잡았을 때입니다.

　좀 이해하기 힘든 일이지만 1년 반의 독방생활인데도 별로 고독을 느끼지 않습니다. 물론 책 읽는 데 매일 열중한 탓도 있습니다. 그러나 그보다는 역시 자기 마음속에 있는 절대적 존재에의 의지 그리고 그와 대화하는 생활의 덕으로 생각합니다. 또 홀로 있어도 밖에 있는 가족과 맺은 사랑과 믿음의 유대 그리고 전국에 있는 많은 벗들과의 공존 신념이 고독을 느끼지 않게 해주는 것으로 믿고 있습니다.

나는 요즈음 하느님이 나를, 특히 이 나라에, 이때에 태어나게 하신 뜻이 무엇인가, 나에게 남다른 고난의 연속을 겪게 하시고 마침내 이같이 감방 속에 가두어놓으신 뜻이 무엇인가를 여러 날을 두고 생각해보았습니다. 의외로 참으로 여러 가지의 뜻을 찾아낼 수 있었습니다. 내게는 참 뜻깊은 발견이었습니다. 나는 홍일이, 홍업이 그리고 동지들도 나와 같이 하느님이 이 나라 4000만의 젊은이 중에 특히 왜 자기만을 이러한 처지에 두고서 연단하시는지 그 뜻을 골똘히 캐보면 반드시 크게 느끼는 점이 있을 것으로 믿습니다. 다시 한 번 집안 모든 식구가 추석 명절을 뜻깊고 기쁘게 보내기를 기구합니다.

사랑하는 홍걸아!

네가 최근 보낸 그림엽서와 편지엽서 그리고 《쿼바디스》 감상문 아주 기쁘게 받아보았다. 네가 언제나 아버지 위해 기도해준 것을 나는 얼마나 기쁘게 생각하는지 모른다. 이번 《쿼바디스》의 감상문은 아주 잘 썼다고 생각한다. 그와 같이 책을 읽으면 꼭 거기에 대한 자기 생각이 있어야만 책 읽은 가치가 있다. 책은 죽은 지식을 얻기 위해 읽는 것이 아니라 내가 무엇을 느끼고 무엇을 깨닫기 위해 읽는 것이다.

지난 1학기 통신부 보고 아버지는 약간 실망했다. 너는 하면 얼마든지 해낼 수 있는 사람이니 이번에는 특별히 노력해라. 중학교가 무엇보다 제일 중요하다. 이때가 기초다. 기초가 튼튼해야 그 위에 고등학교와 대학교의 좋은 건물을 올릴 수 있다. 저번에도 말했지만 사람은 일생동안 자기 이웃을 사랑하고 협력해서 살아나가야 하지만 또 한편으로는 끊임없는 경쟁의 연속이다. 이 경쟁에 지면 인생의 낙오자인 것이다. 그리고 그 경쟁의 출발점이 중학교다. 그러므로 지금 이때가 얼마나 중요한지 알아야 한다.

내가 추천한 '정신력을 기르는 책'을 되풀이해서 읽어라. 꼭 네게 큰 도움이 될 것이다. 아버지가 권할 때는 깊은 뜻이 있어서 하는 것이다. 그리고 만일 요즈음도 텔레비전에 시간을 많이 보내는지 모르겠다. 야구 중계마다 보고 연속극 빼지 않고 보고 하지 않는지. 물론 그렇지 않겠지만 만일 그렇다면 다시 생각해야 한다. 국민학교 때와 달라서 이제는 그와 같은 것에 많은 시간을 보내가지고는 결코 공부를 감당해나갈 수 없다. TV라는 것이 젊은이들에게 별로 이로운 것이 아니다. 꼭 중요한 프로 외에는 참고 공부하고 독서하고 자신의 운동에 시간을 써야 한다. 이것, 즉 TV프로 중 보고 싶은 것을 참는다는 것이 말처럼 쉽지는 않겠지만 사람은, 뜻이 있는 남자는 해야 할 일은 해내야 한다. 그리고 《쿼바디스》《대위의 딸》《백범일지》 등은 TV프로 못지않게 재미있고 유익하지 않느냐?

나도 너와 같이 하루도 빼지 않고 너를 위해 기도하고 있다. 네가 건강하고 착하고 공부 잘하게 자라서 장래 우리나라와 세계를 위해 많은 일을 해낼 수 있는 인물이 되어주기를 아버지가 얼마나 간절히 바라고 있는지 모른다. 너는 반드시 나의 기대를 저버리지 않는 인물이 될 것을 믿는다. 언제나 침착하고 확고한 생각으로 모든 일을 생각하고 처리하되 자주 어머니나 형들과 상의하여라. 형주, 홍훈, 홍민, 연수, 연학 등 모두 내가 항시 기도하고 있으며 여기 쓴 말이 또한 그들을 위한 말이기도 하다는 점 네가 전해주어라. 안녕.

1977년 10월 25일

역사 속의 오늘의 사명

당신에게(그리고 홍일이, 지영모, 홍업에게)

먼저 병원 형님이 세상을 떠난 데 대한 애도의 마음을 무어라 말할수 없습니다. 연령으로 보아도 퍽 애석한 일입니다. 생전의 여러 가지일들을 생각하며 기구했습니다. 유가족의 앞으로의 일은 어떤지 걱정입니다. 그동안 가족 모두와 비서, 동거인들이 모두 어려운 환경에서도건강하며 대의, 대현이 집 그리고 필동 등 두루 무고하기를 매일 바라고 있습니다. 정선주 여사가 진주까지 와주어서 감사하며 김종완 동지가 자주 보내는 성의에 넘치는 편지는 항시 큰 위로가 되고 있습니다.

나는 기대한 대로 매일매일을 충실히 보내고자 최선을 다하고 있으며 건강은 다리 통증 외에는 그런대로 괜찮으니 안심하기 바랍니다. 전기담요는 큰 도움이 되고 있습니다.

알다시피 나는 그간 토인비의 《역사의 연구》를 13장 중 9장까지 읽었고 또 우리나라와 동서양의 역사책도 약간 읽었습니다. 그래서 오늘은 우리나라의 역사를 통한 우리 민족에 대한 나의 소견과 우리 역사 속의 오늘의 사명 등을 지면의 허락 범위에서 적어 보냅니다. 당신과 아이들 그리고 공부하는 벗들에게 참고가 되기를 바랍니다.

우리 역사를 읽고 또 다른 민족의 그것과 비교할 때 우리는 우리 민족이 소극적 자기 체질의 수호에는 매우 뛰어나지만 적극적 자기 운명의 개척에는 매우 실망적이었다는 것을 절실히 느끼게 됩니다. 그리고 하느님(역사)이 우리 민족에게 요구한 것은 소극과 적극의 두 가지를 함께 다하도록 요구한 것인데 끝내 이루지 못한 것이 우리가 겪지 않으면 안 될 민족적 불행의 원인이었다는 것을 말해줍니다.

1. 소극적 수호

동아시아의 지도를 볼 때 우리나라가 중국의 일성—省이 되지 않고 살아남은 것은 기적 같기도 합니다. 특히 한때 중국대륙을 지배했던 몽고족이 외몽고 쪽에 불과 150만 명만 남고 모두 중국화되었으며 그나마 만주족은 청조 300년이 무색하게 씨도 없이 중국화된 사실을 볼 때, 우리나라가 중국으로부터 정치적 지배뿐 아니라 종교, 학문, 문화, 산업 등 모든 것을 천수백 년에 걸쳐 받고도 언어, 의복, 음식, 혈통이 완전히 다르며 문화 내용에도 큰 차가 있는 독자성을 유지했다는 것은 서구 세계, 시리아 세계, 인도 세계의 각 민족의 변모상황을 볼 때 큰 특색이라 하겠습니다.

지금 동남아시아 각국, 즉 공산화 전의 인도차이나반도의 3국, 태국, 말레이시아, 싱가폴, 인도네시아 그리고 필리핀까지 화교가 상권을 장악하고 있는데 중국인이 홀로 우리나라에서만 실패했다는 것은 우리 민족의 강력한 자기수호능력을 말해주는 것입니다. 무엇보다도 우리 민족만큼 철저한 단일민족도 드물다는 사실을 우리는 그간의 많은 이민족의 침입과 더불어 상기할 필요가 있을 것입니다.

2. 적극적 개척

소극적 수호에 뛰어났던 반면에 우리 민족이 적극적 개척이나 건설에는 매우 부끄러운 역사를 남기고 있다고밖에 볼 수 없으니 참 가슴 아픈 일입니다. 우리 민족은 총명하고 유식하며 쓰라린 체험도 많이 했습니다. 그럼에도 자기 특유의 위대한 종교도 학문도 기술도 문학도 나오지 않았습니다. 이것은 참 기이한 일입니다. 그리스나 로마인은 말할 것도 없고 북구의 섬 속에 갇힌 아이슬랜드인조차 '사가'라는 특유의 설화문학을 남기고 있는 것을 볼 때 참 적적한 일이라 하겠습니다.

정치적으로도 마찬가지입니다. 삼국통일이라는 것도 평양 이남의 통일에 불과하며 그것도 외세에 의한 것이었습니다. 당시 만주의 동반부와 시베리아까지 뻗었던 고구려의 땅은 거의 전부 포기한 통일이었던 것입니다. 그뿐 아니라 고구려의 나머지 지역에는 발해라는 또 하나의 우리민족의 국가가 대조영이라는 고구려 유민에 의하여 건국되어 227년간(699~926년)이나 존속하여 고구려의 후속국가를 자처(일본에의 국서에 기록)하며 당나라와 일본과 빈번한 접촉을 하면서도 같은 민족끼리인 신라와는 양국 어느 쪽에서도 대화를 가지려 하지 않는 통탄할 협량으로 일관했던 것입니다. 소용없는 이야기지만 만일 그때 신라와 발해가 같은 민족으로 서로 협력하는 길을 모색했다면 그후 우리 역사는 아주 달라졌을 것입니다.

삼국통일 이후 고려시대, 이조 말에 일제 앞에 병탄될 때까지 우리의 정치란 그저 강자(당, 거란, 여진, 원, 명, 청) 앞에 무릎 꿇고 복종하는 연속의 1300년이었습니다. 그간 고려 중엽 예종 때 윤관이 여진을 정벌하여 9성을 쌓고 여말 우왕 때 최영 장군의 만주고토 수복을 위한 요동정벌이 있었으나 이 모두가 내부에서의 시기와 반란, 그리고 세勢 불리로 실패했는데, 그 성패보다 우리 안에서 전자는 유신들의 시기, 후자는 이성계의 반민족적 배신으로 민족의 의기가 꺾이고 말았다는 사실이 한스러운 것입니다. 이조는 처음부터 명나라에 자진 사대한 것으로도 알 수 있듯이 '적극적 개척'하고는 아주 연이 먼 정권이었습니다. 다만 수양대군에 의한 무도하고 도리에 역행하는 쿠데타가 없었다면 모처럼 하늘이 내린 명군이었던 세종대왕에 의해서 세워진 창조적이고 개척적인 출발이 크게 개화했었을 것입니다마는 우리는 수양에 의한 단절을 막지 못했습니다.

이조 말엽에 우리는 자기운명의 개척에 대한 노력을 실학에서 약간 찾아봅니다. 그리고 근대적이고 자주적인 노력을 뚜렷이 보는 것은 근대화와 반제를 내건 동학혁명과 독립협회운동이며 이조 이후는 삼일운동이 이에 연결됩니다. 김옥균의 갑신정변은 근대화적이지만 반제적이 아니며 유학 중심의 의병운동은 반제(독립)적이지만 근대화적이었다고는 할 수 없을 것입니다. 결국 우리 역사를 통해 우리는 자기 운명을 자주적으로 해결하려는 정신과 노력이 너무도 부족했으며 이것이 우리의 운명을 그토록 비참하고 불행하게 만든 원인이었다 할 것입니다.

우리가 세계의 역사를 읽을 때 통감하는 것은 민족이나 개인이나 외부로부터 도전받지 않고 발전한 예가 없다는 것입니다. 그러나 아무리 도전을 받아도 자주적으로 효과적으로 응전하지 않는 민족과 개인에게는 위대한 성장이 있을 수 없습니다.

3. 역사에서 얻은 교훈

우리 민족은 소극적 수호에 뛰어난 그 특성으로 해서 매우 어려운 조건에서도 오늘까지 자기 체질을 지켜서 세계적 대민족이라 해도 과언이 아닐 만큼 성장했습니다(남북 5000만이면 세계 16위며 남한 3500만이면 21위). 그러나 적극적 개척에 태만했기 때문에 정치·문화 모든 면에서 역사의 무대에 웅비雄飛해보지 못했습니다. 하느님(또는 운명)은 우리에게 사명을 주기를 삼국통일 그것부터 자기 운명은 자주적으로 개척하도록 요구한 것입니다. 자기 운명의 주인이 될 결의와 노력과 희생의 준비가 되고 이를 실천한 자에게만 역사는 축복의 미소를 보냅니다.

3.1사건 구속자들의 석방을 촉구하는 가두행진.
(왼쪽부터) 이우정 교수, 안병무 박사, 함석헌 선생, 이해동 목사

자기 운명의 지배를 스스로 거부하면 우리는 또다시 비참한 좌절과 패배를 면치 못할 것입니다.

지금 우리에게 요구되고 있는 역사적 사명은 종전에 그 예가 없이 거창하고 막중한 것입니다. 첫째로 하느님은 우리에게 근대화(자유민주주의, 자본주의 경제)와 현대화(대중민주주의, 복지경제)의 병행실행을 요구합니다. 이것은 모든 신생국가의 과업이기도 합니다.

둘째로 역사는 우리에게 유일하게 국토를 공산주의자와 분단하고 있는 이 나라에서 평화적으로 통일을 성취하여 지금 세계적으로 전개되고 있는 자유·공산 양진영의 장래 운명 해결에 모범을 보이도록 요구하고 있습니다.

셋째로 운명은 우리에게 지리적, 정치적 및 군사적으로 미·일·중·소의 4대국 사이에 낀 기구한 운명을 가진 단 하나의 나라로서 여기서

어떻게 처신하여 독립과 평화를 확보해낼 것인지 해답을 요구하고 있습니다. 월남이 공산화되고 동서 독일이 완전 분리해버린 지금 우리같이 막중한 사명을 지고 있는 민족도 없을 것입니다.

1300년간의 하느님으로부터의 요구, 즉 자기 운명을 자주적으로 개척하라는 사명이 이제 최후이자 절정에 달한 것입니다. 우리는 이 시험에 합격하면 처음으로 세계사에 선구적 예언자적 사명을 다 할 수 있을 것이며 그러지 못하면 비참한 운명에 떨어지는 것 외에 여지가 없는 것입니다. Yes와 No 외의 중간은 없습니다. 문제는 우리의 정신입니다. 내 운명을 내가 책임질 것이냐 아니냐 하는 결단 하나입니다. 그 결단만 서면 길은 열리는 것입니다.

무엇보다도 먼저 우리가 자립적으로 민주주의를 토착시키고 복지적이고 번영된 자유경제 실현의 첫째 사명의 실현에 성공하면 둘째, 셋째의 문제는 여기서 해결의 길이 열리는 것입니다. 첫째 시험에 합격한 자를 공산주의가 쓰러뜨릴 수 없으며 19세기나 20세기 초의 식민지시대가 아닌 이상 대국이라 해서 함부로 지배할 수 없습니다. 이것은 4대국의 상호 견제로서 해결될 수 있을 것입니다. 그러나 첫째 시험에 낙제하면 둘째, 셋째 시험은 아예 치를 자격조차 주어지지 않는다는 것을 우리는 명심해야 할 것입니다.

사랑하는 홍걸아!

먼저 네가 건강하고 명랑하게 학교생활을 하고 있기를 아버지는 충심으로 바라고 있다. 네가 자주 편지해주어서 아버지는 큰 위로가 되고 있다. 푸슈킨의 《대위의 딸》 감상은 참 좋았다. 특히 네가 푸슈킨이 귀족으로서 그 당시 황제와 협력만 하면 얼마든지 부귀영화를 누릴 수 있는데도 자기 국민을 사랑하고 자기 양심에 충실한 나머지 그의 비위를 거슬러 결국 비극적인 죽음을 맞게 된 점을 지적한 것은 참 중요한 점을 말한 것이다. 아버지도 그 점을 깊이 느끼고 있었는데 너의 편지를 보고 참으로 기뻤다. 그리고 《프랭클린전》의 평도 읽었다. 너의 말대로 그는 모범할 데가 많은 사람이다. 《프랭클린전》을 너보고 읽으라고 한 것은 그가 건국 당시의 미국시민, 즉 청교도 신앙에 젖은 미국인의 대표인물이며 그 자서전이 이를 기록한 것이기 때문이었다. 그러한 프랭클린의 정신은 오늘의 미국사람의 정신 속에 살아 있으니 앞으로 네가 그들과 접촉할 때도 큰 참고가 될 것이다.

그리고 너보고 읽으라는 《들불》이라는 소설은 이조 말의 우리나라의 독립과 민주주의(근대화)의 위대한 선구자인 전봉준 장군과 전라도와 충청도의 40만 농민의 궐기에 대한 소설로 한국사람으로서 꼭 읽을 필요가 있는 것이다. 솔제니친의 《이반 데니소비치의 하루》는 소련의 강제수용소의 실태를 나타낸 것으로 노벨문학상을 받았다. 솔제니친은 20세기가 낳은 가장 용기 있는 사람이며 자기의 신념과 양심에 가장 충실한 훌륭한 사람이라고 생각한다. 우리는 누구나 한때 또는 오래 좋은 생각을 가질 수 있다. 그러나 어떤 유혹이나 압력이 오면 쉽게 포기한다. 더욱이 자기 생명의 위험까지 무릅쓰면서 신념과 양심을 지키는 사람은 참으로 드물다. 솔제니친은 바로 그 드문 사람 중에서도 가장 드문 사람이다. 공산주의 소련에서 12년의 감옥살이 후 막 얻은 명예회복과 가장 안정된 생활을 버리고 목숨의 위험을 무릅쓰고 자기의 자유에 대한 신념을 위해 싸운 것이다. 그 태도는 우리들의 양심을 흔들며 우리에게 큰 교훈을 주는 것이다.

홍걸아! 그동안 아버지가 써 보낸 편지를 전부 가지고 간혹 읽어 보아라. 네가 참고가 되도록 아버지가 성의껏 쓴 것이다. 너의 형수에게 편지 잘 보았다고 전해라. 지영이를 네가 귀여워하니 참 기쁘다. 저번 말한 대로 중학교가 기초이니 열심히 공부해서 고등학교 시험에 자신 있게 임해야 한다. 아버지는 매일 너희 형제들을 위해 기도한다. 너희 형들과 네가 훌륭하게 되는 것이 아버지의 가장 큰 바람이며 기쁨이다. 편지에 너의 학교생활, 친구관계 등을 적어 보내주면 좋겠다. 안녕, 아버지.

1977년 11월 29일

각국 수도에 관한 고찰

당신에게(그리고 홍일, 홍업, 지영 모에게)

모레면 고대하던 가족면회의 날이므로 모든 안부는 그때 하기로 하고 약略합니다. 나는 추워지면서 팔과 다리의 통증이 심해지던 중 교도소 당국과 이철승 당수, 이택돈 변호사의 수고로 라디에이터가 들어와서 매우 감사히 생각하고 있습니다. 그러나 그 성능이 본격적인 추위를 견뎌낼 것 같지 않아 걱정입니다. 여기 진주로 이감된 이후 많은 분들이 찾아오고 편지를 보내주는데 만나지도 못하고 회답도 못하니 감사의 뜻을 전할 길 없어 참으로 안타깝게 생각하고 있습니다. 특히 나의 선거법 담당 변호사들(박세경, 홍남순, 이택돈, 유택형, 김광일, 이기홍, 윤철하, 김기열, 이돈명, 이명환, 김기옥, 길기수)이 그 먼 길을 수차 또는 10여 회나 다녀가신 데 대해서 진심으로 감사하며 평생 잊지 못할 것입니다.

내가 그간 두서너 번 신앙 또는 역사에 대해서 자기분수에 넘은 의견을 적어 보냈습니다. 내가 감히 그렇게 한 심정은 첫째 나로 인하여 사회적 활동을 못하고 있는 자식(홍일, 홍업)들에 대해서 뭔가 도움이 되기를 바라는 간절한 뜻에서입니다. 밖에 있을 때 그들의 발전을 위해 좀더 노력하지 못한 것을 후회하고 있습니다. 그리고 나는 그 글이 나를 위해 귀중한 청춘을 바치고 있는 비서 동지들을 위해서이며 그리고 당신과 형제친척, 친지들(역시 나로 인해 희생이 큰)과의 마음의 교류로 생각하고 있습니다.

요즈음 소식을 들으니 정부의 행정기관이 대폭 충청도 지방으로 이전할 것이라 합니다. 이와 관련해서 세계의 수도의 위치를 역사적으로 고찰해보면 참으로 흥미 있고 교훈적입니다(다음은 지도를 놓고 보면 더욱 실감이 날 것입니다).

1. 세계 각국의 수도

① 영국의 수도 런던은 템즈강 입구에 있으며 그 나라의 동남의 일각입니다(우리나라의 상식으로 수도는 국가의 중앙지여야 할 것 같지만 여기 많은 예가 모두 그러지 않습니다). 이는 9~10세기에 템즈강 입구 부근에 자리 잡은 7왕국 중의 하나였던 웨섹스가 마침 노도와 같이 템즈강을 타고 쳐들어온 노르만인을 최선봉에서 싸워서 지켜냈기 때문에 자연 영국을 통일하게 되고 투쟁과 승리의 보수로 런던은 전 영국의 수도가 되었습니다. 그 후는 대륙 특히 프랑스와 마주보고 적대한 관계로 런던은 역시 국가방위의 제일선이었습니다.

② 프랑스의 파리도 꼭 같은 길을 밟았습니다. 프랑스 전체의 북단에 있는 파리는 역시 노르만인과의 투쟁, 숙적 영국과의 싸움에서의 대표였으며 따라서 수도가 되었습니다.

③ 베를린은 독일의 가장 동쪽에 있습니다. 10세기 이후 서구 기독교 세계의 가장 큰 위협인 러시아에 대해서 프러시아는 그 방위의 일선이었으며 따라서 그 수도인 베를린은 독일 통일 후에도 수도의 영광을 누렸습니다.

④ 표트르 대제가 서구와 화해를 하고 그 문물을 받아들이기 위하여 발틱 해 입구에다 새로이 페테르그라드의 신수도를 건설한 것은 1703년인데 그 이전은 모스코가 일관해서 러시아의 수도였습니다. 모스코는 17세기에 폴란드가 쇠퇴하고 서쪽의 위협이 크게 줄어들 때까지 서

방에 대한 광대한 러시아의 감시 및 방위의 전방이었습니다. 1차대전 후 러시아가 공산화되고 소련 정권이 서구와 사상 유례없는 증오와 대결 속으로 뛰어들자 재빨리 서울을 모스크로 옮겨간 것입니다.

⑤ 15세기부터 19세기 중엽까지 중유럽의 패왕이며 신성로마제국의 황제 자리를 차지한 오스트리아의 합스부르크 왕가의 수도는 빈이었습니다. 빈의 영광은 그가 동남유럽으로부터 쳐들어오는 오스만 투르크에 대항하여 이슬람교의 서구 기독교 세계 침공을 막아내는 데서 얻어진 것입니다.

⑥ 델리는 인도의 최북단에 있으며 힌두쿠시 산맥과 편잡 평원을 거쳐 인도로 쳐들어온 중앙아시아의 유라시아 스텝의 만족蠻族의 상습적인 침입로에 있습니다. 델리는 그 전의 역사도 있지만 1648년에 이슬람교의 무굴제국의 수도가 되고 이어서 인도를 차지한 영국이 세운 인도제국의 서울도 되었습니다. 저 남쪽의 바다로부터 들어온 영국이 역시 최북단에다 수도를 둔 것도 인도의 위협이 북쪽의 러시아(소련)였기 때문입니다.

⑦ 중국의 역대제도歷代帝都의 위치 역시 퍽 인상적입니다. 주(수도 호경鎬京), 진(함양), 한(장안, 낙양), 수와 당(장안), 송(개봉)은 모두 북방 황하 유역에 도읍했습니다. 이것은 언제나 중국에 쳐들어온 서융, 북적 등의 동향에 대처해서였습니다. 그러더니 11세기에 요가 쳐들어와서 지금의 북경에다 수도를 정하고 12세기에 금이 그리고 13세기에 원이 여기다 도읍해서 3개 호족豪族의 수도가 되었습니다. 이리하여 중국의 수도는 황하 유역에서 훨씬 북방인 산해관 입구로 옮겨갔습니다. 그후 1368년에 명조가 지금의 한족 정권을 회복해서 남경에 도읍했으나 1421년에는 영락제가 국도를 다시 북경으로 옮겨갔습니다. 그후 북경은 북방 종족에 대한 전방보루로서 청조 말까지 왔습니다. 장개석의

국민정부가 만주 쪽에서 침입해오는 일본 세력을 두고도 남경으로 천도한 것은 이미 그 장래운명을 예고한 것이며 중공이 다시 북경으로 옮겨간 것은 태평양 건너의 미국보다 북쪽에 인접한 소련을 더 경계한 것이 아닌가 생각도 됩니다.

⑧ 일본 역사에서 경도京都의 문약文弱을 피하고 동북의 호족豪族의 정면에 도읍한 겸창慊倉막부나 덕천德川막부는 모두 흥융興隆했고 경도에 주저앉은 족리足利막부나 풍신豊臣가는 쉽게 쇠퇴했습니다. 명치 이후 왕정복고를 해놓고도 적의 도읍인 강호(동경)로 천도하여 경도의 퇴영退嬰을 피하고 서양문화를 맞이하는 태평양의 파도의 정면에 자리 잡은 것은 큰 결단이었습니다.

2. 우리나라의 역대 수도

이상과 같은 외국의 예에 비하면 우리나라의 그것은 너무도 대조적입니다. ① 신라는 통일했으면 마땅히 수도를 북으로 전진시켜 당시 평양에 안동도호부를 둔 당과 대결하고 함경도 전체와 평안도 태반을 차지한 발해에 대처했어야 했는데 그런 뜻도 품지 않았습니다. ② 백제는 처음 지금의 광주를 서울로 정했다가 공주, 부여 등 남으로 피해만 내려왔습니다. ③ 한반도의 북쪽과 지금 만주땅의 태반 그리고 시베리아까지 차지한 고구려는 최초의 수도가 2대 비류왕 때(A.D. 2년) 압록강 건너 통구에 있었던 것을 20대 장수왕(413~491년) 때 평양으로 옮겼습니다. 우리는 역사를 읽을 때 고구려가 통일 못한 것을 한스럽게 생각하지만 이미 멸망하기 200년 전에 저 넓은 만주보다 한반도를 더 중시하는 심리상태였습니다. ④ 고려는 왕건이 고구려의 옛 땅 만주를 수복한다고 명분만 내세웠지 수도를 그 본거지인 송도로부터 결코 평양까지 전진시키지 않았습니다. ⑤ 이조는 서울을 계룡산으로 갔다 한양으로 왔다 했는데 그것은 어떤 정치, 국방의 이유가 아니라 풍수설에 정신이 팔려 지관들의 혹설을 믿고 일국의 수도를 정한 것입니다. ⑥ 전체로 우리나라의 수도는 국토의 중앙에 있어 국내 행정과 집권자의 안전을 위주로 한 것이었으니 북에서 강적이 오면 남으로 도망가고 남에서 오면 북으로 달아났습니다.

3. 우리의 교훈

① 세계의 수도는 위에서 본 바와 같이 지리적 중심지라는 이점이나 국왕의 편의에 의한 것이 아니라 국토방위의 전방위에서 싸우고 짓밟히고 되찾고 하는 피투성이의 투쟁 속에서 일국의 수도라는 영광과 국민의 총애를 얻게 되었습니다.

② 이에 반해 우리나라의 수도의 역사는 아주 딴 양상을 띠었다는 것은 앞에 지적한 대로며, 여기서도 우리 민족이 소극적 수호에 치중하고 적극적 개척에 둔하다는 지난번 내가 피력했던 역사관의 일면을 본 것 같아 쓸쓸한 감을 금할 수 없습니다. 그런데 불행한 분단의 결과이기는 하지만 지금의 서울의 위치는 처음으로 가장 올바른 수도의 자리가 된 것입니다. 한강 북쪽, 휴전선에서 불과 25킬로미터에 있는 수도, 거기서 정부와 국가의 모든 지도적 인물들이 국가방위에 끊임없이 긴장하며 숨 쉬고 있을 때 그 남쪽의 국민의 믿음과 협력의 마음은 자연히 솟아오를 것입니다. 나도 71년에 주장한 바 있지만 지금 서울의 인구는 대폭 대전 지방으로 이주시켜야 할 것입니다. 그러나 이것은 결코 천도를 의미하는 것이 아니고 절대로 그래도 안 될 것입니다.

③ 우리가 각국의 수도의 역사에서 배울 것은 비단 수도뿐 아니라 민족이나 국가나 개인이나 휘몰아쳐오는 북풍 앞에, 그 시대의 피할 수 없는 시련 앞에 감연敢然히 머리를 들이대고 가슴을 펴고서 그 도전

을 받아들여 용감하고 슬기로운 응전을 한 자만이 행운과 승리의 신의 축복의 미소를 얻을 자격이 있다는 것입니다.

사랑하는 홍걸아!

그동안 여러 번 편지 잘 보았다. 지난 달 이후 너로부터는 너무도 많은 기쁜 소식을 들어서 아버지는 참 행복하다. 학교서 좋은 친구를 사귀고 있는 일, 이번 시험을 아주 잘 친 일, 교회에 나가고 있는 일, 일기를 쓰기 시작한 일 등 얼마나 기쁜 소식이냐. 네가 편지마다 아버지가 빨리 돌아오도록 기도한다는 글을 읽을 때 아버지는 가슴이 뭉클하다. 나도 네가 퍽 보고 싶다. 지영이도 보고 싶고. 그러나 홍걸아, 아버지와 떨어져 있는 일을 결코 불행하게는 생각지 말아라. 왜냐하면 우리는 갈라져 있어도 나와 집에 있는 모든 가족들이 서로 마음으로부터 존경하고 사랑하고 있기 때문이다. 우리들의 마음은 하루도 떨어져 있는 일이 없다. 마음이 함께 있으면 천리 거리도 이웃이요, 마음을 같이하지 않으면 한 자리에 있어도 남남인 것이다. 그뿐 아니라 아버지는 여기서 여러 가지 고생은 있어도 결코 불행하지는 않다. 나는 네가 나로 인해서 조금이라도 위축되거나 슬픔에 잠기는 것을 전혀 원치 않는다.

홍걸아! 저번에 작은 형에게 말해서 네가 영국의 훌륭한 문학가인 찰스 디킨스가 자기 아들들을 위해 아주 알기 쉽고 잘 풀어쓴 《주 예수 이야기》를 읽도록 했는데 꼭 읽기 바란다. 그리고 그 소감을 적어 보내주면 좋겠다. 그리고 이 책은 네 사촌들에게도 한 권씩 사주라고 했는데 작은 형이 그렇게 했을 것으로 믿는다. 너의 사촌들도 모두 훌륭하게 되도록 아버지는 매일 기도하고 있다. 그리고 《이반 데니소비치의 하루》라는 책의 소감은 잘 되어 있었다. 그 책에서는 소련에서의 인권유린 그리고 그런 가혹한 환경 속에서 살아나가는 잡초보다 강인한 인간의 생명력, 셋째는 그런 불행한 환경 속에서의 여러 가지의 인간들의 모습들을 우리는 알게 되는데, 네 감상문에는 처음 두 가지가 잘 기록되어 있었다.

홍걸아! 책이건, 음악이건, 그림이건 모든 것의 감상은 각자 다르다. 같은 사람도 그 나이와 환경에 따라 그 감상이 다르다. 요컨대 네가 열심히 읽고 깊이 생각해서 느낀 대로 적으면 되는 것이다. 그리고 이번 방학기간 중 《시이튼의 동물기》와 박경리 여사가 쓴 《토지》를 꼭 읽어보아라. 전자는 동물의 슬기와 애정 그리고 인간에 대한 그들의 사랑을 알게 해줄 좋은 책이다. 《토지》는 아주 훌륭한 소설인데 그 내용이 퍽 재미있다. 이조 말엽의 우리 할아버지, 할머니의 생활의 생생한 모습과 그 위대한 생명력을 절감할 수 있다. 열 권이지만 네 독서력 같으면 1주일이면 다 읽을 것이다. 안녕, 아버지.

1977년 12월 17일

성탄절을 맞아 예수님에 대한 몇 가지 소감

당신과 홍일 내외, 홍업이, 홍걸이, 지영이에게. 대의, 대현이, 필동 형님댁 기타 모든 친척, 김상현, 김종완, 임기윤(목사), 김옥두, 한화갑, 김형국, 조기환, 이종덕 씨 등 모든 친지들에게 그리고 나의 존경하는 변호사 선생 여러분에게.

주님의 성탄을 축하하오며 그의 넘치는 은혜를 받도록 기구합니다.

크리스마스 전에 이 글을 볼 수 있도록 이 달은 편지를 앞당겨 씁니다. 밖에서 같으면 카드도 보내고 선물도 드릴 수 있지만 옥중의 몸이라 예수님에 대한 몇 가지 소감으로 대신합니다. 항시 말한 바지만 나의 신앙지식은 아주 얕은 것이므로 완전하거나 충분한 것을 결코 쓰지 못한다는 점을 알고 읽어주기 바랍니다.

1. 역사적 대사건인 예수의 탄생

비신자인 어떤 20세기의 대석학은 말하기를 "하느님이 인간을 사랑한 나머지 그의 친아들을 보냈다는 것은 종교사상상 다른 데서 찾을 수 없는 큰 특징"이라고 했습니다. 지구가 생긴 지 약 20억 년, 지상에 생물이 난 지 약 5~8억 년, 인류가 등장한 지 약 50~100만 년, 구석기시대의 40~50만 년 그리고 신석기시대는 지금부터 약 1만 년 전에 시작되었으며 지상에 문명이 생긴 것은 5000~6000년 전부터라고 합니다.

문명의 시대는 정주定住농경시대이지만 종교적으로는 과거의 자연

숭배, 토템숭배로부터 초자기적超自己的인 절대적 존립을 믿기 시작한 시대인 것입니다. 그러나 오늘의 고등종교가 탄생한 것은 지금부터 2500~3000년 전부터라고 합니다. 역사학자, 고고학자, 인류학자는 일치해서 말하기를 원시종교건, 초등종교건, 고등종교건 인류의 역사는 종교를 중심으로 한 역사(17세기 이후 현재까지를 제외하고)라는 것입니다. 그간 무수한 종교가 탄생하고 소멸해서 오늘은 불교, 힌두교, 이슬람교, 기독교의 4대 종교만이 남았습니다. 그러나 수많은 어느 종교에도 신이 직접 이 세상에 나타나고, 인간과 같이 생활하고 마침내는 그 인간을 위한 속죄의 제물로서 자기를 바친 그와 같은 엄청난 사랑의 교리를 담은 종교는 기독교를 제외하고는 없는 것입니다.

기독교가 연유한 유태교조차 거기서 말하는 메시아는 바리새파나 묵시문자파나 하느님의 사명을 받은 인간 메시아(다윗의 자손)이지 결코 하느님 그 자체의 강생降生은 아니었던 것입니다. 그러므로 하느님의 아들 예수의 탄생은 비단 우리 믿는 이만의 대사건이 아니라 뜻있는 사람이 종교학적으로 보더라도 인간의 영혼靈魂 속에 이와 같은 종교가 자리잡았다는 것은 특이할 만한 일대 역사의 사건이라 할 것입니다.

2. 비천한 일생인 예수의 생애

예수의 일생은 비천과 치욕의 일생이기도 합니다. 말구유 속에서 비천하게 태어났으며 비천한 갈릴리인이었습니다. 그의 탄생은 비천한 목동들에게 맨 먼저 알려졌으며 멸시받는 이방인에게 먼저 알려졌습니다. 그는 광야에서 40일 기도 후 맨 먼저 비천한 자들을 찾아갔으며 소작인, 날품팔이, 소시민, 세리稅吏, 탕녀, 죄인 등 그 당시 사회에서 버림받은 소위 '암 하레츠(땅의 백성)' 등 비천한 자들의 벗이 되어 같이 비천한 생활을 하였습니다. 그는 이들 비천한 자들의 영적 구제와 인간다운 대접을 위해 이를 방해하고 착취하는 유대의 지배계급 및 율법주의자들의 위선과 억압과 착취에 대항해 싸우다 정치범으로 몰려 십자가상에서 온갖 수모와 조롱 속에 비천한 죽음을 당했습니다. 그뿐 아니라 그는 죽음에 임해서도 그의 마지막 유언(마태복음 25:31~45)은 비천한 자들을 위해서 헌신하도록 우리에게 당부하고 있습니다.

이러한 예수의 교훈이 초기 교회의 공동생활과 율리아누스 같은 반교회적인 로마황제가 두려워하고 시기할 만한 사회봉사의 기독교를 로마제국 내에 정착시켰습니다. 또 그 정신에 따라 13세기에 아시시의 대상인의 아들인 성 프란체스코가 한센병자들, 극빈자들과 같이 생활하면서 그들을 돕는 기독교를 만들었으며 18세기에 영국에서 당시 그 수가 격증하는 노동계층을 전혀 돌보지 않던 국교회의 태도에 반발하여 그들과 벗하고 그들의 영혼 속에 하느님을 심는 데 헌신한, 그리하여 오늘과 같은 사회봉사를 하는 교회가 나올 수 있는 터전을 만든 존 웨슬리(메도디스트파 감리교 창시자)의 기독교가 나왔습니다. 그러나 유감스럽게도 보다 많은 기독교회의 역사는 교회가 예수님의 교훈과 달리 오늘의 땅의 백성들을 너무도 등한히 해왔다는 것을 부인하지 못할 것입니다.

더욱이 우리 한국과 같이 공산주의자와 누가 더 국민에게 행복을 많이 가져다 줄 수 있느냐 하는 20세기의 최대 이슈에서 대표선수로서 경쟁하고 있는 나라에서, 만일 지금 우리나라의 판잣집이나 뒷골목이나 농촌의 오두막에서 신음하는 동포들이 교회를 볼 때마다 "저기는 주일날 옷이라도 깨끗이 입고 연보 돈도 낼 수 있는 사람이 가는 곳이지 우리 같은 땅의 백성과는 상관없는 데다"고 생각하고 있다면 우리나라의 승리를 위해서 두렵기 짝이 없는 일일뿐 아니라 예수님의 일생을, 그 십자가의 죽음을 아무 소용없는 것으로 만들고 있는 것이 아니냐 하는 자책과 두려움을 금할 수 없습니다.

분명히 이 나라에는 예수님의 비천한 자를 위한 생애의 뜻을 받드는 많은 성직자, 교인이 있는 것이 사실이지만 오늘 우리가 처한 미증유의 사상적 대결과 국가운명과 비교해볼 때 충분치 못한 것도 또한 분명합니다. 성탄절을 당하여 우리 믿는 모두가 다시 한 번 예수님의 비천한 생애의 의미와 교훈을 되새기고 새출발한다면 이는 예수님에 대한 최대의 선물이 아닐까요. 현대의 저명한 가톨릭 신학자인 '랄 씽어'는 "우리가 그리스도 신자가 된 것은 우리만이 구원을 얻기 위해서가 아니다. 우리가 그리스도인이 된 것은 역사를 위해서 그리스도적 봉사가 필요하기 때문이다"라는 매우 뜻 깊은 말을 하고 있습니다.

3. 그리스도와 여권女權

나는 요즈음 만일 그리스도가 없었다면 오늘의 여성의 지위가 어떻게 되었을까 하고 상상해봅니다. 그 당시는 모세의 율법의 공인을 받아서 일부다처는 물론 남자는 언제나 이혼증서만 써주면 아내를 내쫓아서 사실상 생활권을 박탈할 수 있었습니다. 성서를 보면 솔로몬왕은 후궁이 700이요 시녀가 300이었다고 하며 다윗왕조차 수많은 처첩을 거느렸습니다. 이런 일은 비단 유다뿐이 아닙니다. 이슬람 사회는 처넷까지는 교리적 합법이며 모하마트 자신이 그런 생활을 했습니다. 유교사회나 불교사회도 마찬가지입니다. 우리가 잘 아는 대로 유불 양교의 이 나라에서는 일부다처가 허용됨은 물론 여자는 일생을 통해서 아버지와 남편과 아들의 지배를 받도록 윤리화되었으며 여자의 투기妬忌는 칠거지악七去之惡 속의 하나였습니다. 이와 같이 동서 어디서나 여자는 남자의 노리개요 소유물이요 가지가지의 차별과 압박 속에서 고통당하고 있었습니다.

이때 예수는 감연敢然히 그리고 위험천만하게도 모세의 율법을 폐기하는 발언을 했습니다. 누구든지 아내를 버릴 수 없고 자기 아내를 두고 다시 여자를 더 거느릴 수 없다는 것을 선언했습니다. 이 놀라운 그리고 그 당시 남자의 자유와 상식을 뒤엎는 예수의 주장에는 그의 제자조차 '그렇다면 차라리 장가가지 않는 것이 좋겠다'고 항의합니다. 그러나 이러한 예수의 대결단의 덕으로 서구의 모든 기독교 사회에서 일부일처제가 확립되었고 이제는 비신자조차 그것을 당연한 사리事理로 받아들였습니다.

요즈음 여권이 신장되고 여성의 경제적 지위도 높아져서 오히려 여성이 이혼의 자유를 주장하며, 이태리 같은 나라는 이것이 큰 정치와 사회의 문제로 되어 있지만 예수님 당시는 여성의 사회적 경제적 지위는 전무 상태였으며 따라서 이혼을 당한다는 것은 그 생활 자체의 완전 파멸을 뜻했던 것입니다. 일부일처, 이혼의 금지는 역사적으로 볼 때 여성의 인권수호와 신장을 가져온 최대 원인이었으며 이 점에 있어서 기독교의 공헌은 참으로 헤아릴 수가 없을 정도입니다. 성탄절에 즈음하여 세계의 모든 여성들은 기독교를 믿건 안 믿건 예수님의 탄생이 오늘의 그들의 놀랄 만큼 신장된 여권과 얼마나 불가분의 역사적 관계가 있는가 생각해봄직한 일이라 하겠습니다.

4. 오늘의 인류와 예수

토인비는 기로에 선 서구문명의 앞날을 검토하면서 "오늘의 서구의 불행과 위기는 17세기의 계몽사상의 대두 이래 데카르트, 볼테르, 몽테스키외, 루소 등이 신을 버리고 인간의 이성을 신에 대치시키려는 참월僭越한 기도가 파탄한 데 있다. 20세기 인류의 최대의 문제는 정치도 경제도 아니고 바로 종교다. 인간이 참된 신을 되찾느냐 여하의 문제며 그리하여 자본주의, 공산주의의 물질의 우상숭배를 극복하며 히틀러와 다름없는 공산주의의 집합적 인간숭배를 극복하는 데 성공할 수 있느냐 여하의 문제이다"라는 의미를 그의 역사의 연구의 도처에서 설파하고 있습니다(토인비는 기독교 신자가 아닙니다).

19세기의 사람들은 당시 심각해진 자본주의 사회의 모순에 직면하여 세 가지만 해결되면 세상이 낙원이 된다고 믿었습니다. ① 영국의 차티스트 운동자를 위시爲始로, 많은 선거권 확대주의자들은 1938년에 오콘너가 예언한 바와 같이 "인민헌장만 통과되면 반년 이내에 낙원은 온다"는 식의 낙관주의자였습니다. ② 로버트 오웬, 산시몽, 후우리에로부터 마르크스에 이르기까지 모든 사회주의자는 노동자의 생활이 향상되고 사회주의 사회가 이룩되면 모든 인간의 불행과 부조리는 순식간에 해결된다고 했습니다. ③ 프로이드는 다시 말하기를 19세기 인간의 정신적 노이로제와 불행은 성性의 억압을 해제解除함으로써만 해소될 수 있다고 했습니다. 그리하여 마침내 19세기 말부터 20세기 초까지 이상 세 가지 문제가 당초의 주장자들이 생각하던 것보다도 월등하게 더 많이 이루어졌습니다.

이제는 모든 사람이 남녀 구분 없이 선거권을 가지고 있습니다. 부의 분배는 놀라울 만큼 향상되어 선진국가의 노동자들은 완전한 생활의 안정을 누리며 심지어 수많은 사회주의 국가와 공산주의 국가까지 생겼습니다. 성性의 해방도 넘칠 만큼 이루어졌습니다. 그러면 인간은 행복한가? 정반대인 것입니다. 미국의 저명한 심리학자인 에리히 프롬은 "19세기는 '신은 죽었다'가 문제였지만 20세기는 '인간은 죽었다'가 문제다"라고 한탄하고 있습니다. 안드레이 스티븐슨은 "우리는 이제 노예가 될 위험은 없지만 로봇이 될 위험 속에 살고 있다"고 갈파했습니다. 오늘날 인간의 자기 상실과 남에 의해서 그것도 보이지 않는 손에 의해서 좌우되게 만드는 소외현상이 인류를 역사 이래의 불행 속으로 몰았다는 것이 모든 학자와 문명비판사가의 일치된 견해입니다.

성탄절을 당하여 모든 기독교인은 오늘의 인류의 불행에 대한 기독교의 책임을 반성하고 토인비의 기대대로 20세기를 구출할 우리의 사명의 중대함을 통감해야 할 것입니다.

付呈 特別市 麻浦区 東橋洞 一七八一一

李 姬 鎬 堂

清世 燒 筆 竹內

金 大 中

□□□-□□

2장
못으로 눌러 쓴 메모

—

서울대병원에 수감 중이던 김대중 전 대통령이
이희호 여사에게 보낸 메모

1978년

- '3.1민주구국사건'으로 진주교도소에 수감 중이던 김대중은 지병 치료를 위해 서울대병원으로 이감되었다. 그러나 실상은 교도소보다 더욱 혹독한 '특별감옥'이었다. 이곳에서 김대중은 바깥출입이 일체 금지되고, 햇빛이 차단된 병실 안에서 감시원과 함께 24시간 생활하게 되었다. 이러한 상황에서 김대중은 하루에 2번 식사를 가져오는 이희호에게 감시원의 눈을 피해 메모를 전달했다. 필기도구를 구하지 못한 김대중은 껌 종이, 과자 포장지 등에 못으로 한 자 한 자 글씨를 눌러 썼다. 이 메모들을 이희호는 민주화인사들과 나눠보았다.
- 못으로 눌러 쓴 메모들은 국립중앙박물관 보존과학실에서 판독하여 내용을 확인했다.
- 날짜 옆에 '*'는 못으로 쓴 메모를 뜻한다.
- 편지에 나오는 영문 이니셜은 다음과 같다.

A : 안병무	H : 함세웅	K : 김상현	KS : 김수환 추기경
L : 이택돈	Little : 김종환	M : 문익환	MD : 문동환
P : 박형규	PD : 박대인	Y : 윤보선	UAM : 주한 미국대사관
X : 옥중 면회 요지	C, LD, LDC, WS, WL, YD : 확인 불가		

- 본문 내용 중 '(생략)'으로 표시된 부분은 편지 내용 중 일반에 공개하기 어려운 것들을 생략한 것이다.

1978년 7월 20일~8월 30일

비폭력 평화투쟁

1978년 7월 20일

1. 요사이 당신의 건강 때문에 걱정이 이만저만 아니오. 나의 일보다 몇 배나 걱정하고 있소. 무엇보다도 기력을 돋우어야 할 것이오. 식사에 더욱 노력할 뿐 아니라 저번에 말한 대로 보약을 좀 먹도록 하시오. 자기만을 위해서가 아니라 다른 가족을 생각해서라도 건강회복에 특별 유의해야 하오. 현재의 나를 돕는 최대의 길도 당신 건강이니 내 걱정을 생각해서라도 소홀히 생각 말도록 거듭 당부하오. 그리고 이빨도 내주 중 치료하시오.

2. 8월 13일 생환 5주년 미사는 밖의 형편 보아서 판단하시오. 지난 7월 3일 미사도 했으니 필요 없다고 생각하면 그리 하시오. 아이들이나 두 김 동지와 상의해보는 것도 좋겠지요.

3. 내가 판단하기는 가을 이후 우리나라 정치정세에 큰 변화가 올 것이오. 그 성격과 범위는 첫째, 우리 민주세력의 역량과 국민의 호

응 둘째, 국내의 경제 및 사회의 동향 셋째, 박씨의 태도 넷째, 우방국 특히 미국의 태도 등에 많은 영향을 받을 것이오. 그러나 근본은 우리 국민이 어느만큼 각성하느냐요. 오는 8월 15일쯤 박씨가 모종의 정치적 타개책을 내놓을 가능성이 있다고 보오. 물론 만족할 것은 못되겠지요. 여하튼 정보를 잘 살펴봐주기 바라오.

4. 항시 말하지만 저들이 파는 함정에 주의해야 하오. 아이들, 동거인들 잘 부탁하오. 반면에 지나친 신경도 안 쓰도록 해서 정신의 피로를 막아야 하오. 그리고 당신은 누구에게나 점잖다는 인상을 주고 있으며 또 입장도 남과 다르니 기관원이나 그 계통 사람 대할 때는 오직 정중한 언행으로 일관해서 그들이 내심으로는 더 우러러보도록 해주기 바라오. 국내 신문은 한국(조간), 동아(석간)의 가십과 사설만 넣어주고 기타 기자의 해설기사, 주요 경제특집이나 해설도 넣어주시오. 그리고 《코리아 타임즈》는 반 페이지 정도 넣어주시오.

1978년 7월 27일*

1. 약(소화제 20정, APC 10정) 차입해주기 바라오.
2. 저번에도 말했지만 한약, 보약을 꼭 지어서 먹도록 하시오. 이도 내주 초부터는 치료에 착수하시오. 지금 우리 나이는 무리해서는 안 되며 잘못 관리하면 1, 2년 내에 노쇠해버리니 과거와는 좀 다른 자세로 건강관리를 해야 하오.
3. 여기 와서고 집에서고 되도록 정부를 비꼬는 말은 않는 것이 좋소. 내 경험으로는 오래 핍박받고 야당하면 사람이 거칠어지고 언

어 사용에 뒤틀린 투를 많이 쓰게 돼요. 아마 밖의 분들도 그럴 거요. 그러나 당신과 나는 입장이 다르니 그러지 않도록 노력해야 할 것으로 믿소.

4. 8월 13일 행사는 않는 것이 좋겠소. 지난 7월 3일 해놓고도 한 달 만에 기도회라니 우습소. 효과도 문제요. 8월에 하려면 7월에 안 했어야 할 일이었소.

5. (생략)

1978년 8월 5일*

1. 김종완 씨 구속 가능성을 언제나 생각하고 있었지만 막상 듣고 보니 식욕이 뚝 끊어졌어요. 무엇보다도 당신의 실망이 크겠으니 우려되오. 그러나 그의 구속은 김형의 장래를 위한 하느님의 뜻이며 결코 그를 위해 불행은 아니라고 지금 고쳐 생각 중이오.

2. (생략)

3. 가족 성명聲明 나머지 분은 중요한 요점이나 문구만 적어주시오. 문제는 어떻게 각지에 알리느냐요.

4. 이형을 통해서 C형에게 최근 사정과 금후 전망은 어떤지, 정말 9월부터 본격적 진행이 있는 건지 물어봐주면 좋겠소.

5. 집에 오는 외국 기자들 만날 때마다

    1) 내 문제를 둘러싼 일본 정부 또는 국내의 동향

    2) 8월 8일 사건(납치사건) 5주년을 맞이한 일본 국내 사정

    3) 미·일 양국 정부 협력의 전망(특히 9월 관계 회의)

      ① 미국 정부의 인권정책에 대한 전망

못으로 눌러 쓴 메모

② 박씨 방미 가능성 여하

③ 한국의 민주회복 가능성에 대한 그들의 판단과 태도

④ 미군 철수 변경 가능성

⑤ 미국민 여론의 한국 인권에 대한 태도 등

그때그때 필요한 사항을 물어주시오.

정세 판단은 풍부하고 정직한 자료 없이는 불가능하기 때문이오.

6. 국내외 간 중요한 벗을 만나면 꼭 당신이나 나에게 조언해줄 말이 없는지 물어서 참고로 해야 하오. 또 이것은 그분들과 유대를 위해서도 아주 중요한 일이오.

7. 나는 오는 8일 하루 단식을 하겠소. 처음에는 5일간 할까 했으나 무엇보다도 몸이 약한 당신이 합세할 것 같아 이번은 우선 의사표시로 1일로 정했소. 단식 이유는 다음 주장을 밝히기 위해서요.

1) 정부는 유신체제를 철폐하고 인권과 민주주의를 회복하라.

2) 한일 양국정부는 본인의 납치진상을 즉시 밝히고 상실된 인권을 회복하라.

3) 국민이여, 민주회복에 참여하여 자기 운명의 주인이 되자.

이 날은 하루를 기도로 보내겠소. 내일 저녁 때 내가 이 두 가지 이유를 교도관 앞에서 말하겠소. 당신은 7일쯤 알리는 게 좋겠소. 여기 이견이 있으면 또는 더 좋은 의견이 있으면 내일 낮에 알려주시오.

1978년 8월 6일*

1. 변호사를 통해서 하는 방식이 아주 좋겠소. 당신이 발표하는 데

곤란이 크리라고 생각하고 걱정 중이었소. 그리고 가족들의 단식과 결부시키는 것도 좋은 생각이오. 그래서 내일 변호인께 다음과 같이 말하겠으니, 그의 메모가 부정확할 수 있으니 당신이 옆에서 이것을 알고 살펴주시오.

나는 8일 하루를 단식과 기도로 보내겠다.
그 목적은 첫째 양심범 가족들이 유신체제 철폐, 인권과 민주주의의 회복, 모든 정치범의 석방을 목적으로 벌이고 있는 단식기도에의 동참을 위해서이며, 둘째는 나의 납치 5주년을 맞이하여 한일 양국 정부에게 이미 그들이 잘 알고 있는 사건의 진상을 공개하고 양국민과 세계가 납득할 수 있는 뒤처리를 하도록 요구하는 나의 의사표명을 위해서이다.

2. 어제 말한 대로 이형을 통하거나 당신이 직접 C를 만나 사정을 알아서 알려주시오.

1978년 8월

생각나는 몇 가지를 적으니 바깥 실정이 합당하면 선처하기 바랍니다.

1. 원칙
   가) 당신은 나와 일을 위해서 가급적이면 최전방에 나서는 것을 회피할 것.
   나) 저 사람들이 최악의 태도로 나오는 때도 예상하여 가톨릭과

신교 지도자 중 그럴 때 도움될 분을 특별 유의할 것이며, 눈
에 띄지 않는 유대 강화하는 데 주력할 것(예-김 추기경, 지 주교,
황 주교, 3.1사건 동지들, 박형규, 강원룡 목사, 윤보선 선생, 함석헌 선
생 등).

다) 지금 나의 판단으로는 장기전도 각오해야겠으며 나는 당분간
나가지 못할 것이니 그러한 판단 아래 가사 처리와 주변 처리
를 잘 할 것. 특히 저들의 온갖 계략을 주의할 것.

라) 우리의 태도는 초조해하지 말며 위험을 초래하지도 말며 단
호하면서도 여유 있는 자세를 지켜나갈 것.

2. 몇 가지 점

가) 저번 이름 적은 사람들에게는 1~2개월에 한 번씩 여기 소식
전하며 연락을 끊지 마시오(단, 대외비로 단단히 부탁하시오).

나) 진주에서 보낸 편지 네 건(8, 10, 11, 12) 한 세트로 해서 일개
시도에 50~100부 예정으로 서서히 배부할 것이며, 대상은 주
로 신부, 목사, 교인, 지식인으로 하시오. 이는 합법적이니 남
에게 피해도 없겠으나 그러나 서서히 하는 것이 좋을 것이오.

다) 오는 8월 13일 5주년에는 명동에서 김 추기경 집전과 신교 목
사는 기도로써 생미사 드리는 거 어떨지요. 그 경우는 당신 이
름으로 널리 초청 내는 것이 지방까지 널리 알리는 데 큰 도
움이 될 듯하니 잘 생각해보시오.

라) 내 생각으로는 3.1사건 출소자 중심으로 전국 양심범협회를
만들어서 지금까지 재소중인 사람의 인권문제를 보살필 것,
출소한 사람은 반드시 찾아가서 위로하고 앞으로 그 인권을
지켜주며 또 출소시의 결의가 좌절되지 않도록 할 것. 기도회

에서 꼭 만날 것, 지방 조직도 하도록 노력할 것, 민주회복을 위한 공동투쟁을 펴갈 것 등 해서 힘이 분산되지 않고 집결되도록 고려해주길 바랍니다.

마) 중앙에서 성명서 같은 것을 내면 반드시 지방에도 보내고 외국에 있는 친구들에게도 보낼 뿐 아니라 중앙의 기도회 소식, 김 추기경 기자회견 등의 소식도 알려주어야 한다고 봅니다. 그렇지 않으면 고립되고 사기가 떨어지며 유기적 협조를 할 수 없지 않을까 걱정이 됩니다.

바) 중앙의 연사들이 초청한 데만 갈 것이 아니라 적극적으로 그 기회를 만들어서 서울과 지방에서 설교하는 기회를 만들도록 해서 많은 대중 접촉을 강화하도록 노력해야 할 것으로 봅니다. 서울도 한 곳에 국한하지 말고 여러 교회를 찾아나서야 할 것입니다.

사) 이렇게 하면 자연 희생자가 나는데 그것을 각오해야 합니다. 지금 저 사람들이 되도록 구속을 피하면서 소리 없이 압살하려 하니 그 역으로 소리가 나야 합니다. 소리 내는 것은 세 가지 분야로 추진해야 하는데 하나는 조직을 중앙, 지방에서 계속 만들 것, 둘은 기도회 회복, 성명서 카피 등 언론 투쟁을 활발히 할 것 그리고 이런 투쟁을 비폭력적으로 그러나 과감히 해서 인도의 간디 지도 하에 사타그라하운동 때같이 수많은 사람이 자진 구속되어 감옥을 가득 채울 것, 이 세 가지입니다. 이상 세 가지는 저 사람들이 가장 싫어하는 일인 것입니다. 우리나라에선 원칙적으로 폭력투쟁은 불가하고 또 상대의 장점이며 바라는 바입니다. 어떤 사건에서 구속이 있을 때 관이 지목한 사람만 하게 할 것이 아니라 거기 동조한 사람도

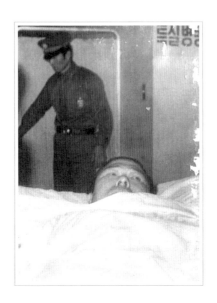

진주교도소에서 서울대병원으로 이감되는 김대중

전원 다 구속을 자원해서 몰려가야 합니다. 그래야 단결도 되고 국민에게 감격도 주고 결국 국민의 호응도 일으킬 수 있습니다. 구속을 무서워하고 협박이 통할 때는 정부의 무기지만 이를 두려워하지 않으면 오늘같이 개명한 사회에서는 정의에 선 사람의 무기인 것입니다.

3. 2의 가, 나, 다항은 당신 개인이 알아서 하고 그 이외에는 해위 선생에게 드리면서 찬성하는 사항은 선생 개인의 의견으로서 필요한 인사와 협의하도록 말씀해주시오. 선생에게 나의 간곡한 안부와 기대를 전하시고 거듭 말하지만 여기 적은 것은 바깥 사정을 잘아는 당신의 판단 아래 필요하면 아이들과 상의해서 처리하시오.

저번 말한 신문 바라오. 종합 잡지나 기타에 나온 경제종합평가를 따서 주기 바라오. 경제현황과 진망에 대해서 필동 형님의 자세한 견해를 물어 알아봐주시오.

1978년 8월 18일*

1. 내가 진주에서 보낸 마지막 편지(크리스마스시) 카피를 넣어주시오.
2. 약 두 봉지 전처럼 넣어주시오.
3. 내 편지 카피 미, 일, 加, 서구 등의 교포에게 보내주시오.
4. 편지의 영역 copy 입수되면 넣어주시오.
5. 이문영 박사가 만든 2학년 도덕책 내용과 남북 선거 대조는 참 잘 되었소. 되도록 많이 국내뿐 아니라 외국 교포에게도 보내주면 아주 좋을 것이오.
6. 볼펜 하나 넣어주시오. 내가 잘 관리할 터이니 염려 마시오.

1978년 8월 19일

1. 레나드 논문을(copy 만들 수 있으면) 문 목사, 안 박사 등 몇 분께 드리고 특히 정일형 박사에게 드리시오. 기사 중 정 박사 이야기가 있어서 병중의 심정에 위로가 되지 않을까요? 그러나 copy 작업이 힘들면 하지 마시오. 레나드 기사 뒷면에 김지하, 서광태 양씨 어머니 단식기사 있으니 지인들께 보여주면 퍽 큰 격려가 되리다.
2. air conditioner가 꺼졌을 때는 수돗물을 트시오. 그 소리가 더 큽니다.

3. 나하고 말할 때 어려운 문제는 영어 또는 일어로(혹은 섞어서) 말합시다. 그러면 문장이 적을 거요.

4. 차입한 신문기사나 바깥 중요한 사항은 면회시 outline만 이야기해주세요. 그래야 내가 평소 말하거나 관련된 질문을 하기가 쉽소. 그리고 '왜 이 문제는 대화에 나오지 않았는가' 하고 저 사람들이 의심하지 않게 됩니다.

5. (생략)

6. 금년 가을이 최후의 chance일는지 모르겠소. 전망이 어떠한지? 내 의견을 다시 적어드리겠소.

7. 윤보선 = Y, 문익환 = M으로 아시오.

1978년 8월 20일

1. ball point pen은 잘 관리하니 안심하시오.

2. 나에게 message 쓸 때는 신문지에 하지 말고 따로 백지에 써주시오. 그래야 신문 읽기 전이라도 곧 버릴 수가 있소.

3. 어제 당신이 전한 출국 이야기는 오늘 일본 신문을 보니 역시 논의가 되어 있더군요. 미일 양국이 공동으로 요구하고 있는 모양 같소. 그러면 만일 그와 같은 사실이 있을 때 우리는 어떻게 해야 할지요? 출국을 거부했을 때와 했을 때의 국내외에 줄 영향, 또 우리가 나가서 할 수 있는 일과 여기 있음으로써의 역할, 우리가 나갔을 때의 국내 민심과 민주세력에의 영향, 믿는 자로서의 처신, 하느님의 뜻은 무엇일까? 등 여러 가지 착잡합니다. 당신의 진지하고 솔직한 의견을 듣고 싶소. 기탄없이 생각한 대로 말해주시

오. 만일을 위해 미리 대비안을 세우고 있어야 하겠지요. 필요한
분들에게 '만일'의 전제 아래 의견을 묻는 것은 당신이 판단해서
하시오.

4. 탈지면 속의 고약 가져가시오.

5. 전일 말한 C, Y, M 외에 이태돈 L, 김상현 K, 안병무 A, 박형규 P,
함세웅 H(계 8인)로 정합니다.

1978년 8월 21일

1. 저들이 만일 출국을 요청한다고 할 때는 그들의 입장이 두 가지,
즉 하나는 국제적 압력을 더 이상 거부할 수 없을 때, 하나는 나를
여기 두는 것보다 출국시키는 것이 그들에게 마이너스가 적다고
판단될 때일 것이오. 두 가지 다 겹칠 수도 있고 그중 하나만일 수
도 있을 것이오. 후자의 입장, 즉 마이너스 최소화의 입장에서라
면 무슨 수를 쓰던지 나의 의견에 관계없이 내보내겠지요.

2. 출국시킬 때는 당신은 물론 홍걸이는 동행을 허락할 것이며 홍업이
는 명분에 따라서 들어주겠지요. 또 만일 가족동반에 불합리한 제
안을 가하면 그것은 고려의 여지조차 없는 것이오. 그러나 저들이
국제·국내 여론에 비추어 그런 무리는 하지 않을 것이라고 보오.

3. 문제는 우리의 판단이오. 우리가 여기 있는 것이 민주회복에 도움
이 더 되는가 나가서 일하는 것이 더 중요한가의 판단에 따라 선
택해야 할 것이오(강제 추방은 별 문제입니다). 이 점을 깊이 생각해서
당신 판단을 들려주시오. 과연 하느님의 뜻은 무엇일까 깊이 헤아
려보기 바라오.

못으로 눌러 쓴 메모

4. 우리의 앞날 전망은 결코 간단하지 않다고 보오. 이미 말한 대로 아직도 장기전을 각오해야 할 것 같소. 다만 명확한 판단은 오는 가을에 우리 국민이 보여줄 양상과 그와 병행할 우방들의 태도 등을 주시하면 어느 정도 얻게 되겠지요.

5. 내 생각이 어떠하리라는 것에 구애 말고 오직 앞에 쓴 3의 견지에서 여러 가지를 감안하여 당신 판단을(여러 분 의견, 특히 8명) 알려주길 바라오.

1978년 8월 22일

1. (생략)

2. 박대인 목사 부인께 Pie가 내가 미국, 일본 등 일류 호텔에서 먹었던 어떤 것보다 맛있었다고 전해주시오. 저번에 말한 내 편지 영문카피 입수된 대로 넣어주시오(박 목사＝PD, 김 추기경＝KS)

3. 일본 신문 적게 난 것은 여기 기자들만의 탓이 아니라고 봅니다. 전체적으로 미·일 모두 한국의 인권투쟁 관계에 대한 관심이 하강 상태예요. 특히 일본인은 한 가지 이슈에 오래가지 않아요. 지금 그들의 관심은 자기네들을 추격하고 있는 한국의 경제성장으로 돌고 있다고 봅니다. 그뿐 아니라 한국의 인권투쟁에 있어서 천편일률적인 성명서 발표나 단식 투쟁에 그들은 큰 흥미를 느끼지 않으며 또 그래봤자 성공할 수 없다는 타산과 비판에서 관심이 엷어진 것이오. 그러니 여기 기자만 원망해봐야 별수 없으며 오히려 역효과가 나기 쉬워요. 그러니 다시 인권에 관심이 돌아올 때를(틀림없이 오니) 기다리며 이를 촉진하기 위해서 우리의 투쟁방법을 다

동교동 자택을 찾아와 이희호를 만난 코헨 하버드대 교수.
그는 이후에도 변함없는 김대중의 든든한 지지자였다.

양화해야 합니다. 가을에 미국만 다시 인권에 관심을 보이면 일본
은 곧 따라올 것이오. 미국은 이제 그때가 온 듯해요(박, 김 사건 끝
나니까). 또 이를 촉진시키는 일은 우리 투쟁의 다양화와 일대 혁신
입니다. 이에 대해서는 내 의견을 다시 쓰겠소.

1978년 8월 25일

1. 여기 물건은 잘 관리하니 너무 걱정 마시오.
2. 어제 또는 그제 신문에 게재된 국회의원 입후보 예상자 명단을 넣
   어주시오.
3. PD 등 요주의 처에 갈 때는 아무리 우리 운전수를 믿더라도 '택

시'를 써야 합니다. 그것이 미행에도 유리해요(택시편이 나쁘면 대기료라도 주고 잡아놓으시오).

4. 여기 방을 신관으로 옮기려고 하면 단호히 거부하겠어요. 만일 강제로 하면 단식으로 교도소 이송을 요구하겠어요. 그때는 밖에서도 3.1 관계 분들이 호응해서 투쟁(단식 말고)해주었으면 좋겠어요.

5. 코헨 교수 글 읽고 참 감사히 생각했습니다. 되도록 친구에게도 보여주었으면(번역해서라도) 좋겠어요. 내가 이런 부탁을 하고 또 내 옥중편지를 배부하도록 말한다 해서 내가 그것을 나의 값싼 현시욕에서 한 것이 결코 아니라는 것을 당신은 이해하리라 믿소. 나는 당신이 입버릇처럼 말하는 '교만이 제일 큰 죄'라는 말을 언제나 잊지 않고 있으며, 또 왜 당신이 그 말을 되풀이하는지도 잘 알고 있습니다. 코헨 교수 글을 copy하기 곤란하다니 너무 서둘지 말고 기회가 좋으면 해보시오.

6. 나의 메시지도 앞으로는 휴지통 안에 넣겠어요. 탈지면은 아무래도 좋지 않아요. 청심환은 그만 넣어주시오.

1978년 8월 27일

1. 주미·주일 한국특파원의 해설 기사는 가급적 빼지 말고 넣어주시오.

2. Pen 발견시는 구차하게 변명할 필요 없습니다. 내가 반칙했으니까 알아서 처분하라고 해야지요. 다만 내가 당초 약속한 대로 대외성명 발표하거나 외국에 서신 보낸 일 없다는 것, 그리고 Pen이나 신문 금한 것은 원래 당국이 나쁘다는 것, 또 법을 당국이 더 어

기고 있다는 것을 말하면서도 반칙 책임은 지겠다고 해야지요.

3. Pen은 휴지통(티슈 페이퍼) 밑에 두고 (약도) 신문은 곧 없애니 큰 걱정 없어요.

4. (생략)

5. 신빌딩 이송시 나와 가족이 행동 같이 하는 것은 나도 더 생각해 보겠소. 동시에 어제 말한 대로 밖에 동지들의 협조투쟁을 꼭 잘 생각해두시오. 이송이 불원(연내) 있을 것은 신관 낙성식이 10월 중순이라니까 확실한 것이오.

6. 만일 나의 출국문제가 나오면 결국 나는 반대할 것이오. 내가 납치귀국 후 줄곧 주장한 것은 '자유 출국'입니다. 자유출국이란 '언제 어디로 나가는 것도 나의 자유요, 언제든지 내가 원할 때 귀국하는 것도 나의 자유다'라는 것입니다. 그러나 이런 조건의 출국을 저들이 허용할 리가 없으니 결국 반대하게 되겠지요. 실제 나는 지금 출국에 아무런 관심이 없으며, 그 득실도 여러 가지로 판단되니 하느님께 맡길 수밖에 없소. 내가 특히 걱정하는 것은 나의 출국이 국내에서 싸우는 이들의 사기에 어떤 영향을 줄까 하는 점이오. 가족 없이 단독 출국은 더구나 상상도 할 수 없소.

7. (생략)

1978년 8월 28일

M, L, P 등에게 다음 사항을 물어 답을 적어주시오. 차도 없으니 한꺼번에 하려 하지 말고 시간 걸리더라도 조용한 장소에서 충분히 생각하면서 답하도록 해주시오. 이를 참고로 해서 나의 의견을 적어드리겠소.

1. 민주회복의 전망을 언제로 보는가?
2. 오는 가을은 결정적 시기인가? 준비적 시기인가? 후자라면 언제
   를 결정적 시기로 보는가?
3. 우리의 장점은 무엇인가, 약점은?
4. 상대의 장점은? 약점은?
5. 올 가을 취할 대책은 무엇인가?

1978년 8월 29일 12시 30분

1. 병실 이동이 금명간 있을 것 같소. 저번 말한 대로 만일 강제로 끌
   고갈 때는 단식으로 저항하겠소. 그때 주장은 '첫째, 더 이상 정부
   의 정치목적에 이용당할 수 없고 둘째, 8개월의 신체감금으로 신
   체적으로나 정신적으로 더 이상 견딜 수 없고 셋째, 옥중에 있는
   여러 동지들과 고생을 같이 하겠으니 즉시 교도소로 이감하라'는
   것으로 하고 당신이나 변호사에게도 말할 터이니 미리 알고 계시
   오. 그리고 이와 부대해서 '첫째, 유신헌법 철폐하고 일인독재 종
   식시켜라 둘째, 옥중집필 허용하라 셋째, 신문열독을 허용하라'도
   같이 주장하겠소.
2. 그때 가족이 같이 단식하면 당신이 나에게 오지 못하는데 어떻게
   될지 모르겠소. 만일 가족이 한다면 우리 가족만 하게 되는지, 3.1
   전체가 하는지 모르겠소. 아무튼 바깥 일은 알아서 선처하시오.
   당신만 믿겠소. 다만 당신의 건강 해치는 일은 나를 위해서도 절
   대 하지 마시오. 이것은 나의 '특별 부탁'이니 명심하시오. 당신은
   내가 당신의 건강을 얼마나 걱정하는지 모를 거요. 당신 대신 내

가 앓기를 바라는 처지며 하루도 당신 건강 위해 기도 않는 날이 없소. 꼭 명심하시오.

3. 이택돈 변호사 만나서 그가 나에게 오는 것이 선거 앞두고 곤란하면 조금도 개의치 말고 서로 협의, 선처하자고 의논하시오. 그리고 여타 변호사도 조금이라도 꺼리는 분은 물러나도록 권하시오. 우리에게는 만반 각오된 사람만이 필요한 것이오. 그러나 이름 두는 것을 억지로 밀어낼 필요는 없소.

4. 신문은 당분간 넣지 마시오. 여기도 모두 정리했습니다. 안심하시오. 연락편지만 얇은 종이에 적어서 변기물통 위에 있는 조화의 플라스틱 화분을 열면(이중임) 밑에 넣겠소. 나도 그렇게 연락할 터이니 당신도 그렇게 하는 것이 안전할 것 같소.

5. 이미 적어준 Y 등에 대한 질문은 그대로 하시오. 그리하여 형편되는 대로 알려주시오. 질문하는 것은 그분들의 생각을 정리시키는 데도 도움이 되는 것이오. 앞으로도 당신이 나 대신의 입장에서 그분들에게 아이디어도 주고 부탁도 해야 되오. 그분들이 이런 일에 경험이 부족하지 않소. 다만 말하는 방법은 어디까지나 그의 의견을 묻는 식 또는 타인의 의견을 전하는 식으로 부드럽게 하는 것이 좋겠지요.

1978년 8월 29일

1. 앞으로의 일에 대한 나의 의견은 아직 깊이 정리 못했으나 언제 이동될지 모르니 우선 생각나는 대로 적어보겠소. 가지고 있다가 Y, M에게 별도로 주시오(별도 신문 끝난 후 얼마 있다가). 특히 M은

못으로 눌러 쓴 메모

당신이 써준 것 베끼게 하고 다시 돌려받으시오. 그분은 언제 조사당할지 모르니…….

① 현 정세

　가) 우리의 장점

　　ⓐ국내외 여론의 지지 ⓑ점증하는 참여세력의 확대 ⓒ신념에 찬 지도층 인사와 젊은 세력의 존재

　나) 우리의 약점

　　ⓐ온갖 활동의 제약 ⓑ언론의 사멸 ⓒ정치적 대변기관의 부재 ⓓ조직적 투쟁의 결여

　다) 상대의 장점

　　ⓐ압도적인 각종 힘 ⓑ경제성장의 힘 ⓒ언론과 야당의 회유 ⓓ국민의 무력화, 공포화와 그에 대한 정보차단의 성공

　라) 상대의 약점

　　ⓐ민심의 상실(하시든지 무너질 수 있는 가능성을 안고 있다) ⓑ국제적 고립 ⓒ부의 편재와 도의 타락에서 오는 불안정 ⓓ학생, 노동자, 지식인, 종교인 등의 적극적 반대세력과 공무원(특히 하급)과 일반시민 간의 불평 고조

　마) 우방들의 태도(미)

　　ⓐ미의 Koreagate로 그간 인권문제 등한, 3.1사건으로 고조된 국제여론도 이로 인하여 감해짐 ⓑ한국이 미국의 무기, 식량의 상순위 차입국가이니 그 영향으로 인권이 등한히되는 압력이 미 실업인들로부터 있을 수 있음 ⓒ그러나 인권은 카터의 기본공약이고 80년 선거가 임박하니 최근 코헨 교수가 《Asian Wall Street Journal》에 쓴 대로 Koreagate가 9월에 마무

리되면 필연적으로 인권에 관심이 올 것임 ⓓ명년 봄으로 노리는 한미정상회담 위해서도 이 문제는 다시 각광받을 것으로 봄.

바) 우방들의 태도(일본)

ⓐ일본 정부는 전적으로 현체제 지지 ⓑ일중평화조약 이후 앞으로 계속되는 지위 상승으로 미국과 동등하게 한국에 간여하려고 할 것임 ⓒ한일정상회담 움직임은 새로운 전환의 징조임 ⓓ일본 여론도 안보 중시와 한국 경제성장 평가로 관심이 인권이나 반유신운동에서 냉각되어가는 경향 ⓔ그러나 일본에는 언론, 야당 등 강력한 지지세력이 있고 여당 내에도 양식 있는 사람이 있으니 우리가 참고 효과적으로 싸워나가면 의외의 지지도 얻을 수 있음 ⓕ금년 가을 투쟁 여하에 따라 한일정상회담 중지될 가능성도 있음.

사) 여타 우방

ⓐ서독을 중심으로 유럽에서도 관심가지고 연락할 필요 있음 ⓑAmnesty International도 중시해야 하며 그들이 필요한 정보와 자료를 계속 보내야 함.

② 대책(원칙)

ⓐ금년 가을이 가장 중요하다. 민주회복이 안 되더라도 상대에 결정타를 가해야 하고 ⓑ국민의 사기를 올리며 ⓒ세계의 이목을 다시 한국 인권문제로 집중시켜야 한다. ⓓ그러기 위해서는 우리의 장점 확대와 단점 극복, 상대의 장단점 대책, 우방들에 대한 대책이 잘 이루어져야 한다. ⓔ몇 가지 생각나는 것을 다음과 같이 적어본다.

③ 대책(조직)

ⓐ이미 만든 인권, 해직교수, 가족(양심범), 동아투위, 문인 등 조직이 항시 살아 움직이도록 할 것. 특히 지방까지 ⓑ중앙과 지방 그리고 각 분야 간의 유기적 결합투쟁(학생, 노동자와도 대담히 제휴할 것) ⓒ지도자 조직을 더욱 공고히 하고 자주 회합할 것 ⓓ이선, 삼선이 지도층에 대비하여 지금의 일선에 사고 생길 때 즉시 바톤 인수토록 할 것 ⓔ예장, 감리교 등의 인사를 지도층에 적극 끌어들일 것 ⓕ정계에 발판 구축할 것(우선 수감되었던 비현역 중심으로라도) ⓖ출감한 인사 특히 젊은 동지들의 활용에 유의할 것.

④ 대책, 선전, 기타

ⓐ투쟁의 방향 제시(예: 3대 스캔들에 대해서 재벌경제 타파와 복지경제 확립 요구), 아파트 사건과 성씨 사건 비호한 정부여당의 책임 추궁 등 ⓑ문서 배부를 전국적으로 하여 신문에 나지 않는 실정을 널리 알릴 것(애로가 많은 줄 아나 창의와 희생으로 적극 추진해야 함) ⓒ기도회를 신구교 합동으로 전국적으로, 파상적으로, 계획적으로 집행해나갈 것 ⓓ가장 중요한 것은 투쟁방식의 다양화임. 특히 매스컴을 타려면 이 노력이 절대 필요함. 기도회와 단식만으로는 어려움에 비해 공이 적을 우려 있음.

⑤ 결론의 (가) 상대의 약점을 찔러야 함

ⓐ무슨 사건에서 상대가 선별적으로 구속하지 못하도록 참가자 전원이 자진해서 실어가는 버스에 타거나 경찰서로 몰려가는 시위와 투쟁이 필요하다. 간디와 킹 목사에게서 배워야 한다. ⓑ지금의 구속이 저들만의 장점이 아니라 우리의 장점이 되어가고 있

3.1사건 구속자 석방을 위한 기도회.
앞에서 두 번째 줄 왼쪽이 김대중의 동생 김대의다.

다. ⓒ구속당하는 자가 두려워하지 않고 오히려 자원하면 그 효과가 역으로 됨은 전기 간디와 킹 목사의 경우는 물론 지금 우리의 현실에서도 입증된다. ⓓ항시 말하지만 전국의 감옥을 정치범으로 채울 각오를 하면 우리는 승리한다. ⓔ한국의 여건에서 폭력투쟁은 나라를 위해 불리하고 상대가 또 이를 악용한다. ⓕ비폭력으로 집요하게 투쟁해야 할 것임.

결론의 (나)

ⓐ상대가 제일 두려워하는 것은 진실이 국민에게 알려지는 것임 ⓑ그러니 국내 있는 사실, 중요 외신 발췌를 분담해서 전국

배부(지방에서는 재인쇄도 시켜야) ⓒ신문사 중 조석간 두 개쯤 골라서 그 앞에서 항의집회도 해야 함. 언론 자유 촉구하는 투쟁이 중요함

결론의 (다)

ⓐ지금까지 우리 투쟁 중 큰 부족은 정치적 투쟁세력을 갖지 못한 것임 ⓑ결백성이 지나치면 현실을 타개할 수 없음 ⓒ야당 또는 비당원, 전 정치인 중 어느 정도 믿을 만하면 포섭해서 활동시켜야 함 ⓓ해위 선생 중심으로 조직, 구상할 것 ⓔ아량과 대세통찰로 대할 것.

결론의 (라)

ⓐ분배의 불균형, 소수재벌경제는 저들의 최대 약점 ⓑ노동자, 소시민의 생활보장 못한 것(저임금, 물가)도 큰 약점 ⓒ여기 창조적인 대책 쓰면 가장 큰 효과 있을 것임.

결론의 (마)

ⓐ투쟁방법을 다양화하시오. ⓑ투쟁 못지않게 알리는 데 주력하시오.

추 - 이동은 9월 초로 바뀔지 모르겠소. 만일 이때 당신 와야 하니 그 점 잘 고려하시오.

※ 사태가 아주 복잡하면 일단 극도로 간단히 생각해보는 것이 좋소. 이렇게 역리逆理와 부패로 민심을 잃은 정권이 오래가는 일이

있는가? 우리의 지금만큼의 힘의 집결과 정의의 입장에서 승리할
수 없다고 보는가? 그러나 썩은 고목도 바람이 불어야 넘어지듯
이 우리의 적절한 노력 없이는 결코 성공은 없을 것입니다.

1978년 8월 31일 ※

1. (생략)
2. (생략)
3. 못nail 한 개(이쑤시개 길이의 것) 끝이 연한 것 넣어주시오.
4. 자력으로 우리 운명을 타개해야 합니다. 지금 한국의 인권문제에
   는 관심이 저하되었지만(세계에서) 올 가을 우리의 투쟁 여하에 따
   라 이는 다시 크게 일으킬 수 있습니다. 동지들의 특별한 관심이
   필요합니다. 비폭력적이지만 대중적인 적극투쟁 그리고 대량 투
   옥투쟁이 아주 필요할 듯.

1978년 9월 1일~9월 28일

못으로 눌러 쓴 자유

1978년 9월 1일*

1. 변호사는 내가 강제로 방을 옮겨서 단식을 시작했을 때 매일 교대로 오도록 하고 그 전에는 올 필요가 없으니 중지하는 게 좋겠소.
2. Fraser(Donald Fraser. 미 하원 국제기구 소위원회 위원장) 외 41명의 관계기사 일지日紙 copy 얻을 수 있으면 넣어주시오.
3. 이(우) 선생 등 당신이 항시 협의할 참모진 내지 고문단을 내심 마련하여 활용하는 것이 좋겠소. 이 교수께 나의 경의와 인사를 전해주시오.

1978년 9월 2일*

1. 어제 보니까 소장이 다녀간 모양인데, 내 방에는 들르지 않았소.

내일이나 모레 이동할 것 같소. 일이 생길 때까지 다시는 아무 조치도 하지 마시오. 강제집행 후 내가 단식하게 되면 다음과 같이 그 이유와 요구사항을 당신이나 변호인에게 말하겠소.

(A) 이유

　가) 더 이상 정략적 이용물이 될 수 없다.

　나) 심신의 고통을 더 참을 수 없다(현 환경 아래에서).

　다) 지금 감옥에 있는 형제들과 고락을 같이 하겠다.

(B) 요구사항

　가) 전번 교도소로 이감하라.

　나) 집필의 자유 허용하라.

　다) 신문의 열독을 허용하라.

　라) 정치범에 대한 차별대우와 박해를 중지하라.

2. 당신은 나를 위해서나 전체를 위해서나 너무 위험하게 하지 마시오. 모든 투쟁에서 앞장서는 것보다 옆에서 조언하고 아이디어를 주는 것이 훨씬 중요하니 십분 명심하기 바라오.

3. 오늘의 민심의 동향을 당신은 어떻게 보는지 당신이 보는 사실대로 적어 내일 꼭 좀 넣어주시오.

4. Fraser 서한 어제 말한 대로 일지日紙 copy와 원문 두 가지를 꼭 구해주시오. (생략)

1978년 9월 3일

1. 가능하면 성호와 기타 해외교포에게 보내주시오.
2. 단식이 시작되면 광주 이 변호사, 목포 이 변호사에게 전화하여 면회오도록 하시오. 그러면 그 지방에서도 자연히 알게 될 것입니다.
3. 당신 참모로는 가족 외에 김종완(나오면), 정기영과 같이 상의하고 정, 조 양여사와도 간단한 일 상의해서 의욕도 주고 훈련도 하시오.
4. (생략)
5. 대의가 목포 갈 때 당신이 여비 주고 절대 김 의원 신세지지 말고 자기 일로 왔다가 우연히 참석한 걸로 하시오. 제일 좋은 것은 안 가는 것이오.
6. 투쟁의 다양화, 대량 투옥, 신운 등 자유 지키도록 대언론 투쟁, 3대 스캔들 등 국민의 생활 및 관심사와 밀착한 투쟁이 긴요합니다.
7. (생략)

1978년 9월 5일*

다음과 같이 전문 만들어 저녁시간에 가지고 오시오.

　　1978년 9월 6일
　　김대중

　　서울구치소장 앞

다음과 같이 본인의 요구사항을 말씀드리니 즉시 조치해주시기 바랍니다.

다음

1. 본인을 즉시 구치소로 환소해줄 것.
이유
1) 아무 치료도 받지 않는 본인을 8개월이나 병원에 본인의 의사에 반해 가면서까지 강제감금시킴은 행형법 기타 공무원 형법 등의 위반임.
2) 8개월간에 걸친 밀폐한 실내에서 운동 및 일광욕 부족 등으로 극도 의 심신장애를 받고 있음.
3) 더 이상 정치적 희생물이 될 수 없음.
4) 전국 교도소에 있는 정치범동지들과 고통을 같이하겠음.
2. 앞으로 본인의 복역기간 중 집필, 서신의 수령, 가족과 친지에 대한 면회 등 기본적 권리를 보장할 것.
3. 정치범에 대해서 가해지고 있는 일체의 차별대우와 박해를 즉시 중 지할 것.

본인은 지난 5일 새벽 4시경 본인에 대하여 폭력으로 병실 이전을 강 제집행한 사실에 엄중 항의하면서 위의 요구조건이 관철될 때까지 무 기한 단식투쟁할 것을 밝힘.

변호사는 비밀히 사람 보내도 오늘부터 어차피 우리가 부탁할 줄 알 것이니 전화로 해도 되지 않을까요.

三木武夫 總理大臣 阁下

阁下와 貴国에 하나님의 恩寵이 함께하시기를 바랍니다.
本人은 金大中氏의 妻입니다. 本人의 男便은 三年
前 貴国에서 拉致되어 온後 마치 큰 罪人같은 取扱을
받으며 最近 監視속에 軟禁된 狀態로 困辱의 나날
을 보냈읍니다.

그리하여 持病인 坐骨神経痛의 治療조차 自由롭게
받지 못하고 病은 惡化되었읍니다. 그러던 中 三·一
民主救国宣言文에 関聯되어 拘置所独房에 完全
拘禁된지 거의 四個月이 지났읍니다. 그동안 몸은 極
度로 衰弱해져서 本人은 그의 生命을 깊이 念慮하지
않을수 없읍니다.

本人의 男便은 自身의 拉致事件에 関하여 한번도
우리政府나 貴政府에 어떤 要求도 한바 없읍니다.
本人은 어느 누구의 人权이던 언제 어디서나 반듯이
尊重되어야 한다고 굳게 믿고 있기때문에 無慘하게
蹂躙당한 男便의 人权을 回復시켜야할 아내로서의
責任을 切感합니다. 앞으로 貴国에서 金大中氏와
같이 不法的인 事件으로 人权을 喪失하는 不幸한
事例가 또 다시는 없기를 바라면서 이글을 올리
는 바입니다.

이희호가 미키 다케오 일본 총리 앞으로 보낸 편지(1976년 7월)

옥중서신 1 - 김대중이 이희호에게

96

1. 어젯밤 저들이 교도소 등에서 늦게까지 대책회의 한 것 같으며 오늘 당신이 서류 접수시키면 무슨 말 있을 듯하오. 허나 나는 초지를 밀 뿐이오.

2. 당신 몸이 제일 문제요. 단식하면서 차도 없이 여기 다닐 순 없소. 아무튼 가족들 단식도 여러 가지로 보아 절대 길게 하지 말고 내일쯤으로 끊고 다른 투쟁방법을 취해야 하오. 물론 밖에서 잘 알아서 하겠지만 내 말도 왜 하는지 깊이 생각해보시오.

3. K에게 연락해서 차편 좀 쓰시오. 진주 단식 경험으로도 그 사람의 두뇌가 잘 활동합니다. 적극 활용하시오.

4. 앞으로 진전 따라 해위 선생, 김 추기경(오면), 지 주교, 강원룡 목사, 박순천 선생, 천관우 선생, A, 이(문) 등 움직임에 간여토록 하고 면회도 요청하게 함이 좋을 듯하오. 금일 중 전부 알려주시오 (이번 집회에 큰 활동 있도록).

5. 법무부의 절충은 변호인단에게 따지되 3개 요구조건에 의해서 하시오.

6. 물론 이미 작정하고 있겠지만 교도소장에게 보낸 당신 서신을 중앙, 지방에 많이 보내는 것이 필요하오. 아무튼 많이 알려지도록 여러 가지 방법을 강구해주기 바라오.

7. 거듭 당신은 단식보다 건강 유지해서 일하고 나와 연결이 더 중요하다는 점 명심하기 꼭 바라오.

1. 당신 서신과 성명서 카피를 NCC, 김 추기경, 그리고 Amnesty, 지 주교, 황 주교, 김 주교(전주), 윤 대주교(광주), 은명기 목사 등 필요한 분께 보내며 요구조건 수용되도록 직접 요청할 것.

2. 내일 금요기도회에서도 상기 문서 현재 준비 중일 것으로 아나 참고로 말합니다. 그외 문인 및 교수 중 중요한 분들에게 그리고 가능하면 3.1사건의 모든 변호인들에게 속달로 보내주시오.

3. 가족 단식은 꼭 금일로 중지하시오. 이유는 오래 하면 자연 무질서해지고 여기와 거기 두 곳에서 하면 초점이 흐려지며, 무엇보다도 당신이 같이 하면 아무 일도 못하게 되는데 가족단식이 그렇게 만사를 제쳐둘 정도로 필요치는 않소.

4. 가족들은 오히려 법무부 방문해서 항의하고 내일 금요기도회에서 투쟁하며 신문사 등에 보도요구 투쟁을 하는 등 여러 가지 방법 취할 것.

5. 내일쯤 당신 자신이 직접 김 추기경, 김관석 목사 방문해서 협조 요청하시오.

6. 군산 김기옥 변호사께도 전해주시오. 잘하면 전주까지 통할 것이오. 문정현 신부도 꼭 직답 방법 취해주시오. 원주는 김지하 모母가 좋을 듯.

7. 교도소에서는 여기 상황을 계속 체크 중인 것 같으나 아직 아무 소식 없습니다.

8. 내가 부탁한 일에 대해서는 꼭 어떻게 했다는 결과 알려주시오. 그리고 당신들 단식 중지하고 초점을 여기로 집중하며 당신은 일 해야 한다는 점 잊지 마시오.

1. 강 목사, 박순천 선생, K에게 알리는 것은 했는지요? 내 생각은 강 목사가 약간 일에서 소외된 것 같은데 기회 있는 대로 가까이 처세하도록 하는 것이 좋을 듯해요.

2. UAM에도 YD 통해서 문서 보내주는 것이 좋을 듯합니다.

3. MPA 등에 대해서 현 정세와 앞일에 대해서 논의해보는 것은 이제 자동차도 수리되고 있으니 한 분씩 짬나는 대로 이야기해보시오. 그것이 그분들의 사고를 촉진시키는 데 도움이 되고 저쪽은 온갖 잔꾀와 모함을 다하고 있는데, 이쪽은 너무 무계획적이라는 것은 큰 약점으로 반성해야 합니다.

4. L에게 이야기해서 변호인단이 법무부와 교섭하여 앞의 재판을 지우도록 하고 필요하면 당신이 직접 방문하는 것도 좋은 것이오. 그것도 투쟁인 것이오. 3.1사건 관계자들이 법무부에 항의해주면 좋겠소.

5. 가족단식은 끝났을 것으로 아나, 아직 안 되었으면 금일에는 당신 사적으로라도 중지시키시오. 이대로 가면 당신이 쓰러져서 일을 망치게 돼요.

6. 나는 비교적 괜찮으니 안심하시오. 당분간 견디어낼 것 같소. 하느님이 도울 것이오. 우리의 목표는 요구조건의 실천이 되었지만 많은 동지들과 국민에게 용기와 각성을 주려는 것이오. 서울구치소 내에서도 이미 아는 모양이오.

7. 거듭 말하지만 부탁한 건에는 회답을 해주시오. 내가 적어준 것 중 대부분은 이미 당신이 계획한 것인 줄 아나, 혹 몰라서 당신을 보조한 셈 치고 쓰고 있는 거요.

못으로 눌러 쓴 메모

1978년 9월 9일*

1. (생략)
2. 광주, 부산, 진주, 대전 등 부탁했다는데 그래가지고는 안 되고 오늘 저녁에 M 등과 상의해서 경험자가(이문, MD 등) 내려가서 서둘러야 합니다. 언제까지나 단식할 수는 없는 것이니 일각이 여삼추예요. 갈 때는 전주, 목포 빼지 않도록 해주세요.
3. 어제의 데모는 큰 성공인 것 같아요. 더구나 세계적으로 보도되었으니 효과도 컸을 것이오. 앞으로 농성 중 그분들 잘 돌보며 10일 간으로 보면 그간의 스케줄을 짜서 다양한 투쟁을 생각해보시오 (3.1 재판 때 같이).

나는 오히려 당신이 나에게 의견을 자주자주 주었으면 해요. 나나 당신이나 오랜 고초 때문에 신경도 병약해졌는데 그러나 우리 둘이 서로 이해하고 아끼고 나가는 것 외에 누가 있겠소. 항시 당신에게 말하지만 당신은 누가 붙잡고 이야기하면 적당히 끊지 못하고 무한정 들어주는 점, 일을 남에게 다 맡기지 못하는 점은 재고해야 돼요. 안 그러면 많은 일을 해야 하는 사람은 그 부담을 감당하지 못해요.

여기는 어제 이후로 아무 변동 없어요. 다만 오늘 아침에 석 박사가 "음식을 호스로 넣을까" 하는 것을 보니 저들이 그런 계획까지 있는 것 같아요. 그래서 내가 "만일 그런 짓을 하면 혀를 깨물겠다"고 강하게 반발했더니 아무 말 없었소.

1. 어제의 이야기는 일견 그럴듯하지만 문제점이 있소. 첫째, 그것은 거짓인데 저들의 거짓을 이해하는 우리가 같은 짓을 할 수 없으며 둘째, 그것은 효과는 있지만 끝나고 나면 오히려 우리가 사기쳤다고 저들이 국내외에 선전할 것이며 셋째, 당신이 다시 내게 오지 못하게 되며 넷째, 담당 교도관이 그런 구술을 제지 안 했다고 처벌될 가능성이 큽니다. 내 생각은 오히려 Y, 함 선생, 천 선생, M 등의 연락으로 '김의 고난을 헛되게 하지 말자'는 식의 격문을 전국적으로 뿌리는 것이 좋을 것으로 보며 효과가 클 것으로 봅니다.

2. 단식은 가능한 한 10일을 채우도록 최선을 다해보겠소.

3. 어제 강 목사, 박순천 선생 등 건, 당신이 나를 너무 다그친다고 서운히 생각하는데 그점 나도 불안히 생각해요. 그러나 단식 때의 1일은 평시의 10일만큼 중요한 거요. 강, 박, 천씨 등은 당신이 꼭 갈 필요가 없어요. 유인물에다가 '이와 같이 김이 단식하니 선생님께 알립니다' 혹은 '선생님, 힘껏 도와주시오'라고 써서 홍일이나 홍업 편에 전달만 하면 돼요. 지 주교, 김 추기경, 김관석, 황 주교 등의 것도 반드시 당신의 상기한 몇 마디가 기록되면 그 효과가 배가될 것이오. 물론 이미 그렇게 했겠지만 나는 참고를 위해서 말하는 거요. 물론 당신이 만사를 잘 하고 있는 것은 사실이지만 옆에서 누가 자꾸 아이디어를 주어서 나쁠 건 없지 않소?

1. Amnesty는 당신 이름으로 내는 것보다는 여기 교구장인 인천주교가 해야 효과가 있을 것이오. 번역할 필요 없이 국문으로 해도 돼요. 그러나 기왕 늦었으니 단식 후 그 경위까지 적어서 보내도 되겠지요.
2. 아마 내일쯤은 저들이 무슨 움직임이 있을 듯하니 당신 법무부 방문은 화요일 오전이 좋을 듯.
3. 이번엔 저들이 큰 방해 않을 거요. 그러나 여러 가지 소득도 크오(유형무형으로). 이번은 뜸들인 것이고 이 다음 10월 중순 신관 이전시 이번 경험 살려서 국내외 간에 잘 준비하여서 본격적으로 합시다.
4. 모레 오전 당신이 법무부 다녀온 후 가족들이 모여서 나의 단식의 일단 중지를 결의하고 오후에 통고해주면 어떨까요(가족대표가 면회 허가 안 되면 변호사나 당신 통해서).
5. 당신은 이상의 일에 나와 의견이 같으면 대통령에게 사태 해결을 요구, 당신 명의의 서신을 내고 이를 공개하는 것이 좋을 듯합니다. 만일 나와 의견이 같으면 서신 내용에 대한 참고의견을 적어 주겠소(이상 모든 안에 대해서 내일 낮에 회답해주시오).

1. 집에서 농성시 취재 보도한 《매일신문》과 그저께 데모 보도한 일본 신문 얻을 수 있으면 넣어주시오. 그리고 《Stars and Strife》나 AP 등 볼 수 있으면 좋겠소.

朴正熙 大統領閣下

　　本人은 緊急措置九号違反으로 服役中인 金大中의 妻입니다.
1977年 12月 19日 晋州矯導所에서 서울 大□病院에 移送
直後 綜合診斷으로 手術外의 治療를 要하지 않게 되었습니다.
따라서 受刑者는 다른 病院에 收監되어 滿九個月間을 運動
도 못하고 監禁되어 있을 뿐입니다.

　　그리하여 受刑者는 지난 3月以來 辯護士를 通하여 數次 法務
部에 移監을 要請했습니다. 지난 5月 9日에는 서울拘置所長에게 直接
時 受刑者가 直接 移監要請을 했습니다. 本人도 또한 數次에
걸쳐 移監要求申請을 提出한바 있습니다. 그러나 아무 反應이
없습니다.

　　移監措置를 기다리다 지친 受刑者는 지난 9月 6日부터 12日까지 一週間
移監에 따르는 要求事項을 本人을 通해 當局에 提出케하고 斷食
으로 抗議했습니다.

　　그러나 오늘까지도 要求事項의 어느 하나 解決되지 않았습니다. 그리하여
閣下께 呼訴하는 바입니다. 現在의 病院收容은 不法이오며 國庫의
浪費에 지나지 않습니다.

　　여기 移監申請書寫本과 要求事項에 關한 件의 寫本을 參考로 同封합니다.
閣下께서 受刑者가 法에 따라 正當하게 服役할수있도록 還所해주시기를
仰望합니다.

　　　　　　1978年 9月 25日

　　　　　　　　　　　　　李 姫 鎬 올림

박정희 대통령에게 보낸 이희호의 편지. 김대중의 진주교도소 이감을 요구하고 있다.

2. 지방에서의 농성소식은 퍽 고무적인데 구체적으로 어떻게 하고 있는지 알려주시오.

3. 나는 오늘은 퍽 기운이 없는데 아마 어제 링겔주사를 안 맞아서 그런 것 같소. 그러나 아직 견딜 만하오.

4. 내일 법무부는 3.1 인사만 보내고 당신은 모레쯤 가는 것이 좋을 듯.

5. 올 가을이 아주 중요한데 항시 말한 대로 국민의 생활과 밀접한 것, 그들의 관심이 많은 것으로 싸우도록 해야 하오.

예를 들어서

1) 물가를 내려라.

2) 노동자, 사무원의 생계비를 지불하라.

3) 농민의 곡가를 보장하고 폭풍피해를 완액 보상하라.

4) 재벌경제를 타파하라.

5) 사학에 보조금을 주고 등록금 내려라.

이러한 이슈 중 한 개 또는 몇 개를 필요에 따라 선택하여 민주회복 구호와 같이 사용할 것(3대 스캔들도).

1978년 9월 12일*

1. 대통령에게 이번에 내는 서신은 비공개로 하시오. 그래서도 시정이 없으면 이 다음에는 아주 강력한 공개서한을 냅시다. 편지에는 당신이 법무장관에 보낸 (단식시) 서신을 첨부하여 문맥은 간단히 쓰는 것이 좋겠소. 즉 3월 이래 누차 환소조치 요구해온 경위와 아무 반응 없는 사실 그리고 단식으로도 해결되지 않아 부득이 대통령께 호소한다는 것. 지금의 병원 수감은 불법이며 국고 낭비라는

것 등 자세히 써서 그 선처를 바라는 요지면 될 것이오.

2. 변호사 오면 당신 말대로 하겠소. 저녁에는 미음, 고기국물, 야채 사라다 좀 갖다주면 좋겠소.

3. 석 박사는 미국 여행 갔대요(15일간 쯤).

4. 참고로 이야기하는데 가능하면 한빛교회 여러분과 간단한 저녁 식사라도 하면서 해산해주었으면 좋겠소. 참으로 그분들의 은혜를 잊을 수가 없소. 만일 그렇게 하게 되면 홍일이를 동석시키시오. 그 애를 자주 그런 분들과 접촉시켜서 느끼는 것이 많도록 하는 것이 좋겠소.

5. 단식 종료에 임해서 당신 이름으로 다음과 같이 간단히 발표하시오.

삼가 알립니다.

지난 6일 이래 이미 발표한 대정부 요구조건을 걸고 단식투쟁 중이던 저희 남편 김대중은 만 7일인 오늘 저녁으로 단식투쟁을 일단 해제했습니다.

그 이유는 첫째, 이정도로 그의 뜻이 일단 분명히 되었고 둘째, 국내외 많은 동포와 벗들이 크게 우려하였으며 국내와 일본 및 미주의 각지 그리고 캐나다의 서부에 있는 동포들까지 단식에 동참하여 고초를 겪고 있는 현실을 볼 때 더 이상 그분들에게 괴로움을 줄 수 없으며 셋째, 당국에서도 곧 어떤 조치를 하겠다는 의사표시가 있었기 때문입니다. 남편은 일단 단식을 풀되(정부의 만족할 만한 조치가 없으면) 머지않은 시일에 투쟁을 재개하겠다는 뜻을 굳게 하고 있습니다.

남편과 저희 가족 일동은 국내의 여러 분이 보여주신 후의에 깊이 감사를 드립니다. 아울러 앞으로도 더 많은 지도편달을 내려주시기 바랍니다.

이 발표문과 저번 당신의 공개서한 및 3.1가족성명을 꼭 국내 신문 정치부로 보내세요. 물론 기사화되지는 않겠지만 그만큼 여론계와 정계에 알려집니다.

끝이 날카로운 못 하나 구해주시오. 사이즈는 저번 것보다 좀더 긴 것.

1978년 9월 14일*

1. 가을이 중요한 시기요. 저번 말한 대로 M, MD, LDC 등 만나서 질문하여 그들이 조직적으로 움직이도록 격려해주시오. 그후 내 의견서(추가분도 보태서) Y, M 두 분과 상의해주시오(직접 만나서). 당신은 바깥 일 걱정 말라지만 아무래도 충분히 조직적·계획적이 아닌 것 같소. 올 가을에 어떤 성과 없으면 명년부터는 국민은 물론 지금의 동지들조차 무력감에 빠져버려요. 기장·예장, 천주교, 감리교 대책 및 토론에 대한 공세 특히 중요해요. 학생들의 희생을 다시 헛되게 하지 말아야 합니다. 공덕귀, 이우정 여사와도 협의해주시오.

2. 신문은 휴지 도르레를 완전히 빼서 넣으면 편해요. 다만 앞으로는 가십, 사설(한 건만), 영문기사만 간단히 넣어주시오. 그러면 종전대로 될 수도 있을 듯해요.

3. (생략)

1. 앞으로는 신문 보라고 함부로 손짓이나 눈짓 마세요. 당신 말한 대로 의례 볼테니까. 잘못하면 눈치채기 쉬워요. 특히 Mr. 盧는 sensitive해요.
2. 신문은 하루에 사설 1~3, 가십 1, 해설(외신 또는 경제) 1, 영문 1면 기사 1~2건만 넣어주시오.
3. (생략)
4. (생략)

1978년 9월 18일*

1. 미제 볼펜심(parker것) 내일 중 넣어주시오.
2. 빤스에 허리를 넓은 고무천으로 댄 것은 넣지 말고 천을 겹쳐서 그 사이에 고무줄 넣은 것으로 바꿔주시오. 그래야 그 사이에 펜을 찔러넣을 수 있어요.
3. (생략)

1978년 9월 23일*

※ 이하는 김대중이 옥중생활 2년 반 동안에 변호인과 가족면회를 통하여 우리나라가 처한 여러 가지 당면 문제에 대해서 이야기한 것을 기억나는 대로 요점만 추려 쓴 것이다.

1. 민주회복은 국민의 힘에 의해서 이루어져야 하며 비폭력 적극 투쟁의 방식을 취해야 한다.

   a) 우리가 독재정권에 의해서 이토록 오래 자유를 박탈당하고도 회복 못한 것은 우리의 민주주의가 당초에 자력에 의한 것이 아니었기 때문이다.

   b) 지금의 우리가 노예적 굴종으로부터 해방을 원한다면 우리는 그에 상응한 희생과 노력을 바쳐야 한다. 자유는 반드시 대가를 요구한다.

   c) 우리 국민의 민주에 대한 욕구는 강력하며 이를 운영할 만한 민도도 충분하다. 다만 자유를 위해서 몸을 바치려는 용기와 의지가 부족하다. '행동하지 않는 양심은 결국 악의 편'이 되고 있는 것이다.

   d) 우리의 민주회복 투쟁은 비폭력이어야 한다. 폭력의 사용은 외부 불순 세력의 악용을 초래할 우려가 있을 뿐 아니라 현 정권이 그들의 장기로 하는 거대한 폭력의 사용을 합리화시켜주게 된다. 간디나 킹 목사가 한 바와 같이 비폭력으로 그러나 끈질기게 계속 투쟁해야 한다.

   e) 이미 말한 대로 전 국민의 0.1퍼센트인 3만 5000명만 자진 투옥되면 우리는 승리할 수 있다. 구속은 두려워할 때 권력자의 무기지 두려워하지 않는 민중에게는 아무 효과가 없다. 같이 행동하고 나서도 몇몇 동지만 정부 당국자가 선택적으로 구속하는 것을 방치할 것이 아니라 같이 행동한 모두가 자발적으로 그 구속에 합세해야 한다. 그리하여 이 나라 감옥을 정치범으로 가득 채우면 결국 정부도 국민의 결의 앞에서 태도를 바꾸지 않을 수 없다. 안 바꾸면 더 큰 파멸이 오기 때문이다.

2. 카터 대통령의 인권정책은 20세기 최대의 위대한 도덕적 결단이다.

    a) 인권은 하느님이 준 최대의 선물이며 우리의 천부의 권리다. 정부도 국가도 모두 인권을 최대 최상으로 지키기 위해서 존재하는 것이다. 그러나 인권의 존엄성을 바탕으로 하는 민주국가에서조차 근자에는 그 대외정책에서 이것이 경시되어왔다.

    b) 카터 대통령의 인권정책은 미국과 서방 민주국가의 오랜 과오를 시정하고 미국 민주주의의 가치를 새로이 천명한 위대한 도덕적 결단이었다. 세계의 모든 인민이, 소련과 중국인까지도 미국을 존경하고 사랑하는 것은 그 거대함 때문이 아니다. 미국이 인간의 존엄성이 보장된 나라이며 그러한 인간의 가치를 지키기 위해서 막대한 희생을 무릅쓰고 1·2차대전에서 싸웠기 때문이다.

    c) 그러나 2차대전 후 미국은 모처럼의 위대한 재산을 탕진하는 과오를 20년간이나 보냈다. 어떤 독재자라도 반공만 하면 지원했다. 독재자는 반공의 이름 아래 국민의 인권과 국내 민주세력을 탄압했다. 후진국의 가뜩이나 약한 민주세력은 좌로부터는 공산주의자, 우로부터는 미국의 지원을 받는 군사 독재자로부터 협공을 받아서 쓰러졌다. 중국 대륙에서, 월남에서, 캄보디아에서, 한국에서, 기타 도처에서 그랬다.

    d) 카터의 인권정책은 이러한 오랜 과오에 종지부를 찍었다. 만일 미국이 10년 일찍이 이 정책을 취했더라면 월남이나 캄보디아는 공산화되지 않았을지도 모른다.

    e) 그러나 카터 대통령이 취임한 이래 근 2년간의 인권정책의 집행 결과는 그 찬란한 원칙의 위대성에 비해서 상당히 실망적이다. 가장 1차적으로 시정을 요구해야 할 우방국가(적어도 민주주

의를 표방하고 있는)의 인권유린 사태는 등한시하면서 독재정치를 공개적으로 내세운 소련, 동구제국에 대해서만 인권유린을 따지는 데 집중한 것은 타당하지도 공정하지도 않다는 일부 비판을 초래하고 있다.

f) 인권문제는 정치적으로 보더라도 미국과 서방 민주국가의 장래 사활을 결정한다. 19세기 후반에 영국은 열심히 불, 독일, 러, 미, 일 등과 무역하면서 그 산업의 근대화를 도왔다. 그중 민주주의를 택한 미국과 불란서는 1·2차대전을 통해서 미국의 연방이었다. 그러나 민주주의를 거부한 비스마르크의 독일과 명치유신의 일본은 1·2차대전에서 각각 영국과 서방 민주국가의 생사를 위협하는 적이었다. 러시아 이후 금일의 소련이 얼마나 무서운 서방의 적인가. 미국은 전시 중 스탈린이 인정하다시피 소련의 근대적 중공업 시설의 3분의 2에 대해서 경제적·기술적 협력을 했다. 거기서 얻은 약간의 경제적 소득의 대가로 오늘 미국민은 막대한 국방비를 투입해서 자기가 기른 곰을 견제하는 데 골몰하고 있다. 앞으로도 미, 일, 서구 민주국가가 인권의 신장의 병행 조치 없이 대 소련, 중공은 물론 비공산 독재국가를 경제적으로 후원한다면 그 결과의 파멸적 전망은 너무도 뚜렷하다.

g) 오늘날 서독과 일본이 민주국가로 새출발했기 때문에 이번에는 그 경제력이 2차대전시와는 정반대로 서구 민주국가의 큰 재산이 되고 있는 사실에서도 우리는 교훈을 배워야 한다.

3. 안보를 위한 최선의 길은 민주적 내정개혁과 미·일과의 유대강화 그리고 4대국에 의한 평화의 보장이다.

a) 2차대전 후 미국은 독일과 월남과 한국에서 공산주의와 겨루었다. 독일에서는 이기고 월남에서는 지고 한국에서는 게임이 진행 중이다. 이긴 이유는 서독에서는 민주체제 아래 자유와 경제적 평등과 사회정의를 실현했기 때문이고 패망한 이유는 월남에서는 민주주의만 내걸고 소수 군사 독재자들이 국민을 탄압하고 착취하고 부패행위를 자행해서 자기 국민으로부터 버림받았기 때문이다. 공산월맹에게 지기 전에 먼저 자기 국민에게 패배한 것이다.

b) 한국은 만족할 만한 것은 아니지만 72년 10월 이전까지는 적어도 국민들이 공산주의로부터 이 나라를 지킬 가치가 있다고 믿을 만한 정도의 정치적 자유가 있었다. 그러기에 우리 국민은 6.25전쟁을 이겨내고 60년대 말의 공산게릴라의 남침을 막아내고 공산간첩이 발붙일 곳을 없게 하여서 가장 확고한 반공국가를 이룩했다.

c) 유신체제 이후 우리는 우리의 민주국가로서의 장점을 거의 상실하고 말았다. 언론, 집회, 출판 등 모든 기본자유는 완전히 박탈당했다. 사법부의 독립은 대통령이 법관의 임명은 물론 보직까지 결정함으로써 제도적으로부터 말살되었다. 입법권은 대통령이 언제라도 법률에 효력을 갖은 긴급조치를 선포함으로써 철저히 무력화되었다. 야당은 온갖 방법에 의해서 무력화되고 어용화되었다. 모든 언론은 정부의 기관지다. 대통령 직선제는 없어지고 대통령 자신이 의장인 통일주체국민회의라는 어용기관에 의해서 99.9퍼센트의 지지로 경쟁자 없이 당선되었다. 이 통일주체국민회의에 정당은 일체 간여하지 못하도록 법제화되었다. 국회의원의 3분의 1은 대통령이 지명한다. 이러한

체제를 과연 민주주의라 해서 국민이 목숨을 바치고 지킬 의욕
이 날 수 있을 것인가.

d) 경제가 성장한 것은 사실이다. 그러나 도시와 농촌 간, 지역
과 지역 간 그리고 대기업과 중소기업 간의 치명적 불균형이
큰 문제점으로 대두하고 있다. 그러나 여하간 높은 빌딩이 서
고 많은 공장이 섰다. 그러면 그 빌딩과 공장은 누구의 것인가.
미국과 일본같이 몇만, 몇십만 주주들의 것인가. 아니다. 단 한
사람 것이다. 노동자의 저임금, 농민의 저곡가, 국민의 높은 세
부담과 연간 20퍼센트를 넘는 인플레이션 희생과 정부의 온갖
특혜적 지원으로 몇몇 재벌이 이 나라 전 경제를 독점하고 있
다. 불과 10년 사이에 급성장한 재벌은 이미 세계랭킹 100위 이
내가 하나 200위 이내가 셋이다. 반면에 노동자의 60퍼센트 이
상이 월 5만 원(100불) 이내의 저임금을 받으며 농촌에서는 매
년 30~40만 명이 도시로 몰려나온다. 서울의 길거리와 다방에
는 대낮에도 사람으로 가득차 있는데 이는 정부의 발표와는 달
리 격심한 실업상태를 말해준다.

e) 민주적 내정개혁 없이는, 다시 말하면 유신체제의 철폐와 민주
헌법 질서의 회복, 경제적 재분배를 통한 국민 간의 단결과 화
해와 회복, 인권과 정신적 가치 및 사회정의에 대한 우선적 가
치 부여 등이 이루어지기 전에는 결코 공산주의에 대항해서 견
고한 안보체제를 이룩할 수가 없다는 것은 의문의 여지가 없
다. 바꾸어 말하면 우리는 민주적 내정개혁만 이루어진다면 북
한 공산주의자들을 두려워할 이유가 없으며 결국은 서독과 같
은 우월성을 발휘할 충분한 자신이 있다. 그만큼 우리 국민들
도 교육되어 있고 능력이 있으며 활력이 있다. 유신체제는 모

든 국민적 불행과 국가적 제약의 원천이다.

f) 한국의 안보는 남북한만의 문제가 아니다. 북한과 접경하고 각기 군사 동맹을 맺고 있는 중·소 양대국을 생각할 때 우리의 안보는 필연적으로 미국·일본과의 협력관계를 도외시하고는 상상할 수 없다. 특히 미국의 존재는 우리 안보의 사활을 결정한다. 그럼에도 불구하고 최근 미군의 철수가 기정사실로 진행되고 있는 것은 심히 우려할 일이다. 도대체 모든 조건이 유리하고 안정된 서독에는 30만 대군을 두면서 그와 정반대의 불안한 상황 아래 있는 한국에서 3만 미군을 철수한다는 것은 전혀 납득할 수 없으며 위험하기 짝이 없다. 미국은 왜 철군에 앞서 남북 간의 평화정착을 선행조건으로 공산 측에 내세우지 않는지 그 점도 이해할 수 없다. 미국의 재고를 강력히 주장한다. 일방 우리는 위와 같이 된 최대 원인이 이미 지적되고 있듯이 한국에서의 독재와 인권유린 사태로 인하여 월남전의 쓰라린 체험을 한 미국 국민이 그와 같은 나라에서 다시는 피를 흘릴 수 없다고 결심한 점에 있다는 것을 안다. 따라서 우리는 우리의 안보를 위한 미·일 등 우방국가 국민들의 지지 획득을 위해서도 그들이 존경하고 도울 가치를 인정할 수 있는 민주적 내정개혁이 절실하다.

g) 내가 71년 대통령 선거시 '미·일·중·소의 4대국에 의한 한반도 평화보장' 정책을 선거공약으로 내걸었을 때 박 정권은 맹렬히 반대했다. 그러나 지금은 그들도 바라는 한반도 안보의 상식이자 필수조건이다. 또 내가 72년의 '7.4남북공동성명' 직후 남북한의 UN 동시 가입과 세계 각국의 남북한 교차승인을 주장했을 때 정부는 공식으로 이를 반대했었다. 그러나 불과

11개월 후인 73년 6월에 박 대통령이 나의 안과 똑같은 것을 제안하였다. 그러나 그때는 이미 IPU와 WHO에서 북한에게 패배한 후였기 때문에 그들로부터 거부당하고 말았다.

나는 최근 박 정권이 취하고 있는 친소·반중공(친대만)적 태도를 심히 우려한다. 우리는 어디까지나 중·소를 동등하게 다뤄야 한다. 오히려 역사적·지리적 관계로 보나 최근의 미·일의 대중 접근의 경향으로 보아서 미와 보조를 맞추는 것이 사리에 합당할 것이다. 소련의 대한 제스처는 북한 견제 이상의 것이 될 수 없을 것이다. 4대국의 평화보장에는 북한 공산정권의 동의협력을 필요로 한다. 그러기 위해서는 먼저 남한의 민주적 내정개혁을 통하여 국민의 자발적 안보체제를 확립해야 한다. 그래야만 북한 당국으로서도 도리 없이 국제적 보장 아래 평화공존을 받아들일 것이다.

h) 한국 안보는 세 가지 조건, 즉 민주적 내정개혁, 한·미·일 유대강화, 4대국의 평화보장이 각기 불가결하다. 그러나 그중에서도 기본적 요건은 민주적 내정개혁이다.

4. 정치범은 특별히 차별과 박해를 받고 있다. 이를 위해서 정부는 현행법조차 지키지 않는다.

a) 정치범은 영장 없이 체포하며 체포된 후 보통 1개월 이상 그 행방도 모르며 변호인의 도움도 받을 수 없고 때로는 심한 고문을 당한다.

b) 정치범은 일반범에 비하여 수감 중 면회 횟수와 면회인의 범위 및 면회시간(법은 30분 한정이나 실제는 5분간) 등에 있어서 불법적인 제한을 받으며 변호인과의 면담내용도 기록하지 말라

는 법의 명문규정을 어기고 일일이 기록당하고 있다.

c) 정치범은 독방에 수용하고 양 옆방을 비우며 전담 감시인을 붙이는 등 특별한 압박과 감시 하에 있으며 부당한 처우에 항의하면 교도소 당국으로부터 심한 보복을 받고 있다.

d) 정치범은 가족과의 통신이 극도로 제한되며 친척 또는 지인들과의 통신은 불법적으로 차단되고 있다.

e) 정치범은 독서를 위한 서책 차입에도 불법적인 제한을 받으며 일반범에게는 많이 허용되는 신문구독과 옥내집필이 전혀 허용되지 않고 있다.

f) 정치범에게는 법의 명문규정을 어기고 교도소 내에서의, 신부나 목사를 면회하고 신앙생활의 향상 발전을 위해서 이야기할 기회가 전면적으로 봉쇄되고 있다.

g) 정치범의 재판은 특별한 경계와 방청인의 제한 속에 행해지며 보도기관의 사진촬영도 금지될 뿐 아니라 국내 보도기관에는 일체 보도가 금지되기 때문에 국민은 재판이 있는 사실조차 모른다.

h) 정치범에 대한 재판은 하나의 형식에 불과하며 재판관은 대통령에 의해 임명되고 대통령에 의해 보직됨으로 독립성을 상실하고 있으며 행정부의 의도대로 움직이는 꼭두각시에 불과하다. 심지어는 정부의 비밀정보기관에서 판결의 형량까지 지정해주는 실정이다.

i) 일반범은 형기 도중 석방될 때 특사에 의해서 석방됨으로 재수감될 염려가 없을 뿐 아니라 국민권도 동시에 회복된다. 그러나 정치범에 한해서는 형집행정지로 석방하기 때문에 시인 김지하 씨의 예같이 언제든지 재수감될 수 있으며 국민권이 상실되어

있기 때문에 공직 선거에서의 선거권이나 피선거권이 없음은
물론 직장을 구할 길도 없다.

j) 정치범의 가족은 엄중한 감시와 차별대우를 받으며 그 가족은
취직도 사업도 할 수 없는 주위 분위기를 조성한다. 심지어 정
부기관원이 성직자를 공산당이라고 선전하여 그 가족들에게 고
통을 주는 예도 있으며 수많은 반공이념이 투철한 목사나 학자,
문인들을 공산당 동조자로 조작하여 처벌하고 있는 실정인데
당사자와 그 가족들은 징역사는 자체보다 공산당 동조자로 몰
린 사실을 더 통분해 하며 또 이로 인하여 말할 수 없는 고통을
겪고 있다.

k) 정치범은 때로 정당하게 요구하는 진찰이나 치료를 거부 또
는 방해 받는 예가 있다. 나는 1년 반 동안 대퇴골 관절의 질병
에 대한 치료 요구가 수십 차례 신청에도 불구하고 거부되었으
며 금년 9월 6일부터 일주간의 단식 기간 중 의사의 치료가 충
분히 행해지지 않았는데 이는 외부의 압력에 의한 것으로 믿을
만한 근거가 있다.

5. Asia 특히 한국에서는 민주주의가 시기상조인가?

a) 많은 아시아의 독재자들이 아직 서구식 민주주의가 시기상조
라고 주장함으로써 그들의 독재를 합리화시키고 있다. 한심한
것은 일부 서구 학자나 정치인까지 마치 무슨 진리나 되는 듯
이 이러한 주장에 동조하고 있다.

b) 이 말처럼 진실을 외면하고 패배주의적인 주장은 없다. 영국
은 그 민주주의를 정착시키는 데 약 400년이 걸렸으며 불란서
는 대혁명 후 제2공화국까지 약 100년이 걸렸다. 아시아에서

민주주의를 시도한 지는 불과 30년이며 그나마 계속적으로 노력한 나라는 드물다. 그러나 일본과 이스라엘은 이미 민주주의가 정착했으며 인도의 상황은 혁명 후의 불란서보다 더 양호하다. 만일 지난 30년 동안 아시아 각국이 민주주의를 위한 진지한 노력을 해오고 서방국가들이 이를 전적으로 지원했다면 지금쯤은 괄목할 만한 민주주의의 성취를 보였을 것이다. 노력보다는 오히려 방해나 역행하는 짓만 해놓고 아시아에서의 민주주의 상조론을 운위함은 사실을 외면하는 궤변도 이에 더할 수 없다.

그뿐 아니라 지금 아시아에는 중국, 북한, 몽고 등 공산주의가 이미 뿌리를 내린 몇 개의 나라가 있다. 그렇다면 자본주의, 민주주의의 다음 단계라고 일컬어지는 공산주의는 정착할 수 있는데 그 전 단계인 민주주의는 성공할 수 없단 말인가. 민주주의는 이미 공산주의에게 패배할 수밖에 없도록 운명지어져 있단 말이 되지 않는가? 참으로 아시아의 독재자들과 일부 서방 인사들의 주장은 패배주의의 표본이라 할 것이다.

c) 다시 그들은 말하기를 '경제성장이 선행돼야 한다. 경제가 성장해야만 민주주의가 그 위에 뿌리를 내릴 수 있다'고 주장한다. 일견 그럴듯한 주장이나 이는 역사적 사실을 외면하면서 민주주의와 경제적 근대화의 함수관계를 무시한 이야기다.

d) 19세기 후반 이래의 역사를 보면 영, 미, 불은 민주주의와 경제발전을 병행시켰다. 그러나 독, 러, 일은 이를 분리해서 경제발전만 서둘렀다. 그 결과 후자 삼국이 경제발전을 성취한 연후에 과연 민주주의를 받아들였던가? 아니다. 그들은 그 성장한 경제력을 가지고 민주주의를 말살하려 하는 무서운 적이 되

었고 지금도 되고 있다. 정치적 민주주의와 경제발전은 밀접한 함수관계를 가지고 있다. 민주주의적 제도, 즉 언론자유, 강력한 야당, 여론에 민감한 행정부와 정상적인 국회, 정의로운 사법부가 있는 상황에서 성장하는 경제는 중산층의 육성과 사회복지에 공헌해서 민주주의의 물질적 토대를 강화한다.

전제체제 아래서도 경제성장은 가능하지만 그 성장의 과정과 결과가 국민 전체의 행복과는 무관하며 오히려 국민의 수탈과 억압을 더욱 강화하여 대외적 침략의 능력을 촉진시키는 물적 여건을 제공할 뿐임은 역사와 현실이 증명한다. 또 일부에서는 급속한 경제성장을 위해서는 방만한 민주주의적 자유는 오히려 장해가 된다고 말한다. 그러나 이러한 조작된 신화도 2차대전 후의 민주국가인 일본과 독일의 놀라운 경제성장과 소련 및 동구 제국, 기타 아시아, 아프리카 여러 전제국가에서의 경제적 침체를 대조해보면 알 수 있듯이 근거가 없다.

e) 한국민은 선진국과 큰 차이가 없는 높은 교육수준을 가지고 있다. 오늘날 파행적인 발전이나마 이 정도의 경제적 성장을 이룬 가장 큰 원인이 여기 있다. 또 2000년에 걸친 중국의 압력과 영향에도 불구하고 자기본질을 지키는 자주성이 있다. 국민은 지적이고 활력이 있으며 또한 근면하다. 그들이 2차대전 후 30년간 보여준 실적은 민주주의를 향유할 자격이 충분히 있다는 것을 입증하고 있다.

f) 한국민은 해방 후 미군정 3년 동안 공산주의와 대결해서 대한민국의 수립을 쟁취했으며 6.25전쟁에서 민주수호에 대한 강력한 의지와 희생의 감수 그리고 빛나는 성공을 보여주었다. 한국민은 전시 아래에서 행해진 대통령 직선과 지방의원 선거를

훌륭히 수행했으며 이승만, 박정희 양인의 전집권 기간을 통하여 양대 정당제를 지원했다. 그리고 거듭된 부정선거에도 불구하고 야당이 언제나 총투표의 40퍼센트 이상을 차지하도록 지원했다. 71년에 행해진, 마지막으로 국민이 직접 투표한 대통령 선거는 세계가 인정한 가장 민주주의적 활력에 찬 선거였으며 당시 야당 대통령 후보였던 나는 온갖 부정에도 불구하고 46퍼센트의 국민지지를 받았다.

g) 우리 국민은 역사적 사실이 증명한 대로 민주주의를 지키고 민주제도를 운영할 능력이 충분히 있다. 박 정권이 유신독재체제를 선포하고 거기다 계엄령보다 가혹한 긴급조치에의 탄압을 항구적으로 계속한 것은 따지고 보면 그들이 조금이라도 국민에게 자유를 주었다가는 정권 유지가 불가능하다고 판단했기 때문이다.

h) 지금 이 나라에서 언론은 완전무결하게 정부기관지화되었고 야당과 국회는 독재를 은폐하기 위한 장식물로, 사법부는 행정부의 시녀가 되어버렸다. 거기다 민주세력은 국민으로부터 차단당하고 투옥당하고 있으니 국민은 기대고 싸울 언덕을 찾지 못하고 있다. 그러나 지금 문화인, 종교인, 학자, 청년, 학생, 노동자들의 투쟁은 하루도 쉬지 않고 줄기차게 계속되고 있다. 우리는 내일이라도 억압이 제고되면 불과 1~2주 내에 전국을 망라할 강력한 정치조직을 완성할 확신을 가지고 있다. 지금 이미 이심전심으로 그와 같은 조직이 형성되고 있는 것이다. 우리는 반드시 민주주의를 회복할 것이다. 그때까지 우리는 생명이 있는 한 계속 싸울 것이다. 우리는 결코 노예적 굴종의 생활과 타협하지 않을 것이며 그와 같은 운명을 우리 자손들에게

유산으로 넘겨주지 않을 것이다.

6. 오늘을 사는 기독교인이 가야 할 참된 삶의 길을 일관하겠다.

a) 한 사람의 크리스천으로서 나의 지적 목표는 하느님의 눈으로 모든 것을 보고 판단하는 것이며, 도덕적 목표는 하느님과 하나가 되는 것이다. 참된 크리스천의 일생은 하느님을 닮기 위해 그에 접근하려는 끊임없는 노력이어야 한다. 그 하느님은 어떠한 하느님인가.

b) 하느님은 이 세상을 창조했고 우리를 너무도 사랑하시어 자기의 독생자를 보내시었다. 따라서 하느님에게 있어서 그 뜻이 하늘에서와 같이 땅에서도 이루어지게 하는 일, 즉 사회개선과 발전의 사업은 최종적은 아니지만 절대적 가치가 있는 것이다.

c) 하느님의 아들 예수는 이 땅에 와서 무엇을 했는가? 그는 하느님의 뜻에 따라 이웃을 위한 봉사, 특히 억압받고 고통받고 죄속에 있는 자들, 소위 암할레스(땅의 백성)를 위해 헌신하는 일생을 보냈으며 우리에게도 자기를 본받도록 다짐하면서 마침내는 자기 이웃인 우리들의 구원을 위해 십자가에 자기 자신을 제물로 바치셨다.

d) 예수는 그의 생애 중 일관해서 바리새 교인의 위선을 통렬히 비난했는데 그것은 그들이 가장 존경받는 신자를 자칭하면서 자기 이웃에 대한 사랑은 제쳐놓고 하느님에게 잘 보이려고만 애썼기 때문이다. 우리에게 있어서 이웃은 무엇인가? 나와 같이 하느님의 아들인 것이다. 그렇다면 하느님이 사랑하는 내 이웃의 고통을 돌보지 않을 뿐 아니라 오히려 이를 속박하고 괴롭히면서 그의 아버지는 사랑한다느니 하는 이러한 위선에

대한 예수의 단죄가 얼마나 정당한가. 위선적 바리새인은 예수 당시만이 아니라 오늘 이 세상에도 얼마나 많은가를 생각해볼 때 그중의 한 사람으로서 나 스스로 부끄러움과 죄책을 금할 수 없다.

e) 하느님은 태초부터 우리의 협력을 요구하셨다. 천지만물을 창조한 후 이를 다스리는 것과 그 정당한 명칭(역할)을 부여하는 일을 우리에게 맡기셨다. 하느님은 노아의 협력을 필요로 했고 많은 예언자들의 협력을 요청하셨다. 하느님의 아들 예수는 12사도와 70인 제자와 바올로에게 많은 사랑의 협력을 받았으며 자기 사후의 협력도 누누이 부탁하셨다. 하느님은 오늘도 이 땅의 사랑과 정의와 평화와 진리를 펴는 역사를 하시는 데 우리들 크리스천의 협력을 매우 필요로 하신다.

f) 인간의 역사에 있어서 종교를 최고의 동력이며 가치로 인정하는 역사 철학의 입장을 견지한 석학 토인비는 말했다. "20세기는 기독교가 가장 쇠퇴한 시기다. 그러나 이 세기는 기독교적 도덕의 잔재 즉 모든 인류가 한 하나님의 아들이라는 정신, 이웃사랑, 약자를 위한 정의, 천부인권정신 등에 매달려 살고 있다." 그러나 내가 믿기에 토인비가 지적한 이러한 것들은 기독교 도덕의 찌꺼기가 아니라 바로 하느님 그 자체이며 예수의 전체인 것이다. 예수와 교회는 같을 수도 있지만 교회가 예수를 저버릴 수도 있다. 지금 하느님은 우리 가운데서 열심히 그의 사랑, 평화, 정의, 진리를 펴는 역사를 하신다. 그러나 그의 교회와 믿는 자들이 달려가서 돕는 일을 등한히 하고 있다. 교회의 행동을 보고 하느님을 판단하게 되는 세계 인민들은 니체의 말같이 '하느님은 죽었다'고 조롱한다. 그러나 진실은 하느

님이 죽은 것이 아니라 기독교회가 죽은 것이요, 그 교인들이 죽은 것이다.

g) 교회가 협력하지 않으니까 하느님은 할 수 없이 많은 믿지 않는, 그러나 양심을 가진 자를 동원해서 자기 사업을 추진하신다. 심지어 옛날 아시리아를 시켜서 이스라엘 왕국의 죄를 증벌하고 신바빌로니아의 왕 네부카드네자르를 시켜서 유다왕국을 연단하듯이 또 메피스토펠레스를 시켜 파우스트를 다그치듯이 무신론적 공산주의자로 하여금 우리에게 도전시키신다. 지금도 예수는 십자가에 걸려 계시는데 그와 같은 조소와 비난과 실망의 십자가를 지게 한 죄는 바로 우리 기독교인들의 전 책임인 것이다.

h) 요컨대 오늘의 기독교인이 가야 할 길은 명백하다. 첫째는 하느님이 하신 대로 이 세상을 사랑하고 개선 발전에 전력해야 한다. 둘째로 예수께서 하신 대로 이웃을 위해서, 특히 눌린 자를 위해서 십자가를 지고 사랑의 봉사를 다해야 한다. 셋째로 내 이웃의 하느님 아들을 위해서 헌신하지 않으면서 그의 아버지인 하느님을 사랑한다는 바리새인적 위선에서 탈피해야 한다. 넷째로 우리의 행동으로 이 세계 속에서 역사하시는 하느님의 사업을 도움으로써 세계 모든 인민들이 우리 기독교인의 행동을 보고 하느님을 알고 사랑하고 믿게 만들어야 한다.

i) 나는 나의 생명이 있는 한 이와 같은 삶의 길을 기독교인의 본분으로 확신하고 살아갈 것이다. 나에게 있어서 크리스천적 신앙은 어떤 신비한 영적 체험이 아니라 십자가를 진 사랑의 봉사를 쉬지 않고 되풀이함으로써 이것이 마침내 나의 일상생활이 되고 그것 없이는 숨쉴 수도 잠잘 수도 없는 상태에 이르는 것

이라고 믿는다. 그러나 거기에 이르는 것은 우리 주 예수의 자
비가 있어야만 가능하다. 사랑하는 주여 나를 도와주소서.

1978년 9월 24일

1. 우선 MD 부인 드리시오. 그 외에 처리 방안은 하오에 말하겠소.
2. Fraser 의원에게 당신의 간곡한 위로 편지와 Bob Boettcher에게
   감사의 말 전해주시오. 그리고 Fraser 의원 대신 누가 그의 역할을
   할 수 있는지 문의하는 것도 좋겠지요.
3. 당신이 미국에 보낸 이번 단식경위서 사본이 있으면 참고로 하겠
   으니 보여주시오. 필요하다면 다시 내보내겠소.
4. Pen은 아직 잉크가 있으니 다 쓰면 내보내겠소.
① 나의 생각을 몇 가지 말하니 밖의 사정과 비추어서 처리해주
   시오.
   a) M, A, LD, MD 등 요긴한 분들에게만 참고로 보일 것.
   b) PD에게 보이고 번역해줄 수 있는지 협의할 것(YD도 생각해보시
      오).
   c) 번역본 또는 원본을 미국에 보내서 의회, 학계, 정부 등 주요
      인사(Butler 변호사도)들에게 바로 알리고 김재준 목사 등에게도
      보내게 할 것. 이 일을 위해 이근팔 씨의 협력이 필요합니다.
      가능하면 500불을 비용으로 보내고 이씨를, 특히 우리들의 뜻
      으로 격려할 것. 서독의 바이체커, 브란트 씨 등에게도 보내도
      록 할 것.
   d) 일본에도 보내서 꼭 요긴한 이에게만 돌리게(비) 할 것.

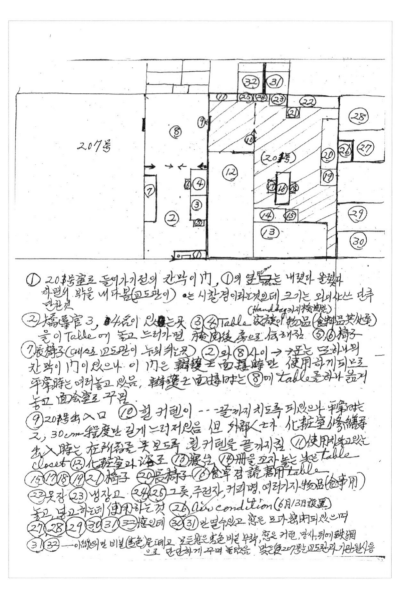

이희호가 그린 서울대병원 병실 내부. 김대중에게는 '특별한 감옥'이었다.

e) 여기서 번역되면 당신 이름으로 카터 대통령, Mansfield 의원 등에게(기타 당신 생각난 분) 보낼 것. 번역이 안 되면 위에 붙일 편지만 작성해서 보낼 것.

f) 이것을 공개적으로 하느냐 하는 것은 더 연구해야 하는데 당신 생각과 바깥 형편을 참작해서 알려주시오.

g) 내주에 인권관계 인사(국무성)와 만나면 큰 제목만 이야기하고 그중 정치적 관계는 설명해주되 그가 원하면 일부 주어도 좋을 듯.

② Fraser 의원에게 위로와 격려편지를 여러 분이 많이 보내는 것이 좋을 듯함(물론 이미 하고 있겠지만). 참고로 말합니다.

③ 누마다 씨에게는 다음을 부탁해주시오.

a) (생략)

b) (생략)

c) 한민통이 대한민국 지지와 반공의 입장을 항시 되풀이해서 천명할 것. 실제 그러지 않으면 나와는 전혀 반대되는 단체인 것이오.

d) 선거 전후해서 우쓰노미야 의원이 자민당에 복귀해주었으면 하는 것이 희망입니다. 뭐라 해도 자민당이 제일 중요합니다.

1978년 9월 26일 12시 30분

1. 나의 옥중 면회 요지(앞으로는 X)는 이근팔 씨께 부탁한 대로 잘 되기를 바라오. 그런데 권군을 시켜서 도서관에 가서 지난 1년 동안 우리나라에 다녀간 외국 학자 리스트를 작성해서 이씨에게 보

내주어 카피 보내주는 것이 매우 효과적인 듯해요. 꼭 실행해주기 바래요.

2. 이씨에게 다시 편지할 때, 외국인들에게 카피 보낼 때는 앞으로의 연락처를 이씨에게 하도록 첨부해서 보내라고 하시오. 그래야 그 문서의 신빙성이 확실해집니다.

3. 이씨에게 월 2회 이상 거기 사정(미 동향, 교포 동향, 일본 및 서구 사정 아는 대로)을 편지해 달라시오(여기 APO 번호를 주면서).

4. 당신이 생각하는 미, 서독 등의 주요인사에게는 여기서 보내니 참고하시고 혹 문의할 일 있으면 나의 이씨에게 연락 바란다는 걸 편지 만들고 사인해서 미스터 리에게 보내는 것이 효과적일 듯하오.

5. 인권문제 쓸 때 ⓐ여기 병원 감금 실정 ⓑ당신이나 가족 미행, 우리집 주변 사정, 강제 가택연금, 납치(광주 등 케이스) 등 가족관계 ⓒ기도회에서의 구타, 난입, 불법연행 등을 써서 보내주는 것이 좋을 듯하오.

6. 미국의 오는 11월 중간선거에서 지난번의 41명 서명자와 기타 Walf 등 필요한 인사들에 대한 물심양면의 지원을 현지 교포들이 하도록, 그리하여 더 굳은 유대를 맺도록 특별 부탁해주시오. 재미교포가 우리를 돕는 최대의 일이 이것이니 명심하도록 단단히 일러주시오.

7. 영역 카피가 오면 하든지, 미리 우리말로 하든지 당신의 이름으로 Gleysteen 대사에게 X 하나 보내면 좋을 것이오.

8. 지난번 최 의사와 약속한 주사대 지불하지 않았으면 오후에는 해주시오.

※ 모든 부탁한 일의 처리는 궁금하니 결과를 알려주시오. 그리고

내 의견이 바깥 사정과 맞지 않을 때는 그 점을 지적해주시오. 다시 검토하겠소. 사소한 일이나 긴급할 때는 당신 판단대로 수정해서 처리하시오.

1978년 9월 26일 5시 30분

1. (생략)
2. 내가 당신더러 자꾸 일을 남에게 맡기라는 것은, 야채나 생선을 좀 나쁜 것을 사고 비싸게 사더라도 그런 손해는 당신이 그런 일에 몰두하는 동안에 중요한 일을 집행하고 계획하고 반성해보는 시간을 잃는 데서 오는 손실에 비하면 전혀 문제가 되지 않는다는 것입니다. 지금 당신이 얼마나 중요하고 무거운 짐을 지고 있나 생각해보시오. 그러나 남에게 시키면 물론 마음에 들지 않은 점이 많지만 사람은(자식이나 부하나) 자기 상사가 혼자 바쁜데 자기가 큰 도움이 안 된다고 생각하면 처음에는 미안하고 부끄럽게 생각하나 나중에는 오히려 원망하고 뻔뻔해집니다.
   또 윗사람은 서투르더라도 아랫사람의 적성을 발견해서 자꾸 일하는 것을 가르치고 실습시켜야 합니다. 그리해서 일을 배우게 되면 그 윗사람에게 감사하게 됩니다. 그리고 무엇보다도 중요한 것은 당신의 건강입니다. 지금같이 과중한 일을 계속하면 건강을 유지하기 어렵다는 점 참 걱정이오.
3. 여기는 요즘 감시가 더 심해지고 교도관들에게도 근무를 강화시키고 있소. 아마 유 변호사가 와서 양 총재건, 신민당건, 국회의원 선거건 등 이야기가 많았던 것을 가지고 왜 사건과 관계없는 일을

이야기하는데 중지 안 시켰는가 하고 문책한 모양이오. 당신도 주의해주기 바라오.

4. 교정국장으로부터 무슨 조치가 있으려나 했는데 2주일이 되도록 아무 말 없으니 당신 생각해서 내월 초에는 당신이 가든지 M, LD를 다시 가게 하든지 해서 독촉해주시오. 그리고 여기 방 사정과 내 스트레스 관계도 이야기해주시오.

5. (생략)

6. 내가 생각해보건대 당신과 M이 자주 만나야 하는데 서로 바쁘니 일주일에 한 번씩 갈릴리 교회 기도시 미리 한 시간쯤 고정적으로 먼저 가서 협의하는 것이 좋을 듯해요. 둘이 미리 작정하면 전화연락이 필요 없어요. 그리고 긴급히 만나야 할 때는 '오늘 3시에 교회(한빛) 가십니까?' 하고 전화해서 '예, 가요' 하면 형편이 좋다는 것이고, '아니요, 못가요' 하면 형편이 나쁘다는 것으로 하면 될 것이오. 그리고 시간을 언제나 한 시간 보태야 해요. 2시에 만나면 3시라 말하는 식으로. 그래야 저들이 3시에 와도 이미 2시에 면회 끝나고 가버릴 수 있어요. 참고하시오.

1978년 9월 28일

1. 《월간 중앙》 두 기사를 넣어주시오.

2. 10월 2일(월)에는 교정국장을 만나서 불원 무슨 조치가 있을 것이라는데 그에 대한 결과를 들어주고 다시 한 번 투쟁하는 일 없도록 강력히 요구해주시오.

3. 김상돈 선생에게는 ⓐ김 선생에게 항시 무한한 존경과 믿음을 가

지고 있으며 ⓑ우리 국민이 반드시 후일 김 선생님의 미국서의 활동을 영원히 기억할 것이며 ⓒ고국에 돌아오실 수 있는 날이 불원 있기를 바란다고 전해주시오.

4. 그분의 따님에게도 감사하다는 말 전해주고 재미교포의 활동방향을 김 선생, 기타 필요한 분께 다음과 같이 전하되 당신이 아는 내 뜻이라 전하라 하시오. ⓐ재미교포는 첫째, 대한민국의 지지 둘째, 정견의 차이에 구애되지 말고 오직 민주회복 하나의 목표 아래 뭉친 국민운동일 것 셋째, 통일은 선 민주회복 후에 평화, 자주, 민주의 삼대 원칙 아래 이루어질 것 등 삼대 기본목표에 따라 행동할 것 ⓑ행동에 있어서는 교포의 단합과 더불어 가장 중요한 목표를 미국의 정부, 의회, 여론, 종교계, 학계(특히 한국관계)의 영향에 치중할 것 ⓒ오는 11일 선거에서 각 지구마다 의원 후보자의 대상을 골라 의원 선거에 적극 참여하고 도와주어 장차 협력의 기반을 강화할 것.

1978년 10월 1일~11월 8일

민주 회복의 열망

1978년 10월 1일

1. 당신이 Labor Advisor에게 질문한 ⓐ미국의 인권 관심이 왜 소련 등에만 집중하고 우방은 등한히하는지 ⓑ한미정상회담 가능성과 우리 의견 ⓒ언론 긴급조치 해제 등이 인권의 핵심이지 구속문제가 아니라는 의견에 대한 대답이나 반응이 어떠했는지요.
2. X를 김승훈 신부 등 꼭 필요한 분에게 함 신부와 협의해서 전해주시오.
3. WS, WL에게 조치하도록 부탁한 것, MD 부인 편에 잊지 말고 잘 조치해주시오.
4. L 만나서 요즘 국회에서의 대정부 질문시 내 문제를 담당 변호사로서 질의해줄 수 있는지를 상의해주시오. 즉 ⓐ왜 나만 석방하지 않는가? ⓑ왜 환소하지 않는가? ⓒ왜 비인도적인 조치를 고치지 않는가? 등입니다. 그러나 미리 전제해서 만일 곤란한 점이 있거

나 이에게 불편한 영향이 있으면 하지 말라고 하시오. 일단 이야기하는 것은 필요합니다. L보고 이 대표나 송 총무하고도 상의는 해보라고 하시오.

5. 거듭 부탁합니다. 홍일이나 홍업에게 자주 충고하고 가업도 주도록 해서 보람 있게 세월을 보내도록 해주시오. 그저 잘해주는 것만이 참으로 그들을 위한 것이 아니오.

6. 왜 파렴치범이나 일반 잡범은 형기 도중 출소시킬 때 사면으로 해서 모든 국민권을 회복해주며 재수감의 여지도 없게 형을 소멸시켜주면서 정치범은 형집행정지로 해서 한 발을 형무소에 묶어놓고 김지하 씨 등같이 이를 악용, 재수감하는가.

7. 내한 외국인 교수들이 통일, 경제 등에 대해 발언한 것 앞으로는 홍업이 시켜 스크랩해주시오. 그리고 과거 1년 것, 이를 딸 때 혹 가능하면 카피 떠주시오. 여러 가지 참고가 될 것이오(앞으로 내게 넣은 것은 되돌리겠소).

8. 동아투위 주보를 꼭 빼지 말고 구해서 넣어주시오.

1978년 10월 2일

1. 세계 YWCA의 총무와 만나면 우리가 역점을 둔 것은 구속자의 석방이 아니라 오히려 대량 구속이라는 비폭력 적극 투쟁이라는 점과 한국의 인권문제는 소수 구속자의 석방이 아니라 전 국민이 고초를 겪고 있는 하느님이 준 자유와 인권의 상실, 즉 언론, 출판, 집회, 결사, 신앙, 양심의 자유의 파탄을 회복하는 것이니 이점을 잘 알고 적극 도와달라고 말해주시오. 구속은 국민이 두려워할

못으로 눌러 쓴 메모

때 압제자의 무기이지 두려워하지 않으면 오히려 국민의 무기인데 지금 우리나라의 민주인사들은 거의가 이를 두려워하지 않으니 정부도 이 무기를 효과적으로 휘두르지 못한다는 사실을 이야기해주시오. 그리고 X 주면서 본국에 가서 적당한 사람 통해 번역하도록 하는 것이 좋을 듯하오.

2. L건 찬성하니 잘 되었소. 그분과의 질문 끝났어도 L이 예결위이니 거기서 더 효과적으로 할 수 있소. 그분과는 예결위에 앞서 본회의 대정부 질의가 있으니 당대표 질문자 중 누가 말할 수 있어요. 끝은 하고자 하는가가 문제지요.

3. 김종환 씨는 앞으로 Little이라 쓰겠소.

4. X를 돌린 국내의 범위, 앞으로의 예정을 메모해 넣어주시오. 서울이나 부산이나 광주에 믿을 만한 변호사, 개신교 성직자에게도 차츰 전해주는 것이 좋을 듯해요.

1978년 10월 3일 12시 30분

1. M 등의 의견을 듣고 내 의견도 전하도록 부탁한 지 근 2개월이 되어가니 물론 바쁜 사정이 있었다 해도 제일 중요한 일이 이렇게 지연되어서는 참 큰일이오. 날짜도 임박했으니 3일 내로 꼭 처리하시오(그 다음 내 의견 추가하겠소).

2. (생략)

3. 대통령(=PH)에 대한 서신(공개)은 신관 옮긴 후에 내야 하니 아직은 표시하지 말고 당신이 다시 서신을 법무장관과 구치소장에게 내면서 수차에 서신에 대한 공식 회답을 요구하며 조속한 환소조

치를 촉구해주시오. 자주 기록에 남겨놔야 합니다. 특히 최근 이 독방으로 옮긴 후 거의 운동, 일광욕을 못하고 정보원, 경찰, 교도 관 등의 포위 속에서 심신이 극도로 피로해진 점 등 잘 지적해주시오. 이는 5~10일 사이에 해도 되니 먼저 앞의 두 가지 건(M. 지. 함) 처리해주시오.

4. 당신에게만 짐을 맡기고 독촉만 하니 나도 참 미안하고 답답합니다. 그런데 X Print 같은 것은 글씨 좀 좋지 않은 것 구애 말고 홍업이에게 맡기시오. 도대체 글씨가 좀 어떻다는 것이오. 제발 당신의 일거리를 덜어서 중요하고 급한 일을 하시오. 그리고 아주 바쁠 때는 미리 말하고 여기 한 번(하루)을 쉬세요.

1978년 10월 4일

1. 그분에게 당신이 다음과 같이 적어주는 것이 좋을 듯합니다.

다음

당신의 뜻을 남편에게 이야기했다. 남편은 당신의 협조와 호의를 매우 기뻐하며 특히 감사하다는 것을 당신에게 잘 전달되도록 부탁하였다. 저의 남편은 이미 내가 당신에게 전달한 Memorandum 속에 자기의 하고 싶은 말이 많이 들어 있으며 또 그것을 보면 자연히 우리의 해외의 벗들이 무엇을 도울 수 있을 것인가도 짐작할 수 있을 것이라고 말하고 있다. 그러므로 다음에 적는 것은 이의 보안 혹은 요약으로 알고 검토해주길 바란다.

1) 기본입장

  a) 우리나라의 인권회복과 민주회복은 어디까지나 우리 국민의 각성과 희생과 노력에 의해서 이루어져야 한다. 우리가 이와 같은 입장에 있을 때만 우리는 해외의 벗들의 지원을 얻을 자격이 있다.

  b) 한국은 아시아에서 유일하게 기독교가 뿌리내린 나라며 또 독일과 같이 신·구 양교가 다같이 국민의 주목과 지지 아래 상당한 교세를 떨치고 있는 나라다. 만일 한국에서 기독교가 하느님의 정의를 이땅 위에 실현하는 데 성공한다면 한국은 아시아 선교의 하나의 결정적 거점이 되며 본보기가 될 것이다.

  c) 한국의 인권문제를 말할 때 해외의 관심이 구속자 석방에만 집중된 것은 유감이다. 그것은 사태의 진상을 잘 파악치 못한 데서 연유한 것으로 본다. 구속이란 본질적으로 협박 수단으로서, 협박은 국민이 두려워할 때 정부의 무기다. 두려워하지 않고 오히려 이를 명예로 알며 기꺼이 구속될 때는 압제자의 무기가 될 수 없다. 오히려 그때는 민중의 무기가 된다. 인도에서의 간디나 미국서의 킹 목사의 경우와 같다. 그러므로 한국의 인권에 대한 관심은 국민의 기본권, 즉 언론, 출판, 결사, 집회, 정치활동, 신앙, 양심의 자유 등의 회복에 주력해주길 바란다. 그중에서도 특히 언론 자유에 최우선권을 두어 관심을 가져주기 바란다.

2) 구체적 문제

  a) 각국과 독일의 Y 그리고 각 교회기관에 한국 사실 알리고 가급적 자주 방한해서 실정 조사하고 협의해줄 것.

  b) 독일 정부, 정계의 요인에게 한국의 인권 실정 알리고 그들이 자주 공개적인 발언으로 인권문제를 거론하여 줄 것.

  c) 독일 정부가 미국의 인권정책에 보다 적극적으로 협조토록 할 것.

d) 주한 독일대사관이 여기의 민주인사들과 항시 연락을 가져주도록 할 것(우리 측에서의 접근은 거의 불가능-도청, 우편, 검열, 대사관 입구의 한국 경찰 때문에).

e) 독일의 언론학자들이 관심을 갖도록 주위 환기, 정보 제공해주고, 특히 한국을 다녀간 학자 등과 접촉해 견해 교환해줄 것.

f) 영, 불, 이태리, 화, 덴, 스웨덴 등의 교회나 민주인사에게도 계속 연락해서 한국 실정 알려주고 공동행동 취해줄 것.

g) 독일 Amnesty가 한국 Amnesty를 돕고 있다. 우리는 특히 이를 감사하며 한국 Amnesty의 성원에는 문제도 있지만 그러나 독일의 지원은 구속자들과 그 가족에게 도움이 되고 있다.

h) 독일의 교우들과 민주인사들이 계속해서 독일의 언론에 한국의 인권문제를 기고, 토론, 광고 형식으로 끊임없이 보도해주기를 바란다.

i) 안병무 박사는 우리 내외가 가장 신임하고 존경하는 분이다. 우리뿐 아니라 그는 한국 기독교계와 지식인들에게 큰 존경을 받고 있다. 독일은 안 박사를 통해서 우리에게 하느님의 은혜를 베푸는 데 공헌했다. 그러므로 앞으로 안 박사를 통해서 한국의 모든 실정을 파악하길 바라며 또 우리에게 연락해주길 바란다.

j) 독일의 Willy Brandt 씨는 누차에 걸쳐 납치 당시(73년 8월 8일) 그리고 작년 봄 동경의 국제사회당대회 참가시 나의 신상을 염려하는 발언을 했고, 연하장의 왕래도 있고, 바이체커 박사님을 수차 만난 친구다. 덴마크의 국회의원이며 국방장관을 지낸 Mr. Merllor가 74년에 우리집을 찾아주었고 스웨덴의 전 수상 팔메 씨는 수상 재직시 나의 신상을 위해 협조했다(참고로).

2. 당신의 판단으로 가감 정정하시오.

3. M 만나면 그쪽 이야기도 듣고 그 전에 내가 당신에게 준(2, 3회) 안도 같이 검토하고 앞으로는 Little을 통한다는 이야기도 해놓으시오.

1978년 10월 5일 12시 30분

1. Little 시켜서 정대철 의원이 질문할 때 다음 점을 참고해서 하도록 하는 것이 좋겠소.

　①3.1사건은 세계의 이목을 집중시켰고 많은 인사와 더불어 나의 양친이 희생되었다. 그런데 ⓐ이 사건에 대하여 서울지방검사장은 공식 발표를 통해 내란선동을 목적으로 한 사건이라는 어마어마한 주장을 했고, ⓑ법무장관도 국회에서 같은 증언을 했고, ⓒ대통령도 외국 기자에게 똑같은 주장을 하였다. 이 모든 발표는 그때마다 국내외에 대서특보되었다.

　②그리고 검찰은 기소장의 대전제로서 내란음모사건으로 기소했다. 그러나 그에 대한 아무 증거도 내놓지 못했고, 재판 기간 중 피고 측이 되풀이해서 그 증거 제출을 요청했지만 끝내 이를 입증하지 못했다.

　③판결의 결과는 1심부터 3심까지 검찰이 주장한 긴급조치 9호 위반의 혐의사실 전부를 인정하였지만 오직 내란음모 부분만은 이를 인정치 않고 무죄로 확정지었다(검찰 측이 이를 인정치 않은 점을 불복, 항고했음에도 불구하고).

　④3.1사건은 선언문 하나를 발표한 것이며 이런 선언문은 지금

도 자주 발표되나 최근은 거의 입건조차 않고 있다. 그렇다면 이와 같은 경미한 사건을 내란음모라는 무서운 혐의를 씌워서 국내외를 진동케 했는데 ⓐ정부는 이와 같이 근거 없는 혐의를 둘러씌운 사실이 이제 법적으로도 확정된 마당에 그 피고들에게 사과할 용의는 없는가. ⓑ정부는 그와 같은 허위사실을 국회에 와서 보고한 사실을 사과하고 그와 같은 조작 수사를 하여 상부를 현혹시킨 자들을 처단할 용의는 없는가. ⓒ정부는 그와 같은 사실 아닌 주장을 국민과 세계에 말한 데 대하여 이를 정식 취소할 용의는 없는가.

1978년 10월 5일 5시 30분

1. '함신부(FH)께 X 부탁하라' 중에는 다음 주교들이 포함되어 있었습니다. G, 황, 김제덕 주교(전주), 윤공희 대주교(광주) 그리고 안동(불란서인)과 인천(미국인)입니다.
   FH와 상의해서 가능하면 전번 말한 대로 믿을 만한 수녀 한 분이 돌게 하는 것도 검토해보시오. 이 외에 좋은 방법이 있으면 당신이 알아서 하시오.
2. X를 다음 분들께 기회 닿는 대로 전하는 것이 좋겠소. Y, 천관우, 강원룡, 이우정, 함석헌, 이재정(성공회), 오충일, 박춘화, 서남동, 김관석, 조남기(NCC 인권위원장), 문정현, 신현봉(원주 신부), 김광일, 임기윤, 송 신부(부산 구포 성당), 전주의 은명기 목사, 광주의 홍남순, 이기홍, 김찬국, 오세흥, 조아라, 고은, 이호철, 박상례 신부(가톨릭 신학대학), 이계창 신부(천안), 장익 신부(서강대-이 분에게는

특히 천주교는 물론 아버지(장면)의 유지를 생각해서도 일선에 나서달
라 전해주시오. 내가 그분과 우리집에서 이야기해보고 아주 정치
적, 사회적 식견이나 판단력이 높다는 것을 느꼈기에 특히 원하고
있다고 전해주시오), 한완상, 백낙청, 기타 해직 교수 중 이상 명
단을 참고로 해서 당신의 판단으로 가감하시오(추가 인명, 박권상, 양
호민, 송건호, 윤제술, 이효제, 박조준(예장 영락교회), 박세경 변호사, 이
돈명 변호사, 김녹영 의원).
3. X 보낼 때는 당신이 '인사말과 아울러 별지의 글을 읽으시고 참고
해주시는 동시에 저의 남편을 위해 기도해주시고 저와 저의 남편
을 지도 편달해달라'는 간단한 편지 붙이시오. 일일이 쓸 수 없을
터이니 카피하거나 등사해서 사인만 하는 것이 좋을 듯하오.

1978년 10월 6일

1. 《Time》《Newsweek》 중 ASIA, USA, WORLD 기사의 중요한 것
을 넣어주시오.
2. 《Korea Times》의 기사는 사설은 그만 두고 1면 기사 중 하나와 (내
외신 간에) 외신 해설기사 하나를 넣어주시오.
3. 권, 함, 한 등 적당한 사람을 매일 국회 방청시켜 상황 파악해주시오.
4. 박 외무의 말은 무언가 이미 한미 간에 합의된 것을 시사하는데
큰 기대를 갖기 어려우리다. 그러나 가을의 상황에 따라서는 충분
히 달라지겠지요. M에게도 이점 강조해주시오.
5. 조화순 목사처럼 어디 갔는지 알려주지도 않고 변호사도 만나게
해주지 않으면 인권이나 기도회 동참자들이 대거 몰려가서 싸우

고 법대로 변호사 협력 받도록 투쟁해야 해요. 그래서 설사 아무 성과가 없어도 본인께 큰 위로가 되고 용기를 북돋으며 다른 사람에게도 '자기도 만일의 경우 저렇게 싸워주겠구나' 하는 힘을 줍니다. 지난 단식 때 밖에서의 성원, 특히 여기 와서의 데모가 얼마나 내게 위로와 힘을 준지 몰라요.

6. 교도소의 면회가 거절될 때도 가족들이 물러나지 말고 거기서 면회될 때까지 마구 싸워야 해요. 그러면 일반 가족들에게 퍼지고 안에 있는 동지들도 더욱 용기가 납니다. 또 저들은 가족이 떠드는 것을 두려워하고 있어요.

※ 5, 6을 참고해서 적당한 분들께 건의해주시오.

1978년 10월 7일

1. 국회 본회의 발언에 적당한 사람 있으면 좋고 그렇지 않으면 L에게 말해서 김원식 씨건 따졌으면 좋겠소. 즉 '최 총리는 이번에도 '개정의 정만 있으면 언제든지 석방하겠다'고 했다. 그런데 광주교도소 수감 중인 김원식 씨는 작년 크리스마스 때 정부가 요구하는 서류에 날인하여 마침내 교도소 당국이 '지금 곧 출소하니 모든 소지품을 챙기라'고 해서 출감할 만반의 준비를 하고 기다리는데 한 시간 후에 와서 '취소되었다'고 통보했다. 이 충격으로 동인은 한때 앓기까지 했다. 이는 최 총리나 법무장관의 그간 거듭된 약속이 거짓이라는 단적인 증거일 뿐 아니라 인간적으로도 이토록 잔인할 수가 없다. 이런 예는 기타에도 있었다. 정부는 이와 같이 국

3.1사건 관련자 석방을 촉구하며 농성을 벌이고 있다. 왼쪽부터 윤보선, 공덕귀, 이희호, 김홍일, 김상현

회를 속이고 김원식 씨의 인격을 우롱한 이유를 밝히라'는 내용을 중심으로 질문해주도록 하면 김원식 씨나 그 가족들에게 위로가 되지 않을까요. 본회의의 질의가 신통치 않으면 다시 L이 법사위나 예결위에서 따지도록 해보시오.

2. 정기영 씨에게 그전 밖에서 한 것같이 여러 가지 정보나 민심 동향들을 월 2, 3회 적어서 달라고 해주시오(얇은 종이에).

3. 정대철 의원 질문 속기록 하나 구해주시오. 정 의원의 여러 가지를 아는 데 참고로 하고 싶소.

4. 노승환 의원에게는 주로 당신에 관한 것을 주었으면 좋겠소.
　　ⓐ집 주위의 감시 실정 ⓑ미행 ⓒ삼일절 등 불법 연금 ⓓ기도회

에서의 평화적 군중에의 폭행 ⓔ여기 병원의 내방자에 대한 간섭 ⓕ기타 당신이 생각나는 대로 적어 말해주시오.

그 사람은 아마 어느 정도는 할 것이오.

5. 통일 당보 요구해서 넣어주시오. 유 변호사가 지난번 면회 때 일부 기사화 않기로 했는데 내용을 좀 보아야겠소.

1978년 10월 7일 5시 30분

1. 이돈명 변호사가 와서 민주주의국민연합이 조직되었는데 나더러 무슨 격려의 말을 해달라는 것 같은 말을 했으나 내가 잘 듣지 못한 채 말을 끊어버렸소. 그것이 이 변호사를 위해 좋을 것 같아서였소. 그러니 당신이 어떤 것을 요구한 것인지 자세히 알아보고 알려주시오. 안 그러면 그분이 곧 다시 올 거요. 내 생각은 오지 않고 당신을 통해 연락되기를 바라오. 그리고 이 조직이 해위 선생 중심이라는데 거반의 인권연합과는 어떻게 다른지 알려주시오. 당신도 관계 있는지요. 이 변호사께 X 주고 백낙청 씨 것도 이분께 맡기면 됩니다.

2. 어제 광화문 데모 학생들의 재판은 그들이 법정에서 미국제 싱싱송에 맞추어서 박 물러가라, 유신 철폐하라 노래 부른 바람에 중지되었다 합니다.

못으로 눌러 쓴 메모

1978년 10월 8일 12시 30분

1. 다시 신관으로 16일경 가는 모양인데 이번에는 어떻게 투쟁하는
   것이 좋은지 당신과 바깥 동지들 의견을 2~3일 내로 알려주시오.
2. M건은 아마 하느님이 나더러는 가만히 있으라는 뜻인 모양이니
   이제는 너무 신경 쓰지 마시오.
3. X를 필동 형님, 홍걸이 이모부, 대현, 홍일이 장인 등에게 하나씩
   드리는 것이 좋을 것 같아요. 우리 주위의 믿을 만한 분들이 우리
   를 잘 이해해주는 것이 가장 중요한 일이라고 생각하기 때문이오.

1978년 10월 8일 5시 30분

1. 민주주의국민연합에 대해서 당신이 말한 것 기억하고 있어요(일본
   신문 본 것은 잊고 있었지만). 내가 걱정해도 소용없지만 인권기구와
   이중으로 이 시간에 할 필요가 있는가 하는 것이오. 아무튼 밖에
   서 잘 알아서 하는 일이니 그만두고 어제 이 변호사가 한 이야기
   나 확인해주시오. 그리고 민주연합이 지금 어떻게 움직이는지 알
   면 몇 자 적어주시오.
2. Y가 두 분의 관계 다 아는 바인데, 나는 M, A, LD, MD 등이 움
   직이는 데 어떻게 하는지 걱정이오. 당신이 할 수 있으면 그분들
   중 M, 기타 소수 분을 좀 도와주시오. 꼭 필요할 것 같소. 특히 M
   에게 중점으로.
3. 문 목사 내외분께 당신과 나의 감사의 뜻으로 노인들께 적당한 것
   (의류) 사서 선물해주시오. 그리고 나의 특별한 감사를 전해주시오.

1. 신관 이전시에는 또다시 단식(3일 정도)하거나 무기한 단식투쟁을 할까 했으나 밖의 의견과 또 겹치는 사정이 있으니(밖에서의) 이를 보류하고 다음 세 가지를 생각하고 있소.

   ⓐ환소 조치를 요구하는 행정소송의 제기와 가처분 신청 ⓑ당신의 공개서한 ⓒ선거법 위반 공판의 재개 신청(이로써 이번 입원 없는 건강상태의 표시)

   ⓓ'ⓐ'에 대해서 박이나 이, L 변호사 중 적당한 분과 상의해주시오. ⓔ이대로만 말하면 그들은 잘 알 거요. 즉 정부의 조치가 부당할 때 이해당사자는 고법에 행소를 제기할 수 있으며 판결의 결과를 기다리다가 중대하고 돌이킬 수 없는 피해가 있다고 인정될 때는 가처분 신청해서 우리 경우는 일단 환소할 수 있도록 잠정판결을 고하는 것이오.

2. 어제 손씨가 말한 자료는 당신이 다음 것들, 기타 중 판단해서 손과 L에게 분배해주든지, 몰아주든지 하시오.

   ⓐ내란음모죄 관계(정에게 주었던 것) ⓑ1인당 GNP 1000불, 수출 100억 불이면 서구식 민주주의 한다 했는데 왜 이제는 회피하는가 ⓒ환소 조치 않음의 불법성을 따지도록 ⓓ우리집에 대한 감시, 미행, 연금의 법적 근거 ⓔ왜 김 한 사람만 출감 안 시키는가? ⓕ왜 파렴치범은 특사로 출소시키고 정치범은 형집행정지냐 ⓖ Aquino 씨의 대우와 비교해서 추궁(물론 나라가 다르다고 하겠지만 그 차를 드러낼 수 있음).

1978년 10월 10일

1. 가능하면 당신이 정 박사 문병 겸 들려서 정 의원에게 칭찬과 격
   려의 말 전해주시오. 그러나 바쁘면 Little을 통해서 하시오.
2. FH에게 편지 했는지요? 단단히 부탁해주시오.
3. 장 신부는 당신이 갈 것 없이 편지 써서 홍일이가 가지고 사모님
   문안 겸 찾아가서 전하도록 하시오. 당신은 전화나 한 번 하시오
   (홍일 가기 전).
4. 광주 쪽은 X를 정기영 씨 통하는 것이 좋겠어요. 그리고 정군에게
   저번 말한 리포트 부탁해주시오.
5. 신관 이동시 나의 대책에 대해서 밖의 의견도 알았으니 내일쯤 적
   어드리겠소.
6. 당신이 바쁠 터이니 PH에 보낼 서한 초안은 내가 곧 작성해보겠소.

1978년 10월 11일

1. 〈민주전선〉 하나 구해서 2~3회 잘라서 넣어주시오.
2. 《Korea Times》는 전에 말한 대로 1면 article 하나와 외신해설 기
   사 하나를 넣어주시오.
3. 미국사(영문으로 된 것) 하나 구해서 넣어주시오. PD나 기타 적당
   한 분께 부탁해주시오. 서점에 가도 틀림없이 있을 것이오.
4. 국회의원 출마 예상자 명단이 신문에 나면 하나 넣어주시오.
5. Little이 자주 M 등 만나서 돌아가는 사정 알아내게 하시오. 전에
   당신도 그런 계획을 한 것으로 아는데 그렇게 해보시오.

이 펜 끝이 너무 무뎌서 글을 쓰면 종이가 많이 드니 저번 파커같이 가는 것 하나 넣어주시오.

1978년 10월 12일

1. 내일 저녁 한 박사 만나면 ⓐ《월간 중앙》, 기타 기고에 감사드리고 ⓑ나의 특별한 기대를 전해주고 ⓒ올 가을의 중요성 말해주고 ⓓ외국 인사를 특히 많이 만나 달라고(특히 공관원, 성직자, 내한하는 학자 등) 전해주시오.
2. 행정소송건 ⓐ가능한지? ⓑ가능하면 16일 이후 언제든지 제출할 수 있도록 서류 작성해달라고 부탁해주시오(신관 이전 후 내가 당신에게 정식으로 말하겠소).
3. 선거공판 재개 요구는 그 이후로서 ⓐ언제까지나 공판을 무기한 휴정시킬 수 없으며 ⓑ나의 건강이 능히 공판에 응할 수 있으며 ⓒ당초 연기 요청했던 이유(즉 자유 분위기 조장)가 당분간 해결될 가능성이 없으니 이대로 매우 미흡한 여건이지만 법의 심의를 바꾸자 하는 것 외에 변호사가 맡아서 적당히 쓰도록 하시오. 그러나 이것의 제출 여부도 16일 이후 내가 다시 말하겠소.

1978년 10월 13일

1. 박 변호사가 왔었습니다. 그래서 내가 만나자마자 "무슨 계획이 있으나 아직 결정을 못했으니 정해진 대로 집사람 통해서 알리겠

다" 해서 말을 못하게 했어요. 아마 이 변호사가 말을 잘못 전한 것 같소. 박 변호사 만나서 당신이 행정소송 이야기, 재개신청 이야기 해도 나중에 신관에 끌려간 후에 다시 말한다고 전해주시오 (그때 내가 당신께 면회시 말하겠소).

2. Mrs. 김을 다시 만날 수 있으면 내 편지(교도소에서 한 것) 카피해(국문, 영문)주는 것이 좋을 듯하오. 이는 합법적인 것이니 가지고 가서 교포와 외국인 벗들에게 카피해서 주도록.

3. 내일 예씨 만나면 그분과 양순직, 박종태 세 분, 언제나 생각하며 후일 같이 협력해서 일할 것을 잊지 않고 있다는 점과 세 분에 대한 나의 존경과 우정이 크다는 점 그리고 특히 예씨를 내가 경외하는 점이 아주 크다고 전해주시오. 그리고 경남북에서 장차 일할 분 잘 살펴두라고 전하시오. 최영근 의원 연락되고 서로 통하면 나의 안부와 기대의 뜻을 전해서 장래 같이 일하기를 마음먹고 있도록 전하라 하시오. 그리고 김 변호사 소개하는 것도 좋을 듯하오.

1978년 10월 14일

1. YD를 만나거나 한 동지 통해서 그분에 대한 나의 신뢰와 존중의 뜻을 전해주시오. 그리고 내가 퍽 고맙게 생각하며 장래 같이 일할 생각을 항시 되새기고 있음도 전해주시오. 그리고 UAM의 Chief 만나면 ⓐ내가 그분에게 큰 관심을 가지고 언제나 당신을 통해서 그 언동을 자세히 알려고 애쓰고 있으며 ⓑ그분의 부임에 큰 기대를 가지고 있으며 ⓒ인권문제를 구속자 석방으로 생각하는 미국 내 일부의 경향을 유감스럽게 생각하며 ⓓ한국 인권문제

의 초점이 언론의 자유와 정치활동의 자유, 이 두 가지라는 점을 설명해주도록 부탁하시오(한에게 메모시키거나 직접 YD 만나서 말로 하시오).

2. 손 의원 발언시는 예결위에 사람 보내서 방청케 하시오. 김녹영 의원도 예결서 발언한다고 유 변호사가 전합니다.

3. (생략)

1978년 10월 15일

1. 내 생각에는 이 부장의 병문안의 뜻으로 2, 3만 원을 싸서 우리 둘의 이름으로 Mr. 김 통해서 보내주는 것이 좋겠소. 그는 내가 서울 구치소 있을 때부터 가장 나를 이해하고 위로해준 사람이오.

2. 여기서 신관 가는 것이 상당히 느려지는 모양인데 그에 대한 조치를 잘 생각해보시오. 나도 잘 생각해서 2~3일 내에 행정소송 등 그 방향을 알리리다.

1978년 10월 16일

1. 지난 13일에 발표한 성명이 외국 신문에 보도되었는지요. 카피를 얻을 수 있는지 알아봐주시오.

2. Fraser 의원과 Bob Boettcher 씨에게 회답했는지요. 다른 분들도 권했는지요. 되도록 많이 위로해주는 것이 좋겠소.

3. 산 사람들이 선거 때 입후보자 중 나의 이야기를 선동적으로 해

서 어떤 사단이 야기되는 것을 염려하는 모양이오. 참고로 알아 두시오.

4. 이용희 의원에게는 다음 내용을 편지해주는 것이 좋겠소. 즉 저의 남편은 투옥되어 있는 것을 기쁘게 생각한다. 그것은 지금 우리 민주주의와 국민의 권리와 행복의 회복을 위해서 자기로서 할 수 있는 최선이 이 고난을 감수하는 일뿐이기 때문이다. 다만 신민당의 처사에는 퍽 유감으로 우리 내외가 같이 생각한다. 그것은 신민당의 노선에 대한 기대는 이미 사라졌기 때문에 서운하다고 생각할 것도 없지만 그러나 신민당이 자기네 동지요, 국민 앞에 내세웠던 대통령 후보에게 그렇게 매정할 수 있을까.

ⓐ그들은 3.1사건 관련자 전원이 석방되고 저의 남편만 남았는데 단 한 번도 당 회의에서 논의하거나 정부에 항의하지 않았다. 지난 봄 이 대표의 대정부 질의에서도 거론도 안 했다(탈당의 직접 동기의 하나는 여기 있었다). 이번에도 국회에서 남편의 교도소 환소문제에 최 총리가 그와 같은 거짓 답변을 하는데, 신민당에서는 우리가 누차 환소 요구하고 그 때문에 단식까지 한 것을 알면서 그런 거짓 답변에 당으로서 한 마디 항의조차 안 했다. ⓑ처음 3.1사건은 내란음모사건으로 공식발표되고 국회에서 당시 황 법무가 증언했는데 작년 2월로써 그것이 전혀 거짓이라는 것이 1, 2, 3심 판결로서 확정되었는데 한 마디 이에 대한 추궁도 하지 않았다. 이상 세 가지는 신민당이 저의 남편을 두둔한다는 의혹을 받지 않고도 누구도 정당히 따질 수 있는 것인데도 그것조차 기피해왔다. 저희는 솔직히 말해서 신민당이 따진다고 자기 문제가 해결된다고도 보지 않으며 민주회복 없는 석방은 바라지도 않는다. 그러나 남편은 어느 때인가 민주주의 아래서 신민당 여러분과 다

시 일할 생각을 가져왔는데 여러분이 너무도 정치적으로나 동지적으로나 기대를 짓밟아버렸다. 더욱이 원내 총무단이 있으면서 퍽 서운히 생각한다. 이런 말도 이 의원이니까 처음 한다. 신민당이 이제 선거가 닥치니까 통일당과 싸우기 위해서 남편의 납치사건을 들추고 나서는 것도 유감이다(이 글 참고로 당신이 적당히 쓰시오). 남편은 항시 신민당 내의 몇몇 동지들의 장래를 염려하고 있다. 물론 세상이 이대로 갈런지도 모른다. 그러나 남편이나 민주인사 그리고 학생들이 열렬히 생명 걸고 싸운 대로 그들이 판단한 대로 머지않아 결판이 올지도 모른다. 그러나 장래가 어떻든 적어도 야당하는 분들이 국민의 뜻을 제1차로 생각하여서 처신하는 것을 잊지 않기를 바라고 있다. 불행한 일이지만 신민당이 전체로서 기대 걸기는 완전히 불가능하다고 남편은 보고 있다. 그러기에 당을 뜬 것이다. 다만 되도록 많은 동지들, 특히 전도 있는 젊은이들이 그 처신을 떳떳이 해서 장래 국민의 비난의 적이 되지 않기를 충심으로 바라고 있다. 특히 이 의원의 동정에 대해서 남편은 언제나 큰 관심을 갖고 나와 단 둘이만 알게 언제나 묻고 있다. 우리가 지금 이 의원에게 개인적으로 바라는 것은 아무것도 없다. 오직 상기한 남편의 뜻을 십분 참작해서 정치인으로 처우해주기를 기대할 따름이다.

5. 《Time》《Newsweek》 기사를 계속 넣어주시오(US, 세계, ASIA 세 가지 분야 중 중요한 것).

1978년 10월 17일

NY의 김씨는 NY에서 만났으며, 만나면 내가 퍽 반가워하며 또 잊지 않아서 감사히 생각한다고 전해주시오. 그리고 앞으로도 잊지 않겠다고 말하면서 미국서의 민주운동을 도와달라고 하시오. 이근팔 씨 통해서 거기 일 지원해주기를 잘 부탁해주시오. 장 박사 사모님 것은 다음과 같이 해달라는 이야기요. 첫째, X를 장 신부에게 보내면서 저번 말한 대로 장 신부의 활동을 부탁해야 하는데 장 신부를 우리가 직접 찾아가면 주목받으니 둘째, 장 박사 사모님에게 당신 편지를 갖다 주면서 사모님이나 그 가족이 장 신부에게 전화하도록 하는 것이 좋겠다 생각. 셋째, 그런데 당신은 바쁘니 홍일이를 보내는데 홍일이가 가면 사모님이 모르니까 당신이 먼저 전화 안부하면 홍일이가 가서 '어머니가 한 전화 받았지요. 도청 때문에 제가 온다는 말은 못했답니다'라고 문안하고 그 서신 등을 맡기는 것이 좋겠다 한 것입니다.

장 신부께 서신을 쓸 때는 저번 KS의 글 내용도 참작하되 특히 ⓐ돌아가신 장 박사님 뜻을 생각해서도 나서달라 ⓑ내가 집에서 같이 식사하면서 장 신부와 이야기한 그때의 인상으로 장 박사는 정치·사회문제에도 투철한 식견이 있다는 것을 알고 있다. ⓒ기타 여러 가지 그간 듣고 본 것으로 판단해서 나의 기대가 아주 크다는 점들을 지적해주시오.

1978년 10월 19일

1. 오전에 쓴 20같은 그런 delicate한 문제는 직접 대화시 외국어를 섞어서 말로 하시오. 글로 쓰지 마시오. 우리는 언제 무슨 일이 생

길지 항시 주의해야 하오. 내가 N, Y, 김 이야기를 말로 한 것도 일부러 어제 그 점만은 쓰지 않았던 것이오. 말로도 충분히 통하지 않소. 당신은 내가 깊이 생각해서 권하는 말(예-외국어 혼용의 대화. '중요 부분' 정부를 너무 비꼬거나 거친 표현은 당신의 모처럼의 이미지를 위해 하지 말라는 것)은 들어주는 것이 좋겠소.

2. 정기영 씨는 시골에 갔나요? 여기 있나요? 저번 부탁한 것이 아직 안 되는데 혹 그 때문에 시골 간 것이 아닐까요? 알려주시오.

3. 특별한 것이 있는 것은 아니지만 그러나 집을 비울 때는 방 관리를 잘하고 언제 무슨 장난이나 수색이 있을지 모르니 특별히 침착하고 세밀하게 준비하시오.

1978년 10월 21일

몇 가지 의견

1. 최근 일부에서 오는 12월의 국회의원 선거에 참가하자는 주장이 있다는데 이는 대단히 위험하고 잘못된 생각인 것 같다.

첫째, 이는 지금까지 유신 반대 민주회복을 주장하던 명분과 이유와 전혀 대치된 주장이다. 둘째, 실리면에서도 지금과 같은 여건과 선거제도 아래서는 아무리 국민의 지지를 받아도 필리핀의 아키노 씨 같은 운명에 떨어질 것이다. 설사 몇 명이 당선되어봤자 박씨가 3분의 1을 차지하고 여는 물론 야당까지 어용화된 마당에서 무엇을 할 수 있는가. 셋째, 이는 원칙도 실리도 잃으면서 지금 유신 이래 최대 곤경에 처한(지난 17일의 서울 거리가 입증한 대로) 박씨에게 구원의 긴장 완화를 줄 것이며 넷째, 반면에 순수한 양심

못으로 눌러 쓴 메모

151

에서 온갖 고생과 희생을 치른 성직자, 해직교수, 언론인 등에게 큰 실망을 주고 민주진영의 결정적 분열을 가져오며 다섯째, 지금 무서운 힘으로 일어나는 학생들의 투쟁에 냉수를 끼얹고 그들의 저주의 대상이 될 것이며 여섯째, 국민의 실망과 사기의 저하 또한 클 것이다. 결론적으로 이는 일고의 가치도 없는 위험한 견해이니 십분 주의하는 것이 좋겠다.

2. 가령 우리가 선거에 참가한다고 하면 적어도 다음의 조건은 전제가 되어야 한다.

첫째, 긴급조치 해제와 언론과 정치활동의 자유보장 둘째, 일체 정치범 석방과 복권 그리고 교수, 학생의 복교와 복직 셋째, 공명선거 보장을 제도화하는 선거법의 개정 넷째, 대통령 3분의 1 지명제의 폐지와 전원 국민선출제의 실시 다섯째, 선거 결과의 국민 여론에 따른 유신체제의 철폐 용의의 정부에 의한 표명 등이 있어야 하는데 이러한 일은 지금 정권 아래서는 몽상조차 할 수 없다. 우리는 이 기회에 지난 봄의 아키노 씨가 선거에 참가한 실수 그리고 마르코스에게 출국청원해서 농락만 당한 사실에서 큰 교훈을 배워야 하며 독재정권의 본성을 잘 알아야 한다.

3. 우리는 지난 6년 동안 참으로 피눈물의 투쟁 그리고 견딜 수 없는 수치의 나날을 보내왔다. 그리하여 이제 가장 유력한 고지를 향해 나가고 있다. 박 정권은 지금 가장 수세에 몰려 있으며 공포증에 걸려 있다. 이는 지난 17일에 단적으로 증명되었으며 외국 신문과 재야세력의 종이 한 장에 허둥지둥 놀아나며 수년 내 볼 수 없는 초경계 태세다. 이번 사실은 '박 정권의 제일 문제는 여전히 국내 정치의 안정이라는 것이 입증되었다'고 지적한 것으로도 알 수 있다. 그 외에도 우리는 박 정권의 곤경을 볼 수 있다.

첫째, 민주세력이나 학생이 이제는 구속을 두려워하지 않기 때문에 그들은 금년 되도록 구속을 회피하고 있다. 둘째, 반면에 민주인사, 학생의 사기는 더 올라가고 투쟁력도 강화되고 있다. 셋째, 박 정권의 미국 내 고립은 여전하며 일본도 경제적 투자를 중공 쪽으로 돌려 지난번 각료회의서도 아무런 성과를 얻지 못했다. 넷째, 정부의 거짓 선전에도 불구하고 제3세계서의 고립은 여전하다. 다섯째, 수출은 한계에 왔고 물가는 뛰어 국내가 소동이다. 거기다 분배의 엄청난 불균형에 대한 국민의 불평은 본격화되고 있다. 그 증거로 이제는 국민이 경제성장에 별 매력을 느끼지 않으며 따라서 한창 붐을 이루던 공업단지 시찰도 이제는 인기가 없다. 여섯째, 박 정권의 물질지상, 성공제일, 목적을 위해 수단을 가리지 않는 정신문화의 조성도 이제 그들로서는 더 이상 끌고 갈 수 없는 도덕적 파탄선까지 와 있다.

이상 몇 가지만 보아도 지금이야말로 우리가 결정적 수확을 거둘 단계다. 물론 우리 자체로서도 반성해야 할 점도 많지만 그 모든 점을 감안하더라도 박 정권이 지금 가장 큰 곤경에 있는 것은 틀림없다. 그들은 너무도 교활하니까 이 고비를 넘기기 위해서 갖은 책략을 다 할 것이고 특히 민주세력에 여러 가지 유혹, 협박, 음해를 다할 것이다. 이 시기가 중요하다.

4. 지금 우리는 어떻게 싸울 것인가. 분명한 것은 이 가을과 첫 겨울까지 우리는 승리하거나 결정적 거점을 얻어야 한다. 우리는 권력, 금력, 언론이 모두 없기 때문에 길게 싸워나가는 것이 현명하지 못하다. 더욱이 외국의 일부에서는 한국의 인권문제에 대한 관심이 약화되어가는 경향이 있다. 여기에 대해서 원칙적인 것만 몇 가지 열거하겠다.

1) 우리의 민주회복은 우리 힘이 중심이 되어야 한다. 이것이 부동의 철칙이다. 우리는 또 그만한 민중의 각성과 참가도 얻어가고 있다. 우리가 국내에서 싸우면 우방 민주국가도 반드시 협력하게 된다. 그러나 우리가 우리의 투쟁을 선행하지 않으면서 외부의 지원이나 간섭을 기대하는 것은 소용없으며 옳지도 않다.

2) 국내에서는 대연합이 실시되어야 한다. 민주회복을 원하면 일단 누구라도 악수할 태도를 가져야 한다. 무엇보다 종교계에서 대단합이 실현되어야 한다(천주, 기장, 예장 그리고 감리교, 성결교, 성공회 등). 그리고 민주회복 투쟁이 본질적으로 정치 투쟁이라는 점에 유의해서 투옥되었던 정치인 중심으로 정치세력을 형성해서 싸워야 한다.

그 외에 법적, 문화적, 언론계, 노동계 등이 민주주의국민연합으로 뭉칠 뿐 아니라 자기 내에서도 조직 내부에서의 확대를 기해야 한다. 지금은 사쿠라를 크게 두려워할 필요가 없다. 왜냐하면 중요 결정은 언제나 한두 지도자가 내려서 비밀보장하면 되고 또 우리가 자발적 투옥을 하나의 투쟁 수단, 대정부 제약으로 삼는 이상 사쿠라의 활동을 크게 두려워 할 것 없다. 이것은 또 사쿠라 피해망상을 극복하는 길이기도 하다(물론 이 말은 믿을 수 없는 자들을 가까이 하란 말이 아니다).

3) 우리의 투쟁방법은 비폭력 적극 투쟁이라는 간디나 킹 목사의 방법이 가장 적합하다. 자발적으로 줄을 지어 투옥되고 그리하여 감옥에서 법정에서 전국적으로 싸우면 전 국민의 호응은 명약관화하다. 지금 정부가 가장 두려워하는 것이 이것이다. 명심할 것은 비폭력이란 톨스토이식의 무저항주의가 아니다.

4) 언론대책이 가장 중요하다. 각 언론기관이 그 사명을 다하도

록 방문해서 항의, 농성, 시위해야 하며 신문 하나만 보기(불매운동은 실현 불가능) 운동을 벌이며 신문사 전화걸기 운동 등 다양한 방법으로 싸워야 한다. 언론문제가 모든 투쟁문제의 첫째요, 기본이다. 동시에 민주세력의 개별적 지하신문 운동이 대대적으로 전개되어야 한다. 〈동아투위보〉 정도로 각 기관, 민주주의국민연, 인권연, 문화조직, 학자조직, 학원조직, 중앙, 지방 등 수없이 지하신문을 발행해서 가정마다 직장마다 뿌리고 권해야 한다. 그리하여 국민에게 진실을 알려야 한다. 국민이 알아야 궐기하고 협력할 것이다. 그러다 발각되면 교도소 가면 되는 것이다. 그 다음은 또 후속자가 하면 된다.

5) 투쟁의 방법을 다양화해야만 한다. 언제나 기독교회관에서 성경 낭독하는 단조로운 투쟁은 참가자는 물론 보도기관도 흥미를 잃는다. 여기는 생각하고 연구하면 무한한 방법이 있을 것이다.

6) 지도부가 확고해야 한다. 지금 우리 여건으로는 윤보선 선생을 중심으로 뭉치고 싸워야 한다. 그 밑의 문 목사 같은 용기와 헌신을 겸비한 분들이 돕되 별도로 참모적 우수한 영향이 있는 동지들을 구하여 전략, 전술 연구에 전심하도록 해야 한다. 이 시간에 윤 선생의 존재는 가장 소중하며 그분의 지도영향의 강화를 위해서 우수한 일꾼들이 협력을 아끼지 말아야 한다.

※ 무엇보다도 중요한 것은 천편일률적인 민주회복, 유신철폐, 박 정권 퇴진만 주장할 것이 아니라 이것들과 결부 병행해서 대중의 당면한 생활상 불만, 경제적·사회적 부조리에 대한 분노와 연결된 투쟁내용과 방법을 창조적으로 개발해나가야 한다는 점이다.

1978년 10월 24일

1. (생략)

2. 밖에서는 M이 그리 되니 그저 기다리고만 있는지, 무슨 대책 그리고 사업을 계속 추진하고 있는지 그런 채비는 되어 있는지요. Little이 어느 정도 알고 있는지요. 지금은 중요한 때인데 궁금하니 아는 것 있으면 알려주길 바라오.

1978년 10월 26일

1. 어제 일본 공사와의 회견에서 나의 일반인과 같은 자유 허용에 대한 반론은 매우 설득력 있게 잘한 것 같소. 나머지 내가 바라던 일본의 책임이라던가 나의 심경 같은 것도 잘 전했기를 바라오. 그런데 내 생각에는 저들이 비교적 고위 책임자를 당신께 만나게 하고 또 당신더러 이 회견을 대외적으로 알리겠느냐고 물은 것은 그들이 이 사실이 보도되기를 바라고 있는 것이 아닌가 생각되오. 즉 후쿠다의 재선 및 12월 방한을 앞둔 이미지 메이킹 목적으로 이 회견을 꾸몄으며 따라서 고위층인 공사가 당신을 만남으로써 이를 일본 국민 앞에 돋보이게 하려는 것일 거요. 물론 한국 정부와도 내통했을 것이오. 그들은 어제 회견 보도도 당신을 통해서 하고 싶어서 그렇게 물은 것이오. 그러나 당신이 보도를 원치 않는다는 것 잘 되었어요. 우리가 그런 목적에(만일 그렇다면) 놀아날 필요는 없으며 필요하면 그들이 결국 누설할 것이오. '앞으로 일본 기자가 그런 소식을 들은 것 같이 물어도 당신은 일본 관계는 당

신들도 일본인이니까 대사관에 물어보라'고만 말하는 것이 좋을 듯하오. 참고로 하시오.

2. 저번 교도소에서 물품 차입할 때 (산) 사람이 와서 집요하게 지켰다는데 그런 때는 다가가서 무엇 때문에 그러느냐, 내게 무슨 일이 있으면 당당히 묻고 죄가 있으면 법적으로 처리하라, 무슨 권한으로 이와 같은 위협적인 인권유린을 하느냐, 미행하고 집 감시하는 것도 부족해서 이런 곳까지 와서 괴롭히느냐고 정숙하면서도 단호하게 주위 사람들이 다 듣게 따지는 것도 좋을 것이오.

1978년 10월 27일

1. 어제 저녁 만난 분의 이야기인데 그러면 둘이 이야기한 결론은 무엇인가요. 그분이 당신 말을 듣고 납득하여서 자기 의견을 포기한 것인지요. 아니면 어떻게 하겠다는 것인지 그 점이 분명치 않은데 알려주길 바라오. 또 Y는 당신 만난 후 무슨 변화가 있는지요.

2. 이번에 문 목사가 구속이 되면 그때는 Y, 함옹 이하 선언문(10. 17) 서명자 전원이 구속을 요구해서 출두(자진해서 같이)하는 투쟁을 전개하는 것이 좋겠소. Little을 시켜 미리 Y에게 연락해서 7인위가 결정하도록 하는 것이 좋겠소.

1978년 10월 29일

1. 〈민주전선〉 기사 중 내 관계된 것과 기타 참고 될 것 넣어주시오.

〈통일당보〉 새로 나왔으면 구해서 넣어주시오.

2. Koreagate 사건으로 미국서 한국이 조롱감이 되고 있다는데 우리가 이미 예언한 대로 사건이 공식으로는 끝나도 석연치 않은 뒷맛은 많듯이 국민 감정에 남아서 작용하리라는 것이 사실화되었습니다. 이제 우리 국민이 취할 대책은 첫째, Koreagate는 박 정권의 실책이지 한국민의 본의가 아니라는 것, 따라서 이것에 대한 정책의 악화에 영향을 주지 않도록 하는 것과 둘째, 한국에 깊이 개입돼 있으면서도 실망을 되풀이하고 있는 미국민의 딜레마와 불쾌감을 전환시키는 능동적 대책을 취하는 것입니다.

이 두 가지를 한꺼번에 할 수 있는 것이 인권투쟁입니다. 우리가 인권과 자유를 위한 투쟁을 지금 크게 부각시키면 미국민은 아마 지금까지의 불투명한 감정에서의 탈피를 위해서도 크게 환영할 것이며 그들의 체면과 이익을 위해서도 적극 협력할 것입니다. Koreagate는 불행한 사건이지만 이제 우리는 이 일을 전화위복으로 이끌 수 있어요. 우리가 항시 말한 대로 한국의 인권문제는 Koreagate 사건으로 그 투쟁의 초점을 잃었습니다. 그러나 이제는 다시 인권문제로 미국의 관심을 끌어들일 수 있으며 Koreagate가 미국민에게 준 실망과 분노는 투쟁의 관심과 지지로 크게 반등해 올 가능성도 크다고 봅니다.

결국 하느님은 공정하며 스스로 노력하고 싸운 자는 반드시 보상을 받을 것입니다. 나는 밖의 분들이 이와 같은 나의 Koreagate 이후의 한국 관계 그리고 우리의 취할 태도 분석과 같은 판단을 가지고 있는지 궁금하며 그렇게 되기를 바라고 있소.

1. Y 말대로 민주회복운동 자체가 정치 투쟁인데 지금 정치인은 거의 움직이지 않으니 이것이 우리의 큰 약점이며 따라서 종교인이나 언론인이 정치인을 혐오하는 것이지요. 아무튼 K에게 우선 이상만 물어서 알려주시오.

2. 김승훈 신부에게 내가 그분의 그간 투쟁에 감사하며 또 장시일의 여행 중 돌아오기를 고대했다고 전해주시고, 그분에 대한 기대가 아주 크다는 점 알려주시오. 그리고 저번 FH에게 한 것 같이 Catholic 측의 노력의 적극화를 촉구해주고 기타 KS에게 한 것 내용 참작해서 당신의 생각으로 잘 부탁 격려해주시오. 그리고 무엇보다 정의구현사제단의 활동 재개를 요청해주시오. 그 연후에 KS 돌아오면 교회 정식 기관으로서의 인권활동을 본격화하도록 추진해달라고 부탁해주시오. 홍일이 편에 편지하는 것이 좋겠지요.

1978년 11월 1일 5시 30분

내가 바깥일을 걱정하면서 여러 가지를 당신에게 적지만 한 가지 강조할 것이 있소. 물론 당신도 잘 알 줄 아나 밖의 일이 아무리 중대해도 당신이 주도적으로 개입하라는 것도 아니며 또 그것은 비효과적이고 경우에는 많은 역효과를 낼 것이오. 그러므로 당신은 지금까지와 같이 아주 객관적 입장에 서서 간접적으로 조언하고 도와주는 자세를 견지해야지요. 그러나 이와 모순되는 것 같지만 바깥 분들의 능력이나 경험으로 보아서 당신이 잠시도 눈을 떼어서는 안 되는 것이 실정이오.

이 점은 잘 판단해서 표면적으로 직접적으로 나서지 않으면서 실제는 이 손 저 손 써서 일을 바르게 밀고 나가야 하오. 지금까지 Y, A의 접촉, G, F, H, M에서 영향, KS에의 글, Little의 동원 등 모두 이런 것 아니겠소. 너무 당신만 다그치고 부담을 주어 미안하나 여기 적은 뜻 겸해서 참고로 하시오.

1978년 11월 8일

1. 물론 잘 알고 있겠지만 혹 외국 기자나 우리 가까운 동지들이 '외국으로 나가라 하면 어찌하겠는가?' 또는 '지금도 출국을 희망하느냐?' 하고 물어도 일체 가부 말하지 마시오. 오직 '그런 일은 지금 생각해보지 않았고 또 남편이 어떻게 생각하고 있는지도 모른다, 아무 관심이 없다'고만 대답해주시오(그리고 만일에 정부 측에서 출국 신청을 하라고 일러도 일체를 내게 일러주시오). 그들이 만일 출국시키기로 정하면 미리 우리 태도를 알려고 할 터인데 어떤 힌트도 주어서는 안 돼요. 사실 우리 태도도 정해지지 않았지만.

2. 어제 국내 카드 이야기 했으나 당신 일거리가 너무 많으니 아이들이나 한, 권 등에게 시키시오. 되도록 몸과 마음에 여유를 가지시오.

3. 연탄가스 특히 주의하시오.

1. 글을 김 추기경에게 전하시오. 하루 전쯤 홍일이나 인편에 전하고 (직접 비서 신부께 밀봉하여) 그 다음 당신이 만나서 호소도 하고 그분의 회답도 들어보시오. 이 일이 얼마나 중요한지 당신은 잘 알 것이오. 성공을 빌겠소.
2. 이 종이를 전에 포도 싼 종이처럼 희고 얇은 포장지로 싸다가 주시오. 이것처럼 완전한 용지는 좋지 않소.

못으로 눌러 쓴 메모

3장

시대의 깃발

—

청주교도소에 수감 중이던 김대중 전 대통령이
이희호 여사 및 가족에게 보낸 편지

1980~1982년

- 박정희 대통령 서거 이후 정국 주도권을 잡은 신군부 세력은 1980년 5월 17일 비상계엄조치를 전국으로 확대하면서 민주인사들을 체포했다. 당시 김대중은 광주민주화운동을 배후에서 조종했다는 혐의로 체포되었고 9월 17일 군사법정에서 사형을 언도받았다. 일명 '김대중 내란음모사건'이다. 이 장에 실린 편지들은 '김대중 내란음모사건'으로 사형을 언도받고 육군교도소와 청주교도소에 수감 중이던 김대중이 아내 이희호 및 가족에게 보낸 것들이다.

1980년 11월 21일*

죽음 앞에서의 결단

존경하며 사랑하는 당신에게

지난 5월 17일 이래 우리 집안이 겪어온 엄청난 시련의 연속은 우리
가 일생을 두고 겪은 모든 것을 합친다 해도 이에 미치지 못할 것입니
다. 그중에서도 당신이 맡아서 감당해야 했던 고뇌苦惱와 신산辛酸은
그 누구의 것보다 컸고 심한 것이었습니다. 그럼에도 불구하고 믿음과
자제로써 이를 극복해온 당신의 신앙과 용기에 대해서 나는 한없이 감
사하며, 이러한 믿음과 힘을 당신에게 주신 하느님의 은혜를 감사해
마지않고 있습니다. 하느님의 사랑 그리고 당신의 힘이 없었던들 우리
가 어떻게 이 반년을 지탱해올 수 있었겠습니까?

이번 일에 있어서 무엇보다 기쁘고 감사한 것은 당신과 나를 포함해
서 우리 가정과 주위가 더욱 굳은 믿음으로 나아갈 수 있었다는 것입
니다. 고난을 겪은 두 자식이 다 같이 큰 믿음의 발전을 보였으며, 대현
이와 기타 고난 중인 비서실 동지들의 신앙의 소식을 들을 때 사람의
믿음은 고난 속에서 자란다는 사실을 새삼 절감하게 되었습니다.

나는 지금까지 나 자신이 어느 정도의 신앙을 가지고 있다고 믿었습
니다. 그러나 막상 이제 죽음을 내다보는 한계상황 속에서의 자기실존
自己實存이라는 것이 얼마나 허약한 믿음 속의 그것인가 하는 것을 매

---

* 1980년 11월 21일부터 1981년 1월 17일까지의 편지는 사형 선고에 대한 감형 조치가 있기 전의 것이다.

일같이 체험하고 있습니다.

희망과 좌절, 기쁨과 공포 그리고 해결과 의혹의 갈등과 번민을 매일같이 되풀이해왔고 지금도 이를 벗어나지 못하고 있습니다. 눈에 보이지 않는 하느님의 존재를 믿으며 그분이 나와 같이 계시며, 나를 지극히 사랑하시며, 그 사랑 때문에 지금의 이 고난을 허락하셨으며, 나를 위하여 모든 사소한 일까지도 돌보시며, 지금 이 시간에도 모든 것을 합하여 선을 이루시기 위한 역사役事를 쉬지 않고 하고 계신다는 것을 믿는다는 것이 나의 감정이나 지식으로 해서 얼마나 받아들이기 힘든 것인가 하는 것을 새삼스럽게 통감하면서 부족한 믿음에 절망하고 화를 낸 것이 한두 번이 아니었습니다.

그러나 나는 수많은 갈등과 방황 속에서 '믿음이란 느낌이나 지식에 기반을 두는 것이 아니라 인간의 자유로운 의지의 결단으로 이루어지는 것이며, 이러한 의지의 결단은 의식적이고 자발적인 것이어야 한다. 우리의 기쁨과 감사와 찬양도 먼저 의지로써 행하고 감각이 뒤따라가는 것이다'는 판단 아래 오직 눈을 우리의 주님께 고정시키고 흔들리지 않도록 성신께서 도와주시도록 기구祈求하고 있습니다.

나의 의지의 결단을 세운 최대의 기초는 주님의 복음이며 그중에서도 핵심은 예수님의 부활을 믿는 것이었습니다. 예수님의 부활을 믿을 수 있다면 하느님의 계심, 죄의 구속, 성신의 같이 계심과 그 인도, 언제나 돌보시는 하느님의 사랑 그리고 천국영복天國永福의 소망 등 모든 것이 믿어질 수 있다고 생각되었습니다.

예수님의 부활은 신앙의 신비이기도 하지만, 역사적 사실로서도 근거가 상당히 객관적이라고 생각됩니다. 예수님의 수난 때 그분을 버리고 자기 살기 위해서 도망쳤던 사도들이 그분이 그렇게도 비참하고 무력하게 돌아가신 후에 새삼스럽게 목숨을 건 신앙을 가지고 온갖 고난과 죽음을 감수하면서 복음 전달에 헌신할 수 있었던 것은 부활하신 예수의 체험 없이는 불가능한 일이었습니다. 더구나 예수 생존 시는 대면조차 없었으며 그 돌아가신 후에는 열정과 사명감을 가지고 그리스도 교도를 박해한 사도 바울의 회심과 그의 초인간적이며 결사적인 포교활동 그리고 마침내 겪은 순교는 그가 체험한 부활하신 예수 없이는 설명할 길이 없다고 생각됩니다.

예수님의 부활을 확신하는 것이 현재 나의 믿음을 지탱하는 최대의 힘입니다. 언제나 눈을 그분에게 고정하고 결코 그분의 옷소매를 놓치지 않으려고 안간힘을 쓰고 있습니다. 그러면서 항시 '하느님이 저를 사랑하시는 것을 제가 믿습니다. 저의 현재의 환경도 주님이 주신 것이며, 주님이 보실 때 이것이 저를 위하여 최선이 아니면 허락하시지 않으셨을 것입니다. 제가 주님의 뜻하심과 앞으로의 계획하심을 알 수는 없으나 오직 주님의 사랑만을 믿고 순종하며 찬양하겠습니다'라고 기도하고 있습니다. 나는 나의 감정이 어떠하든, 외부적 환경이 얼마나 가혹하든, 내일의 운명이 어떻게 되든 주님이 나와 같이 계시며 나를 결코 버리시지 않는다는 소망으로 일관할 결심입니다.

이러한 주님의 같이 계심과 깊은 사랑이 당신과 우리 자식들 그리고 우리의 모든 정다운 형제들에게도 함께하심을 믿고 기구하고 있습니다.

세속적으로 볼 때 나는 결코 좋은 남편도 못되며, 좋은 아버지도 못되었습니다. 그리고 형제들, 친척들에게 얼마나 많은 누를 끼쳤습니까? 또한 가슴 아픈 것은 나로 인하여 많은 사람들이 희생과 고난을 당한 사실인데, 생각할 때마다 가슴이 메어지는 듯합니다. 내가 할 수 있는 일은 오직 이 모든 일을 위해서 주님의 은총이 내려지도록 기구하고 또 기구하는 것뿐입니다.

나는 당신과 같은 좋은 아내를 가졌으며 홍일이, 그의 처, 홍업이 그리고 홍걸이 같은 착하고 장래성 있으며, 아버지를 이해해준 자식들을 가졌다는 것을 새삼 행복하게 생각하며 우리 집안의 장래에 큰 희망을 가지고 있습니다. 우리 집안을 현재와 같은 믿음과 화목의 길로 이끄는 데 있어서 당신의 힘이 얼마나 컸던가에 대해 너무도 잘 알고 있습니다.

그리고 당신에게 좋은 남편 노릇을 못한 나의 수많은 잘못을 당신이 관용해줄 것을 다시 한 번 마음으로부터 간구합니다.

집안의 같이 있는 식구들에게도 나의 간곡한 안부 전해주시오.

1980년 11월 24일

사랑 없이는 평화도 화해도 없다

사랑하는 아들 홍업弘業*에게

나는 너를 생각할 때마다 언제나 죄책감에 가까운 무거운 부담을 느
낀다. 너는 만 30세가 넘도록 아버지로 인하여 사랑하는 사람과 두 번
이나 결혼의 길을 잃었으며, 경제계에서 일해보고자 하면서도 직장조
차 얻지 못하고 있다. 아버지 된 입장에서 도움이 되지는 못할망정 이
렇게 너의 행복과 전정前程을 가로막는 결과만 빚어내고 있으니 어찌
마음이 아프지 않겠느냐? 더욱이 네가 그런 것을 조금도 원망하지 않
고 견디어내는 것을 볼 때 나의 심정은 더욱 괴로우며 오직 하느님께
너의 장래 행복을 기구드릴 뿐이며, 지금까지의 쓰라린 체험들이 너를
위해서는 황금보다도 더 귀중한 밑거름이 되기를 바랄 뿐이다.

어느 자식이라고 차별이 있는 것은 결코 아니나 아버지가 너를 얼마
나 좋아하고 사랑한다는 것은 너도 잘 알 것이다. 아버지는 네가 아버
지 옆자리에 타고 차를 달릴 때마다 느낀 기쁘고 사랑스런 심정을 지
금도 회상한다. 너는 생긴 용모나 그 선량한 마음씨나 참으로 하느님
의 축복과 사랑을 받고 태어난 것이다.

그뿐 아니라 근자에 아버지가 너와 같이 일을 해보고서 네가 사물에
대한 판단력이나 처리 능력 그리고 신중성에도 큰 장점을 가지고 있다

* 1980년 5.17사태 후에 전국적인 지명수배를 받았다. 그러다 8월 30일에 체포되어 구속되었다가 11월 6일
에 석방되었다.

는 것을 발견했던 것이다. 그러므로 너에게 아버지의 기대가 아주 커져 왔던 것을 나는 말할 수 있다. 물론 이러한 말들은 결코 네가 충분할 만큼 성숙했다는 말은 아니다. 아직도 더 많이 배우고 닦아야 하며, 특히 자기 전문분야에서의 일가견과 능력을 구비하기에는 미흡한 것이 사실이다. 그러나 그런 것은 꾸준히 노력만 하면 갖출 수 있는 것이며, 가장 중요한 것은 마음의 본바탕과 기본적 소질인데 그러한 점에서 아버지는 너의 사람됨과 자질에 대해서 큰 기대를 가지고 있다.

아버지는 항시 말한 대로 우리 집안이 너의 어머니 그리고 3형제의 너희들, 너의 형수 등 선한 마음과 사랑 그리고 하느님에 대한 믿음 속에 일치하고 있는 것과 우리가 겪어온 그 엄청난 수난들을 잘 참고 이겨내온 데 대해서 참으로 감사하고 기쁘게 생각하고 있다.

아버지는 지금 이런 환경과 절박한 운명 속에 있지만 집안의 일에 걱정이 없이 하느님께 모든 돌보심을 맡길 수 있는 것을 행복하게 생각한다. 하느님에 대한 믿음은 사랑이다. 사랑은 두 가지인데 하나는 자기에 대한 사랑, 또 하나는 하느님과 이웃에 대한 사랑이다. 전자는 이기적이고 배타적이며 자기 자신을 고독하게 하고 타락시키는 사랑이다. 오직 천주님을 만유萬有 위에 사랑하고 이웃을 내 몸같이 진심으로 사랑하는 사랑만이 행복과 영생에의 길이다.

하느님에 대한 사랑은 우리가 먼저 그분을 사랑한 것이 아니다. 그분이 먼저 우리를 사랑하셔서 만물을 창조하시고 우리에게 맡기셨을 뿐 아니라 그의 독생자까지 보내시어 우리에게 복음을 전하게 하시고 마침내 우리의 죄를 구속하기 위하여 죄 없는 자기 아들 예수님을 십자가상에 못 박아서 우리가 죄로부터 해방되는 길을 열어주셨던 것이다. 그 뿐 아니라 예수님의 부활을 통하여 우리에게 영생의 희망을 주신 것이다. 하느님은 지금도 너를 사랑하시며, 네가 진실로 그분을 믿고 순종할 때 너와 같이 계시며, 너를 둘러싼 모든 좋고 나쁜 일을 합쳐서 너를 위해 선을 이루시는 분이다. 그러니 네가 하느님을 사랑하는 것은 너무도 당연한 그리고 그 큰 사랑에의 사소한 보답에 불과한 것이다.

　이웃사랑도 그렇다. 우리 이웃은 모두가 하느님의 자식이다(그가 기독교 신자이건 아니건). 그러므로 하느님 앞에 한 형제인 이웃을 사랑하는 것은 너무도 당연하며 특히 우리의 도움과 위로를 필요로 하는 이웃에의 사랑은 하느님의 계명 중 가장 중요한 것이다. 그뿐 아니라 우리의 이웃사랑은 자기가 지금까지 살아온 데 있어서 의식주와 교육과 건강 등 얼마나 많은 점에서 남의 사랑을 받아왔는가를 생각하면 당연한 보답이기도 한 것이다. 내가 강조하는 것은 하느님 사랑이나 이웃사랑이나 이를 실천함에 있어서 절대로 내가 의롭다든가 착한 일을 했다든가 하는 교만에 빠져서는 안 된다는 사실이다. 우리가 아무리 사랑해도 하느님과 이웃으로부터 입은 사랑의 만분지 일도 갚지 못하고 죽는다는 것을 나는 요즈음 뼈저리게 느끼고 있다.

　사랑하는 데 있어서 어려운 것은 자기가 원치 않는 사람, 심지어 증오한 자를 용서하고 사랑해야 한다는 것이다. 감정이 용납하지 않는 사람을 사랑한다는 것은 인간으로서는 불가능한 일일 것이다. 오직 하느님에게 의존해서 하느님의 도우심을 간구할 때에 가능하다고 믿는다. 그러나 인간적으로 생각하더라도 거기에는 몇 가지 가능한 길이 있다고 본다.

　첫째는 나 자신도 죄인이라는 것이다. 만일 내가 일생에 남 몰래 저지른 나쁜 일과 마음에 품었던 악한 생각을 하느님 앞에, 혹은 군중 앞에 영사막에 비치듯이 비친다면 과연 나는 얼굴을 들고 남을 볼 수 있으며 그러고도 남을 용서할 수 없다고 할 수 있을까? 둘째는 남을 용서하지 않고 미워한다는 것은 자기 자신의 마음을 증오와 사악으로 괴롭히는 자기 가해加害의 어리석은 행동이라는 점이다. 셋째는 용서와 사랑을 거부해가지고는 인간사회의 진정한 평화와 화해를 성취할 수 없다. 마음 놓고 살 수도 없고 진정한 행복도 없다. 나치즘이나 공산사회를 생각해보면 알 일이다. 넷째로 용서와 사랑은 진실로 너그러운 강자만이 할 수 있다. 꾸준히 노력하며 하느님께 자기가 원수를 용서하고 사랑하는 힘까지 가질 수 있도록 도와주시기를 언제나 기구하자. 그리하여 너나 내가 다 같이 사랑의 승자가 되자.

1980년 12월 7일

누구를 단죄할 수 있겠는가

사랑하는 홍걸아!

너의 11월 25일자 편지를 어제 받아보았다. 아버지가 얼마나 기뻤고 위안을 받았는지 모른다. 우리 가족과 친척들이 아버지로 인하여 지금까지 겪은 여러 가지 어려움을 생각하면 아버지는 언제나 가슴 아픈 심정을 금치 못한다. 그러나 그중에서도 네가 겪은 시련은 특별한 것이었다. 국민학교 때는 아버지의 납치사건을 겪었고, 중학교 3년 동안에는 아버지가 감옥에 있는 것을 보아야 했고, 고등학교 2년간은 아버지의 연금생활과 이번 사건을 겪어야 했다. 이런 일들이 어린 시절과 사춘기의 너에게 준 충격이 얼마나 컸을까 생각할 때 아버지는 언제나 너에게 본의 아닌 못할 일을 한 것 같은 죄책감을 느껴왔다. 그러나 네가 하느님에 대한 믿음 속에 그분의 도움으로 이러한 정신적 시련을 잘 극복해오고 있는 일을 생각하니 기쁘고 감사한 심정을 무어라 표현할 수가 없구나.

사랑하는 홍걸아! 아버지는 하느님이 나를 무한히 사랑하시며 언제나 나와 같이 계심을 믿는다. 아버지는 하느님이 사랑하시기 때문에 나를 지금의 자리에 서게 하신 것을 믿는다. 아버지는 하느님이 나를 위한 완전한 계획을 가지고 계심을 믿는다. 아버지는 하느님이 쉬지 않고 나를 위해 역사하심을 믿는다.

그리고 아버지는 모든 것이 하느님의 뜻대로 되어질 것이며 나의 일

'김대중 내란음모사건'으로 사형을 선고받는 김대중

생이 오직 하느님의 영광과 우리 국민의 행복을 위해 쓰일 것을 믿는
다. 그러므로 아버지는 이러한 여건 속에서도 하느님을 찬미하고 그분
께 감사하고 마음으로부터 기뻐하는 생활을 하려고 나의 자유로운 의
지의 결단으로 노력해왔다. 처음에는 이러한 노력을 감정이 받아들이
는 데 많은 어려움을 겪었다. 그러나 날이 갈수록 성령의 도움으로 마
음의 평화를 되찾고 소망과 기쁨을 느끼고 있다. 참으로 감사한 일이
다. 더욱이 이번 일을 통하여 우리 가족과 형제들 집안의 믿음이 더욱
두터워지고 새로이 믿음을 찾게 되었다는 것을 듣고 하느님의 사랑과
역사하심을 새삼 절감하고 있다.

사랑하는 홍걸아! 아버지는 누구도 원망하지 않고 누구도 미워하지
않는다. 아버지가 이러한 마음의 변화를 갖게 된 것은 지난번 3년의 감
옥생활 당시에 하느님의 가르침에 대한 많은 책을 읽고 예수님의 말씀

과 행동을 묵상하여 내 것으로 받아들이는 가운데 내가 참으로 예수님의 제자가 되려면 그 길밖에 없다는 것을 확실히 깨달았기 때문이다. 그뿐 아니라 아버지는 나 자신이 일생 동안 저지른 잘못 그리고 품었던 사악한 마음을 남은 몰라도 스스로는 알고 있다. 그러한 나의 죄를 스크린에 비치듯이 주님 앞에서 하나하나 열거해갈 때 과연 내가 누구를 심판하며 누구를 단죄할 수 있겠는가 하는 것을 뼈저리게 느끼는 것이다. 우리는 우리가 죄인이기 때문에 남을, 원수조차 용서해야 한다.

용서는 하느님 앞에 가장 강한 사람만이 할 수 있으며 용서는 모든 사람과의 평화와 화해의 길이기 때문에 기쁜 마음으로 해야 한다. 예수님이 십자가에 못 박히면서 자기를 처형한 사람들을 용서하신 것을 우리는 헛되이 해서는 안 된다. 용서를 위해서는 상대방의 입장에 한번 서서 이해해보는 것이 아주 효과적인 방법일 수 있다. 나는 네가 일생 동안 남을 이해하고 용서하고 사랑하는 생활을 하려고 노력한다면 반드시 너의 장래는(물질적으로나 사회적 지위와 명성으로는 어떠한 처지에 있건) 결코 후회 없는 평화와 기쁨의 일생을 보낼 수 있으리라고 확신한다. 아버지는 이러한 일을 너무도 늦게 깨달은 것을 한스럽게 생각한다.

사랑하는 홍걸아! 항시 아버지가 말하지만 너는 어렸을 때부터 참으로 남이 갖지 못한 장점이 있었다. 첫째는 거짓말하는 것을 본 일이 없다. 둘째는 남의 흉을 보거나 고자질하는 것을 들어본 일이 없다. 셋째는 한 가지에 열중하면 누구도 따라갈 수 없는 끈기를 가지고 몇 년이고 이에 매달리는 데는 놀랄 수밖에 없었다. 처음에는 자동차, 그 다음에는 각종 무기, 또 그 다음에는 스포츠 그리고 요즈음에는 아마 문학인 것 같다. 물론 너에게도 단점은 있다. 그중 하나는 이웃에 대한 관심이 부족한 점이다. 그러나 이미 아버지가 지적한 너의 장점을 꾸준히 유지, 발전시키면 너는 반드시 행복과 성공을 얻을 것이다. 언제나 하느님과 이웃 앞에 겸손하고 적극적인 사고방식을 견지하면서 너의 인생의 목표를 향해 전진하기 바란다.

　사랑하는 홍걸아! 전번 면회할 때 네가 대학에서는 사회학이나 철학을 전공할까 한다는 말을 듣고 아버지의 생각을 몇 자 적는다. 그러나 지면상 충분히 설명할 수도 없을 뿐 아니라 아래 쓴 것을 네가 지금 당장 이해할 필요도 없다. 다만 이 편지를 간직했다가 대학에서 공부할 때 다시 한 번 읽으면 참고가 될 것이다.

　첫째, 사회학은 인간의 사회적 공동생활, 특히 인간관계(인간의 사회적 행동, 사회집단의 행동, 인류사회 전체의 문제)를 연구하는 사회과학의 분야로서 19세기 프랑스의 철학자인 콩트를 그 창시자로 본다. 내 개인의 생각으로는 우리 사회학의 연구의 관심은 이 사회 속에서 인간 개개인의 전인적 행복을 보장하는 인간의 사회적 관계에 두어야 한다고 본다. 인간의 그러한 완전한 행복은 현재의 구·미 선진국가에서와 같이 정치적 자유와 경제·사회적 보장만 가지고는 부족하고, 현대사회의 특징인 인간의 소외현상이 적극 참여의 방향으로 전환되어야 하고, 인간정신의 타락현상에서 도덕의 부흥이 실현되어야 할 것이다. 자유, 빵, 참여, 도덕은 전인적 행복을 이루는 4대 요소로서 앞으로 사회학의 집중적 주목을 받아야 하지 않는가 하는 것이 나의 생각이다.

　둘째, 철학은 독일의 빈델반트(서남도이치 학파의 창시자, 1848~1915)가 그의 일반철학사에서 말한 대로 그 개념이 시대와 학자에 따라서 대단한 차이가 있다. 그러나 요약해서 말하면 철학이란 존재와 가치(철학의 대상 범위)에 관한 궁극 원리(철학의 목표)를 찾으려는 것으로 모든 과학의 성과를 분석하고 통일(목표 도달의 방법)하는 데서 성립되는 학문이라 한다.

　철학은 형이상학形而上學과 인식론認識論으로 대상 범위를 양분한다.

형이상학은 다시 본체론과 우주론으로 나뉘는데 전자는 우주와 신과 인간의 본체가 무엇인가 하는 것을 다루는 것이고, 후자는 그것이 어떻게 변화되고 형성되느냐 하는 현상의 문제를 다루는 것이다. 본체론은 본체에 대한 양적 고찰, 질적 고찰, 존재론의 세 가지로 나뉘어서 고찰된다.

그런데 철학사적으로 양적 고찰에서는 단원론과 다원론의 견해의 대립, 질적 고찰에서는 유물론과 유심론의 견해 대립, 존재론에서는 우주의 존재로부터 인간존재로의 하향적 견해와 실존주의처럼 인간존재의 해명에 중점을 둔 상향적 존재론의 대립이 있다.

본체론 다음의 우주론은 만물의 생성과 변화는 원인과 결과의 관계라는 인과론과 어떤 절대자의 목적에 의한다는 목적론의 대립이 있다.

이상이 형이상학에 관한 설명이고 다음의 인식론에는 세 가지 분야가 있는데 여기에서도 역시 견해의 대립이 계속되어왔다.

첫째, 인식의 형식과 내용에 있어서는 합리론과 경험론 등의 대립이 있고, 인식의 주관과 객관의 문제에 있어서는 실재론과 관념론의 대립이 있고, 인식의 진리와 오류에 있어서는 절대론과 상대론의 대립이 있다.

아버지는 철학에는 거의 문외한이지만 그동안 약간 읽은 것과 나의 생애 동안 사색한 결과로서, 이러한 대립은 대체로 한 면의 진리로서 양자가 통일되어야 한다고 생각한다. 그러나 그 통일은 단순한 통일이 아니라 본체론은 진화와 향상의 창조적인 관점에서 통일해야 하고, 그 통일이 정적이고 체계적인 통일이 아니라 모순과 대립 속에 조화 발전하는 변증법적 통일이어야 한다고 본다. 굳이 이름을 붙인다면 '창조적이고 변증법적인 통일의 철학'이 장래에 나아갈 철학의 방향이 아닐까 생각한다. 이 점을 유의하면서 메이야르 드 샤르뎅 신부의 진화론적 신학을 참고하기 바란다.

이상과 같은 아버지의 생각이 장래 네가 철학을 깊이 연구할 때 너로부터 긍정적 평가를 받을지 웃음을 자아내게 하는 대상이 될지 그것을 상상하면서 아버지는 이 글을 쓰고 있다(참고로 이상의 설명을 도표로 그려보면 아주 간명해진다).

부모는 자식이 잘되기만 바라며 자기보다 더욱 잘나기를 바란다. 너의 장래에 하느님의 축복이 있을 것이다.

1980년 12월 19일

무리도 말고 쉬지도 말자

지영이 모母에게!

오늘 너를 면회하고 와서 이 글을 쓴다. 짧은 면회시간에는 도저히 할 수 없는 말들이기에 여기 적어서 네게 참고가 되게 하고 싶다. 먼저 말해둘 것은 나는 너의 시아버지로서가 아니라 친아버지가 된 심정으로 너의 일생의 행복을 빌면서 이 글을 쓴다. 너도 그러한 심정으로 읽어주었으면 좋겠다.

우리가 겪는 지난 7개월의 시련을 어찌 말로 다 표현할 수 있겠느냐? 그럼에도 불구하고 너의 어머니를 중심으로 밖의 가족들이 잘 견디고 극복해주어서 안에 있는 나나 대현이, 홍일이가 얼마나 위로와 격려를 받았는지 모를 일이다.

특히 네가 처음 겪은 일에 두 아이까지 있으면서 평소의 안정을 조금도 흐트러뜨리지 않고 일을 처리해주어서 참으로 고마운 심정을 다 말할 수 없다. 너의 외유내강한 성격과 사람됨을 새삼 기쁘게 생각한다. 그러나 무엇보다도 감사하고 기쁜 것은 이번 기회에 안에 있는 사람이나 밖의 가족이나 모두가 하느님에 대한 사랑과 그리스도에의 믿음이 한층 깊어지고 새로워졌다는 사실로서, 이는 환란 중에 얻은 가장 큰 기쁨이요 축복이 아닐 수 없다. 언제나 예수님이 네 안에 와 계신다는 것을 잊지 않는 생활이 일생 동안 계속되어야 한다. 그리하여 예수님과 같이 생각하고, 예수님과 같이 말하고 행동하는 습관을 들여야 한다.

완전한 그리스도인이란 하느님 아버지를 사랑하고 예수님을 구세주로 영접하며 그분의 십자가상의 성혈을 통하며 자신의 죄사함을 얻고, 그분의 부활을 통하여 자신이 영생의 길을 얻었다는 믿음 속에 사는 개인 구원의 경지에 이르는 것이 필요하다.

또 하나 이에 못지않게 필요한 것은 예수님이 가르치시고 몸소 행하신 바와 같이 이웃을 내 몸같이 사랑하여야 하며, 이웃과 사회의 도움을 필요로 하는 고난 받은 사람들의 행복을 보장해줄 수 있는 사회의 실현을 위해 그리스도의 사랑으로 헌신하는 사회 구원의 행업行業을 게을리해서는 안 된다는 것이다. 이러한 개인 구원과 사회 구원은 그리스도 신앙의 불가분의 양면으로 그 어느 하나가 결여되어도 참된 신앙을 가졌다 할 수 없다.

너의 남편 홍일이에 대해서 나는 참으로 미덥고 그 장래를 기대하는 심정이 강하다. 그 애는 개인적으로나 신앙인으로서 또는 가정인으로서 나의 그 나이 시절보다 훨씬 훌륭하다. 그뿐 아니라 사물을 판단하는 능력, 일 처리하는 역량, 타인에의 설득력, 친구들과의 신의와 결합 등 뚜렷한 능력과 소질을 가지고 있다. 만일 그 애가 앞으로 이론적으로 더욱 연마하고 너그러운 태도로 항시 일과 사람을 대하고 외국어 실력을 완전히 갖추면 그 장래는 반드시 크게 기대할 수 있다. 더욱이 가장 중요한 건강까지 겸했으니 말이다.

내가 너에게 특히 바라는 것은 너는 지금과 같은 건실하고 겸손한 자세를 그대로 갖추면서 네 남편의 발전을 위해 좋은 협조자가 되어주어라.

앞에 지적한 점을 참고하면서 언제나 남편과 같이 있는 심정으로 그가 하는 일에 특별한 관심을 갖고 남편의 가장 유능하고 신뢰할 수 있는 상의의 대상이 되어야 한다. 그러나 이것은 쉬운 일이 아니다. 여자는 가정에만 있으니 자칫하면 세상일에 어두워진다. 그러므로 의식적으로 남편의 일의 분야에 관한 신문, 참고 서적, 세론 등에 관심을 가져야 한다. 항시 남편을 위해 조언할 일이 없는지 생각하는 습성을 들여야 한다. 아내로서 자기 남편이 하는 일에 상의 대상이 못 된다면, 또 남편이 감사할 만한 조언을 해줄 준비가 항시 되어 있지 않다면 그는 아내로서 실격이며 오직 살림꾼에 불과한 것이다. 부부는 한 몸이며, 한 생각이며, 한 느낌이며, 한 행동 속에서 하나가 되어야 한다.

남편의 일에 관심 갖고 도우라는 것은 결코 남편 일에 간섭하고 남편을 지배하라는 것이 아니다. 이 세상에서 남편의 하는 일이나 생각과 단절된 아내도 불행하지만 남편을 지배하는 아내는 가장 불행하다. 남편 일에 무관심하거나 아무 도움이 안 되면 정신적으로 남남이 되고, 남편 일에 간섭하고 지배하면 남편을 병신 만들고 남편을 우러러보고 의지하는 아내로서의 행복을 잃는다. 그러므로 가장 현명한 아내는 남편의 일에 완전한 지식과 판단을 가지면서 이를 남편에게 강요하지 않고 남편 스스로가 자기 능력으로 해결해나갈 수 있도록 암시하고 겸손하게 조언하되 언제나 그 최후 결정은 남편이 내리는 형식을 취하도록 해야 한다.

지면상 그외 몇 가지를 간단히 적는다.

● 아내는 언제나 남편의 장점을 발견하고 그의 잠재능력을 찾아내서 이를 일깨워주고 격려함으로써 남편이 새로운 자신을 가지고 도전해나가도록 해야 한다.

● 아내는 남편이 양심과 도덕에 어긋난 일을 하거나 비겁한 처신을 하려 할 때는 이별을 각오하고라도 이를 단호히 반대해야 한다. 그런 아내는 남편의 존경을 받게 된다.

● 아내는 언제나 자기 연령에 상응한 아름다움을 간직해야 한다. 그

러기 위해서는 정신적인 내면생활의 진선미와 더불어 사치 아닌 깨끗하고 자기 개성에 맞는 몸단장을 소홀히하지 말아야 한다. 이것은 남편을 자기 옆에 기쁜 마음으로 있게 하는 데 매우 중요한 일이다.

• 집안의 정결, 정돈, 미화 그리고 남편 구미에 맞는 식사의 준비 등은 남편을 가정에 충실하게 하는 큰 비결인 동시에 딸 가진 어머니로서 자식에 대한 아주 중요한 산교육이다.

• 남편을 위한다는 심정으로 가정사를 상의 안 하는 것은 잘못이다. 중요한 일은 반드시 남편과 상의해서 가정에 관심을 갖게 해야 한다. 자식들이 커감에 따라 그들과 상의하는 범위도 넓혀가야 한다. 정기적인 가족회의를 갖는 것은 가족의 화목과 일체감을 위해서 아주 필요하다.

• 홍일이가 돌아오면 너희들의 장래 진로에 대해서 협의, 결정하여라. 신중하고 충분한 토의를 하고 필요하면 부모형제, 친척들과 상의하여라. 일단 결정하면 만난을 무릅쓰고 일생을 거기다 바처라. 목표는 높이 잡고 실천은 한 단계 한 단계 착실하게 해나가라.

• 무리도 말고 쉬지도 말아라.

• 고난에 처해서 우리가 하느님께 감사하는 것은 고난 자체를 기뻐하는 것이 아니다. 그 고난 속에서도 하느님이 우리를 위하시는 사랑의 역사를 볼 수 있기 때문이다. 하느님을 믿고 하느님의 뜻대로 바르게 살려는 사람에게 고난은, 그를 성장하게 하는 시련은 되어도 결코 불행의 사자는 되지 못한다. 그리고 인간사에는 반드시 좋은 일과 나쁜 일의 양면이 있다. 따라서 우리의 대처 여하에 따라 좋은 일이 재앙이 되고 나쁜 일이 복을 가져온다. 부자의 아들이 돈 때문에 타락하고 가난한 집 아들이 그 때문에 분발하듯이.

• 아이들에게는 어렸을 때의 종교 교육 그리고 도덕적 교육이 일생을 지배한다. 인간에게는 어떠한 희생이나 손실에도 불구하고 절대로

포기할 수 없는 선善과 절대로 범해서는 안 되는 악이 있다는 것을 어렸을 때 아이들의 머리에 강하게 심어주어야 한다. 언제나 하느님이 같이 계시다는 것을 되풀이해서 느끼게 해주어라.

● 지영이와 정화는 개성이 뚜렷이 다른 것 같다. 그 점은 네가 더 잘 아니까 구체적으로 말하지 않는다. 오직 하느님에 대한 믿음과 도덕적인 생활 속에 자기 개성을 잘 발전시켜나가도록 둘이서 잘 지도하여라. 매일 애들을 생각하고 있다.

● 너도 알다시피 나는 우리 집안의 가훈으로서 다음 세 가지를 이야기하였다. 첫째는 하느님과 양심에 충실하게 살 것, 둘째는 하느님만을 의지하는 가운데 자기 운명은 자기가 개척해나갈 것, 셋째는 생활의 안정에 필요한 재물 이상의 부를 탐내지 말 것. 이 세 가지는 서로 관계가 있다.

● 홍일이의 장래에 대한 네 나름대로의 계획을 세워서 그 애가 가까운 장래에 출옥하면 같이 상의하고, 그렇지 못하면 옥중에서 그 방향으로 공부하고 사색하도록 도와주어라.

● 항시 우리 때문에 고초를 겪고 있는 사람들을 잊지 말고 마음으로나마 위로와 격려하는 것을 잊지 말아라. 네가 나의 대리로 생각하고 힘써주기 바란다.

● 너와 아이들의 건강에 각별히 유의하여라. 이런 때일수록 가족이 모두 건강을 잘 지켜야 한다. 하느님의 사랑이 반드시 우리 가정과 너희들을 지켜주실 것이다. '믿는 자에게는 모든 것이 서로 작용해서 좋은 결과를 이룬다'는 사도 바울의 말을 우리가 믿고 나아가자.

1981년 1월 17일*

부활에의 확신

나의 경애하는 당신에게

오늘로 내가 집을 뜬 지 만 8개월이 되었소. 그동안 당신과 가족 친지들의 고초가 얼마나 컸습니까? 당신에 대해서는 감사한 말뿐이오.

하느님이 돌보셔서 우리 가족과 형제들이 모두 그분 사랑 아래 모이게 되었으며, 믿음을 통해서 난관을 극복해왔으니 크신 은혜가 아니고 무엇이겠소. 나는 자랑스러운 아내, 사랑스러운 자식들 그리고 며느리와 손녀들을 가지고 있으니 참 행복하오. 형제들에게도 사랑하는 마음뿐이오.

나는 내 운명이 어떻게 되더라도 모든 것을 주님께 맡기고 그분 뜻대로 이루어지기만을 매일 기구합니다. 나는 온 세상 사람이 예수님을 부인해도 그분을 사랑하겠소. 나는 모든 신학자들이 예수님이 하느님의 아들이 아니라 해도 그분을 믿겠소. 모든 과학자들이 그분의 부활을 조롱해도 나의 신념에는 변함이 없소.

예수님은 인간성만 가지고는 결코 도달할 수 없는 완전한 '사랑'이었으며 그분의 부활은 단순히 신앙으로서가 아니라 역사적 사실로도 의심할 수 없는 것이오. 이미 말한 대로 부활을 믿지 않으면, 비겁했던 사도들의 예수님 사후死後의 그 용기와 희생적 헌신을 설명할 길이 없

---

* 이 편지까지는 1981년 1월 23일자로 사형에서 무기징역형으로 감형되기 이전의 것으로 유언을 남기는 심정으로 쓴 것이다.

으며, 예수님께 적대했던 사도 바울의 회심과 결사적 포교행각布教行脚을 설명할 수가 없소. 그리고 수많은 사도서한使徒書翰과 복음서가 모두 주님의 부활을 근거로 해서 성립되었는데 만일 그것이 사실이 아니라면 각처에서 각기 다른 시기에 쓰인 글들이 그렇게 일치할 수 없을 것이라고 믿으오.

크리스천 신앙의 참된 결단과 갈림길을, 우리가 주님의 부활을 사실로 믿느냐 여하라고 믿으며 나의 절절한 신앙고백으로서 다시 당신에게 전합니다.

크리스천이 된 행복은 무어라 해도 남을 미워하지 않고 사랑할 수 있다는 것이며, 이웃 특히 고난 받는 사람들에의 사랑의 마음과 봉사를 주님의 뜻으로 행하는 기쁨일 것이오. 그리고 만일 예수님을 믿지 않았던들 우리가 진 수많은 죄에 대한 양심의 가책을 어떻게 벗어날 수 있을 것인가요? 얼마나 많은 사람들이 그러한 가책을 술이나 방탕으로 잊고 도피하는 불행을 저지르고 있습니까? 또한 주님의 부활을 통한 우리의 영생을 믿기 때문에 우리는 이 세상을 고난과 핍박에도 불구하고 의롭게 살려고 노력할 이유와 용기를 갖는 것이 아닙니까? 이러한 점들을 생각할 때 믿는 우리의 행복을 다시 깊이 생각하게 됩니다.

나는 지금 세 자식과 며느리에 대해서 만족과 감사를 느끼고 있소. 모두 하는 것이 장래성이 있으며 바르게 살려는 자세가 확실하게 잡힌 것 같소. 이 점은 무엇보다도 당신의 사랑과 인내와 감화의 힘이 컸다고 나는 조금도 에누리 없이 믿고 있으며 그점 얼마나 다행이고 감사스러운지 모른다오.

홍일이는 여러 가지 일을 시켜보고 이번 하는 것을 시종 보면 알 수 있듯이 앞으로 자기 앞을 능히 가려나가면서 나의 못한 일을 할 수 있을 것이오. 그러려면 본인의 큰 노력과 당신의 지도와 조력이 필요할 것은 물론이지요. 다행히 며느리가 우리 기대 이상으로 내강하고 침착·총명하니 홍일이를 위해서 그 이상 다행이 없다 할 것이오. 홍업이는 이미 본인의 편지에도 썼지만 의외로 일처리 능력이 있으며 판단도 균형이 잡혀 있어요. 그 애의 인간성은 말할 것도 없지만 앞으로 결혼, 직업 등 중대사의 결정에 성공하기를 항시 기구하고 있소.

홍걸은 아직 어려서 판단하기는 빠르지만 나는 그 애의 장래도 크게 기대하고 있어요. 우리가 알다시피 그의 어려서부터의 정직한 양심, 순결한 마음, 하나의 일에의 놀랄 만한 집념을 갖고 있으니 나는 그 애의 장래도 크게 기대하는 것이오. 당신의 책임도 크지만 보람도 크지요. 항시 말하지만 형제들에 대한, 가까운 동지들에 대한, 나로 인한 고난과 피해를 생각하면 가슴 아플 뿐이며 주님의 은총을 기구할 뿐이오.

1981년 1월 29일

고난에 찬 새로운 삶의 출발

사랑하는 자식들(홍일, 지영 모, 홍업, 홍걸)에게

하느님의 무한하신 사랑으로 목숨을 다시 보존하게 된 것을 생각하면, 특히 일생에 네 번이나 목숨을 건져주신 하느님의 은총을 생각하면 한없는 감사와 기쁨을 느낄 뿐이다.

그간 아버지로 인하여 너희들이 겪은 고난과 번민의 나날을 생각할 때, 더욱이 홍일이는 아직도 영어圄圈의 몸인 것을 생각할 때, 나의 가슴은 너무도 큰 괴로움으로 아프다. 아버지는 너희들을 진심으로 사랑해왔으며 좋은 아버지, 단란한 가정의 아버지가 되고자 마음먹어왔으나 반대로 너희들에게 무서운 시련과 고통만 안겨준 결과가 되어왔으니 큰 부담을 느끼면서 오직 주님께서 이러한 모든 시련을 서로 작용해서 너희들에게 좋은 결과가 되게 해주시기를 매일 기도할 뿐이다.

아버지는 이제부터 겪어야 할 긴 시련의 나날을 오직 주님의 뜻에 맡기면서 이 기회를 나의 영적 심화와 지식 향상의 기회로 삼으며 건강의 유지에 힘써서 앞으로 주님이 원하시는 도구로 쓰이는 데 좀더 쓸모 있는 능력을 갖추고자 마음먹고 있다.

예수님은 우리에게 누구든지 자기를 따르려면 심지어 부모형제까지도 버리고 십자가를 지고 따라야 한다고 말씀하셨다. 죄와 부조리에 찬 사회에서 진리를 추구하고 그 사회를 하느님의 뜻에 합당한, 의로우며 사랑에 찬 사회로 개조하려면 자기의 가진 모든 것을 바칠 각오와 결단이 절대적인 조건이 될 것이다.

그런데 예수님의 이러한 준엄한 요구가 우리를 감동시키고 압도적인 권위로서 받아들여지게 한 것은 단순히 그분이 하느님의 아들이시라는 것에서만이 아니라 그분 자신이 몸소 그러한 자기희생의 모범을 우리에게 보여주셨기 때문이다. 나는 우리가 아무리 고통스럽고 모욕을 당하고 고독하더라도 예수님이 그 수난과정에서 겪으신 고통과 모욕과 고독에 비하면 결코 크다 할 수 없으며, 따라서 무한한 위로를 받으면서 그분이 겪은 시련에 동참할 수 있다고 생각한다.

그러나 우리의 믿음은 결코 하루에 완성되지 않는다. 우리는 일생을 신앙과 불신앙, 희망과 절망, 해답과 의혹 사이를 방황하는 것이다. 우리는 그러한 때 낙심하거나 좌절할 필요가 없다. 우리가 하느님에 대한 사랑과 믿음을 간직하며 예수님의 옷소매를 붙잡고 매달리는 한 우리의 어떠한 실수나 죄나 의혹에도 불구하고 하느님은 돌아온 탕자나 베드로의 과오를 용서하시고 구원하시듯이 우리를 구원하시는 것이다.

구약의 하느님은 질투와 징벌과 심판의 하느님으로 나타났다. 그러나 예수님은 그러한 그릇된 하느님 상을 단연 거부하시고 사랑의 하느님, 용서의 하느님으로서의 본연의 모습을 우리에게 알리고 또 그 자신을 통하여 보여주셨다.

우리는 예수님이 우리에게 모든 기쁨과 괴로움, 희망과 근심 등을 숨기지 말고 자기와 다정하게 벗으로서 상의해주기를 진심으로 바라시며, 우리가 잘못을 범했을 때는 이를 고백하고 사하기를 구하면 천 번이고, 만 번이고 용서하시는 다정한 우리의 스승으로 자기를 대해주기를 진심으로 바라신다는 것을 알아야 한다.

그리하여 그분과 협력해서 이 세상에 하느님의 뜻이 하늘에서와 같이 이루어지는 날이 오는 것을 촉진하는 일에 동참하는 일생을 보내는 것이 우리의 생을 가장 값있게 쓰는 것이라 믿는다. 그러기 위해서 우리는 자기 자신이 하느님의 아들로서 새로이 태어나는 개인 구원과 더불어 이웃에의 봉사와 우리 사회의 개선에 헌신하는 사회 구원의 일을 병행해서 수레의 양바퀴같이 이 두 가지가 일치하고 조화를 이루도록 해야 할 것이다.

다음은 몇 가지 생각나는 대로 너희들의 참고를 위해 적는다.

● 언제나 어머니와 같이 상의해서 모든 일을 검토하고 처리하며 신앙의 대화도 나누기 바란다. 나는 너희들이 어머니와 서로 아끼고 믿는 가운데 화목한 관계를 유지해오고 있는 것을 무엇보다도 기쁘고 고맙게 생각한다.

● 언제나 우리로 인하여 고통을 겪는 사람들과 그 가족에 대해서 감사와 위로를 잊지 말고 아버지를 대신해서 성의를 다해주기 바란다.

● 너희 각자가 앞으로 나아갈 방향을 정하면 10년은 한눈팔지 말고 꾸준히 그 길을 가라. 나의 경험으로는 10년만 자기 가는 길에 전심 노력하면 반드시 성공의 터가 잡힌다. 그리하여 그것을 발판으로 자기 분야에서 정상까지 오르면 정상에서는 다음에 어느 방향으로든지 진출할 수 있다. 경제인으로 정상에 가면 그것을 기반으로 정치인으로도, 사회사업가로도, 교육·문화사업의 경영자로도 나아갈 수 있는 것처럼. 제일 불행한 것은 정상에 오르기 전에 중도에서 경솔히 방향을 바꾸는 것이다.

● 인생의 목표를 무엇이 되느냐 하는 것보다 어떻게 값있게 사느냐에 두어야 한다. 앞에 말한 정상 도달은 경우에 따라서는 이루어지지 않을 수도 있다. 그러나 자기가 값있게 살려고 애쓴 일생이었다면 비록 운이 없어서 그 목적한 바를 이루지 못했다 하더라도 그 사람의 일생은 결코 실패도 불행도 아니다. 값있고 행복한 일생이었다고 할 것이다.

● 사람은 자기 힘으로 어쩔 수 없는 난관이나 불운에 부딪힐 수가 있다. 그러한 때는 결코 당황하거나 서두르지 말고 그러한 시련의 태풍이 지나가는 것을 기다려야 한다. 다만 다시 때가 왔을 때를 위하여 노력과 준비를 게을리해서는 안 된다.

● 아버지의 경험으로는 건강의 비결은 첫째, 과음·과식 등 무리를 하지 말 것 둘째, 고민거리가 있으면 단시간에 집중적으로 생각해서 결단을 내리고 결코 이를 계속 마음속에서 괴롭게 하지 않도록 할 것 셋째, 충분한 수면을 취하도록 할 것 넷째, 정신적으로 떳떳하고 명랑한 자세를 갖도록 노력할 것이 필요하다고 생각된다.

● 가정을 가지면 부부간에는 서로 존경함을 사랑 못지않게 중시해야 한다. 그러기 위해서는 상대의 장점을 발견하려고 힘쓰고 이를 격려해주도록 해라. 그뿐 아니라 집안일이건 밖의 일이건 부부는 서로 가장 가깝고 중요한 협의 대상자가 되어야 하며 공동 경영자가 되어야 한다.

● 주일은 꼭 가족들과 같이 지내며 대화와 공동 행사를 통해서 이해와 진보의 계기로 삼도록 하는 것이 필요하다. 가족간의 사랑은 느끼게 되는 것이지 말로 설명되는 것은 아니라고 생각된다.

● 너희의 사촌형제들과의 화목과 그들을 보살피는 일을 친형제에게 하듯이 힘써주기 바란다.

Sozialdemokraten SPD

Service
Presse
Funk
TV

Mitteilung für die Presse

Datum: 17.9.80   Nr. 664/80

Der SPD-Vorsitzende Willy B R A N D T sandte dem Präsi-
denten der Republik Korea, Chun Doo Hwan, das folgende
Telegramm:

"Mit grosser Bestürzung habe ich vernehmen müssen, dass ein
Militärgericht heute morgen Herrn Kim Dae Jung zum Tode ver-
urteilt hat. Dieser Beschluss stellt für uns alle eine grosse
Herausforderung dar, da es uns unverständlich erscheint, wie
das Bemühen eines Patrioten für den sozialen Fortschritt in
seinem Land und für die Bewahrung der Menschenrechte mit einem
solchen Urteil bedacht werden kann.

Ich richte an Sie die dringende Bitte, alles in Ihrer Macht
Stehende zu tun, dass dieses Urteil revidiert wird. Die Stellung
Ihres Landes in der internationalen Gemeinschaft der Völker würde
durch die Vollstreckung eines solchen Urteilsspruchs ausserordent-
lich Schaden erleiden."

Zugleich richtete der SPD-Vorsitzende die dringende Bitte an
die Regierung der Vereinigten Staaten, die noch immer Truppen in
Südkorea stationiert haben, alles in ihrer Macht Stehende zu
tun, um das Leben von Kim Dae Jung zu retten.

-.-.-.-.-.-

Sozialdemokratische   Ollenhauerstraße 1   Herausgeber:
Partei   5300 Bonn 1   Egon Bahr
Deutschlands   Telefon (02 28) 5 32-300 Redaktion:
Der Parteivorstand   Telex 08 86 306   Lothar Schwartz

빌리 브란트 독일 사민당 총재가 사형 언도를 받은 김대중의 구명을 위해 발표한 보도문(아래는 한글 전문)

빌리 브란트Willy Brandt 독일 사회민주당 총재는 대한민국 전두환 대통령에게 다음과 같은 전보를 발송하였다. "군사재판소가 오늘 아침 김대중 씨에 대해 사형을 선고한 데 대하여 본인은 큰 충격을 받지 않을 수 없습니다. 이와 같은 선고는 우리 모두에게 큰 도전입니다. 조국의 사회적 발전과 인권수호를 위해 헌신해 온 애국자의 노력이 이와 같은 판결로 귀결될 수 있다는 사실을 우리 모두는 이해할 수 없기 때문입니다. 본인은 대통령께서 모든 힘을 발휘하여 이와 같은 판결이 수정될 수 있도록 조치하여 주실 것을 긴급히 요청합니다. 이와 같은 판결이 집행된다면, 귀국의 위치는 국제사회에서 막대한 손상을 입게 될 것입니다." 동시에 사민당 당수는 한국에 군대를 주둔시키고 있는 미국 정부에 김대중 씨를 구명할 수 있도록 모든 힘을 발휘하여 줄 것을 긴급히 요청한다.

시대의 깃발

죽음의 고비 뒤에 오는 고독

경애하는 당신에게(그리고 사랑하는 자식들에게)

당신과 아이들의 편지를 통해서 집안이 서로 화목한 가운데 사랑과 협력으로 생활하고 있음을 알고 감사하고 기쁘게 생각하고 있소. 지난 10개월 동안 당신과 자식들이 밖에서 겪어야 했던 고통과 쓰라림을 생각할 때 언제나 가슴 아프고 죄스러운 생각을 금할 수가 없소. 당신 편지에도 있지만 특히 홍걸이 처지는 눈물 없이는 생각할 수 없습니다. 그 애가 매일 학교 다니면서 겪어야 했을 마음의 갈등과 고통이 얼마나 컸겠어요. 그것을 한 마디도 없이 참아내준 데 대해서 감사한 마음뿐입니다. 홍일이와 지영 모의 태도를 볼 때 그들이 처음 겪는 시련을 이토록 잘 이겨내주리라고는 생각지 못했습니다. 오직 두 사람이 합심해서 장래의 성공적인 인생을 이룩하는 데 이번 경험이 좋은 교훈과 도움이 될 것으로 믿고 감사 속에 기도하고 있습니다. 홍업이의 최근 편지를 보면 그 애의 신앙이 당신이 말한 것 같이 상당히 깊고 바르게 자리잡혀가는 것을 느끼게 됩니다. 홍업이에게 준 여러 가지 고난을 생각하면 역시 아비로서 면목이 없고 안타까운 심정뿐이지만 본인이 그러한 시련을 훌륭히 극복하고 부모를 진심으로 사랑하고 존경해주니 기쁘고 감사한 심정입니다.

---

* 이 편지는 1981년 1월 31일 육군교도소에서 청주교도소로 이감된 후 처음으로 가족에게 보낸 편지다.

그리고 형제들이나 그 가족들이 이 고난 속에서도 서로 새롭고 굳은 신앙 속에 뭉치도록 해주신 하느님께 감사하며 그들에게도 감사하는 마음입니다. 이런 모든 일에 당신의 믿음과 사랑의 영향이 컸다는 것을 알 때 자랑스럽고 감사하는 심정을 언제나 간직하게 됩니다. 환경이 우리에게 고통을 줄 수는 있어도 결코 우리를 불행하게 만들지는 못합니다.

여기 온 지 불과 20일이고 가족면회한 지 10일인데 벌써 이 모든 것이 반년이나 된 것 같습니다. 그토록 세월이 지루하고 고독이 무섭다는 것을 지금까지 없었던 새로운 체험으로 느끼게 됩니다. 그러나 약해지려는 마음을 신앙의 의지로 격려하며 주님과의 대화와 독서로 이 정신적 시련을 이겨나가려고 노력하고 있습니다. 면회 때 당신의 눈물을 보고 얼마나 가슴 아팠는지 모릅니다.

실은 나 자신이 그것을 걱정하여 가족면회시 눈물을 보이지 않도록 해달라고 하느님께 매일 기도했었습니다. 오늘의 여건 아래서 우리가 슬프고 괴로운 인간적인 감정을 어찌 안 가질 수 있겠소? 다만 믿는 우리에게는 그것이 좌절과 절망으로 연결되지 않고 예수님 안에 나타나 계시는 하느님 아버지의 사랑과 구원의 은총을 통해 위로와 희망으로 맺어지는 것이라 생각합니다. 이러한 일을 나는 여기 온 첫날에 체험했습니다. 도착하자마자 즉시 머리를 깎이고 옷을 갈아입을 때는 과거에도 경험이 있는 일이지만 비참한 심정이었습니다. 배치된 방에 들어가서 나는 이 모든 고난을 주님의 사랑의 표시로 알고 감사하고, 주께서 겪으신 십자가의 고난과 치욕과 고독에 동참하게 해주신 은혜에 감사를 드렸습니다. 그러나 방 안은 몹시 추웠습니다. 저녁식사도 먹는 둥 마는 둥 하고 이불 안으로 들어갔으나 몸이 마구 떨려서 견딜 수 없었습니다. 나는 어느새 이불 속에서 '하느님 아버지'를 부르면서 마구 울고 있었습니다. 눈물이 하염없이 쏟아져나왔습니다. 그러다 지쳐서 잠이 들었습니다. 그런데 잠결에 감방 밖에서 사람들의 소리가 들리고 무슨 공사하는 소리가 들렸습니다.

이불을 젖히고 보니 아아! 뜻밖에도 아까 부탁했던, 내가 서울서 가지고 온 전기스토브 사용을 위한 공사를 하고 있지 않습니까? 나는 부탁은 했지만 이렇게 당일로 해주리라고는 꿈에도 기대하지 않았습니다. 그때는 거기 서 있는 교도관과 일하는 분들이 마치 천사같이 생각되었습니다. 나는 하느님이 나와 같이 계심을 그리고 나를 위하여 이렇게 자상하게 걱정해주심을 이때같이 실감한 때가 없었습니다. 하느님은 추위에 못 견디는 나의 지병을 이토록 보살펴주신 것입니다.

당신이 말한 대로 나는 참으로 큰 빚을 진 사람입니다. 자식들에게, 형제 친척들에게, 친구 동지들에게 얼마나 많은 고통과 폐를 끼치고 있습니까? 비록 본의는 아니라 해도 그 피해가 너무도 크고 장시일長時日입니다. 더구나 그들이 한 마디의 원망도 없이 도리어 우리를 위해 기구해주시는 일을 생각할 때 송구하고 감사한 심정을 무어라 표현할 수 있겠소? 오직 조석으로 주님께 그들에게 은총을 베푸시도록 기구할 뿐입니다. 나는 지난 10개월 동안 하느님께서 나와 우리 모두에게 이렇게 계속해서 고난을 주신 이유, 특히 이번같이 엄청난 시련을 주시는 의미가 무엇인지 골똘히 생각해오고 있습니다. 일부는 해답을 얻은 것 같고, 일부는 아직도 충분히 이해되지 않습니다. 그러나 하느님이 우리를 한없이 사랑하시고 언제나 우리와 같이 계시며 우리의 모든 일을 주관하시는 것을 굳게 믿으면서 주님께서는 반드시 '모든 일들을 서로 합하여 선을 이루어'주실 것으로 확신하면서 인내와 끈기 속에 희망을 간직하려 노력하고 있습니다. 다만 이러한 고난 속에서도 하느님에 대한 믿음 안에 평소의 신념과 국민에의 충성심을 더욱 굳게 해주신 데 대해 감사하고 있습니다.

내가 간혹 신앙에 대해서 당신이나 자식들에게 의견을 말한 것은 결코 내가 신앙에 있어 조금이라도 앞서 있다는 생각에서가 아닙니다. 오직 나도 노력하고 아직 이루지 못하고 있는 것을 같이 이루고자 하는 충정에서 말하는 것뿐입니다. 이번 홍일이의 편지에 '요즈음 신앙심이 약간 해이해져가는 것 같아서 기도하기도 쑥스럽다'는 구절이 있었는데 정말 그 애다운 정직한 고백이라고 생각합니다. 나 역시 죽음의 고비를 넘기니까 절실한 기구祈求의 자세가 변하지 않는가 항시 반성하고 있습니다. 우리는 인간이니까 그렇게 될 수도 있는 것이지요. 누구나 신앙의 거인이 될 수도 없고 항시 의로울 수만도 없는 것이 어쩔 수 없는 인간의 약점 아닙니까? 우리가 계속해서 신앙과 불신앙, 죄와 회개의 과정을 되풀이해가면서도 끝까지 하느님을 떠나지 않으면 하느님은 결코 우리를 버리지 않을 것입니다. 주님은 우리의 의로움이나 선행을 보시고 구원하시는 것이 아니라 우리가 죄 가운데서도 하느님을 떠나지 않는 믿음 그리고 하느님의 무조건의 구원에 대한 기쁨의 응답으로서 행하는 선행善行에의 노력을 보시고 구원의 은총을 계속하시는 것이 아닙니까?

사회생활을 하다 보면 차분히 시간을 가지고 기도하기가 어려운 경우가 많습니다. 내가 홍업이나 지영 모에게 권하고 싶은 것은 기도는 일상생활 속에서도 얼마든지 할 수 있다는 것을 알고 실천해주었으면 하는 것이오. 홍걸이도 마찬가지지요. 몇 가지 예를 들면,

1) 버스 탔을 때 같이 탄 사람들의 안전과 행복한 하루를 위해 기도한다.

2) 길을 걸을 때 횡단보도를 걷는 사람들의 안전을 위해 기도한다.

3) 다방이나 식당에서 종업원을 대할 때 그들과의 원만한 인간관계를 위해 기도한다.

4) 학교에서나 기타 약속으로 친구를 만났을 때 그들의 건강과 행복
   을 위해 기도한다.

이렇게 창의를 발휘하면 우리는 기도를 일상생활화할 수 있겠지요.
물론 이런 것은 말로는 쉽지만 계속하기는 쉽지 않습니다. 그러나 잊
어버리면 다시 하고, 태만했으면 하느님께 사과하고 다시 시작하면 되
는 것입니다. 우리가 신앙의 거인이나 빈틈없는 의인이 되려 하면 위
험합니다. 그런 사람은 신앙이 기쁨보다 고통이 되어 좌절하거나 역으
로 위선자가 되는 수가 많은 것 같아요. 이 점을 나는 신앙생활에서 아
주 명심해야 할 점으로 생각합니다.

신앙의 현대적 의의 중에 가장 큰 것은 우리를 자유인으로, 진정한
자유인으로 만든다는 것입니다. 첫째, 그리스도 신앙인은 우리가 이
세상을 사는 데 대한 의의를 찾는 고통으로부터 자유롭습니다. 우리가
하느님을 사랑하고 하느님이 역사 속에서 행하시는 구원과 완성의 역
사에 동참하기 위해서 이 세상을 사는 것을 누구나 압니다. 둘째, 그리
스도 신앙인은 죽음, 병, 고난에서 오는 절망으로부터 하느님에 대한
믿음 속에 자유를 얻습니다. 셋째, 그리스도인은 자기 일생의 모든 것
을 하느님께 맡김으로써 생의 고통으로부터 자유를 얻습니다. 넷째,
그리스도인은 그 믿음에 따라 하느님과 이웃을 사랑할 특권과 자유를
얻습니다. 다섯째, 그리스도인은 하느님의 뜻에 따라 그 사랑을 통하
여 원수조차 용서할 자유를 얻습니다. 이러한 자유를 우리에게 주신
하느님께 감사하며 그러한 자유를 향유하는 그리스도인이 된 특권을
우리는 한없이 감사하고 소중히 해야 할 것입니다.

두 작은집에 안부 전해주시오. 항시 기도하고 있습니다. 필동 기타
친척들에게도 안부 전하시고 동거하는 여러분에게도 감사와 안부의
말 부탁합니다.

다음 책을 넣어주시오.

1) 칸트, 《실천이성비판》

2) 갈브레이드의 《불확실성의 시대》와 《경제학과 공공목적》

3) 솔제니친의 《암병동(영문)》. 집에 있소.

4) 기타 신앙 관계 체험 서적(특히 공산권에서)

당신이 기다리는 봄 소식을 나도 하느님께 기구하면서 다시 한 번 당신과 가족들의 얼굴을 그리면서 작별합니다.

1981년 3월 19일

최대의 선물인 자유

나의 존경하고 사랑하는 당신에게(그리고 사랑하는 자식들에게)

매일같이 집에서 오는 편지를 기다리며 이를 읽는 것이 가장 큰 기쁨입니다. 사랑하는 가족들의 애정에 넘친 소식을 듣는 것이 얼마나 큰 위로와 힘을 주는지 모릅니다. 그런데 요즈음 당신의 편지를 보면 나의 일을 너무 걱정하고 당신의 무력을 한탄하는 일이 많은데 제발 그러지 말기를 바라오. 물론 당신이 그러는 것은 무엇보다도 나의 형편 때문인 줄 압니다. 그러나 나는 지난 9일의 면회 이후 마음을 가다듬고 참으로 일체의 기대를 버리고 이 시련을 이겨내고자 노력하고 기도하고 있으니 너무 걱정하지 말기를 바랍니다. 작년 5월 이래 우리 집안이 겪은 엄청나고 기막힌 시련을 생각하면 어찌 우리에게 슬픔과 눈물이 없을 수 있겠소 통곡해도, 원정願情해도 시원치 않은 이 10개월을 우리는 겪어온 것입니다. 그러나 우리에게는 슬플 때는 마음을 다 풀어 하소연할 우리의 하느님이 계십니다. 그분은 우리의 서러운 눈물을 씻어주시며 우리에게 참된 위로와 용기와 희망을 주십니다. 한없는 사랑의 하느님 아버지에 대한 철저한 순종과 하느님의 신의에 대한 완전한 믿음과 이 세상을 이기신 예수 그리스도께서 겪으신 고난과 치욕과 고독이 우리를 위로해주며, 그분이 차지한 영광과 우리에 대한 약속이 우리에게 눈물을 씻고 일어설 용기와 희망을 줍니다.

당신이 편지에 자주 '우리 주님같이 세상을 이기라'고 쓴 것을 읽는

데, 우리는 주님이 하신 대로 원수를 용서하고 사랑하고 화해할 때 비로소 세상을 이길 수 있다고 생각합니다. 우리가 작년 5월 이래 겪은 수많은 수난 속에서도 하나하나 세어보면 열 가지도 넘는 주님의 은혜가 있다는 것을 느낍니다. 아직 살아 있고, 집안이 모두 주님 앞에 믿음의 결속을 이루게 되고, 다 같이 건강하며, 서로 아끼고 사랑하며, 많은 벗들의 아낌을 받는 것들을 우리는 알고 있습니다. 일생에 네 번이나 죽음의 고비에서 살아났다는 것도 참 예가 드문 일이며 내가 무엇이기에 하느님이 이토록 사랑하셨는가 하는 생각을 떨리는 기쁨과 감사로 하게 됩니다.

우리는 지금 같은 환경에서는 얼굴을 언제나 주님에게 돌리고, 주님이 우리를 무한히 사랑하신다는 것, 그분은 우리에 대해서 완전한 계획을 가지고 계시다는 것, 그리고 현재의 표면적 고난에도 불구하고 우리의 마음가짐에 따라서는 '주님께서는 하시는 모든 것을 서로 작용시켜서 좋은 결과를 이루신다'는 은혜를 반드시 입을 수 있다는 것을 믿는 것이 매우 중요한 것이라고 생각됩니다. 우리는 하느님은 왜 이 세상에서 악이 저질러지는 것과 그로 인해서 무고한 사람들이 희생당하는 것을 막지 않으시는지 의문과 불만을 가질 때가 많습니다. 나도 이 점을 많이 생각해보았습니다. 그리고 얻은 결론은 이렇습니다.

첫째, 만일 하느님이 인간이 행하는 악을 본원적으로 막으시면 그때는 하느님이 인간에게 주신 최대의 선물인 자유(악의 행함뿐 아니라 하느님께 대항하는 자유까지 허용한)는 없어지고 인간은 동식물같이 본능과 조건반사에 의해서만 움직이는 존재가 되고 말 것입니다. 그때 우리는 의롭게 될 수도 하느님과 더불어 이 세상의 주인이 될 수도 없을 것입니다.

둘째, 한편 하느님은 인간이 저지른 악을 언제든지 중지시킬 수도 있으며, 그 결과를 정반대로 뒤집으실 수도 있으며, 악에 의한 수난자를 후일의 역사를 통해서, 혹은 하느님 나라의 보상을 통해서 영광스럽게 할 능력을 가지고 계신 것입니다. 결국 하느님의 뜻은 악이 이 세상에서 행해지는 것을 결코 기뻐하시지도, 더구나 조장하시지도 않지만 그러나 우리로 하여금 하느님의 신의를 믿고, 악을 거부하고, 악으로부터 이 세상을 지키고, 이 세상의 진화와 완성을 위한 하느님의 역사에 적극 참여하여 이 세상에 정의와 평화와 사랑이 넘치는 날(종말과 완성의 날)이 하루 속히 오도록 헌신할 것을 바라시는 것이라고 믿습니다. 그리스도의 재림을 향한 Ωpoint(오메가 포인트)에의 진화를 위하여 헌신하는 크리스천의 일생은 무엇보다도 가치 있는 일생입니다. 이런 의미에서 우리는 세상의 시련과 고난을 생각해야 할 것으로 믿습니다.

예수님은 위격位格 상으로는 하느님의 아들이시며, 본성本性 상으로는 참 하느님이시고 참 인간(죄만 제외)이시라고 합니다. 하느님은 예수 그리스도를 통해서 우리에게 나타나시며, 그리스도를 통해서 우리에게 구원을 베푸시며 당신의 모든 약속에 대한 신의를 지키십니다. 우리는 그리스도의 생애와 십자가상의 죽음과 부활을 통해서 그분이 하느님의 아들이심과, 우리의 속죄양이심과 구세주이심을 압니다. 그중에서도 핵심은 그리스도의 부활입니다. 부활에의 신앙 여하야말로 우리가 단순히 예수를 역사상의 한 현자로 대하느냐, 우리의 구세주로 대하느냐의 갈림길이 되는 것이라 믿습니다. 예수 부활을 믿는 근거의 일부에 대해서는 지난번 서울서의 편지에 적은 일이 있으므로 되풀이하지 않겠습니다. 부활하신 주님을 믿을 때 우리의 신앙은 비로소 튼튼한 자리 위에 서는 것이라고 생각됩니다. 양심은 우리 마음의 가장 은밀한 골방이며, 우리가 하느님과 단독으로 대하는 지성소입니다. 이와 같이 양심은 소중한 것이지만 우리로 하여금 죄를 사함 받도록 해줄 수는 없습니다. 흔히 '내 양심만 떳떳하게 살면 된다'고 하지만 그것은 결코 완전한 삶의 길이라고는 생각되지 않습니다.

이제는 집안에 대해서 몇 가지 적겠습니다. 무엇보다도 지난번 당신과 홍업이와 이군이 같이 겪을 뻔했던 차사고 모면하게 된 것과, 이번 제수의 부상이 경미한 것을 하느님께 감사합니다. 제발 이 이상의 불행이 우리에게 없어야 하겠습니다. 봄이 되면 자주 비가 오는데 그런때 올 때는 꼭 버스를 이용해주기 바랍니다. 나는 당신과 결혼한 이래 남편으로서 매우 불충분했다는 것을 잘 압니다. 그러나 우리가 수난의 시대로 접어든 이 10년 동안 내가 당신을 얼마나 아끼고 깊은 애정으로 대하고 있다는 것을 당신은 알 것입니다. 지금 나에게는 당신이 얼마나 소중하며 자식들이 얼마나 사랑스러운지 모릅니다. 제발 당신 자신을 소중히 하고 건강을 철저히 관리해서 나를 위하는 마음으로 힘써주기 바랍니다.

전일에 연수, 연학으로부터 편지가 왔습니다. 너무도 다정한 글이어서 기쁘고 큰 위로를 받았습니다. 편지에 집안 식구들이나 기타 소식을 자주 적어 보내주기 바랍니다. 홍걸이의 지난 학년말 성적은 좀 나아졌는지요? 집에 같이 있는 식구들도 잘 있는지요? 똘똘이나 캡틴 등 개들도 다 잘 있는지 궁금합니다.

여기 꿈 이야기를 하나 적습니다. 지난번 편지에 쓸까 하다 쑥스러워서 그만두었는데 역시 나로서는 매우 기쁘고 영광스러운 꿈이기 때문에 가족들에게도 같이 들려주고 싶은 것입니다. 여기 와서 5일밖에 안된 2월 4일의 밤이었습니다. 꿈에 내가 큰 수레(화물운반용)에 실려서 인부들에 끌려 교외로 나갔습니다. 큰길의 바른쪽이 막막한 넓은 들인데, 나를 들 저쪽에다 버려서 죽게 한다는 것입니다. 그런데 갑자기 변경되어 길 바로 옆에다 버려졌습니다. 그러다 다시 짐수레에 실렸습니다. 그렇지만 날씨가 너무 춥고 나는 거의 발가벗겨진 상태였기에 그 대로 시내로 되돌아온다 해도 얼어 죽을 것이 틀림없었습니다. 그때 갑자기 하늘에서 하느님이 보내신 빛이 내려왔습니다. 내가 쳐다보니까 두 줄기 붉은 빛이 내려오는데 그 저쪽은 구름에 가려서 안 보였습니다. 그 빛은 나를 싣고 있는 수레 위로 내려오더니 타원형으로 가는 구름같이 꾸불꾸불한 모양으로 나의 주위를 감싸주었습니다. 덕분에 전신이 후끈하게 따뜻했으며 수레를 이끄는 인부들도 따뜻하다고 좋아했습니다. 그리하여 수레가 무사히 시내로 들어와서 어떤 공회당 같은 한식 기와집 앞에 선 것으로 꿈은 끝났습니다. 물론 이것은 한낱 꿈에 불과한 것이겠지만 나로서는 참 기쁘고 영광스러운 꿈이었습니다. 당신이나 자식들도 이 꿈을 좋아할 것으로 믿습니다.

지영이 모에게

너의 편지를 잘 보고 있다. 지영이와 정화의 소식이 얼마나 나를 위로하고 기쁘게 해주는지 모른다. 지영이는 영리하고 정화는 덕스럽다는 너의 말에 나도 동감이다. 저의 아버지가 얼마나 보고 싶겠느냐? 지난 3월 초에 혹시 대전(대전교도소)에 있는 사람들이 나가려나 해서 몹시 기다렸다. 3월 면회시에는 홍일이 얼굴을 보려나 했더니 실망이 컸다. 내가 이렇거든 네 실망은 좀 컸겠느냐? 사실 작년 이래 너나 너의 어머니 등 밖에 있는 식구들이 겪은 애타는 고통과 슬픔이 안에 있는 우리보다 훨씬 컸다는 것을 생각할 때 그동안 잘 이겨내준 너에 대해서 미안함과 감사의 말을 다할 수가 없다. 나는 홍일이를 큰 자랑으로 여기며 장래를 기대하고 있다. 너와 남편이 이 시련 속에서 서로 협력해서 잘 이겨내고 있으니 정말 장하구나. 앞으로 자주 면회가 어려워질 터이니(형의 확정으로) 미리 충분히 그 안에서의 독서 계획 등을 협의

하여라(그리고 정화에게 제가 싫어하는 별명 부르지 마라. 내 경험으로 그것은 아이들 교육상 좋지 않다).

홍업이에게

네 편지에 너의 장래에 대해서 하느님을 믿고 큰 걱정이 되지 않는다는 글을 읽고 퍽 마음이 놓였다. 네가 지금 같은 착한 마음과 하느님에의 전적인 신뢰로 일관하면 너의 장래에는 반드시 광명이 있을 것이다. 이미 말한 대로 너에 대한 내 경험을 통해서 너는 건전한 판단력과 처리 능력을 가지고 있는 것을 나는 알고 있다. 이제 장래를 위한 준비에만 꾸준히 노력하여라. 내 경험으로는 사람은 대체로 어떠한 환경이든지 자기의 마음가짐에 따라서 선용할 수가 있으며 꾸준한 노력만이

가족과 면회 중인 김대중. 왼쪽부터 홍일, 이희호, 홍업. 당시 감시하던 기관원이 촬영한 것이다.

진보발전의 원동력이다.

지금 내가 가장 후회하는 것은 79년의 연금생활 때 너의 형제와 같이 영어 공부를 마스터하지 못한 일이다. 나의 경험으로는 신앙생활이건, 공부건, 선행이건, 모두가 너무 초조해하지 말고 그러나 절대 쉬지말고 꾸준히 해나가는 것이 제일 중요하고 효과적인 것으로 안다. 그리고 이런 노력의 과정에서는 반드시 좌절이 있고, 의혹이 있고, 권태가 있으며, 또 이를 중단할 구실도 발견된다. 그런데 자기를 잘 설득하고 새로운 자각으로 새 출발하도록 유도해나가는 것이 중요하다. 인생은 어떤 의미에서는 자기 자신과의 토론과 설득과 결심의 일생이며 새출발을 거듭하는 일생이다. 네가 집으로 돌아왔다는 소식을 너의 어머니 편지로 알았다. 잘한 일로 생각된다. 최근 아버지가 읽은 책 중《제3의 물결》《새로운 산업국가》《하나의 믿음》《불확실성의 시대》가 매우유익했다. 살펴보아라.

홍걸이에게

코 수술한 결과가 어떠한지 궁금하다. 알려주기 바란다. 아버지는너의 입선된 두 편의 시의 내용을 생각할 때마다 작년에 네가 겪은 마음의 아픔을 생각하며 눈시울이 뜨거워졌다. 참으로 어린 네가 잘 이겨내 주었다. 하느님이 반드시 너를 축복해주실 것이다. 금년은 네가장래를 향해 나가는 데 가장 중요한 해가 될 것이다. 너의 말대로 최선을 다하면 반드시 목적하는 학교에 입학이 될 것이다. 시험도 어떤 의미에서는 하나의 작업이다. 작업에는 미리 설계와 준비가 필요하다.월별로 학습의 배열, 중점을 표로 작성해놓고 이를 체크해가면서 계획을 진전시켜나가는 것이 효과적이다. 자신과 꾸준한 노력으로 이러한효과적인 계획에 따라 너의 목표가 이루어지기를 바란다. 항시 하는 말이지만 어머니나 형과 금년의 계획에 대해 충분히 논의해서 가족회의에서 너의 일을 같이 생각하고 아이디어를 주고받는 기회를 한번쯤 갖는 것도 유익할 것이다. 건강하고 활달하게 나날을 보내기 바란다.

다음의 책들을 넣어 주시오.

1) 월터 닉, 《프리드리히 니이체》(분도출판사)

2) 〃, 《도스토예프스키》(〃)

3) 〃, 《위대한 성인들》(〃)

4) 니체, 《짜라투스트라는 이렇게 말했다》(문예출판)

5) B. 러셀, 최민홍 역, 《서양철학사》 상·하(〃)

6) 마루야마, 《일본의 현대사상》(종로서적 출판부)

7) 존 힉, 《종교철학》(〃)

8) 최명관 역, 《플라톤의 대화》(〃)

9) 지베스, 《과학정신과 기독교신앙》(〃)

10) W. 리프만, 《민주주의 몰락과 재건》(대한기독교서회)

11) 진단학회, 《한국사》(전7권, 을유문화사)

12) 《일본문화의 원류로서의 비교 한국문화》(삼성)

13) 버클리, 《바울로의 인간과 사상》(기독교문화)

14) 로빈슨, 《신에게 솔직히》(대한기독교서회)

15) 코헨, 《만인의 탈무드》(〃)

16) 노만 제이콥스, 《대중시대의 문화와 예술》(〃)

17) 버논, 《다국적 기업》(현암사)

18) 변형윤, 《한국경제의 진단과 반성》(지식산업사)

19) 임종철, 《국제경제론》(일신사)

20) 토인비 저, 강기철 역, 《도설 역사의 연구》(〃)

21) 《신전략 사상사》(기린원)

22) E. 카잔, 《아메리카 아메리카》

23) 유동식, 《한국종교와 기독교》

문학부문

1) 도스토예프스키, 《백치》《악령》《미성년》

2) 톨스토이, 《부활》

3) 고골리, 《죽은 넋》

4) 까뮈, 《이방인》(신문출판사)

5) 디킨스, 《크리스마스캐롤》(〃)

6) S. 모옴, 《인간의 굴레》(〃)

7) 파스테르나크, 《의사 지바고》(〃)

8) 까뮈, 《시지프스의 신화》(왕문사)

9) 니체, 《인간적인 너무도 인간적인》(인문출판사)

10) 司馬遼太郎, 《德川家康》 상·하 (〃)

1981년 4월 22일

대전교도소에서 온 큰아들의 편지

존경하고 사랑하는 당신에게(그리고 나의 사랑하는 자식들에게)

찬미예수.

어제는 나로서 가장 기쁜 날이었습니다. 오후에 당신과 홍업이 편지
와 더불어 뜻밖에도 홍일이의 편지가 전달되었던 것입니다. 너무도 벅
찬 감격으로 가슴이 메이고 눈물이 앞을 가려 몇 시간을 못 읽다가 잘
때 이불 속에서야 읽었습니다.

편지 가운데 "꿈속에서라도 만나 뵙고 싶어 애를 쓴 아버지 …… 아
버지의 생명 지켜주신 주님께 감사 …… 얼마나 가슴 조이는 시간이었
던가 지금 생각해도 오싹해집니다. …… 그 시련을 이겨내는 데 하느
님의 돌보심이 필요했음 …… 옛날 아버지 양손을 홍업이와 같이 잡고
남산 팔각정에 올라가서 사진 찍던 일, 기타 아버지의 사랑받던 일이
생각납니다. …… 아버지 건강이 안 좋다니 걱정입니다. 힘을 내시고
건강하십시오. 주님께 간절히 기도하고 있습니다. …… 제가 평온함을
유지함은 훌륭한 부모님에의 자부심과 어린 줄만 알았던 아내의 현명
한 가정 지켜줌의 덕입니다. …… 홍업이와 홍걸이와도 자주 편지하며
이 시간을 뜻있게 보내며 형제간의 우애를 더욱 돈독히 하자고 다짐하
고 있습니다. …… 요즘 여러 곳에서 격려 편지, 책, 영치금 등이 와서
큰 힘이 되어줍니다. …… 이곳 생활을 보람 있게 보내어 무언가 한 가
지를 반드시 얻어가지고 나갈 결심입니다. 그렇지 않으면 너무도 억

울할 것입니다. …… 천주님의 자녀로서 나를 태워 세상을 비추고 나를 녹여 세상의 썩음을 막는 빛과 소금이 되는 참된 삶을 살아가도록 힘쓰겠습니다. …… 오늘이 대법원 판결입니다. 아무 기대 않습니다. …… 20일이 지영이의 생일입니다. …… 지영이가 다른 사람들에게 '저한테 돈이 있으니 아빠 있는 데 알면 데려다 달라. 보고싶다!'고 했답니다. 두 아이가 식사 때와 잘 때 '할아버지와 아빠가 건강하게 지내고 빨리 돌아오게 해달라'고 기도한다는군요. …… 앞으로 기결이 되는데 가능하면 자주 편지하겠습니다." 이런 내용들이 적혀 있었습니다. 얼마나 내 가슴을 메이게 하고, 기쁘게 하고, 자랑스럽게 하는지 모릅니다. 이 편지가 14일에 쓰인 것을 보고 부활주간에 있어서의 주님의 큰 선물로 알고 감사기도를 드렸습니다.

부활절을 당하여 하느님은 사랑이라는 것을 더욱 절실히 느꼈습니다. 하느님의 본질은 '사랑'이라 합니다. 하느님은 인간을 사랑하시지 않고는 존재하실 수 없는 그러한 본질을 가지신 존재라는 것입니다. 그러므로 당신이 직접 인간을 찾아오셨습니다. 인간의 역사는 이러한 하느님의 끊임없는 사랑과 인간의 배반이 되풀이되는 드라마이기도 합니다. 마침내 하느님은 자기의 독생자를 우리에게 보내서서 인간의 회개를 요구하셨고, 그래도 듣지 않으니까 자기의 사랑하는 아들을 속죄양으로 십자가에 못 박으시고 또 그분을 부활하게 하심으로써 인간에 대한 하느님의 엄청난 사랑과 신의를 보여주신 것입니다. 본 회퍼는 "신은 무엇인가? …… 그것은 예수 그리스도와의 상봉이다. 예수 그리스도와의 상봉은 …… 예수께서는 다만 타인만을 위해서 계신다는 것을 우리가 알고 그 점에 있어서 모든 인간적인 존립의 참된 개심을 체험하는 것이 우리가 신을 아는 길이다"라고 말하고 있습니다. 하느님의 사랑과 하느님과 우리와의 관계를 가장 잘 나타내는 것이 누가가 쓴 저 감동적인 '탕자의 비유'라고 생각합니다.

1) 하느님은 작은아들이 집 나가려는 것이 잘못인 줄 알지만 그의 자유를 막지 않으셨습니다.

2) 하느님은 그가 진정으로 회개하고 돌아왔을 때 한없는 기쁨으로 받아들이십니다. 거기에는 아무 조건도 없고 과거에 대한 질책이나 따지는 것도 없습니다.

3) 돌아온 탕자의 회개는 자기를 한없이 낮추는 겸손한 것이었다는 점을 우리는 주목해야 할 것입니다.

4) 큰아들이 자기의 공로와 의로움을 내세워서 불평하는 것은 인간적으로는 당연하나 우리는 거기서 믿는 자들이 빠지기 쉬운 바리새파적인 자의식을 경계해야 할 것 같습니다.

부활절에 사대 복음서 중 마지막 세 절, 즉 최후의 만찬, 예수님의 잡히심, 십자가형, 부활의 대목을 읽고 다시 새롭게 뜨거운 감명을 받았습니다. 그중에서도 예수님께서 하신 겟세마네의 기도의 장면입니다. "지금 내 마음이 괴로워 죽을 지경이니 …… 아버지 …… 이 잔을 저에게서 거두어주소서. 그러나 제 뜻대로 하지 마시고 아버지의 뜻대로 하소서, …… 마음은 간절하나 몸이 말을 듣지 않는구나, …… 근심과 번민에 싸여 …… 핏방울 같은 땀을 흘리시면서 ……" 이러한 기도를 하신 예수님의 모습은 지금의 나의 처지로 해서 더욱 가슴을 치고 눈시울을 뜨겁게 하였습니다. 하느님이시지만 동시에 우리와 똑같은 인간이신 우리 주님의 너무도 너무도 인간적인 번민과 약하심 속에서 바로 나 자신을 발견하고 한없는 오열과 위로를 받았습니다. 그러나 주님께서 끝내 자기의 약하심을 딛고 넘어서시며 하느님 아버지에게 순종하신 것을 볼 때 나 자신이 현재의 고통과 괴로움 속에서도 하느님을 향한 눈을 돌리지 않고 하느님에의 사랑과 순종을 버리지 않는 한 나는 아무리 고통과 번민을 느끼더라도 결코 지옥 속에서 살고 있는 것이 아니라는 것을 새삼 깨달았습니다.

나는 복음서 저자들이 예수님의 이와 같은 약하심도 숨김없이 적어 남겨준 것이 한없이 감사했습니다. 우리는 인간인 한 결코 고통도 두려움도 번민도 모르는 신앙의 거인이 될 수 없을 것입니다. 우리는 하느님 앞에 솔직하고 겸손해야 할 것입니다. 그뿐 아니라 인간 앞에서도 크리스천은 정직해야 합니다. 우리는 얼마나 많은 성직자나 신자들이 자기의 인간적인 약함이나 신앙상의 의문을 남 앞에 보이기를 두려워하고 자기를 흠결 없는 신앙인으로 나타내지 않으면 안 된다는 강박감 아래 행세하지 않으면 안 되는가. 그리고 홀로 조용히 있을 때는 허무와 자기 인생의 무의미함, 심지어는 크리스천이 된 것을 후회하는 심정조차 갖게 되는가를 반성해볼 필요가 있을 것 같습니다.

우리는 완전하기 때문에 크리스천이 된 것이 아니라 불완전하기 때문에 하느님께 의지하게 된 것입니다. 크리스천이 되면, 됐다는 그것만으로 완전해진 것이 아니라 이제야말로 하느님의 사랑의 인도 속에 완전을 향해 새출발을 하는 것입니다. 그러므로 우리는 같은 신자끼리 우리의 불완전함을, 마음의 번민과 의혹을 허심탄회하게 주고받아야 하고 세속의 사람에게도 크리스천이라는 그것만으로 결코 자기가 완전한 사람이 된 것이 아니라는 것을 솔직히 말할 수 있어야 할 것 같습니다. 그렇지 않으면 어느새 자기도 뜻하지 않는 의인의 굴레를 쓰고 옴짝달싹 할 수 없는 위선과 고뇌의 함정에 빠지기가 쉬울 것 같습니다. 부활절에 예수님의 인간으로서의 약하심을 보고 나는 이러한 생각을 했기에 적어 보냅니다.

오는 5월 10일은 당신과 나의 결혼기념일입니다. 우리가 결혼하자마자 18일 만에 당시 군정 아래서 민주당 반혁명사건에 무고되어 한 달을 감옥에 있었습니다. 우리의 결혼은 출발부터 시련으로 시작되었던 것입니다.

그후 지금까지 세 번 감옥살이, 네 번의 죽음의 고비, 세 번의 국회의원 당선, 71년의 대통령 선거 그리고 무엇보다도 홍걸이를 얻었습니다. 당신의 훌륭한 내조의 덕으로 나는 오늘까지 내 자신의 양심과 하느님께 충실한 삶의 길을 떠나지 않을 수 있었습니다. 감사하기 그지없는 것은 당신이 홍일이와 홍업이 사이에 나보다 훨씬 더 큰 사랑으로 서로 맺어졌으며 이제 큰며느리와 지영이 정화까지 사랑으로 감싸주고 있는 점입니다. 나의 감사와 행복함을 무엇으로 표현할 수가 없습니다. 5월 10일에 앞서 미리 드리는 나의 존경과 사랑과 감사의 메시지를 받으시오.

우리의 결혼은 종교적으로는 그 당시로서는 좀 어색한 신·구교 사이의 결혼이었습니다. 그러나 이제 생각하면 우리는 에큐메니컬 운동의 한 모범이 될 수도 있었습니다. 2차대전 이후에 결성된 WCC 그리고 60년대의 중반에 있었던 가톨릭의 제2차 바티칸공의회는 기독교 역사상 획기적인 영원한 역사적 사건이며, 신·구교가 다양성 속에서의 통일을 지향하여 거보를 내딛던 일들이었습니다.

1517년의 마틴 루터의 종교개혁 이래 신교 측의 '성서만' '은총만' '말씀만' '그리스도만'에 대하여 가톨릭의 '성서와 전통' '은총과 행실' '말씀과 성사' '그리스도와 교회'의 긴 대립은 이제 가톨릭은 신교의 주장이 당연히 그들의 본래 주장의 핵심이라고 말하며, 신교 측은 가톨릭의 '-과-'의 주장에 있어서의 후자, 예를 들어 '성서와 전통'의 전통 역시 무시해서는 안 된다는 것을 시인하게 되었다 합니다.

그리고 맹렬한 논쟁의 다른 문제들이었던 혼인, 마리아 숭배, 교황의 무오성, 교회의 임무 등에 대해서도 많은 이해와 접근을 보고 있는 중이라 합니다. 무엇보다도 중요한 것은 지금 공산주의의 철저한 기독교 부정, 과학적 무신론의 팽배, 일반 대중의 종교에의 무관심과 경시가 우리의 시대를 지배하고 있으며 기독교의 사명이 주님의 뜻에 따라 이 세상을 하늘나라로 이루어 그 진화와 완성을 통한 주님의 재림의 날을 촉진하기 위한 우리 사회의 발전에 헌신하는 것이 절실히 요청되는 이 시점에 신·구교 간의 대화와 협력은 너무도 당연하고 절실한 문제라 하겠습니다. 내가 우리 교회를 생각할 때 언제나 초조하고 안타까운 것은 과연 오늘의 우리 크리스천들이 이 세상의 빛과 소금으로서의 사명을 다하여 모든 인류로 하여금 우리 주님을 우러러보고 사랑하게 만들고 있는가, 아니면 그들로 하여금 냉소와 무시의 심정으로 대하게 하고 있느냐 하는 것입니다.

당신과 홍업이의 편지에 장미꽃 나무를 사다 심은 것과 마당의 잔디가 소생한 이야기들을 읽고 그 정경이 눈에 선합니다. 나를 생각하는 마음으로 그렇게 정성을 들이는 심정을 알 수 있습니다. 여기서는 운동을 나가면 화단이 있는데 거기에 진달래가 많이 피어 있습니다. 그것이 필 때 하루하루 꽃망울이 힘들게 개화를 향해 자라나는 것을 보면서 하나의 성과를 얻는 데 들이는 공이 얼마나 크고 값진 것인가 하는 것을 알 수 있었습니다. 울 저쪽에 개나리가 한 그루 아주 탐스럽게 피어서 언제나 즐겁게 보았는데 며칠 전 하룻밤 사이에 깨끗이 졌습니다. 참으로 그 종말이 시원하고 아름답다고 생각했습니다.

나의 건강은 저번 면회 때와 같습니다. 더 나빠지지는 않고 있으나 요즈음은 귀 때문에 더 신경을 쓰고 있습니다. 당신 말대로 비비는 것이 과연 좋은지 자신이 없어서 안 하고 있습니다. 하루의 생활은 아침저녁의 성경 봉독과 기도를 빼면 온통 독서로 보냅니다. 다행히 여기 와서 신학, 철학, 역사, 경제에서 좋은 책들을 읽고 배운 점이 많았습니다. 책을 읽을 때는 책마다 능률을 위하여 하루 30페이지 정도씩 목표량을 정해서 읽어나가면 효과적이라는 것을 지난번 토인비의 《역사의 연구》 13권을 읽을 때 생각하고 지금도 그렇게 하고 있습니다.

제수가 완쾌한 것이 무엇보다 다행입니다. 홍준이가 잘 성장한다니 퍽 반갑습니다. 혜경이의 졸업과 믿음을 기뻐합니다. 홍훈이와 연수의 입학을 늦게나마 축하하며 형주, 홍민, 연학에게도 공부 잘 하도록 전해주시고, 혜영이와 집에 있는 이군, 조군, 아줌마, 혜숙이에게도 두루 안부해주시오. 그리고 당신 형제분들에게 안부와 죄송하다는 말 전해주시오.

지영 모가 모든 것을 잘 이겨내고 아이들을 잘 길러주어 얼마나 고마운지 모르겠어요. 이제 홍일이가 기결이 되면 그 전보다 더 허전하고 심적 고통도 많겠지만 믿음과 훌륭한 남편의 장래를 믿고 잘 이겨내주기를 바라고 있어요. 지영이의 생일을 늦게나마 축하하며 정화의 순진하고 귀여운 성정에 한없는 만족을 느낍니다.

홍업이가 집안에 있는 것을 내가 얼마나 다행으로 생각하는지 모릅니다. 오직 그 애가 지금 겪는 시련이 장래의 큰 밑거름이 되기만을 매일 기도하고 있습니다. 홍걸이에게는 지난번에도 면회 때 전했지만 앞으로 불과 8개월이니 시험공부 이외의 모든 것은 일단 중지하고 준비에 전념해서 제가 그토록 좋아하고 우리도 바라는 K대에 입학되기를 진심으로 기도하고 있습니다. 매주 한 번 생활 상황을 편지해주도록 전해주시오.

홍준 아버지의 다리는 편한지 모르겠소. 제수도 잘 있는지요? 형주 아버지의 훌륭한 태도에 감사를 금할 수 없습니다. 모든 것이 주님의 덕택이라고 생각합니다. 다른 분(대전교도소에 있는 비서들을 말함)들에게도 오직 감사와 미안한 마음뿐입니다. 매일 밤 그들을 위해 기도하고 있습니다. 당신의 건강과 마음의 평화를 기도합니다.

1) 《칼 야스퍼스》《소크라테스》《공자》《불타》《예수》
2) 루드 베네딕트, 《문화의 유형》
3) 김준섭, 《실존철학》
4) 고대출판부, 《칼 야스퍼스》
5) 갈브레이드, 《돈, 그 역사와 전개》
6) G. 위르달, 《아시아의 드라마》(집에 있음)
7) 〃, 《경제학 비판》
8) 《동학혁명과 전봉준》(집에 있음)
9) 소설, 《빠삐용》
10) 기타 신앙체험의 기록

P.S. 당신이 넣은 책은 편지에 종별(철학, 역사, 소설 등)과 저자명을 같이 적어서 알려주시오.

1981년 5월 22일

은혜와 감사

존경하고 사랑하는 당신에게(그리고 사랑하는 자식들에게)

지난 12일의 면회(막내아우 대현 씨와 큰아들 홍일 씨가 5월 초에 특사 조치로 출감했다)는 참으로 기쁜 것이었습니다. 막상 얼굴을 대할 때까지도 과연 확실히 나왔는지를 모르고 얼마나 안타까워했는지 모릅니다. 대현이, 홍일이가 다같이 건강한 것 같으니 더욱 다행입니다. 다만 나머지 사람들 때문에 마음이 괴로운 점 나도 당신과 똑같습니다. 매일 그들을 위해 기도합니다.

이번 고생이 둘의 믿음과 인간적 발전에 큰 도움이 된 점이 무엇보다도 기쁜 일입니다. 요즈음의 당신과 지영 모 그리고 연수의 편지로 두 집의 아이들이 그토록 좋아하는 모습이 선해서 나도 참으로 마음이 흐뭇합니다. 지난 면회 후로 내 마음에도 큰 위로와 안정이 생긴 점 다행으로 생각하고 있습니다.

지난 5월 17일은 참으로 착잡한 마음으로 하루를 보냈습니다. 당신이나 가족들의 심정을 헤아릴 때에 참으로 만감이 가슴을 짓누르는 심정이었습니다. 너무도 엄청난 1년이었으며, 너무도 꿈같은 1년이었습니다. 그 놀라움과 슬픔과 괴로움을 무엇이라 형언할 수 있겠소? 더구나 밖에서 상상의 악몽에 시달리면서 몸부림치는 당신과 가족들의 괴로움이 어떠할까, 그 일을 상상할 때마다 나는 눈시울이 뜨거워집니다. 나의 일생은 참으로 가시밭길의 그것이었지만 그러나 일생의 고난과 괴로움을 다 합쳐도 지난 1년의 그것을 도저히 따라갈 수 없을 것입니다.

그러나 이러한 고난 가운데에서도 우리는 주님의 은혜를 풍성히 받았다는 사실을 부인할 수 없습니다. 일생에 네 번이나 죽음에서 구원을 받은 사람이 몇이나 되겠습니까? 생각하면 내가 무엇이기에 하느님의 사랑이 이토록 크신 것인가 하는 감격을 금할 수 없습니다. 그뿐입니까? 그 무서운 시련 중에서도 한 사람도 잃지 않고 모두 건강하며 이제 두 사람을 가정으로 돌려주시지 않았습니까? 무엇보다도 큰 은총은 우리집을 온통 믿음의 튼튼한 요새로 이끌어가고 계시다는 사실입니다. 가족과 형제간 그리고 주위의 벗들까지도 믿음으로 위로와 힘을 주셨습니다.

그 외에도 많은 분들로부터 입은 은혜를 생각하면 하느님께 한없는 감사를 바치게 됩니다. 지난 주일(17일)날 나는 그간 1년에 있어서의 주님의 넘치는 은혜를 깊이 감사하면서 앞으로 1년은 시련과 고난 대신 기쁨과 자유의 은총을 베풀어주시며 우리 가족과 벗들을 두터이 보호해주시도록 간절히 간절히 기도드렸습니다.

어떤 저명한 심리학자가 '인간은 자유 선택권을 가지고 있다는 점에서는 만물의 영장이지만 한 치 앞을 못 내다본다는 점에서 벌레 같은 존재에 불과하다'는 말을 했습니다. 지난 1년을 생각해보면 이 말을 더욱 실감하게 됩니다. 내가 언제나 말한 '무엇이 되느냐보다 어떻게 사느냐가 중요하다'는 말도 여기 상통한 점이 있는 것 같습니다. 사실 무엇이 되고 싶어도 인간에게는 그 결정권은 없는 것이지요. 오직 우리에게는 어떻게 사느냐 하는 자유 선택권이 있을 뿐이라는 점을 깊이 깨달을 때 우리는 마음의 진실한 안정과 하느님에 대한 전적인 의지를 얻게 될 것 같습니다. 니체가 말하는 '권력에의 의지에 무장된 초인'이라 하더라도 최선의 선택을 행한 후에는 그 결과를 절대자에게 맡기는

길밖에 없을 것 같습니다. 내가 서울에서 감형 후 면회시에 말한 다음
의 말을 당신은 기억하고 있을 것입니다. 즉 '앞으로는 영적 신앙에 있
어서의 성장과 지식의 향상 그리고 건강 유지의 세 가지를 목표로 노
력하겠으니 가족들도 같이 동참해서 우리가 이 세월을 헛되이 보내지
말자'고 했는데 대현이나 홍일에게도 이 말을 전해주시고 모두 같이 뜻
있는 세월을 살아가기를 바랍니다.

요즈음 읽은 어떤 책에서 한국 기독교에의 충고를 감명 깊게 읽었습
니다. 즉 1) 기독교를 형이상학적으로 추상화하지 말라. 그리스도는 우
리와 같은 인간으로, 구체적으로 이 세상에서 생활했다.

2) 이기적 개인 구원에만 집착하지 말라. 그리스도는 오직 남을 위해
서 사셨다.

3) 미래의 천국만 생각지 말라. 부활은 새로운 존재로 세상을 다시
사는 것이다.

4) 죄, 사망 등 약점과 극한점에서만 하느님을 찾지 말라. 우리는 건
강, 소망, 일상의 즐거운 삶 속에서 그리스도를 만나야 한다.

5) 거룩의 이름으로 비인간화를 촉구하지 말라. 우리는 세속적 삶 속
에서 구원을 찾아야 한다.

사실 그리스도 사건은 세속화의 사건이기도 하지요. 그의 탄생이 이
미 하느님의 세속화요, 그의 생활이 완전한 세속생활이었으며, 그의
죽음이 세속의 구원을 위함이었으며, 그의 부활이 세속에의 다시 나타
나심으로 현현顯現되었으니까요.

현재 전 인류의 공통의 염원은 인종, 종교, 지역의 차별 없는 자유와
정의와 평화일 것입니다. 이것은 기독교 교리의 진수이기도 합니다.
자유는 그리스도 구원의 핵심이며, 평화는 복음의 바탕인 것입니다.
그리스도는 진리를 증거하고 판단하기보다는 구원하며, 봉사받기보다

는 봉사하기 위해서 오셨습니다. 그리스도는 하느님 나라의 기쁜 소식을 전할 뿐 아니라 하느님이 세상을 이토록 사랑하사 그 독생자를 보내신 것이며 이 세상 질서를 개선하여 아버지의 뜻이 하늘에서와 같이 땅에서도 이루어지게 하시기 위해 오셨습니다. 그리하여 이 세상의 진화와 완성을 통하여 그리스도의 재림의 날을 촉진할 역사에 모두가 동참하도록 초대받고 있는 것입니다. 현세의 천국화입니다. 인간의 자유 인권이 보장되고 사랑의 공동체가 이루어진 속에서 개인과 전체가 일치하는 사회입니다. 개인 구원이 사회 구원과 일치하고, 제사장적 믿음이 예언자적 믿음과 일치하는 사회일 것입니다. 보이는 이웃(즉 하느님 아들)을 사랑하지 않으면서 보이지 않는 하느님을 사랑한다는 것은 거짓일 것입니다. 하느님이 전 우주를 새로이 그리스도 안에서 창조하시는 데 있어서 맨 먼저 착수하신 지상의 새로운 창조(지상의 낙원화)에 적극 참여하지 않으면서 우리가 그리스도의 구원사업에 동참한다고 말할 수는 없을 것입니다. 우리의 신앙목표는 '가능한 한 하느님께 가까이 가는 것'이라고 키에르케고르가 그 임종에 말한 것 같이, 노력해야 한다면 구체적으로는 예수님을 최대로 닮도록 노력해야 할 것입니다.

복음서들은 예수님께서 얼마나 이 세상의 정의 실현에 헌신했으며 낮은 곳에 있는 땅의 백성들의 영적 구원뿐 아니라 인간적 구원에도 헌신하셨는가를 밝히 보여줍니다. 그의 마지막 유언은 가장 작은 자에게의 헌신을 우리들의 당신에 대한 충성의 척도로 판단하시겠다고까지 다짐하고 계십니다.

구약의 하느님은 진노의 하느님, 징벌과 보복의 하느님으로 묘사되어 있습니다. 그러나 주님이 오심으로써 하느님 상의 완전한 변모가 이루어진 것입니다. 사랑의 하느님, 용서와 구원의 하느님으로 말입니다. 구약은 신약을 보완하는 데서 의미가 있으며, 신약을 떠나서는 의미가 없다고 합니다. 또 내 생각으로는 신약 중에서도 사대 복음과 사도들의 서간은 약간 주의하는 마음으로 읽어야 한다고 생각합니다. 사도들의 서간은 너무도 내세 위주이며 육신과 물질의 행복을 경시하고 있는 대목이 눈에 띕니다. 오늘과 같은 물질문명이 큰 비중을 차지하는 시대에 우리는 다시 한 번 복음서의 정신을 강조하여 그리스도교에 대한 일부의 오해(교회 안과 밖에서의)를 불식할 필요가 있을 것입니다. 영혼은 육체의 불가결의 일부입니다. 정신과 물질은 서로 불가결인 것입니다. 복음서에는 이 정신이 잘 표현되어 있습니다.

연수의 편지에 대현이가 제수와 같이 교회에 나간다니 참 기쁩니다. 사실 대현이에게는 미안한 점이 한두 가지가 아닙니다. 고등학교 졸업 이래 지금까지 형 때문에 그 애가 받은 고통은 너무도 컸습니다. 그러나 이 모든 것을 잘 이해해주고 형을 소중히 생각해주니 고맙기 그지없습니다. 그 애의 능력이나 모든 태도를 나는 매우 높이 생각하고 있습니다. 제수에 대한 나의 특별한 호의와 평가는 당신이 잘 아는 대로입니다. 나의 고마운 뜻과 기대를 당신이 잘 전해주기 바랍니다.

당신의 청주 내왕이 일주일에 세 번은 너무도 무거운 것 같습니다. 거기다 이제는 연금도 풀려서 서울서의 일도 늘 것이니 두 번으로 줄이든지, 한 번을 홍일이나 홍업에게 대신하게 해주기 바랍니다. 꼭 그렇게 해서 몸을 돌보기 바라오.

나는 건강 상태가 그만하며 최선을 다해서 건강 유지에 힘쓰고 있으니 너무 염려하지 마시오. 그리고 믿음 속에서 마음의 평화를 유지하며, 자기의 내면적 발전을 기하려고 힘쓰고 있습니다. 믿음이란 마술이 아니기 때문에 믿음 하나로 일시에 자기의 약함을 완전히 극복할 수 있는 것은 아니나 계속 노력하는 가운데 큰 성취가 반드시 있을 것입니다.

홍일에게

15일자 너의 편지 보았다. 어른들께 인사 다니는 것 잘하였다. 그러나 앞으로는 조용히 자기 향상에 전념하기 바란다. 아버지는 현재로서는 정치를 뜬 사람이니까 너도 그리 알고 처신하기 바란다. 너의 근자 2~3년간에 보여준 모든 점을 아버지는 매우 기쁘고 믿음직하게 생각한다. 너의 신앙, 가정에의 충실, 부모에의 효성, 판단력과 능력 그리고 고난을 이겨내는 자세 등을 나는 매우 기쁜 마음으로 보고 있으며 장래를 기대하고 있다. 이제부터는 아버지보다는 네가 자라고 일해야 할 것이다. 다만 우리 주위의 여건이 있으니 당분간은 아직도 부족한 자기 역량의 향상에 힘쓰기 바란다(별기한 책들을 꼭 읽어보고 재독 삼독하여 소화하기 바란다. 홍업이도 같이). 그리고 너의 처와 아이들을 잘 돌보아 그간의 노고와 그리움에 보답해주기 바란다. 인생은 도전과 응전이다. 어떠한 어려운 도전에도 반드시 응전의 길이 있으며 어떠한 불행의 배후에도 반드시 행운으로 돌릴 일면이 있다. 이 진리를 깨닫고 실천한 사람은 반드시 인생의 성공을 얻을 것이다. 자주 편지 바란다.

지영이 모에게

홍일이의 출옥으로 지영이와 정화가 그토록 기뻐하니 나도 한없이 기쁘다. 너도 마음이 가벼울 줄 안다. 그동안 어려운 고비를 잘 이겨내서 고맙다. 너의 태도에 너의 어머니나 홍업이가 항시 감복하는 글을 나에게 보내주었었다.

홍걸이가 지영이를 몹시 좋아하는지 그토록 무심한 아이가 지영이 이야기를 자주 편지에 쓴다. 정화가 이제는 말을 썩 잘한다고 할머니가 썼는데 들어보고 싶구나. 자화자찬 같지만 너의 어머니와 나는 자식들 복이 있으며 교육에도 실패하지 않은 것 같구나. 홍일이와 홍업이의 사람됨이나 효성, 어머니와의 좋은 관계를 보든지, 너와 같은 착한 며느리가 시어머니와 친모녀 같은 긴밀한 관계를 지니고 있는 것을 보든지 말이다. 거기다 홍걸이가 착하고 바른 성격을 가지고 있으며 주체성 있는 내면적 성장을 보이고 있으니 나는 자식들에게 두루 기쁨과 만족을 가지고 있다. 맏며느리인 너의 더 한층의 성장과 우애友愛에의 노력을 바란다.

홍업이에게

너의 형이 돌아오고 작은아버지도 나와서 너도 몹시 기쁘며 힘이 더 생겼을 것이다. 편지마다 너의 어머니가 너에 대한 걱정도 쓰고, 너의 진실하고 참을성 있는 태도를 기뻐하는 말도 적어온다. 내가 언젠가도 썼지만 지금 너의 환경에 초조해하거나 걱정하지 않는 그 태도가 매우 중요하다. 지금 묵묵히 내적 힘만 길러놓으면 너는 기회가 왔을 때 너와 같은 이런 귀중한 경험을 하지 못한 친구들이 도저히 따라올 수 없는 힘을 발휘하게 된다. 이것은 결코 위로의 말이 아니라 아버지의 체험에서 나온 말이다. 아버지는 너의 인간성과 능력을 신뢰한다. 다만 목표를 정하면 꾸준히 노력만 하여라. 네가 요즈음 자동차 운전면허를 따서 연습한다니 잘한 일이다. 아버지는 매일 걱정이 된다. 운전에는 방심과 모험심이 최대 금물이니 항시 주의와 신중으로 일관하기 바란다.

홍걸이에게

이번에 시험을 치른 모양인데 몸은 괜찮은지 모르겠다. 건강 관리에 특별히 유의하되 어머니에게 물어서 초를 먹는 것이 좋겠다. 피로 회복에 가장 좋으며, 건강상 각종 질병 예방에 좋다고 해서 아버지도 먹고 있다. 그러나 강인한 그리고 적극적인 정신력이 건강에 더욱 중요하며 믿음이 큰 도움을 준다. 이는 모두 아버지의 체험에서 하는 말이다.

정신력을 기르는 책을 읽는다니 참 잘한 일이다. 꾸준히 하여라. 도중에 중단하지 말고 신념을 가지고 나아가라. 언제나 주님이 너와 같이 계시면서 네가 건강하기를 바라고 네가 소망한 대학에 입학되기를 바라신다는 것을 잊지 말아라. 성경 말씀대로 '믿음만 있으면 이 산더러 들려서 바다로 들어가라 해도 그대로 된다'는 적극적인 믿음으로 나아가기 바란다. 아버지가 너를 위해 매일 기도를 그치지 않겠다. 건강하고 행복하여라. 사랑하는 홍걸아!

읽도록 권하는 책

종교분야

1) 제2차 바티칸공의회 문헌

2) 유동식, 《한국종교와 기독교》

3) 월터 닉, 《위대한 성인들》

4) 《하나의 믿음》

역사부문

1) 진단학회의 《한국사 전7권》

2) 라이샤워·페어뱅크 공저, 《동아시아 문화사》

3) 토인비, 《역사의 연구》(도설축소판도 있음)

사회경제

1) 어빙·토플러, 《제3의 물결》

2) J.J.S. 쉬 라이버, 《미국의 도전》

3) 로스토우, 《경제발전의 제단계》

청주교도소 독방에서 독서 중인 김대중. 고난 속에서도 내일을 준비했고, 감옥은 또다른 '대학'이었다.

4) 드러커,《단절의 시대》

5) 갈브레이드,《불확실성의 시대》

6) 갈브레이드,《경제학과 공공목적》

7) 변형윤,《한국경제의 진단과 반성》

8) G. 뮈르달,《경제학 비판》

이상 책들은 일생을 두고 재독, 삼독할 책이니 각기 자기 장서로 준비하여라. 그리고 너희들 전공과 어학은 따로 알아서 공부하여라.

1981년 6월 23일

성자들이 가는 길

존경하고 사랑하는 당신에게(그리고 사랑하는 자식들에게)

당신과 모든 가족들이 건강하고 무사한 것을 하느님께 감사드리면서 이 글을 씁니다. 당신의 말대로 기다리고 기다리던 면회를 하고 나면 허전하고 쓸쓸한 심정뿐입니다. 묻고 싶은 이야기, 하고 싶은 이야기를 그 짧은 시간에 하나도 제대로 못하고 마니 말입니다. 그래서 매일 집으로부터의 편지를 목마르게 기다리고 또 한 달에 한 번인 이 편지 쓸 날을 손꼽아 기다리게 됩니다. 이 편지는 내 대신 집에 가서 대문을 거쳐 계단을 내려가 현관을 거쳐 응접실에서 가족과 한자리를 해줄 것입니다.

나는 언제나 편지 한 장을 몇 시간을 걸려서 정성을 다해 쓰고 있습니다. 그것은 당신에 대한 나의 성의이며 자식들이 무언가 얻기를 바라는 간절한 심정에서입니다. 내 건강은 저번에 말한 대로 별 변화가 없습니다. 요즈음 며칠 다리가 매우 붓고 아프다가 어제부터 좀 차도가 있습니다. 너무 걱정하지 말기를 바랍니다. 다음에 몇 가지 생각하는 바를 적으니 참고하시고 특히 아이들에게 도움이 되기를 바랍니다.

우리는 100년 전 사람을 낡은 시대의 사람으로 생각하고 1000년 2000년 하면 아주 원시 야만인으로 생각하기 쉽습니다. 그러나 사실은 세계의 모든 인류는 2000년부터 2500년 전의 인물이었던 예수, 소크라테스, 공자, 불타가 남겨준 사상의 테두리와 그 유산 속에서 살고 있습니다. 마호메트도 1400년 이전의 인물입니다. 현대인은 눈부신 과학의 발전과 전문적 연구의 업적을 나타내고 있지만, 인생의 진리와 행복을 위해서는 2000년 전의 그분들에 비하면 그 힘이 태양 앞에 촛불보다도 희미합니다. 그뿐 아니라 현대의 학문은 정치, 경제, 사회 할 것 없이 우리의 문제 해결을 위한 참된 처방을 내놓지 못하고 있습니다.

미국의 카터 정부 당시 어느 경제장관이 '미국의 모든 경제학자의 수많은 학설 중 오늘의 미국 경제에 대한 진정한 처방은 하나도 없었다'고 말한 일이 있는데 이는 어느 나라나 마찬가지입니다. 현대에 와서 인물이 적어지고, 전문가의 지식이 하등의 위력을 나타내지 못한 데는 여러 원인이 있겠지만 그중 가장 큰 것은 사람들이 종합적인 인간 형성, 즉 전인적全人的 발전을 등한히 한 데 있다고 믿습니다. 우리는 삶의 자세를 갖추는 데 언제나 사물을 근원적인 것과 표면적인 것을 합쳐서 파악하고 부분적인 것과 전체적인 면을 아울러 보아야 합니다. 강의 표면과 저류를 아울러 생각하고, 본류와 지류를 같이 파악해야 합니다.

그런데 현대인은 강의 표면과 자기가 전문으로 하는 어느 지류에만 집착해서 그것을 강 전체로 판단한다는 데 실패의 원인이 있었습니다. 전체와 부분, 근원과 현상을 같이 보고 나아가서 경중, 완급을 종합 판단해야 합니다. 항시 자기 인격을 그러한 입장에서 형성하는 동시에 독서에 있어서도 종합적인 지식 형성에 힘써야 합니다. 경제학자로 말하면 경제 이외에 정치, 사회, 국민심리, 역사 등에 대한 지식의 도움 없이 바른 경제정책을 세울 수 없습니다.

이와 관련해서 당신은 내가 과거에 주위의 친구들에게 1) 신문을 정치면부터 문화·스포츠면까지 고루 읽으며 2) 월간 종합잡지 한 권을 정독하며 3) 외국에 대한 기사를 섭취하여 세계적인 인식을 가지며 4) 명작 고전문학을 널리 읽어서 인류의 위대한 정신적·영적 유산을 흡수하고 5) 그 기초 위에 자기의 전문 분야에 더욱 관심을 가지라고 자주 충언하던 일을 기억할 것입니다. 결국 위대한 인물은 위대한 상식인인 것이며, 위대한 생각은 완전한 상식 위에서만 형성될 수 있는 것입니다.

위와 관계 있는 말이 생각납니다. 내가 6대 국회의원이 되고서 신문에 '우리는 서생적書生的 문제의식과 상인적商人的 현실감각을 아울러 갖추어야 한다'고 말해서 자주 보도된 일이 있었습니다. 우리가 어느 분야에서나 성공하려면 서생과 같이 양발을 원칙 위에 확고하게 딛고, 상인과 같이 양손은 자유자재로 구사하는 두 가지의 조화로운 발전을 기해야 합니다.

산 정상에 오르는 길은 여러 갈래입니다. 우리는 코스를 정하기 전에 미리 신중한 고려 끝에 최선의 선택을 해야 합니다. 그러나 일단 정하면 결코 변경해서는 안 됩니다. 가는 도중에 자기 코스가 가장 힘들어 보이고 남의 길은 쉬워 보여 변경의 유혹이 집요하지만 이를 용납해서는 안 됩니다. 그리하여 일단 정상을 정복하면 꼭대기에서는 어느 길로도 내려갈 수 있는 선택권이 생깁니다.

경제인으로 정상을 정복한 사람은 정치인으로도, 교육사업가로도, 문화의 육성가로도, 외교관으로도 무엇으로나 나아갈 수 있습니다. 그것은 한 길을 성취하면 다른 길도 구체적인 방법이나 현상이 다를 뿐, 그 원리나 이를 다루는 원칙이 공통되기 때문입니다. 이미 말한 종합적 인격을 갖춘 이후의 어느 전문가는 만 가지의 전문가가 될 수 있는 것이 당연하다는 것이 나의 경험을 통한 생각입니다.

플라톤의 《이상국가》를 읽으면 유명한 동굴의 비유가 나옵니다. 철인들은 동굴 안에서 명상하듯이 은둔해서 심혈을 기울여 진리를 발견하는데 대개는 그대로 홀로 진리를 즐기고 살려는 유혹을 받아들인다는 것입니다. 그러나 진정한 철인은 자기가 발견한 그 진리를 무지 속에서 사는 민중에게 알려주어서 같이 행복을 누리고자 하는 열망에서 동굴에 대한 미련을 버리고 하산합니다. 그러나 민중은 이를 받아들이기는커녕 그가 말한 것을 도리어 조소하고 비난하며 박해한다고 합니다. 그래도 그는 조소와 위험을 무릅쓰고 진리를 설파하지 않고는 참을 수 없다는 것입니다. 이는 그의 스승인 소크라테스에게 가장 적합한 말이 됩니다. 소크라테스는 자기의 행동, 즉 아테네의 타락된 시민들에게 그들의 무지를 깨우쳐주고 진리에로 이끌려는 행위가 반드시 그들의 분노와 복수를 가져올 것을 알면서도 민중에 대한 그의 진정한 사랑은 이를 감히 실행하게 했던 것입니다. 이 점은 부처도 마찬가지이며 공자도 그렇습니다. 부처도 도를 깨달은 후 이를 널리 펴려는 생각은 전혀 없었다고 합니다. 그러나 민중의 정경을 그대로 볼 수 없어서 마침내 '어두운 이 세상에서 나는 끝없이 북을 치리라'고 일어섰다고 야스퍼스는 말하고 있습니다.

공자도 바른 정치를 위한 자기 도를 어디선가 실현해보고자 천하를 찾아다니면서 그 당시의 은둔주의자들로부터 '상가집의 개'라는 조롱까지 받으면서도 백성을 위한 일념을 버릴 수가 없었던 것입니다. 처음부터 죄 속에 신음하는 인간을 구제하기 위하여 성육신, 십자가의 희생, 부활의 길을 밟으신 예수님의 이야기는 더 말할 것도 없습니다. 성인이란 가장 많이 깨달은 분이라기보다는 오히려 그 깨달은 것을 자기를 희생시키면서도 민중에게, 제대로 알아주지도 않는 그들에게 전하고 헌신하지 않고는 배기지 못한 위대한 사랑의 실천자라고 보아야 할 것 같습니다. 우리가 성인이나 위대한 사랑의 실천자들에게서 배울 것은 이웃과 겨레에 대한 헌신적 사랑이라고 생각합니다. 비록 민중이 일시 알아주지 않더라도, 또는 우리의 이웃에 대한 사랑을 오늘의 대제사장이나 빌라도가 질시하고 박해하더라도 우리는 겨레와 이웃에의 사랑을 위해서 사는 것만이 자기의 인생을 성인의 길과 일치시키는 유일한 길이라고 생각합니다.

당신과 홍업이의 편지로 천주교 교구 설정 150주년 행사가 한창인 것을 알았습니다. 당신 말대로 한국의 천주교는 참으로 세계에 예가 없는 독특한 출발과 거룩한 순교의 역사를 가지고 있습니다. 그러나 우리는 지난 역사를 자랑하면 할수록 믿음의 조상들의 정신을 진정으로 계승하고 있는지 반성하며 책임을 느껴야 합니다. 토인비의《역사의 연구》를 보면 기독교가 오랜 박해 끝에 313년의 콘스탄티누스 대제의 밀라노 칙령으로 합법화되었을 당시 로마의 기독교인 수는 전체 인구의 10~20퍼센트밖에 안 되었다 합니다. 그러나 그들의 신앙의 위대한 힘은 로마제국을 무릎 꿇게 하였습니다. 반면에 러시아가 공산화될 때 기독교인은 거의 전 러시아 인구수와 맞먹었습니다. 그러나 러시아의 기독교는 이렇다 할 저항을 못했습니다. 종교는 수가 아니라 질이라는 것을 통감하면서 오늘의 우리 교훈으로 삼아야 할 것으로 믿습니다.

크리스천은 누구나 선교의 책임이 있습니다. 그러나 오늘의 과학만능과 인간 자신의 능력에 대한 나르시즘적 교만에 빠져 있는 사람들에게 이를 설득하는 데는 여러 가지 난관이 있습니다. 나 자신이 밖에 있을 때 겪었던 경험에 비추어 당신과 아이들이 비신자에게 전도 대화를 하는 데 참고로 하길 바라며 내 생각을 적어보았습니다. 사도 바울의 말 같이 주님을 위해 믿음의 길로 이끌기 위해서 우리가 비신자를 대할 때는 비신자의 입장에서도 이야기해야 할 것입니다.

(신자 : A, 비신자 : B)

A. 기독교를 믿어 바른 삶의 길로 가도록 하라.

B. 하느님이 어디 있는가? 존재도 확실치 않는데 믿었다 없으면 어

찌하는가?

A. 그러나 하느님이 정말 계시면 어찌할 것인가? 그때는 이미 늦다.

B. 믿었다가 죽은 후 보니까 없으면 어찌할 것인가? 피장파장이다.

A. 피장파장이 아니지. 당신 말대로 설사 하느님이 안 계시는 것을 믿었다 하더라도 우리는 인류 역사상 가장 위대하며 우리를 그토록 사랑했던 분을 믿고 그 가르침을 따라 충실히 살았으니 우리 인생을 얼마나 알차게 산 것인가? 우리는 역사상의 보통 위인도 모범으로 삼는데 예수 같은 성인을 본받아 산 것이 왜 후회되겠는가? 따라서 그분을 믿지 않는 것은 단순히 죽어서 천국 못 가는 문제만이 아니라 우리의 오늘의 삶을 허송하는 것이다.

B. 여하튼 하느님의 존재에 대한 증거가 없지 않는가?

A. 도대체 당신은 하느님에 대해서 고등학교 학생이 대학입시 공부하는 정도라도 진실로 알아보고 나서 있다 없다 하는가? 몇 십억의 사람들이 2000년에 걸쳐 그분을 믿고 수많은 믿음의 성공자들이 그분과의 만남을 증언하는데, 이러한 심오한 영적인 문제를 인간의 불완전하고 천박한 과학적 지식 하나 가지고 결론내릴 수는 없다. 아인슈타인 같은 과학자도 '과학을 무시하는 종교는 미신이지만 종교를 무시한 과학도 교만이다'라고 했다. 정말로 당신이 진실한 자세라면 이 인생 최대의 문제에 먼저 진실해야 한다. 먼저 교회의 교리교육을 받아보아라. 거기서 충분히 신부나 목사님과 토론해서 하느님 문제에 대한 결판을 짓고서 믿든지 그만두든지 하여라.

B. 기독교에서는 만날 죄, 죄 하는데 왜 사람을 그렇게 죄인시하며 위축시키는가? 그러니까 니체가 기독교를 약자의 종교라 비난하지 않았는가?

A. 당신이 자기 일생에 자기가 남몰래 혹은 알게 저질러온 일, 마음

속에 품었던 가지가지의 악한 심정, 즉 시기, 증오, 호색, 속임수, 탐욕 등을 가령 극장의 영사막에다 전부 상영하는 광경을 생각해보라. 아마 당신 가족조차도 당신을 버릴 것이다. 인간은 누구나 본질적으로 죄를 범하고 죄를 마음속에 품는다. 예외는 한 사람도 없다. 성인도 그렇다. 이것이 사실이다. 그리스도는 우리의 그 죄를 위해서 죽었으며 우리가 죄로부터 해방되어 자유인이 되게 하기 위해 죽으셨다.

위축이 아니라 자유인 것이다. 니체는 권력의 의지를 가진 초인의 철학을 부르짖어 많은 영향을 주었다. 그러나 당신이나 내가 조용히 자기 내면을 생각해보면 우리는 육체적으로나 정신으로 너무도 약하여 자기 힘만 가지고는 결코 강해질 수 없다는 것을 안다. 우리는 어떤 절대자를 만났을 때에만 초인이 될 수 있다. 조선왕조 말엽의 천주교 박해 때 그 이름 없고 무력했던 남녀노소의 사람들이 하느님에 대한 신앙 아래 태연히 죽어간 그 장한 초인적 용기를 보라.

B. 그리고 기독교에서는 믿음으로 구원을 받는다 해놓고 한편에서는 하느님은 심판날에 그 행실대로 갚는다 하니 모순이 아닌가?

A. 모순인 것처럼 느끼는 것이 아주 당연하다. 그러나 사실 믿음만 가지고 있으면 우리의 의로운 행실과 관계없이 구원을 받는다. 틀림없이 그렇다. 때문에 믿음으로 구원을 받은 사람은 그가 진실로 믿었다면 거저 얻은 구원에 감사하여 하느님을 기쁘게 하기 위해 바르게 살고자 함이 당연하고 그것이 자연의 이치다. 만일 그렇지 않고 여전히 죄된 생활을 한다면 그것은 그가 진실로 하느님을 믿는 것이 아니라 하느님을 조롱하고 있는 것이다. 당연히 그 행동은 심판을 받아야 할 것이다.

B. 여러 가지로 들으니 믿어볼 생각이 난다. 그러나 솔직히 말해서 젊어서부터 믿어서 생활의 구속을 받고 싶지 않다. 천당은 죽은 후에 가는 것이니까 늙어서 믿어도 되지 않는가?

A. 아주 인간적이고 솔직한 말이다. 당신 말과 같이 기독교가 단순히 죽은 후에 천당 가기 위한 것만을 목적으로 한다면 당신 말이 옳다. 그러나 기독교는 오늘 이 시간을 어떻게 자유롭고 기쁘고 보람 있게 사는가, 이웃과 이 사회를 위해 공헌하는 최선의 봉사는 무엇인가를 알아서 지상에 천국을 이루고자 하는 종교다. 그러나 믿는 것이 늦으면 늦을수록 당신은 자유와 평화와 봉사의 기회를 놓칠 것이다. 다만 과거의 일부 기독교인이 지나치게 금욕주의를 주장했는데 그것은 잘못이다. 하느님은 우리가 이 세상에서의 정당한 행복을 누리기를 원하신다.

홍일이와 지영 모에게

홍일이의 간이 약하다는 것을 듣고 65년경 내가 앓았던 급성간염 생각이 나더라. 간병肝病은 무리가 제일 나쁘다. 그리 심한 것이 아니니 무리하지 말고 술, 담배에 주의하면 걱정 없을 것이다. 홍일이는 수감 중에 아버지가 집으로 보낸 편지를 모두 되풀이해서 읽어보고 참고하기 바란다. 네가 대전에서 써보낸 대로 이 시기를 헛되지 않게 무언가 얻고자 하는 노력을 계속하기 바란다. 그리하여 아버지의 기대에 부응해주기를 진심으로 바란다. 지영이 모는 내가 서울에서 네게 한 편지를 언제나 참고로 하여 계속 자기 발전에 노력하기 바란다. 지영이와 정화의 편지 잘 보았다. 한번 같이 지낼 수 있으면 얼마나 좋겠느냐? 건강하고 착하게 자라니 한없이 감사하고 기쁘다.

홍업이에게

어머니와 같이 목사님 기도회에 참석하는 것은 아주 잘한 일이다. 네 말 같이 믿음의 근본에는 신·구교 간에 차별이 없다. 제2차 바티칸 공의회 문헌(1965년 발표)에도 그러한 집회에는 적극 참여하도록 권하고 있다. 그런 것이 바로 에큐메니컬 운동이라 할 것이다. 자동차 조심해서 운전하여라.

홍걸이에게

공부하느라고 무척 힘들 줄 안다. 이제 반년이니 네가 몸 건강히 최선을 다할 것을 믿고 기도하고 있다. 지나친 긴장을 피하고 언제나 주님이 같이 계시고 도와주신다는 것을 확신하면서 주님께 믿음으로 기도하여라. 아버지도 언제나 기도하고 있다. 정신력을 기르는 책을 계속 읽고 그중 감명 깊은 대목을 표해서 되풀이해 읽으면 아주 도움이 될 것이다. 형주도 너와 같이 잘 공부해서 성공하기를 빌고 있다. 격려 말 전하여라. 연수의 영세를 진심으로 축하한다고 전해라.

당신에게

대의, 대현이 집 그리고 당신 친정 여러분께 안부 전하며, 집안의 같이 있는 식구들에게도 안부 전해주시기 바랍니다.

1981년 7월 29일

토인비에게 배우는 도전과 응전

존경하고 사랑하는 당신에게(그리고 사랑하는 자식들에게)

견디기 힘든 폭염 속에서 가족들과 동거하는 이들 그리고 형제들과 모든 사랑하는 벗들이 몸 건강하시기를 진심으로 바라고 있소. 나는 더위에 시달리면서도 지난번 면회 때의 그 정도의 건강을 유지하고 있습니다. 내 일 너무 걱정하지 말고 음식이나 위생관리 소홀히하지 않도록 특별히 당신께 부탁합니다.

이달 말로써 내가 여기로 온 지 반년이 됩니다. 나로서는 일생에 가장 힘들고 긴 세월이었습니다. 그러나 고통과 슬픔과 고독과 절망 속에서도 나를 오늘까지 지탱해주며 점차로 힘을 내게 해주신 것은 오직 주님의 일생이 내게 준 위로와 빛이었으며 가족과 벗들의 애정 어린 기도의 힘이었다고 생각합니다.

한편 토인비의 도전과 응전의 관계에서 파악한 역사철학이 나에게 많은 깨우침과 신념을 주었습니다. 당신이 아시다시피 나는 그의 저서를 거의 읽었는데 그의 역사 파악의 기본 시점視點은 도전과 응전의 관계에서 문명의 발생, 성장, 쇠퇴, 붕괴가 결정되어가는 거대한 드라마라는 입장에 서 있습니다. 물론 나는 그에게서 직접 배운 바는 없지만 항시 그를 마음의 스승의 한 분으로 생각하고 있습니다. 우리 가족과 친지들이 이 유례 없는 고난의 도전에 처해서 우리의 후회 없는 응전을 마련하기 위해서 토인비의 교훈을 중심으로 내 의견을 적어봅니다.

첫째는 약한 내 자신의 확신을 위해서, 다음에는 당신과 자식들의 도움을 위해서입니다.

인간을 자연과학의 인과론으로 다룰 수는 없습니다. 물질세계에서는 동일한 원인에 대해서 시간과 장소 구별 없이 반드시 동일한 결과가 나오지만, 인간에 대해서는 동일한 원인에 대해서도 응답하는 사람의 정신 여하에 따라 전혀 별개의 결과가 나오게 됩니다. 가난한 집안에 태어난 두 자식 중 하나는 타락과 범죄로 흐르는가 하면, 하나는 발분해서 놀라운 성공의 길로 가는 등 인간의 전 역사는 이에 대한 무수한 예증을 제시하고 있습니다.

지금부터 5000~6000년 전 아프리카 북부를 걸치고 있던 강우선降雨線이 북의 유럽 쪽으로 이동해가자 이집트의 나일강 상류지역은 급속히 사막으로 화해 갔습니다. 이때 거기 살던 주민의 응답의 태도는 각양각색이었습니다. 어떤 무리는 유럽 쪽으로 강우선을 따라가다가 추위에 죽기도 하고 일부는 땅 속이나 모피로써 견디어냈으며, 어떤 무리는 바다를 건너 크레타 섬으로 이동했으며, 어떤 무리는 남쪽의 원시림을 찾아 내려가 20세기가 될 때까지 야만의 상태 그대로 남아 있었습니다. 그러나 가장 찬란한 응전을 한 무리는 이집트 고대문화의 조상이 된 일군이었습니다. 그들은 대담하게도 악어와 독사와 모기가 들끓는 나일강의 늪지로 뛰어들었습니다. 그리하여 측량과 관개灌漑와 개간의 힘든 과정을 거쳐 종래의 자연채집의 생활로부터 씨 뿌려 열매를 가꾸는 농업을 발명하여 마침내 고대 이집트의 풍요와 고도의 문화를 이룩하는 금자탑을 세운 것입니다.

인간은 그 상상력과 용기에 따라서 같은 조건에서 전혀 다른 결과를 맺으며, 그 다양성의 장場이 인류 역사의 무대라 할 것입니다. 같은 초원지대로 중앙아시아와 중동에서는 유목문화가 발생했는데 남북아메리카나 오스트레일리아에서는 전혀 그런 싹도 보이지 않았습니다.

우리의 고대 삼국시대에 신라의 성공과 고구려와 백제의 실패의 역사에서도 이를 볼 수 있습니다. 당초 고구려와 백제는 중국의 선진문명과 가까운 이점으로 신라보다 더 우위에 있었습니다. 그러나 결국 신라에게 승리의 월계관을 빼앗긴 것은 중국문화를 받아들인 응전의 차이에 크게 연유했다고 생각합니다. 고구려와 백제의 중국문화에 대한 무조건 과잉 수입에 대하여 신라는 이를 선택적으로 수입했으며 자기의 고유문화(샤머니즘)의 주체성 위에 이를 섭취했습니다. 화랑도가 바로 그것입니다. 그중에서 당시 삼국 사람들의 정신세계를 지배했던 불교의 영입에 있어서도 앞의 두 나라는 임금이 위로부터 백성에게 전하는 피동성을 띤 것에 반하여, 신라는 불교가 먼저 백성 사이에 침투하고 당시 귀족들의 반대로 이차돈의 순교까지 가져온 대립과 갈등 끝에 마침내 민중이 승리하는 밑으로부터의 능동적 수용이었던 것입니다. 이러한 3국 간의 차이는 당연히 3국민의 정신력과 이를 기초로 하는 국력의 차이로 번져서 신라의 승리로 귀착된 것입니다.

우주가 생긴 지 약 157억 년, 우리가 사는 지구가 생긴 지도 약 46억 년이라 합니다. 그간 이 지구에는 수많은 식물과 동물이 생성하고 사멸했는데, 그것은 계속되는 도전에 맞서 한 고비 한 고비 응전에 성공한 것은 남고 단 한 번이라도 실패한 것은 사멸한 것입니다. 인류가 지상에 나타난 지도 약 200만 년 그리고 오늘의 인류인 호모 사피엔스가 나타난 것은 불과 3만 년 정도밖에 안 되는데 그동안 수많은 인종이 격변한 환경의 도전에 못 이겨 사멸한 것 같습니다. 우리가 원건 원치 않건, 사회이고 인간이고 간에 살아 있는 한 계속되는 도전을 면할 수 없다는 것이 역사의 진실입니다. 하나의 일을 성취하고 다음 응전까지 새로운 응전을 위한 잠시의 휴식은 있어도 결코 영원한 휴전은 없습니다. 소위가 되면 중위에의 길의 도전이 오며, 중위가 되면 대위에의 길에 응전하지 않으면 안 됩니다.

그런데 사람은 본질적으로 하나의 응전에 성공하면 그 성공에 안주하려 하는 속성의 동물이라는 것입니다. 그러므로 괴테는《파우스트》에서 파우스트를 시험하도록 허락해달라는 악마 메피스트 펠레스의 요청을 받은 하느님으로 하여금 다음과 같이 말하게 하고 있습니다. '인간의 활동은 그렇게도 쉽사리 잠들기 쉽고 인간은 무한정 휴식을 갈구하고 있다. 그래서 나는 기꺼이 인간에게 집적거리며 격동시키며 불가불 악마의 방법으로 일을 만드는 녀석을 붙여 둔다'고. 이리하여 인간은 하느님의 지배에 의한 시련을 겪지 않으면 안 되는 운명을 걸머지는 것 같습니다.

아무튼 우리는 일상생활의 안정에 있어서 바랄 수 있는 안정은 움직이지 않는 집 안방에서의 안정이 아니라 움직이고 전진하는 기차의 객실 의자에 앉은 안정만이라는 것을 단단히 깨달을 필요가 있을 것 같습니다.

도전에 대해서 적극적이고 창조적인 응전을 한다 해서 그 당대에 반드시 성공하는 것은 아닙니다. 아담 이래 인류의 죄악에 대한 예수님의 응전은 가장 훌륭한 것이었습니다. 그러나 그분의 당대에는 참담한 실패로 귀착되었습니다. 그러나 그 실패는 우리의 일시적인 환각이었을 뿐 예수님께서 행하신 바 종래의 징벌의 하느님으로부터 사랑의 하느님으로서의 진리 설파, 십자가상에서의 인류 죄악의 대속, 죽음에서의 부활로 이루어진 일련의 응전은 인간의 역사를 완전히 바꿔놓은 사상 최대의 승리였습니다. 우리 역사에서의 사육신, 최수운, 전봉준, 안중근, 윤봉길, 이봉창, 기독교 박해의 순교자들 모두 그 당대의 성공자라고는 할 수 없습니다. 그러나 오늘 우리 국민 누구도 그들이 자기 당대의 최대의 성공자였던 신숙주나 이완용보다 실패한 이들이라고는 꿈에도 생각지 않습니다. 사실 우리 역사에서 그들의 이름이 없다고 가정할 때 그것이 얼마나 우리 역사를 적막한 황무지로 만들며, 얼마나 우리의 긍지를 빼앗는 일이 되겠습니까? 그러므로 우리의 응전은 운명적으로 유한한 자기 당대에서의 성패에다 결승의 깃발을 꽂는 근시안을 버려야 할 것입니다. 다만 하느님의 정의와 인간의 양심에 충실한 응전자에게는 일시적 좌절은 있어도 영원한 패배는 결코 없다는 신념 속에 사는 것만이 우리의 생의 태도가 되어야 할 것입니다.

우리의 응전은 언제나 당장에 승리할 수만은 없지만 그러나 언제나 주도권을 쥐고 나갈 수 있으며 또 반드시 그래야 합니다. 우리집 자식들 예를 들면 그들은 지금 같은 연배들이 하는 모든 사회활동으로부터 배제되어 있는 가혹한 도전을 받고 있습니다. 그러나 만일 홍일이와 홍업이가 이 시기를 직장에서 분주하며 교대로 밤을 새우는 친구들이 가질 수 없는 지적 향상에 전념하고 고난 속에서의 인격 연마에 전심한다면 그들은 완전히 자기 운명의 주도권을 쥐고 내일의 대성을 위해 전진하고 있는 것입니다. 역사상으로 볼 때 이러한 예가 가장 현저한 것은 중국민족의 경우입니다. 그들은 몽고족에 의한 100년 지배와 만주족에 의한 270년의 지배를 받았지만 결코 정신으로 굴복하거나 동화하지 않았기 때문에, 그리고 주어진 환경을 역이용하는 주도권을 발휘했기 때문에 오늘의 내몽고 신강성까지 영토를 확대하고 만주와 만주족을 완전히 중국화하는 데 성공한 것입니다(유태인 디아스포라의 경우도 있음).

슬기로운 응전은 반드시 능동적인 것만은 아닙니다. 사태에 따라서는 인내가 최대의 효과적 응전이 되는 것이겠습니다. 역사상 최대로 성공한 정치인을 중국의 한고조와 로마의 아우구스투스라 하는데 그 두 사람에게 공통된 특징은 초인적인 인내심과 끈기라 합니다. 성경에 사도 바울이 '인내가 끈기를 낳고 끈기가 소망을 낳는다'고 한 말을 생각나게 합니다. 우리에게는 자기 힘으로 어쩔 수 없는 도전 앞에서 상황의 변화가 올 때까지 인내하고 기다리는 슬기와 끈기가 매우 중요합니다. 유태인이 기원 66년에 그러한 무모한 도전을 로마제국에 안 했다면 그 후 2000년의 수난은 면할 수 있었을 것입니다. 아메리카 인디언이 서부 영화에서 본 것 같은 그런 무모한 응전을 하지 않았다면 그들은 오늘날 흑인 못지않은 인구를 가지고 미국 사회의 한 주인이 되었을 것입니다.

도전과 응전의 문제를 가지고 매우 장황히 썼습니다. 당신과 자식들은 왜 내가 이렇게 긴 글을 썼는지 이해할 것입니다. 거듭 말하지만 여기 적은 모든 것은 나 자신에 대한 자기 확립을 위한 것입니다.

내가 서울 군교도소에서 면회했을 때 앞으로 우리는 첫째, 영적으로 더욱 깊어지며 둘째, 지적으로 더욱 배우며 셋째, 건강을 더욱 튼튼히 하자고 서로 다짐했습니다. 그후 반년, 우리는 서로가 큰 차질 없이 이 길을 걸어온 것으로 압니다. 참으로 다행한 일입니다. 무엇보다도 당신의 그간 믿음과 사랑에 의한 인도가 가장 큰 힘이었다고 감사하고 있습니다.

양쪽 형제들과 친지들이 받은 나로 인한 피해를 생각할 때 항시 마음이 아픕니다. 지난번 편지에 고생하는 친구 가족을 찾아봐주었다 해서 나도 마음이 기뻤습니다. 홍준이 아버지 다리 아픈 것은 어떤지요? 얼마 전 혜영이가 편지를 했었습니다. 그 편지 내용이 너무도 슬기롭고 믿음이 튼튼하며 나를 위한 마음이 간절해서 당신께 보여주고 싶을 정도였습니다.

형주 아버지가 여기 간혹 와서 차입한 것 알고 있습니다. 당신 편지로 그 집안의 믿음이 커간 것 알고 매우 감사하고 있습니다. 형주 아버지께는 참 큰 부담을 느끼고 있습니다. 고등학교 졸업 이래 그 애가 나를 위해 쏟은 정과 나로 인하여 겪은 고난을 잊을 수가 없습니다.

홍일이에게

지영이와 정화가 건강하게 잘 크고 있다니 참으로 기쁘다. 지난번 지영이의 글씨 보고 그동안 아주 진보한 것에 감탄했다. 너도 충실한 계획 아래 자기 실력 향상에 전심하여라. 그리고 변호사 건은 어머니 보고 너무 신경 쓰지 말라고 해라. 무엇이든지 무리할 필요는 없는 것이다. 언제나 자기 자신에게 엄격해야 한다. 인간의 일생의 최대의 투쟁은 자기와의 대결이다. 아버지의 기대가 크다는 것 거듭 적어둔다.

지영이 모에게

전번 너의 편지를 통해 홍일이의 체중이 는 것을 알고 놀랐다. 본인보다도 네가 체중관리에 신경을 써라. 내 경험으로 아내가 자꾸 주의시키면 효과가 크더라. 그리고 음식은 밥과 고기를 줄이고 야채, 생선 등으로 배를 채우도록 하는 것이 체중조절에 좋다. 야채, 생선, 잡곡밥, 해초는 장수의 기본 음식이기도 하다. 공부를 쉬지 말아라. 남편 성공의 반의 힘은 아내에게 있다. 남편으로부터 사랑과 더불어 존경받는 아내가 되어라.

홍업이에게

내가 알기에 오늘이 너의 생일이로구나. 아버지는 축하하는 마음으로 이 글을 쓰고 있다. 언제나 너의 편지에 아버지 걱정을 많이 하는데 나도 너희들 걱정에 보답하도록 노력하고 있다. 그리고 네가 자기 일에 자신을 가지고 있는 점 아버지는 기쁘고 믿음직하다. 만사를 잘 응전해나가라. 너를 믿는다.

홍걸이에게

공부에 얼마나 힘이 드는지 아버지는 매일 네 일을 기도하고 있다. 아버지가 네 편지를 볼 때마다 기쁜 것은 네가 힘든 중에서도 하면 된다는 신념으로 어려움에 대처하고 있는 자세. 네 말처럼 '학문에는 왕도가 없다.' 하면 된다는 신념으로 노력하는 것이 왕도다. 8월 면회 때 네 얼굴 보는 것을 지금부터 기다리고 있다. 네가 친구들과도 좋은 접촉을 가지고 있는 것을 네 편지로 알 수 있었다. 인생에 있어 최대 재산의 하나가 좋은 벗이다. 특히 젊었을 때의 좋은 벗은 아주 중요하다.

다음 책을 구해서 넣어주시오.

1) 최남선,《조선상식》
2) 아담 스미스,《국부론》
3) 윤성범,《한국사상과 기독교》
4) 유홍열,《한국천주교회사》
5) 슘페터,《자본주의 민주주의 사회주의》
6) 헤밍웨이,《누구를 위하여 종은 울리나》
7) 마가레트 미첼,《바람과 함께 사라지다》
8) 司馬遼太郎,《故鄕忘じかたく侯》(임란시 납치되어간 녹아도 도공들의 이야기)
9) 황석영,《어둠의 자식들》

1981년 9월 23일

미래의 삶을 위하여

존경하고 사랑하는 당신에게(그리고 사랑하는 자식들에게)

그동안 집안과 벗들이 두루 무고한지요? 지난 16일의 면회 때 보니 당신의 얼굴이 몹시 수척해보이던데 hay fever(건초열)는 멎었는지요? 나는 그런대로 무사하며 매일 기도와 독서로 하루를 보냅니다. 지금은 B.러셀의《서양철학사》, 유홍렬 박사의《한국천주교회사》, J.K. 갈브레이드의《우리 시대의 생》, 그리고 진순신陳舜臣의《십팔사략十八史略》을 읽고 있습니다. 서울에서 말한 대로 그동안 주로 신학, 철학, 역사, 경제학 등의 서적을 읽었는데 참으로 많은 것을 배웠습니다. 겸손이 아니라 읽어갈수록 자신이 지금까지 아무것도 제대로 모르면서 그래도 무언가 좀 아는 것 같은 착각에 사로잡혀왔다는 것을 통감하고 허송한 세월을 후회스럽게 생각하게 됩니다.

특히 1년이 옛날의 10년 같이 격변하여 지금으로서는 상상도 못할 대변화의 세기를 맞이하는 이 시점에서 21세기를 살아갈 자식들에게 이에 대비하는 자세를 강조하지 않을 수 없습니다. 그래서 여기 오늘과 내일에 대해서 불완전한 판단이지만 적어서 당신도 참고하고 자식들에게 도움이 되도록 해보았습니다. 먼저 지금까지의 인류의 역사를 훑어보겠습니다.

1) 우주가 생긴 것은 약 150억 년, 지구가 생긴 것은 약 45억 년 전이라 합니다. 지구상에 생물이 생긴 것은 약 40억 년 전의 바다에 떠돈 일

종의 해초부터였습니다. 그후 기상과 지구 자체의 수많은 변화로 많은 동식물이 생성 소멸한 가운데 최초의 인간이 생긴 것은 약 200만 년 전으로 아주 최근이었습니다. 최초의 인간의 고향은 아프리카의 케냐와 탄자니아의 국경지대를 중심으로 하는 동아프리카라는 것이 고고학의 업적으로써 증명되고 있습니다. 인류의 종種도 여러 번 생성 소멸의 진화과정을 거쳐 마지막으로 현재 우리 인간인 호모 사피엔스가 나타난 것은 약 2~3만 년 전이라 합니다.

2) 인류는 발생 이래 오랜 채집과 수렵의 생활을 하다가 지금부터 약 8000~9000년 전부터 농업에 종사하는 대혁명을 한 것입니다. 농업을 통해서 비로소 인간은 한 장소에 정착하고 그 생산의 증대를 통해서 도시를 형성하고 문명을 이룰 수 있게 되었습니다.

최초의 농업은(각기 별도로) 메소포타미아 지방, 서아프리카 나이지리아 북부지방, 동남아시아, 중앙아메리카에서 시작되었는데 이중 메소포타미아 농업은 이집트, 인도, 중국, 한국 등에 전해졌다 합니다.

3) 농업생산이 증대하여 잉여농산물이 크게 늘어나자 왕, 귀족, 승려, 상공인 등의 비농업 종사자 계급이 나타나는 도시가 형성되었습니다. 최초의 도시는 약 5500년 전의 스메르(메소포타미아 지방), 이집트, 인더스 지역(4500년 전), 중국의 은殷나라(3500년 전) 그리고 기원전 13세기경의 마야와 잉카문명으로 나타났습니다. 참고로 말하면 우리는 흔히 문화와 문명을 혼동해서 사용하는데, 문화는 인류탄생 이래 있어온 인간의 내적·외적 행동규범이고 문명은 도시가 형성된 데서만 존재하는 것이라 합니다(예: 구석기문화, 청동기문화, 농촌문화라 하지만 문명에서는 그리스문명, 인더스문명, 은문명, 서구문명이라 합니다).

4) 기원전 8~9세기경의 철기문명의 출현을 전후해서 약 4~5세기 동안에 인간의 정신에 일대 혁명이 일어났습니다. 즉 종전의 미신적이

고 억압적이며 치졸하던 종교나 인간의 사고가 합리적으로, 개방적으로, 고차원적이며 보편적 진리에로 일대 비약을 한 것입니다. 기원전 8세기부터 3세기 사이에 네 군데서 이러한 정신혁명이 일어나서 그 영향이 오늘까지 계속되고 있습니다. 중국에서는 춘추전국시대에 유교, 도교, 묵자, 법가 등 소위 제자백가諸子百家가 일어나서 기원전 1세기의 한 무제 때 유교가 국교가 될 때까지 활발히 계속되었는데, 중국사상은 윤리적 실천을 통해서 도道를 체득하자는 데 공통성이 있었다 합니다.

인도에서는 부처님이 나와서 당시 바라문교의 미신과 계급주의를 타파하고 합리와 평등을 주장하는 종교혁명을 단행했는데 그 특징은 사변적 명상을 통해서 니르바나(열반)에 이르는 것이었습니다.

희랍에서는 6세기의 밀레투스학파의 탈레스 이래의 자연철학자들, 4세기의 소크라테스와 플라톤의 인간탐구의 철학자, 아리스토텔레스의 양자를 통합한 형이상학 철학을 통해서 인류사상에 가장 큰 영향을 준 철학이 형성되었습니다. 그 얻고자 한 바는 이데아였으며, 그 방법으로는 관조적 인식이 취해졌습니다.

한편 이스라엘에서는 '만군의 야훼'라는 말이 증명하듯이 종래의 이스라엘 사람들이 하느님을 외적으로부터 보호하는 전쟁신으로 생각하던 사고는 기원전 8세기의 이스라엘왕국 멸망, 기원전 6세기의 유다왕국의 멸망 등으로 그 신앙에 일대 위기가 왔습니다. 즉 자기들을 적으로부터 지켜주지 못한 야훼신을 포기하느냐 하는 기로에 섰던 것입니다. 이때 아모스, 호세아, 미가, 이사야, 예레미아 등의 예언자들이 일어나서 이스라엘과 유대의 멸망은 그들의 배신에 대한 하느님의 사랑의 시련이라는 점, 하느님은 이스라엘과 유다만이 아니라 온 세계의 하느님이시니 앗시리아와 바빌로니아와 페르시아를 일으킨 것도 하느님의 섭리라는, 보편적 하느님이라는 점 그리고 모든 시련에도 불구하고 하느님의 사랑은 언제나 변함이 없다는 희망 등 종래 소박하고 저급한 신앙에 일대 혁명을 일으켰습니다(이러한 유대교로서의 새 출발은 예수님의 오심을 통해서 완성되었으며 세계 종교화되었습니다).

5) 이상 열거한 인류혁명, 농업혁명, 도시혁명, 정신혁명은 급기야 17세기 이후의 과학(기술)혁명으로 오늘에 이르렀습니다. 코페르니쿠스의 지동설, 케플러의 유성운동의 3개 법칙은 갈릴레이에 이르러 현대과학을 성립시켰고 뉴턴에 이르러 대성하였습니다. 그리하여 산업혁명의 18세기(동시에 철학의 세기), 현대 과학문명의 거의 대부분을 출현시킨 과학의 세기로서의 19세기를 거쳐 20세기에 이르렀습니다. 20세기 과학상의 가장 큰 업적은 아인슈타인의 상대성이론과 프랭크가 창시한 양자이론이라 합니다. 이 두 가지는 지금까지의 물리학에 일대 혁명이었을 뿐 아니라 사상계에도 큰 충격을 주었습니다. 전자는 시간·공간개념의 변혁과 뉴턴의 만유인력설에 수정을 가했으며, 후자는 지금까지 과학의 금성탕지이며 무신론의 최강 무기이던 인과율이 양자 역학적 세계에서는 통하지 않고 확률적인 필연성이 있을 뿐이라는 충격적 사태를 만들었습니다.

아무튼 19세기의 과학을 토대로 한 20세기의 과학기술은 인류역사상 그 유례가 없을 만큼 급격하고 엄청나게 발전하고 있어서 우리는 우리 조상의 누구도 체험하지 못한 정신적 현란과 동요를 느끼며 살고 있습니다. 그러므로 우리에게 아주 중요한 것은 우리가 살고 있는 시대의 성격을 정확히 알며 앞날에 대한 전망을 가능한 한 확실하게 얻는 것이 불확실성의 시대에서 마음의 안정과 바른 자기 인생관을 세우는 길이 된다는 점입니다.

6) 20세기의 특징을 내 나름대로 판단해보면 첫째, 어떤 최신 발명품이나, 무기나, 유행이나 10년 이상 그 수명을 유지한 것이 없을 정도로

급격한 변화가 거듭되고 있다는 사실입니다.

둘째, 인간의 역사 이래 처음으로 인간의 기술능력은 우리가 마음만 있으면 지구상의 모든 인간을 고루 풍요하게 살 수 있게 할 정도의 경제적·기술적 능력을 갖추게 되었다는 점입니다. 예를 들면 지금 세계 각국의 연간 군사비 총계는 4600억 불인데 후진국가에 대한 원조는 불과 300억 불 정도입니다. 만일 군사비가 제3세계 국민들의 복지 향상에 쓰인다면 전 인류의 빈곤 탈피와 행복한 생활 실현이 20세기 말까지 가능하고도 남을 것입니다. 이 힘을 우리 시대는 가지고 있습니다.

셋째, 오늘의 극도로 발달한 교통·통신·정보매체는 인류역사상 처음으로 모든 사람이 지구를 하나의 공동생활체로서 실감하게 만들었습니다.

넷째, 이러한 물질적·기술적 변화에 따라 인간의 사상에도 급격한 변화가 일어나고 있습니다. 종교가 큰 도전을 받고 있으며 철학은 과학적 실재론, 과학적 경험론, 과학철학 등이 나타나서 과학을 기초로 인생과 우주를 파악하려는 경향을 뚜렷이 보여주고 있다고 합니다.

다섯째, 이러한 가운데 지금 인류는 세 가지 우리의 운명을 좌우하는 시련 앞에 서 있습니다. 하나는 현존 보유량만 가지고도 전 인류를 일곱 번 전멸시킬 수 있는 핵전쟁의 위험이요, 둘은 20세기 말까지 62억 명이 되고 이대로 가면 21세기에는 130억 명 이상이 될 인구폭발이요, 또 하나는 자원고갈과 환경오염의 문제입니다. 이러한 문제는 앞으로 발휘될 인류의 예지, 특히 동서관계와 남북관계의 전개가 어떻게 될 것인가에 크게, 아니 결정적 영향을 받을 것입니다. 여기에는 많은 비관론이 있지만 공통의 이해와 생과 사의 위험 앞에 서 있는 인류의 이성과 지혜와 여론은 이를 어떻게든 극복해서 21세기를 맞이할 것으로 봅니다. 이 점은 다음에 적은 21세기의 전망을 훑어볼 때 더욱 그 필요성이 크다고 할 수 있습니다.

누구나 앞날을 예언한다는 것은 어려운 일이고 원칙적으로는 불가능한 일인 것입니다. 그것은 기계적으로 움직이는 자연세계와 달리 예측 불가능한 자유의지에 의해서 움직이는 인간사가 결코 미리 정해진 운명이 아니기 때문입니다. 그러나 다음 정도는 일단 확실성을 가지고 내다볼 수 있는 사실이 아닌가 하는 생각이 듭니다.

1) 21세기에는 문자 그대로 지구촌 시대가 올 것입니다. 세계 어느 곳이든지 수삼 시간에 가고 즉시 연락이 되는 것이 가능할 뿐 아니라, 그렇게 할 수 있도록 교통과 통신이 실제로 연결되어 있을 것입니다. 또 세계 어디든지 필요한 정보를 오늘의 국내 정보보다 더 쉽고 빠르게 얻을 수 있을 것입니다.

2) 21세기는 세계인의 시대가 될 것입니다. 인류는 공통의 세계어로 대화하게 될 것이며 인간의 대량적인 이동이 행해져서 어느 나라든지 각 민족이 혼재하고 국제결혼이 성행할 것입니다. 민족의 특성은 보존되고 고유의 문화는 존중되겠지만 이기적 민족주의 시대는 가고 세계주의 시대가 올 것입니다.

3) 오늘의 선진국들의 특권적 부의 독점은 점차로 해소되고 인종차별이나 지역차별도 사라질 것입니다. 이것은 선진국의 선의보다도 자라나는 개발도상국들의 힘에 의해 더 크게 진전될 것입니다.

4) 모든 산업분야에서의 힘겨운 노동이나 장시간 노동은 없어지고 기계의 역할이 대부분 이를 맡을 것입니다. 21세기의 인간은 여가를 어떻게 사용하느냐가 생활의 큰 과제일 것이며, 노동은 스포츠같이 취미의 대상이 될 것도 같습니다.

5) 21세기는 누구나 예견하는 대로 우주의 시대가 될 것입니다. 우주도시에 많은 사람과 산업이 이동해갈 것이며 다른 별에도 생물이 존재

하는지, 어떤 생물인지가 판명될 것입니다. 그리고 지금 우주 전체의 10분의 1밖에(10억 광년 거리) 관측하지 못하는 천문학이 마침내 우주 전체를 보게 되어 그 신비를 완전히 밝혀낼 수 있을지 모릅니다.

6) 21세기는 또 바다의 세기가 될 것입니다. 수상도시, 양식어업의 보편화, 수중자원 개발의 성행은 물론 수상농장 같은 것이 대양의 도처에 신국가같이 나타날 것으로 보입니다.

7) 21세기는 종교에게는 큰 시련의 세기가 될 것입니다. 교회는 두 번 다시 지동설이나 진화론을 탄압하던 어리석은 일을 되풀이하지 않아야 함은 물론 모든 과학발전을 하느님의 섭리에 의한 진화로 받아들이는 동시에 이를 정신적으로 고무해주어야 할 것입니다. 또 교회는 진정한 의미의 세계종교로서 물질문명과 기술발전의 소용돌이 속에서 동요하는 인간정신의 합리적인 의지처를 제공해주어야 할 것입니다. 그리고 무엇보다도 인간의 자유와 정의와 평화의 수호자로서의 소임을 적극적으로 하는 것이, 그리하여 부분적이 아닌 전 세계의 사람이 빠짐없이 이를 향유하는 데 정신적 선구자가 되는 것이 하느님의 뜻에 의한 교회의 사명을 다하는 길일 것입니다.

8) 21세기에는 지금 생각하기 어려운 정치적·사회적 변화가 올 것 같습니다. 그러나 올더스 헉슬리가 그의 유명한 소설 《아름다운 신세계》에서 그린 것 같은, 인간이 기계 앞에 파멸되고 노예적 통제사회가 이루어질 가능성은 희박한 것으로 봅니다. 오히려 그보다는 인간이 처음으로 평등한 교육과 경제적 생활, 안정의 조건 속에서 자기의 개성과 자질을 마음껏 발휘하는 대중적 자유와 정의의 시대가 올 가능성이 더 크다고 믿습니다. 그러기 위해서는 물론 우리들의 후손을 위한 노력과 헌신이 필요함은 더 말할 것이 없겠습니다.

이 달은 종래와는 달리 방향을 잡아서 이 글을 써보았습니다. 약간 현실과 먼 것 같지만 그러나 자식들이 맞이하고 있는 80년대 이후의 장래 전망에 눈을 멀리 던지고 사는 것이 그렇지 않은 것보다 인생을 훨씬 의미 있고 착실하게 살아가는 길이 될 것이라 믿고 적어보았습니다. 또 여기 적은 인류의 걸어온 발자취는 바른 역사 파악에 도움이 되기를 바라는 마음에 적은 것입니다.

대현이가 여기 자주 내려온 것, 구매물 차입전표 보고 알고 있습니다. 이러한 환경에서도 무언가 보람 있는 일거리를 발견해서 생활을 충실히 해나가기를 바라고 있다고 전해주기 바랍니다.

홍일, 지영 모, 홍업이와 나는 언제나 그들과 내가 서로 신앙과 지식과 건강의 발전에 뒤처지지 않도록 노력하기로 한 약속을 지키며 살고 있으며 그러한 심정으로 하루하루를 보내고 있으니 항시 자기를 잘 통제하고 이끌도록 바랍니다.

당신이 옆에서 격려해주고 있을 것으로 기대하고 있습니다. 홍일이가 대전서 나에게 보낸 편지에서 '무언가 얻고 나가지 않으면 이 세월이 너무 억울할 것 같습니다'라고 했는데 그때 나는 매우 공감했습니다. 언제나 그 정신으로 밖에서도 살기를 바랍니다. 그리하여 우리 가족 모두 이 세월에서 무언가 얻어내도록 합시다.

홍걸이의 체력장 성적이 좋은 것 같아 매우 기뻤습니다. 신념과 노력과 지혜로운 공부 방법으로 목적을 달성하기를 간절히 기도하고 있습니다.

지영이와 정화에게 할아버지가 언제나 생각하고 있으며 보고 싶어 한다는 것 그리고 노래와 유희를 많이 배우고 형제끼리 사이좋게 지내라고 전해주시오.

홍민이 편지 받았는데 아주 의젓하고 훌륭한 글이었습니다. 참 기뻤습니다. 혜영이 편지도 두 번 받았는데 나를 생각해서 해수욕장 초대에도 응하지 못했다니 가슴 아픕니다. 나로 인해 너무 사양하는 일들 없기를 바랍니다.

다음 책을 차입해 주시오.
1) 니체,《이 사람을 보라》
2) 레이몽 아롱,《사회철학사》(홍성사)
3) (단권)《영어사전》(미국 출판사)
4) (〃)《백과사전》(최신판 국내)
5) 이만갑,《한국사회》(다락원)
6) 진순신,《중국인과 일본인》(〃)
7) 에즈라 보겔,《Japan as No.1》(〃)
8) 신용석,《유럽합중국》
9) 디킨스,《두 도시 이야기》
10) 스탕달,《적赤과 흑黑》
11) 톨스토이,《전쟁과 평화》(英文, 집에 있음)
12) 헤밍웨이,《노인과 바다》(〃, 다락원)

1981년 9월 30일

우리 민족의 장점과 단점

존경하고 사랑하는 당신에게(그리고 사랑하는 자식들에게)

8월의 편지가 안 갔기 때문에 교도소 당국에 요청해서 이 편지를 씁니다. 당신과 홍업이의 편지로 집 마당에 스핑카, 장미, 무궁화, 사루비아 등이 싱그럽게 핀 것을 알았습니다. 그 광경이 눈에 선하여 보고 싶은 심정이 간절합니다. 대추가 잘 열렸다니 홍걸이가 얼마나 좋아하겠소. 그러나 지영이와 정화에게도 나눠주겠지 생각합니다.

여기도 운동하는 장소에 화단이 길게 뻗쳐 있습니다. 요즈음은 맨드라미, 과꽃, 서광 등이 한창의 고비를 넘겨 시들어갑니다. 봄 이래 운동 때마다 여러 가지로 열심히 돌봐주었더니 내가 관리한 구역은 한결 잘 피었습니다. 나의 하루 일과 중 이때가 가장 기쁜 시간이었습니다. 이제부터는 국화가 피는 것을 보는 것이 큰 기대거리입니다.

지난 23일의 편지에는 인류의 역사에 대해서 썼는데 오늘은 우리나라의 역사를 읽은 소감 중, 우리 민족의 장점과 결점에 대한 나의 소견을 적어보겠습니다.

우리 역사의 장점 중 첫째는 신라 통일 이래 1910년 일제 침략시까지 1300년 동안 일관해서 독립을 유지해온 세계의 유례가 없는 민족의 위대한 능력입니다. 세계의 대국들, 중국은 원·청 등의 외세 지배를 수백 년 받았으며, 인도는 기원전 4세기 초부터의 마우리아 왕조, 기원 4세기부터의 굽타 왕조라는 두 개의 왕조에 의한 수백 년의 자민족 통치 외에는 전 역사가 이민족의 지배에 맡겨졌습니다. 이집트 역시 기원전 4세기 말 알렉산더의 정복 이래 2000년 이상 외세 지배 하에 매어 있었습니다.

영국에 대한 로마와 노르만의 정복, 프랑스의 같은 운명, 독일이나 이탈리아의 19세기 중엽의 통일까지 겪은 외세의 지배나 국내의 사분오열을 우리는 알고 있습니다. 그럼에도 불구하고 지리적으로 대륙국가의 계속되는 침략권에 속한 우리가 당나라의 야망, 거란의 침입, 몽고의 전 세계 정복 등의 시련과 임진왜란과 병자호란의 가공할 타격 속에서도 독립을 유지한 것은 기적 같은 성취라 할 것입니다. 한때 중국 천하를 지배했던 몽고족이나 만주족의 그 후의 중국화의 운명을 생각할 때 우리가 중국의 한 성으로 병탄되지 않은 것이 기적 같은 일이며 우리 조상들의 위대한 저력을 새삼 느끼게 됩니다.

사대주의를 우리는 매우 부끄럽게 생각하지만 세계 역사를 객관적으로 전경적으로 볼 수 있는 어떤 미국의 학자는 한국의 사대주의를 대륙의 압력 아래서 자기의 생존을 유지하려는 슬기로운 지혜라고도 평하고 있습니다.

둘째로 우리 민족은 비록 형식적으로는 사대를 했지만 내부적으로, 특히 국민대중은 자기의 주체성을 튼튼히 유지했습니다. 중국문명의 월등한 영향 속에서도 문화 전반의 뚜렷한 자기 특색을 보존해왔습니다. 의복, 음식, 언어, 주거 등 전체생활이 분명한 특색을 간직했으며, 경제면에서는 저 유명한 화교의 침투와 지배를 완전히 봉쇄하였습니다. 동남아시아 각국이 지금까지도 그 경제권을 화교의 손에 내맡기고 있는 현실을 보면 우리는 우리 조상에게 감사하지 않을 수 없을 것입니다.

셋째로 우리 조상들의 높은 교육열을 들면서 이 또한 감사하지 않을 수 없습니다. 우리나라는 문명권으로는 중국문명에 속하는데 그 교육수준이나 문화수준이 결코 중국에 뒤지지 않았습니다. 이러한 전통이 70년대에 아시아에서 중국 문명권 국가들, 홍콩, 대만, 싱가포르와 같이 중진국의 대열에 서게 하는 저력을 안겨주었습니다.

넷째로 우리 민족은 매우 동화력이 강한 민족임을 입증하고 있습니다. 즉 평안도와 함경도의 상당 부분은 세종대왕 시대에야 완전히 편입되고 거기에는 여진족 등 이민족도 상당히 있었는데 이를 흔적도 없이 동화해버렸습니다. 얼마 전까지도 백정이니 무당이니 하는 천민이 별도로 구별되었고, 종 등 소위 노비는 전 인구의 2~3할에까지 이르렀는데, 지금 우리 사이에서는 이러한 계급 구분을 찾아볼 수 없이 완전 동화가 되었습니다. 이는 인도적으로나 민주주의를 위해서 매우 반가운 민족성이라 할 것입니다. 일본이 아직도 천민인 소위 부락민을 차별하고 임진왜란 때 자기네가 필요해서 끌어간 우리 민족의 후예를 받아들이지 못한 점과 비교해볼 때 자랑스러운 심정을 금할 수 없습니다.

다섯째로 우리 민족은 매우 지적이고 유능한 민족임에 틀림없습니다. 이는 중국에서 전래한 불교나 유교를 우리 입장에서 승화 발전시킨 원효대사나 율곡 선생의 예라든지, 한글 창제, 인쇄술의 발명, 도자기의 독자적 발전에서도 나타납니다. 특히 최근에 우리 국민이 국내에서 혹은 국제사회에서 보이고 있는 우수한 기질은 비교민족학적 입장에서도 증명할 수 있습니다. 이런 우리 민족의 장점과 대조해서 부끄러운 단점도 뚜렷합니다.

그 첫째는 우리나라의 정치가, 너무도 편협하고 관용성이 없었다는 사실입니다. 특히 조선왕조의 유교정치가 그랬습니다. 유교는 민족 전래의 종교인 불교를 유린하고 구국의 신흥종교라 할 동학을 짓밟았습니다. 또 우리의 근대화에 결정적 역할을 한 천주교도에 대한 모진 탄압이 100년에 걸쳐서 1만 명에 달하는 교인을 학살하면서 강행됐습니다. 그뿐 아니라 같은 유교 안에서도 주자학 이외에는 사문난적斯文亂賊으로 금압禁壓하고 나아가 같은 주자학끼리도 사소한 예송禮訟문제 따위로 남인, 북인, 노론, 소론의 소위 사색당쟁으로 갈려서 피로 피를 씻는 보복전을 나라가 망하는 그날까지 자행했습니다. 이러한 파당적 불관용은 우리 민족 전체의 특성이라기보다는 지배 계급인 양반들의 악습이었지만 그러한 불행한 전통이 오늘까지도 우리나라에 큰 해독을 미쳐온 것은 우리 사회의 뜻있는 인사들이 다같이 지적하고 개탄하는 사실입니다.

둘째, 우리 민족은 자기 본질을 지키는 데는 큰 특색이 있었지만 앞으로 나아가는 진취성에서는 큰 결함이 있었습니다. 언젠가도 내가 말한 바 있지만 고구려의 장수왕이 수도를 압록강 건너의 국내성에서 반도 안 평양으로 옮겨온 것이라든지 신라가 통일 후 대동강 이북 만주 땅 동반부를 포기하고 수도를 경주에서 한 발짝도 북진시키지 않은 것이라든지, 이성계가 고려 말엽의 북진정책을 몸소 겪고서도 오히려 수도를 개성 이남으로, 그것도 도참설의 미신에 현혹되어 끌고내려온 것 등이 이를 단적으로 반증하고 있습니다. 삼면이 바다로 둘러싸여 있으면서도 이를 거의 외면하고 왜구에 거듭 시달렸으며 해상의 활동이라 하면 겨우 신라 말엽의 장보고밖에 머리에 떠오르지 않는 형편입니다. 심지어 가장 선각적인 실학자들, 유형원, 이익, 홍대용, 박제가, 박지원, 정약용 등이 많은 저서를 남겼지만 그들이 정작 위하는 서민대중이 이해할 수 있는 국문으로 이를 기록할 생각은 전혀 하지 않았다는 사실로서도 우리의 비진취성을 실감할 수 있습니다. 그러나 이 점은 요즈음의 우리 국민 사이에서 상당한 변화를 보이고 있다 할 것입니다. 당신은 내가 작년 4월 26일의 관훈클럽 연설 당시 박 대통령의 공과에 대한 질문을 받았을 때 내가 그의 공으로서 이 민족에게 진취적 의욕을 고취한 점을 지적했던 사실을 기억할 것입니다.

셋째, 우리 민족의 형식주의를 지적할 수 있을 것입니다. 즉 지나치게 명분을 따져 실리를 등한히 하며, 체면을 너무 차려서 자기 능력도 없이 허세를 부리며 낭비도 합니다. 이러한 형식주의는 관료주의적 폐단을 크게 하고 있으며 창조성을 말할 수 없이 억압하게 됩니다.

넷째, 우리 민족의 심각성 부족입니다. 우리 민족은 명랑하고 낙천적인 특성을 가진 민족이었으나 반면에 인생과 사물을 심각하게 생각하는 경향이 매우 부족했습니다. 그러므로 철학적 전통이 매우 약하며 종교도 불교건 유교건 오직 현세의 복락만을 바라서 신앙하는 경향을 띠었으며 쉽게 샤머니즘과 결탁하게 되었습니다. 이 점은 오늘의 기독교 신앙에서도 그러한 경향과 폐단을 자주 보게 됩니다.

이상 우리 민족의 장단점을 내 나름대로 적어보았습니다. 그러나 이를 총괄해서 말할 때 우리는 우리 민족이 결코 세계의 어느 민족에 비해서도 큰 손색이 없는 기본적 장점을 가지고 있으나 그렇다고 우리만이 유일하게 특별히 뛰어난 민족도 아니라는 점을 깨달을 수 있습니다. 우리가 결론지을 것은 우리 민족은 그 전통이나 능력이나 제반 조건으로 보아서 앞으로 장점을 더욱 키우고 단점을 덜어가면서 꾸준히 노력하면 80년대 말까지는 선진국의 대열에 참여할 수도 있을 것이며, 자신을 가지고 통일을 이루어나갈 수 있을 것이라는 점입니다.

무엇보다도 중요한 것은(과거 조선왕조 중반 이후의 망국의 역사과정에 비추어 보아서) 우리나라의 기풍이 관용과 이해를 통한 국민적 화해와 상호협력의 터전을 마련하는 것입니다. 이것 없이는 우리는 결코 과거를 청산한 새 출발과 위대한 도약을 기약할 수가 없을 것입니다.

이하에는 몇 가지 나의 느낀 것을 단편으로 적어 보냅니다.

● 칼 야스퍼스는 악에 대해서 공자, 부처님, 소크라테스, 예수 네 분

의 태도를 이렇게 전하고 있습니다.

공자는 '선을 선으로 대하고 악을 정의로 대하라' 했으며, 부처는 '인내와 자비로 악을 대하라' 했으며, 소크라테스는 '악을 악으로 대하면 정의가 아니다'라고 했습니다. 이에 대하여 예수님은 '원수를 용서하고 그를 사랑하며 그를 위해 기도하라' 했습니다. 흥미 있고 교훈적인 비교라 하겠습니다.

• 신앙은 하나의 결단입니다. 의지의 결단인 것입니다. 우리는 이성으로 혹은 감정으로 하느님이 계시다는 것을 알며 느낍니다. 그러나 과학적이고 객관적인 증거를 제시할 수도 볼 수도 없습니다. 결국 하느님이 계시다는 데 자기 운명을 거는 결단이 필요하며 하나의 모험이기도 할 것입니다. 인생은 사실 모든 것이 모험적 결단이라 할 것입니다. 결혼도, 직업 선택도, 하루하루의 생활도 우리는 최선의 선택에의 결단인 것입니다. 신앙은 하루하루를 결단과 전진으로 살아가는 삶의 과정이 아닌가 생각합니다.

• 신학자 폴 틸리히는 신앙이란 자기의 궁극적 의미를 발견하는 것에 대한 헌신이라는 의미의 말을 했습니다. 즉 우리가 삶의 보람을 느끼는 것에 대해서 자기를 전체적으로 바치는 것이라는 의미가 될 것입니다. 이런 의미를 확대해서 보면 사람은 누구나 신앙인이며 종교인이라 할 것입니다. 정상적인 종교신앙인이 아닌 사람도 그가 돈 버는 데 몰두한다면 돈이 자기의 신앙 대상이며, 권력이나 명예를 추구하는 사람은 그것들이 자기 신앙의 원천일 것입니다. 인생을 되는 대로 적당히 살다 죽겠다는 사람은 그 생각이 신앙일 것입니다.

우리는 인간인 이상 자기 삶의 궁극적 근거를 찾게 마련입니다. 다만 정도의 차이와 내용의 차이가 있을 뿐이지만 말입니다. 이렇게 볼 때 우리가 인류 역사상 가장 위대하고 가장 사랑의 모범이었던 분과 같이하는 믿음을 가졌다는 것의 행복을 실감할 수 있을 것 같습니다.

● 토인비는 '하느님은 정의의 하느님이고 선의 하느님이다. 그러나 하느님은 전능일 수는 없다. 만일 하느님이 전능이라면 정의에 반하는 불의를 만들었을 리가 없으며, 선이라면 그에 반대되는 악을 만들었을 리가 없다. 기어이 전능이라 한다면 하느님이 정의의 하느님도 아니며 선의 하느님도 아니라는 말이 된다'고 했습니다.

B.러셀도 같은 의미의 말을 그의 《서양철학사》의 플라톤론 속의 기독교를 언급한 대목에서 지적하고 있습니다. 나로서는 여기 완전한 답변이 잘 서지 않으니 당신의 의견 혹은 목사님이나 신부님의 의견을 들어서 회답해주기 바랍니다.

우리가 공부를 하거나 무슨 계획을 세웠어도 흔히 중단됩니다. 우리는 이런 데 실망하고 그 계획을 포기해버리기 쉽습니다. 나도 과거에 많은 실패의 경험을 가지고 있습니다. 그러나 지난번(76년 3월) 이래 생각을 바꿔서 무슨 계획을 세웠다 중단되어도 개의치 않고 다시 계속하고 그 다음 중단되면 다시 계속하는 습관을 들이기 시작했습니다. 그래서 책 읽는 것, 어학 공부하는 것, 매일 조석으로 체조하는 것 등에 새로운 습관을 들여서 꾸준히 다시 시작하고 다시 시작하는 되풀이의 끈기를 체득하려 합니다.

지난 23일자 편지에도 썼지만 당신의 hay fever가 언제쯤 끝날 것인지 답답합니다. 당신은 우리집의 기둥이니 특별히 몸조심해서 건강 보전하기 바랍니다. 21일 생일에 홍일이가 잘 해주어서 참으로 고맙고 기쁘게 생각합니다.

책 《세계(문학)명작 해설》의 적당한 것 골라서 넣어주기 바랍니다. 담요 두 장 차입한 것 중 하나는 마음에 안 맞아서 내보냈으니 찾아가고 전번 면회 때 말한 대로의 것으로 넣어주기 바랍니다(색깔이 특히 마음에 맞지 않아서 내보냈습니다).

혜숙이가(가사도우미의 이름) 곧 결혼하겠지요. 마음으로부터 축하하며 행복을 빕니다. 내가 옆에서 보지 못하니 얼마나 서운한지 모르겠소. 축하의 말 전해주시오.

박 할머니, 장 박사 사모님(장면 박사의 미망인을 말함), 순천 할머니(필자를 위해 정성을 다한 어느 노부인을 말함), 홍일이 외조모 등 여러분께 안부 전합니다. 그분들의 기구의 힘을 감사히 받들고 있습니다. 하의도 큰집(고향(신안군 하의면)의 죽은 장형의 유족을 말함)은 다 무고한지요? 추석에 연락했을 줄 믿으나 소식 알면 전해주기 바라오. 앞으로 2개월(막내 아들의 대학입시 준비 기간을 말함)뿐이니 홍걸이가 침착하게 최선 다하도록 간절히 바랍니다. 당신 편지에 열심히 공부한다니 퍽 기쁩니다.

1981년 10월 28일

개인의 구원과 사회적 구원은 하나

존경하고 사랑하는 당신에게(그리고 사랑하는 자식들에게)

오늘도 날씨가 쌀쌀합니다. 금년의 겨울도 역시 추울 것 같군요. 항시 가족들이 바라는 대로 건강에 유의하고 있습니다. 몸의 상태는 면회 때 말한 대로 여전합니다. 여기 생활에 있어서는 거의 대부분을 독서로 보냅니다. 요즈음은《국부론》《눌린자의 하느님》(제임스 콘)《서양철학사》(B.러셀)《전쟁과 평화》(소설)의 영문판 등을 읽고 있습니다.

운동하러 뜰에 나가면 국화가 한창인데 전부 노란색입니다. 내가 돌봐준 화단의 꽃들은 열심히 길러준 보람이 있어서 피기도 훨씬 싱그러웠지만 견디는 것도 다른 데 비해서 거의 한 달을 더 견디어주어서 대견하고 고마운 마음입니다. 꽃을 손볼 때마다 집의 화단 가꾸던 일을 생각합니다. 당신이 꽃들의 소식을 전할 때마다 눈에 선합니다. 그리움도 사무칩니다. 개들 특히 똘똘이가 몹시 보고 싶을 때가 있습니다. 무엇보다도 당신 건강이 잘 유지된 것을 하느님께 감사하고 있습니다. 작년 이래의 일들을 생각하면 당신이 오늘같이 굳건한 정신과 건강을 유지한다는 것은 기적 같으며 주님의 우리에 대한 지극한 사랑의 증거를 보는 심정이 굳게 느껴집니다. 항시 당신과 모든 가족들이 영적으로 더욱 깊어가고, 지적으로 더욱 발전하며, 건강이 튼튼해지도록 기도하고 있습니다.

지난 18일의 천주교대회의 상황을 몹시 궁금히 생각하는데 자세히 알려주기 바랍니다. 당신이 초청을 받았으면 만사 제쳐놓고 참석하는 것이 여러 가지로 좋았을 것이라고 아쉽게 생각합니다. 물론 바깥 사정을 내가 모르니 당신이나 자식들이 더 잘 알아서 판단했겠지요. 홍걸이 소식 자주 전해주시오.

　홍일이와 지영이 모에게

　자주 감기들을 앓는데 특별히 주의하기 바란다. 특히 어린아이들은 잠잘 때 감기 잘 드니 이불 잘 덮는지 밤중에 자주 들여다봐주어야 할 것이다. 지영이의 편지 글씨가 이제는 아주 놀랍게 잘 쓴다. 그 애는 아마 장래에 지적으로 매우 큰 진보를 보일는지 모른다. 잘 보살펴주어라. 정화가 더 예뻐졌다니 매우 보고 싶다. 그 애는 장래에 누구한테나 귀여움을 받고 행복할 것이다. 지영이 모와 온 가족이 성탄 때 영세받게 된 것이 무엇보다 감사하고 기쁘다. 나의 한 걱정이 사라진 셈이다. 특히 홍일이 일이 잘 되기를 바란다. 책을 손에서 놓지 말고 꾸준히 자기 향상에 노력하여라. 대구 수녀 할머니께 안부 전하고 용채돈이라도 자주 보내드려라. 이제는 은퇴하셨으니 과거보다 외로우실 것이다.

　홍업이에게

　아버지는 너에 대해서 항시 미안한 생각과 걱정하는 심정으로 있다. 네가 가정을 가졌으면 참 좋겠다. 너의 심정도 알지만 아버지 없더라도 마땅한 기회 있으면 결단하기 바란다. 무슨 일이나 일단 계획하면 꾸준히 하여라. 도중에 좌절되면 반드시 다시 일어나 계속하여라. 아버지도 그런 과정을 거쳐서 오늘에 이르렀다. 그리고 대학시절에 배우던 학과 중 필요한 것을 골라서 복습의 심정으로 적당한 관계 서적을 읽는 것도 좋은 공부방법이 될 것이다. 눈 오는 날에는 절대 운전하지

김대중이 청주교도소 수감 당시 종종 편지에 언급했던 강아지 '똘똘이'

말아라. 성경 특히 사복음서를 되풀이해서 읽어라. 하느님께 기도하면서 바른 뜻을 이해하도록 도와주시기 간구하여라. 내 경험이다.

홍걸이에게

너의 최근 편지로 성적도 향상되며 자신도 서간다는 사연을 읽었다. 너의 의젓하고 자신 있는 글을 읽고 아버지는 기쁘고 자랑스러운 심정을 금할 수 없었다. 사실 시험을 한 달 앞두고 그런 심정이 되기가 퍽 어렵다. 그간의 너의 편지로 보아서 아버지는 무언가 마음이 놓인다. 무엇보다도 침착하고 최선을 다하여라. 정신을 강하게 갖고 하느님이 언제나 너와 같이 계시면서 너를 도우신다는 것을 확신하여라. 너와 형주의 합격을 위해서 아버지는 아침저녁으로 기구하고 있다. 건강하여라.

작년 이래의 모든 일, 그간 당신과 가족들의 편지로 안 여러 분들의 고마운 기도들, 특히 지난 16일 면회시의 주님의 계시 이야기 등을 들을 때마다 주님의 사랑이 한없이 크고 간절하다는 것을 절감하게 됩니다. 내가 주님을 사랑하면 사랑할수록 교회를 사랑하게 되고, 교회를 사랑할수록 우리 교회가 살아 있는 주님을 바르게 증거하고, 모든 사람들이 우리들의 믿음과 행동을 보고 주님을 알고 사랑하고 믿게 되는 교회가 되기를 간절히 바라게 됩니다. 그러나 역사를 보면 교회가 충분히 그 사명을 다하지 못한 예가 허다합니다. 그중에서도 중세에 있어서 교회의 지성에 대한 억압, 종교개혁 이후의 신·구교 간의 피비린내 나는 혈투와 반목, 근대 이후의 교회가 인도주의적인 사회개혁에 대한 방관과 비협조의 태도를 취한 것 등이 서구에 있어서의 신앙의 급속한 쇠퇴를 가져오고, 기타 세계에 있어서의 교회의 권위와 신망을 크게 떨어뜨린 가장 큰 원인이 된 것 같습니다. 그중에서 마지막 사회의 진보와 개선에 대한 문제는 지금도 교회에 대한 가장 절실한 물음으로써 신자, 비신자를 막론하고 온 세계의 사람들이 이를 제기하고 있습니다. 이에 대한 교회의 태도야말로 이 시점에 있어서 우리가 짊어진 가장 크고 절박한 문제라 생각됩니다. 오늘은 이 점에 대해서 나의 견해를 지면이 있는 대로 적어 보겠습니다.

　이미 말한 바 있는 대로 기독교인은 개인 구원과 사회 구원의 두 가지 사명을 띠고 있습니다. 그러나 우리의 역사는 사도들의 전교 이래 전자에 치중해온 감이 크며 이 경향은 지금도 많은 교회 사이에 그대로 성행하고 있습니다. 그리하여 어떻게 보면 교회는 이 세상과 관계 없는 남이며, 사회의 조류에서 벗어나 표류하는 외로운 배 같은 감이 있습니다. 그러나 성경을 깊은 통찰력과 하느님의 인도 속에 자세히 읽어보면 이 세상과 물질과 육신의 문제를 하느님께서 얼마나 크게 보셨으며 주 예수님께서 얼마나 그의 구원의 본질적 차원에서 중시하셨는지를 알게 됩니다.

구약을 보면,

1. 창세기 첫 장에 하느님이 이 세상을 창조하시고 "하느님 보시기에 좋았다" 하며 기뻐하시고 축복하셨습니다. 또 사람의 육신과 영혼을 몸소 만드시고 이 세상 만물을 다스리면서 하느님의 뜻을 받들어 행복하게 살도록 섭리하셨습니다. 그런데 만일 우리가 현세와 물질과 육신을 경시한다면 이는 바로 하느님의 창조를 거스르는 것이 될 것입니다.

2. 구약의 핵심 인물은 모세일 것입니다. 하느님은 모세로 하여금 이집트의 파라오 밑에서 신음하며 고난 받는 이스라엘 민족을 해방시키도록 하셨습니다. 그리고 시내산의 계약을 통하여 그들이 과부와 고아와 뜨내기의 권리를 보호하며 종과 짐승(부리는)에게까지도 안식일과 안식년의 휴가를 주도록 하셨습니다. 이 세상에서의 하느님의 정의 실현이 구약의 핵심인 것이 시초부터의 일이라 하겠습니다.

3. 이스라엘왕국과 유다왕국에서 사회정의가 말살되고 힘없는 자들이 억압과 착취 속에 신음하고 있을 때 호세아, 아모스, 미가, 예레미아, 이사야 등의 예언자들이 교대로 일어서서 그들의 그와 같은 불의를 바로 하느님에 대한 불순종이며 도전으로서 단죄하며, 그들에 대한 징벌로 멸망을 내리신다는 것을 분명히 하셨습니다. 여기에 대한 성서의 수많은 구절은 인용하지 않더라도 당신은 이미 잘 알고 있을 것입니다.

4. 도대체 우리가 알다시피 구약에는 내세의 이야기가 거의 없습니다. 하느님의 말씀이나 하느님에 대한 간구가 모두 현세의 은혜와 징벌에 집중되어 있습니다. 내세문제가 본격적으로 대두한 것은 구약시대의 말기, 바빌로니아에서 돌아온 훨씬 후라 합니다. 알다시피 하느님은 역사의 하느님이시며, 우리와 같이 계신 하느님이며, 살아계신

하느님이십니다. 어찌 하느님이 이 세상과 이 세상의 삶을 무시할 수 있겠습니까? 이 세상만사는 역사 속에서 활동하시는 하느님 행동의 드라마이며 우리 인간은 그 조연자들일 것입니다. 세상과 인간의 완성이 드라마의 목표이겠지요.

신약을 보면,

1. 우리는 먼저 하느님이 오신(예수의 성육신의 강생) 뜻을 보게 됩니다. 주 예수께서 분명히 말씀하신 대로 그분은 구약(율법)을 완성하러 이 세상에 오신 것입니다. 그릇된 율법의 조항을 폐기하고, 등한히 된 그것을 되살리고 완전한 것으로 하시기 위해서 오신 것입니다. 즉 마리아의 노래(누가복음 1:46~56), 주님의 이사야서 낭독(누가복음 4:18~19), 가난한 사람의 왕국선언(누가복음 6:20), 요한의 제자에 대한 예수의 답변(마태복음 11:5 이하), 천국에 갈 자와 지옥에 떨어질 자(마태복음 25:31 이하) 등으로 볼 때 주님이 '포로된 자들에게 해방을 선포하고, 눈먼 자들을 보게 하고, 억눌린 사람들에게 자유를 주며, 주님의 은총의 해를 선포'하시고 '가난한 이들에게 복음을' 전하시기 위해서 오신 것은 의심의 여지가 없는 것입니다. 그분은 '의인을 찾아오신 것이 아니라 죄인을 찾아오신 것'이며, '섬김을 받으러 오신 것이 아니라 가장 작은 자들을 섬기러' 오신 것입니다. 그리하여 이 세상에 자유와 정의와 평화라는 하느님 사랑의 선물이 충만케 하기 위해서 오신 것입니다. 이것이 '하느님이 세상을 이토록 사랑하사 그의 아들을 보내신' 이유입니다.

2. 또 하나 주님이 오신 이유는 인간과 세상을 출애굽의 경우같이 지상에서만의 자유에 국한시키지 않고 그 이상, 역사의 자유 이상의 하늘나라의 자유에 초대하려는 사명을 띠고 오신 것입니다. 이상 두 가지가 주님의 성육신과 십자가상의 고난과 부활의 참뜻이겠습니다. 하늘나라

의 초대조차도 '잘났다는 자보다 어린이 같은 사람' '의롭다는 자보다 가난한 자와 죄인, 창녀가 앞서 있다'고 그분은 선언하셨습니다.

3. 주님은 이 세상에 가장 비천하게 오시고, 비천하게 사시고, 비천한 자의 벗이 되시고 비천하게 죽으셨습니다. 주님은 일생을 땅의 백성을 위해 바치셨습니다. 그들의 지상에서의 행복에 적극 간여하셨습니다. 수많은 병자, 장님, 문둥병 환자, 절름발이, 귀머거리, 마귀들린 자들을 고쳐주고 창녀를 용서하셨습니다. 주님은 그들의 병만 고치신 것이 아니라 그 과정에서 그들에게 하느님 나라의 복음을 전하고 그들의 인격의 존엄성과 자유를 일깨워 그 인간의 완성을 도우셨습니다. 5000명을 먹이신 오병이어의 기적, 부자에게 가난한 사람을 위해 그 재산의 분배를 요구하신 것을 통해서 우리의 물질적 생활의 중요성을 강조하셨습니다.

4. 알다시피 주님께서 우리에게 직접 가르치신 기도문은 천주경(주기도문) 하나만 있습니다. 거기에 주님은 분명히 '그 나라가 임하시며 아버지의 뜻이 하늘에서와 같이 땅에서도 이루어지소서. 오늘 우리에게 일용할 양식을 주시고 ……'라고 말씀하고 계십니다.

이상으로 우리는 신·구약에 나타난 하느님의 뜻, 즉 이 세상의 우리의 삶과 행복을 하느님이 얼마나 중시하셨는가를 알 수 있습니다.

1. 기독교 역사상 범람했던 현세와 물질과 육신의 천시는 하느님의 뜻과 아주 거리가 먼 비복음적 오류일 뿐 아니라 본의였건 본의가 아니었건 사회의 진보와 대중의 행복의 실현을 저해했으며, 기독교가 근대 이후에 비난받고 외면당하며 하느님을 욕되게 하는 가장 큰 원인이 되었습니다.

도대체 땅에서 하느님의 뜻을 충실히 받드는 착한 시민이 못 되면서 하늘나라에 가서는 좋은 시민이 되겠다는 것은 있을 수가 없는 것이라

하겠습니다.

2. 어떤 저명한 역사가가 지적한 바에 의하면 인류가 문명시대로 접어들면서 범한 큰 죄악이 네 가지라 합니다. 하나는 인간이 인간을 죽이는 전쟁, 하나는 인간이 인간을 노예로 만든 것, 하나는 인간이 인간을 착취하는 것, 하나는 인간이 인간에 대해서 인종차별하는 것입니다. 그는 이어서 말하기를 오늘의 시점에서 볼 때 맨 처음의 전쟁을 제외하면 나머지 노예화, 착취, 인종차별은 사라졌거나 이미 대세로서 사라질 운명에 있다는 것입니다. 그런데 그의 그 다음의 말이 우리 기독교인으로서는 큰 수치와 고통 없이는 들을 수 없는 말입니다. 즉 '이러한 개선은 근대 인도주의적 정치사회운동의 산물인데 이는 주로 서구사회에서 이루어졌으며 그 도덕적 근원은 그리스도의 정신에서 나왔다. 그러나 이를 주로 추진한 세력은 그리스도 교회가 아니고 그리스도 교회의 현실에 실망한 계몽적 지식인과 그 지지자들이었다'는 것입니다.

우리가 역사를 직시할 때 이 주장을 거짓이라고 할 수 없습니다. 우리 교회가 얼마나 주님을 부끄럽게 하고 실망시켰습니까? 우리 교회가 주님의 가르침을 제대로 실천했던들 어찌 공산주의가 득세할 수 있었으며 전통적 기독교 국가에 오늘같이 팽배한 무신론 현상이 있을 수 있었겠습니까?

3. 기독교 신자는 분명히 일단 현세를 초월하지만 주님의 성령 안에 새로이 나서 주님의 뜻에 따라 이 세상의 진화와 완성을 위해서, 이웃에 대한 사랑의 봉사를 위해서 이 세상에 다시 관계하게 되는 것입니다. 그리하여 이 지상에 하느님 나라가 임하고 주님의 재림의 날을 촉진시키기 위해서 우리의 몸과 마음을 바쳐 주님의 역사에 참여하는 것입니다. 우리는 이 점에서 메이야르 드 샤르뎅 신부의 신학적 공헌이 매우 크다는 것을 기억하고 있습니다.

4. 나는 개신교의 교회 안에 이러한 각성이 크게 일어나고 있음을 압니다. 가톨릭 안에서도 지난 60년대의 제2회 바티칸공의회 이래 일대 전환이 일어났으며, 요한 바오로 2세는 '교회는 정의와 평화의 수호자'라고 규정하고 있습니다. 그러나 시대의 급격하고 강력한 요구에 비하면 신·구교회들의 태도는 아직도 매우 미흡한 것입니다. 교회는 끌려가는 개혁의 참여가 아니라 끌고가는 개혁의 중심이 되어야 할 것입니다.

5. 여기서 단단히 강조할 것은 교회가 사회의 자유와 정의와 평화를 위한 개혁에 참여하는 것은 어디까지나 영적·도덕적 지도의 범주이지 교회 자체가 정치나 사회의 이해관계에 참여하는 것은 절대 안 되며 또한 절대 금물입니다. 교회의 정치활동이나 특정 정치세력과의 결탁은 교회의 타락과 파멸을 의미하며 사회를 위해서도 불행을 초래할 뿐입니다. 그러나 그리스도 없는 사회 개혁은 오늘의 유럽같이 풍요 속의 불행과 타락의 결과밖에 안 됩니다. 사회의 도덕적 완성, 개인의 인간적 완성이 같이 하지 않는 풍요는 행복이 될 수 없습니다.

6. 교회와 주님을 생각한 나의 초조한 마음에서 쓴 것입니다. 그러나 결국 그리스도는 승리하고 지상에 천국은 올 것입니다.

다음 책을 구해 보내주시오.
1) 앙드레 모로아, 《프랑스사》
2) 레이몽 아롱, 《사회사상의 흐름》
3) K.야스퍼스, 《철학적 신앙》(이대출판부)
4) 소흥렬, 《논리와 사고》(〃)
5) L. 로웬탈, 《문학과 인간상》(〃)
6) 지난번 《백과사전》은 세계 각 주 등의 지도가 없고 내용도 불비하

니 다른 것을 넣어주시오.

7) 이번 넣어준《세계문학작품과 그 주인공의 총해설》같은 식으로
된 철학·경제학·사회학의 것을 구할 수 있으면 구해주시오(일어판으
로).

1981년 11월 27일

위대한 선각자 원효, 율곡, 수운

존경하고 사랑하는 당신에게(그리고 사랑하는 자식들에게)

주님의 사랑으로 당신과 모든 가족과 형제 친척들 그리고 동거하는 모든 이가 두루 건강하기를 바라고 있습니다. 당신이 작년 이래의 신고 속에서도 건강을 유지하고 정신의 안정을 잃지 않는 기적 같은 강인성을 보여준 데 대해서 언제나 감탄과 감사를 금치 못하고 있습니다. 이번 홍걸이의 시험이 어떠했는지 궁금하기 그지없습니다. 시험날은 종일 홍걸이를 생각하며 홍걸이와 형주를 위해서 기도했습니다.

당신의 편지로 집 뜰에 있는 꽃이 모두 시들어버린 것을 알고 있습니다. 여기 교도소의 국화도 벌써 20여 일 전부터 끝났습니다. 다만 내가 돌봐준 20그루 정도는 아직도 그 아름다움을 유지하고 있으며 벌들이 찾아오고 있습니다. 한 송이의 꽃에 있어서도 사람의 정성과 사랑이 얼마나 큰 의미가 있는가를 새삼 생각하며 하물며 뜻이 통하고 정이 통하는 인간에게서랴 하는 생각을 했습니다. 당신이 알다시피 나는 여러 가지 학문적 독서를 하면서도 좋은 문학작품을 계속 읽었습니다. 《노인과 바다》《누구를 위하여 종은 울리나》《무기여 잘있거라》《욕망이라는 이름의 전차》《어느 세일즈맨의 죽음》《동물기》《바람과 함께 사라지다》《뿌리》《소공자》《크리스마스 캐롤》《교만과 오해》《보물섬》, 세익스피어의 작품들, 《좁은 문》《레미제라블》《여자의 일생》《목로주점》《비계덩어리》《개선문》《파우스트》《동방견문록》《전쟁과 평화》《안나

카레리나《대위의 딸》《현대의 영웅》《부자》《전야》《어느 사냥꾼의 일기》《죄와 벌》《카라마조프의 형제들》《백치》《악령》《대장부리바》《검찰관》《의사 지바고》《이반 데니소비치의 하루》《암병동》 등의 외국작품과 《토지》《장길산》《난쟁이가 쏘아올린 작은 공》《어둠의 자식들》《일어나 비추어라》《낮은 데로 임하소서》《사반의 십자가》 등의 국내 작품이 나에게 깊은 감명과 영향을 준 것으로 우선 생각이 납니다.

좋은 문학작품은 메말라가는 정서를 새롭게 하고 우리의 정신에 활기와 탄력을 주는 윤활유의 역할을 합니다. 특히 당신이나 나같이 나이를 먹어가는 세대가 자기를 이 격변하는 시대에 적응시키고 젊은 세대들과 국민의 생각을 이해하는 마음의 flexibility(유연성)를 계속 유지하기 위해서는 좋은 문학작품을 통한 영혼의 활성화가 매우 필요합니다. 당신께 권하고자 작품의 이름을 열거하면서 적어보았습니다.

저번 천주교 여의도광장 집회 후 혜영이 어머니가 편지를 했었습니다. 제수께 이 말 전해주시오.

홍일이와 지영이 모에게

홍일이가 병중에 있을 때 얼마나 걱정했는지 모른다. 감기로 인한 병은 자기의 부주의를 탓해야 한다. 홍일이 말대로 우리 집안은 너의 증조부 이래 아주 장수하고 건강한 집안이다. 나는 항시 이를 감사하고 있다. 다시 그런 실수 없기를 바란다. 지영이가 공부에 취미를 가지면 굳이 막을 것 없이 자연에 맡기는 것이 좋겠다. 정화에 대해서도 저의 친구들을 만들어주어서 외롭지 않게 하는 것이 교육상 좋을 것이다. 그리고 하루에 일정한 시간은 꼭 형제가 같이 놀도록 유도 권장하는 것이 필요할 것이다. 너희들이 잘 알아서 하겠지만 어린이들에게는 좋은 친구들과의 즐거운 놀이, 동년배의 형제간의 일체적 생활, 부모와의 따뜻한 가족관계가 일생의 성격을 좌우한다. 내 경험으로도 그렇다. 너희 내외도 항시 보람 있고 생산적인 대화를 하는 습관을 길러라. 부부는 감정적으로만이 아니라 지적으로도 상통해야 하고 윤리적으로 공감하는 생활을 해야 한다.

홍업에게

저번 편지에서 내가 너의 신상을 걱정한 데 대한 너의 회답은 나를 매우 위로받게 했다. 네가 지금 같은 환경에서도 마음의 여유와 앞날에의 소망을 조금도 잃지 않고 있는 것은 매우 소중한 것이며 그러한 마음의 자신은 반드시 승리를 가져다줄 것이다. 1년의 생활, 한 달의 생활, 1주일의 생활에 계획을 세워서 목표와 확인의 생활을 하도록 힘써라. 목표대로 안 되더라도 좌절하지 말고 다시 시작하는 끈기로써 대해라. 이것이 자기 향상과 성공의 요건이다. 아버지의 체험이다.

홍걸이에게

너의 시험 날짜가 지난 지 사흘이 되었는데 아버지는 네 시험 소식을 아무것도 모르며 궁금하기 짝이 없는 심정으로 있으니 한편 기막히는 감을 금할 수 없구나. 그동안 체력의 한계를 넘는 공부를 강행하느라 애쓴 너의 고초를 아버지는 잘 알고 있다. 나로 인하여 작년 1년을 제대로 공부하지 못한 사정을 생각하면 가슴이 아프다. 그뿐 아니라 네가 편지에 '아버지를 위해서도 열심히 해보겠다'고 적어왔을 때의 고마운 감동이 지금도 생생하다. 아무튼 최선을 다했으니 후회 없겠구나. 이제 남은 학교 시험도 최선을 다하여라. 인생이란 무엇이 되는 것이 중요한 것이 아니라 어떻게 사느냐가 중요하며, 결과보다 과정이 중요하다. 학교 시험이 끝나더라도 긴장을 서서히 풀어라. 형주의 시험소식도 전해주기 바란다.

당신이 알다시피 나는 우리나라의 역사의 인물 중에서 세종대왕, 이순신 장군, 전봉준 장군 세 분을 특별히 존경해왔습니다. 이 세 분은 세계 어디다 내놓아도 그 위대함에 있어서 손색이 없다는 것은 결코 아전인수의 주장만은 아닐 것입니다. 세종대왕은 한 사람의 제왕으로서만이 아니라 정치, 경제, 과학, 문화 각 방면의 지도자로서 또는 창조적 실천인으로서 너무도 뛰어났습니다.

이순신 장군은 인간이 가장 완전하고 위대하게 될 수 있는 그 정점의 모범입니다. 전략가로서, 전투지휘자로서만이 아니라 위대한 발명가로서, 애민愛民의 지도자로서, 문인으로서, 경세가로서, 높은 경지에 이른 정신적 달인達人으로서 그 이상의 사람을 찾아볼 수가 없을 지경입니다.

전봉준 장군은 우리에게는 하나의 경이입니다. 일개 시골의 서당 훈장이 순식간에 그와 같은 거대한 수십만의 민중을 조직하고 궐기시켰을 뿐 아니라 그가 요구하고 실천한 정책이 그 당시 우리나라가 나아가야 할 역사적 진로와 일치한 반봉건, 반외세 그리고 민중을 위한 정부였다는 사실은 그의 천재적인 지도자적 자질을 입증합니다. 그런데 오늘 여기서 내가 몇 자 적고자 하는 것은 이분들과 다른 면, 주로 사상적·정신적 면에서 우리의 위대한 선각자 세 분에 대해서입니다.

그분들이란 원효, 이율곡, 최제우 세 분입니다. 우리의 역사를 볼 때 우리 나라에서는 사상적으로 깊이 탐구한 지도자가 많지 않습니다. 그 원인을 내 나름대로 생각해보면 우리 민족성이 낙천적이고 심각성이 부족하다는 점, 현세 기복주의적인 경향이 심한 점, 대륙 중국으로부터의 밀려오는 사상적·문화적 영향에 압도되어 자기 성찰의 여유를 갖지 못했다는 점, 학문의 목적이 주로 과거의 합격을 위한 출세의 도구로 진리의 탐구에 있지 않았다는 점 그리고 계속되는 외적의 침입 등 사회 불안으로 사색할 정신적 여유가 없었다는 점 등을 들 수 있을 것 같습니다. 그런 가운데에서도 이 세 분은 너무도 두드러진 높고 위대한 존재들인 것입니다. 이 세 분은 단순히 사상적으로만 위대한 것이 아니라 위대한 실천가로서, 찬연燦然한 인격자로서도 두드러진 분들입니다.

내 짧은 지식으로 이러한 높고 깊은 경지의 분들의 사상과 인격을 제대로 파악할 수는 도저히 없지만 몇몇 책자에서 배운 바에 힘입어 우리의 뿌리를 바로 이해하는 노력으로 몇 자 적어서 당신과 아이들의 참고가 되도록 하겠습니다. 지면이 없어서 간략히 적으니 나머지는 책을 통해서 알아보기 바랍니다.

1. 원효

원효를 생각할 때 우리는 한국인의 대표적 이상을 봅니다. 잘나고, 똑똑하고, 거칠 것 없이 자유로운 참 멋의 한 인간을 봅니다. 원효는 한국인의 대표인 동시에 원효 앞에 원효 없고 원효 뒤에 원효가 없습니다.

1) 원효는 인도에서 서론적으로 뿌리박고 중국에서 각론적으로 꽃핀 불교를 한국에서 결론을 맺고 결실하게 했습니다. 그의 저술인 《금강삼매경론소》《대승기신론소》《화엄경소》 등은 한국은 물론 중국과 일본 불교에도 큰 길잡이가 되었습니다.

2) 원효의 불교사상은 보편주의에 굳게 서서 전개되었다 합니다. 일체 중생이 다같이 불성을 가지고 있으며 누구나 그 죄과를 참회하면 불제자가 되고 승보僧寶에 속한다는, 기독교에서 말하는 보편 구원주의의 입장을 취했습니다. 이러한 원효의 생각은 보편주의인 동시에 진속일여眞俗一如의 입장이라 할 것입니다.

3) 원효는 철저하게 율법주의, 형식주의를 배격하는 무애도無碍道의

실천인이었습니다. 한 여성의 제도를 위해서 그(요석공주)와 동침하고 승려로서는 치명적인 파계를 했으며, 필요하면 포항 바닷가에 가서 생선도 먹고 서라벌 시내의 주사酒肆에도 출입을 서슴지 않았습니다. 그러나 이 모든 것이 법도에 맞고 불법의 진수에 합치했습니다.

4) 원효의 불교는 철저하게 현세에 살아 있는 중생의 제도濟度에 바쳐졌습니다. 그는 신라통일 후에도 약 20년을 살았는데 당시 신라의 백성들은 마치 로마 전성기의 농민들같이 통일전쟁에서 병사로서, 군량 조달자로서 승리의 원동력이었으며 가장 큰 희생자들이었지만 통일 후 모든 소득은 성골, 진골 등의 지배층이 독점해버림으로써 절망과 분노 속에 헤매이게 되었습니다. 이때 원효는 그들을 방방곡곡으로 찾아다니면서 부처님의 구원의 공덕을 설파하고 같이 나미아미타불을 염하여 극락세계를 찾게 했습니다. 이것은 물론 보기에 따라서는 민중을 회유, 무력케 했다고 하겠지만 그 당시의 역사적 단계를 생각할 때 그리고 원효의 순수한 중생제도의 비원을 생각할 때 그러한 판단은 천박한 주장이라 할 것입니다.

민중을 위로하고 민중에게 부처님의 참 희망을 주는 데 전심한 원효는 천민인 뱀복이와 벗이 되었으며 그의 어머니가 죽었을 때 메고 가기도 했습니다. 아무튼 원효는 멋있고, 자유롭고, 거칠 것 없는 자랑스런 한국인의 대표였습니다.

2. 율곡

율곡에 대해서는 선조조의 고관이었으며 '10만 양병설'을 주장한 선견의 지도자로 알고 있습니다. 우리는 조선왕조의 유학에 대해서 한말의 망국의 책임과 더불어 매우 부정적인 생각을 가진 사람이 많음을 알고 있습니다. 그런 가운데에서도 이율곡에 대해서 우리는 긍정적으로 높이 평가해야 할 대표로서 대할 뿐 아니라 지와 덕을 겸비한 위대한 인격자로서 존경해야 할 것입니다.

1) 율곡은 구도장원공九度壯元公의 수제였지만 결코 재주에만 흐르지 않는 성현을 목표로 일생을 수양한 실천의 거울이었습니다.

2) 율곡은《성학집요》등 많은 저술로 임금과 사회를 깨우치려고 힘썼으며, '대동법' '사창제' 등을 국민의 복리를 위해 주장·노력한 실천인이었으며, 조선왕조 후기 실학의 정신적 선구자이기도 했습니다.

3) 율곡은 당쟁의 싹을 제거하고 화해의 정신을 높이고자 몹시 애썼으며 외적의 침입을 걱정하여 10만 양병을 주장하는 선견의 사람이었습니다.

4) 오늘날 율곡을 가장 가치 있게 한 것은 그의 유학에 있어서의 독창적이고 한국적인 주장입니다. 전문가의 이야기에 의하면 율곡은 장횡거-서화담에 의한 기氣일원론, 주자-이퇴계에의 이기異氣이원론을 지양·통일해서 기 중심의 기발이승일도설氣發理乘一途說과 이통기국理通氣局의 대 철학체계를 세웠습니다. 중국과 한국의 성리학性理學을 집대성해서 새로운 창조의 경지로 승화시킨 것이라고도 합니다.

5) 기 중심의 그의 철학적 입장은 필연적으로 반부패, 개혁의 경향을 짙게 했다고 합니다.

6) 이理와 기氣는 무엇인가? 율곡에 있어서 이와 기는 마치 스피노자에 있어서 '범신적' 신과 제 현상과 같은 것이라고 합니다.

3. 최수운

최수운의 탄생은 참으로 이 땅에 정신사의 이적이며 한국인의 사상적 창조성의 한 표본이기도 할 것입니다. 최수운을 니체의 생의 철학과 비견比肩한 사람도 있고, 현대의 실존철학과 비교한 사람도 있지만 그는 근본적으로 한국의 사상의 독창적 전개를 보여준 분이라 할 것입니다.

1) 최수운은 몰락한 양반의 후예로서 생활의 궁핍에 못 이겨 포목의 행상으로 전국을 돌아다니는 가운데 민중의 곤고를 직접 체험하고, 그들의 구원을 위해 일어선 민중이 낳은 신앙가요, 철인이요, 실천가였습니다.

2) 최수운의 주장은 사욕을 버리고 천인합일天人合一로 인간성을 회복하여 현세를 바로잡아 지상 신선의 나라를 건설하자는 것이었습니다.

3) 최수운이 창시한 동학의 핵심정신은 '하느님을 모시면 조화가 정해지고 하느님을 영원히 잊지 않으면 만사가 저절로 깨달아진다侍天主造化定永世不忘萬事知'는 주문에 집약되어 있다 할 것입니다.

4) 수운이 말하는 의지를 가진 인격적 하느님으로 이런 논리는 당시의 유교로서는 이단사상이며 천주교의 그것과 상통한 것이었습니다. 사실 수운은 위장한 천주학쟁이로서 처형되었는데 그의 공식적 부정에도 불구하고 천주교의 영향을 받은 흔적이 짙습니다.

5) 최수운의 동학은 어디까지나 당시 농민을 위한 눌린 자의 종교였으며 반체제적이고, 민족적이고, 주체적이고, 저항적인 종교였습니다.

6) 최수운의 동학은 기독교에서 받아들이고 유교·불교·도교를 참작하여서 한국 전래의 샤머니즘을 바탕으로 한 민족적 독창의 종교였습니다. 그는 불과 포교 3년 만에 갔지만 그의 정신과 업적은 역사에 영원히 기록될 것입니다.

다음의 책을 부탁합니다.

1) 요셉 회프너, 《그리스도교 사회론》(분도출판사)

2) G. 구티에레즈, 《해방신학》(〃)

3) 배한국 역, 《본회퍼의 사상》

4) 《법전》

5) 《손자》

6) 톨스토이, 《부활》

7) 푸쉬킨, 《예브게니 오네킨》

8) 디킨즈, 《데이비드 코퍼필드》

9) G. 짐멜, 《사회학》

10) 서인석, 《성서의 가난한 사람들》

11) J. 듀이, 《경험과 자연》

12) 〃, 《논리학》

1981년 12월 16일

예수 탄생과 코페르니쿠스적 전환

존경하고 사랑하는 당신에게(그리고 사랑하는 자식들에게)

당신이 매일 보내주는 크리스마스 카드를 보면서 즐거운 성탄절을 맞이할 마음의 준비를 하고 있습니다. 나는 별도로 카드를 보낼 길이 없으므로 이 달 편지를 평소보다 앞당겨서, 이 편지를 크리스마스 전에 가족들이 볼 수 있도록 했습니다. 당신과 홍일이, 지영 모, 홍걸이, 지영이, 정화 그리고 동거하는 이들에게 충심으로 주님의 성탄을 축하합니다. 또한 당신과 나의 양쪽 형제들, 신부, 수녀, 목사님들, 많은 정다운 벗들에게도 성탄을 축하합니다. 그리고 주님의 사랑이 그 모든 이들에게 넘쳐 내리시기를 간절히 바라고 있습니다. 지난 1년은 우리에게 작년에 이어 고난과 슬픔의 한 해였습니다. 얼마나 많은 한이 우리의 가슴을 메어지게 하고 뜨거운 눈물을 금치 못하게 했습니까? 그러나 이러한 환란 가운데에서도 주님은 언제나 우리와 같이 하셔서 우리를 절망과 파멸로부터 구원해주셨습니다.

주님께서는 지난 1월에 나의 생명에 대한 네 번째 구출의 은혜를 베푸신 것을 위시해서 대현이, 홍일이, 박성철 장군, 한화갑, 함윤식, 김옥두 등 가족과 비서들을 차례로 가족의 품에 돌려보내주셨습니다.

그리고 가족들이 모두 건강한 가운데 당신 중심으로 합심해서 고난을 이겨내왔으며 각기 나름대로 자기 발전을 위해서까지 노력하는 자세를 계속해온 것입니다. 그뿐 아니라 하느님께서는 많은 벗들이 우리를 위해 기도하고 걱정해주도록 우리를 돌보아주셨습니다. 나는 이러한 풍성한 주님의 은혜 가운데 좌절과 슬픔으로부터 자기를 일으키면서 신앙상으로나 지적으로 많은 것을 얻게 된 것을 감사히 생각하고 있습니다. 확실히 지난 1년은 인간 완성의 노력에 있어서 많은 것을 얻은 한 해였다고 지금 감사한 마음으로 회상할 수 있을 것 같습니다.

성탄절을 앞두고 주님의 탄생의 의의와 인간 역사에 미친 영향 그리고 우리들의 오늘의 처지에 대한 반성 등을 과거에 이미 적은 것과 중복을 피하면서 정리해보았습니다. 이것은 나의 지난 1년의 신앙생활의 하나의 결산적 기록이 될 수 있을 것이라고도 생각합니다.

1. 예수의 탄생

예수의 탄생은 인류 역사상 최대의 사건이었습니다. 그것은 바로 하느님의 강생이었기 때문입니다. 이로써 인류의 역사는 완전히 새로운 의미와 목적을 갖게 되었습니다. 첫째, 주님께서는 위격상으로는 하느님의 아들이시며, 본성으로는 완전한 하느님이시면서 한편 완전한 인간으로 태어나셨습니다. 주님께서는 가난한 마리아와 요셉 가문에 가장 가난한 모습으로 태어나셨지만 그 본질은 가장 풍성한 하느님의 사랑이었습니다.

둘째, 예수의 강생은 하느님의 세속화를 의미하며 반면에 이 세상의 성화를 의미하는 것으로서, 하늘 나라와 세상 나라가 하나가 되며 하느님과 인간이 하나가 되는 하느님의 구원 계획의 선포이자 실천의 시작이었습니다. 성聖과 속俗이 하느님의 사랑 속에 하나가 되는 것이었습니다.

셋째, 예수님의 탄생은 당시의 유대교에 의해서 왜곡된 하느님의 본 모습을 찾고 구약을 완성하시는 역사였습니다. 그 당시의 유대인들에

의해서 하느님은 분노의 하느님, 복수와 징벌의 하느님으로 이해되었으며 인간은 하느님을 피해 도망칠 수밖에 없었습니다. 그러나 예수님이 오심으로써 하느님은 사랑과 용서와 화해의 본연의 모습을 드러내셨고 인류에게 희망과 기쁨과 평화를 주시셨습니다.

넷째, 주님께서는 그의 생애의 활동을 통하여 하느님이 눌린 자와 가난한 자의 벗이며, 하느님의 구원의 계획은 바로 이 세상의 해방과 정의의 실현에서부터 시작되는 것이라는 점을 명백히 보여주셨습니다. 이 점은 지난 10월의 편지에 적었으므로 되풀이하지 않겠습니다.

다섯째, 예수님이 이 세상에 오신 뜻은 그의 공생활의 활동과 더불어 십자가상의 죽으심과 부활로써 완성되었습니다. 우리는 흔히 주님의 십자가상의 죽음을 하느님 아버지에의 철저한 순종과 우리의 죄에 대한 대속행위로만 이해하는데, 물론 그것도 사실이나 성서의 기록에 명백히 나타난 바와 같이 눌린 자와 가난한 자의 권리를 주장하시다 유대 지배층과 로마제국에 의해서 정치범으로 처형된 사실을 더 한층 중시해야 할 것입니다. 따라서 부활도 단순히 천국 영생의 희망으로서만이 아니라 하느님이 예수의 역사적 행동에 대한 지지와 확인 행위, 즉 이 세상에 자유와 정의와 평화가 눌린 자와 가난한 자에게도 완전히 주어져야 한다는 예수의 투쟁과 주장에 대한 하느님의 확인과 약속의 표지로 이해되어야 할 것입니다.

2. 예수의 영향

예수께서 이 세상에 오신 결과는 인류의 역사와 정신에 코페르니쿠스적 전환 같은 영향을 주었습니다. 오늘날도 전통적 기독교 세계는 물론 여타의 모든 세계가 예수와 기독교가 주는 유형, 무형의 큰 영향 속에 있는 것은 누구나 인정하는 사실입니다.

이제 예수께서 인류의 역사에 미친 영향을 살펴보면 첫째, 종래 유대민족의 이기적 독점의 대상이었던 하느님이 예수의 오심으로 인해서 전 인류의 하느님으로서의 본연의 자리를 확보하는 일대 변화가 일어났습니다. 그리하여 전 인류 구원을 위한 복음이 땅끝까지 퍼져나가는 하느님의 역사가 시작된 것입니다.

둘째, 종말론적 세계관이라는 혁명적 사상이 인간 사이에 출현하게 된 것입니다. 종래 인간은 사계절의 반복, 초목과 곡식의 되풀이되는 생성과 소멸, 인간의 생과 사의 되풀이 등으로 해서 중국에서는 음양반복의 사상, 인도에서는 영원한 윤회의 사상, 그리스에서는 철학적 윤회 사상 등 동서를 막론하고 인생과 우주는 끝없는 반복이요, 영겁永劫의 회귀回歸로서 파악했던 것입니다.

그러나 기독교가 퍼져나가면서 인류는 윤리적·신앙적으로 참된 삶을 살면서 주님의 재림을 기다리는 종말의 신앙, 즉 내일도 오늘과 같은 되풀이가 아니라 영생과 낙원이 보장되는 오메가 포인트를 향하여 소망을 가지고 살아가는 것이 인생이요, 우주만물의 운명이라는 전진과 발전 개념으로의 일대 전환을 하게 된 것입니다. 이것이 종래의 윤회사상에서 정체와 절망에 빠져 있던 이 세계에 얼마나 큰 희망과 용기를 주었으며 역사의 진로에 얼마나 큰 영향을 주었는지는 어떠한 고난과 희생 속에서도 소망을 잃지 않는 기독교인의 자세와 기독교 사회가 이룩한 정신적·물질적 발전이 이를 웅변으로 증명해주고 있습니다.

셋째는, 사랑에 의한 현세의 초극사상입니다. 예수 이전은 힘에 의한 지배의 시대였으며 이에 대한 저항이란 대체로 소극적인 부정과 은둔 또는 현세를 이탈한 피안에의 정신적 탈출이 고작이었습니다. 그러나 예수 이후 이 세계는 역사 안에 현존하는 하느님과 더불어 힘에 의한 불의의 지배와 악의 발호에 대하여 단호한 부정과 저항을 전개하였으며, 고난 받고 약한 이웃에 대한 비호와 봉사를 최대의 신앙적 덕성으로 강조하게 되었습니다.

그러나 이러한 불의와 악에 대한 투쟁의 수단은 결코 그들과 같은 힘에 의한 것이 아니라 사랑에 의한 현세의 정복사상이었습니다. 현세의 악을 긍정하지도 않고 그렇다고 같이 증오와 폭력으로 대하지도 않고 또 이를 피하지도 않으면서 악을 행하는 그 당사자까지도 대상으로 하는 무한대의 사랑으로 이 세계를 품안에 안으며 정복하는 것이 예수의 하느님 사랑이며 이것이 인간과 그 역사에 결정적 영향을 주면서 오늘에 이르렀습니다.

넷째는, 예수로 인하여 얻게 된 자유해방입니다. 우리는 예수에 대한 믿음 속에 죄로부터의 자유를 얻었습니다. 그뿐 아니라 세상의 모든 유혹과 박해와 억압도 하느님의 진리 속에 사는 우리의 자유를 빼앗을 수 없게 되었습니다. 이러한 우리의 자유의 획득은 타자, 심지어 하느님의 강요에 의한 것이 아니라 우리의 자유의지에 의한 것이었습니다. 요한복음 10장 18절의 "누가 나에게서 목숨을 빼앗아가는 것이 아니라 나 스스로 바치는 것이다. 나에게는 목숨을 바칠 권리도 있고 다시 얻을 권리도 있다"는 이 장대한 선언은 인류의 사상사와 정치사에 가장 큰 영향을 주었다고 어떤 철학자는 지적하고 있습니다. 자기의 자유의지에 의해서 얻은 영적·정신적·현세적 자유, 이것이 하느님이 우리에게 주신 가장 큰 선물인 것입니다.

다섯째, 예수가 끼친 영향 중에 가장 두드러진 현실적 성과는 평등이었습니다. 과거 동·서양을 막론하고 노예와 어린아이와 부녀자는 정당한 인간 대우를 받지 못하였음은 우리가 역사에서 보는 대로입니다. 플라톤이나 아리스토텔레스도 이를 당연시하는 저술을 남기고 있으며, 중국이나 인도나 이집트나 유대사회조차 그러했습니다. 인간이면서 인간 취급을 받지 못한 그들의 슬픔과 고통이 얼마나 컸을까요? 그러나 인류는 예수 이후에 이러한 인류 역사상 최대의 죄악과 수치에 대한 단호한 부정과 투쟁의 시대로 들어선 것입니다. 노예가 귀족과 같이 예배를 보며 서로 형제로서 호칭하게 되었습니다. 어린이에 대한 사랑과 존중은 성서에 의한 주님의 큰 계명으로서 준수되었습니다. 그리고 누구도 부녀자만큼, 우리 주님의 덕을 크게 입었다 할 수는 없을 것입니다. 일부일처에 의한 여권의 보장은 오직 기독교 이후에서만 있는 일입니다. 동·서양 어디서나 심지어 구약의 유대사회에서까지 일부다처는 당연지사였으며 남자의 일방적 필요에 의한 이혼도 마음대로였던 것을 우리는 잘 알고 있습니다.

그러나 예수에 의해서 이루어진 일부일처 그리고 이혼 금지는 그 당시 약자를 보호하는 가장 절실하고 적절한 조치였던 것입니다. 지금은 여성의 지위가 향상되어 이혼의 자유를 주장하게 되었고 이로 인한 갈등이 가톨릭교회와의 사이에 존재하고 있습니다. 당신 편지에 명년부터 교회가 이를 허용하게 된다고 적혀 있는 것을 보고 그 자세한 내용은 모르지만 교회가 참 큰 용단을 내렸다고 생각했습니다. 참고로 교회는 11세기경까지는 이혼을 원칙으로만 반대했지 어느 정도의 융통성은 인정했습니다. 그러나 그 당시 성행하기 시작한 자유연애 결혼에 대해 귀족들의 멸시나 비난을 무릅쓰고 교회가 이를 지지하게 되었는데 그러한 자유롭게 맺어진 사랑이 서민들 자신이 교회의 이혼의 전면적 금지를 지지하는 원동력이 되었다고 합니다.

아무튼 예수에 의한 정의는 그후 계속 발전되어 노예제도 폐지, 인종차별의 제거, 경제적 균등분배 등을 가져온 정신적 원천이 되었는데 지난번 편지에서도 지적했듯이 이러한 실현은 교회 이외의 개혁자들이 그리스도의 윤리에 의해서 추진한 공이 컸다는 것은 부끄러운 일입니다.

그러나 하느님은 역사를 수행하는 데 필요하면 교회 이외의 힘도 자유롭게 쓸 권리가 있다는 것을 우리로 하여금 분명히 인식케 하십니다.

여섯째, 예수님의 지체로서의 교회가 이룬 많은 정신적·현세적 업적을 우리는 정당하게 평가해야 할 것입니다. 교회는 물론 많은 인간적인 과오를 범했습니다. 그리고 그러한 과오는 일부에서 아직도 저질러지고 있습니다. 그러나 크게 보면 교회가 인류의 정신적 구원과 인권과 평등의 실현에 다대한 공헌을 한 것도 사실입니다. 이 점은 토인비나 앙드레 모로아의 저서 《프랑스사》 그리고 심한 교회 비판가인 B. 러셀의 저서에서도 많이 찾아볼 수 있습니다. 예루살렘의 초기교회가 그리고 로마 박해 아래에서의 교회들이 그 당시의 눌린 자들에게 얼마나 큰 위로와 희망의 근원이었던가를 우리는 알고 있습니다.

로마제국 멸망 후 교회는 광포한 야만족으로부터 민중을 보호하고 로마의 제도와 문화를 유지하여 중세 유럽에 넘겨주는 번데기 역할을 했습니다. 베네딕트 수도원은 만족 침입으로 황폐한 유럽의 농업부흥의 선도자가 되었으며, 교회는 농민들의 인권과 경제적 권익을 옹호하며, 봉건 영주들을 위협하고 교화시켰습니다. 교회는 중세의 문화와 교육의 중심으로 이탈리아 볼로냐 대학, 프랑스 파리 대학, 영국 케임브리지 대학 등을 세우고 각지 수도원에서 교육에 힘썼습니다. 르네상스도 그 당시 인문주의적인 교황들의 성원이 없었던들 그렇게 성공적으로 시작되지 못했을 것이라 합니다.

종교개혁 후 신교가 근대 경제의 발전과 민주주의 실현에 큰 역할을 한 사실을 우리는 잘 알고 있습니다. 그러나 교회의 이러한 노력들에도 불구하고 가톨릭이나 개신교는 각기 봉건귀족이나 대자본가의 이익의 옹호에 치우친 태도를 보이고 노동자나 고난 받는 사람들의 권리를 외면하여 예수의 역사적 행동과 정반대되는 자세를 취한 탓으로 인하여 신망을 상실하고 주님을 욕되게 한 사례가 적지 않았습니다. 참으로 주님 앞에 통회와 사죄로써 우리는 과거의 잘못을 반성하고 새출발해야 할 것입니다. 다행히 19세기 말, 20세기 후반부터 양 교회가 괄목할 만한 각성과 새출발을 해왔으며, 특히 제2차 바티칸공의회와 WCC의 창설 이래 이러한 현상은 두드러지고 있습니다.

3. 반성과 새로운 출발

인류 역사상 가장 큰 격변의 시기 그리고 세계의 모든 사람이 정신적 혼란 속에서 헤매는 이때, 교회는 이제야말로 소금이 되고 빛이 되는 역할을 대담하고 신속하게 서둘러야 할 것입니다. 개선의 방향은 첫째, 지금까지 치중해온 신앙의 예수 중심의 교리적 자세로부터 역사의 예수, 즉 앞의 '1. 예수의 탄생'에 기록된 예수에의 신앙 교리를 강화함으로써 현세의 구원에 교회가 정신적 구심점이 되어야 할 것입니다. 즉 개인 구원과 사회 구원이 일치해야 하고 제사장적 신앙과 예언자적 신앙이 일치해야 할 것입니다.

둘째, 지금까지 교회가 보여준 발전보다는 보수, 서민보다는 부유층 편향으로부터 전진과 발전을 향한 종말론적 자세, 눌린 자나 가난한 자의 벗이 되는 복음적 자세를 강화해야 할 것입니다.

셋째, 우리 교회에 가장 결핍된 것이 사랑의 공동체로서의 기풍이라고 생각됩니다. 우리가 하느님께 기도만 하기 위해서라면 굳이 교회가 아니라도 집에서도 가능합니다. 교회가 있는 본질적 이유는 교회가 교우 상호 간의 사랑의 공동체로서의 필요성 때문이며 이를 토대로 전체 사회에 사랑의 손을 뻗쳐 가는 것이라고 생각됩니다. 근래 사교적인 기독교 단체가 성행한 가장 큰 이유의 하나도 기존 교회에서 따뜻한 귀속의식歸屬意識을 못 느낀 사람들이 그들의 철저한 일체화를 가장

한 유혹에 끌려가는 경우가 많았기 때문입니다.

넷째, 우리 기독인들의 기도에도 개선의 여지가 크다고 생각합니다. 우리는 기도를 조용한 곳에서 홀로 하는 것으로만 생각합니다. 그러나 참된 기도는 사람과 사람 사이에서 행해지는 것이 아닐까요? 예수님께서도 군중 속에서 자주 하늘을 우러러 기도하셨다는 것을 읽습니다. 우리의 참된 기도는 우리가 이웃을 만났을 때 하느님 앞에서 그를 대하고 하느님의 사랑으로 그와 협력할 때 이루어진다고 생각합니다. 또한 골방에서 잡념만 생기는 기도보다는 그날의 신문을 갖다놓고 그 기사 속에서 나를 위하여, 이웃을 위하여 할 수 있는 기도 제목을 찾아야 할 것이라는 충고도 있습니다. 기도가 세속을 떠나 혼자 드려져야 하는 것으로 된 것은 초기 기독교가 합법화되고, 교회가 정권의 비호를 받는 것을 보고 불만을 느낀 수도사들이 아라비아 사막이나 리비아 사막으로 나가서 은둔하고 기도하는 유행이 일어나기 시작한 데서 영향을 받은 것이라 합니다.

이상 느낀 바를 정리도 제대로 못한 채 머리에서 나오는 대로 적었습니다. 당신이나 다른 분이 보아서 혹 잘못이 있으면 가르쳐주기 바랍니다.

홍걸이의 부탁에 의해서 읽도록 추천하는 책명을 우선 아래 적어봅니다.

1) 국사부문
이기백,《한국사 신론》
〃,《신라정치사회사》
변태섭,《고려정치제도사》
천관우(편),《한국상고사》

2) 동양사

라이샤워·페어뱅크,《동아시아 문화사》

3) 세계사, 기타

토인비,《도설 역사의 연구》

앙드레 모로아,《프랑스사》(홍성사)

〃,《미국사》

4) 경제

갈브레이드,《불확실성의 시대》

A. 토플러,《제3의 물결》

5) 문학

먼저 달에 적은 것들 중에서 골라서 읽고, 그 외에 사르트르, 까뮈, 카프카, 생떽쥐베리, 프란츠 파농의 것들을 읽어보기 바란다. 이상은 아버지가 읽어 본 것(《미국사》 제외) 중 우선 권하고 싶은 것이다.

1982년 1월 29일

현대사회의 도덕적 위기와 그 원인

존경하고 사랑하는 당신에게(그리고 사랑하는 자식들에게)

이 달은 두 아이의 학교 관계 소식을 기다리다 편지가 늦었습니다. 어제 당신과 홍일이 편지로 형주의 합격을 알았고 홍걸이도 확실시된다는 것을 알았습니다. 형주에게 진심으로 축하를 전하며 홍걸이 일도 끝까지 잘되기를 기구하고 있습니다. 사실은 이미 이틀 전에 결정된 일을 나만 모르고 애태우고 있던 것을 생각하면 기가 막히는 심정을 금할 수가 없습니다. 이번 홍걸이 일에 가족들이 옆에서 조언만 하고 최후 결정은 본인의 소신에 맡긴 점은 아주 잘한 것입니다.

그렇게 해서 설사 결과가 나빴다 하더라도, 자기 문제는 자기의 주체적 책임 아래 결단해야 한다는 삶의 근본적 자세의 중요성에 비하여 결과의 여하는 이차적인 것이라 생각합니다.

나의 건강상태는 지난번 면회 때 말한 대로 별 변화는 없습니다. 요즈음 2~3일 몹시 춥지만 그런 대로 견딜 만하니 너무 걱정하지 말기 바랍니다. 요즈음도 독서로 하루를 보냅니다. 요즈음은《철학적 신앙》(야스퍼스)《한국사 제5권》(진단학회 편)《미국의 선택》(후버 연구소)《바람과 함께 사라지다》(영문판) 등을 읽고 있습니다. 모두 매우 유익합니다.

지난번 크리스마스 때 박춘화 목사님 와주신 일, 생일 때 비서 동지들 와준 일, 비록 모두 만나지는 못했지만 감사하기 그지없고 나에게 큰 위로가 되었습니다. 매주 집에 오셔서 기도를 인도해주시고 홍걸이

청주교도소에서 보낸 옥중편지에 김대중이 자주 언급한 맏아들 홍일네의 가족사진
앞줄 왼쪽부터 정화, 지영, 그리고 뒷줄 왼쪽의 지영 모

학업을 위해서도 여러 번 염려해주시는 박 목사님의 해오신 일을 생각
할 때 목사님이야말로 그리스도께서 말씀하신 가장 작은 자를 위한 봉
사의 주님의 일꾼이라고 믿습니다. 또한 나로 인하여 줄곧 고생만 해
온 비서 동지들에게는 면목이 없고 감사할 뿐입니다.

지난 세월을 생각하며 지금도 겪고 있는 일들을 생각할 때 그 허다
한 태산 준령과 대해 풍랑을 이겨내면서 지탱해온 당신께 한없이 감사
하며, 나로 인한 수없는 고초에도 불구하고 아버지를 존경하고 그 뜻
을 존중하면서 바르고 현명하게 살려고 노력하는 자식들에게도 감사
와 자랑을 느낄 뿐입니다.

홍일이와 지영 모에게
홍일이의 전일 편지에 "삼형제가 남이 부러워할 우애 속에 살아나갈

결심"이라는 글을 읽고 아버지는 기쁘고 자랑스러운 심정을 금할 수가 없다. 나는 너의 맏형으로서의 자세와 홍업이와 홍걸이의 착한 성품으로 보아 네 말대로 이루어지리라는 것을 믿어 의심치 않는다. 특히 예부터 형제간의 우애를 유지하기 위해서는 아내를 잘 만나야 한다는 말이 있는데 지영 모의 착하고 이해성 많은 성격으로 보더라도 너희 부부가 훌륭히 그 일을 해내리라고 믿으며 간곡히 바란다. 지영이가 피아노를 배우고 스케이트를 잘 탄다니 눈에 선하며 세월의 유수 같음을 느낀다. 지영이와 정화가 할아버지 위해 기도를 게을리하지 않는다니 참 기쁘며 하느님께서 누구의 기도보다 가상히 여기실 것이다. 둘이 더욱 의좋게 지내도록 내 말 전하여라.

홍업이에게

네 편지에 신앙, 기타에 의문이 많으며 아버지와 만나서 묻고 싶은 것이 너무도 많다는 글을 읽었다. 아버지도 지금 거의 매일 생각하는 간절한 소원이 너희 삼형제와 같이 공부하고 대화를 가질 수 있으면 얼마나 좋을까 하는 점이다. 너뿐 아니라 아버지도 신학적으로 지식이 뛰어난 분에게 질문하고자 하는 일이 태산 같다. 개중에는 혼자 생각해서 일단 해답을 얻은 것도 있지만 영 해결을 보지 못한 것도 있다. 사실 인간이 배우고 생각하는 존재로서의 자기 향상을 포기하지 않는 한 우리는 언제나 의문과 미결의 과제를 안고 산다. 의문사항을 하나하나 적어놓고 꾸준한 인내와 노력으로 해답을 얻어가야 한다. 그리고 아버지의 편지를 되풀이 읽으면 도움이 될 수도 있을 것이다.

홍걸이에게

지금 너의 합격에 대한 확실한 것을 모르고 있으니 축하를 해야 할

지 어쩔지 어정쩡한 심정으로 이 글을 쓴다. 그러나 결과의 여하보다도 아버지는 두 가지 점에 있어서 너의 태도를 매우 기쁘게 생각한다. 하나는 네가 위험을 무릅쓰고 끝까지 소신을 관철한 점이다. 아버지도 면회 때 재수의 각오를 하더라도 자기 원하는 학교에 집착하도록 의견을 말한 일이 있지만 그러나 막상 자기 일이면 경험이 부족한 네 나이에는 흔들리게 마련인데 너의 어머니의 편지에 의하면 네가 초지일관 동요 없이 소신을 관철했다니 얼마나 장하냐! 그래서 설사 결과가 나빴더라도 긴 인생으로 보면 소신 있게 살아가는 자만이 자기 인생을 자기 것으로 살아낸 자인 것이다.

또 하나는 네가 지난 1년 좀더 노력 못한 것을 몹시 후회하고 앞으로의 새로운 결의를 피력했는데 참으로 필요하고 올바른 반성이며 그러한 결심을 계속 견지해나가기 바란다. 아버지는 나로 인하여 네가 겪었던 고통이 너의 학업에 준 지장을 생각하면서 눈시울을 적시며 하느님의 도움을 청한 일이 한두 번이 아니다. 내 자식아! 잘 이겨나가라!

지난번 홍일이 편지에 학교 선생이 놀음빚 때문에 자기 제자를 살해한 끔찍한 사건을 전하면서 오늘의 타락된 도덕상과 관련해서 내 의견을 적어주되 유교도덕과의 관계도 아울러 다루어주기를 바라는 사연이 있었습니다. 지금 우리 사회는 많은 과제를 안고 있지만 그중 기본적인 것은 나라의 주체인 국민의 정신적 건전성, 즉 도덕의 부흥 확립일 것입니다. 이 점은 내가 밖에 있을 때 매우 강조한 점인 것을 당신은 잘 알고 있을 것입니다. 이하 내 소견을 지면관계로 요점만 적어보냅니다. 이 글을 놓고 가족회의에서 비판 토론의 재료로 삼으면 유익할 것으로 생각합니다.

1. 유교도덕의 재평가

요즈음 도덕을 개탄하는 사람들 중에는 이의 시정책으로 유교도덕에의 복귀를 생각하는 경향이 있습니다. 한때 충효운동이 대대적으로 벌어졌던 것을 우리는 압니다. 그러나 유교도덕으로는 원칙적으로 우리가 되돌아갈 수 없으며 그럴 필요도 없습니다. 유교도덕은 봉건도덕이며 따라서 인권부재의 도덕인데 민주주의와 산업사회를 지향하는 마당에 어찌 이를 따를 것입니까? 몇 가지 예를 들면,

1) 유교도덕의 충효는 '군君이 군답지 않더라도 신臣은 신다워야 한다' '부모가 부모답지 않아도 자식은 자식다워야 한다'는 것이 기본입니다. 이것은 개인의 인격의 존엄성과 사회계약적 사상을 토대로 한 민주사회의 도덕이 될 수 없습니다. 오늘의 충효는 '정부도 정부다워야 하고 국민도 국민다워야 한다' '부모도 부모다워야 하고 자식도 자식다워야 한다'는 상호주의를 바탕으로 하는 것이라야 합니다.

2) 유교도덕의 또 하나의 큰 기둥은 질서입니다. 젊은이는 윗사람에게 무조건 복종해야 하는 장유유서長幼有序, 아내는 남편에게 복종하고, 질투하거나 자식 못 낳거나 하면 쫓아내는 칠거지악七去之惡까지 용납하던 남편 절대우위의 부부유별夫婦有別을 위시로 한 남존여비男尊女卑, 관존민비官尊民卑, 관료주의官僚主義, 형식주의形式主義 그리고 반상班常의 차별 같은 신분주의身分主義, 이런 것이 봉건도덕인 유교도덕의 골자인 것입니다.

그런데 유교도덕의 재존중을 말하는 사람 중 상당수는 유교도덕과 우리 민족 고유의 도덕을 혼동한 예가 많습니다. 이 점을 분명하게 구별하지 않으면 우리는 조선왕조 500년 동안 가장 참혹하게 국민을 짓밟은 그리고 마침내 망국에까지 이른 유교도덕의 잔재를 털어버리는 매우 중요한 현재적 과업을 등한히하게 되고, 유교도덕 이전에는 우리

민족에게 도덕다운 도덕이 없이 야만이었던 것 같은, 자기 역사에 대한 무지와 모멸을 갖게 됩니다.

2. 고유의 도덕의 재인식

이 점에 대해서 우리는 우리의 조상들이 얼마나 도덕적인 민족이었나 하는 점을, 유교도덕의 원류인 공자의 말과 중국의 많은 역사·지리서를 통해서 알 수 있습니다.

1)《논어論語》에는 공자 자신의 말로서 "진리가 실현되지 않는 중국 사회를 떠나 군자의 나라인 구이九夷(당시 평안·황해도 지방)에 뗏목 타고 건너가서 살고 싶다"고 적혀 있습니다. 2500년 전의 이야기입니다.

2) 1500~1600년 전부터 2000년 전의 중국의 지리서 또는 정식 역사서들인《산해경山海經》《사기조선전史記朝鮮傳》《한서지리지漢書地理誌》《후한서동이전後漢書東夷傳》《위지동이전魏志東夷傳》에는 삼국시대 이전의 부족국가 시대의 부여·고구려·고조선·삼한 등의 사회의 우리 조상들의 도덕, 즉 유교도덕이 중국에서조차 채 확립되기 전의 우리 민족의 도덕을 대략 다음과 같이 기록해놓고 있습니다. 즉 "도적이 없고 부인들이 정신貞信하고 성품이 인자하고, 유순하고 인도적이다." "동쪽 바다 밖에 군자국이 있으니, 그 사람들은 의관을 정제하고, 칼을 차고, 큰 호랑이 두 마리가 그 곁에 있는데, 그 사람됨이 사양하기를 좋아하고 다투지를 않는다" "나라사람들이 백의를 즐겨 입고, 조상을 숭배하며, 상사를 애도하며, 부인들이 얼굴을 가리고 패물을 차지 않는 것 등은 중국과 같다" "군자불사지국이다" "동방예의지국이다" 등의 글을 볼 수 있습니다. 유교도덕 이전에 이미 이 나라에는 정직, 부녀의 정절, 인자, 평화, 예의, 용기, 겸양, 효도, 후장厚葬, 검소 등의 훌륭한 고유 도덕이 있었던 것을 알 수 있습니다.

3) 이보다 연대는 뒤지지만 신라 말엽에 최치원이 쓴 글 〈난랑비서문鸞郎碑序文〉에도 화랑정신이 연결된 우리의 고신도古神道에 대해서 우리나라의 오묘한 도가 고대로부터 있었으니 유불선儒佛仙 삼교의 요소가 이미 이 풍류도 속에 내재해 있었다고 했습니다.

단군신화의 홍익인간의 이상에서도 공자의 인, 맹자의 왕도정치, 오늘의 민주주의, 사회 정의와 연결된 정신을 보게 됩니다.

우리 민족의 도덕관념은 신라 말년까지는 일부 불교의 영향을 받았지만 삼국 이전의 고래의 도덕이 지배하고, 고려시대는 거기다 불교의 영향을 강하게 받고, 조선시대에는 유교의 영향이 크게 지배한 것 같습니다. 그러나 이미 2)에서 지적한 우리의 고유의 도덕은 불교, 유교와 융합하면서 꾸준히 유지되어온 것입니다. 자세한 근원은 알 수 없지만 우리 민족이 아득한 옛날부터 매우 수준 높은 도덕성과 문화성을 가진 민족인 것만은 사실입니다.

3. 인류의 역사와 도덕

도덕이란 인간행위의 선악, 정사正邪의 원리이며 사회생활에 있어서의 인간행동의 규범입니다. 도덕이란 인간이 추구하는 진眞, 선善, 미美, 성誠 중의 주로 선을 추구하는 것인데, 진과 선은 그 원리에 있어서는 시공時空에 관계없이 불변이지만 그 방법에 있어서는 때와 장소에 따라서 변천하게 마련입니다.

이미 지적한 바 봉건시대의 충효와 오늘의 충효의 방법과 내용은 크게 다르며, 달라져야만 효율적으로 성과를 볼 수 있을 것입니다. 이러한 변화 속에 도덕은 진보했는가, 후퇴했는가? 크게 전진한 것입니다. 얼마 전까지만 하더라도 우리사회를 전면 지배하던 '1. 유교도덕의 재평가'의 1)과 같은 사회를 우리가 지금 살아야 한다고 생각해보면 오늘이 진보한 것을 실감할 것입니다. 언젠가도 말했지만 토인비가 말한 인류 역사상의 4대 죄악, 즉 노예제도, 인간 착취, 인종차별 그리고 전쟁에 의한 인간 살해 중 마지막 전쟁만 남겨 놓고 세 가지의 죄악이 인간사회에서 사라졌고 사라져가고 있는 것으로도 알 수 있을 것입니다.

어느 시대에나 도덕의 위기는 있습니다. 특히 오늘과 같은 인류 역사상 초유의 격변기에는 도덕은 바닥부터 흔들리는 것입니다. 이럴 때는 반드시 복고주의가 나옵니다. 그러나 그것은 성장하는 어린아이에게 갓난아이 때의 옷을 끼워 입히려는 것과 마찬가지로 어리석은 일이고 해로운 일입니다. 특히 외래 도덕이 밀어닥치는 오늘 같은 시대에는 더욱 황당합니다. 그리하여 어떤 사람은 무조건 거부하는 제롯주의(옛날 이스라엘의 제롯당같이), 또는 덮어놓고 영합하는 헤롯주의(이스라엘의 헤롯왕같이)를 취하는데 두 가지 모두가 위험하고 유해할 것입니다. 다음에 말한 바와 같이 우리는 취사 선택해서 받아들이되 우리 고유의 도덕과의 절도 있고 실정에 알맞은 접합에 노력해야 할 것입니다. 이것이 역사의 교훈입니다.

4. 우리 도덕의 위기와 그 원인

나는 언제나 우리 국민을 신뢰하고 그 가능성을 믿어왔으며 지금도 변함이 없습니다. 그러나 지금의 우리 도덕상황은 심각하여 우려할 만하다고 믿습니다. 인류의 역사는 어떠한 부강한 나라도 로마제국이나 역대의 중국의 제국들에서 본 바같이 도덕적으로 타락하면 반드시 망하며 반면에 어떠한 고난 속에서도 그 나라들의 초창기같이 도덕적으로 강하면 반드시 융성의 길이 있었다는 것을 말해줍니다. 오늘 우리의 도덕적 위기의 원인은 아주 복합적입니다.

1) 지금 우리 사회는 리스먼이 그의 저서《고독한 군중》에서 말한 것

처럼 농업사회의 전통 지향, 공업화 단계의 내부 지향(일에의 열중, 소비와 오락으로 소유욕 충족과 사회로부터의 도피) 그리고 고도산업사회의 타인 지향형(남의 기대와 평가, 취미에 맞추어 자기 행동을 좌우하는 자기 상실)의 세 단계의 사회 도덕을 한꺼번에 수용하는 혼란을 겪고 있습니다.

2) 계속되는 경제 제일주의 속에 정신적 가치가 너무 경시되어왔습니다.

3) 외래문화를 무조건 수용하는 식민지적 정신 작태의 해독을 지적할 수 있습니다.

4) 우리의 고유의 도덕을 무조건 멸시하는 경향과 반대로 전통도덕을 지나치게 강조하는 양극의 갈등과 혼란을 들 수 있습니다.

5) 정직하고 양심적인 자보다 악하고 부정직한 자가 성공하는 사회 기풍 속에 양심과 전통성이 파괴되고 기회주의와 출세주의가 판을 쳐온 사실을 봅니다.

6) 지도층들이 정직, 언행일치, 검소, 청렴, 근면, 봉사 등의 모범을 보이지 못했을 뿐 아니라 그 반대의 경우가 허다했었다는 사실이 도덕적 위기를 초래한 아주 큰 원인이라 할 것입니다.

7) 오늘의 서구사회가 커다란 도덕적 위기를 겪고 있는데 이는 산업사회로부터 후기 산업사회로의 이행 과정에서의 필연적 현상이기도 하지만 종래의 폐단이 누적된 현상이기도 합니다.

이런 것들이 지금 우리 사회에도 밀려옵니다. 서구 도덕의 위기의 원인은 주로 물질과 기술만능주의에서 온 정신적 가치의 경시, 서구 도덕의 바탕인 기독교의 역할 저하, 산업사회의 도시화, 기계화, 분업화에서 오는 인간소외 내지 인간상실, 미래에 대한 확신과 비전의 결여 그리고 미국의 지도자들이 월남전, 워터게이트, 이란사태 등에서 보여준 지도력 상실, 멸망 전의 아테네, 기타 그리스 도시국가의 지도자들이 보여준 무능, 즉 경제적 밀착과 문화적 통일 속에서도 정치적 통일만은 이루지 못하여 외세인 강대국의 위협에 굴복하고 만 전철을 밟고 있는데 대한 국민, 특히 젊은이들의 실망에서의 온 반항 등을 들 수 있습니다. 이중에는 우리에게도 매우 경종이 되는 사실이 많습니다.

5. 우리가 극복하고 나아가야 할 방향

우리가 나아갈 도덕적 방향은 우리의 정치·경제·사회의 방향과 일치해야 합니다. 그래야 마찰과 혼란과 분규를 면하고 건전하고 힘찬 도덕사회를 이루며, 각 개인도 보람 있는 도덕생활을 할 수 있습니다. 이러한 일치 없이 도덕 하나만 고집해서 향상 발전할 수는 절대로 없습니다.

우리가 나아갈 길은 민주주의요, 사회정의요, 경제발전이요, 국가안전이요, 조국의 통일입니다. 우리의 사회도덕이 이러한 국가목적과 일치할 때 개인도 의욕과 보람과 희망을 가지고 도덕적인 생활을 할 수 있습니다. 이러한 대원칙 아래 몇 가지를 구체적으로 적어보겠습니다.

1) 먼저 개인적 자세인데 앞에 적은 것과 일견 모순될 것 같으나 우리는 개인적으로는 설사 온 세상이 모두 도덕적으로 타락하더라도 나만은 끝까지 도덕을 고수하겠다는 삶의 자세를 가져야 할 것입니다. 우리가 하느님으로부터 얻은 자유의지가 있고 인격의 존엄이 있는 이상 세상으로 인해 나의 주체성을 상실할 수는 없을 것입니다.

2) 그러나 이것을 모든 사람에게 기대할 수는 없습니다. 우리는 정부와 국민이 합심해서 사회의 도덕화道德化를 이루고 이미 앞에서 지적한 도덕 위기의 원인들을 극복해야 할 것입니다. 개인과 전체 양면에서의 향상이 있어야 비로소 도덕의 완성을 기대할 수 있을 것입니다.

3) 전통 도덕의 취사 선택, 새로운 도덕의 창조적 추진은 어디까지나

광범한 국민의 토론과 참여 속에 이루어져야 합니다. 흔히 과거에 본 바와 같은 지도층의 열의나 강요만으로 도덕은 이루어지지 않습니다. 억지로 소를 강에 끌고 가도 소가 물을 마시지 않으면 도리가 없습니다.

4) 그리고 무엇보다도 중요한 것은 지도층의 도덕적 솔선수범입니다. 이것 없이는 춘추시대의 혼란 속에서 공자가 나오듯이 위대한 도덕적 성자는 나와도 전 국민이 도덕화된 사회는 이루어질 수 없습니다. 우리 국민의 도덕성으로 보아 지도층만 솔선수범하고 올바른 방향만 제시하면 큰 성공을 거둘 수 있을 것입니다.

5) 서구 도덕을 무조건 영합해도 안 되지만 덮어놓고 배척해도 안 될 것입니다. 우리가 서구의 정치, 경제, 사회의 모든 것을 받아들이면서 그 속에서 형성된 도덕만은 우리 고유의 것으로 일관한다는 것은 난센스입니다. 서구 도덕 중 우리가 수용할 것은 그들의 근대화와 민주사회를 성취시킨 정신적 원동력이 된 도덕들입니다. 즉 인격의 존중, 독립심, 합리성, 적극성, 모험심, 공공심, 정의감, 근면, 실용주의, 인권존중 등일 것입니다.

6) 한편 우리의 고유의 도덕에서 우리가 보존하고 발전시켜야 할 것으로 생각되는 것을 열거해보면, 효도, 형제·친족애, 가족적 연대, 인정, 협동과 상부정신, 명랑성, 자애심, 평화성, 겸양, 손님의 후대, 예의존중 등이며 그리고 고유 도덕 중 약간 시들어진 검소, 용기, 정직 등도 회복해야 할 것입니다.

6. 사랑하는 자식들에게 일러두는 말

• 우리는 일생을 두고 훌륭한 문학작품을 읽어야 한다. 그것들은 무한대無限大의 시간을 두고 고갈되지 않는 영혼의 샘물을 공급한다.

• 자기가 합리적으로 사고하는 사람은 남도 똑같이 합리적일 것으

로 믿으며, 자기가 양심적인 사람은 남도 다 그런 것으로 알고 처신한다. 우리의 처세상 실패의 큰 원인의 하나가 여기 있다.

● 우리는 중요한 일과 중요한 것같이 보이는 일을 구별할 줄 알아야 한다. 우리는 후일에 되돌아보면 하찮은 일에 중요하다고 매달려 얼마나 많은 인생을 낭비했던가!

● 진정한 자유인이 되려면 먼저 하느님께 얽매어져야 한다. 그리스도의 부하된 자만이 죽음, 명예, 재물, 유혹, 고난, 번민, 위기 등 우리를 꽁꽁 묶어 노예로 만들고 있는 적으로부터 자유로울 수 있다.

● 우리는 전진해야 할 때 주저하지 말며, 인내해야 할 때 초조하지 말며, 후회해야 할 때 낙심하지 않아야 한다.

● 쓸모없는 사람은 찾아오지만 좋은 벗은 내가 찾아가서 사귀어야 한다.

다음 책은 삼형제가 꼭 읽어보기 바란다.

1) 《미국의 새로운 선택》(미국 내에는 여기와 견해를 달리하는 사람들도 있다는 것을 염두에 두면서)

2) 《성서의 가난한 사람들》(아주 좋은 책이다. 다만 신약, 특히 예수님의 행적을 소홀히 한 것이 유감임)

3) 《제로섬 사회》(경탄할 좋은 책, 조지 길더의 《부와 빈곤》을 같이 읽으면 참고가 됨)

4) 《교회란 무엇인가》(많은 참고가 됨)

5) 《한국사회》(참고되는 몇 개의 글이 있음)

다음의 책들을 구해서 넣어주시오.

1) 몰트만, 《희망의 신학》(집에 있음)

2) A. 모로아, 《미국사》

3) 보마르세, 《피가로의 결혼》

4) 뒤마, 《몬테크리스토 백작》

5) 야스퍼스, 《니이체와 기독교》(박영문고)

6) 니체, 《안티 크라이스트》(〃)

7) 《십팔사략》(1~3권, 그러나 가급적 단권 구하도록)

8) 강주진, 《고기봉高奇峰의 생애와 사상》

9) 한스 켈잰, 《민주주의와 철학, 종교, 경제》(홍성사)

10) 갈브레이드, 《대중은 왜 빈곤한가》(홍성사)

11) E. 프롬, 《소유냐 존재냐》(전망사)

12) 최준명, 《경영인》(다락원)

13) 海音寺·司馬對談, 《日本歷史を點檢する》(講談社)

14) 海音寺潮五郎, 《詩經》

15) 《일본역사》(전집으로 된 것)

16) 《中國歷史》(〃)

1982년 2월 23일

조선왕조의 자기 형벌

존경하고 사랑하는 당신에게(그리고 사랑하는 자식들에게)

어제 면회할 때 유리가 가려서 자세히는 볼 수 없었지만 당신이 전보다 야위어 보이던데 시간에 쫓기어 미처 물어보지 못했어요. 어떤지요?

면회란 것이 그 짧은 시간이며 할 말도 제대로 못하고 언제나 아쉬움이 큰 가운데 끝나는 것이지만 그래도 한 달에 가장 기쁜 것이 그 시간인 것 같아요. 면회가 끝나는 바로 그날부터 다음 면회날을 손꼽게 되니 말이오. 여기 생활에서 가장 기쁜 것이 네 가지인데 첫째는 면회, 그 다음은 가족의 편지 받는 것 그리고 좋은 책 읽는 것이며, 마지막은 봄부터 가을까지 화단에 나가서 꽃을 돌보아주는 것이오. 꽃이 죽은 겨울은 운동시간에 나가도 재미가 없어요. 이제 봄이 오니 기대가 큽니다.

요즈음 지영 모 편지에 "좋은 시부모 모셔서 감사하다"는 글과 홍업이 편지에 "고난 속에서도 부모를 존경하고 화목한 가정을 이루고 있으니 기쁘다"는 사연에 감사와 기쁨을 금할 수 없습니다. 사실 당신과 나는 그런 점에서 행복하다고 생각합니다. 홍일이 내외가 결혼 당초에 내가 기대하던 것보다 훨씬 좋은 가정을 이끌어나간 것을 보면 대견하고 자랑스러워요. 지영이도 착하고 어머니를 열심히 도운다니 그간에 많이 컸구나 생각돼요. 정화는 당신 편지같이 '굼슬거워서' 지영이와 아주 대조적인 데가 있는 것 같아요. 몹시 끈질긴 데가 있다는 제 어머니의 편지를 보고, 혼자 나를 닮았는지도 모르겠다고 웃었어요.

홍업이는 당신이 항시 써온 대로 우리는 부모로서 걱정과 측은한 생각조차 느끼지만 그러나 본인이 잘 극복해나가고 있으니 그만큼 고맙고 안심이 됩니다. 금년은 그 애를 위해서 좋은 해가 되기를 매일 주님께 기도하고 있어요. 홍걸이가 저의 어릴 때부터의 꿈이던 고대에 기적같이 그것도 본인의 결단에 의해 입학한 것을 생각하면 나는 저절로 기쁜 웃음이 지금도 나와요. 한편 생각하면 기적만도 아니지요. 재작년 이래의 그 기막힌 환경 속에서 외부와 단절된 가운데 있었던 우리와 달리 매일 학교에 나가서 선생님들과 남녀 교우들을 대해야 하는 그 고통스러운 생활을 한 마디의 괴로운 하소연도 없이 이겨낸 일을 생각할 때 나는 몇 번 측은함과 감사의 눈물을 흘렸는지 모릅니다. 그 애의 심정을 읊은 시 〈여수旅愁〉를 몇 번이고 되풀이해 읽고 있습니다.

홍걸이의 이번 성공은 그의 착하고 장한 인내와 극복에 대한 하느님의 선물이었다고 생각합니다. 부귀영화 속에서도 원만한 가정을 이루지 못한 예가 흔한데 우리와 같은 특별한 역경 속에 있는 집안이 이처럼 존경과 사랑과 화목을 이룰 수 있는 것을 우리는 한없이 감사하고 기뻐해야 할 것 같습니다. 이 모든 것이 하느님에의 믿음 속에서 양심과 이웃과 역사에 충실하게 살려는 우리 가족 모두의 노력의 귀중한 열매이며 그렇게 가정을 이끌어간 당신의 힘 또한 큰 것이라고 생각합니다. 쓰다 보니 어설픈 자화자찬만 늘어놓고 우리 각자가 반성할 우리 서로의 결함은 무시한 것 같기도 하지만 진실하다는 것은 자기의 단점만 강조하는 것이 아니라 때로는 장점도 보면서 이 양자를 편견 없이 파악하는 것이라고 믿습니다. 오늘도 당신과 자식들의 참고를 위하여 다음 몇 자를 적어 보겠습니다.

쓰고 싶은 것이 많아 아무리 글자를 줄여도 언제나 다 못 쓰는 안타까움이 남습니다.

1. 폴란드 사태의 역사적 배경

요즈음 폴란드 사태가 전 세계의 이목을 집중시키고 있는데 그 점은 우리나라도 마찬가지인 줄 압니다. 이 결과가(당면해서) 어떻게 되든 과거의 헝가리, 동독, 체코슬로바키아의 사람들과 더불어 거시적으로 볼 때는 동유럽이 장차 소련에 치명적 타격을 주는 아킬레스건이 될 수도 있는 가능성을 다시 보여주고 있는 현상이라 할 것입니다. 폴란드 사태의 진상을 완전히 파악하기 위해서는 폴란드와 러시아 간의 긴 갈등의 역사를 바르게 파악할 필요가 있습니다.

즉 첫째는, 종교적 대립의 역사입니다. 종교개혁 전의 중세기에 있어서는 로마 가톨릭과 그리스 정교회의 대립이 매우 치열했습니다. 이때 폴란드는 가톨릭교의 동방에 대한 최전선의 투사였으며, 러시아는 1453년의 동로마제국의 멸망으로 그리스가 오스만 투르크의 지배 하로 들어가자 이교도 지배 하의 그리스를 대신해서 정교회의 실질적인 본산이 되고 러시아 정교회로 독자적인 출발을 했습니다. 이를 전후해서 폴란드와 러시아는 서로 신앙상의 대립을 밑받침으로 전쟁과 대립을 거듭했는데, 폴란드는 한때 리투아니아와 합병해서 강대한 힘을 가지고 서러시아를 지배하여 17세기 초에는 모스크바를 2년이나 점령한 일도 있습니다.

이러한 폴란드의 움직임의 배후에는 언제나 가톨릭을 러시아에까지 확장시키고자 하는 로마 교황청의 강력한 희망이 뒷받침되었습니다.

둘째는, 러시아에 의한 길고도 잔인한 폴란드 침략을 들 수 있습니다. 유명한 폴란드 분할로 러시아는 혹은 오스트리아, 프러시아와 세 나라가 혹은 프러시아와 두 나라가, 혹은 단독으로 18세기 말의 약 20년 동안 3차에 걸쳐서 폴란드를 분할, 독식하여 마침내 폴란드라는 나라를 지구상에서 말살해버렸습니다. 1차대전 후의 독립 회복까지 약

150년 동안 폴란드인은 세계 피정복민족 사상 그 예가 없을 정도의 격렬한 반러시아 독립투쟁을 벌였고 그때마다 러시아는 야만적인 탄압으로 이에 보복을 했습니다.

우리의 일제 36년의 경험을 회고하더라도 폴란드인의 러시아에 대한 증오감이 어떠하리라는 것은 능히 상상할 수 있습니다.

셋째는, 거기다가 1939년 9월의 독일의 폴란드 침입 직전(1938년 8월) 소련은 히틀러와 독·소 불가침조약을 맺고 독일과 더불어 동쪽에서 폴란드를 침범했으며, 독일과 같이 폴란드 전역을 분할 합병했습니다. 그뿐 아니라 2차대전이 끝나기 직전에는 소련군이 독일에 대해서 항쟁한 폴란드 민족주의 게릴라부대 수만 명에 대한 카친 숲의 학살을 저질렀으며, 영국에 망명해서 망명 폴란드군 수만을 거느리고 중동지방에서 독일과 싸우며 폴란드 국민의 적극적인 지지를 받은 런던의 망명정부의 귀환을 처칠 수상의 끈질긴 요구에도 불구하고 스탈린은 끝내 봉쇄하고 말았던 것입니다.

넷째는, 폴란드인(기타 모든 동구인들과 마찬가지로)의 러시아인에 대한 문화적 우월감을 들 수 있습니다. 사실 러시아는 989년에 기독교를 받아들일 때까지 거의 야만족의 상태였고, 그후 17세기 후반에 표트르 대제가 적극적으로 서구문명을 받아들일 때까지도 폴란드에 비하여 문화적으로 크게 낙후되어 있었습니다. 지금도 그 차이는 여전히 남아있으며 동구인들의 멸시를 받고 있는데 이는 병자호란 이후 우리 국민이 청나라의 만주족에 대하여 가졌던 감정을 생각해보면 납득이 갈 것입니다.

다섯째는, 소련은 2차대전 후 우리나라의 북한에서 한 바와 똑같이 동유럽 일대에서 산업시설을 뜯어갔으며, 그후 동구 국가들을 소련 경제권에 예속시키고 소련의 경제적 이익에 종속시키는 착취를 강행하여 계속 내부적인 갈등을 벌여놓고 있습니다. 이상 내 생각을 참고로 적었습니다.

2. 왕조王朝의 주기週期

1) 우리나라의 역사를 읽을 때 하나의 특징은 한 왕조의 존속기간이 세계에서 예가 드물게 길다는 것입니다. 첫째, 신라는 B.C. 57년부터 935년까지 1000년이나 계속되었는데, 초기의 부족연합적인 시대를 빼고 제대로 왕조다운 면모를 갖추기 시작한 내물왕 시대부터는 500년이 됩니다. 둘째, 고려는 918년부터 1392년까지 500년 가까이 계속되었고 셋째, 조선 왕조도 1392년부터 1910년까지 500년 이상이나 계속되었습니다.

2) 이는 중국의 왕조와 비교해볼 때 큰 차가 납니다. 중국의 왕조의 사이클은 한나라가 전한前漢 200년, 후한 200년, 당나라가 약 300년, 송나라가 북송北宋, 남송 합쳐서 300년, 원나라가 겨우 110년, 명나라가 200년, 청나라가 만주 시대까지 합쳐서 300년입니다.

3) 일본도 명목상의 왕조인 천황기만 길다 뿐이지 실제 집권정부의 수명들은 아주 짧으며 약 260년 계속된 도쿠가와 막부가 가장 긴 수명의 정권이라 할 것입니다.

4) 서구에서는 영국이고, 프랑스고, 독일이고 할 것 없이 300년을 넘겨 집권한 왕가가 거의 없습니다.

5) 중동에 와서 지금의 이란에 있었던 파르티아의 아르사제스 왕조가 약 470년, 이슬람교의 압바스 왕조가 약 500년, 지금 터키의 오스만 투르크 왕조가 600년 계속되었습니다. 이렇게 볼 때 우리 나라의 왕조 순환의 주기는 일부 중동국가를 빼놓고는 거의 예가 없습니다.

왕조 순환의 법칙은 대체로 200~300년인데 그 초기의 3분의 1 기간

정도는 건국 초의 참신한 정신과 왕성한 활력으로 발전하며, 그 다음 3분의 1은 차차 침체기로 들어가고, 마지막 3분의 1은 다시 회생할 수 없는 쇠망기로 들어간 것이 통례인데, 우리나라는 두 번째와 세 번째의 정체와 쇠망의 사이클이 너무도 길다는 것입니다.

고려는 1170년의 무신란 때가 건국 후 250년 정도인데 그때 왕조가 교체되었어야 했으며, 늦어도 몽고 침입시에 교체되었어야 했는데 이상하게도 두 번 다 연명했습니다.

조선왕조는 1592년의 임진왜란이 꼭 만 200년인데 그때 왕조가 교체되거나 그 다음 1636년의 병자호란 때 교체되었어야 했을 것입니다. 창조성과 활력을 잃은 왕조가 억지 수명을 연장하는 것은 마치 사기死期에 처한 큰 짐승이 숨이 끊어지지 않고 풀밭에서 뒹굴면 그 밑에 깔린 잡초(백성)들만 짓밟혀서 희생되는 격입니다. 조선왕조가 적시에 교체되었던들 우리는 왕조 말엽의 그 무기력하고 부패와 타락의 극에 이르렀을 때 일본이나 서구세력의 침입을 받지 않고, 좀더 적응력 있는 정부가 이를 맞이했다면 망국의 설움을 맞지 않고도 살아남았을 것입니다.

그런데 내가 여기 말하고자 하는 것은 왜 우리나라만 유독히 이렇게 왕조의 주기가 길었는가 하는 것입니다. 당신도 알다시피 나는 어느 정도 우리 국사책을 읽었으나 아직 그것에 관해 언급한 책을 보지 못했습니다. 나도 여러 가지로 생각해보지만, 약간의 이유도 있는 듯 생각되지만 아직 자신 있는 해답을 얻지 못하고 있습니다. 당신이 혹 여기에 대한 설명을 전문가에게 알아볼 기회가 있으면 알아서 가르쳐주기 바랍니다. 이 문제의 바른 해답을 얻는 것은 비단 과거에 대한 이해만이 아니라 민족 특성 이해에 큰 자료가 될 것 같습니다(추기: 조선왕조 말과 같은 무렵 일본이 서구세력 앞에서 도쿠가와로부터 메이지 왕조로의 정권 이동 혁명이 없었다면 그후 일본의 발전은 없었을 것입니다).

3. 조선왕조의 자기 형벌

조선왕조 지배상의 정신구조는 놀라울 정도의 폐쇄성으로 일관했습니다. 즉 그들은 건국하자마자 첫째, 정신적으로 완전한 배타주의의 길을 질주하더니 망국의 그날까지 계속했습니다. 고려시대의 유·불 공존체제를 뒤엎고 철저한 불교 탄압으로 나섰고, 유교 내부에서도 주자학 외에는 양명학도, 청국의 실증 유학도 모두 배격했습니다. 심지어 주자학 내부에서도 글자 하나만 잘못 써도 사문난적斯文亂賊으로 보는 형편이었습니다. 그러므로 천주교나 동학은 용인할 수 없는 정신풍토였습니다.

둘째, 처음에는 양반과 상민의 관계를 가혹하게 가르더니 나중에는 자기들 양반끼리 동, 서로 가르고 급기야는 노론, 소론, 남인, 북인의 사색으로 갈라서 살육과 추방을 되풀이하는 투쟁을 망국의 그날까지 그치지 않았습니다. 그들은 서로 일체의 사교적 접촉이나 통혼을 끊었으며 관혼상제의 애경방문哀慶訪問조차 하지 않는 정도였습니다.

셋째, 조선왕조 지배층은 처음에는 서북사람을 정권 참여에서 제거하더니, 그 다음 정여립鄭汝立의 난 이후에는 호남사람을 제거하고, 영남과 기호사람끼리 피투성이의 지역 싸움을 했는데, 작고한 본인들의 뜻에 반하여 전자는 주로 이퇴계를, 후자는 주로 이율곡을 추앙하면서 서로 상대방의 추앙인물을 헐뜯기에 여념이 없었습니다.

그러나 안동 김씨, 풍양 조씨, 여흥 민씨의 세 외척의 세도시대로 들어서니까 이번에는 다시 좁혀서 서울 사대문 안 사람만이 정권을 농단하는 지경에 이르렀습니다. 철저한 배타였고 철저한 자기 폐쇄의 작태였습니다. 이것이 망국의 길이요, 국민 전체의 정신과 문화와 생활에 미치는 악영향은 말할 것도 없지만, 무엇보다도 가장 가혹한 자기 형벌을 그들은 500년이나 가해온 것입니다. 대화도 없고 관용도 없고 공존도 없는 삭막하고 황량한 정신풍토를 그들은 형성하고, 그 안에 마치 조개같이 파묻혀 증오와 불신과 음모의 세월을 보냈던 것입니다.

그들이 저지른 물질적·가시적可視的인 과오는 쉽게 아물게 할 수 있으며 더 큰 개선도 쉽습니다. 그러나 눈에 보이지 않는 이러한 정신적 악의 유산은 그것이 정신 내부에 잠복해 있으며 대부분의 경우 본인 자신도 자기 안에 있는 악을 전혀 의식하지 못하거나 깨달아도 완전히는 깨닫지 못하는 것입니다. 오늘날 우리가 가지고 있는 가장 큰 불행의 현상이 있다면 이러한 조선왕조로부터 물려받은 정신적 악의 유산에서 헤어나지 못하는 점일 것입니다.

관용, 공존, 이해, 협력의 기풍 대신 증오, 보복, 곡해, 중상 등의 기풍이 판친다면 다른 어떤 것이 건설되고 발전되더라도 희망이 없다는 것은 자명한 일입니다. 그런데 전자의 가능성을 배제하고 후자의 수렁 속으로 빠져들어간 최대 원인은 상호 이해의 부족에서 오는 수가 태반이며, 이해의 결핍은 대화의 부재에서 옵니다. 우리가 가정해서 조선왕조 시대에 유교와 불교 사이에 흉금을 털어놓는 대화가 있었다면, 천주교와 동학에 대한 유교나 정부의 대화가 행해져서 그 본질을 바르게 이해했더라면, 그리고 아울러 서구 사정이나 민중의 기막힌 사정이 통달되었더라면 얼마나 우리가 달라졌을까요? 양반과 상민 간에 대화가 행해지고 도별 지역 차이 없이 정권에 참여하고 당파 간에 대화가 행해졌더라면 저 피비린내나는 당파 싸움이나 민중의 반란이 없었을 것이며, 우리의 정치와 국운은 지금 우리가 역사책에서 본 것과 정반대의 광명의 길을 걸었을 것입니다.

예수님은 우리더러 원수를 사랑하라 하십니다. 이것은 사실 불가능에 가까운 일입니다. 그러나 이에 가까이 갈 수는 있습니다. 사랑하려면 먼저 용서해야 합니다. 용서하려면 상대의 처지와 심정을 이해해야 합니다. 이해하려면 상대방의 처지와 심정을 알기 위한 대화가 필요합니다. 대화도 이해도 없는 가운데 곡해와 무지가 쌓여 있으면 용서도 사랑도 있기 어렵습니다. 물론 무조건 용서와 사랑도 있을 수 있지만 그것은 인간으로서는 가능한 일반적인 일은 아니라 할 것입니다. 당신은 나의 이에 대한 심정心情을 오래 전부터 잘 알고 있으므로 이것이 결코 나의 새삼스러운 생각이 아니라는 것을 알 것입니다.

사랑하는 홍걸이와 형주에게

내가 사랑하는 너희들이 인생의 도상에서 중요한 계단의 하나인 대학 진학에 즈음해 너희들의 보람 있고 성과 있는 대학생활을 위해서 약간의 도움이라도 주고자 다음 몇 가지를 적는다. 너희들도 이미 상당한 마음의 준비와 계획이 있을 것이니 그것과 합쳐서 참고로 하기 바란다. 모든 것은 어디까지나 너희들이 주체적으로 판단해서 흡수하고 소화해서 자기 것을 만들기 바란다. 또한 이 글은 당장의 소용으로만 생각지 말고 앞으로 기회 있을 때마다 되풀이해서 읽어보는 것이 좋겠다. 이 글이 홍걸이 네가 참고의견을 원하던 그 부탁에 합당하기를 바란다.

1) 대학을 학문의 도장이라고 생각하는 현대의 생각은 시정되어야 한다. 대학은 학문을 포함한 인격 도야, 건장한 체력 형성 등 전인적全人的 인간 완성의 장으로 보아야 한다. 교육철학의 역사를 보더라도 칸트의 이상주의적·윤리적 교육철학이 18세기부터 지배하다가 19세기 중엽부터 실용적이고, 과학적이고, 실증적인 교육철학이 일어나 오늘까지 풍미해왔는데 이제는 그 폐단이 뚜렷해져서 칸트적인 것과 현대적인 것을 발전적으로 통합하는 것이 바른 교육의 길이라는 것이 판명되었다.

그러나 아직도 지식 만능, 실용주의 만능의 교육이 시정되지 않고 있다. 이 점을 알고 너희들은 스스로 대학교육의 결함을 보완하고자 인격과 건전한 체력 함양에 힘쓰기 바란다.

2) 대학은 전문적인 학문을 배우는 곳이 아니라 지도적 인재가 될 기초적 교양을 닦는 곳이다. 전문 공부는 대학원이나 사회 현장에서 배우게 된다. 하버드 대학은 4년 전 과정을全過程 교양과목으로 충당한다고 한다. 그러니 장래 지도적 인재(봉사하는 자)가 될 수 있도록 광범위한 교양을 쌓기 바란다. 자기 전공에 한하지 말고 문과나 이과에 대한 기초지식을 갖추도록 하여라. 현대 학문은 이 양자를 서로 알지 않으면 완전히 마스터할 수 없다. 예를 들어 철학을 하려 해도 논리학에 기호철학이 있고 철학 전반은 과학의 과학이라 할 정도로 과학과 관계가 밀접하며, 과학철학도 있는 실정이다.

3) 장래에 대한 큰 목표를 가져라. 젊었을 때에 큰 포부를 가져도 점점 위축되게 마련인데 하물며 큰 포부 없이 어찌 대성을 기하겠느냐? 대학원 진학, 외국 유학, 국민과 사회에의 보람 있는 봉사 등 높은 이상과 목표를 간직하고 그 성취에 전력투구하기 바란다.

4) 언제나 자기 정신으로 사는 주체성 있는 인격을 형성하고자 노력하기 바란다. 교수의 말이건, 어떤 권위 있는 학자의 말이건 반드시 비판적으로 검토해서 받아들일 때는 완전히 자기 것으로 받아들이는 태도를 견지하기 바란다. 반면에 누구의 말에도 허심탄회하게 귀를 기울이며 바른 말이면 기꺼이 자기 주장을 바꾸고 자기 과오를 인정하는 개방된 자세를 반드시 병행하여야 한다.

5) 둘 다 어학에는 영어와 일본어를 필수로 생각하여라. 일본어 필수는 잘 납득이 가지 않을지 모르나 거기에는 이유가 있다. 첫째, 일본은 싫든 좋든 가까운 이웃일 뿐 아니라 앞으로 우리의 운명에 지대한 영향이 있다.

수감 당시 사용했던 성경책과 묵주, 장갑. 이희호 여사는 추위를 못 견디는 남편을 위해 장갑 검지에
구멍을 뚫어 책장을 쉽게 넘길 수 있도록 손장갑을 뜨게질하여 차입했다.

  둘째, 일본은 경제를 중심으로 하는 그 힘이 아시아와 세계에서 큰
영향이 있으며 더욱 커질 것이다. 어찌 우리가 무시할 수 있겠느냐?

  셋째, 일본은 지금까지의 서구의 모방의 시대로부터 이제는 더 배
울 것이 없으니 부득불 자기 창조의 시대로 들어가고 있다. 기술도 문
화도 학문도 그렇다. 특히 동양문화와 서구문화의 관계를 어떻게 조정
통합할 것인가 하는 앞으로 너희 시대의 가장 중요한 문제에 우리보다
몇 발 앞서 들어가고 있다. 형주도 너의 전공의 실용을 위해서도 위 양
국어는 꼭 필요하다.

  6) 교수님들에게는 항시 존경으로 대하여야 한다. 옛날에는 군사부
일체軍師父一體라고 할 정도로 스승을 존경했는데 그것은 지금도 귀중
한 가치가 있다. 도대체 자기를 무지로부터 깨달음으로 이끄는 스승을
존경하지 않는 사람이 어찌 은혜를 아는 사람이며, 장차 남을 지도하

고 남으로부터 존경을 기대할 수 있는 사람이 될 수 있겠는가? 이미 말한 바 교수의 가르치는 지식을 비판적으로 받아들인다는 것과 스승을 존경한다는 것과는 별도의 문제이다.

7) 벗을 어떻게 사귀느냐 하는 것은 일생을 좌우할 정도로 중요하다. 또한 자기에게 진정한 벗을 단 세 사람만 가질 수 있다면 그 사람은 인생의 대인관계에서 크게 성공한 사람이다. 남녀간에 벗은 존경할 수 있는 사람, 인생에 긍정적 목표를 가지고 있는 사람, 그 목표를 성취하기 위하여 꾸준히 노력하고 있는 사람, 남에게 대해서 관심과 애정을 가지고 있는 사람을 골라야 한다. 아무리 취미가 같고 기분이 맞아도 여기에 해당 안 되면 벗으로는 생각지 말아라. 그런 사람이 발견 안 되면 그냥 사교로 친구를 사귀고 벗은 그런 사람이 발견될 때까지 기다려야 한다.

8) 매일 신문을 각 면마다 고르게 읽고 종합잡지 한 권을 고루 읽기를 바란다. 이것은 균형 있는 교양과 국민으로서의 필요한 상식을 얻는 데 필요하다. 형주는 좋은 문학작품을 계속 읽고 홍걸이는 한문 공부를 계속해라. 이는 너의 전공(문학이든 철학이든)을 위해서 동양과 한국의 고전이 꼭 필요하기 때문이다.

9) 의식적으로 가족과의 대화에 노력하기 바란다. 너희 둘 나이는 생리적으로 가족으로부터 이탈해가는 시기이지만 이를 누르고 의식적으로 노력하는 것이 필요하다. 그 이유는 첫째, 우리는 가정과 사랑과 이해 속에 연결되므로 현재 산업사회의 특징인 소외와 고독을 극복하는 좋은 길이 된다.

둘째, 너희들은 가족과 대화를 가짐으로써 자기와 연령과 성별이 다른 계층의 사고와 습성과 인생관을 흡수할 수 있다.

셋째, 가족은 나의 일생을 두고 밀접한 고리로서 연결되어나갈 삶의 파트너들이기 때문이다. 그리고 무엇보다도 부모는 오늘의 나를 있게 해준 유일한 존재들이며, 형제는 이 세상 46억 사람 중 나와 한 부모에서 나온 다시 없이 밀접한 존재들이기 때문이다. 이런 최단거리의 존재와 이해와 협력과 사랑의 공동체를 못 가지면서 누구를 사랑하고 누구와 이해하며 살기를 바랄 것이냐?

10) 너희는 21세기를 살 사람들이다. 항시 그에 대비하여 자기를 갖추어 나아가야 한다. 21세기에의 여러 가지 전망은 지난번에 적어보낸 것 참고하여라.

11) 마지막으로 언제나 하느님께 감사하고 하느님 앞에 책임 있는 존재가 되려고 노력하며 나를 완전히 허심탄회하게 비워서 하느님과 이웃을 받아들이도록 노력하며 이웃 사랑으로 하느님 사랑을 증거하기 바란다. 행복한 대학생활을 해나가도록 축복하며 너희들의 어렸을 때부터의 우정이 더욱 밀접하게 발전해나가기 바란다.

당신에게

전번 면회 때 말했지만 다음 책을 당신과 아이들이 꼭 읽도록 권합니다.

1) 안병무 저, 《역사와 해석》(구약·신약의 이해에 다시없는 좋은 책이며, 안 박사의 명문장으로 된 매우 가치 있는 책임)

2) 한스 큉, 《교회란 무엇인가》(아주 계발적인 책입니다. 우리의 필독서입니다.)

3) 에즈라 보겔, 《Japan as No.1》(이 책의 저자는 79년에 나를 하버드로 초청했던 분인데 일본에 대해 매우 참고되는 책입니다. 더욱이 미국 사람이 그들의 자존심을 버리고 일본을 넘버원으로 인정하면서 배우려는 자세는 높이 평가해야 할 것입니다.)

4) 김수환 추기경, 《대화집》(다시 한 번 이와 같이 훌륭한 분을 목자로서 우

리에게 주신 하느님께 감사하게 됩니다. 주옥 같은 그분의 생각과 사랑을 엿볼 수 있는 책입니다. 강원룡 박사와의 대담과 《기독교사상》 주간과의 대담이 특히 감명 깊습니다.)

1982년 3월 25일

운명을 사랑한다

존경하고 사랑하는 당신에게(그리고 사랑하는 자식들에게)

이제 날씨는 완연히 봄이 된 것 같습니다. 여기 화단의 진달래 꽃망울도 날로 붉은 머리 부분을 드러내고 있습니다. 지난 겨울의 추위를 이겨내고 이제 승리의 개화를 자랑하게 되는 꽃망울들을 볼 때 자연히 일어나는 외경畏敬의 염송을 금할 수 없으며, 더욱이 고난 속에 사는 우리에게 무언가 교훈을 주는 것 같은 감조차 듭니다. 당신의 편지에 집의 뜰에 있는 라일락과 목련꽃이 필 준비를 하고 있다니 그리운 생각이 듭니다. 내가 좋아하던 라일락의 냄새, 홍업이가 좋아하던 목련꽃!

그간 당신과 홍일이의 편지로 당신의 건강에 이상이 없다는 것을 알고 얼마나 기뻤는지 모릅니다. 면회 때도 말했지만 우리는 불운의 때에는 그 이상의 새로운 불행이 겹치지 않도록 각별히 주의해야 합니다. 그렇지 않으면 평소 같으면 능히 견디어낼 수 있는 타격도 불운에 허덕일 때 이를 만나면 파멸의 충격이 될 수도 있습니다.

많은 사람들이 첫 번째 불행에 허둥대다가 2차, 3차 불행을 자초하거나 막지 못해서 패배하고 맙니다. 이러한 불행의 연쇄반응을 막는 경계와 노력은 우리가 인생을 살아가는 데 아주 중요한 지혜라고 생각합니다.

홍걸이의 입학건이 잘 해결되니까 지금은 홍업이 일이 당면한 걱정이 됩니다. 홍일이는 내외가 모두 견실하고 가정도 안정되었으며 특히 지영이와 정화가 건강하고 착하게 자라고 있으니 퍽 다행이며 감사한 마음뿐입니다. 그러나 홍업이를 생각하면 당신도 편지에 쓰다시피 측은하기도 하고 가슴이 아픕니다. 이번 홍업이 편지에 "남과 같은 사회적 정상활동을 못한 데서 오는 자기 변명적 타성으로부터 벗어나고자 노력하겠다"는 결심을 읽고 느낀 바가 많았습니다. 사실 두 자식이 대학 나온 지 10여 년이 되도록 사회활동을 못하고, 거기다 하나는 결혼도 아직 못한 채 삼십을 넘기고 있으니 말입니다. 어젯밤에는 홀로 두 자식 일을 생각하다 '누가 이런 판에 내 자식들에게 직장을 줄 것이며, 누가 자기의 소중한 딸을 우리집에 시집보내려 하겠는가' 생각하니 자식들에 대한 나의 죄가 너무도 크고 무거운 것이라는 생각에 비통한 심정을 억제치 못했습니다. 자식들뿐 아니라 나로 인한 형제들, 친척들, 벗들에게 끼친 누를 생각하면 죄스럽고 고통스러운 심정을 어찌 금할 수 있겠습니까? 이러한 괴로운 심정에다 지난 2년간 겪은, 나의 피를 말리고 가슴을 에이는 듯한 슬픔과 치욕과 한이 나의 마음을 괴롭혀왔으며 거기다 76년 이래 계속된 고독과 단절의 생활 등이 겹쳐서 정신적 스트레스를 가중시킨 것 같습니다. 당신도 편지에 몹시 걱정하고 격려해오지만 나도 이를 극복하려고 무진 노력합니다. 때로는 내 믿음의 부족과 수양의 모자람을 한탄하기도 합니다. 그러나 나와 같이 계시는 주님의 도움과 많은 분들의 기도로 이를 이겨내고야 말 것입니다. 우리는 운명을 사랑해야 할 것입니다. 피할 수도 거부할 수도 없이 주어진 운명을 받아들이고, 자기가 할 수 있는 최선의 응전으로 고난과 절망 속에서도 새로운 가능성을 발견하고 열어나가야 할 것입니다.

　성경을 읽으면 예수님이야말로 운명을 가장 사랑했다는 것을 알 수 있습니다. 고난 받는 자들을 위해 이 세상에 오신 자기의 운명을 기꺼이 받아들여 그들의 벗이 되셨으며, 인간의 죄를 위해 죽어야 할 운명

동교동 집 마당 정원의 꽃과 나무를 돌보는 김대중(1980년대 후반)

을 피하시지 않고 십자가에 못 박히셨습니다. 이순신, 안중근, 윤봉길, 사육신들 그리고 박해 속에서 치명한 순교자들, 가난과 불우 속에서 성공을 쟁취한 삶들, 모두 그 나름대로 운명을 사랑한 사람들이겠지요.

나는 물론 당신과 자식들이 우리에게 주어진 오늘의 운명을 사랑하고 이런 시련 없이는 도저히 얻을 수 없는 신앙과 윤리와 지혜를 얻기를 간절히 바랍니다. 이 편지를 쓰면서도 아쉬운 것은 자주 편지할 수 있으면 자식들에게 더 많이 나의 생각을 전해주고, 그외 형제들이나 조카들과도 대화를 가질 수 있을 것인데 그렇지 못한 점입니다.

홍걸이의 편지를 보면 대학생활에 잘 적응해갈 것 같고 생각도 매우 건전하고 깊은 것 같아 마음이 놓입니다. 이수하고 있는 교과목, 교수명, 교재명 등을 알려주면 저에게 참고될 점을 적어 보내겠습니다.

1. 역사에서 배운 영국민

요즈음 토인비의 단편 에세이집 《역사는 인간의 편인가》를 읽고 있는데 두어 가지 매우 동감적인 이야기가 있었습니다.

첫째, 우리가 알다시피 영국은 17세기 중엽에 청교도전쟁이라는 내란을 치렀으며 1649년에는 국왕 찰스 1세를 처형했습니다. 그런데 이러한 정적에 대한 극한적 처벌은 큰 후유증을 가져왔다는 것입니다. 즉 국내의 극도의 분열, 크롬웰의 더욱 독재적인 정권의 등장이었습니다. 그래서 이러한 쓰라린 체험으로 큰 반성을 한 영국민은 그후 1688년의 명예혁명에서 다시 찰스 1세의 왕전 지상주의 노선을 도습한 그의 둘째아들 제임스 2세를 국왕의 자리에서 축출할 때는 그가 변장을 하고 프랑스로 도망갈 수 있도록 은근히 도와주었다 합니다(속을 모르는 어떤 어부가 도망가는 제임스 2세를 발견하고 큰 상금을 기대하고 관헌에 보고했다가 야단맞은 일도 있습니다). 제임스 2세는 프랑스에서 그 아들, 손자까지 3대에 걸쳐 망명정부를 세우고 왕권수복의 투쟁을 4분의 3세기에 걸쳐 행함으로써 영국 정부를 몹시 괴롭혔는데 당초에 영국 정부는 그러한 사태를 예상했지만 그러한 고통은 정치 복수에서 오는 정치적·사회적 후유증과 형벌에 비하면 훨씬 가벼운 것이라는 결단이었다 합니다.

이러한 역사에서 얻어진 영국 국민의 교훈은 그 후로도 오늘까지 계속되었는데 그것은 자제, 즉 구체적으로는 대결을 극단으로 밀고 나가지 않는다는 것입니다. 관용, 대화, 이해, 공존 등 영국 민주주의가 창조한 미덕은 찰스 1세 처형이라는 뼈저린 체험을 통해서 얻어진 것이라 합니다.

이와 관련해서 내가 생각하는 것은 영국의 노동자들이 19세기 중엽에 차티스트 운동을 일으켜 궐기했을 때 영국의 부르주아 정부는 일단

이를 탄압, 좌절시켰으나 그로부터 불과 30년이 못되어 그것도 보수당의 디즈레일리가 주동이 되어 노동자에게 선거권을 주었습니다.

그러한 집권자의 자세와 관용이 페비안협회 중심의 온건한 영국 사회주의를 탄생시킨 큰 원인이 되었습니다. 그뿐 아니라 1차대전 이후에는 노동자들의 정당에 의한 정권 장악을 허용해오고 있으며 이 모든 것이 평화리에 이루어졌습니다.

이러한 영국의 극단을 피하고 관용과 이해에 의한 정치는 오늘날 봉건유제封建遺制인 영국 왕실을 반석 위에 서게 했으며, 귀족제도가 그대로 존경받으며 심지어 노동당 지도자까지도 정계를 은퇴할 때는 기꺼이 귀족의 자리를 받아들이는 풍토를 조성하는 데 성공한 것입니다.

이와 대조되는 것이 프랑스입니다. 프랑스의 왕과 귀족은 혁명 전이나 혁명 후의 일시 왕정복고 때에도 결코 시민계급과 타협하려 하지 않았으며, 증오와 보복으로 일관했습니다. 부르주아 역시 왕과 왕후 그리고 수많은 귀족을 처형했을 뿐 아니라 피에 주린 손은 마침내 혁명세력 상호 간의 피의 숙청의 수라장을 이루고야 말았습니다.

그 후로는 부르주아와 노동자 계급의 투쟁(파리코뮌 등)이 여기 겹쳐서 왕당파, 부르주아, 노동계급의 3자 간의 타협 없는 투쟁이 1차대전 때까지 150년 동안이나 프랑스 정국을 동요와 불안 속으로 몰아넣었습니다.

남의 나라 프랑스 이야기가 아니라 우리나라 조선조 500년의 당쟁의 참극과 그 정신적 악의 유산이 아직도 우리 사이에 배회하고 있는 사실을 우리는 알고 있으며 이 점에 대해서는 지난달 편지에서 언급했습니다.

둘째로, 토인비가 지적한 영국인이 배운 또 하나의 역사적 교훈은 미국 독립전쟁 사건이라는 것입니다. 미국 독립전쟁 당시 영 본국이 조금

옥중에서 즐겨 읽었던 아놀드 토인비의 《역사의 연구》
김대중은 '역사는 도전과 응전의 연속이다'라는 토인비의 말을 자주 인용했다.

만 아량 있는 대응을 보였던들 그런 불행한 사태는 없었다는 것입니다
(사실 2대 대통령 존 아담스가 기록해놓은 것을 보면 독립선언 당시 미국인의 3분
의 1만이 이에 찬성 참가했고, 3분의 1은 국왕 지지, 나머지 3분의 1은 중립이었습니
다. 또 역사의 기록은 독립선언파조차도 왕이 선처만 하면 타협할 태도를 표시했다
고 하고 있습니다). 그러나 당시 국왕과 의회의 옹졸한 조치로 마침내 전
쟁이 터지고 미국 식민지는 독립을 쟁취했습니다.

이 전례 없는 타격에 크게 깨달은 영국은 이미 자립의 준비와 결의
가 되어 있는 식민지는 결코 이를 억압만으로 해결할 수 없다는 것을
배웠습니다.

1849년에는 캐나다에 자치를 허용하고 이어서 오스트레일리아, 뉴
질랜드에도 이를 허용했습니다. 2차대전 후 프랑스가 인도차이나에
서, 네델란드가 인도네시아에서 식민지 독립을 결의한 현지민들과 무

력 대결하고 있을 때 영국은 1947년에 인도를 위시하여 파키스탄, 실론 등 결국 아시아와 아프리카 그리고 남미의 거의 전식민지를 평화리에 독립시켰습니다. 그 결과 이들 식민지는 독립 후에도 기꺼이 영연방의 일원으로 대부분의 나라가 남아 있습니다.

제국주의 국가의 식민지에서의 죄악은 영원히 역사에 남겠지만 그와는 별도로 영국의 이 통찰력과 자제의 미덕에 넘친 조치도 역사에 기록될 것입니다. 영국은 지금 강국이 아닌 2류 국가입니다. 경제상태도 썩 좋지 않습니다. 그러나 영국 국민의 생활은 과거 어느 때보다 고르게 향상되어 있으며 사상적으로도 안정과 활기를 유지하고 있습니다.

인류가 미증유의 고난과 데드럭 상태에 처해 있는 이때에 오늘의 막다른 골목에서의 활로를 발견해낼 지혜를 우리는 미·소 강대국보다 오히려 지금까지의 영국이 보여준 슬기의 역사에 비추어 영국에 의해서 제시받을지 모른다는 것을 나는 생각해보았습니다.

2. 모택동의 패배의 원인

최근의 중공 내부에서 빚어지고 있는 대숙청의 소식을 홍일이 편지로 자주 듣습니다. 사인방 재판, 화국봉의 자기 비판과 퇴진 그리고 작금의 모택동 잔재세력의 대량 숙청 등은 모의 세력이 그의 사후 수년으로 이제는 재기의 여지없이 패배한 것을 알 수 있을 것 같습니다.

1931년에 강서성江西省 서금瑞金에 중화 소비에트 정부를 세워 그 주석이 된 이래 50년에 걸쳐 중국 공산당을 지배하며 신격화된 지지를 받던 그의 사후 즉시 시작된 반동에 의해서 그의 후계세력이 저토록 무력하게 쓰러질 줄을 누가 상상할 수 있었겠습니까?

거기에는 그의 정책적·인간적 과오가 큰 원인이 됐을 것입니다. 하나는 그가 중국 국민의 국민적 여망에 역행한 정책적 자세를 강행해왔다는 것입니다.

1839년의 아편전쟁 이래 중국 국민의 최대의 소원은 외국 제국주의 세력을 몰아내고 잃었던 국토를 되찾는다는 것이었습니다. 이 숙원은 아무르강, 우스리강 부근의 시베리아 동남부를 제외하면 거의 완전히 이루어졌으며, 대만을 국내문제로 본 것에는 뭐라 해도 모택동의 절대적 공로를 무시할 수 없을 것입니다.

사실 중국 국민은 주의, 사상을 넘어서 그에게 감사와 존경을 바쳤습니다. 그러나 1단계의 목적을 달성하자 중국 국민은 제2의 목표에 집중하기 시작했습니다. 그것은 유소기, 주은래, 등소평 등을 중심으로 하는 당의 뷰로크래트들이 지향한 급속한 경제의 건설로 국민생활의 향상과 안보(특히 대소)의 대비, 그리고 무엇보다도 그들의 전통인 중화사상 그대로 세계의 제1강국으로 등장하자는 것이었습니다. 이 목표의 가능성 여부는 차치하고 이는 중국 국민의 원망怨望을 대변한 것이 사실입니다.

그러나 모택동은 경제 제일주의는 혁명정신의 타락이라고 공박하며 유소기를 수정주의자로 몰면서 문화대혁명의 홍위병 소동을 벌였던 것입니다. 모택동의 경제 제일주의 반대는 그 자체보다 유소기에 대한 권력투쟁의 냄새가 짙지만 아무튼 이는 중국 국민의 시대적 요구 그리고 군부, 관료, 기업 등의 방대한 근대화 지향세력의 불신과 비판을 사게 되었던 것입니다.

또 하나는 그의 인간적인 과오입니다. 즉 수십 년 혁명동지이며 국가와 당의 최고지도자를 위시하여 군대, 학교, 공장, 관청 등 온갖 기관에서의 지도층들을 10대, 20대의 홍위병을 동원해서 육체적·인격적인 모욕을 가하면서 축출했던 것입니다. 유교의 예의와 의리의 전통이 강하며 멘쯔面子(체면)를 무엇보다 중시하는 사회에서 아무리 공산국가라

하더라도 이것이 어떠한 심리적 반응을 일으켰을까 하는 것은 같은 유교 문화권인 우리로서는 충분히 판단할 수 있는 것입니다.

이렇게 무리한 문화혁명의 강행은 결국 끈질긴 저항의 벽에 부딪쳐서 이미 모택동 생전에 한발 한발 후퇴하기 시작한 것입니다. 그리하여 수정주의자로 숙청당했던 각계 간부가 대량 복귀하는 사태가 주은래 주도 아래 일어났고 마침내 수정주의 두목의 한 사람인 등소평조차 복권될 수 있었던 것입니다(모택동의 사망 전의 등소평은 다시 한 번 축출되었지만 그러나 대세를 역전시킬 정도의 상태는 아니었을 것입니다). 따라서 모택동의 패배는 그의 사망 전에 이미 예견될 수 있었다고 해도 과언은 아닐 것입니다. 그렇다면 무엇이 모택동 반대파에게 저토록 극적이고 압도적인 승리를 안겨준 원동력이었을까요? 그것은 위에서부터 밑바닥까지 깔려 있는 수백만의 관료세력입니다. 현대사회는 관료사회입니다. 이미 20세기 초에 막스 베버가 그의 《지배의 사회학》에서 잘 밝혀주었듯이 근대사회는 정부뿐 아니라 기업체, 군대, 대학, 각종 사회단체, 종교단체까지 관료제의 운영 아래 있습니다. 좋든 궂든 관료는 현대사회의 복잡하고 거대한 메커니즘을 운영하는 데 필요 불가결한 존재이며, 민주국가이건 독재국가이건 모든 기관의 책임자는 관료의 협력 없이는 결코 성공적인 지배와 운영을 해나갈 수 없습니다.

관료제를 긍정적으로 보는 막스 베버는 그 폐단을 인정하면서도 그 합리성, 능률성, 비차별적(누구에게나 법규에 의해서 평등하게 대하는) 민주성과 중립성 그리고 전체를 효과적으로 관장하는 조직성을 높이 평가하고 있을 것입니다.

반면에 피터 블라우는 그의 《현대사회의 관료제》라는 책에서 관료제의 장점을 인정하면서 관료제의 비인간성, 형식주의, 비능률성과 비민주성과 독재의 도구화 등 장점이 역으로 결점이 되고 있음을 지적하고 있습니다.

여하튼 관료제는 현대사회의 괴물입니다. 대통령도 장관도 무력하게 만들 수 있으며 기업주를 허수아비가 되게 할 수도 있습니다. 모택동도 이를 경시하다 당한 것 같습니다. 회천回天의 대업을 이룩한 혁명가의 자신 과잉이 의외의 복병의 힘을 과소평가한 과오의 소치라고나 할까요.

3. 춘향전의 가치의 정당한 인식

우리 한국 사람들의 결점 중에 하나 큰 것은 비교적 내것을 소중히 하지 않는다는 점입니다. 춘향전의 경우도 지금보다는 훨씬 더 높이 평가되고 소중히 해야할 뿐 아니라 국민적으로 보급시켜야 할 것이라 생각합니다. 알다시피 18세기 영·정조 시대에 창극으로 시작되어 19세기 중엽 고종 때 전북 고창사람 신재효申在孝라는 분에 의해서 오늘의 형태가 이루어지기까지 그 내용에 많은 변천이 있었으나 무엇보다도 이도령과 성춘향의 생명을 건 아름다운 사랑의 이야기인 데는 변함이 없을 것입니다. 흔히 한국판 로미오와 줄리엣이라고 하는 것을 듣습니다. 그러나 춘향전에는 로미오와 줄리엣에서 보는 사랑의 이야기 이상의 것을 보게 되는데, 즉 다음과 같은 것들입니다.

첫째, 춘향전 형성과정의 민중성입니다. 춘향전은 문장으로 된 원본이 있는 것이 아니고 17세기의 숙종조 이래 시작된 천민계급의 광대와 청중인 민중의 합작에 의해서 이루어졌습니다. 광대가 장터 같은 데서 흥나는 대로 이야기를 엮어가면 청중은 그 내용에 따라 '좋다' '얼씨구' 등의 추임새로 반응을 합니다. 광대는 이러한 청중의 반응에 따라 다시 개작해나갑니다. 판소리는 그러므로 소리하는 사람과 청중 합작인 것입니다. 마치 중세기에 유럽에서 성행한 영웅시와 같습니다. 그러나 영웅시는 음유시인吟遊詩人이 시를 낭송만 하지만 판소리는 창하는 사람이 소리만 하는 것이 아니라 사설(아니리)도 엮고, 무용적 몸짓(발림)의 연기도 합니다. 1인 3역의 다채로운 것입니다. 이렇게 민중의 예술로서 된 것이 심청전, 흥부전, 적벽가, 변강쇠전, 배비장전 등 열두 가지, 소위 '판소리 열두 마당'이라 하는데 춘향전은 그 중의 하나이며 으뜸가는 것이기도 합니다.

둘째, 춘향전은 단순히 사랑의 이야기만이 아니라 봉건체제 아래서 그 인격이 무시되었던 여성, 그것도 천한 기생의 딸이 생명을 걸고 자기가 사랑하는 사람을 위해 정절을 지키는 위대한 민권 투쟁의 이야기인 것입니다. 사또인 변학도에 대하여 "기생이라고 정조 지키는 권리가 없다는 말이냐" "나는 남편 있는 유부녀이다. 대전통편(당시의 법전)에 유부녀를 강간하라는 법도 있느냐"고 대드는데 이로써 우리는 조선조 후기의 우리 조상들의 근대적 각성을 엿볼 수 있을 것입니다.

셋째, 춘향전은 그 당시 민중의 관권의 부패에 대한 강한 항쟁과 야유의식을 나타내고 있습니다. 그들은 스스로 권력자를 건드릴 수 없으니까 암행어사가 된 이몽룡으로 하여금 유명한 '금준미주金樽美酒는……' 운운하는 탐관오리의 탐학과 백성의 신고를 시로 짓게 하고 암행어사의 제도로 탐관오리인 변학도를 봉고파직封庫罷職시킵니다. 그러나 부정에의 항거가 직접적인 것이 못되고 이 어사를 빌렸다는 점, 부정에의 항거가 체제가 아니라 한 사람 남원부사에 집중되고, 그의 파면만으로 해피엔딩이 된 점 등은 그 당시의 시대와 민중의식의 한계성 그리고 양반 앞에서까지 공연하게 되는 공연물의 어쩔 수 없는 제약성을 말한 것이라 하겠습니다.

넷째, 춘향전의 예술성에 대해서는 나 자신 이 문제의 문외한이라 별 참고가 될 것은 써질 것 같지 않습니다. 다만 판소리 자체가 이미 말한 대로 특이한 형태의 민중예술의 극치라는 점, 춘향전의 첫날밤 사랑의 대담한 박진성迫眞性, 춘향이와 사또 간의 대화의 긴장성, 암행어사와 남원 농민 상봉 장면의 서민적 활기, 거지로 가장한 이 어사가 춘향 어미를 찾아간 대목의 해학성, 암행어사 출두 장면에서 사또 이하 각 읍 수령의 추태에 대한 리얼한 야유성 등을 지금 되새기게 됩니다.

춘향전에 대한 나의 이 생각이 당신과 아이들의 우리것에 대한 더 한층의 연구의 계기가 되기를 바랍니다.

4. 패전국(일본과 독일)의 경제적 성공

당신과 홍일이의 편지에 일본이 미국의 무역적자를 메우는 데 도움을 주기 위해서 100억 불의 차관 공여를 제의했다는 말을 듣고 나도 역시 '세상이 무척 달라졌다'는 생각을 가졌습니다. 대전 후 그 비참하게 파괴된 일본과 독일의 오늘의 경제적 부흥을 예측한 자가 누구며, 전 세계를 독점하다시피 한 미국의 경제가 지금과 같은 궁지에 몰릴 것을 예상할 수 있었던 사람이 누구이겠습니까?

인간 사상을 예측하지 못한 것은 인간이 자유의지를 가진 동물로서 기계적 반응을 하지 않기 때문입니다. 같은 조건의 도전에도 각기의 응전에 따라 달라지기 때문에 미리 예견이 될 수가 없는 것이지요. 그러나 결과를 보고 그 원인을 따져 당연히 그렇게 될 수밖에 없는 이유가 선명히 파악되는 수가 많습니다. 일본과 독일의 성공의 이유는 거의 같습니다.

첫째, 무엇보다도 연합국이 1차대전의 불행했던 결과에 비추어 대독 배상 청구를 하지 않았을 뿐 아니라 미국이 그 거대한 부를 바탕으로 양국에 대해서 아낌없는 원조를 해주는 동시에 국내의 거대한 시장과 한국전쟁, 월남전쟁 등의 특별 수요의 시장까지 개방해주었다는 행운을 들어야 할 것입니다.

둘째, 일·독 양국민이 패전이라는 비운을 최대로 역선용했다는 사실입니다. 즉 종전 후에 불안에 떨던 양국민은 본시부터 양국민의 특성인 근면, 저축, 검소, 노사 협조 등에 전력을 다해서 호응했습니다. 거기다 생산시설은 전쟁으로 모두 파괴되었으므로 신규로 설치할 수밖에 없었으며 따라서 자연히 최신식의 우수한 기계들을 설비함으로써 높은 경쟁력을 갖게 되었습니다. 그뿐 아니라 그들은 자기들의 경영체제와 기술이 미국에 떨어진다는 것을 기꺼이 자인하고 이를 배우는 데 거의 광적으로 열중했습니다. 이러한 패전의 불행을 전화위복으로 선용한 양국 정부와 국민의 슬기와 집념의 묘기를 우리는 높이 평가해야 할 것입니다.

셋째, 2차대전 종말 후 40년이나 계속된 장기적 평화로 인하여 팽창해가는 세계경제에 따라 무역에 전력투구한 정책적 성공도 큰 원인일 것입니다. 수출이야말로 일·독 양국의 경제성장의 근본 동력이었습니다.

넷째는, 양국이 약간의 차이는 있지만 모두 그 안보를 미국에 의존함으로써 국방비의 지출을 거의 회피할 수 있었다는 점입니다. 그럼에도 이제 경제대국으로 성장하고도 정당한 방위부담을 회피하려는 그들, 특히 일본의 태도는 여간 부당한 것이 아니라 하겠습니다.

다섯째, 가장 중요한 것은 양국이 전후에 민주주의 제도를 도입하였다는 사실입니다. 전쟁 전의 일·독이나 지금의 소련에서 보는 바와 같이 독재체제 아래에서도 경제의 성장은 있지만 성장한 과실의 공정한 분배는 없습니다. 공정한 분배는 민주제도 아래서 민권, 특히 언론과 노조활동의 자유가 보장된 곳에서만 가능합니다. 2차대전 후 민주제도를 채택한 양국은 근로계급과 일반 서민에의 정당한 분배가 실현됨으로써 경제발전의 절대적 요건인 사회안정이 실현되었고, 또 분배된 급여 등이 다시 구매력이나 저축으로 전환되어 경제의 상향 발전의 요인을 형성한 것입니다.

이상으로 이들 양국의 경제적 성공의 원인을 일별하였는데 앞으로 이 나라들의 전도가 어떻게 될지요? 물론 예언할 수는 없지만 가중되는 외국으로부터의 시장 개방과 균형무역의 요구, 국방비의 정당한 부담의 압력, 이제 전후의 고난을 잊은 2~3세들의 쾌락추구 등이 저해 요소로 등장하겠지요. 그리고 무엇보다도 지금까지는 일등인 미국의 뒤만 쫓아가면 되었지만 이제는 자기가 일등이니까 후진국과의 관계, 경영과 기술의 개발 등 자기의 창의로 모두 해결해야 하는데 과연 이 새로운 도전에 성공할 것인지 주목되는 것입니다.

그러나 지금까지의 역량으로 보아서 반드시 이루지 못한다고는 말할 수 없겠지요. 아무튼 한 가지 분명한 것은 일·독의 경제적 성공이 자유세계 전체의 자신감과 안전을 위해서는 매우 고무적인 일이라는 것입니다.

5. 전승국(미국 등)의 경제적 정체의 이유

미국, 영국 등 전승국의 경제가 실패에 가까운 정체에 빠진 데는 어떤 이유가 있을까요?

첫째, 먼저 지적할 것은 그 가장 큰 원인의 하나가 그들이 전승국이었다는, 일·독과 정반대인 조건 때문입니다. 즉 전승국이기 때문에 일·독과 같이 국민에게 살기 위해서라는 명분으로 근면, 저축, 검소, 노사 협조 등을 요구할 수가 없었고 그런 분위기도 아니었습니다. 파괴되지도 않은 생산시설을 갑자기 교체할 수도 없었습니다. 경영과 기술에 있어서는 선두주자로서 안심하고 더 이상의 개선의 노력을 등한히 한 것입니다. 이러한 국내적인 요인들이 오늘날 미국 경제를 정체,

낙후시킨 가장 근본적인 요인입니다. 즉 미국 경제가 살아나려면 일본의 탓만 하고 짜증만 낼 것이 아니라 새로운 결심으로 경영의 합리화, 기술혁신, 일할 의욕의 고취 등 일대 신풍 운동을 일으켜야 합니다.

둘째는, 무역에서의 만성적 적자인데 여기는 원유 수입의 원인이 큽니다. 그런데 미국은 국내에 막대한 개발 가능 유전을 놓아두고 수요의 반을 수입하여, 80년에도 무역적자인 320억보다 더 많은 액의 원유 수입을 하고 있었습니다.

셋째, 미국의 수출 부진이 경제적 약화, 특히 달러 약세의 큰 원인인데 이는 일본 같은 나라의 시장 폐쇄성의 탓도 있지만, 미국 기업들이 국내에서의 군수 조달 등의 독점적 이득에만 몰두하고 기술과 경영의 혁신으로 국제경쟁력을 기르려 하지 않고 안일하게 지난 60~70년대를 보내다 오늘의 지경이 된 것입니다.

넷째, 오늘의 미국 내의 인플레이션의 큰 원인은 국내의 국제경쟁력 없는 섬유, 신발류 등 산업을 보호하기 위하여 한국 등에 압력을 넣어서 수입을 억제한 데서 오는 자국산품 가격의 앙등에도 원인이 있습니다. 마땅히 사양 산업들을 도태, 전업시키고 싼 수입품에 문호를 개방해야 물가가 저락하는데 일시적 실업의 고통을 참지 못한 데서 미국 경제력의 경쟁 능력이 저하되고 있는 것입니다.

다섯째, 월남전에의 무모한 장기 개입과 과도한 지출이 미국의 경제 좌초의 큰 원인이 된 것은 주지의 사실입니다. 또한 미국의 그 수많은 경제원조가 후진국의 경제 재건에 크게 도움이 못되고 부패 정권 인물들의 사복을 취하는 데 악용되었기 때문에 후진국 경제성장을 통한 시장 조성에 실패한 것입니다.

여섯째, 정신적으로 중요한 문제의 하나는 미국의 젊은 세대, 특히 중산계층의 지도적인 세대들이 근본적으로 경제와 기술만능에 적의와 혐오를 느끼고 소외된 인간성의 회복과 자연환경의 보호를 위해서는 경제발전을 슬로다운 내지 정지시켜야 한다는 생각을 갖고 있으며 이 것이 적지 않은 국민의 지지를 받고 있다는 사실입니다. 이것은 참으로 경청할 만한 주장인 것은 사실입니다. 일반 미국 내에는 미국의 영광을 위해서 특히 소련과의 대결을 위해서 미국은 다시 경제적으로 강해져야한다는 주장도 무시할 수 없이 강합니다. 레이건 대통령이 바로 그 대표입니다. 미국의 앞날에 대해서 나는 그들이 아직도 큰 다이나믹스가 있다고 보며 문제 해결의 능력이 있다고 봅니다.

1982년 4월 26일

신은 과연 존재하는가

존경하고 사랑하는 당신에게(그리고 사랑하는 자식들에게)

지난 19일 면회 후에 보내온 당신의 편지를 받았습니다. 나의 모습과 처지에 너무 가슴 아파하는 당신의 심정을 읽을 때 나도 몹시 상심되었습니다. 수많은 엄청난 시련 속에서 그렇게 남 보기에는 꿋꿋이 이겨내온 당신이지만 어찌 마음속에 단장의 고통이 끊일 날이 있었겠소? 위로받아야 할 사람은 내가 아니라 당신이며 가족이라는 것을 나는 너무도 잘 알고 있소. 하느님은 반드시 당신과 같이 계시며 대견해하고 사랑하실 것이오.

내가 지금 이 정도로 유지된 것은 당신이 있으므로 해서라는 것을 어찌 부인할 수 있겠소? 당신께 감사하며 당신과 가족을 위해 간절한 마음으로 언제나 기도하고 있소. 그리고 특히 부탁할 것은 나 때문에 너무 마음 쓰지 말고 특히 아이들이 각자 자기의 장래를 위해 전념해 나가도록 바라고 싶소.

전번 면회 때 정일형 박사님의 임종이 임박한 양 말했는데 그 병과 그 상태라면 이제 가망이 없겠지요. 매일 그분을 생각합니다. 그분은 참으로 훌륭한 일생을 살았습니다. 일제시대부터 오늘까지 일관해서 바른 대도를 걸었습니다. 많은 존경받던 선배들이 대개 늙어서 만절晩節을 지키지 못하고 일생의 공로를 망친 예가 허다한데, 정 박사님은 끝까지 우리의 귀감이 되어주셨습니다. 정 박사님 외에 정구영, 홍익

표 두 분 역시 훌륭한 생애를 살다 가셨다고 생각합니다. 정 박사님의 그와 같은 일생을 위해서는 당사자의 위대함은 물론이지만 부인이신 이태영 박사님의 동반자로서의 뛰어난 협조가 매우 컸다는 것을 잘 알고 있습니다.

홍일에게

네 편지를 볼 때마다 아버지를 위한 너의 정성을 알 수 있다. 내가 너에 대한 기대가 어떻다는 것을 너는 잘 알고 있을 것이다. 강한 의지와 확고한 계획을 가지고 쉬지 말고 노력하여라. 인생의 성공에 있어서 적극적인 의욕과 꾸준한 노력 이상 중요한 것은 없다. 결코 세월을 낭비하지 말고 인생을 값없이 살지 않겠다는 결심으로 하루하루를 충실하게 살기 바란다. 그리고 지영이와 정화를 데리고 한 달에 한두 번 고궁이나 민속촌 등 아이들에게 교육이 될 만한 곳을 보여주어라. 절대로 나 때문에 주저하지 말고 아이들이 훌륭하게 자라도록 보살펴주기 바란다. 나는 너희들에게 잘해주지 못한 것 지금 몹시 후회하고 있다.

지영이 모에게

너의 편지를 통해서 아이들과 행복하게 가정을 이끌어나가는 것을 알고 나는 퍽 기쁘고 만족스럽게 생각한다. 아이들이 영리하고 착하니 얼마나 다행한 일이냐. 너에 대해서는 전에 서울 육군교도소에 있을 때 보냈던 편지에 하고 싶은 말을 한 것 같다. 언제나 되풀이해서 읽고 성공적인 삶을 개척해나가는 데 참고로 하기 바란다. 남편의 성공에 필요한 반의 책임과 공이 아내에게 귀속한다는 것을 명심하여라. 남편에게는 아내의 격려와 때로의 비판만큼 큰 자극이 되는 것은 없다. 항시 말하지만 사랑받을 뿐 아니라 존경받는 아내가 되도록 하여라. 그리고 도움이 되는 아내.

지영이에게

지영아! 네가 보낸 편지를 보면 너무도 글씨를 잘 쓰는 데 할아버지는 놀랐다. 아빠와 엄마 말도 잘 듣고, 엄마 심부름도 해주고, 정화를 잘 돌봐주고, 피아노도 잘 배우고 한다니 얼마나 장하냐. 할아버지는 언제나 네 생각을 한다. 밥 많이 먹고 건강하게 자라기를 바라고 있다.

정화에게

정화야! 네가 아주 착하다는 것을 엄마 편지로 알고 할아버지는 아주 기쁘다. 할아버지가 너를 머리에 얹고 방물장사 놀이를 해주면 네가 몹시 좋아했는데 생각나는지 모르겠다. 언니와 같이 언제나 할아버지를 위해 기도해주어 고맙다. 건강하게 잘 놀아라.

홍업에게

언제나 너에 대해서는 걱정과 미안한 마음뿐이다. 그러나 너의 어머니 말대로 너의 착한 마음씨로 인해서도 너는 반드시 하느님의 축복을 받는 생을 살게 될 것이다. 너에게 가장 중요한 것은 굳은 의지를 가지고 한 가지 계획을 반드시 끝까지 밀고 나가는 끈기다. 끈기는 인생 성공의 가장 큰 요소 중 하나다. 실천 가능한 계획을 세우고 이를 연별, 월별, 주별로 다시 세분해서 한 계단 한 계단 올라가는 자세가 중요하다. 이는 나의 체험에서도 그렇다. 이 해가 너를 위해 좋은 해가 되기를 기원하고 있다. 그리고 자동차 운전에 언제나 신중한 주의를 하여라. 청주 왕래를 버스로 하고 있는 것 알고 있다. 건강한 것 같아서 기쁘다.

홍걸에게

너의 편지를 보면 네가 정신적으로나 지적으로 많이 성장해가는 것을 느끼게 된다. 아버지는 참 기쁘다. 너의 학교 생활하는 모습을 상상하면 나는 저절로 마음이 명랑해진다. 학교 성적과 더불어 균형 있고 차원 높은 지식의 형성에 주력하겠다는 너의 의견은 아주 좋은 생각이다. 아울러 대학시절에는 무엇보다도 인격 도야에 주력하기 바란다. 인격의 바탕 위에 서지 않은 학문은 천박한 지적 기술에 불과하다. 항시 양심에 귀를 기울이고 선을 행하는 데 주저하지 말고 균형 있는 판단을 찾으며, 남과 사회를 위해 봉사하는 인격의 소유자가 되기를 바란다. 여름방학에는 뜻 맞는 벗들과 국내 여러 곳을 돌아보고 우리나라를 알도록 하는 계획을 생각해보아라. 철학 책을 읽을 때는 김준섭 씨의 《철학개론》을 빼지 말고 읽기 바란다. 아버지는 철학은 잘 모르지만, 그분의 생각과 내 생각이 매우 흡사하다는 것을 발견했었다.

부활절 묵상

이번 부활절에도 미사를 못 드린 채 홀로 감방 안에서 기도와 묵상으로 보냈습니다. 하느님이 계시다는 것을 무엇으로 믿는가? 예수의 십자가의 죽음이 어떻게 우리의 속죄가 되는가? 부활이라는 것이 있을 수 있는가? 하느님은 전능하신데 왜 악이 횡행하는가? 기도는 정말 응답이 있는 것인가? 이런 문제는 기독교에 관심 갖는 비교인뿐 아니라 기독교인 중에도 함부로 말은 않지만 마음속에 의문으로 품고 있는 사람이 많을 것입니다. 그러나 많은 신학 책들이 이러한 근본문제보다는 부분적이고 전문적인 문제에 집중하고 있는데, 그것은 우리 일반 신자에게는 일차적으로 절실한 것은 아닙니다.

이상의 문제는 너무도 엄청난 큰 문제로서 나 같은 신학지식을 가지고서는 감히 명쾌한 해답을 쓸 수는 없습니다. 몇 달 전 홍업이 편지에 '하느님이 계시면 왜 수백만 유태인 학살 같은 일이 있는가? 아버지와 이야기하고 싶은 의문이 너무도 많다'는 글을 읽고 뭔가 써 보내고 싶었지만 자신을 갖지 못해 그만두었습니다. 그러나 언제나 마음에 걸려 있던 중 지난 19일자 편지에 당신이 나와 면회한 후 기도의 응답에의 안타까운 심정을 적은 것을 읽고 이 글을 써 보기로 작심했습니다. 물론 미숙하고 불완전한 것은 틀림없지만 신앙의 길을 가는 도상의 기록으로서 적은 것이니 당신이나 자식들이 하나의 참고로 하고 의견이 있으면 회답해주기 바랍니다.

영국의 로빈슨 감독이 쓴《신에게 솔직히》라는 책을 감명 깊게 읽은 일이 있는데 크리스천이 경계해야 할 것은 부지불식간에 빠지기 쉬운 신앙의 위선입니다. 때로는 오류를 범하는 한이 있더라도 우리는 정직한 신앙인의 길을 성실하게 가야 할 것입니다(여기에 적는 내용은 여러 신·구교 신학자들이 공동으로 신앙고백한《하나인 믿음》에서 가르침을 얻었습니다).

1. 신의 존재 문제
1) 신은 과연 존재하는가 하는 문제는 기독교 이전의 플라톤 이래 아마 헤겔까지 2000년에 걸쳐 철학자들의 주요 탐구대상이었습니다.

첫째는, 아리스토텔레스에서 시작된 인과율을 토대로 하는 제일 원인으로서의 신의 존재를 말하는 우주론적 증명, 둘째는, 소크라테스, 플라톤, 아우구스티누스에 의한 그리고 많은 학자가 계승한 목적론적 증명, 즉 자연계의 질서와 조화를 부여한 합목적성의 원인으로서의 신, 셋째는, 안젤무스와 데카르트가 주장한, 신은 완전한 존재인데 완전하면 당연히 존재하는 속성도 있어야 한다는 본체론적 증명, 넷째는, 칸트가 말한 바 선인선과善人善果, 악인악과惡因惡果가 이 세상에서 만족스럽게 이루어지지 않는 이상 내세에서는 반드시 이루어진다는 보장으로서 신의 존재는 있지 않으면 안 된다는 도덕론적 증명 등 여러 가지가 있습니다.

그러나 이러한 주장들의 결함은 첫째와 둘째는 경험계에서만 증명되는 인과율의 적용을, 경험을 초월한 본체계에까지 적용시킨 인과율의 남용이란 오류를 범했다는 것이고, 셋째와 넷째는 있어야 한다는 것은 반드시 존재를 말하는 것이 아니라는 점에서 불완전하다는 것입니다(이상은 전에 적은 일이 있어서 간단히 썼음).

신은 초월적인 존재이기 때문에 존재론적인 증명은 영원히 불가능할 것 같습니다. 그러나 아직 유치원 단계에 있는 인간의 심층심리학이 제대로 발전하면 신의 존재가 과학적으로 결론지어질 수 있을 때가 올지도 모르겠습니다.

2) 현재로서 내게 그럴 듯이 생각되는 것은 토인비의 신론이었습니다. 토인비는 "인간은 누구나, 심지어 흉악한 악인이나 무지한 원시인까지도 선과 악, 정과 사邪에 대한 본능적 관념이 있고 또 이를 드러내서 표시한다. 이 보편적인 인간 현상은 선과 정의의 신의 존재를 생각할 때만 납득될 수 있는 것이다"라고 말하고 있습니다.

3) 신학적으로 볼 때 앞서 쓴 것과 같은 이신론理神論적 주장은 신을 아는 부분적 근거는 되지만 완전한 길은 아니라 할 것입니다. 이성은 일정한 신앙상에 도달하여 하느님의 메시지가 이성에 어긋나지 않는다는 것을 제시해서 신앙을 도와줍니다. 그러나 이성으로써 신앙 전체를 해결할 수는 없는 것입니다. 인간의 보잘것없는 이성이 그것을 훨씬 뛰어넘는 하느님에 관한 메시지를 모조리 설명할 수 없는 것은 당연한 조리라 할 것입니다. 신앙이 말하는 하느님의 존재를 객관적인

증명으로 아는 것이 아니라 각자의 체험을 통해서 안다는 것입니다. 파스칼은 우리가 하느님을 향해서 마음을 열고 맞이할 때 거기에서 하느님을 만난다고 말합니다.

우리가 신을 체험하는 경로는 몇 가지가 있습니다. 첫째, 기도의 때라 합니다. 기도할 때 우리는 어떤 문제에 대해서 하느님의 말씀을 양심을 통해서 듣습니다. 이러한 하느님과의 인격적 대화 도중에 갑자기 하느님을 체험한다고 합니다.

둘째, 성서를 읽을 때라 합니다. 성서의 현장에 우리 자신도 직접 참여하고 하느님의 말씀을 바로 나에 대해서 직접 하는 말로 받아들이는 가운데 어느새 하느님을 체험한다 합니다.

셋째는, 이웃사랑의 실천장에서라 합니다. 우리가 우리의 도움과 참여를 필요로 하는 현장에 무조건으로 자기를 바치는 하느님의 사랑을 실천할 때 우리는 거기서 하느님을 만나게 된다 합니다.

이상으로 우리가 하느님을 아는 것은 객관적 증명에 의해서가 아니라 우리의 신앙생활 속에서 이루어지는 인격적인 대화와 접촉을 통해서만 가능한 것입니다. 진실한 믿음 속에서 누구에게나 가능한 일인 것입니다(이러한 저자의 신 존재론은 후에 요한복음에 의해서 근본적으로 재정립된다).

2. 십자가와 우리의 구속

1) 예수의 죽음이 왜 우리 죄의 구속이 되느냐 하는 것을 말하기 전에 우리는 죄니 원죄니 하는 것은 무엇이냐 하는 것부터 생각해볼 필요가 있습니다. 죄란 '자아에 사로잡혀서 이기적으로 비뚤어진 상태'를 말한다 합니다. 탐욕, 시기, 증오, 훔침, 살인 등 모든 죄가 여기에 기인함은 조용히 생각해보면 쉽게 이해가 갑니다. 어떠한 사람도 단 하루도 이러한 이기적으로 비뚤어진 마음에서 우러나오는 죄를 모면하기

는 어려울 것입니다. 아담의 죄로 인해서 우리 모두가 죄인이 되었다는 것은 상징적 표현에 불과하겠지만 누구나 날 때부터 죄를 지을 운명을 타고난 것만은 부인할 수 없을 것 같습니다.

2) 그러므로 우리가 하느님의 계심을 믿을 때 이러한 숙명적인 죄로부터 오는 하느님의 징벌을 모면할 수 없을 것이며 당장에 자기 죄로 인한 가책 때문에 하루도 마음 편할 수가 없을 것은 분명한 사실입니다.

3) 이리하여 우리는 무거운 양심의 가책과 파멸의 운명 속을 헤매면서 그러나 자기 힘으로는 어쩌지도 못할 처지에 있을 때 예수의 구속 행위가 일어난 것입니다. 예수의 구속 행위는 한 마디로 말해서 우리의 대리로 벌을 받으시고 우리를 구하신 것입니다. 이것은 하느님의 한없는 우리에 대한 사랑의 결단과 예수님의 하느님 뜻에 대한 자발적이고 철저한 순종에서 이루어졌습니다. 예수님의 일생은, 특히 십자가상의 죽음은 완전히 남을 위한 존재양식인 것입니다.

4) 이리하여 우리는 하느님을 믿기만 하면 거저 공짜로 죄사함을 얻게 되었습니다. 그러면 믿는다는 것은 무엇인가? 예수의 사업과 운명에 합류하는 것이라 합니다. 예수와 같이 남을 위해 살고 하느님의 사랑과 의를 위해서 십자가를 지고 예수의 뒤를 따르는 것이라 합니다. 새로운 맹약으로 예수의 제자가 되어 예수의 생활양식을 추종하는 삶 말입니다. 그러한 가운데 우리는 십자가의 구원의 참뜻을 알고 자유와 평화와 사랑과 기쁨과 참 인간성을 맛보게 된다 합니다. 이것이 십자가의 구원입니다.

3. 부활신앙의 의미

1) 도대체 '죽은 자의 다시 삶'이 있을 수 있는가? 이것은 인간의 지식으로는 도저히 풀 수 없는 일입니다. 그러나 우리의 이성으로는 납

득 못할 일도 아닙니다. 만일 우리가 하느님을 믿는다면 전능하신 하느님께 사람이 죽었다는 것이 그의 활동에 제한성이 될 수는 없을 것입니다. 하느님이 원하시면 산 사람을 죽일 수도 있고 죽은 사람을 살릴 수도 있는 것은 부인할 수 없는 일입니다.

2) 그렇다면 하느님이 직접 이 세상에 파견하시고, 이 세상에서 하느님 사업의 관리자로서의 사명을 다하고 마침내는 하느님 뜻에 순종해서 죄 없으면서도 죄인이 되어 죽으신 예수를 하느님이 살리실 것은 너무도 당연한 일이 아니겠느냐 하는 것입니다. 이리하여 예수는 첫 부활인이 되셨습니다. 그러나 예수 부활은 우리가 이성만으로 납득할 수 있는 것이 아니고 결국 신앙을 통해서만 알 수 있다는 것은 두말 할 것이 없을 것입니다.

3) 부활로서 하느님은 예수를 자기와 동일화시켰고 그 영광을 높이셨지만 그것은 결코 예수 개인을 위한 보상 행위가 아니라는 것입니다. 즉 하느님이 예수를 자기와 동일화시킴으로써 예수님의 우리에 대한 가르침의 참됨을 보증하셨고, 그 가르침을 따르는 자에 대한 부활을 보증하신 것입니다. 이것이 예수 부활의 근본 의미이며 하느님의 한없는 사랑의 입증이라는 것입니다. 그러므로 우리가 예수님의 부활을 믿는다는 것은 우리의 부활을 믿는 것이고 큰 위로와 희망을 얻게 되는 것이겠습니다.

4) 우리가 훌륭한 크리스천이 되려면 부활의 신앙은 필수조건인 것입니다. 전에도 말했지만 우리는 부활신앙을 통해서 예수를 하느님 아들로 믿느냐, 아니면 이 세상을 살다 간 한 현인으로 대하느냐의 양자택일을 해야 한다는 것입니다.

5) 예수의 부활과 우리들의 부활 양식에 어떤 차이가 있을 것인가? 사람이 죽으면 언제 부활할 것인가 하는 것은 우리가 부활을 믿는 이

상 그리 중요한 문제는 아니라고 봅니다.

6) 예수의 부활을 입증할 수 있는 객관적인 증거로서 첫째, 십자가 처형 때 그를 버리고 달아난 제자들의 생명을 건 회심 둘째, 예수를 원수로 알고 박해하던 사도 바울의 회심과 결사적 전도의 일생 셋째, 예수가 그렇게 비참하게(유태인에게는 거리낌이 되고 헬라인에게는 어리석게) 죽었음에도 불구하고 그의 사후에 즉시 하느님으로 추앙된 세계 종교 사상 전무후무의 사실 등으로써 입증된다는 것 등은 전에도 썼기에 상론相論하지 않겠습니다.

4. 전능의 하느님과 악의 승리

1) 신·구교의 신학자들은 예로부터 내려온 '하느님이 전능하신데 어찌해서 악이 있으며, 번번이 악이 승리하고 선인이 패배하는가?'라는 질문에 대해서 기독교는 아직까지 완전한 해답을 못했다고 말하고 있습니다. 그러나 이 문제에 대한 해답은 우리에게 너무도 절실하고 우리의 고뇌와 믿음의 의혹 해소를 위해서 필수불가결합니다.

2) 칸트는 그러므로 현세에서 이루어지지 못한 선악의 응보는 내세에서 신에 의해서 이루어지는 것이라 했습니다. 토인비는 저번에도 쓴 바대로 신은 선하고 정의롭지만 전능하지는 않다고 했습니다.

3) 종래 종교계에서의 설명 중에는 전에 당신이 나의 질문에 대답한 바같이 우리의 자유의지를 보장하기 위해서라는 것입니다. 여기에도 타당한 이유가 있습니다. 그러나 문제점이 없는 것은 아닙니다. 첫째, 자유의지를 보장하려면 굳이 악을 만들지 않더라도 선의 경쟁 가지고 되지 않는가? 둘째, 원폭이 터져서 일거에 수십만이 죽을 때, 지진이나 태풍에 의해서 순식간에 망할 때, 강도가 어린애를 죽일 때, 어린애가 불구자로 태어날 때, 개인의 힘으로는 어쩔 수 없는 악의 세력이 판을

칠 때 거기에 자유의지의 작용의 여지란 없지 않는가 하는 것입니다.

나도 이 문제로는 그동안 많이 생각했고 신앙상의 고민도 컸습니다. 아직도 완전히 해결된 것은 아니지만 대체로 다음과 같이 생각할 수 있지 않을까 하는 것이 요즈음의 나의 생각입니다. 여기는 전술한《하나인 믿음》과 기타의 신학 설명을 많이 참작했습니다.

4) 즉 하느님은 전능하시지만 이 세상에서 일어난 모든 일을 일일이 간섭하시는 컴퓨터의 조종자는 아니시라는 것입니다. 만일 하느님을 그렇게 생각한다면 하느님은 의도적으로 우리에게 악을 주는(심지어 무능력한 어린이에게까지 질병과 재난을 주는) 사악한 분으로 취급하는 것이 되며, 일방 하느님이 만사를 결정할 때 인간의 자유의지는 그 의미가 없어지니 그런 하느님은 우리가 거부해야 한다는 것입니다.

5) 그러면 하느님과 현세의 일과는 어떤 관계가 있는가? 하느님은 역사 속에 우리와 같이 계시지만 우리의 책임을 대행해주시지는 않는 것입니다. 하느님은 천지를 창조하신 후 이 지상의 운영에 대해서는 우리 인간에게 맡기셨습니다. 그뿐 아니라 그동안 많은 예언자들을 통하여, 마지막으로는 자기 아들 예수를 보내어서 그의 생애와 죽음과 부활을 통해서 우리가 어떻게 살기를 바라시며, 그의 사랑이 어떻다는 것을 모조리 알려주셨습니다. 그러므로 이 세상 일은 전적으로 인간이 자기 책임을 다하는 가운데 예수 재림의 날인 오메가 포인트를 향해서 진화, 발전하기를 하느님은 기대하고 계시는 것입니다.

그런데 인간은 언제나 죄만 되풀이하고 하느님의 가르치심을 무시로 배반함으로써 악을 조장하고 있습니다. 이 세상의 악의 압도적 다수가 인간의 책임에 속할 것입니다. 히틀러의 유태인 학살도 인간이 하느님의 사랑의 계명을 어긴 때문입니다. 인간이랄 것이 아니라 바로 크리스천입니다. 히틀러를 지지하는 데 독일교회가 얼마나 많이 동원되었습니까? 기독교의 역사를 통해서 교회가 얼마나 많은 유태인 탄압을 자행했습니까? 교회가 신·구를 막론하고 하느님이 원하신 바 가난한 자와 고난 받는 자의 편에 서는 순종보다는 반대로 억압자의 편에 서서 이를 합리화시키고 축복해주지 않았습니까? 적어도 2차대전까지는 교회의 거의 대부분의 역사가 그러한 과오 속에 이루어져왔다 할 것입니다.

6) 다시 말해서 하느님이 악을 만드시거나 주신 것이 아니라 인간이 자유를 악용하여 만든 것이 그 대부분이라 할 것입니다. 병도 인간들의 부주의, 노력 부족 그리고 돈과 정력을 전쟁 따위로 쓰고 질병 퇴치에 등한히 한 데 책임이 있을 것입니다.

7) 이렇게 인간의 책임에 귀속되는 악 이외의 소소한 부분의 불행, 그것은 하느님이 현세에서가 아니면 내세에서 반드시 보상해주신다고 보아야 할 것입니다.

8) 그러면 하느님은 이 세상의 악에 대해서 전혀 무관심하고 방치하시는가? 결코 그렇지 않습니다. 하느님은 언제나 우리의 주위에 같이 계시면서 부단히 우리에게 하느님의 사랑의 생활로 합류하도록 권면하십니다.

우리가 하느님의 초대에 응할 때 그분은 우리의 하는 일을 격려해주시며, 우리의 질문에 응답해주시며, 우리의 그러한 사랑의 노력, 다시 말하면 예수의 사업과 운명에 동참하는 노력이 반드시 성공하도록 도와주실 것이며(비록 우리의 눈으로 확인 못하더라도), 우리의 인생은 성공하고 행복한 인생이며 천국영생을 얻을 것이라는 것을 의심의 여지없이 보장해주십니다.

이리하여 우리가 하느님과 같이 할 때 이 세상의 악의 소멸과 정의의 승리를 믿을 수 있으며, 이 세상의 완성과 우리의 영생의 구원을 믿을 수 있습니다. 문제는 우리 인류가, 특히 크리스천들이 우리의 사명을 다하는 참 예수의 제자가 되느냐 가식의 크리스천에 그치느냐에 있을 것입니다. 다행히 1965년의 바티칸 제2차 공의회와 1966년의 WCC의 제네바 회의(주제: 교회와 사회) 이래 교회가 자유와 정의와 평화의 하느님 사랑 실천에 큰 발을 내딛었는데 우리는 그 성공을 빌면서 적극 동참해야 하겠습니다.

5. 기도의 응답

1) 앞에서 언급한 4)의 문제는 참으로 논란의 여지가 크며 의문을 자아낼 것입니다. 첫째, 하느님이 역사 속에서 우리의 책임을 안 살펴주신다면 그러면 하느님께 청하는 소위 청원기도는 무슨 효과가 있겠느냐 하는 것입니다. 심지어 그렇다면 기도가 필요 없지 않느냐 하는 말까지 할 수 있겠지요.

2) 청원기도에는 두 종류가 있을 수 있다고 봅니다. 하나는 어떤 일의 해결을 하느님께 전적으로 맡기고 매달리는 기도입니다. 물론 그런 기도를 원하고 그 효과를 믿는 사람은 그렇게 할 수 있을 것입니다. 그러나 거기에는 위험도 있습니다. 그것은 첫째, 인간이 자기 책임을 하느님께 전가하기 쉽다는 것이요, 둘째는, 기도가 이루어지지 않으면 하느님을 원망하거나 신앙이 냉각되기 쉽고 셋째는, 신앙이 타락하기 쉽다는 것입니다.

청원기도의 다른 하나는, 하느님 앞에 자기가 처한 문제를 제기하고 그 문제에 대해서 자기 할일이 무엇인지 하느님의 뜻을 묻고 그의 뜻을 따라 노력할 때 하느님이 함께 해주실 것과 격려해주시고 능력을 주실 것을 간구하는 기도입니다. 이는 전술한 위험이 없는 기도가 될 것이라 생각합니다.

3) 그런데 기도의 본연의 자세는 청원기도보다 하느님과의 대화기

도라 합니다. 무엇보다도 하느님이 우리에게 말씀하시고 우리의 응답을 바라시기 때문에 우리는 하느님 말씀에 귀를 기울이는 기도를 해야 합니다. 우리가 어떤 문제를 제기할 때 하느님은 반드시 말씀을 우리의 양심 속에 보내십니다. 제기하지 않는데 그쪽에서 먼저 보내는 수도 있습니다. 하느님과의 인격적인 대화, 이것이 참 기도라 할 것입니다. 그리고 우리의 마지막 기도말은 '주여 당신을 믿습니다'이어야 한다는 것입니다. 하느님의 의義, 하느님의 약속, 하느님의 사랑을 믿는 데서 우러나오는 응답이어야 하는 것입니다. 언제나 우리의 기도는 '당신'과의 대화여야 합니다.

4) 따라서 기도는 생활화되어야 한다는 것입니다. 수시로 부딪치는 현장에서 하느님의 말씀을 듣고 응답해서 사랑을 실천해야 하기 때문입니다(지면 관계로 다른 꼭 하고 싶은 말을 못합니다).

1982년 5월 25일

인류문명과 우리의 과제

존경하고 사랑하는 당신에게(그리고 사랑하는 자녀들에게)

우리에게 가장 가슴 쓰라린 5월달도 이제 지나가고 있습니다. 슬픔과 고독 그리고 한이 맺힌 지난 2년이었습니다. 두 해가 지난 지금도 그 당시를 회고할 심정이 되지를 않습니다. 지난 2년은 가족과 벗들을 위해 그리고 우리 겨레를 위해 하루도 빼지 않는 기도의 나날이기도 했습니다. 면회시에도 말했듯이 주님과의 대화 속에 얻은 위로와 격려가 없었던들 또 어떠한 고난과 좌절 속에서도 주님을 통하여 새로운 가능성을 발견할 수 있다는 믿음이 없었던들 오늘과 같이는 도저히 유지해내지 못했을 것입니다.

사실 이 2년 동안에 내가 신앙상으로, 지적으로 그리고 자기의 인간형성에 관하여 얻은 것은 과거의 어느 때보다 큰 것이었다고 믿고 있습니다. 지난 2년 동안 우리 가족과 형제, 벗들이 겪은 고통과 심려를 아픈 마음으로 다시 생각하며, 당신과 자식들의 헌신과 애정의 덕택으로 내가 가족과의 일체감 속에서 모든 고독과 고난을 극복할 수 있었던 것을 한없이 감사하고 행복하게 생각하고 있습니다.

우리가 겪은 모든 고난을 민족의 행복을 위한 제단에 바치며 당신이 말한 바 '우리의 최소한의 소원인 가족의 재결합'이 하루 속히 이루어지기를 간절히 간절히 바라고 있습니다.

지난 5월 8일 어버이날에 당신이 박순천 선생, 장면 박사 사모님, 문 목사 사모님, 이 교수 자당님 그리고 이태영 선생님을 찾아가서 위로해드린 일을 참으로 기쁘게 생각했습니다. 그분들은 내가 언제나 잊지 못하고 건강하기를 바라는 분들이며 위로해드리고 싶은 분들인데 당신이 잊지 않고 수고해주어서 나의 마음이 무척 기뻤습니다. 앞으로도 기회 있는 대로 자주 찾아주기 바랍니다.

이태영 선생님께서는 돌아가신 정 박사님의 정신을 생각해서라도 이제부터 더욱 굳은 결심으로 더 많은 일을 하시기를 바라고 있습니다. 총명하신 분이니까 이미 계획하시고 있을지도 모르지만 막스 베버의 부인이 남편 사후에 그에 대한 훌륭한 회고록을 남겼듯이, 정 박사님에 대한 일제시대 이래의 파란에 찬 그리고 위대한 민족, 민주의 정신에 산 생애를 옆에서 삶을 같이 한 동행자의 입장에서 회고록으로 쓰시면 참 좋겠어요. 그것은 비단 두 분만을 위해서가 아니라 앞으로 자라나는 우리 민족에게 아주 절실히 필요한 증언과 교훈을 남겨주게 되리라 생각합니다.

지영이 모가 견진성사를 받은 것을 다시 축하하며 하느님의 사랑 속에 더욱 영적 성장과 봉사 있기를 바랍니다. 다음의 몇 가지를 참고로 적어보냅니다.

1. 인류의 문명과 두 가지의 과제

오늘날 우리는 과거 로마제국의 쇠망 원인을 자작농민의 몰락, 방대한 노예제도에의 안주, 귀족의 특권과 타락에서 찾고 있으며, 청조의 멸망을 정체적 봉건제도와 관료들의 부패 때문으로 보고 있습니다. 그와 같이 과거를 비판하는 안목으로 만일 오늘의 인류세계가 멸망한다면 그 원인을 어디서 찾을 것인지 가정해서 본다면 우리의 운명은 세계정부의 수립과 부의 균분의 성취 여하에 달려 있다고 해도 과언이 아닐 것입니다.

첫째로, 세계정부 수립문제를 볼 때 세계는 이제 이 과업을 회피할 수 없는 단계에 와 있습니다. 통신, 교통의 엄청난 발달은 지구의 거리 상의 차이를 말소시켜버렸습니다. 최근 100~200년에 걸친 각 민족국가 간의 꾸준하고 날로 빈번해진 접촉은 세계의 모든 나라의 정치, 경제, 사회, 문화제도를 대체로 서구식으로 통일, 변화시켰습니다. 경제는 이제 어느 나라이고 자급경제가 불가능할 뿐 아니라 거의 모든 나라가 수출과 수입에 그 운명을 걸고 있습니다. 각 지역 간의 인구 이동이 빈번해서 불과 20년 만에 약 100만의 한국인이 남북아메리카 대륙으로 이동해간 실정입니다. 세계는 어느 면에서나 하나의 세계 정부 아래 공존해야 할 필요성이 절실합니다. 특히 전 인류를 멸망시킬 핵의 위협을 생각할 때 그 필요성은 더욱 절실합니다.

그러나 세계의 현실인 미·소의 대결, 160여 개 국가의 난립, 민족주의적 이기심의 횡행 등은 이러한 세계정부론을 하나의 잠꼬대같이 들리게 합니다. 그러나 그 말이 어떻게 들리건 이는 엄연한 역사의 명령으로서 역사는 우리의 태도 여하에 따라 지급할 상과 벌을 준비해놓고 기다리고 있습니다. 과거의 역사를 보더라도 한 민족이 통일이 요청되는 필연적 단계에 왔을 때 그 민족의 응전 여하에 따라 응분의 상과 벌이 반드시 수여되었습니다.

그리스 도시국가들은 같은 민족, 같은 문화, 같은 경제권 안에서 통일국가의 형성이 요청되었을 때, 그것만이 북방의 민족과 날로 융성하는 로마의 위협으로부터 살아남는 길이었음에도 불구하고 근시안적인 분열주의에 시종하다가 마침내 마케도니아, 로마, 오스만 투르크 등에 차례로 지배되어 19세기 초의 독립까지 2000년을 타민족과 이교의 지배 속에 살아야 했으며, 오늘도 세계의 일 소국의 운명을 벗어나지 못하고 있습니다.

반면에 춘추전국시대의 550년의 전란 속에서도 끝내 통일국가의 성취를 이룩해낸 중국민족은 B.C. 221년의 진시황에 의한 통일 이래 지금까지 일관된 통일과 강대국의 지위를 유지해오고 있습니다. 벌과 상이 분명한 것입니다. 반드시 남에게서만 예를 구할 것도 아닙니다. 우리의 역사에도 그러한 교훈은 역력합니다.

우리나라는 삼국통일이 자력에 의하지 않은 외세(당나라)에 의한 것이었기 때문에 겨우 평양 이남만의 통일에 그쳐 고구려의 방대한 영토를 포기한 채 그 몇 분의 일의 지역에 일 소국의 지위를 감수하는 징벌을 받게 되어 오늘에 이른 것입니다. 이러한 예는 세계 도처에 무수하며 세계정부의 수립의 대과제, 인류 통합의 마지막 단계의 사명을 우리는 피할 수가 없습니다. 그렇다면 그 방법은 무엇일까요?

과거에 그러한 통합은 대개 무력전에 의해서 마지막 남은 승자에 의한 통합의 형태를 취해왔습니다. 그러나 인류 전멸의 핵무기 하에서 무력에 의한 세계 통일이란 상상할 수 없는 일입니다. 그렇지만 소련을 중심으로 한 공산세력이 힘에 의한 정복을 시도하고 있는 현상 아래에서 우리는 어떻게 이를 타개할 수 있는가? 무엇보다도 선결되어야 하는 것은 소련의 힘에 의한 세계 정복의 야망을 불가능하다고 체념시켜야 합니다. 소련을 체념시키는 것은 자유국가와 비공산국가의 단결에 의해서만 이루어질 수 있습니다. 이러한 단결은 우리의 최고 무기인 민주주의적 자유에의 신봉과 그 확장 그리고 모든 자유국가의 우수한 경제력을 비공산국가의 국민들의 생활 향상에 집중하는 것입니다. 이러한 자유와 정의의 실현을 통해서만 우리는 소련의 야망을 단념시킬 수 있으며, 평화적 공존과 세계의 통합에의 진지한 대화에 응하게 할 수 있을 것입니다. 일단 소련을 여기까지만 끌고올 수 있다면 그 다음 구체적 방법, 단계적 진행 등 세계 통일의 과업은 인류의 지혜로써 해결될 수 있을 것입니다. 여기서 한 가지 첨언할 것은 세계정부의 수립은 결코 각 민족의 자주성을 말살하는 것이 아니라는 것입니다. 세계정부는 각 민족의 이기적 민족주의를 배격할 뿐 민족의식, 민족 특성은 더욱 고취하고 발전시키게 되어야 할 것입니다. 다양성 속에서의 통일인 것이며 그것 외에는 될 수가 없을 것입니다.

둘째, 부의 균분문제는 부국과 빈국 간의 균분, 각 국가 내부에서의 균분 두 가지인데 이것은 절대적으로 중요합니다. 역사를 보면 약 20개의 문명이 소멸해갔는데 그 이유는 두 가지입니다. 하나는 전쟁에 의해서이고 또 하나는 내부적 계급투쟁의 결과입니다. 과거에는 인류의 생산능력에 한계가 있었기 때문에 모두가 풍요하게 살 수 없다는 변명의 여지가 있었습니다. 그러나 오늘날 현대의 산업국가 내지는 초산업국가의 경이적인 생산능력으로 능히 모든 인류를 빈곤으로부터 건져낼 수 있는 힘을 가지고도 빈부의 격차가 날로 커져가는 현실은 무엇으로 변명될 수 있겠습니까? 더욱이 이제는 어느 후진국가의 가난한 사람일지라도 이러한 인위적인 불공평을 참지 않을 만큼 성장해버렸습니다.

세계와 모든 국가는 이 점에서도 역시 세계정부의 경우와 마찬가지로 상과 벌을 양손에 각기 들고 그 선택을 강요하는 역사 앞에 서 있습니다. 전 인류의 각성과 사려와 결단이 지금같이 요청된 때가 일찍이 없었다 할 것입니다. 왜냐하면 역사의 상도 전례 없이 찬란한 반면 그 벌이 너무도 몸서리치게 두려운 것이기 때문입니다.

2. 잘난 만큼 대우받는다

'사람은 누구나 제 잘난 만큼 대우받는다.' 이 말은 함석헌 선생이 자주 하시던 말입니다. 최근에 미국의 저명한 경제학자인 피터 드러커의 《방관자의 모험》이란 책과 에리히 프롬의 《자유에서의 도피》를 읽고 함 선생님 말씀이 다시 생각났습니다. 드러커 박사는 원래 오스트리아 사람인데 히틀러를 피해 미국으로 건너간 사람입니다. 그는 앞의 책 속에서 히틀러의 악을 도와준 세 가지 형의 사람에 대해서 언급하고 있습니다. 모두 자기의 체험담으로서입니다.

첫째는, 그가 근무하던 신문사에서 같이 근무하던 독일인 기자인데 그는 유태인 출신의 예쁜 자기 아내를 몹시 사랑하면서도 출세를 위해서 나치스에 가담합니다. 나중에는 히틀러 친위대의 부대장까지 영달하는데 수십만 명의 유태인과 독일인(주로 유전병 등 열등인)을 학살하게 됩니다. 그가 나치스에 가담하기 전에 드러커 박사에게 말하기를 자기는 능력으로 보아서 신문사에서 출세할 것 같지 않고, 그렇다고 외국 나가자니 어학과 기타 능력도 부족하여 갈 수 없고, 그렇지만 그대로 가난하게 사는 것은 싫으니 무지한 자들의 집단인 나치스에나 가담해서 한 몫 볼 수밖에 없다고 했다는 것입니다. 출세를 위해 가담한 것이 그런 대악당이 되는 계기가 되었고, 패전 후에는 스스로 목숨을 끊고 말았다는 것입니다.

둘째로 만난 사람은 베를린의 저명한 신문의 주미 특파원으로 그 명성이 유럽과 미국에 자자한 사람입니다. 그는 히틀러가 집권하자 정부에 의해 접수된 신문의 책임자가 되어 달라는 히틀러의 초대에 응해 미국으로부터 귀로에 런던에서 드러커 박사와 만났다는 것입니다. 그 기자는 독일 입국을 말리는 친지들에게 "히틀러는 정권 유지를 위해서는 경제건설을 해야 하고, 경제건설을 위해서는 미국의 차관이 필요하고, 미국의 차관을 얻기 위해서는 나의 미국에 대한 영향력이 필요하다. 그러므로 내 말을 안 들을 수 없다. 나는 범을 잡기 위해 범의 굴로 들어간다. 나는 히틀러와 손을 잡고 그의 독재를 내 힘으로 막을 것이다. 히틀러는 제가 살기 위해서도 내 말을 들어야 한다"고 했다는 것입니다. 그는 독일 입국 후 히틀러 정권에 의해 굉장한 환영과 대접을 받았습니다. 그러나 그의 이용가치가 다하자 그는 주저 없이 버림받아 2년이 되자 그의 소식을 아는 사람은 아무도 없었습니다(나는 이 대목을 읽으면서 일제시대에 이광수 같은 사람이 당초에 일본과 손잡을 때 내세운 명분과 너무도 흡사한 데 놀랐습니다).

셋째는 어떤 대학교수의 이야기입니다. 그는 드러커 박사가 강사로 출근하던 대학의 저명한 교수일 뿐 아니라 독일 학계에서도 명성이 높은 사람이었습니다. 히틀러가 정권을 잡자 장학관이 그 대학에 와서 전 교직자를 모아놓고 위협과 욕설로 그간의 대학 지식인들의 반히틀러 경향을 맹공격했습니다 그리고는 누구든 하고 싶은 말이 있으면 하라고 요구했습니다. 모든 사람의 눈이 그 존경하는 교수에게 집중되었습니다. 평소의 그의 인격이나 나치스에 대한 심정으로 보아 반드시 따끔하게 말할 것으로 기대했던 것입니다. 그런데 그는 발언권을 얻어 나가서 하는 말이 "지금하신 말씀은 잘 들었소. 그런데 나의 인류학과에 예산이 적어서 지장이 많으니 선처해줄 수 없겠소?"했다는 것입니다. 그의 발언을 경계하던 나치스 대원은 즉시 그의 요구를 전적으로 수락해주었다 합니다. 모든 참석자가 실망했지만 그렇다고 해서 당장 자기에게 화가 미치고 있지 않는 이상 어떤 한 마디도 하려 하는 사람은 없었다고 합니다. 드러커 박사는 독일에서 나치가 그와 같이 행악할 수 있었던 데 가장 크게 공헌한 부류는 첫째의 출세주의자나 둘째의 선의의 과대망상의 사람들이 아니라 셋째, 즉 양심을 가졌으면서도 악에 대해서 침묵한 사람들이었다고 합니다. 일제시대의 우리의 기억을 더듬어도 이 말은 진실을 갈파한 것 같습니다.

한편 에리히 프롬의《자유에서의 도피》를 보면 현대인을 권위주의와 자동인형의 두 가지 형으로 나누어볼 수 있다고 합니다. 권위주의는 사디즘과 마조히즘의 두 가지 면을 가지고 있는데 사디즘은 자기보다 열등한 위치에 있는 자는 무조건 짓밟으며, 마조히즘은 우위에 있는 자에게는 철저히 아부, 복종한다는 것입니다. 이것은 나치스 치하에서 가장 두드러진 현상이었는데 히틀러도 그 예외는 아니었다 합니다. 히틀러는 복종할 자가 없으니까 게르만 민족의 얼이라는 환상적 실재에 대해서 자기를 복종시키고 봉헌하는 우상숭배에 열중했다는 것입니다.

자동인형이란 카멜레온과 같이 외부지향적인 것으로서 자기 자신의 주체성이나 주관적 판단, 인격의 독립성 등을 포기합니다. 모든 세상 소식은 신문이나 기타 보도기관이 제공하고 평가한 대로 받아들이고 모든 생활이나 유행을 남이 하는 대로 따라가고, 직장이나 이웃 간에는 남이 하는 대로 어울려서 결코 고립되려고 하지 않는 것입니다. 사르트르도 그의 실존철학에서 현대인의 이 타자 지향성을 '타인의 눈'을 언제나 의식하고 살고 있는 자기 상실의 모습으로 묘사하고 있습니다. 현대인의 대다수가 이 자동인형의 자기 상실증에 빠져 있는데 그들도 기회가 오면 쉽게 히틀러 치하의 독일 국민같이 권위주의적으로 바뀌어진다고 합니다.

이러한 현대인의 두 가지 특성이 표리가 되어, 20세기라는 우리가 살고 있는 현대에 있어서 나치즘이나 공산주의 같은, 인간을 노예화하는 제도를 가능하게 하는 근본 원인이 됨을 생각할 때, 개인의 존엄성에 대한 각성과 그 각성이 우리 한 사람 한 사람의 인격이 하느님으로부터 유래했으므로 누구에게도 양도할 수 없다는 근원적인 성찰 없이는 우리는 이 시대를 주인으로 살아갈 수 없다고 믿습니다. 특히 공산당과의 생사의 대결 속에 있는 우리는 어떠한 경우에도 자유로부터의 도피를 거부하고 이를 굳건히 지키는 것이 저들로부터의 정복을 막는 길이라고 생각합니다.

우리는 참으로 반공을 근원적인 시점에서 진지하게 생각하고, 우리의 자세를 관, 민 모두가 항시 큰 경각심 아래 반성해야 할 것입니다.

3. 역사적 상식의 허실

우리가 역사를 읽을 때 유의해야 할 점은 이미 그 사람이나 사건의 평가가 결정되어 상식화된 것 중에 의외에도 상식과는 다르게 재평가해야 할 일들이 많다는 것입니다. 여기에서는 지면 관계상 그 중에서도 두드러진 몇 가지만 예로 들어 보겠습니다.

우리들의 역사 상식은 누구나 알렉산더 대왕이나 나폴레옹을 서양 역사상 가장 위대한 영웅으로 치며, 스파르타라는 나라를 모범으로 삼을 만한 건실한 국가로 치고 있습니다. 반면에 중국사에 나오는 진의 시황제와 조조는 악인의 표본같이 생각합니다. 이것이 많은 사람들의 상식입니다. 우리가 영웅이나 위대한 인물의 개념을 선이건 악이건 덮어놓고 큰 일한 사람으로 친다면 또 모르지만, 그 시대의 역사의 진전에 긍정적 기여를 하고 백성에게 도움을 가져온 사람으로 친다면 이 상식은 크게 수정되어야 할 것입니다.

첫째, 알렉산더입니다. 그는 21세의 젊은 나이에 시작하여 불과 10년 동안에 그리스 제 도시국가에 대한 패권의 확립과 더불어 소아시아, 중동 일대, 이집트, 바빌로니아, 이란 등지에 걸친 페르시아 제국을 석권하고, 마침내 인도의 서반부까지 정복하는 업적을 올렸습니다. 그러나 그의 그러한 정복 행위는 수많은 사람에게 죽음과 파괴의 고통을 주었을 뿐 어느 백성의 복리나 역사의 진운進運에도 기여한 바 없습니다. 알렉산더가 그 당시 해야 할 역사적 사명은 모험적이고 실효성 없는 아시아 정복이 아니라 먼저 그리스의 확고한 통일의 성취로 국민에게 평화와 휴식과 번영을 주고 날로 강성해가는 서쪽의 로마에 대비하는 일이었습니다. 원정을 한다 해도 그가 나아갈 판도는 어디까지나 그리스 국가들의 생활권인 지중해 주변이었던 것입니다. 다만 알렉산더의 동방 원정으로 제2차적인 그러나 가장 가치 있는 소득은 그가 그리스문명을 전파했으며, 이것이 헬레니즘의 문명을 이루었는데 그가 이 일을 하지 않았다면 그리스문명은 대부분 상실되고 말았을 것입니다.

알렉산더에 대해서 버트런드 러셀이 그의 《서양철학사》의 아리스토 텔레스(알렉산더의 소년시절의 스승)의 부분에서 A. M. 벤의 글을 인용하면서 그의 성격을 묘사한 바에 의하면 "그의 성격은 거만하고, 술을 즐기며, 잔인하고, 복수심이 강하고 매우 미신적이다. 그는 잔악성과 동양적 폭군의 광증을 겸유하고 있었다"고 합니다(그러나 한편 헤겔은 알렉산더의 생애는 철학이 얼마나 유용한가를 입증한다고 생각했다 합니다). 알렉산더에 대한 미화와 찬양은 그보다 수백 년 뒤에 태어난 플루타크가 그의 《영웅전》에서 극히 찬양하고 높이 평가한 데서 온 영향이 크다 할 것입니다.

둘째는, 나폴레옹에 대해서입니다. 나폴레옹은 개인적으로는 천재였습니다. 전략뿐 아니라 통치자로서도 아주 우수한 통찰력과 집행능력을 가지고 있었습니다. 사실 나폴레옹은 그가 1804년 황제가 되기까지는 아주 긍정적인 역할을 다했습니다. 그는 1799년에 통일이 된 이래 1804년까지의 사이에 전쟁과 내부의 혼란에 시달리는 국민에게 평화와 질서를 회복해주었으며, 외국의 침략 위협을 분쇄하여 국방을 튼튼히 했으며, 폭락한 통화 가치의 안정을 위시한 경제의 안정을 이루는 데 성공했으며, 나폴레옹 법전을 반포해서 신흥 부르주아지와 토지 소유농민 간의 균형을 유지하고, 법 앞에서 평등, 소유권의 불가침, 신앙의 자유 등 근대 민주주의 정신이 고루 반영된 법체제를 확립했습니다.

그러나 그가 일단 황제의 자리에 오르자 그는 이제까지의 프랑스혁명 옹호자에서 혁명의 배신자로 표변했으며, 자유의 수호자에서 그 말살자로 등장했으며, 공화주의자에서 전제군주주의자로 되었던 것입니다. 그가 황제가 되어서부터 몰락하기까지의 10년은 프랑스 국민에게나 유럽 모든 국민에게나 그는 죽음과 파괴의 예속을 가져다준 재앙의 근원이었던 것입니다. 우리는 나폴레옹을 논할 때 언제나 1804년 이전 통령시대의 역사와 백성의 편에 섰던 위대한 나폴레옹과 황제가 된 이후의 타락하고 배신한 나폴레옹을 구별해서 평가해야 할 것입니다.

그러나 역사의 섭리는 위대합니다. 황제 나폴레옹의 그러한 부정적인 작태에도 불구하고 그의 전 유럽에 대한 정복전쟁은 엄청난 부대적 성과를 가져왔습니다. 첫째, 그의 유럽 여러 군주들에 대한 승리는 봉건체제의 기초를 크게 흔들고 민주주의적 세력의 성장과 발생을 촉구했으며 둘째, 프랑스혁명에 의한 민족국가 수립에 대한 위력은 그의 정복전쟁을 통해서 실증됨으로써 각국의 민족주의를 자극하여 근대 민족국가 성립을 촉진하였으며, 스페인과 포르투갈의 패배는 중남미주에 있는 두 나라의 식민지들의 대량적 독립 해방을 가져온 것입니다. 나폴레옹에 대한 찬양열은 그의 생존시보다 19세기 중엽에 유럽을 휩쓴 낭만주의의 영향이 컸다 할 것입니다.

셋째로, 스파르타가 그 당시의 그리스 여러 도시국가 중에서 가장 용감한 군사력을 가지고 있었으며, 그 나라의 기풍은 검소, 고난의 인내, 용감성, 명예심 등이 지배하고 있었던 것이 사실입니다. 그로 인해 국민생활이 소박하고 엄격한 속에서 정치의 안정성을 얻었던 것이 사실입니다. 그러므로 국내의 끊임없는 혼란과 부패로 싫증이 나 있던 다른 그리스 도시국가 국민들의 찬양도 받았으며, 특히 플라톤이 그 《국가론》에서 이를 찬양, 모방했고 플루타르크가 이를 높이 평가함으로써 후세까지 그 명성이 혁혁하게 되었습니다.

그러나 진상은 스파르타가 그 당시의 역사의 진운에 충실하지도 못했으며, 백성들에게 행복도 가져다주지 못했으며, 그 강력함도 커다란 취약점을 가지고 있었다는 것을 알려줍니다. 스파르타는 B.C. 8세기에 다른 도시국가들이 모두 이탈리아 반도, 시칠리 섬과 흑해 연안에 식민지를 건설하여 인력을 수출해서 식량 부족을 해결하거나 무역을 통해서 이를 해결할 때 홀로 인접국인 메시나Messina를 점령하여 식량을 강제 공급시키고 자기 국내에서는 시민 2만 5000명의 20배나 되는 피지배민들을 착취하게 되니 자연 강력한 무력을 필요로 하게 되었습니다. 그리하여 끊임없는 피정복민들의 반항을 극복하기 위해서 자신을 초군국화하였던 것입니다. 구체적으로 열거해보면 시민의 노동금지와 군무 전념, 피지배민 감시를 위한 비밀경찰 유지, 연 1회 전쟁 선포(피지배민에 대한) 후 불온 용의자의 학살, 병약한 아동의 내버림, 20세까지 합숙 수용하고 군사훈련 실시, 훈련시 절도 행위의 권장, 30세까지 부부 동거 불허, 소년·소녀를 나체로 공동훈련, 자식 못 낳으면 다른 남자와 성교 지시, 남자 병약시에도 아내의 다른 남자와 교합 지시, 자식이 전사해도 애곡하는 것을 수치로 생각토록 강요, 비겁에 대한 견제가 지나쳐 정당한 생활자도 박해하는 등의 극도의 비인간적인 분위기를 만들었습니다. 역사상 스파르타는 앗시리아, 오스만 투르크의 노예 궁전 제도와 더불어 가장 철저하고 비인간적인 군국주의 제도의 표본을 이루고 있습니다. 오늘의 우리의 견지에서 볼 때 결코 찬양할 것도, 본받을 것도 못되는 것입니다.

스파르타에 대해서 종합적인 판단을 요약하면 다음과 같은 것이 될 것입니다.

첫째, 스파르타가 그의 식량과 인구문제를 해결하는 데 효과적이고 건전한 해외 식민지 개척이나 무역에 의존하지 않고 생산성이 빈약한 인접 국민의 착취로써 해결하려 한 것은 가장 졸렬한 정책이었다.

둘째, 스파르타는 인간의 본성에 역행한 정책을 감행함으로써 가정의 파괴, 인구의 격감 현상을 가져와서 스스로 붕괴의 원인을 가져왔다.

셋째, 국방을 빙자한 초독재는 마침내 지배층의 부패를 초래하는 필연적 길을 가게 되어 국력이 급속도로 약화되었다.

넷째, 스파르타인에 대한 군사 일변도의 교육은 그들을 현실에 적응할 능력을 상실한 기형인을 만들어 B.C. 5세기 후반에 펠로폰네소스 전역에서 아테네에 승전하여 그리스 세계의 패자가 되고서도 이를 영도할 정치적 역량이 없어 마침내 각 도시국가의 멸시와 반항 아래 좌절하고 B.C. 371년에는 테베에 패배함으로써 스파르타의 영광은 깨지고 말았다.

다섯째, 스파르타인의 역사의 흐름과 요청을 정당하게 파악할 수 없는 배타성과 무지는(B.C. 4세기에 북방민족과 장차 올 서방 로마의 위협에 대치하고 지중해의 패권을 위해 유일한 생존의 길이던) 그리스의 여러 도시국가 단합운동을 반대, 좌절시킴으로써 결정적인 과오를 범하게 되었다.

오늘 우리 사회에서는 이상 논술한 스파르타 정치의 비역사성과 비인간성 그리고 그 결과의 수치스러운 실패를 인식 못하고 스파르타식 정치와 교육을 이상화하려는 위험스러운 생각을 가진 사람이 많습니다.

역사를 안이한 상식으로 받아들이는 것은 매우 위험하다는 것을 강조하고 싶습니다.

넷째로, 이번에는 방향을 바꾸어 가장 배척할 폭군으로 몰린 진시황을 검토해서 역사의 상식이 지닌 허실을 따져보기로 하겠습니다.

시황제가 그의 정책을 감행하기 위하여 언론의 자유를 탄압하고(춘

추전국시대에는 중국 역사상 가장 언론의 자유가 있었음: 제자백가) 자기 반대
파인 유가儒家들을 소위 분서갱유焚書坑儒의 혹독한 보복으로 대했던
것이 후세에 과장된 정도는 아니었을지라도 있었던 것만은 사실입니
다. 그는 또한 1000년에 걸친 봉건제도를 일거에 뿌리 뽑으려는 졸속
주의를 취하여 오랜 전통의 봉건세력을 모조리 적으로 단합시키는 과
오도 범했습니다. 무엇보다도 그의 큰 과오는 춘추전국시대의 550년
의 전란으로 시달릴 대로 시달리고, 약화될 대로 약화되어 이제 휴식
과 인력의 회복이 절실히 필요한 국민을 다시 채찍질해서 만리장성의
수축이나 운하의 굴착 등 그래도 명분 있는 것은 물론, 아방궁이나 여
산능 같은 부당한 토목공사를 벌여 민심을 이반시켜 그의 사후에 얼마
못 가 진나라가 멸망하게 되는 원인을 조성한 사실입니다.

그러나 그의 이러한 과오에도 불구하고 그가 중국 역사에 끼친 그리
고 중국 백성들에게 가져온 이득은 너무도 큰 것이었습니다.

첫째, 그는 이미 말한 대로 장구한 전란을 종식시키고 천하의 통일
을 성취하는 전고미유의 대업을 이루어 이후 오늘날까지 중국이 그가
세운 통일국가의 체제를 유지하는 기틀을 만들었으며 무엇보다도 당
시의 국민을 전란의 괴로움으로부터 해방시켰습니다.

둘째, 주나라 천년에 걸친 봉건제도를 종식시키고 군현제郡縣制에
의한 중앙집권적 관료제 국가를 창시했는데, 이 역시 그 이후 2000년
이상의 중국의 정치형태를 결정한 것입니다(신라통일 이후의 우리나라도
이 제도를 채택한 것임).

셋째, 그는 도량형·화폐·법률·역서·차궤車軌·의관·문자 등을 개
선, 제정하고 운하를 열어서 당시는 물론 이후 중국의 경제와 사회에
두고두고 큰 영향을 주는 과업을 성취했습니다.

넷째, 그는 당시 제자백가의 주장 중 법가의 사상과 정책에 의해서

지금부터 2100년 전에 합리주의·법치주의·과학주의·부국강병주의를 채택, 추진했는데 이는 서구의 근대화와도 일치 상통하는 정신으로서 어떻게 보면 그는 때를 약 2000년이나 앞당겨 태어난 셈이라고도 하겠습니다.

이러한 큰 업적에도 불구하고 그가 폭군의 화신같이 불리는 이유는 한나라 이후 2000년 동안 정권에 참여한 유가들이 그의 유가 탄압정책에 대한 보복으로 두고두고 그를 규탄한 데 가장 큰 원인이 있었던 것입니다. 그러나 유가들의 그러한 지탄에도 불구하고 오늘날 진시황에 대한 재평가는 동서양의 역사가들 사이에 일어나 그의 위대한 성취의 업적과 백성에게 가져온 이득이 높이 지적되고 있습니다.

토인비는 그러한 견해를 매우 힘 있게 역설하고 있습니다. 우리는 진시황제에 대한 재평가를 볼 때 역사의 심판을 믿고 사는 사람들의 의미를 새삼스럽게 실감하게 됩니다.

다섯째로는, 조조에 대한 것입니다. 내가 여기 조조를 등장시킨 것은 그가 진시황같이 두드러진 업적이 있다 해서가 아니라 그를 그토록 악인으로 본 역사의 상식의 그릇됨을 지적해서 역사를 조심스러운 그리고 이미 지적한 두 가지 원칙 아래 판단해야 한다는 것을 말하고 싶기 때문인 것입니다. 조조가 그토록 간웅奸雄으로 몰린 것은 중국에서의 소위 유교적 전통사상에 의하여 촉한의 유비 현덕을 같은 유劉씨라 해서 한나라의 정통 계승자로 치니까 그와 대항해서 싸웠던 조조를 악인으로 몰 수밖에 없었기 때문입니다. 그러나 정사正史인 《삼국지》에서는 꼭 그런 것은 아니고, 조조를 결정적으로 악인으로 한 것은 소설인 《삼국지연의》의 유비, 제갈공명, 관운장의 영웅화에서 오는 반동입니다. 사실 조조를 긍정적으로 평가할 점도 충분히 있습니다. 그는 적벽대전의 패배로 천하통일은 못했지만 중국의 심장부인 중원中原 일대에 평화와 안정을 가져왔으며, 둔전제도屯田制度 등으로 부국강병책을 써서 백성의 힘을 기르기도 한 것입니다.

이상 적은 것과 같이 우리는 상식에 지배되지 말고 바른 사안史眼으로 재조명해서 자기의 주체적 판단으로 역사를 평가하는 자세를 가져야 한다고 믿습니다. 이러한 입장에서 우리는 우리의 역사를 재비판하고 평가해야 할 것입니다.

이미 이러한 안목에서 최제우, 전봉준 등 백성의 지도자들과 이익, 유형원, 홍대용, 박지원, 박제가, 정약용 등의 실학자들이 재평가되고 있으며, 탈춤·판소리 등의 민중예술이 새로운 시각 아래 재조명 평가되고 있습니다. 그러나 아직도 시작에 불과할 것입니다.

1982년 6월 25일

주는 사랑과 받는 사랑

존경하고 사랑하는 당신에게(그리고 사랑하는 자식들에게)

오늘은 6.25의 날입니다. 32년 전 민족의 비극을 일으켰던 공산주의자들의 반민족적 만행과 그 당시 일들이 새삼 기억에 새로우며 오늘의 현실을 생각할 때 우리 민족이 겪어야 하는 운명의 가혹함을 절감하지 않을 수 없습니다. 나 개인의 운명의 기구함과 가열함도 6.25를 계기로 시작되었습니다. 6.25 당시 공산 감옥에서 구사일생九死一生으로 탈옥해 나온 이래 다시는 그러한 비운을 겪지 않는 자신 있는 민주체제를 확립하는 데 보탬이 되고자 참가했던 정치생활 속에서 수많은 고초와 네 번의 죽음의 고비를 겪어야만 했습니다.

우리나라도, 나도 아직도 진정한 안전과 자유를 갖지 못했으니 허무하기도 합니다. 그러나 6.25사변을 극복해낸 우리 민족의 저력, 6.25로 해서 얻은 공산주의로부터의 철저한 산 교육, 국민 간에 결코 사멸하지 않는 민주주의에의 열망 등을 생각할 때, 많은 섭섭하고 언짢은 요소가 있음에도 불구하고 희망과 신념을 가지고 앞을 내다보고자 합니다.

6.25 이래 네 번이나 죽음의 고비를 넘기면서 고난의 길을 걸어왔지만 나는 나의 일생이 그런 대로 역시 값있었다고 믿고 있습니다. 무엇이 되는 것이 나의 인생의 목표였다면 나는 철저한 패배자일 것입니다. 그러나 어떻게 사느냐가 목표였다면 그래도 보람 있는 인생이었을 것이라고 스스로 자위해봅니다. 오늘을 당하여 역사를 주관하시고 우

리를 자유케 하시며 정의와 평화의 길로 인도하시는 주님에게 나라와 국민의 안전, 자유와 평화와 정의 실현, 조국의 평화적 통일을 성취할 수 있도록 우리 국민에게 힘과 지혜를 주시도록 간절히 기도드립니다.

당신의 편지로 이협 동지가 무사히 출옥했다는 것을 알았습니다. 이 동지의 노고에 뭐라고 위로할 말이 없으며, 그의 남다른 양심과 실천을 존경해 마지않습니다. 부디 건강하고 가족과 행복하기를 빕니다. 나는 요즈음 매일 화단에 나가서 꽃을 돌보는 것이 큰 낙입니다. 금잔화, 아기금붕어, 패랭이라는 꽃은 벌써 시들어갑니다. 페추니아, 천일홍, 접시꽃, 황색 코스모스, 공작초, 봉선화 등이 지금 피고 있습니다. 나는 황색 코스모스, 공작초, 페추니아(소륜)가 마음에 듭니다. 당신이 나를 생각하면서 집에다 꽃들을 가꾸고 있다는 소식을 들을 때, 집안의 나무들이 몰라보게 자랐다는 소식을 들을 때, 몹시 보고 싶은 충동을 느낍니다.

요즈음의 건강은 지난번 면회 때 말한 대로 다리의 부기와 통증 그리고 이명耳鳴으로 여전히 고통을 느끼고 있습니다. 당신이 말해온 이명약 '린스텐'정은 여기 의사 선생이 말씀해서 벌써 십여 일 전부터 복용하고 있습니다. 나는 요즈음 에리히 프롬의 《소유냐 존재냐》, 막스 베버의 《사회경제사》, 기독교사회문제연구원 편의 《문화와 통치》, 키신저Kissinger의 《White House Years》, 앙드레 모로아의 《영국사》 등을 읽고 있습니다. 그리고 이동철 씨의 《오과부》를 읽고 있는데 우리 주변에 널려 있는 수없는 이야기, 이 사회의 악의 구조 속에서 번롱弄당하고 파멸되어가는 힘없는 인간들에 대한 저자의 정감에 찬 그러나 과장 없는 기록을 보고서, 그들과 삶과 운명을 같이 하고 있는 저자의 동반자로서의 애정을 가슴 촉촉히 느낄 수 있었습니다.

이동철 씨야말로 주님의 역사에 동참하고 있는 크리스천이며 행동하는 양심으로서의 모범이라 할 것입니다. 그의 처참하게 타락했던 과거를 생각할 때 우리는 인간의 위대한 가능성과 결코 절망할 수 없는 내일에 대한 소망의 이유를 발견할 수 있을 것 같습니다.

여름철에 가족 모두 건강에 유의하되 특히 여름을 못 견디는 당신의 건강에 유의하기 바랍니다. 중년 이후의 건강은 무엇보다도 무리를 안 해야 합니다. 지난번 가을의 양말뜨기 같은 무리는 절대로 하지 말기를 바랍니다. 당신이 매일 보낸 편지가 얼마나 내게 큰 위로와 희망이 되는지 모릅니다. 그간 500통이 넘는 편지를 통해서 당신은 나에게 위로와 힘을 주었습니다. 참 하기 힘든 일을 한 것이며, 어찌 감사하다는 말로 나의 심정을 표시할 수 있겠습니까?

홍일이에 대한 나의 기대는 큽니다. 장차 나라와 국민을 위해서 내가 못한 봉사를 대신해줄 수 있는 인재로 대성하기를 진심으로 바라고 있습니다. 그의 성품이나 능력으로 보아서 기대를 걸만도 하다고 혼자 생각해보곤 합니다. 그러나 그러한 장래를 대비해서 쉬지 않는 자기 발전의 노력을 필요로 하는 것인데, 강인한 의지와 끈기로써 노력을 게을리하지 않기를 간절히 바라고 있습니다. 지영이 모는 남편과 아이들을 애정과 성심으로 잘 보살피고 있는 것을 그의 편지로써 알 수 있습니다.

지영이의 날로 슬기로워지는 모습을 알 수 있으며, 정화의 뚱하고 고집 부리는 모양을 읽을 때는 웃음을 금할 수 없습니다. 두 아이의 성격이 너무도 대조적인 것을 보면, 같은 부모, 같은 환경인데도 이러한 차이가 있는 것을 볼 때 인간의 신비를 새삼 느낄 수 있습니다. 22일 자 당신의 편지를 어제 받았는데 거기서 홍업이의 여권 수속이 잘 되어간다는 것을 알았습니다. 무엇보다 다행한 일입니다. 이로써 홍업이의 전도에 새 출발과 큰 발전의 계기가 될 것을 생각하니 기쁨과 감사를 금할 수 없습니다. 당신의 노력과 판단을 매우 기쁘게 생각하며 그런 결심을 한 홍업이의 태도를 높이 사고 싶습니다. 사실 지금 그 나이에 공부를, 그것도 낯선 외국에 가서 시작하겠다는 데는 큰 결단이 필요했을 것입니다. 착하고 아름다운 마음을 가진 홍업이에게 하느님께서 크신 축복을 내려주실 것으로 믿습니다.

솔직히 말해서 지난번 면회 때 홍업이의 도미 유학 계획을 듣는 그 순간부터 한편 반가우면서도 한편 작별의 슬픔, 특히 나의 이런 환경에서 자식과 갈라지지 않으면 안 된다는 것이 몹시 괴롭게 생각되었습니다. 그러나 우리는 서로 사소한 감정이나 불행한 운명을 극복하면서 자식의 장래를 위한 길을 위해서 축복을 해주어야겠지요. 도미를 위한 모든 준비와 지도는 당신의 경험으로 잘 처리해줄 것이니 한결 마음이 놓입니다. 기회 있으면 초청해 주신 크롬J.R.Crome 목사님, 영사증명 얻는 데 수고해주신 에모리Emory 대학 레이니Laney 총장님 등 애써 주신 분들에게 나의 감사의 뜻을 전해주기 바랍니다.

다음 면회 때는 근 반년 만에 홍걸이를 만나게 될 것이니 참 기쁩니다. 머리도 기르고 신사복 입은 대학생으로서의 모습을 보게 되겠으니 말입니다. 그간 홍걸이의 편지를 보면 그 애가 괄목할 만큼 내면적 성장을 이루어가는 모습을 알 수 있습니다. 짧은 엽서의 사연이지만 내가 판단키로는 아주 바람직하게 나아가고 있는 것 같습니다. 무엇보다도 차분하게 자기와 사물을 생각하며, 근원적이고 균형 있게 문제를 보는 자세가 엿보여 기뻤습니다. 서로 충분한 대화를 할 수 있으면 나로서 그 애를 더 깊이 이해할 수 있으며, 그 애에게 꼭 필요한 조언도 해줄 듯 싶은데 우리 환경이 이러니 어찌하지요?

지난번에 말한 대로 방학 중에 국내 여행하는 것을 꼭 생각해보도록 하시오. 그리고 본인이 읽은 책 이름을 적어 보내주도록 전해주시오.

대의 집, 대현이 집, 필동, 기타 모든 친척과 벗들에게 두루 안부 인사드립니다. 특히 나로 인해 고생하고 나를 위해 기도하고 걱정해주신 분들에게 한없는 감사를 드립니다. 언제나 우리도 그분들에게 감사하고 보답할 날이 있을지요?

다음에 당신과 자식들의 참고를 위해서 몇 가지 적어 보내니 밖에서 보는 것과 일치하는지 검토해보기 바랍니다.

1. 중동사태와 이스라엘

요즈음 당신과 홍일이의 편지를 통해서 이스라엘의 레바논 침공사실을 알고 있습니다. 중동사태의 불안과 거듭되는 무력 충돌은 참으로 중대한 사태이며, 다음에 말할 이유 때문에 세계, 특히 자유세계와 우리나라의 운명을 좌우할 만한 중대사로서 우려를 금할 수 없습니다. 그러므로 판단을 위한 자료 부족에서 오는 위험을 무릅쓰고 내 생각을 여기 적어 보내겠습니다.

첫째로, 역사적인 입장에서 이스라엘과 팔레스타인의 관계를 살펴보겠습니다. 지금 이스라엘이 있는 팔레스티나 지방은 선사시대에는 야벳인이 살았고 B.C. 3000년경부터 셈인이 살았습니다. 그러다 B.C. 1200년경에 모세의 지도 아래 이스라엘인이 들어왔고, 한편 거의 같은 시기에 팔레스티나인(성경에 블레셋인)이 아마 크레타 섬으로부터 들어왔습니다. 그리하여 이스라엘인과 혼거도 하고, 이들을 산지로 밀어내기도 하는 성경의 사사시대를 거쳐서 사울의 이스라엘 왕국에 이어서 다윗 왕국의 지배를 받았습니다.

다윗 왕국은 솔로몬 이후 이스라엘과 유다로 갈라지고 두 왕국은 각기 앗시리아(B.C. 722)와 신바빌로니아(B.C. 587)에 의해서 멸망되어 팔레스티나 지방은 외적의 식민지 시대로 접어들어 그 운명은 20세기 중반까지 계속되었습니다. 신바빌로니아 다음에는 페르시아 영토, 알렉산드로스령領, 이집트의 프톨레메우스령, 시리아의 셀레우코스령으로 전전하다 마침내 주전 63년부터 주후 395년까지 로마령이 되었습니다. 이 동안 주후 66년부터 70년까지의 유명한 유다전쟁의 결과 유태인은 추방되기 시작하여 2세기 중엽까지 완전히 이 지방을 떠서 2000년에 걸친 디아스포라 생활을 하게 되었으며 팔레스타인만이 남게 된 것입니다. 그후 팔레스티나 지방은 비잔틴령, 사라센령, 십자군의 지배, 맘루크 지배 그리고 16세기 이래 400년 동안의 오스만 투르크령 시대를 거쳐 1920년에 영국의 위임통치 하에 들어갔습니다.

한편 망국의 설움과 종교적 박해 속에 수난의 생활을 거듭해오던 유럽 각지의 유태인들은 19세기 말부터 팔레스티나 고토에 이스라엘 국가를 재건하려는 시오니즘 운동을 벌이게 되었습니다. 그러자 1차 세계대전에 유태인의 지지가 필요한 영국은 소위 밸푸어선언으로 이스라엘 건국을 지지하였으며, 반면 후세인·맥밀런 협정으로 팔레스티나인의 독립도 지지하는 결과를 빚었습니다. 이리하여 유태·팔레스티나 양민족 간의 투쟁이 심해졌으며 그후 2차 세계대전 중 히틀러에 박해당한 유태인 난민들이 몰려와서 인구가 급격히 늘어났으며 땅을 매수하거나 또는 무력으로 확장해갔습니다. 그후 1947년의 유엔총회에서 팔레스티나를 유태·아랍 양국으로 분할 독립하도록 결의하였습니다. 유태인은 1948년에 이스라엘을 건국했으나 팔레스티나인은 이를 반대하고 아랍 제국에 의한 전쟁이 일어났는데 이것이 제1차 중동전쟁입니다. 그 후에 73년 4차 중동전쟁까지 치르고 아직도 평화는 요원한 실정입니다.

한편 이스라엘은 이러한 전쟁을 계기로 강제 내지 자의반 타의반으로 팔레스티나인을 몰아냈는데 그들은 주로 레바논에 집결되어 있으며, 난민의 수는 아마 300만 정도가 될 것입니다.

둘째로, 팔레스티나 사태를 공정하게 판단할 때 이스라엘이 그 생존의 자리를 옛 고토에 얻는다는 것은 너무도 당연한 것이며 특히 2차 세계대전 중 600만이나 무고한 희생을 당했음에 그들의 주장을 누가 반대할 수 있겠습니까? 나라가 있었으면 그런 희생은 없었을 것이니 말입니다. 그러나 우리가 이스라엘의 입장을 십분 이해하면 할수록 이스라엘이 자기들의 망국의 설움을 이제 팔레스티나인에게 강요하는, 또는 그들의 정당한 요구 해결에 성의를 다하지 않는 자세에는 유감을 금할 수가 없는 것입니다. 이는 많은 양식 있는 사람들이 지적하는 점인 것입니다.

이스라엘은 마땅히 1947년의 유엔 결의대로 팔레스타인의 나라 세움에 누구나가 인정할 수 있는 성의를 다해야 할 것입니다.

셋째, 만일 이스라엘이 지금과 같이 편협한 태도를 고집하고 무력의 사용을 함부로 하는 자세를 계속하면 이는 이스라엘 스스로를 위해서도 매우 불행한 결과가 될 것입니다.

즉 인구 불과 400만의 이스라엘이 막대한 전비를 계속 감당하면서 싸워나가면 그 힘은 탕진될 것이며, 국제적 고립은 더 한층 철저해질 것이고 이미 나타나고 있는 바와 같이 자유세계, 심지어 유일한 의지처인 미국의 여론조차 악화될 것입니다. 그렇게 되면 이스라엘은 전투에 이기고 전쟁에 지거나, 전쟁에 이기고 생존투쟁에서 패배하는 결과를 빚기가 쉬울 것입니다.

넷째, 크리스천의 신앙의 고장이며 우리 주님도 인성人性으로는 유태인이었다는 사실을 생각할 때 우리는 이스라엘의 운명이나 불행을 남의 일같이 생각할 수 없지만 우리가 중동사태에 큰 관심을 갖는 것은 중동사태가 자유세계나 우리나라를 위해서 실로 사활과도 직결된 문제이기 때문입니다. 즉 중동지역은 우리나라를 포함한 자유세계의 석유의 거의 태반을 공급하고 있는 경제의 생명줄이며 무역의 큰 대상 지역이기도 합니다. 또 이 지역은 아프가니스탄과 에티오피아와 남예멘에 진출한 소련이 이스라엘과 아랍 제국과의 대결을 조장시켜 이 지역을 군사적·정치적으로 제압함으로써 자유세계를 일거에 경제적으로 파멸시키고 군사적으로 동, 서를 양분시키려는 목적 아래 세계의 어디보다도 호시탐탐 노리고 있는 지역입니다. 불행히도 이 지역에 속해 있는 각국은 정치적으로도 매우 불안정한 상태입니다.

다섯째, 그러므로 자유세계가 파멸적인 재난을 면하려면 어떠한 일이 있더라도 이스라엘과 아랍 간의 분쟁을 종식시켜서 아랍 제국과 미국 중심의 자유세계와의 유대를 다시 강화시켜서 소련의 야망을 봉쇄해야 합니다. 이것은 우리 한국으로서도 사활이 걸린 문제입니다. 그뿐 아니라 이스라엘로서도 설사 아무리 인접국과의 전쟁에서 이겨보았자 그 때문에 반미친소로 흐르는 아랍 국가들의 대세로 해서 중동지구가 소련의 영향 아래 들어간다면 이스라엘의 생존의 여지는 없는 것입니다. 그런데 지금 이스라엘은 자기의 거의 유일한 보호자인 미국과조차도 보조를 맞추지 않고 번번이 이를 곤경에 몰아넣고 있으니 참 딱한 일입니다. 이스라엘의 대국적 통찰과 결단이 크게 요청되는 것입니다(지금, 야당이지만 거의 반수에 가까운 의석을 가지고 있는 노동당은 상당히 견실한 입장을 취하고 있는 것입니다).

중동문제는 우리가 그 중요성을 아무리 크게 보아도 과대하다 할 수가 없는 것입니다.

2. 주는 사랑 받는 사랑

최근 에리히 프롬의 《소유냐 존재냐》를 읽는 가운데 주는 사랑과 받는 사랑에 대한 깨달음이 커서 독서의 중요성을 새삼 절감했습니다.

젊은 남녀가 서로 사랑할 때는 그토록 아름답고 훌륭해 보이던 것이, 결혼하면 왜 환멸을 느끼고 심하면 이혼까지 하게 되는가? 부모 자식 간도 자식이 어렸을 때는 그토록 사랑 속에 일체화되었는데 자식이 커 가면 왜 소원해지고 서로 불만과 비난을 토로하기에 이르는가? 학교 때 다정했던 벗이 사회에 나오면 거의 남이 되고 우정은 식어버립니다. 왜 그럴까? 우리는 이것을 불가피하고 어쩌면 당연한 일로도 생각합니다. 그러나 이것은 결코 불가피하고 당연한 일이 아니라 우리의 사랑의 자세의 잘못된 변화에 연유한 것이라고 생각됩니다. 결혼 전의 교제 때는 우리는 오직 자기의 애인을 위하는 데만 마음을 씁니다. 즉 주는 사랑에 시종하며 또 그로써 만족을 합니다. 거기에는 사심도 욕심도 없습니다. 그러니 그러한 이기심 없는 거룩한 사랑의 상대가 아름답고 훌륭해 보일 것은 당연하며 실제로 사람은 사랑을 주며 살 때는 그 용모조차 아름다워진다고 합니다. 그러나 일단 결혼을 하고 나면 남편은 아내에게 아내로서의 봉사와 의무를 다하도록 요구하는 자세로 돌변합니다. 받는 사랑인 것입니다. 아내도 남편에게 생활을 위시로 남편으로서의 책임과 구실을 다하도록 요구하는 자세가 됩니다. 남자보다는 덜 하겠지만 역시 받는 사랑인 것입니다. 그러니 부부가 다같이 결혼 전의 '그' '그녀'와는 다르다는 환멸이나 불만을 갖게 되고 둘 사이는 냉각되어갈 것입니다.

부모 자식도 자식이 어렸을 때는 부모도 주는 사랑뿐이고 자식도 세상에 자기 부모밖에 없는 것같이 따르고 사랑하지만 일단 자식이 크기 시작하면 부모는 자식이 부모의 명예와 기대를 위해서 잘 해주기를 바라며 부모에게 효도를 해주도록 요구하게 됩니다. 자식도 부모를 비판적으로 보고 다른 부모와 비교해서 불만을 갖게 됩니다. 양쪽 다 받는 사랑이 주가 되며, 그러한 가운데 관계는 소원해지고 악화되는 것입니다. 친구관계도 마찬가지라 할 것입니다.

그러므로 우리는 행복한 부부생활을 이룩하려면 결혼 전과 같은 주는 사랑을 유지해야 할 것입니다. 서로 사랑하고 아끼는 부모 자식 간의 관계를 유지하려면, 평생의 벗으로서의 친구관계를 유지하려면, 당초의 주는 사랑을 계속 지켜나가야 할 것입니다. 부부, 부모 자식, 친우 간의 관계에서 성공한 사람들은 이러한 주는 사랑의 실천자들이라 할 것입니다.

주는 사랑! 이것에 가장 철저한 이가 바로 예수님임을 우리는 잘 알고 있습니다. 그는 아무 조건 없는 사랑으로 고난 받고 소외된 사람들의 벗이 되어 봉사하였으며 마지막에는 자기의 생명까지 우리를 위해서 내 주시는 '주는 사랑'의 철저한 실천자였습니다. 그분은 우리에게 대해서도 단지 그 주는 사랑의 실천만을 요구하셨습니다. '내가 너희를 사랑한 것 같이 너희도 서로 사랑하라' '겉옷을 달라 하면 속옷까지 주어라' '오리를 가자 하면 십리를 가주어라'

3. 세조와 이 박사

조선왕조 제7대 임금 세조와 대한민국 초대 대통령 이승만 박사를 볼 때 이 두 사람은 공통된 과오를 범하고 공통된 아쉬움을 우리에게 주고 있습니다. 그들이 범한 과오란 하나는 정통성의 말살이요, 둘은 편의주의·기회주의적 정치 풍토의 조성이요, 셋은 역사에 커다란 해악을 끼쳤다는 사실입니다.

첫째의 정통성 말살에 대해서 말해보겠습니다. 세조는 어린 조카인 단종 임금의 자리를 빼앗고 시해함으로써 조선왕조의 국시인 유교도덕의 첫째 가는 충과 효를 여지없이 짓밟았습니다. 그는 임금을 죽임으로써 대역죄를 범했으며 단종에 대한 간절한 훈사 부탁을 하신 부왕인 세종의 뜻을 저버림으로써 대불효를 범한 것입니다. 이와 같이 국시인 충효를 짓밟는 가운데 합법적 절차에 의하지 않고 왕위를 찬탈하여 왕조의 정통성을 거듭 짓밟았습니다. 합법적인 왕을 강제로 퇴위시키고 그 자리를 빼앗는 것은 왕군의 정통성에 비추어서는 결코 인정받을 수 없는 불법 무효의 행위였으니 국법에 의한 왕조의 정통은 여기서 끊어졌다고 보아야 할 것입니다.

이승만 박사는 일제로부터 해방된 대한민국 정부는 당연히 친일파를 거세하고 항일 독립운동자나 최소한 일제에 협력하지 않았던 자들에 의해서 성립되어야 한다는 윤리적 당위와 헌법의 전문에 대한민국이 3.1운동의 정신과 대한민국 임시정부의 법통을 계승한 정부라는 명문에 의한 법적 당위를 무시하고 친일파를 비호하는 데 서슴지 않았습니다.

즉 법에 의해서 합법적으로 성립된 반민족행위자처벌 특별위원회의 활동을 폭력으로 저지하고 반민특위 경찰을 해산시킨 불법행위까지 저지름으로써 건국의 대의를 짓밟고 정치의 정통성을 말살했습니다(그뿐 아니라 그가 직접 개입했는지 여부는 모르겠으나 그의 심복 부하들이 항일 투쟁의 총수요, 대한민국 임시정부의 주석인 김구 선생을 살해한 것은 그의 정통성 말살 행위의 극적인 조치였다 할 것입니다).

그뿐 아니라 이 박사는 대한민국의 건국의 국시인 민주주의를 거듭 짓밟아서 혹은 정치파동을 일으키고, 혹은 사사오입 개헌을 자행하고, 혹은 야당과 언론을 탄압하고, 혹은 부정선거를 자행했습니다.

둘째의 편의주의, 기회주의의 정치풍토 조성에 대해 말해보겠습니다. 수양대군의 그런 불충, 불효의 정통성 말살에 대해서 당시의 조정은 두 세력으로 갈라졌습니다. 하나는 성삼문 등 사육신을 중심으로 하는 반대세력이요, 하나는 정인지, 신숙주를 중심으로 한 지지세력입니다. 그러나 양심과 정의에 입각한 전자 충신들은 모조리 학살·타도

당하고 후자의 불의한 자들이 세도와 권력을 차지했습니다. 즉 바르게 산 자는 패하고 양심을 속이고 불의에 굴복한 자들이 부귀영화를 누리게 된 것입니다. 이리하여 세상은 편의주의자, 기회주의자가 판을 치게 되었으며 누구도 바르게 살 수도 살 필요도 없게 되었습니다.

이 박사의 친일파 비호 정책으로 세상은 친일파와 그들의 자손이 지배하는 사회가 되고 독립운동을 했거나 지조를 지키고 친일을 거부한 사람들은 발붙일 곳이 없게 되었습니다. 반일 애국자들이 판잣집에서 신음하다가 죽어서 신문에 기사가 나면 국민은 겨우 그런 애국자가 있었다는 것을 아는 형편이었습니다. 그뿐 아니라 이 박사의 반민주적 독재정치는 모든 민주인사들을 박해 속으로 몰아넣고 헌법의 인권조항이나 민주주의 국시를 한낱 웃음거리로 만든 것입니다. 정직·양심·지조 따위는 출세를 저해하는 장애물이고, 오직 시류時流를 따라 편의주의·기회주의적으로 사는 것이 인생의 필요한 처세의 길이라는 그릇된 인식을 국민 다수의 뇌리에 못 박게 만든 것입니다. 한마디로 건전한 국민윤리의 파괴를 가져온 것입니다.

셋째, 역사에 끼친 무한한 해악을 지적하지 않을 수 없습니다. 세조에 의한 유교 윤리의 전면 파괴는 이후 조선왕조 450년을 정신적으로 질식시켜버렸습니다. 임금 아닌 역적을 임금으로 떠받들어야 함은 물론 간접적이나마 비판을 시도했다가는 무서운 박해가 가해졌습니다. 그 좋은 예가 무오사화입니다. 영남 유생의 총수인 김종직이란 분이 그 생존시 고향인 밀양의 영남루에 그의 자작시 〈조의제문弔義帝文〉을 현판으로 만들어 걸게 했습니다. 이 시는 항우에게 시해당한 초나라 의제의 넋을 위로하는 것인데 이것이 세조를 빗대서 비난한 것이라 하여 연산군이 사화를 일으켜서 김종직의 묘를 파서 부관참시剖棺斬屍에 처하고 수많은 선비들을 혹은 죽이고 혹은 귀양보내고 했습니다. 이와 같이 언론의 자유가 봉쇄되고 국시인 충효에 대한 자유로운 논의가 전혀 불가능해졌습니다. 이러한 정신적 위축은 이조의 사상을 몹시 메마르게 하고 공론公論에 흐르게 했으며, 앞서 말한 편의주의·기회주의와 더불어 이조시대의 당쟁을 몹시 좀스러운 예송禮訟 따위에 주력하게 했으며, 그 양상을 매우 추악하게 한 하나의 큰 원인을 이루었습니다.

논자 중에는 세조가 임금된 이후의 치적을 이야기하는 사람도 있으나 그의 약간의 업적은 이미 지적한 국기를 송두리째 뒤집어 정통성을 말살했으며, 국민정신에 무한한 타락과 질식을 가져온 죄과에 비하면 아주 사소한 것이라 할 것입니다. 설사 그 공이 더 컸다 하더라도 목적을 위해서는 나라의 정통성을 파괴하고 수단과 방법을 가리지 않는 작태는 정치의 원리상으로나 그 윤리상으로나 또는 긴 안목의 실리로 보아서도 용서할 수 없는 것입니다.

한편 이 박사의 친일세력 비호의 결과는 이 나라의 정신적·인적 출발을 불가능하게 하여 일제의 잔재가 지금도 뿌리 깊게 각 방면에 남아 있어서 해악을 끼치고 있습니다.

또한 그의 반민주적 통치는 이 나라에 민주주의 토착화를 좌절시켜버려서 아직까지도 우리가 민주주의의 정착을 위해 고투하지 않으면 안 되는 결정적 원인이 되었습니다. 그는 자신의 권세와 영구집권을 위해서 정의필승正義必勝과 국민에 의한 정치의 실현을 보고자 한 백성의 비원을 짓밟은 것입니다. 그의 처세 중의 별 대단치도 않은 공로 가지고 어찌 이를 메울 수 있으며, 또 메울 성질도 아닌 것입니다.

이상 약간 길게 세조와 이 박사의 저지른 과오를 설명했는데 그러면 맨 처음에 지적한 또 하나의 문제인 공통된 아쉬움이란 어떤 것일까요?

그것은 이 두 사람이 정치의 정통성을 수호하고 정의와 양심에 따라 살았던들 그들 자신의 역사상의 영광은 물론 무엇보다도 우리 민족에게 두고두고 존경받고 추종할 위대한 사표로서의 유산을 남겨서 우리의 민족사를 기름지고 영광스럽게 할 수 있는 가장 좋은 기회를 망쳐버리고 오히려 측량할 수 없는 해독만 남겼다는 것입니다.

공자가 '꿈에 주공을 보지 못한다'고 안타까워할 정도로 유가에서 성인으로 받드는 이가 주나라 2대 임금 무왕의 아우 주공 단旦입니다. 그는 형이 죽자 어린 조카 성왕을 진심갈력盡心竭力 보필해서 주나라의 국기를 튼튼히 하고 백성을 위해 큰 업적을 남겼습니다. 그러나 그가 무엇보다도 크게 평가된 것은, 그가 자기 형과 협력해서 은나라를 멸망시키고 주나라를 세운 건국의 공로자이며 절대적 실력자인 만큼 힘이 모든 것을 정당화하던 난시에 그가 조카를 제치고 왕위에 오르더라도 불가능하지도 않고 괴이하지도 않는데도 불구하고 왕조의 정통성을 확립하기 위하여 그러한 가능성을 단연코 물리치고 어린 조카를 섬기고 백성에게 평화와 휴식과 생업의 보장을 주는 데 성심을 다함으로써 그후 중국의 3000년 역사를 두고 모든 사람의 사표가 된 것입니다.

만일 수양대군이 이 길을 따랐더라면 그는 한국의 주공이 되었을 것이며, 세종대왕, 이순신, 정몽주 같은 이 못지않는 우리의 자랑스러운 사표가 되었을 것입니다. 얼마나 애석한 일입니까? 그는 어린 조카인 단종의 왕위를 빼앗고, 그 다음은 노산군으로 강등시키고, 그 다음 서인庶人으로 내려 앉히고, 다시 역적으로 몰아서 죽였습니다. 단종은 사후 200년 동안 선왕으로서의 대우도 못 받았으나 19대 숙종 때에 이르러 다시 왕위에 복위되었습니다. 세조의 불의를 미워하고 단종을 동정하는 민심의 끈질긴 압력이 200년 후에 마침내 세조의 후손인 숙종의 손으로 세조에게 패배와 치욕을 안기지 않을 수 없게 만든 것입니다.

이 박사에 대한 내용은 우리가 아직도 생생하게 기억하는 현대의 역사에 속합니다. 이 박사가 만일 친일파를 비호하지 않고 반일제적 정부 구성과 정치의 운용을 단행했던들 이 나라 정치의 정통성과 민족정기는 드높여졌을 것이며, 정의필승, 선인선과善人善果, 악인악과惡因惡果를 바라는 국민의 기대는 충족되어 오늘같이 양심과 정의를 비웃는 따위의 풍조는 일어날 수가 없었을 것입니다.

이 박사가 만일 친일파 잔재들의 손에 놀아나서 반민주적인 정치를 자행하지 않았던들 부산 정치파동도 일어나지 않았을 것이고 3선개헌이나 3.15부정선거도 일어나지 않았을 것입니다. 그가 민주적인 대통령으로 두 번의 임기에 그치고 물러났던들 그는 이 나라의 조지 워싱턴이 되었을 것이고 영원한 국부가 되었을 것입니다. 그리고 우리는 건국 초기에 이미 민주적 자유와 평화적 정권교체의 기틀을 세움으로써 그후 지금까지 겪는 수많은 불행을 모면할 수가 있었을 것입니다. 그는 세조와는 달리 그의 생시에 철저한 패배를 목격하고 죽었습니다. 그를 위해서나 우리를 위해서나 얼마나 불행하고 아쉬운 일입니까? 다만 한 가닥 구원은 그가 하야할 때 제스추어나마 민의를 존중한 태도를 보여주었다는 것입니다. 세조나 이 박사를 볼 때 각기 자신을 위해서나 민족을 위해서나 하늘이 준 절호의 기회를 망친 것을 알 수 있는데, 그 근원은 그들이 어떻게 사느냐 중점을 두고 판단하지 않고 무엇이 되느냐에 집착한 데 있었다고 하는 교훈을 우리는 배워야 할 것 같습니다. 하나 더 첨가할 것은 이 박사가 저지른 과오는 민주국가의 주인인 국민이 자기의 권세와 책임을 포기하고 그의 비행을 저지하려는 행동을 회피한 데 더 큰 원인이 있다는 점입니다.

4. 사색의 단편

● 우리는 넘어지면 끊임없이 일어나 새출발해야 한다. 인생은 종착지가 없는 도상의 나그네이다.

● 신을 직접 체험할 수 있는 곳은 신을 받아들일 자세가 된 마음이다 (파스칼).

● 신앙의 확신은 현세에서의 자기 소명에 충실하는 데서 성취된다. 현세의 소명은 이웃과 사회에 대한 봉사이다.

● 사람은 가난하게 되지도 말고 지나치게 부유하게 되지도 말 일이다. 우리는 가난해도 부유해도 다같이 돈의 노예가 된다. 알맞게 갖고 자유인이 될 일이다.

● 하느님이 만든 이 우주는 완성된 것이 아니다. 그러기에 불행과 죄악이 있다. 인간이 할 일은 하느님과 합심해서 이 세상의 완성을 통한 하느님의 제2의 창조에 참여하는 일이다. 그 완성의 진토에 따라 불행과 죄는 극복되고 최종적 완성을 통해서 제거될 것이다. 그것이 예수 재림의 날이다.

● 나라를 사랑하고 그 겨레를 사랑한 사람은 마땅히 찬양받고 존경받아야 할 것이다. 그러나 많은 경우에 그들은 그로 인해서 박해를 받고 누명을 쓴다. 그러므로 의롭게 살려는 사람은 보상에서 만족을 얻으려 하지 말고 자기 삶의 존재양식 그 자체에서 만족을 구해야 한다. 그리고 역사는 반드시 바른 보답을 준다는 사실에서 위로를 받아야 한다.

● 최고의 대화는 경청이다.

● 비록 고난 속에 살더라도 자기 양심에 충실한 사람은 행복하다. 그러나 그 고난의 가치를 세상이 알아줄 때 그는 더욱 행복하다.

● 이 세상은 악의 세계이므로 헌신할 가치가 없다는 것은 하느님을 거스르는 것이다. 하느님은 이 세상을 창조하신 것이며 자기가 창조한 이 세상을 사랑하신 나머지 그 외아들을 보내셔서 구원의 길을 열어 주셨다. 이 세상은 예수의 강생으로 성화되었고 하느님 나라의 일부가 된 것이다.

- 모든 사람이 인생의 사업에서 성공자가 될 수는 없다. 그러나 모든 사람이 인생의 삶에서 성공자가 될 수는 있다. 그것은 무엇이 되느냐에 목표를 두지 않고, 어떻게 사느냐에 목표를 두고 사는 삶의 길을 가는 것이다.

- 하느님의 축복이란 평탄한 생활과 번영의 보장이 아니다. 그것은 어떠한 고난, 역경, 실패 속에서도 이를 극복하고 새로운 가능성 앞에 서는 힘을 우리에게 주시는 것이다.

- '하늘이 무너져도 솟아날 구멍이 있고 범에 물려가도 살아오는 길이 있다'는 속담이 있다. 이는 거듭된 전란과 쉴 새 없이 괴롭히는 학정 속에서도 잡초 같은 끈기와 뱀 같은 슬기로 살아남은 우리 조상들의 삶의 지혜를 잘 말해주고 있다.

- 논리의 검증을 거치지 않은 경험은 잡담이며 경험의 검증을 거치지 않는 논리는 공론이다.

- 하느님이 우리를 연단하시기 위해서 악을 내리신다는 것은 사실이 아니다. 악은 이기적으로 비뚤어진 인간의 이기심에서 나오는 것과 이 우주의 미완성에서 불가피하게 일어나는 것과의 두 가지에 연유한다. 그러므로 우리는 어떤 악은 당장의 시정을 위해서 싸워야 하고, 어떤 악은 장래에 제거를 기대하면서 싸워야 하되 죽음과 같은 악은 조용히 받아들여야 한다.

- 자유는 지키는 자만의 재산이다. 그러므로 자유는 권리가 아니라 의무이다. 자유는 방종도 아니고 모든 원리에 대한 거부도 아니다. 자유는 인간이 인간답게 살아가고 전인적 완성을 이룩하는 데 필요한 제약과 조건을 자발적으로 받아들이는 행위이다.

다음 책을 차입해 주시오.

1) 박영문고의《니체의 생애와 사상》《파스칼의 생애와 사상》《제자백가》《한국사상의 원천》

2) 분도출판사의《왜 그리스도인인가?》(한스 큉)

3) 경향잡지사에서 낸《한국 카톨릭 지도서》

4) 홍성사의《악셀의 城》(Edmond Wilson),《어떻게 읽고 쓸 것인가》(金烈圭),《도스토예프스키》(E. H. 카)

5) 천주교 서점에서 메이야르 드 샤르뎅 신부의 저서 중 어떤 것이 출판되어 있는지 알아서 책명을 알려주시오.

6) 이어령 교수가 일본에서 최근 출판한《縮小指向の日本人》이란 책의 일어 원문본 입수해 넣어주시오.

7) 김홍신의《해방영장》

간디는 예수의 참 제자

존경하고 사랑하는 당신에게(그리고 사랑하는 자식들에게)

오랫동안 목마르게 기다리던 비가 와서 여기 청주지방도 간신히 해갈이 된 것 같습니다. 금년의 더위는 참으로 종래 경험하지 못한 것으로 나같이 더위를 타지 않는 사람도 큰 고통을 느꼈습니다. 당신을 생각하면서 얼마나 못 견디어 할까 생각했습니다. 앞으로도 1개월은 더 더울 것이니 당신과 가족 모두가 건강에 유의하기 바랍니다.

내가 여기 청주교도소로 와서 이달 말로써 만 1년 반이 됩니다. 그간 생활에서의 번민과 고독과 한을 무어라 다 말할 수 있겠습니까? 내 인생에서 가장 고통스러운 시절이었다는 것을 새삼 느끼곤 했습니다. 그러나 한편 내 인생의 전 과정을 통틀어서 신앙상으로나 지적 발전에서나 또 인격 형성에 가장 큰 보람을 느낄 수 있는 시기도 되지 않았는가 생각됩니다. 그간 수많은 좌절과 슬픔과 걱정의 순간에도 불구하고 지금 이러한 긍정적인 면을 느낄 수 있는 것을 무한히 감사하게 생각합니다. 돌이켜보면 나의 일생은 한恨의 일생이었습니다. 얼마나 수많은 한이 굽이굽이에 맺힌 인생이었던가요? 한 속에 슬퍼하고, 되씹고, 딛고 일어서고 하는 생의 연속이었습니다. 고난 속에서 배우고, 가능성을 발견하고, 잡초같이 자라는 것이 인생이며 하느님의 섭리라는 것을 되새겨 봅니다. 그뿐 아니라 나는 그간 거쳐온 대결의 생활 속에서도 누구 한 사람 길에서 만난다 하더라도 외면해야 할 사람이 없으며,

누구 하나 용서하지 못할 정도로 증오하는 사람이 없음을 감사해 합니다. 한 가지 슬픈 것은 나의 환경과 조건 탓으로 사랑하는 벗들로부터 소외되는 생활을 강요당해온 사실입니다. 나에게 가장 큰 행복의 하나는 많은 분들이 기억 속에서 나를 위해 염려하고 기도해주신 점입니다. 어찌 큰 위로가 아니겠습니까?

며칠 전 홍업이의 편지에 당신이 나를 생각하며 화단을 가꾸는 정성을 기록하고 '고난 속에서도 우리 가족같이, 서로 아끼고 생각하는 사람들도 없는 것 같다'는 말이 있었습니다. 나도 그렇게 생각하지만 그 글을 읽고 정말로 행복하게 생각했습니다. 지영 모로부터 홍걸이와 같이 만나서 식사하고, 극장가고, 다정한 대화를 나눈 이야기, 홍걸이로부터 정화 생일날 가족들이 같이 자연농원 갔던 이야기 그리고 무엇보다도 지영이와 정화가 행복하게 자라는 모습 등을 생각할 때 우리는 참으로 고난 속에서도 축복받고 있다고 믿으며 밤마다 감사의 기도를 드리고 있습니다. 여기까지 오는 데 당신의 정성과 헌신과 사랑이 얼마나 컸는가 하는 점을 생각합니다.

며칠 전 당신의 편지로 천만 뜻밖에도 조범원 씨가 암으로 고생중이며 가망이 없다는 것을 알고 큰 충격을 받았습니다. 조범원 씨야말로 소리 없이, 생색 없이 그리고 변함없이 의를 위해서 자기를 바쳐 헌신한 보기 드문 착한 분인데 어찌 상은 못 받을 망정 그런 불행을 당해야 할까요? 긴급조치 위반으로 수원에서 재판받을 때의 그의 당당한 태도와 남편을 위해 그토록 훌륭한 협조를 해온 부인을 생각할 때 참으로 가슴 아픈 심정을 금할 수 없습니다. 조 동지의 나에 대한 남다른 우정과 정성에 대해서 아무런 보답도 못한 채 오늘에 이른 것이 한이 됩니다. 당신이 할 수 있는 한의 위로와 격려를 본인과 부인에게 해주시기 바랍니다. 나도 기도하고 있습니다.

요즈음 함석헌 선생이 쓰신《하늘 땅에 바른 숨 있어》라는 제목 아래 노자·장자·맹자의 글에 대한 선생의 독특하고 멋과 교훈이 넘치는 풀이를 읽고 있습니다. 함 선생은 기독교인이면서도 기독교를 뛰어넘고 그 사상은 동·서양에 널리 걸쳐 있으며, 연세는 많아도 청년 같은 활기찬 정신의 소유자이시며, 그의 문장도 평이하면서도 독특한 우리말의 멋에 넘쳐 있습니다.

우리 시대가 이 보배로운 분을 충분히 받들어서 그의 생존시에 더 많은 것을 받지 못한 것은 큰 불행이라 할 것입니다. 당신이나 자식들이 자주 문안하고 살펴드렸으면 좋겠습니다.

요즈음 읽은 책 중에서 당신이 꼭 읽어보기를 바라는 책 중의 하나는《한국교회 이대로 좋은가》라는 한완상 박사 주재의 좌담집으로 한국 개신교회가 당면한 문제 전반에 대해서 각기 전문적 식견이 있는 이들과 검토하고 있는데 당신의 교회생활과 주일학교 교육에 큰 참고가 될 것입니다. 그리고 크리스천 아카데미에서 펴낸《한국교회 성령운동의 현황과 구조》도 기회 있으면 꼭 읽어보시오. 그중에서도 한완상 박사의 글과 김광일 박사가 쓴 의학적 견지에서의 글이 내게는 큰 참고가 되었습니다. 작가 이문구 씨가 쓴《우리 동네》라는 농촌소설은 옛날 우리가 경험한 농촌 및 농민과 오늘의 그것 사이에 얼마나 큰 차이가 있으며, 최근의 근대화 물결 속에서 변화, 파괴되어 가는 농촌경제와 농민의 정신구조에 충격을 받게 됩니다. 이상 세 책은 아이들도 꼭 읽었으면 합니다.

지난 17일 제헌절 날의 당신의 편지에 우리 헌법의 기구한 운명에 대해서 적은 내용이 있었는데 나도 그날 감회가 깊었습니다. 프랑스는 1789년의 혁명 이후 정국이 불안하기로 이름났었습니다. 왕정과 공화제 그리고 2차대전 당시의 나치 지배 등이 교차하는 가운데서 새로운 공화국이 다섯 번 세워진 것입니다. 이렇게 빈번한 정체의 변혁이었지만 그러나 그들은 약 200년 동안에 다섯 번입니다. 우리는 1948년 건국 이래 81년까지의 불과 33년간에 제5공화국을 맞이했으니 우리 헌법의 처지와 그 밑에 살아온 국민의 처지가 얼마나 불행합니까? 우리 헌정사의 특징 중의 하나는 헌법은 제대로 준수하지 않으면서, 나라 일이 잘 안되면 헌법을 뜯어고치는 데서 해결책을 찾으려 한 점과 헌법 개정이 대부분의 경우 국민의 요청보다는 집권자의 필요에 의해서 이루어졌다는 것입니다. 어떠한 좋은 헌법도 충실하게 지켜나가지 않으면 그 가치를 발휘할 수 없으며, 아무리 좋은 목적의 개헌도 국민의 자유로운 참여와 지지 속에 이루어지는 국민적 정통성이 없으면 뿌리를 내리기 힘듭니다.

이때에 우리는 경건한 마음으로 그리고 참회와 반성의 자세로써 우리 헌법의 기구한 역사를 되돌아보며 기약하는 바가 있어야 할 것입니다.

당신의 편지에 쓴 대로 지난 1년 반 동안 당신은 청주까지 146회나 왕래했으며, 하루도 빼지 않고 편지했으니, 이달 말로써 577회를 한 셈입니다. 홍일이가 금년에만 66회를 편지했으며, 홍업이, 지영 모, 홍걸이, 지영이까지 계속 편지해서 나를 격려해주었습니다. 대현이, 홍일, 홍업이가 청주까지 왕래한 숫자도 꽤 많을 것입니다. 사람이 살아가는 데 가족의 은혜, 형제들의 은혜, 벗과 친지들 그리고 이름 모를 분들의 은혜를 얼마나 많이 입으며, 우리는 과연 그 은혜에 얼마만큼이나 보답하는가를 생각해봅니다. 인생을 깊이 생각하면 우리는 하느님의 은혜, 가족의 은혜, 사회의 은혜, 자연의 은혜, 역사의 은혜 등 우리에게 집중되는 은혜 속에서만 살아갈 수 있다는 것을 새삼 느끼게 됩니다. 역시 인생은 어떠한 고난 속에서도 살 가치가 있으며 감사할 가치가 있다 할 것입니다.

1. 예수와 간디의 비폭력주의

간디는 힌두교 신자이지만 20세기에서 가장 예수의 제자다운 사람이라는 말을 듣습니다. 간디의 이웃에 대한 사심 없는 사랑, 자기를 온통 바친 헌신, 가난한 민중과 비할 바 없는 검소한 생활, 적에 대한 관용 그리고 마지막에 사랑하는 자기 동족이며 같은 신앙자의 손에 의해서 살해되는 점까지 예수를 닮았습니다.

그러나 간디의, 예수의 제자다운 점은 간디가 예수와 같이 악에 대해서 철저한 저항을 사양하지 않으면서도 엄격한 비폭력주의를 고수한 점과 적에 대한 저항이, 적이 빠져 있는 죄로부터 적을 구원하겠다는 큰 사랑에 연유한다는 점이라 할 것입니다. 간디는 스스로 예수의 산상수훈에서 큰 교훈을 받은 것을 고백하고 있습니다. 간디의 지도이념인 샤타크라하眞理把持에 의한 아힘사不殺生 원칙은 그의 반영反英 독립투쟁에 있어서의 철칙이었습니다. 그는 오랜 계획 속에 시작된 투쟁도 폭력의 조짐이 보이면, 동지들의 반대를 무릅쓰고 즉시 중단시켜버렸습니다.

그런데 간디의 비폭력주의의 고수에는 두 가지의 중요한 점이 있습니다. 하나는 그가 비폭력주의를 그의 종교와 철학의 원리로서 주장한 것이 사실이지만, 한편 비폭력주의가 무력한 인도 국민이 현대적 무기로 무장한 영국 지배자와 싸우는 데 적의 무기를 무용지물로 폐기시키고, 방관하는 민중에게 의분심을 주고, 세계 여론의 동정을 얻는 데 최선의 무기라고 믿었기 때문입니다. 이 점은 네루 같은 서구적 지도자들이 간디의 지도방식에 처음에는 불만이 있었다가도 결과적으로는 언제나 승복과 지지를 보낸 이유이기도 합니다.

간디는 성자이기도 했지만 아주 우수한 전략가이기도 했습니다. 예수 당시의 유다의 독립주의자들이 만일 예수의 교훈에 따라 악에 대해서 비폭력으로 저항하는 길을 걸어서 막강한 로마제국과 그의 앞잡이인 사두개파, 헤롯 대왕 등에 대해서 비폭력, 비협력으로 저항했던들 그들의 투쟁의 결과가 그토록 비참하지는 않았을 것입니다.

제롯당 중심의 유태인들이 66년부터 70년까지 일으킨 소위 유다전쟁의 결과는 유태인을 2000년 동안이나 나라 없는 민족으로서 세계를 떠돌아다니게 했습니다.

간디는 또 악을 보고 행동하지 않는 것을 폭력보다 더 배척했습니다. 그는 악을 방관하는 것보다는 차라리 폭력이 낫다고 말한 일이 있습니다. 이는 결코 폭력을 시인하는 것은 아니지만 악에 대한 투쟁을 더 중요한 제일위적인 것으로 친 그의 태도를 표시한 것입니다.

우리는 이러한 간디의 태도에서 예수의 철저한 비폭력주의와 일견 모순된 성전정화(마태복음 21:12)를 상기하게 됩니다. 재미있는 것은 간디와 달리 크리스천인 톨스토이가 비폭력은 물론 철저한 무저항주의를 주장한 점입니다. 저항 없이 사랑만으로 세상을 바로잡을 수 있다고 톨스토이가 생각한 것은 어쩐지 간디보다 예수로부터 거리가 더 먼 것같이 생각됩니다.

2. 역사와 인물

역사를 읽으면 인물이 그 시대의 산물이라는 것을 통감하게 되지만, 한편 그 시대가 그 시대의 정신과 요청을 체현體現하고 실천할 수 있는 지도자를 갖느냐 여하가 국가나 민족의 운명을 크게 좌우한다는 것도 통감하게 됩니다.

임진왜란이 이 나라 유사 이래 최대의 위기였지만 그래도 이순신, 권율 같은 장수와 조헌, 고경명, 김천일, 정인홍, 김덕령 등의 의병장들, 불교의 서산대사와 사명당 그리고 정부의 류성용, 이덕형, 이항복,

정탁 같은 인물들이 있어서 망국의 위기로부터 나라를 건져냈습니다.

그러나 반면에 조선왕조 말엽에는 국가에 이렇다 할 인물이 없어서 결국 주어진 여러 가지 기회도 활용 못한 채, 국가보다도 사리사욕에 눈이 어두운 자들의 수중에서 국정이 헤어나지 못한 채 망국의 설움을 맞이하게 되었으며 그 응어리는 지금도 우리를 괴롭히고 있습니다. 조선왕조 말기를 보면 밀려오는 외세 앞에 나라를 지탱하는 데 가장 불리한 시기적 상황에 있었던 것도 사실입니다. 근대화를 위한 정신적·물질적 준비의 결여, 조선왕조의 긴 통치의 쇠망기, 민중의 극도의 곤핍, 국정의 전면적 부정부패, 사대완미事大頑迷한 유신들의 반동정치, 외척의 탐학貪虐과 무능무책 등을 들 수 있습니다. 그러나 앞에 지적한 임진왜란 당시에 비하더라도 놀라울 정도로 인물이 나지 않았습니다. 조선왕조 말기에 우리의 국운에 결정적 영향을 줄 수 있었던 사람은 넷을 들 수 있습니다.

즉 대원군과 고종과 민비 및 그 일족과 김옥균입니다. 대원군이 조선왕조 말기에 집권자 중 가장 걸출한 인물이었던 것은 사실이며 그의 10년 치적도 상당한 것이었습니다. 즉 외척세도와 사색당쟁을 배격하고, 과감한 인재 등용의 단행, 서원書院의 대량 철폐, 재정과 세제 개혁의 단행(권력층의 탈세와 탐관오리의 제거, 양반에의 군포軍布 과징, 감세)으로 10년 집권 후 재정 흑자로 국고 인계, 군제개혁·무기개발 등 국방 대책의 강화, 사회개혁(양반 횡포 억제, 의복 간소화, 색의 장려, 기녀의 사치 금지)의 단행 등 그의 치적은 퍽 큰 것이었습니다.

그러나 불행히도 그는 역사와 국내외의 대세를 볼 수 있는 통찰력이 너무도 결핍되어 잔인하고 백해무익한 천주교 탄압, 그리고 완미婉美한 쇄국정책으로 모처럼의 기회, 그의 웅지 달성과 나라의 새로운 운명 타개의 기회를 망치고 말았습니다. 그가 재집권을 위해서 임오군란, 갑오경장, 을미사건 당시 취한 추태는 그의 개인적 인격마저 처참하게 파괴시킨 일이라 할 것입니다.

고종을 생각할 때 지도자는 설사 개인적으로는 선량하더라도 무능하다는 것이 얼마나 큰 죄인인가를 깨닫게 합니다. 고종은 인간으로서는 착하고 선인이었지만, 너무도 무능하고 주견이 없는 데다 겁이 많았던 것 같습니다. 유사 이래 가장 복잡한 국제 정세와 이리떼같이 몰려온 외세 앞에 가장 용감하고, 가장 능력 있고, 가장 식견 있는 통치자가 요구된 때 바로 그 정반대의 왕을 이 나라는 가졌던 것입니다.

고종 등극부터 청일전쟁(1894년)까지의 30년은 황금의 기회였습니다. 일본은 감히 한국을 병탄할 생각은 못하고 한반도가 청국이나 러시아의 지배로부터 중립적 입장을 취해주는 데 최대의 기대를 거는 형편이었으며, 영·미·독·불 등도 모두 같은 태도였습니다. 당시 우리만 제대로 나라를 끌고 갔던들 러·일·청·영 4대국을 적당히 견제, 작용해서 태국과 같은 중립적 완충 국가로 독립을 능히 보전할 수가 있었을 것입니다. 그럼에도 고종의 정부가 너무도 부패하고 무능하여 도저히 자력으로 국권을 유지할 수 없다고 판단되니까 일본은 야욕을 갖게 되고, 영·미 양국은 러시아의 남하를 우려하여 일본의 지배를 용인, 지원하게 된 것입니다. 조선왕조의 망국은 어떻게 보면 자멸이라 할 수 있으며, 임금과 집권층을 잘못 만난 인재人災였습니다.

민비에 대해서 볼 때 우리는 그와 그의 민씨 일족이 망국의 최대 책임을 져야 마땅하다고 생각됩니다. 왕비로 있는 30년 중 대원군 집권 10년을 제외한 20년은 사실상 민비 집권의 시대였습니다. 그는 마지막 날까지 오직 자기의 권력유지와 민씨 일족의 세도만을 추구했을 뿐, 나라나 국민의 처지를 생각해서 노력하려 했던 흔적이 전혀 없습니다. 그는 자기의 목적을 위해서는 대원군, 김옥균 등의 정적에 대해서 잔인하고 집요한 보복을 서슴지 않았습니다. 그리고 순종의 세자 책봉을 위한 백만금의 뇌물을 청조 요로에 뿌린 것, 무당 술객들을 시켜 복을 빌기 위해서 국고를 탕진한 것, 금강산 일만이천봉에 봉마다 백미 1석, 포목 1필씩 그리고 거금을 뿌린 것, 4월 초파일 등놀이를 위해 하루 80만 냥이나 탕진한 것 등 온갖 부정과 요사스러운 짓을 저지르면서 권력 유지에 혈안이 되어 있었던 것입니다.

한편에서는 매관매직이 성행하고, 백성들은 도탄에 빠지고, 대원군이 남긴 국고는 텅텅 비어 군대의 봉급조차 수개월을 주지 못하는 형편이었습니다. 그는 또 정권 유지를 위해서는 오늘은 청군, 내일은 러시아 등 외세에의 의존과 적극적인 간섭 요청을 서슴지 않았습니다.

우리는 김옥균을 개화의 선각자로 높이 평가한 것이 사실입니다. 그러나 정치는 이념을 실천하는 행동의 과학이기 때문에 정치인은 그 이념보다 그의 업적에 의해서 평가되는 것입니다. 김옥균의 정치적 업적은 갑신정변인데, 이는 삼일천하로서 실패한 것을 우리는 압니다. 그러나 우리는 갑신정변의 실패 때문보다도 이를 조직하고 추진한 김옥균의 태도 때문에 그를 준렬俊烈히 비판하지 않을 수 없습니다. 한마디로 그는 사려가 부족하고 일을 경솔히 처리한 것에 대해 비판을 받아 마땅할 것입니다. 이는 그의 혈맹의 동지였던 박영효가 후일의 회고담으로써 김옥균을 가리켜 재주가 있고 능하나 박덕하고 심려가 부족했다고 말한 것으로도 알 수 있을 것 같습니다.

나는 죽은 동지에 대해서 그러한 가혹한 평가를 자기 입으로 하는 박영효의 태도도 유감스럽지만, 사실은 사실인 것 같습니다. 그 증거로는 갑신정변시 김옥균이 취한 일련의 사실이 이를 증명합니다.

첫째, 김옥균의 개화운동에 있어서 가장 큰 혜택을 입을 계층은 일반민중인데 그는 자기가 위한다는 민중의 조직이나 계몽에는 전혀 관심이 없었습니다. 그가 만일 동학운동이나 독립협회운동같이 민중조직에 눈을 돌려 힘썼던들 그의 개화운동은 성공했을 것입니다.

둘째, 일개 일본공사의 말과 불과 200명의 일군을 믿고 당시 아직까지도 일본을 압도하는 위세를 가졌던 2000의 청군에 대항하고 나선 무모와 경솔입니다. 당시 국내에서는 국제정세를 가장 잘 안다는 그가 청·일 관계를 그토록 경솔하게 판단한 것입니다.

셋째, 그의 철저한 외세 의존주의입니다. 그것도 우리 국민이 가장 증오하고 가장 믿기 어려워하는 일본, 개항 이후 이리떼같이 한국에 밀려와서 수탈 행위를 서슴지 않고 있는 일본에 무엇을 믿고 그토록 의존했는가 하는 점입니다. 더욱이 불과 1년 전에 있었던 차관 교섭에서 그 자신이 철저히 기만, 배신당한 일본공사와 외무대신을 믿고 말입니다. 그밖에 정변 3일간 그가 취한 우정국 습격, 국왕 관리, 무기 대비는 실수의 연속이었으며, 혁명의 뚜렷한 대의명분을 제시하지 못해 민중의 이해는커녕 돌팔매질을 당해야 했습니다.

이리하여 그의 개화운동이 실패함으로써 그와 그의 동조자들의 불행은 물론, 그 반동으로 민씨 일족의 수구세력이 국권을 독점하게 되고, 일체의 개화세력이 정권에서 축출되고 그후 청일전쟁까지 누구도 나라의 근대화에 대해서 개구開口조차 할 수 없게 되었습니다. 그의 경솔한 혁명의 실패는 나라의 운명에 아주 돌이킬 수 없는 불행을 가져온 것입니다.

조선왕조의 멸망에는 여러 가지 이유가 있지만, 그러나 만일 우리가 같은 시기에 일본이 명치유신을 전후해서 가졌던 인재나 미국의 독립전쟁 당시 같은 인물의 배출이 있었던들 그렇게 간단히 망하지는 않았을 것입니다. 우리도 초야에 전봉준이나 서재필 같은 약간의 걸출한 지도자가 났지만 그들이 대성할 기회는커녕 부패한 수구세력에 의해서 등장과 더불어 제거되고 말았습니다.

우리의 바람직한 인물은 첫째, 투철한 역사의식과 명민한 통찰력으로 나라의 갈 길을 정립하고 둘째, 민의를 하늘의 뜻으로 받들 뿐 아니라 국민의 모든 분야에의 참여를 적극 조장해서 국민이 자기 힘으로 자기 운명을 개척하도록 하며 셋째, 도량과 자제와 끈기로써 대립된 의견과 이해를 조정하며 넷째, 근면·성실·헌신으로 자기 임무를 수행하며 다섯째, 젊은이들에게 희망과 의욕과 참여의식을 고취하는 지도자이어야 할 것입니다.

우리가 이 시대의 엄청난 시련을 극복하고 공산주의의 도전으로부터 우리의 생존을 성공적으로 지켜내려면, 인물을 발굴하고 인물을 아껴야 할 것입니다. 조선조의 사색당쟁과 같이 반대파에게는 모조리 수치스러운 누명을 씌워 제거하는 불행한 풍토를 단호히 탈피하는 민족적 노력이 필요할 것입니다. 이것이 조선왕조의 멸망에서 우리가 배워야 할 교훈이 될 것입니다.

3. 대만의 소련 접근 문제

요즈음 당신이나 홍일이의 편지에 대만의 소련 접근 가능성을 말하는 글이 간혹 있는데 과연 그것이 있을 수 있는 일일까요? 물론 어느 나라나 국가의 이익을 위해서는 구원舊怨이나 이념을 초월해서 손잡는 것이 국제정치의 상례이지만 다음과 같은 점에서 설사 대만이나 소련이 내심 이를 바라더라도 이는 실현되기 어려우리라고 보입니다. 그러나 만일 이것이 사실로 일어난다면 다음에 적은 이유로 이는 우리나라에도 아주 중대한 영향이 있는 문제인 것입니다.

내가 대만의 대소 접근을 어렵다고 본 이유는 첫째, 소련은 1949년의 중공 정권 수립 후 제일 먼저 그것을 승인하고, 대만의 중공 영유권을 유엔 기타에서 계속 주장했으며, 그 입장은 지금도 바뀌지 않았는데 어떻게 지금까지의 입장을 뒤집고 대만에 대한 지지와 방위에 나설 수 있으며, 그러한 명백한 국제법 위반을 어떻게 합리화시킬 수 있을까 하는 점입니다.

둘째, 실제 이해관계에서 보더라도 소련이 그러한 태도로 나을 때 중공은 대만에 대한 무력 개입으로 나올 공산이 크며, 그렇게 되면 중·소 전면전으로 발전할 것은 필지의 사실인데 소련이 그런 모험까지 하면서 대만을 차지해야 할 이유가 있을까 하는 점입니다. 더욱이 이제는 월남의 다낭에 해군기지를 가져서 대만의 이용가치가 상대적으로 저하된 이 마당에 말입니다.

셋째, 만일 대만이 소련의 영향 아래로 들어가면 한국과 일본은 그의 생명줄인 중동의 석유수송 루트가 차단될 위기에 들어가고, 동남아, 아프리카, 중동, 유럽과의 무역도 큰 위협 아래 놓이게 됩니다. 한편 바로 옆에 있는 필리핀은 국가안보가 결정적으로 위협을 받게 됩니다. 이렇게 되면 이 3국뿐 아니라 이 나라들과 동맹관계에 있는 미국이 이를 절대로 좌시할 수 없게 됩니다. 과연 소련이 3차대전의 위험을 각오하고 이런 일을 저지를 수 있을까요?

이상의 관점에서 설사 대만이 이를 바라더라도 소련이 이를 수락할 수도 없고, 그럴 필요까지도 없을 것으로 보는데, 당신이 밖에서 보고 듣는 견해들은 어떠한지 알려주기 바랍니다.

4. 소련의 위협과 대책

2차대전 이후 자유세계에 계속 경종을 울리던 '공산주의 위협'이라는 말은 요즈음은 '소련의 위협'이라는 말로 대치된 감이 있습니다. 아마 중공과 소련의 대립에서 온 영향이 큰 것 같습니다. 아무튼 당분간의 추세로는 중공은 운명적으로 소련과 대결해야 하고 그러기 위해서는 서방세계와 제휴해서 이를 이용하려 할 것이며, 서방 역시 중공을 대소 전략에 이용하려 할 것입니다. 그래서 당면한 위협은 소련으로 초점이 집약되는 것 같습니다.

북한 공산주의자가 중·소 양국의 중간에서 양쪽을 모두 적당히 이용하고 있는 마당에 소련의 위협에 대한 문제는 우리에게도 아주 중요한 현실문제입니다. 소련의 위협은 어느 정도인가? 여러 가지 견해의 차이가 있지만 군사적으로 볼 때에는 미·소 양국은 핵전력, 육군, 공군, 해군의 각 분야에서 육군을 제하면 서로 균형 상태이거나 미국이 약간 우세합니다. 거기다 서방 제국 및 중공의 전력을 감안하면 군사면에서는 전반적으로 볼 때 상당히 또는 약간 우세하다고 보아야 할 것입니다.

경제면에서는 소련은 미국의 반 정도이며 일본과 동등한 GNP 추세를 보이고 있습니다. 그러나 공산국가는 그 경제를 하나의 목적에(국민의 생활을 희생하고라도) 집중시킬 수 있기 때문에 GNP 총계만 가지고 국력을 일률적으로 단정할 수는 없습니다. 그러므로 모든 판단을 신중히 해야 하겠지만, 그러나 소련과의 대결에서 물량적인 면에서는 결코 두려워할 이유가 없으며, 전쟁 억제나 평화유지는 가능하다고 볼 수 있습니다.

문제는 우리 내부의 약점을 소련이 계속 이용하고 있으며, 서방측은 여기에 효과적인 대응을 하지 못하고 있다는 사실입니다.

첫째, 소련의 핵공격의 협박은 서구 제국이나 일본 내에 미국 핵무기의 자기 지역 배치에 강한 저항을 일으키고 있습니다.

둘째는, 최근의 가스 송유관사건으로 인한 미국과 서구 국가와의 분규에서도 보다시피 소련과 동구 국가에의 경제적 진출을 위해서는 소련 전력 증강에 기여하는 일조차 주저하지 않으려는 경향이 서구와 일본 내에 있습니다.

셋째는, 서방세계는 전후 40년이 되어감에도 불구하고 그의 영향 아래에 있는 비공산 개발도상국가 내의 약점을 극복하는 데 거의 성공하지 못함으로써 공산주의 침투와 선동의 절호의 무대를 제공해주고 있습니다. 중남미, 동남아, 중동, 아프리카 등의 이런 나라들이 거의 예외 없이 독재, 부패, 빈부의 심한 격차의 고질병을 앓고 있으며 공산주의의 맹렬한 전복 대상이 되고 있습니다.

넷째, 서방국가는 제3세계의 개발도상국가에 대한 효과적인 개발 지원을 태만히 하거나 이에 실패함으로써 이러한 나라들에 신식민지주의 반대의 감정을 일으키고 이것이 소련, 쿠바 등에 의해서 아주 적극적으로 이용되고 있는 것을 우리는 봅니다.

다섯째, 서방은 중동지방 같은 전략적으로나 경제적으로 서방 전체의 사명死命을 제制하는 지역에서 이스라엘 문제, 이란 문제 등 계속 좌절을 겪음으로써 그 대소 위치를 매우 불안하게 하고 있습니다.

여섯째, 그러나 이상의 무엇보다도 중요한 것은 미국을 위시한 지도적 자유국가들이 소련과의 대결이 결국 사상적·정치적 투쟁이라는 본질을 투철하게 인식하여 이에 대응할 자신 있는 사상적 정치공세를 취하지 못하고 있는 사실입니다.

이러한 우리의 약점에 비추어 볼 때 소련의 위협을 극복하고 이 세계를 공산주의 지배로부터 구출할 우리의 나아갈 길은 명백합니다. 즉 자유세계의 지도국가들은 우리의 민주주의에 대한 신념을 재확인하고 이를 비공산세계 전반에 실현되도록 격려함으로써 자유와 정의의 실현을 통하여 모든 비공산 세계의 국민들로 하여금 공산주의를 반대할 분명한 이유를 줄 것, 제3세계의 경제발전을 정력적으로 또 효과적으로 도와서 그 나라들이 자유진영에 가담할 의욕을 갖도록 할 것, 이스라엘과 PLO 간의 분규를 공정히 그리고 신속하게 해결하고 이란을 포함한 중동 회교국가들과의 화해와 단결을 겸손하고 진지한 자세로 추구할 것, 서방 강대국 내의 대공산권 경제정책의 근본적이고 합리적인 재조정을 이루어서 적전 반란 또는 이적행위를 근절할 것, 히틀러의 경험에 비추어보더라도 독재자의 위협 앞에서 유화적이거나 굴복적 자세가 얼마나 위험하다는 것을 재각성할 것 등입니다.

이러한 기반 위에서만 우리는 소련의 위협에 대해서 자신 있고 승리적인 대결과 정치·사상적 공세를 취할 수 있고, 이 세계를 파멸과 노예화의 위기로부터 구출할 수 있을 것입니다.

5. 효도의 현대적 방향

동물을 보면 어미가 생명을 걸고서 새끼를 기르지만 일단 성장하면 갈라지고 새끼의 어미에 대한 보답 행위가 없습니다. 인간에게 있어서 부모가 자식을 사랑하는 것은 본능이고 자연스럽지만, 자식이 부모를 위하는 것은 노력이 필요합니다. 효도는 인간의 생활과정에서 가부장제, 농업경영의 대가족제, 봉건적 질서유지 등의 필요상 의식·무의식 간에 발달된 인간의 생활규범인 것입니다.

그러나 효도는 그 강제성에서 오는 부작용만 제거된다면 인간이 성취한 윤리 중 가장 자랑스러운 것이며 동양 특히 한국 사회의 큰 특징으로서 높이 평가되어야 할 것입니다. 효도는 보은報恩의 높은 윤리적 측면에서만이 아니라 늙은 약자에게 최고의 보호와 행복을 줄 수 있다는 사회적 측면에서도 아주 강조되어야 할 것입니다.

지금 우리 사회는 효도문제로 많은 갈등이 일어나고 있는 것 같습니다. 여전한 복종과 희생의 효孝가 강조·찬양되는가 하면, 자식들이 부모를 외면하는 예도 빈번합니다. 지금은 우리가 이 문제를 널리 국민적 토론에 부쳐서 효도의 현대적 방향을 개발하는 데 국민적 예지를 동원할 때라고 봅니다. 한국 사회의 가장 자랑스러운 특성인 효의 건전한 유지를 위해서 말입니다.

이 문제에 대해서 나는 물론 전문적 식견은 없으나 효도의 합리적이고 실제적인 유지 발전을 위해서 다음 몇 가지의 개선이 필요할 것이라고 생각합니다.

첫째, 효도의 개념을 종래의 일방적 복종과 희생으로부터 부모·자식 간의 상호존중과 이해를 바탕으로 하는 인격적인 것으로 발전시킬 것.

둘째, 효도를 부모와 자식 간의 개인적 차원의 윤리 외에 사회적 효도의 측면을 강화시켜 국가가 가난한 자식에 대한 부모 부양비를 지급할 것과 사회적 운동으로서 자식 없는 부모들에 대한 안정적이고 항구적인 봉양제도를 합리적으로 개발할 것.

셋째, 부모 봉양에 대한 장자 전담의 봉건적 관습으로부터 모든 자식들이 부모 봉양을 위한 비용을 갹출하는 제도를 권장할 것.

넷째, 모범적이고 합리적인 부모자식 관계, 특히 고부 관계의 개발과 권장.

다섯째, 동거하는 부모자식 간의 사생활의 자유를 유지하기 위한 가옥구조, 기타 생활방식의 개발 권장 등을 생각해보았습니다. 지면관계로 일일이 예를 들지는 않았으나 생각하면 많은 방안이 나올 것입니다. 효의 문제에서 우리가 흔히 보는 일, 즉 젊은 과부 며느리가 시부모와 자식을 위해 개가하지 않고 일생을 희생하는 일이라든가, 젊은 여성이 가난한 부모 봉양과 형제들 교육을 위해 화류계에 투신해서 희생하는 일을 우리는 효도라 칭찬하고 권장하는 일을 절대로 하지 말아야 할 것입니다. 이것은 우리 사회에서 자주 보는 일이지만 그것은 그 사정이 아무리 가상하더라도 사회가 이를 지지하기에는 너무도 비인간적이고 비민주적인 것입니다.

6. 사색의 단편

● 민주주의의 핵심은 'by the people'이다. 국민의 충분히 자유로운 참여 없이는 아무리 국민의 이익을 도모한다 하더라도 민주주의는 아니다.

● 고난의 시절에 행복한 날을 기다리며 참아나가라는 것은 잘못이다. 행복한 날은 오지 않을 수도 있고 오더라도 그간은 불행해야 한다. 우리는 고난의 시절 그 자체를 행복한 날로 만들어야 한다. 그러기 위해서는 인생의 목표를 무엇이 되느냐보다 어떻게 사느냐에 두어야 한다(이것은 매우 어려운 일입니다. 그러나 나는 요즈음 그렇게 되도록 노력하고 있습니다).

● 우리는 언제나 모든 것을 비판적으로 주체적으로 받아들여야 한다. 어떠한 권위 있는 학설이나 진리도 나 자신의 지적 검증을 통해서만 이를 인정해야 한다. 연극, 음악, 문학 등을 감상할 때도 자기가 느낀 대로 이를 평가해야 한다. 설사 미숙하더라도 권위 있는 평자의 말을 자기 의견인 양 되뇌이는 것보다 열 배나 좋다.

● 용기는 바른 일을 위하여 결속적으로 노력하고 투쟁하는 힘이다. 용기는 모든 도덕 중 최고의 덕이다. 용기만이 공포와 유혹과 나태를 물리칠 수 있다.

● 종교는 죄의식에서 출발했으며 인간을 죄로부터 해방하는 것을 궁극적 목표로 한다고 할 것이다. 그러나 많은 종교가 개인의 죄악에는 현미경을 대고 찾을 정도로 엄격하면서, 사회 구조적인 죄악에는 거의 외면한다. 살인하지 말라고 하면서 개인의 살인은 단죄하나, 히틀러 같

은 자의 대량학살은 묵인하거나 그런 정치를 지지했다. 모두가 하느님의 자식이라 하면서 노예제도를 지지했고 식민주의를 지지했다.

도둑질하지 말라 하면서 기업의 부당이득이나 노동자에 대한 불공정한 착취는 묵인한다. 그러한 종교인은 말한다. '모든 사람이 크리스천이 되면 사회적 악은 자연히 없어진다'고. 모두가 크리스천이 되는 것도 까마득한 일이지만 설사 된다고 해도 그 사회가 정의로운 것은 아니다. 기독교 일색의 사회인 유럽에서 얼마나 많은 죄악이 내부에서, 밖에서 저질러졌는가?

기독교가 진정한 예수의 종교가 되려면 개인의 죄뿐 아니라 사회적 죄악에 대해서도 싸워야 한다. 그래야 예수께서 이 세상에서 가난한 이에게 복음을 전하시고 묶인 자에게 해방을 알리시고, 눈먼 사람을 보게 하시고, 억눌린 사람에게 자유를 주시는 주님의 은총의 해를 선포(누가복음 1:18)하신 뜻에 합당한 것이다.

● 크리스천의 생활은 24시간의 생활 전체가 하느님께 바치는 예배요 기도이다. 그런데 왜 교회에 가야 하고 교회가 필요한가? 그것은 우리가 교회에 모여서 공동으로 하느님을 찬양하고 서로 친교를 맺을 수 있는 공동체를 형성하기 위해서이다. 그러나 이러한 공동체 의식과 사랑을 오늘의 기성교회에서는 찾아보기 힘들다. 몸은 교회의 집회에 나가서 어울리지만 마음은 여전히 외롭다. 오늘날 신흥종교가 성행하고 신자들이 기성교회에서 그쪽으로 빠져나가는 경향이 날로 심해진 것은 여기에 큰 이유가 있을 것이다.

● 현대의 부모에게 있어서 자녀 교육은 가장 자신 없는 문제요 고민거리라 할 것이다. 관용주의를 취할 것인가, 엄격히 다룰 것인가. 그 어느 쪽에도 문제가 있다. 참된 자녀 교육의 길은 부모가 무슨 직업, 어떤 위치에 있든지 자기 인격의 부단한 성장을 통한 권위를 가지고 자녀에

게 강한 흡인력을 발휘하는 것이다.

자식이 부모에게 인격적으로 끌려갈 때 거기에는 스파르타식이건 자유방임식이건 방법은 아무래도 좋을 것이다.

책의 부탁

1) 민경배,《한국기독교회사》(대기서회)

2) 佐藤友之,《東大閥》

3) 황석영,《돼지꿈》

4) 프로이트,《심리학입문》(汎友社)

5)《잠깐 보고 온 死後의 世界》(正宇社)

6) 노명식,《현대역사·사상》(〃)

7)《민중과 경제》(〃)

8) 카노이,《교육과 문화적 식민주의》(한길사)

9) 엘리아데,《우주와 역사》(현대사상총서)

10) 유동식,《민속종교와 한국문화》

11) 조승혁,《도시산업선교의 인식》(민중사)

12)《성서》(영문판. 카톨릭의 것)

전일에 홍훈이 어머니 편지를 받고 어제는 혜영이 편지를 받았습니다. 혜영이의 편지에서는 그 애의 순진함과 큰아버지에 대한 절실한 사랑을 느낄 수 있습니다. 저번 면회 때 형주와 홍민이를 보아서 참 기뻤습니다. 당신 편지대로 홍민이 키가 그토록 큰 데는 참 놀랐습니다. 민수와 연학이를 못 본 것 참 서운합니다. 작은 제수의 건강을 언제나 바라고 있습니다. 홍업이 편지에 바캉스 이야기가 있었는데 지난번 편지에도 쓴 대로 나 때문에 주저하지 말고 아이들에게 여름방학을 즐겁고 뜻있게 보낼 수 있도록 해주기 바랍니다. 그것이 나를 위한 길이기도 합니다.

대전의 송좌빈 씨가 여기까지 찾아준 것 감사 전해주기 바랍니다.

1982년 8월 25일

민중의 역사

존경하고 사랑하는 당신에게(그리고 사랑하는 자식들에게)

지난 16일자 당신의 편지를 보고 이번 8.15 결과에 대한 나의 태도를
몹시 걱정했던 것을 알 수 있었습니다.

사실 나는 이번에는 여러 가지 이유로 해서 이런 생활에 어떤 완화
조치가 있을 것으로 기대하고 있었습니다. 그러나 14일 밤은 의외로
평온하게 지냈습니다. 그것은 내 자신에 대한 기대의 저버림이 아니라
남에 대한 그것이었기 때문인지 모릅니다. 면회 때 말한 대로 이제는
다시 한 번 마음을 다져먹고 새로운 보람 있는 생활을 위해서 착실히
노력해나갈 생각입니다. 당신과 자식들도 당신 편지에 쓴 대로 심기일
전心機一轉해서 각기 자기 목표와 성장을 위해서 차분히 노력해주기 바
랍니다. 솔직히 말해서 나는 여기서 언제나 밖에 있는 가족이나 친지
들이 이 고난의 세월을 충실하게 삶으로써 어려움 속에서 배우고 성장
하는 노력을 다하고 있는가 걱정을 하고 있습니다.

항시 말한 대로 남이 나를 괴롭힐 수는 있지만 그 고통 속에서 불행
하게 되느냐 오히려 이를 발전의 계기로 삼느냐는 나에게 달려 있습니
다. 8.15 해방 37주년을 맞이한 당신의 소감에 대해서는 나도 감회를
같이했습니다.

그 당시 해방의 벅찬 감격과 부풀었던 기대가 이제는 좌절과 비통의
심정으로 이 날을 맞이하게 된 것이 사실입니다. 그 원인은 참 많을 것

입니다. 그러나 가장 근본적인 원인은 해방을 우리의 자력으로 이루지 못했으며, 남이 준 해방이나마 나의 희생과 노력으로 그 내실을 다져 가려는 국민적 자각과 헌신의 부족에 있을 것입니다.

앞날을 반드시 비관하지는 않습니다. 당신 편지에, 뜰에 나무들이 굉장히 자랐다고 했는데 하나 궁금한 것은 두 그루의 은행나무를 옮긴 후 하나가 시들고 있었는데 둘 다 잘 자라고 있는지 모르겠어요. 그랬으면 참 기쁘겠어요. 그리고 올해 은행은 열렸는지요? 개 이야기를 쓸 때는 똘똘이 이야기만 쓰고 캡틴과 진돌이, 진숙이 이야기는 없는데 같이 알려주면 좋겠어요.

면회 때도 말했지만 당신이나 아이들 편지에 가능한 범위에서 주위 소식을 자세히 알려주었으면 좋겠어요. 요사이는 홍업이 입학허가서가 늦는 것이 몹시 안타까워요. 자주 독촉했으면 하는데 당신이 알아서 잘 하겠지요. 지영이와 정화가 그렇게 착하고 밝게 자라가고 있는 것이 참 기쁘기 한량없어요. 지영이가 그렇게 언니 노릇을 잘하며 정화 공부까지 가르치고 한다니, 그리고 나를 위해서도 꼭 아침저녁으로 기도를 하며 정화도 시킨다니 말입니다. 정화가 그렇게 예뻐진 것을 보면 참 신기해요. 사실 그 애를 갓 낳았을 무렵은 은근히 걱정했어요.

정화는 커갈수록 저의 어머니를 닮아가는 것 같아요. 혜영이가 요즈음 자주 편지를 합니다. 사실 그 애는 조카들 중 제일 만날 기회가 없었던 애인데 큰아버지 생각을 여간 하지 않아요. 그리고 편지 내용도 국민학교 아이로서는 아주 조리 있고, 신앙에 대해서도 제법 그럴 듯한 말을 써 오고 있어요. 당신이 나 대신 격려해주기 바라오.

요즈음 기도와 명상 때 자주 이런 것들을 생각합니다.

● 24시간의 생활 전체를 하느님에 대한 제물로 바치자. 언제나 하느님의 말씀에 귀를 기울이며 성실하고 책임 있게 응답하자.

● 마음을 열고 하느님과 이웃을 받아들이자.

● 받는 사랑보다 주는 사랑 속에 진정한 자아와 행복을 발견하자.

● 이 세상의 진화와 완성을 위한 하느님의 역사에 적극 동참하자.

● 불가피한 악(죽음, 병, 고난 등)은 하느님에 대한 믿음과 희망 속에 조용히 받아들이자. 이것이 마음의 평화를 위한 길이다.

● 날마다 내가 영적으로, 도덕적으로, 지적으로, 건강상으로 발전하고 있는지 반성(회개)하고 노력하자. 회개 없는 발전도, 발전 없는 회개도 다같이 부족한 것이다.

● 언제나 기억 속에 가족과 벗들과 겨레와 강산과 하나가 되자.

● 내 민족을 사랑하는 것과 똑같이 세계의 모든 이를 사랑할 수 있도록 노력하자.

1. 민중의 역사

요즈음 글들 속에 민중이라는 말이 퍽 많이 나옵니다. 그래서 당신과 자식들의 참고를 위해서 나의 소견을 적어봅니다.

민중이란 세속적인 표현으로 하면 백성과 같은 의미가 될 것입니다. 사회계급의 기층基層에 속해 있으며 어느 시대나 생산의 주체이면서도 지배받고 억압당하고 수탈당하는 그 사회의 절대 다수의 성원을 말하는 것입니다.

고대 노예시대에는 노예와 그에 준하는 층들이며, 봉건시대의 서구에서는 농노와 도제徒弟들, 아시아에서는 농민과 장인匠人 그리고 노비奴婢 계층이며, 자본주의 시대에는 노동자와 영세농민, 기타 서민 계층을 말할 것입니다.

그러나 오늘날 산업사회에서는, 소위 산업민주주의가 실시되고 있는 선진국가에서는 민중들은 종래의 그 예속적이고 피착취적인 지위

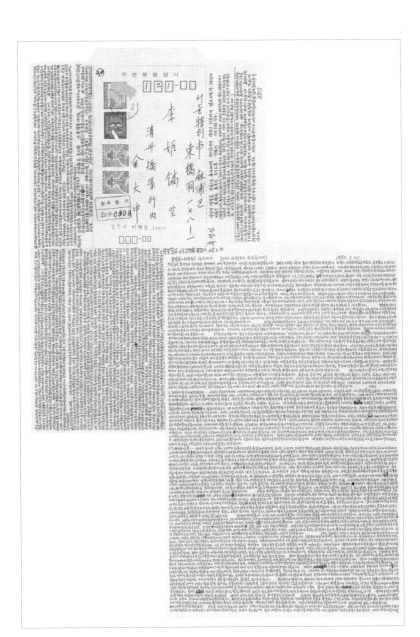

깨알보다 작은 봉함엽서의 글씨. 한 장에 1만 자가 넘는 엽서도 있다.
김대중은 12~13시간에 걸쳐 한 장의 엽서를 완성했다.

를 자신의 힘으로 탈피해서 정치·경제·문화 각 분야의 한 주체로서 자본가와 대등한 자리를 착실히 차지해오고 있습니다. 그 단적인 예가 각국의 노동당이나 사회민주당 등이 집권정당으로서 권력을 장악하고 있는 것이 보편적 현상화되고 있습니다.

그런 의미에서 20세기는 민중의 역사상, 아니 인류의 역사상 획기적인 세기라 할 것입니다. 학자에 따라서는 이러한 산업국가의 민중을 구별해서 대중이라고 부르고 있는데, 나도 그렇게 따르고 있습니다.

한국의 역사에서 민중은 어떻게 그 발자취를 남기고 있는가, 한마디로 고난과 한의 역사라 할 것이지만, 그러나 일면 잡초같이 밟아도 다시 일어나는 무서운 생명력의 자취이기도 합니다.

한국 민중의 역사를 정적으로 볼 때는 무한히 슬프고 좌절을 느끼게 하는 것이지만, 눈을 돌려 그 저류를 흐르는 역동적 측면을 볼 때는 새삼 우리의 조상들에게 외경畏敬의 심정을 금치 못하게 합니다. 하늘이 무너져도 솟아날 구멍을 찾았고, 범에 물려가도 살아오는 길을 찾으려 몸부림친 역사였습니다.

민중의 역사는 농업의 생산력이 발달됨과 더불어 사회질서의 유지, 외적의 방위, 종교적 제의祭儀를 전담할 통치자, 무사, 승려, 관료 등 비생산 계층이 출현하고, 이것이 마침내 지배계층을 형성하자 농민과 노예 등은 그 지배 하의 민중이 된 것입니다. 그러므로 우리나라의 민중은 삼국시대 훨씬 이전부터 존재했습니다.

그러나 민중의 역사를 움직이는 원동력으로 그 힘을 눈에 띄게 발휘하기 시작한 것은 신라 말기부터라 할 것입니다.

1) 신라시대에 들어서면서 지배층 내부의 혼란과 쟁투도 극심했지만 신라의 골품骨品제도에 의한 폐쇄적 특권정치의 모순과 부패도 극에 달해 민심은 급속히 이반해갔습니다. 이를 당하여 출세의 길이 막

힌 육두품의 관료들, 왕권과 결탁한 교종敎宗에 대한 불만에 찬 선종禪宗의 승려들 그리고 각 지방의 호족들이 동요된 민중을 장악하거나 그들과 제휴하여 각지에서 왕조에 저항, 봉기했습니다.

이러한 군웅할거群雄割據는 궁예, 견훤으로 집결되어 후삼국시대를 이루었다가 그 자신 지방 호족이랄 수 있는 왕건에 의해서 통일되고 고려 건국이 성립되었습니다.

왕건은 그의 승리과정에서 민중의 공헌을 명심하여 신라시대의 가렴주구苛斂誅求 대신 '10분의 1세'라는 획기적 조세개혁을 단행하고 난민에 대한 구휼제도救恤制度를 창설, 강화했습니다. 민중의 저항은 그런대로 소득을 얻은 것입니다.

2) 그러나 고려가 그 자리를 잡고 왕조 권력이 안정되어가자 다시 귀족들의 발호跋扈와 탐악貪惡을 가져와 무자비한 민중 수탈이 재현되었습니다.

이러한 귀족정치의 모순은 민심의 이반을 가져오고 이에 힘을 얻은 무신들이 왕인 의종을 내쫓고 귀족들을 도륙屠戮하고 정권을 차지했습니다. 그중에는 초대 집권자 정중부鄭仲夫가 천민 출신인 것을 위시로 이의민李義旼 등 많은 무신들이 민중 출신이었습니다. 그렇다고 그들이 민중을 위한 정치를 한 것은 아니지만 그러나 그들의 꿈같은 출세는 전국의 농민과 노비들에게 자기 권리에 대한 각성과 충동을 주어 민중의 힘이 크게 일어나기 시작했습니다. 그 대표적인 것이 최충헌의 종 만적萬積을 중심으로 한 '만적의 난'입니다.

이는 단순한 노예반란이 아니라 그들이 뚜렷한 집권의 포부까지 가지고 있었다는 점에서 우리나라 민중 저항사에 큰 자리를 차지하고 있습니다.

아무튼 이렇게 팽배하게 일기 시작한 민중의 각성과 저항의식은 때

마침 일어난 몽고의 침입(1231년)을 당하여 놀라운 항몽투쟁抗蒙鬪爭의 힘으로 나타났습니다. 지배층들은 강화도로 들어가 안이한 생활을 즐기고 있는 가운데 전국의 농민과 노예들이 뭉쳐서 6차에 걸친(약 30년간) 몽고 침략에 끝끝내 저항하여 그 당시 중국을 위시하여 중앙아시아, 러시아, 이라크 일대 등을 자기 직접 통치의 영토로 삼던 몽고가 오직 고려만은 조공국가에 그치게 한 것이고 그 큰 원인은 고려 민중의 저항이 이룩한 것입니다.

고려 말기에 국정이 문란해지고 농토의 권세가에 의한 겸병兼倂 등 민중에 대한 수탈이 심해지며 민심이 이탈하자, 당시 일어나기 시작한 사대부士大夫들이 민중의 지지를 얻었습니다. 유교(성리학)를 숭상하고 불교를 배척하는 이들은 지방 관원이나 낙향 귀족의 후예들로 민중과 같이 농업에 종사한 지식계급이었습니다.

민중은 이들에게 기대를 걸고 이들 사대부는 민중의 힘을 끌고 이성계를 업고 고려왕조를 타도한 것입니다.

3) 조선왕조도 건국 초에는 제법 민중의 힘을 염두에 두고 이를 위한 시책을 힘써 이루려 했습니다.

고려시대보다는 진일보한 공전公田 중심의 과전제科田制의 실시, 백성의 문자인 훈민정음의 창제, 농경기술의 향상을 위한 각종 서적의 간행 반포, 구빈 치료 등 각종 진휼제도賑恤制度의 대폭적 실시 등을 들 수 있습니다. 조선왕조 중기부터는 당쟁에 눈이 어두워 민중을 돌보려는 정치는 자취를 감추고 양반계급들의 횡포와 수탈은 날로 심해갔으며 민심은 이반되기 시작했습니다. 그러다 임진왜란이 난 것입니다. 민중은 원한의 왕궁에 불을 지르고 도망가는 왕과 대관들에게 돌팔매질을 하고 했지만, 그러나 당장 밀어닥친 왜군으로부터 국토와 삶을 지키기 위해서 전국 각지에서 의병으로 궐기했습니다. 임란 때 그들의 공훈이 얼마나 혁혁했는가는 우리가 이미 잘 아는 사실입니다.

임진·병자의 양난을 겪고도 정치는 날로 악화되어가고 국민에 대한 탐학貪虐은 더욱 가혹해지자 견디다 못한 민중은 힘에 의한 저항으로 나서게 되었습니다. 홍경래의 난(1811년), 철종 13년의 난(진주민란의 발단, 1862년) 등이 그것인데 전자는 평남·북 일대에서, 후자는 경상·전라·충청 지방을 중심으로 경기·황해·함경도에까지 번져 비록 진압은 되었지만 왕조의 기초를 뒤흔들었습니다.

이때에는 천주교에 의해서 만민평등, 남녀동등, 과학적 사고방식 등을 깨우친 민중의 성숙이 있었습니다. 특히 최제우라는 천재적 사상가이자 지도자에 의해서 창도된 동학은 삽시간에 민중의 지지와 참여를 얻어 일대 반정부 혁명세력을 형성하다 마침내 전봉준의 위대한 지도 아래 동학혁명이라는 세계의 민중저항사에 찬연히 빛나는 투쟁을 단행했습니다.

4) 그후 일제세력의 침략이 본격화되자 우리 민중은 혹은 의병으로 양반들과 손잡아 싸웠으며, 망국 후에는 만주·시베리아 등지에서 무장 항일운동의 이름 없는 병사로서 이국 산야에서 죽어갔습니다.

일제하 3.1운동 때는 겁 많은 지도자들이 민중의 지도를 회피하자 그들 스스로의 힘으로 그와 같은 미증유의 대운동을 밀고나간 것을 우리는 알고 있습니다.

3.1운동 이후 일제 패망까지 민중의 저항력은 현저히 저하되고 수난과 무기력 속에 해방을 맞이하게 되었는데, 이는 언제나 볼 수 있는 과도적 현상이었다 할 것입니다.

5) 해방 후에 있어서 민중의 힘이 가장 크게 드러난 것은 6.25 공산 침략을 당해서라고 생각합니다. 자신의 체험을 통하여 확인한 공산 독재로부터 자유를 수호하고자 일어선 민중의 힘은 마침내 공산 침략을

격퇴하는 데 성공했으며, 오늘까지 끈질기게 북한 공산주의자의 남한 적화 기도를 분쇄하는 원동력이 되고 있습니다.

4.19에 있어서 학생혁명을 열렬히 지지한 이래 민중이 보여준 일관된 민주주의에의 소망, 경제건설에서 보인 저력 등을 생각할 때, 우리는 여러 가지 문제점을 지적할 수 있으면서도, 또 그 점을 몹시 안타깝게 생각하면서도, 우리 민중의 에너지가 지금 상승기에 처해서 전진하고 있다고 판단한다고 해도 큰 잘못은 아닐 것으로 봅니다.

이상에서 본 바와 같이 민중은 일관해서 역사를 움직이는 원동력이었으며, 우리가 살아남은 것도 그들의 마음속에 올바른 것과 의로운 것에의 소망의 불이 가냘프나마 꺼지지 않고 타올라왔기 때문입니다.

신라와 고려와 조선왕조의 흥망을 볼 때 표면의 무대에서 날내고 도는 광대야 누구였건 사회의 저변에서 꿈틀거리며 무력하고 우둔해보이는 민중의 지지를 받은 자만이 흥했으며, 이를 잃었을 때는 망했습니다. 긴 눈으로 볼 때 민심은 천심이었습니다. 그러나 역사를 움직이는 것은 민중이었지만 그들이 받는 보수는 언제나 박했습니다.

이제 20세기는 정치사회적 입장에서 볼 때 민중의 시대의 시작이라고 보아야 할 것입니다. 우리가 이 유사 이래의 최대의 위기라고도 할 수 있는 조국 분단과 공산 위협을 극복하고 진정한 안정과 경제발전과 통일을 이룩하려면, 운명의 주체세력인 민중이 주인으로 대접받고 자기 운명을 스스로 지배하는 자리에 서게 되어야 할 것입니다.

우리는 민중이 가지고 있는 약점과 능력의 한계를 압니다. 그러나 다른 어떠한 방법도 민중이 자기 운명의 주인이 되는 참여의 길 이상의 것은 없는 것입니다.

예수님은 목수 요셉의 집에 가난한 민중으로 태어났으며, 그 일생을 민중으로서 살면서 민중을 위해 봉사하다 민중의 구원을 위해서 십자가에 못 박히셨습니다. 예수의 길은 민중의 길이었습니다.

2. 양반의 내력

통일신라 이후의 우리나라 정치 지배층의 변천과정은 상당히 다양합니다. 신라시대는 골품 지배의 시대로 성골聖骨·진골眞骨 이외는 비록 최치원 같은 당대의 석학도 육두품六頭品까지밖에 나아가지 못했습니다.

고려는 18대 의종이 무신란에 의해서 쫓겨날 때까지는 주로 귀족정치가 행해졌으며, 무신란 이후의 약 100년은 무인시대가 행해졌고 (1170~1258년), 그후 친원귀족親元貴族들이 정권을 좌우하다, 말기에는 신흥 유신 또는 무인들이 정권을 장악했습니다.

조선왕조에서는 초기는 귀족 공신들과 사대부가 서로 대립 투쟁하면서 정권을 주고받고 하다가 중기에는 사대부의 독무대를 이루는데 이때부터 양반정치의 시대라 합니다.

말기 순조 때부터는 안동 김씨, 때로는 풍양 조씨의 외척 세도정치가 국정을 농단聾斷했고, 고종 때는 초기 10년의 대원군 집정을 빼면 역시 민씨에 의한 외척 세도정치였다 할 것입니다.

양반이란 고려 때부터 시작된 말인데 문반·무반, 혹은 동반·서반이라고도 한, 문·무 두 반을 양반이라 불렀으며, 이는 하나의 직명에 불과한 것으로 오늘의 우리가 아는 그리고 이 나라의 정치사회사에 큰 흔적을 남긴 사회계급으로서의 양반이 형성된 것은 조선왕조 중기 이후라 합니다. 이제 양반의 내력을 간단히 훑어보려는 것은 우리가 우리의 역사를 이해하고, 우리의 국운을 망국에까지 몰고갔던 이유를 파악하는 데 이는 뺄 수 없는 것이라 생각되기 때문입니다.

1) 고려 말기에 들어서면서 중국 송宋대에 정이천, 주자 등이 이룩한

유교의 성리학性理學이 우리나라에도 보급되기 시작하여 정몽주, 이색, 길재, 정도전, 조준 등 쟁쟁한 인물들이 그 학식을 떨쳤습니다. 그때 이미 전항에서 말한 각지의 사대부들이 이 학문을 받아들이고 그들이 이성계를 받들어 조선을 건국하자 성리학은 국학이 되기에 이른 것입니다.

성리학이란 공자와 맹자에 의한 고대 유학에 불교와 도교의 사상을 받아들여 형이상학적 철학화한 것으로 우리나라에서는 조선왕조 중기에 이퇴계, 이율곡으로 절정을 이루게 됩니다.

2) 조선왕조 초기에 성리학을 신봉하며 대의명분적 의리를 떠받들던 사림士林(사대부)들은 공신 귀족들과 치열한 이론 투쟁과 권력다툼을 하는 한편, 각지에서 그들과 생활을 같이해온 농민을 위해 사창社倉, 유향소留鄕所, 향약鄕約운동 등을 추진하면서 민심을 얻어 귀족계급과 대결해나가려 한 것입니다.

그런 가운데 귀족으로부터 역습 공세를 받아 갑자·무오·기묘·을사 등 거듭된 사화로 사림이 무더기로 피해를 입기도 했습니다.

당시 사림의 강점은 셋인데 하나는 지적으로 귀족들보다 우수하다는 것, 둘은 민심의 지지를 얻고 있었다는 것, 셋은 그들은 모두 지방에 농토를 가지고 있어 서울에서 벼슬하다 그만두면 시골에 가서 생활하면서 계속 투쟁할 물질적 기반이 있다는 것이었습니다.

3) 그러다 조선왕조 중기로 들어서면서 사림은 완전한 승리를 얻어 정권은 그들의 수중으로 들어갑니다. 정권을 잡자마자 그들이 초기에 가졌던 긍정적인 면은 상실되고 부정적인 면만 부각되기 시작합니다.

첫째로, 귀족적 특권에 반대해서 싸우던 그들이 귀족계층을 타도하자, 그들 스스로 신흥귀족이 되어 이제까지 문무 관료의 직명에 불과했던 양반이란 호칭을 새로운 세습적 사회계급의 호칭으로 굳혔는데,

그때부터 양반이란 칭호가 오늘 우리가 말하는 그것이 된 것입니다.

둘째로, 그들은 투쟁하던 귀족계급이 몰락하자 즉시 양반(사림) 내부에서 당쟁을 시작하는데, 먼저 동인, 서인으로 갈라지고 노론, 소론까지 온갖 당파로 갈려서 사색당쟁을 되풀이해서 피로 피를 씻는 어둡고 치욕적인 투쟁을 되풀이합니다. 특히 임진왜란 이후에는 국고의 수입이 대폭 줄고 백성이 피폐하자 그들의 분배 대상은 줄어들어 싸움의 양상이 더욱 처절해집니다.

셋째, 그들은 유교가 갖는 현실성, 재야정신, 인간애 등을 망각하였으며, 대의명분에 죽고 사는 의리의 정신도 상실한 채 구구한 예송禮訟 따위에 죽고 삶을 걸면서 국정의 개혁이나 백성의 행복은 완전히 외면하고 말았습니다.

넷째, 그들은 다시 퇴계파·율곡파로 갈라지고, 영남파·기호파로 갈라지는 등 인맥, 지맥의 망국적 싸움을 전개합니다. 그러나 영조 때 마침내 노론이 정권을 독점하자 철저한 폐쇄성을 발휘하여, 정권은 율곡계이자 기호계의 전유물이 된 것입니다(여기 퇴계계, 율곡계 하지만 그런 파쟁은 본인들의 의사와는 정반대인 것이며, 두 분의 사후에 당쟁의 무리들이 두 분의 학덕을 악용한 것입니다).

4) 200년에 걸친 양반정치는 결과로서 극심한 내부 분열, 유학의 타락, 폐쇄성의 극대화, 민심의 상실 등을 초래해 나라를 끌고갈 동력을 거의 상실했습니다.

이때부터 조선왕조 후기의 세도정치라는 새로운 귀족정치가 시작되는데 이미 말한 바 23대 순조의 등극(1800년) 때부터 시작된 안동 김씨의 세도정치입니다. 그러나 안동 김씨도 물론 양반이며 이는 그 후의 조씨, 민씨도 마찬가지입니다. 따라서 그들은 자신들을 어디까지나 양반계급으로 자부했으며, 종래의 양반들도 세도가와의 친소연고親疎緣

故에 의해서 계속 등용되었으니 말하자면 변태적 양반정치라고도 할 수 있을 것입니다.

양반들은 1876년의 개항 이래 84년의 갑신정변까지 개화파와 수구파가 팽팽히 맞서다가 갑신정변의 실패로 그후 정국은 친청親淸 수구파의 독무대를 이루었으며, 1894년 청일전쟁 이후에는 친일·친러파로 갈라져서 외세 의존에 몰두하면서 자주독립을 지향하는 동학혁명이나 독립협회운동의 탄압에 광분했던 것입니다. 그러다 1905년의 러일전쟁에서 일본이 승리하자 친일 양반들은 을사보호조약, 한일합방조약의 체결을 위해 위로는 황제를 위협하고 아래로는 독립지사와 반일 민중들을 탄압하면서 이 나라를 일제에게 바쳤던 것입니다.

그들은 우리 민족에게 민족역사상 초유의 망국의 쓰라림을 선물했을 뿐 아니라 그들이 황폐화시킨 정치풍토는 오늘까지도 우리를 괴롭히는 요인이 되고 있습니다. 즉 이미 지적한 파벌성과 지역감정 그리고 정적과는 대화도 관용도 모르는 철저한 복수주의가 그것입니다.

우리는 이러한 악폐가 일부 논자들이 말한 바 우리 민족의 고유의 특성이 아니라 조선 중기 이래의 양반정치의 산물이라는 것을 인식하는 한편, 그러나 300년에 걸친 이러한 정치풍토의 해악적 유산은 아직도 다분히 우리 사이에 남아 있다는 것을 직시하고 이의 과감한 탈피에 힘써야 할 것입니다.

3. 남의 자식 사랑

지난 달 여기 교도소 신문을 읽으니 어려서 외국으로 입양되었던 이들이 성년이 되어서 혹은 단신으로, 혹은 양부모와 같이 모국을 방문했다는 기사가 있었습니다. 고국은 그들을 버렸지만 그들은 다시 이 땅을 찾은 것을 생각하니 어떤 감동과 부끄러움을 같이 느끼지 않을 수 없었습니다.

그런데 미국의 어떠한 양모는 자기는 "2남 3녀의 자식들이 있지만 신문에서 한국 고아들의 이야기를 보고 동정심에서 입양을 결심했다"고 말하고 있습니다. 내가 미국에 있을 때 라이샤워 교수댁을 방문한 일이 있는데, 그때 그분 말이 "자기 아들은 자기 친자식이 있지만 한국 아이를 입양시켰는데 한 사람 더 하기를 원한다"는 말을 듣고 느낀 점이 컸던 기억이 납니다.

우리 한국 사람은 자식 사랑을 끔찍이 하며 이것을 큰 자랑으로 삼습니다. 사실 그대로이며 이것이 한국사회의 한 특징이라 할 것입니다. 그러나 놀랍고 부끄럽게도 자기 자식은 그토록 사랑하면서도 남의 자식 사랑에 대한 관념은 전무하거나 매우 희박한 것이 일반적인 현상입니다. 새삼 한탄할 만한 민족성의 결함이라 할 것입니다. 그뿐 아니라 우리는 자기와 동거하는 남편이나 아내에게 속한 의붓자식에 대해서 얼마나 냉대, 차별하는 역사를 가진 민족입니까? 우리 민담民談 속에 산같이 쌓인 장화홍련류의 이야기들, 그러한 악폐는 아직도 가시지 않아서 자식 가진 홀아비나 과부들이 그 때문에 재혼을 꺼리는 예를 수없이 봅니다. 특히 여성의 경우는 핸디캡이 더 심합니다. 아직도 자식 딸린 과부를 그대로 아내로 맞이하려는 남자는 퍽 드물 것입니다.

언젠가 포드 전 미국 대통령에 관한 이야기를 읽은 일이 있는데, 포드 대통령의 모친이 그를 데리고 개가를 했는데 그 의붓아버지와 포드 대통령과의 사이가 어떻게 좋았던지 마침내 포드 대통령은 그의 본성을 버리고 의붓아버지의 성을 받았으며 그것이 바로 '포드'라는 것이었습니다.

요즈음 우리나라에서는 우리나라에 대한 자랑이 부쩍 늘었는데, 그것이 정당한 긍지를 지니지 못한 허세가 아니기를 바라면서 이러한 우리 민족의 수치스러운 결함도 인식하고 그 시정에 노력할 필요가 있다고 생각합니다. 아직도 매년 4000명이 해외로 입양되어간다니 이제 경제도 이만큼 성장했는데 계속 우리 어린이들을 해외에 유기해야 한다면 이것을 무어라 변명하겠습니까?

이민정책상의 이민과 이 문제와는 차원이 다른 전혀 별개의 문제입니다. 우리가 진정으로 자식 사랑을 우리 민족의 장점으로 삼게 되기 위해서는 길가에서 뛰노는 남의 자식도 내 자식같이 관심과 사랑으로 대할 줄 알아야 하고, 의붓자식이나 양자식에게도 사랑과 책임을 다할 수 있어야 할 것입니다. 이 점에 대한 개선이 절실하고 시급한 것 같습니다.

4. 회교권과 우리 운명

당신의 편지로 레바논 사태가 일단락되어서 PLO가 철수 중인 것을 알았습니다. 전투가 종식된 것은 일단 다행한 일입니다. 그러나 이번 조치는 문제 해결은커녕 해결에의 실마리조차 못 되는 것이 아닌가 생각됩니다. 문제는 팔레스타인 난민이 고향으로 돌아가서 그들 자신들의 나라를 건국할 수 있어야 하고, 한편으로 아랍 제국은 이스라엘의 존립을 인정해서, 이스라엘과 새로 건국된 팔레스타인국이 평화와 우호 속에 공존할 수 있는 길이 모색되어져야 할 것입니다.

우리 자유세계의 운명은 중동 회교권의 향배에 의해서 크게 영향을 받게 되어 있습니다. 그러므로 회교권과의 우호관계 수립은 절대적인 요청입니다. 그 첫 길은 팔레스타인 문제 해결입니다. 이것 없이 회교권과의 우호관계란 상상할 수 없습니다. 이러한 점은 지난 달 편지에도 약간 언급했지만 그간 베이루트 사태의 진전도 있고 특히 홍일이가 나의 의견을 듣고 싶다고 편지해왔기 때문에 다시 이 문제를 언급합니다.

사실 이 문제는 우리가 큰 관심을 가져야 할 정도로 중요한 것입니다.

중동 회교권의 중요성은 첫째, 누구나 다 아는 대로 석유문제 때문입니다. 중동의 석유에 압도적인 의존관계에 있는 아시아, 유럽의 각국과 미국에 있어서는 중동 석유의 안전공급 여하는 국가 운명 내지 자유 세계 운명의 관건에 관한 문제입니다.

둘째, 중동 회교국가들의 전략적 위치입니다. 지도를 보십시오. 소련은 국토 전체가 그물에 싸인 거대한 괴물같이 포위되어 있습니다. 동은 알래스카로부터 일본 열도, 남한, 중국 대륙, 파키스탄, 이란, 터키, 그리스 그리고 서유럽 제국의 순으로 소련 국경을 둘러싸고 있습니다.

소련의 해군기지가 세 군데인데 하나는 발틱해요, 하나는 흑해요, 하나는 블라디보스토크입니다. 발틱 함대는 덴마크의 유트란트 해협에서, 흑해 함대는 터키의 다르다넬스 해협과 보스포루스 해협에서 배 몇 척만 침몰당하면 독 안에 든 쥐같이 갇혀집니다. 블라디보스토크 함대는 대한해협과 일본 북해도에서 목을 지키게 됩니다. 이와 같이 소련은 육·해·공 전반에 걸쳐 철저히 포위된 입장에 있으며, 아직도 그렇습니다.

그런데 이란사태 후 이 포위망이 흔들리기 시작했습니다. 이제 중동 일대에서는 소련의 위협적인 힘이 커졌고 특히 아프가니스탄 침공으로 그 가능성이 매우 높아졌습니다. 소련이 아프가니스탄을 거쳐 파키스탄으로 밀고 내려오면 소련은 인도양, 페르시아만, 아라비아해를 제압하게 됩니다. 사태가 이렇게 되면 동아프리카는 순식간에 소련 지배하로 들어갈 가능성이 있습니다.

셋째, 그러므로 우리는 어떤 일이 있어도 회교권 전체와 협력관계를 수립해야 합니다. 회교권과의 화해에는 무엇보다도 회교권의 특이성을 인식해야 합니다. 회교권은 다른 종교권과 달라서 아직도 종교의 힘이 압도적이며 그 신앙심은 참으로 대단한 것입니다. 마치 중세 유럽 기독교 국가를 방불케 합니다. 회교는 그 교리가 유태교와 기독교에 연유했으므로 어떻게 보면 서구 기독교권과는 사촌 간입니다.

그러나 그 관계는 7세기의 회교 탄생 이래 계속 험악했으며, 특히 19세기 이래 서구 국가의 제국주의적 압박과 착취에의 반감은 그들의 뼈에 사무친 원한이 되어 있습니다. 한편 그들의 철저한 종교신앙은 무신론의 공산주의에의 강한 경계와 반발을 보이고 있습니다. 다만 서구에의 묵은 감정과 팔레스타인 문제 등 당면한 이해 때문에 반공의 대의를 크게 드러낼 수가 없을 따름입니다. 그러므로 이스라엘 문제의 해결은 무엇보다 선결문제입니다. 이 문제의 해결 없이는 회교권과의 화해와 협조는 절대 불가능합니다.

그러나 이 문제만 해결되면 같은 유일신을 믿는 믿음의 동반국으로서 서구는 이슬람국과 화해를 추구할 수 있을 것이며, 거기다 현실적·경제적 의존관계는 이를 더욱 촉진시킬 것입니다.

내가 거듭 팔레스타인 문제의 중요성을 강조한 이유는 그것이 잘 안되었을 때의 위험 부담이 너무도 크기 때문일 뿐 아니라 그것이 잘 되었을 때의 소득의 전망도 크기 때문입니다.

회교권과의 진정한 협력관계가 성립된다면 경제적으로는 물론, 대소련 전략상 또는 세계평화의 유지를 위한 국제관계의 안정상 매우 큰 공헌을 가져오게 될 것입니다(소련에는 4000~5000만의 회교도가 있음).

5. 일본의 교과서 문제

요즈음 국내외적으로 큰 말썽이 되고 있는 일본의 교과서 문제는 매우 중요한 문제인 것 같습니다. 교과서 문제는 결코 우발적인 사건이 아닙니다. 일본인, 특히 집권층 내부에 뿌리 깊이 남아 있는 과거에 대한 무반성과 향수적 정신 자세에 연유한 것 같습니다.

나는 연전에 《태평양 전쟁》이라는 일본인 작가가 쓴 많은 권수에 달한 전쟁기를 읽은 일이 있습니다. 그 작가는 《도쿠가와 이에야스》를 써서 아주 유명해진 작가인데, 그가 쓴 《태평양 전쟁》을 읽고 깜짝 놀란 일이 있습니다. 그것은 일본의 침략에 대한 반성은커녕 오히려 그 불가피성 내지 정당성을 도처에 주장하고 그 침략전쟁을 미화하는 내용으로 일관되고 있었습니다.

이러한 자세는 결코 그 혼자만이 아니라는 것을 미시마 유키오 사건*으로도 우리는 잘 아는 터입니다. 일본의 이러한 자세는 같은 침략국가였던 독일의 철저한 반성과 대비할 때 아주 큰 대조를 이룹니다. 독일은 교과서에서 그들이 인류에 끼친 죄악을 반성하고, 자라나는 세대들이 그것을 알고 교훈을 얻도록 하고 있습니다. 그들은 지금도 유태인 학살의 범죄자를 발견하면 자기들 손으로 처단하고 있는 것을 우리는 압니다.

일본은 과거에 대해서 이렇게 반성이 부족할 뿐 아니라 피해를 준 인접 국가에 대한 태도에도 이해할 수 없는 면모를 보였습니다. 그들은 중국과의 국교 정상화 때는 중국 침략에 대한 사과의 뜻을 공식으로 밝혔지만 그 침략의 시기에 가장 야만적이었던 우리와의 국교 정상화 때는 끝내 공식 사과를 하지 않았습니다.

나는 이번 교과서 문제 시정과정에서도 중국에 대한 것과 우리나라에 대한 것이 종국에는 다르지 않을까 걱정하고 있습니다. 아무튼 이번에 우리는 한·일 양국의 진정한 우호관계의 재정립을 위해서도 이 문제는 바르게 해결짓는 것이 절대 필요할 것입니다. 만일 이번에 다시 굴욕을 참는다면 왜곡된 한·일관계는 아주 굳어져버리고 말 것입니다.

---

* 일본의 국민 작가로 불리는 소설가 미시마 유키오가 1970년 11월 25일 도쿄 육상자위대 건물에서 평화헌법 개정, 천황제 부활 등을 주장하며 할복자살한 사건

우리는 이 문제가 우리 민족의 체면과 권위를 위해서만이 아니라, 일본의 진정한 정신적 갱생更生을 위해서도 필요하다는 것을 믿습니다. 여기서 우리가 강조하고자 하는 것은 일본에도 그러한 그릇된 복고적 자세에 반대하는 많은 국민과 지도적 인사들이 있다는 사실입니다.

우리는 우리가 주로 접촉해온 자민당 내의 우파가 이런 교과서 문제의 주도세력이며, 일본에는 그러한 무반성의 태도에 반대하는 층이 재야 정당은 물론 자민당에도 상당히 있다는 것을 알고 장래 접촉의 폭을 넓혀가야 할 것입니다.

교과서 문제를 보는 시각이, 만일 그대로 두면 장래의 일본이 침략 국가로서의 재등장을 두려워하는 것이라면 그것은 완전한 것이 못 될 것입니다. 과거와 같은 영토 침략의 시대는 지났고, 필요도 없고, 가능성도 희박합니다. 일본의 교과서 문제 같은 무반성과 오만은 지금 당장 우리 목전에서 횡포를 부리고 있습니다. 무역문제, 재일교포 문제, 관광객 문제와 차관과정에서의 가지가지의 부정한 작태들이 우리의 목전에서 행해져 왔습니다. 신판 제국주의인 것입니다.

그러나 우리는 남을 비난하는 데만 가혹하지 말고 자기반성에도 엄격해야 합니다. 내가 지난 달 편지에 조선왕조의 멸망에 우리 자신들의 책임이 너무도 컸다는 점을 지적했지만, 국교 정상화 과정에서 또는 정상화 이후 오늘까지 우리가 일본의 교만을 키우고 당연시하는 자세는 없었는지, 일본 내의 양식 있는 인사들이 우리를 지지하고 협력에 나설 만큼 우리는 존경받을 태도를 지켰었는지, 이 기회에 큰 반성이 따라야 할 것입니다.

6. 영국의 위기와 그 해결

명예혁명(1688년) 이래 19세기 초까지 의회의 집행기능 장악, 자연발생적 내각책임제, 평화적 정권교체의 3대 변혁을 거쳐 강화된 국력으로 영국은 루이 14세와 나폴레옹의 대륙에서의 패권 장악을 봉쇄할 수 있었으며, 그러는 과정에서 해외에서의 경쟁에서도 프랑스를 누르고 식민 대제국이 되었습니다. 이것이 1815년의 나폴레옹과의 전쟁에서 승리한 영국의 외모였습니다. 그러나 그 내용에 있어서는 영국 국내는 혁명 직전의 폭발적 위기에 있었습니다. 그것은 산업혁명으로 땅을 잃은 농민들이 도시로 몰려와서 투표권을 귀족과 자본가들만이 행사하는 데 대한 강한 불만을 터뜨리고 있었으며, 노동자는 열악한 근로조건에 반발하고 있었다는 점으로 설명될 수 있습니다. 이렇게 국내적 대혁명이냐, 혹은 더 악화된 반동이냐의 기로에 섰을 때, 영국을 그 위기로부터 구출하여 19세기의 찬란한 빅토리아조의 영화의 길을 연 사람들이 있으니 그들은 다음의 네 부류였습니다.

하나는 웨슬러가 창시한 감리교였습니다. 그들은 웨슬러의 정신을 따라 노동자, 서민대중의 편에 서서 당시의 국교회로부터 버림받은 그들을 위로하고 보호했기 때문에 불만에 찬 그들을 위로와 희망 속으로 이끌 수 있었습니다.

둘은, 당시의 언론이 시민계층과 노동자들의 정당한 요구를 반영·지지했기 때문에 그들은 폭력을 사용하지 않고도 자기 뜻을 세상에 알릴 수 있었습니다.

셋은, 법관들의 재판이 공정했기 때문에 억울한 사람은 그 권리를 보호받을 마지막 보루로서 법원에 기대를 걸 수 있게 되었습니다.

넷은, 18세기에 휘그당(후의 자유당)의 지도자로서 정부의 아메리카(식민지) 정책에 반대, 가톨릭교회의 해방 주장, 노예해방의 추진, 프랑스혁명의 지지, 민중에 대한 탄압정책 반대 등을 주장해 싸웠던 폭스와 그의 자유정신을 계승한 휘그당에 의한 개혁정치의 노력입니다.

이러한 각계의 노력으로 영국은 토리당(보수당), 귀족, 국왕의 끈질긴 반대를 극복하고 제1차 선거법 개정(1832년)으로 일반시민에게 투표권을 주고 난국의 1단계를 넘어섰습니다.

그런데 그 결과는 보수당이 염려하던 것과는 달리 오히려 비개혁적일 정도로 온건한 것이었기 때문에 이에 자신을 가진 보수당은 제2차 개정(1867년) 때는 오히려 솔선해서 노동자에게 투표권을 주는 법안을 발의 통과시켰습니다. 그 주동자는 디즈레일리였습니다.

민중이 아무리 불만에 차도 그 대변자와 배출구가 있고 그들 편에 서주는 자가 있으면 파국은 오지 않는다는 것을 알 수 있으며, 그런 환경에서만 안정과 단결을 기대할 수 있다는 것을 우리는 19세기 영국의 귀중한 교훈을 통해서 알 수 있습니다.

7. 아시아의 수출 5대국의 발전과 유교권

홍일이의 편지에 아시아의 수출 5대국이 일본, 대만, 홍콩, 중공, 한국이라고 발표되었다는 것이 적혀 있습니다. 일견해서 알 수 있다시피 이 다섯 나라는 모두 유교권에 속한 나라입니다. 이미 내가 밖에 있을 때도 이야기한 바 있지만 70년대에 중진국으로 등장한 나라는 싱가포르를 포함해서 주로 유교권의 국가들입니다. 나는 여기 와서 읽은 허먼 칸의 저서에서도 같은 말을 한 것을 본 일이 있습니다.

왜 유교권 국가들이 다른 종교권보다 앞서 발전해나가고 있을까 하는 이유를 나 나름대로 다음과 같이 생각해 보았습니다.

첫째, 유교가 갖는 합리주의, 현실성, 비종교성 등이 근대적 산업체계와 기술을 큰 고통이나 저항 없이 받아들일 정신적 소지를 이루었다고 보입니다.

둘째, 유교의 고도의 질서의식과 제도가 군대와 같은 규율과 질서를 요구하는 근대산업에 합치되어 성과를 올리게 했다고 보입니다.

셋째, 유교의 특징인 고도의 윤리성과 대가족주의가 양심적 협력과 가족적 단합을 기업 내에 가져온 면이 있었을 것입니다.

넷째, 무엇보다 중요한 것은 유교는 세상을 바르게 다스리는 철학이자 지식인데 이러한 지식은 과거제도로 해서 더욱 크게 보급되었습니다. 이러한 높은 교육수준이 서구문명과 산업제도를 아주 효과적으로 받아들이는 원인이 되었을 것입니다.

그러나 유교에서 보는 것은 반드시 장점만은 아닙니다. 그 폐단인 관존민비, 관료주의적 복잡성과 부패, 신분차별주의, 노동 천시, 무위도식의 상습(양반계급), 억압적 가부장제 등 문제점도 허다합니다. 일본이 그러한 폐단에도 불구하고 이미 고도산업국가로 성공하지 않았느냐 할 수도 있지만 일본을 순수한 유교국가로 보기에는 우리나 중국과 상당한 차이가 있습니다.

일본에는 가마쿠라 막부(1192년) 이래 명치유신(1868년)까지 근 700년간 무인정치武人政治가 행해졌으며, 유교는 도쿠가와 막부 이래 무인들의 교양과 행정의 필요에 의해서 습득한 것으로 유교가 일본인의 전체생활을 지배한 것은 아니었습니다. 그 외에도 무사도, 신도, 불교 그리고 나가사키를 통해 들어오는 난학蘭學이라는 이름 아래의 서구학문 등 다양한 영향을 정신과 사회, 경제 각 분야에서 받은 것입니다.

나는 지금이야말로 유교의 전통이 우리의 근대화와 산업국가 건설에 미치는 영향을 본격적으로 연구해볼 때라고 생각합니다.

책의 부탁
1) 《맹자》
2) 《장자》

3)《시경》(이상의 책은 집의《동양고전전집》에 모두 있을 것입니다.)

4) 리지웨이 저,《한국전쟁》(정우사)

5) 송건호 저,《서재필과 이승만》(〃)

6) 주석균 저,《농민을 위하여》(〃)

7)《Introducing Korea》(〃)

8)《사하로프의 목소리》(삼민사)

9) 이순열 저,《음악을 찾아서》(정우사)

10)《야스퍼스의 생애와 사상》(박영문고)

11)《니체의 생애와 사상》(〃)

12)《정다산의 생애와 사상》(〃)

13)《슈바이처의 생애와 사상》

14) 까뮈,《적지와 왕국》(박영문고)

15) 칸트,《도덕 형이상학 원론》(〃)

16) 괴테,《젊은 베르테르의 슬픔》

1982년 9월 23일

경제발전의 핵심은 사람

존경하고 사랑하는 당신에게(그리고 사랑하는 자식들에게)

오늘은 밤과 낮의 길이가 같다는 추분입니다. 이제부터 짧지만 아름다운 가을 하늘이 우리를 황홀케 하겠지요. 추석도 앞으로 8일밖에 남지 않았습니다. 이 편지가 추석 선물이 되기를 바라면서 평소의 달보다 앞당겨 쓰고 있습니다.

내가 없다고 너무들 상심하지 말고 추석 명절을 뜻있게 맞이해주기를 그리고 지영이와 정화에게는 기쁜 명절이 되기를 바라마지 않습니다.

지난 두 차례 면회 때 보니까 당신 얼굴이 더 야윈 것 같았는데 hay fever는 이제 가셨는지, 건강에 언제나 유의하기 바랍니다.

이번 홍업이 여권 기각사건은 내게는 참으로 큰 마음의 충격을 주었습니다. 나는 여권 수속의 경위로 보나 인간적인 견지에서 보나 여권이 나오지 않으리라고는 별로 걱정하지 않았습니다. 참 괴로운 결과입니다. 면회 때도 말했지만 당신 편지로 여권 신청이 기각된 것을 안 15일 밤에는 너무도 슬픈 심정과 격한 생각을 감당할 수가 없었습니다. 나로 인하여 자식들이나 형제들, 벗들이 당하는 수많은 고난을 언제나 나 자신의 그것보다 고통스럽게 아파해왔지만, 홍업이 건은 너무도 사정이 측은합니다.

부모로서 32세가 된 자식을 자기로 인해서 직장도 못 주고 결혼도 못 시키고 있다는 사실이 어찌 큰 고통이 아니겠소? 그 밤에는 기도하는 가운데 할 수만 있다면 자식들이나 형제들과 평생의 인연을 끊는 고통을 감수하더라도, 부자·형제의 윤기倫紀를 끊어서 자유를 주고 싶다고 하느님께 눈물로 호소했습니다. 당신의 말과 같이 하느님의 뜻이 있어서 전화위복의 축복 있기를 바라며 나로 인해서 고통 받는 모두에게 특별한 은총 있기를 빌고 있습니다.

당신과 홍일이 편지로, 기장 여신도회 바자에 출품한 당신의 글씨가 환영받고 모두 팔린 것을 알고 매우 기뻤으며, 사주신 분들에게 감사하는 심정을 금할 수 없었습니다. 나도 여기서 붓글씨 공부를 해보고 싶다는 생각을 자주 하지만 뜻대로 될 것 같지 않아서 단념하고 있습니다. 앞으로도 계속 서예에 힘쓰기를 바랍니다.

집의 스핑카 꽃이 금년은 일찍 시들어 실망했다는 당신의 편지를 보았는데 그 이유는 금년의 유례없는 더위 때문일 것입니다. 내가 여기서 가꾼 화단도 조석으로 물을 주고 여러 가지로 손보고 했지만 작년만 못합니다. 특히 더위에 약한 꽃들은 모처럼의 정성도 효과 없이 시들고 있는데 참 마음이 쓰라립니다. 그러나 내가 돌보는 화단 부분의 많은 꽃들이 금년의 폭염을 이겨내고 아름다운 모습으로 피어난 것을 보면 어떤 보람과 희열을 느낍니다.

어떤 심리학자는 인간이건, 동물이나 초목이건 사랑한다는 것은 생명을 주는 것이라고 말했습니다. 생명을 준다는 것은 상대의 진정한 성장을 돕는다는 의미이겠지요. 꽃을 가꾸다보면 자주 그 말이 생각이 납니다. 사실 꽃이나 농작물은 공장의 기계생산과 달라 돌보는 사람의 태도가 결정적 영향을 줍니다. 그것은 어머니가 어린애를 키우는 것 같은 정성과 사랑이 바탕하는 하나의 창조사업이기 때문일 것입니다. 여기에 타의에 의해서 강제적으로 동원된 공산주의 농업의 실패의 큰 원인이 있을 것으로 생각됩니다.

21일날 뜻밖에 당신이 와서 구매물과 책을 차입해서 받았는데, 당신이 그날 일부러 온 뜻을 잘 알고 마음이 아주 흐뭇했습니다. 우리에게도 남과 같이 단란하고 평화스러운 생활이 오겠지요.

홍일이와 지영 모에게

너희 내외도 이번 홍업이 여권 건으로 많은 마음 아픔을 겪은 줄 안다. 면회 때 홍일이가 나를 위로하기 위해서 한 말들의 뜻을 고맙게 생각하며 두 형제가 계획하는 일이 잘 되어서 너희들도 삶에 활기를 갖고 살기를 진심으로 바란다.

너희 내외는 미덥고 안심이 되나. 그러나 언제나 자기 성장에 쉬지 말고 힘쓰기를 나는 너희를 생각할 때마다 간절히 바라고 있다. 외면적으로나 내면적으로나 성장 없는 삶은 비록 육체적으로는 청년이라 하더라도 인생의 종말을 가는 노인이라 할 것이다. 얼마나 많은 젊은이들이 그렇게 청춘을 낭비하다 늘그막에 후회하는지……. 이는 나 자신의 말이기도 하다.

너희들은 그런 실패의 되풀이가 없기를 바란다. 언제나 자기에게 엄격하여라. 사람은 자기를 통제한다는 것, 의지의 자기와 감정의 자기를 통합한다는 것이 얼마나 중요하며, 그러나 어려운가 하는 것을 명심하고 꾸준한 자기 향상의 노력이 있기를 바란다.

지영이 편지를 보면 글씨를 너무 잘 쓰는 데 놀랐다. 그러나 어떤 것은 아주 산만하고 흐트러졌는데 그런 것은 아마 주의력을 다하지 않았기 때문일 것으로 생각하고 혼자 웃는다. 나는 음악은 문외한이라 잘 모르지만 제 편지에 피아노 바이엘 하권 60번까지 친다고 자랑했으니 들어보고 싶은 생각이 간절하다. 편지에 피아노 공부가 아주 재미있다 했는데 취미와 기쁨을 가지고 하니 참 잘된 일이다.

음악도 모르면서 설교 같은 이야기를 해서 안됐지만, 우리 주변에서 많은 폐단을 목격하기 때문에 피아노 교습과 더불어 한마디 부탁을 한다. 도시 아이들에게 음악을 가르치는 선생이 아이들에게 단순히 기술만을 가르칠 것이 아니라, 음악을 사랑하고 이해하는 그리고 창조적인 정신을 길러주도록 바라야 할 것이다. 그런데 많은 사람들이 음악선생에게 바라는 것은 단순한 기술의 숙달이요, 나아가서는 콩쿠르 따위에 입상케 해서 부모의 허영심이나 만족시켜주는 것을 바란다. 그런 부모의 자세는 가장 예민한 어린이에게 감염되어 그의 정신을 오도하게 되는 것이다. 너희들도 이런 예를 많이 볼 것이다. 참고하기 바란다.

면회 때 지영이가 왜 우리나라 사람들은 딸보다도 아들을 좋아하느냐고 했다는데 깜짝 놀랐다. 여섯 살의 나이에 비하면 아주 영리하고 조숙한데 그럴수록 부모와 주위에서 언동에 조심해야 한다. 사실 딸과 아들을 구별하는 봉건시대의 유습을 우리는 의식적으로 청산해야 한다. 지영이에게 내가 우리집은 딸이나 아들이나 똑같이 생각하며 아들을 더 바라는 것은 잘못된 생각이라고 말한다고 전해주기 바란다.

정화도 글씨 공부를 한다는데 할아버지께 편지할 수 있도록 빨리 숙달하기를 바란다. 지영이 편지에 '정화는 내 흉내만 내면서 원숭이같이 놀고 있어요' 하는 구절이 어찌나 우스웠는지 모른다. 너희들이 교육에 힘이 들겠지만 아무튼 형제의 의가 그리 좋으니 큰 복이 아니고 무엇이겠느냐?

나는 너희들 가정에 대해서 생각할 때마다 기쁘다. 지난번 편지에 우리나라 사람은 자기 자식 사랑에는 유별나지만 남의 자식은 사랑할 줄 모르는 큰 결함이 있다고 적었는데 너희들은 이점 특히 유의하기 바란다. 정신적으로는 물론 실천면에서도 아이들에게 모범을 보여주어야 한다. 좋은 음식이 있으면 아이들 친구들을 불러다 같이 먹게

하고, 친구 없는 외톨이 아이들과 놀아주는 등 '이웃을 네 몸같이 사랑
하라'는 성서의 말씀이 교회의 설교 때만의 용어가 안 되도록 해야 한
다. 사람의 정신에 있어 가장 큰 타락과 죄는 이기심과 탐욕인데 그런
심정은 부모가 어렸을 때 자기 자식만 편애하고 남의 자식을 도외시할
때 자연히 자기 자식들의 마음속에 스며들어간다. 참고하기 바란다.

홍업이에게

이번 여권 일로는 너를 달리 위로할 말이 없으며 나로 인한 너의 희
생을 생각할 때 아버지로서 면목 없다는 점을 무어라 표시할 길이 없
다. 그럼에도 불구하고 네가 여권이 기각된 11일 바로 그 밤에 아버지
를 걱정해서 긴 위로의 편지를 써 보냈으니 아버지는 그 편지를 읽으
면서 착잡한 심정 속에서도 고맙고 자랑스러운 심정을 느꼈다.

네가 그토록 아버지를 이해하고 아끼는 심정을 생각할 때 문득 내가
일본에서 납치되어 돌아온 후, 네가 군에서 휴가차 집에 와서 한 말이
생각났다. 그때 울면서 "이 나라 일을 아버지 혼자 책임 맡은 것도 아
닌데 왜 그렇게 혼자만 고초를 짊어지려고 하느냐"고 말했는데, 이제
너도 나와 같은 고초를 겪고 있으니 말이다.

누구나 고난을 즐기려는 사람은 없겠지만 자기의 양심에 충실히 살
다 보면 고난을 겪게 마련이다. 그것은 이 세상의 악과 불완전성에서
오는 불가피한 운명인 것이다.

그러나 고난이 바로 불행은 아닌 것이며 불행이 되고 안 되는 것은
자기의 받아들이는 자세에 있는 것임은 수차 이야기한 대로이다. 그뿐
아니라 사람의 진정한 내면적 성장은 고난을 통해서만 얻을 수 있으
니, 인류 역사상 가장 높은 정신적 정상에 도달한 예언자나 성인들이
모두 가열苛烈한 외적·내적 고난의 도전을 받아 감연히 일어서서 응전

하고 극복한 사람들이다.

비단 그런 위대한 정신적 스승만이 아니라 인류의 문명도, 나라도, 개인도 고난의 도전 없이 성공한 예가 없다. 하느님은 우리가 고난을 겪는다 해서 인간이 해결해야 할 일을 대신 해주시지는 않는다. 그러나 하느님은 어떠한 고난 속에서도 우리가 찾으면 반드시 얻을 수 있는 가능성을 준비하고 계시며, 또한 우리의 인생이 의미 있는 것이 될 수 있다는 것을 보증하고 계신다.

이런 말이 고통 받고 있는 너에게 어느 만큼의 도움이 될지 모르지만 아버지는 가장 큰 사랑과 이해심을 가지고 너의 고통과 아픔에 동참하고 있다. 너의 어머니가 언제나 편지에 쓴 대로 하느님은 너의 착한 마음으로 해서도 반드시 너의 인생에 축복을 주실 것이다. 사실 79년과 80년의 1년 반 동안 너와 생활을 같이 하고 같이 일하는 가운데 너의 판단력과 일 처리 능력이 상당히 크다는 것을 나는 느꼈었다. 역시 고난 속에서 단련되고, 배운 재산이었을 것이다.

아버지의 한결같은 관심도 어떻게 하면 이 세상을 위해서 보람 있는 인생을 살 것인가 하는 점이지만, 가까이는 어떻게 하면 자식들에게 좋은 모범을 보이는 아버지가 될 수 있는가 하는 것이다. 이러한 심정들이 이 정도나마 나를 지탱해온 것 같다. 내 인생의 체험으로도 기회는 반드시 온다. 지금 네가 보여준 대로 믿음과 희망 속에 쉬지 말고 실력을 갖추어 나가라. 자기 실력만 갖추고 있으면 그간에 뒤진 것을 일거에 회복하는 도약의 기회가 꼭 찾아올 것이다.

여기서 너희들을 생각할 때, 너희들의 학창시절을 위해 힘쓰지 못한 것을 후회하고 부끄럽게 생각한다. 나의 좋은 점, 잘못한 점 모든 것이 합해서 너희들이 성공적으로 인생을 살아나가는 참고가 되기를 절실히 바란다. 너희 형과 계획하는 일이 잘 되기를 바란다.

홍걸이에게

금년에 있어서 우리 집안의 가장 큰 기쁨은 네가 우리 모두의 소원 대로 소망한 대학에 들어간 것이다. 그뿐 아니라 요즈음 아버지는 너의 편지를 읽을 때마다 네가 인생에 있어서 가장 꿈 많고 변화가 큰 이 시절을 아주 침착하게 잘 처리해나가고 있다는 생각이 든다. 그리고 지적으로도 급속한 개안開眼과 성장의 과정에 들어서고 있는 것 같다.

너의 이러한 자랑할 만한 상태는 네가 너의 형들과 마찬가지로 그동 안 겪어야 했던 그 어렵고 충격적인 시련을 잘 극복해낸 사실이 이제 너의 저력을 이루고 있는 것이라고 나는 보고 싶다. 이러한 판단이기 때 문에 나는 너의 형들과 너를 자랑스럽게 생각한다. 그러나 이러한 결과 는 너 개인의 훌륭한 자세에도 있었지만 너의 어머니가 모든 시련을 신 앙과 인간적 저력의 높은 힘으로 극복해낸 유형·무형의 영향을 준 바가 컸다는 점을 느끼고 있는지 모르겠다. 아무튼 나는 너의 장래에 기대가 크다. 너의 그 유별난 끈기, 지적 호기심, 소신과 판단력으로 해서 장래 너의 목표를 성취하리라고 본다. 또 그렇게 간절히 바라고 있다.

이번 편지에 자주 충고의 말을 해달라고 했는데 몇 가지 참고의견을 적는다.

첫째, 1학년과 2학년까지는 학교 교과과정에 중점을 두는 것이 좋겠 다. 학생인 이상 학업에 기본을 두고 기타 독서도 되도록이면 학과와 관계 있는 독서를 하는 것이 좋을 것이다. 학교 수업은 무어라 해도 자 기 전공의 기본일 뿐 아니라 사람은 언제나 기본적 과제에 충실한 삶 의 자세를 가져야 할 것이다.

둘째, 너는 불문학과 학생이니까 어학 특히 불어와 영어는 모든 과 목 중 최고 학점을 받아야 할 것이다. 어학보다 다른 학점 덕으로 평균 학점이 올라가면 성공적인 학습생활일 수 없다. 단순히 학습만을 위해서가 아니라 장래 네가 살아갈 앞으로의 시대, 지금 상상할 수 없이 국제화된 사회에서 세계인으로서 살아가면서 남을 제대로 이해하고 나를 이해시키는 필수의 수단이 어학이다. 영·불어뿐 아니라 지금 당장은 아니지만 일본어와 중국어의 습득도 필요할 것이며, 만일 철학을 한다면 독일어도 꼭 알아야 할 것이다.

셋째, 학과 이외의 책도 2학년까지는 다독보다는 정독 그리고 재독, 삼독을 하는 것이 좋을 것이다. 그러기 위해서는 정말로 기초가 되는 책을 골라서 그것을 철저히 네 것으로 만들 때까지 정독하는 것이 좋을 것이다.

네가 말한 대로 언제나 지적 호기심을 가지고 생활해나가되 호기심이 좀더 체계 있고 목적 있는 관심으로 그리고 확고한 목표 아래 사물의 본질을 꿰뚫고 들어가는 연구로 발전해나가기 바란다. 여하간 2학년까지는 학과건 과외 독서건 철저한 기초 형성에 주력하는 것이 좋을 것이다.

넷째, 요즈음은 교우관계에도 힘쓰는 모양인데 좋은 일이다. 그 점에 대해서는 지난번 편지에 약간 쓴 바 있는데 여기 추가로 몇 자 적겠다.

1) 무엇보다 교우의 대상 선택에 아주 각별히 주의할 것.

2) 남의 말에 언제나 귀를 기울이고 그의 주장 중 나와의 의견 차이점보다 일치한 점의 발견에 힘쓰며, 마지막에는 승자도 패자도 없이 서로 그 대화를 통해서 생산적 성과를 얻고 대화를 마무리할 것. 절대로 말을 독점하거나 차이점을 강조·부각시키는 파괴적인 대화방법을 피할 것.

3) 언제나 남 특히 마땅치 않은 점이라도 이를 이해하려고 힘쓸 것. 남은 내가 그 사람이 되어 보고, 또 나 자신이 그 입장이 되어 보는 두 가지 과정을 거칠 때 잘 이해할 수 있다.

4) 벗에게 베푼 것은 절대로 대가와 반환을 바라지 말 것. 받는 사랑보다 주는 사랑에 철저한 생활의 자세야말로 벗과 하나가 되는 길이요, 실망 없는 교우의 길이다.

다섯째, 너는 아버지로 인해서 너무도 혹독한 시련을 치르는 과정에서 좌절하려는 자기를 지키기 위해서 자아의 작은 틀 안에 숨고, 남에 대해서 마음을 굳게 닫는 철저한 방어적 심리과정을 지켜왔을지 모른다. 내가 보기에는 그렇다.

이는 어린 시절로서 그럴 수밖에 없었을 것이다. 그러나 이제는 정신적으로나 지적으로 상당히 성장했으니 그런 폐쇄적 테두리를 의식적으로 깨고 벗어날 노력을 하기 바란다.

여섯째, 무엇보다도 중요한 것은 인격의 완성을 위한 노력이다. 인류의 숭배와 추종을 받은 사람은 지식의 정상에 오른 철학자가 아니라 이웃을 사랑하고 인류를 위해 몸 바쳐 노력한 인격의 성자들이었으며, 같은 학우들 가운데서도 남의 추종을 받고 성공하는 사람은 공부 잘한 사람보다 덕망 있는 사람이란 것을 우리는 안다. 깊이 유념하여라.

P.S. '넷째의 3)' 남을 이해하는 방법에 대한 설명이 부족한 것 같은데, 예를 들면, 네가 이순신 장군을 이해하는 데는 한 번은 너 자신이 김홍걸이 아닌 이순신이 되어서 그가 겪는 역사를 체험해보고, 또 한 번은 김홍걸이 너 자신의 사상과 경험을 가지고 너 자신이 임진란 당시의 그의 자리에서 체험을 해보라는 것이다.

언제나 대학 입학 직후 써 보낸 글을 나의 종합적이고 기초적인 의견으로 참고하기 바란다.

1. 하느님의 선교

교회는 두 가지 사명을 수행해왔습니다. 선교와 전도입니다. 선교는 학교나 병원 등 사회사업에 나타난 바와 같이 교회의 밖을 향한 활동입니다. 그 대상은 반드시 신자일 필요는 없고 오직 하느님의 사랑으로 사회를 위해 봉사하는 것입니다.

전도는 안으로 끌어들이는 기독교의 전교傳敎사업이 될 것입니다. 전자는 사회 구원이 될 것이고 후자는 개인 구원이 될 것 같습니다.

그런데 교회는 오랫동안 전자를 태만히 해왔을 뿐 아니라 그나마 하느님의 그러한 사회 구원의 활동은 오직 교회를 통해서만 이루어지는 것으로 오만한 생각을 가져왔습니다. 그러나 뜻밖에도 하느님은 교회와는 상관없이 그의 선교활동을 꾸준히해왔다는 것이 오늘 20세기 신학자와 지도적 교회의 자성이 되어가고 있습니다.

예를 들면 교회가 노예제도에 대해서 무관심하고 심지어 이를 지지하고 있을 때, 근대의 계몽주의자·인도주의자·민주주의자들은 이 세상 모든 사람들은 다 같은 하느님의 아들이고 따라서 하늘이 준 인간의 권리를 양보할 수 없다는 것에 근거해서 노예제도의 폐지에 헌신함으로써 마침내 이를 쟁취했으며, 그 위대한 결실은 기독교를 믿건 안 믿건 세계 어디서나 비인간적인 노예제도를 폐지시켰습니다.

19세기와 20세기 초의 서구에서 근로자에 대한 기업주의 무자비한 수탈에 대해서 교회가 이를 외면하고 있을 때, 많은 개혁주의자들은 인간이 인간을 착취하는 데 반대하고 평생을 가난하고 힘없는 자의 편에서 싸우신 예수님의 정신을 받들어 오늘 같은 근로조건의 개선을 위해 투쟁해왔습니다.

인종차별 문제도 마찬가지이며 전쟁의 문제도 마찬가지입니다. 하느님은 결코 교회에만 의존하지 않고, 교회가 태만해서 하느님이 위탁한 사명을 소홀히 할 때는 하느님 스스로가 필요한 인간과 기구들을 동원해서 이 세상에 하느님의 나라를 실현하여 하느님의 자유와 정의와 평화가 이루어지도록 역사하고 계시다는 것입니다.

그러나 교회도 오랜 잠에서 깨어서 20세기 후반부터는 이러한 하느님의 선교에 적극 동참하는 입장을 취하기 시작했습니다. 1965년 제2차 바티칸공의회 이후의 가톨릭교회, 1966년의 제네바 회의 이후의 WCC 중심의 개신교의 태도는 바로 이를 증명하는 것이라 하겠습니다. 참 어이없는 이야기이지만 어떻게 보면 교회는 20세기에 들어와서 처음으로 예수님의 뜻과 초대교회의 모범을 받들기 시작했다고 볼 수 있습니다. 그러므로 이 시대에 살아서 교회의 바른 모습을 보면서 신앙생활을 하게 되는 우리는 참으로 행복한 것이라 생각합니다.

그러나 이러한 교회의 각성은 상부와 일부 뜻있는 교역자와 교인들의 새로 남에 불과하고, 대다수는 아직도 하느님의 선교를 외면하고 사회 속에서 고난과 유혹에서 마귀에게 시달리는 양(비교인은 물론 교인까지도)들을 외면하고 있습니다.

여기 청주에서 겪은 우리의 쓰라린 체험이 그 한 예가 아닙니까? 주님이 감옥에 갇혀 있는 사람을 나를 찾는 것으로 알고 찾아보라(마태복음 25:31 이하) 하셨는데 찾아보기는커녕 이쪽에서 찾아간 것조차 문전박대를 하니 말입니다. 사실 그 일이 내게 준 충격과 슬픔은 아주 컸습니다. 그것은 나를 위해서가 아니라 교회를 위해서, 아니 십자가에 못박히신 주님을 위해서 슬프고 안타까웠습니다. 아무리 교황께서 노심초사하고, 아무리 추기경님이나 몇몇 분들이 애써도 일선 교회가 움직이지 않으면 어찌 되겠습니까?

그러나 이미 적은 바와 같이 하느님은 교회의 협력 여부에 구속받지 않으십니다. 하느님은 어제도, 오늘도, 내일도, 이 사회가 진화와 완성을 이루어 주님이 재림하시는 오메가 포인트의 그날까지 선교의 손을 멈추지 않으실 것입니다. 그리하여 이 세상에는 하느님의 사랑 속에 자유와 정의와 평화가 날로날로 실현되어갈 것입니다. 비록 순간순간을 보면 악이 승리한 경우가 많습니다. 그러나 역사의 큰 흐름 속에서 보면 하느님은 계속해서 승리해왔고 앞으로도 그러실 것입니다.

우리는 믿음과 희망 속에서 하느님의 선교활동에 적극 동참해야 할 것입니다. 나의 오늘의 생활이 그리고 우리 가족 모두의 오늘의 고난이 이러한 동참의 조그마한 씨알이 되기를 간절히 빕니다.

2. 중국의 장래와 우리의 운명

중공의 제12차 전당대회의 소식은 간혹 집에서 오는 편지 속에서 단편적으로 얻어들을 뿐 자세한 것과 체계적인 정보를 모르므로 내가 이를 판단하기는 거의 불가능한 것 같습니다. 그러나 이 문제가 세계 특히 우리의 운명과 지대한 관계가 있는 만큼 약간 만용의 혐의를 무릅쓰고 이 글을 쓰게 되었습니다. 이것이 당신과 자식들에게 참고가 되기 바라며, 착오가 있으면 정정해주기를 바랍니다.

첫째, 등소평은 이번 대회에서 상당히 큰 승리를 얻은 것 같습니다. 그것은 채택된 당헌의 내용, 모택동에 대한 찬양의 제거, 근대화 노선의 확정, 개편된 인사의 내용, 등소평 자신이 차지한 위치 등으로 보아서 거의 결정적 승리를 굳힌 것 같습니다. 화국봉의 중앙위원 잔류, 진석련, 오덕의 복귀는 이를 모택동 세력의 뿌리로 보아야 하느냐 그들의 포섭으로 보아야 하느냐는 내막을 알지 않고는 무어라 말하기 힘들 것입니다. 그러나 설사 그것이 모 세력의 뿌리라 하더라도 앞에 지적한 등소평이 차지한 성과에 비추어 등의 결정적 위치를 흔들 만한 것은 못될 것으로 보입니다.

둘째로, 중공의 정치노선은 대내적으로는 영구 혁명노선의 포기, 대외적으로는 세계혁명을 위한 혁명 수출의 자제 아래 서방 경제대국들과의 협력으로 4대 근대화 노선의 추진, 그것을 위한 국내에서의 약간의 자유화를 통한 압박 완화, 대외적으로는 약간의 개방 등의 방향이 이번 대회로 굳혀지고 앞으로 나타날 사태같이 보입니다.

만일 중공이 방편으로나마 자유화와 개방의 길을 간다면 이의 미치는 영향이 클 것이며, 특히 북한에 대해서 상당한 영향을 줄 수도 있을 것 같습니다.

셋째, 중공의 근대화 목표는 20세기 말까지 경제적 선진국가의 대열에 끼는 것이라 하지만 그들의 참 내심은 21세기에 가서 미국과 소련을 앞서 문자 그대로 '중화대국'이 되는 것일 것입니다. 이것은 중국의 역사와 중국 사람의 의식구조에 비추어 능히 추측할 수 있는 말입니다. 그들은 근대화의 달성을 주로, 아니 전적으로 서방 산업국가에 의존해서 이루고자 하고 있습니다. 사실 그 외에는 의존할 데가 없습니다. 일본 하나만으로도 소련과 맞먹는 GNP의 실력을 가지고 있으니 중공이 어느 쪽에 의존할 것인가는 명백할 것입니다.

그러기 위해서 중공은 서방 세계의 경제적 지원을 받아들일 수 있는 태세, 즉 확실한 지불대책, 자유세계에 대한 상당한 정도의 문호개방, 국내에서의 서방자본 도입을 위한 제반 완화조치 등을 취해야 할 것입니다. 이러한 상황 여하에 따라서 서방국가의 경제적 협력의 정도가 결정될 것이며, 무엇보다도 중공이 소련과 어떠한 관계를 갖느냐가 큰 영향을 줄 것입니다.

넷째, 우리의 가장 큰 주목거리이며 걱정거리이기도 한 중공과 소련 관계의 장래에 대한 전망은 어떤 것인가에 대한 생각입니다.

약간의 유보조건을 두고 이야기한다면 중·소 간의 근본적인 화해나 접근은 나타나지 않으리라는 것입니다. 그 이유는 다양한데, 1) 중·소 양국 간의 역사적인 이해관계의 대립입니다. 중·소는 서로 각기의 긴

국경선의 반 정도를 접하고 오랜 적대와 러시아에 의한 침략이라는 쓰라린 역사적 상처를 가지고 있습니다. 지금 중공은 1858년의 아이훈 조약으로 러시아에게 빼앗긴 흑룡강 이북과 1860년의 북경조약으로 빼앗긴 영토(연해주)에 대한 반환 요구를 잠재적으로 유지하고 있습니다. 아무튼 국경선으로 마주한 중·소 양국의 상호 공포와 증오는 아주 뿌리가 깊습니다.

2) 공산주의 운동에 있어서의 헤게모니 문제입니다. 중·소는 공산주의 이론의 도그마에 의해서 자본주의 국가는 머지않아 멸망하는데 그렇게 되면 다음에는 중·소 중 어느 나라가 세계의 영도권을 장악할 것인가에 대한, 우리가 볼 때는 황당하기 짝이 없는 생각을 신념으로 가지고 있습니다. 이러한 점에서 중·소 양국 간의 증오는 일종의 근친증오와 같은, 심리학적으로는 아주 악성의 감정적 갈등인 것입니다.

3) 한편 설사 중공이 소련에 의존해서 근대화를 실현하려고 해도 지금의 소련의 경제적·기술적 능력으로는 만족할 만한 지원을 해줄 능력이 없습니다. 그뿐 아니라 중공은 일단 소련에 의한 근대화의 길을 택할 때에는 두 가지 조건, 즉 소련에 대한 전반적 예속과 장차의 헤게모니 경쟁을 포기하는 것을 전제로 해야만 합니다. 이는 도저히 승낙할 수 없는 일일 것입니다.

4) 그러므로 현재와 같이 서방과의 경제협력의 길이 열려 있는 한 소련과의 관계 개선을 모색한다는 것은 자연히 한계가 있을 것이며 근본적 접근은 없을 것입니다. 만일 근본적으로 접근할 때는 서방의 대중공 경제협력은 아주 어려워질 것이 자명한 것입니다. 그러므로 중공의 소련과의 관계에 있어서 취하는 일련의 제스처는 소련으로부터 오는 과중한 군사적 압력을 경감하고자 하는 의도와 레이건 정부의 대만정책에 대한 반발 내지 견제가 아닌지 모르겠습니다.

김대중이 수감되었던 1980년대의 청주교도소 전경

다섯째, 서방세계, 특히 미국과의 관계를 볼 때 레이건 행정부 이래 중공의 대미관계는 상당한 거리가 생긴 것 같으나 근본적인 것은 아닐 것입니다. 아무튼 중공은 그의 경제협력 관계를 미국 중심보다 미국, 일본, 서구의 3자로 균형 있고 경합적으로 다루려는 방향인 것 같습니다. 대소 공동전선 제의에 대한 미국의 회피, 대만에 대한 무기 판매, 미국의 서방세계에서의 정치적·경제적 주도권의 약화 등이 중공의 미국에 대한 태도를 상당히 냉각시켰고, 대소 화해 제스처를 취하게 하고 있는지도 모릅니다.

여섯째, 중공의 향배와 우리의 운명에 관한 문제입니다. 이 점은 현재뿐 아니라 장래를 생각할 때에도 아주 큰 관심을 가져야 할 것입니다. 기본적으로 중공이 서방에 의지해서 근대화를 추진하는 한 한반도에서 전쟁 재발을 원치 않을 것은 분명합니다. 그것은 전쟁이 재발할 경우 직접이건 간접이건 말려들어갈 가능성이 있고, 또 그런 상황 아래에서는 서방과의 순조로운 경제협력은 불가능하기 때문입니다.

작금 중공과 북한 간의 정상급 상호 방문이 있고 김일성이 북경에서 큰 환영을 받은 모양인데 이는 어느 정도 북한의 중공 접근이라고도 볼 수 있습니다. 그러나 북한 공산주의자들의 대남 무력통일의 야망이 포기되지 않는 한 북한에 대한 충분한 무기와 경제지원을 소련을 대신해서 할 능력이 중공에 없는 현재로서는 중공의 북한에의 영향력에는 한계가 있을 수밖에 없을 것입니다.

결론으로 말하면 중공은 한반도에서의 전쟁 재발을 원치 않는 것이 사실이나 북한에의 결정적 영향도 없는 것 같고, 북한도 약간 친중공적이나 그렇다고 소련과의 관계를 냉담하게 할 것 같지는 않습니다. 중공의 12전대회의 금후의 동향에 대해서 6.25의 쓰라린 체험과 지금도 판문점 군사회담장에 중공의 대표가 나오고 있는 현실을 생각하면서, 우리는 여러 가지 가능성을 놓고 지혜롭고 통찰력 있는 대책을 세워나가야 할 것입니다.

3. 근대화와 민주주의

이론적으로는 근대화(주로 경제적)가 반드시 민주주의와 병행되어야 할 필요는 없다고 할 수 있을 것입니다. 이 두 가지는 모두 영국민의 천재적 능력의 소산인데, 영국에서의 경험을 보면 이 둘은 서로 원인이 되고 결과가 되면서 발전해왔으며 모범적 성공을 보였습니다. 많은 나라들이 영국으로부터 이를 배워갔는데 그 타입이 두 가지로 갈라졌습니다. 즉 미국과 프랑스는 근대화와 민주주의를 다같이 받아들이고, 프러시아와 일본과 제정 러시아는 근대화만 받아들이고 민주주의는 거부했습니다. 그 결과 다같이 경제적 근대화는 성공했고, 러시아도 성공과정에 있었습니다. 그러나 이 나라들의 운명을 보면 미국과 프랑스는 여러 가지 난관 속에서도 대체적으로 국민적 통합을 유지하면서 큰 위험 없이 국가의 발전을 유지해갔습니다. 그러나 민주주의를 거부한 나라들은 안으로는 극도로 국민을 억압하고 밖으로는 침략전쟁에 시종하다가 러시아는 공산화되었고, 독일과 일본은 참담한 패전을 맛보게 되었습니다. 그렇게 된 이유는 통찰력을 가지고 검토해보면 너무도 자명합니다.

첫째, 영, 미, 불 등 민주국가들은 근대화 과정의 모순, 특히 노동자나 서민들의 불만이 자유로운 언론이나 정치제도를 통하여 그때그때 표출되어서 그것이 고질화되고 누적되기 전에 해결되는 길이 제도적으로 마련되어 있기 때문에 우리가 이 나라들의 역사에서 본 바와 같이 여러 차례의 위기를 아주 효율적으로 극복하는 데 성공한 것입니다.

둘째 반면에 러, 독, 일 등 민주주의를 거부한 나라들은 언론자유가 없기 때문에 국민의 불만이 여론으로 형성·반영될 길이 봉쇄되었고, 국민에 의한 정치가 아니기 때문에 잘못을 제도적으로 시정할 길이 없었습니다. 자본주의 경제는 그 장점과 더불어 모순을 내포하고 있으며, 특히 부의 불균형 분배는 필연적인 현상인데 이를 여론과 제도를 통하여 시정하는 길이 막힌 이상 국민 간의 불만과 부의 편재가 더욱더 가속화되어 가는 것은 필연적인 결과였습니다.

셋째, 이러한 사태에 직면하자 근대화 일변도의 나라들은 안으로는 애국주의와 부국강병을 고취하면서 국민의 반항을 억압하고, 밖으로는 국가의 위기와 생존권을 떠들어 국민의 불만을 대외적으로 배출해 갔습니다.

그중 근대화의 정도가 가장 불완전했던 러시아는 일찍 공산당 앞에 붕괴되고, 독일은 대프랑스전쟁·1차대전·2차대전 등을 치르는 중 두 번 패전을 하고, 일본은 청일전쟁·러일전쟁·중일전쟁·태평양전쟁까지 몰고 가다가 패망했습니다.

일·독 양국은 러시아혁명 후에는 주로 반공으로 대외침략을 정당화해왔는데 그러나 그들의 민주주의 없는 반공은 결국 동구 제국과 중국

대륙과 북한 땅에 공산주의의 지배를 초래한 것밖에 아무것도 내세울 것이 없었습니다.

넷째, 일·독 양국은 2차대전에서의 철저한 패망으로 타의에 의해서 민주주의를 받아들였습니다. 일·독 양국은 모든 식민지와 점령지를 잃고 독일은 그나마 국토까지 양단되었습니다. 그러나 민주주의 제도 아래에서 그들의 경제는 눈부신 성장을 거듭하여 이제 일본은 세계 제2의 경제대국, 독일은 서구 제일의 거인으로 성장해서 근대화의 정점에 도달했습니다. 참으로 아이러니컬하고 교훈적인 사실이라 아니할 수 없습니다. 그뿐 아니라 그들이 그토록 떠벌리던 반공도 이제야 비로소 실효를 나타내, 서독에서는 1차대전 후 그토록 대량으로 의회 진출에 성공하던 공산당이 단 한 석도 차지하지 못하고 있으며, 일본서도 공산당이 언제나 제4, 제5당의 열세를 벗어나지 못하고 있습니다.

다섯째, 일·독의 이러한 경제부흥과 반공의 성공을 따지고 보면 당연한 결과라 할 수 있을 것입니다.

1) 언론, 기타 국민의 기본자유가 보장되고 국민 참여의 정치가 이루어짐으로써 국민의 불만이나 욕구가 여론으로 자유롭게 형성되며, 제도적 장치를 통해서 정치적 해결을 보게 되었습니다.

2) 그 필연적인 결과로서 부의 공정분배와 복지국가의 이상이 실현되어왔습니다.

3) 부의 공정분배는 단순히 사회정의의 관점에서만이 아니라 분배된 부가 구매력으로서 두터운 시장을 형성함으로써 자본주의 경제발전의 핵심인 확대 재생산을 위한 기여를 아주 효과적으로 수행하고 있습니다.

4) 이리하여 마르크스가 자본주의 붕괴의 필연적 이유로서 지적한 생산과 소비의 부조화로 인한 유효한 자본순환의 좌절, 경쟁의 격심으

로 인한 이윤의 감소, 노동자의 계속된 궁핍화로 인한 혁명의 발발 등은 한낱 공상소설에 불과하게 되었으며, 이 나라들의 자유와 빵을 아울러 향유한 근로자와 국민 일반도 공산주의를 근본적으로 외면하게 된 것은 부인할 수 없는 사실입니다.

여섯째, 이제 우리는 제정 러시아와 독일과 일본의 실패의 역사에서 소극적 교훈을 배우고, 일본과 독일의 오늘의 성공에서 적극적인 교훈을 배워야 할 것입니다. 우리가 이것을 바로 배우면 우리는 국민의 행복과 국가의 안전하고 튼튼한 기반 위에서 승리의 미래를 내다볼 수 있을 것이며, 그렇지 않으면 불행의 전철을 면치 못할 위험이 큰 것입니다.

그런데 오늘의 비공산 세계를 보면 이러한 교훈을 배우지 않는 나라들이 너무도 많습니다. 중남미, 아시아, 아프리카의 대부분이 바로 눈앞의 역사적 교훈을 외면하고 있는 실정입니다. 더욱 안타까운 것은 미국이 자신의 근대화 과정에서 보인 모범적인 성공의 역사에 대해서 이를 신념으로 고수하는 데 열성이 부족하다는 사실입니다. 남이야 어떻건 공산주의자와 국토의 양분 가운데 대결하고 있는 우리는 이 절실한 역사의 교훈에서 불패와 승리의 길을 확립해야 할 것입니다.

4. 사색의 단편

● 양심에 충실하게 산다는 것은 성공적인 인생을 사는 유일한 길이다. 양심을 따라 사는 생만이 인생에 있어서의 성공의 진실한 가치를 보장하며, 설사 실패했다 하더라도 우리의 삶을 의미 있게 해준다. 양심에 입각한 삶은 현실적으로 성공하건 실패하건 하느님의 축복이 따르기 때문이다.

● 이기심과 탐욕은 가장 큰 죄악이다. 이기심은 자기를 우상화하고, 탐욕은 탐욕의 대상을 우상화한다.

● 민족주의는 민주적이어야 한다. 그래야만 대외적으로는 독립과 공존을 양립시킬 수 있고, 대내적으로는 통합과 다양성을 병행시킬 수 있다. 민주주의 없는 민족주의는 쇼비니즘과 국민 억압의 도구가 되기 쉽다.

● 가난이 두려운 것이 아니다. 가장 두려운 것은 가난한 자들이 자신의 가난을 억울하다고 생각하는 것이다. 그러한 사회는 아무리 물질적 성장이 있더라도 건강한 사회라 할 수 없다.

● 역사는 항시 우리에게 질문한다. 그대는 어디에 서 있으며, 과거로부터 무엇을 배웠으며, 현재 무엇에 공헌하고 있으며, 후손을 위해서 무엇을 남기려느냐고.

● 인간은 어떤 의미에서 누구나 위선자이다. 우리가 선을 행한 것은 그것이 나의 습관이 되었거나 감정이 즐거워서 행하는 경우는 적다. 이를 무릅쓰고 이성과 의지로써 행하는 것이다.

그러나 이러한 이기적인 동기에서가 아니라 반대로 이타적인 동기에서이기 때문에 이런 위선은 권장할 만한 것이다.

● 세상이 망하지 않는 이유─세상이 악한 것 같아도 결코 망하지 않는 이유는 무엇인가? 그것은 모든 인간의 마음속에 본인의 의식, 무의식간에 진리와 정의에의 갈망이 자리잡고 있기 때문이다. 이것이 바로 하늘의 뜻이다. 이런 내적 갈망은 계기와 때를 만나서 하나의 꺾을 수 없는 민심으로 폭발하여 악의 지배를 좌절시키고 만다. 역사를 보면 많은 창조적 선구자들이 고독하고 절망적인 것같이 보이는 투쟁을 전개한다. 그는 자기의 당대에 그의 노력이 결실을 보지 못할 수 있다는 것도 잘 안다. 민심이란 변덕이 많고 속기 쉽고, 이기적이며, 겁 많을 수 있다는 것도 잘 안다. 그러나 그는 백성은 결코 그들의 안에서 울려오는 진리와 정의에의 갈망의 소리를 오래 외면하지 못한다는 것도 잘 안다.

선구자의 신념에 찬 노력과 희생, 백성들의 진리와 정의에의 궁극적 추종, 이것이 이 세상을 망하지 않게 지탱하는 이유이다.

5. 난국의 타개

국가이건 단체이건 어떤 조직사회이건 지배측과 피지배측 사이에 대립이 있을 수 있다. 이러한 대립은 지배측이 종래에 발휘하던 창조적이고 발전적인 지도역량을 상실하였을 때 일어난다. 이러한 난국을 당하여 이를 해결하는 방안이 세 가지 있다.

첫째, 가장 좋은 방법은 지배측과 피지배측이 대화와 협의를 통하여 합의된 통일안을 발견하는 것이다. 여기에는 승자도 패자도 없고 무엇이 최선인가만이 문제이다. 이러한 합의가 이루어지면 그 사회는 다시 생명력을 회복해서 전진한다.

둘째는, 피지배측이 힘으로 지배측을 전복하고 진로를 개척하는 것이다. 이 경우 사태는 아주 유동적이고, 성장을 위한 재출발의 가능성도 불확실하다.

셋째, 가장 곤란한 것이 첫째, 둘째 어느 해결도 보지 못하고 양자가 끝없는 대결 자세 속에 말려 들어가는 것이다. 이러한 결과 그 사회는 종당에 파멸 이외에 직면할 것이 없다. 첫째의 예를 우리는 영국이나 미국에서 볼 수 있고, 둘째의 예를 프랑스와 러시아의 두 나라 혁명에서 볼 수 있다. 그리고 셋째의 예를 전전戰前의 독일이나 일본에서 볼 수 있다.

6. 경제발전과 인적자원

얼마 전 홍업이의 편지에 멕시코를 언급하여 기름이 나온다고 흥청거리다가 800억이 넘은 외채로 파산지경에 이른 사실을 들어 웃지 못할 난센스라고 하면서, 기름만 나온다고 무조건 좋아할 것도 아닌 것 같다고 지적한 글을 읽은 일이 있습니다.

요즈음 당신과 홍일이의 편지를 보아도 비단 멕시코만이 아니라 같은 산유국가인 베네수엘라도 그런 상태이고, 각종 자원이 넘치는 브라질도 경제위기에 있는 것을 알 수 있습니다. 자원이 아무리 풍부해도 이를 경제적으로 운영해나갈 인간적 자원이 없으면 결코 경제적 성공은 이룰 수 없다는 것을 우리는 목격하고 있는 셈입니다.

경제의 발전과 인적자원 및 자연자원의 3자간의 함수관계는 아주 교훈적입니다.

첫째, 경제적 자원이 아무리 풍부해도 이를 유능하고 청렴한 정부와 국민이 효과적으로 운영할 인간 개발이 되어 있지 않은 나라는 결코 성공적인 경제발전을 이룰 수가 없는 것이 역사의 교훈입니다. 중남미, 아시아(동남아), 아프리카의 여러나라에서 우리는 이런 예들을 무수히 봅니다.

둘째는, 자연자원은 부족해도 잘 개발된 인적자원이 풍부한 나라들은 눈부신 성과를 올리고 있습니다. 서구 각국, 일본 그리고 근자 신흥공업국가로 부상하고 있는 한국, 대만, 싱가포르, 홍콩 등인데 특히 싱가포르와 홍콩 같은 도시국가의 예는 아주 인상적입니다.

셋째는, 자연자원·인적자원 양자를 겸비한 나라인데 이것이 미국과 소련입니다(중공이 여기 끼고자 발돋움하고 있지요). 이렇게 보면 오늘날 미·소 양국이 세계의 패권을 다투는 것의 이유를 여기에서도 볼 수 있는 것 같습니다. 결국 이렇게 보면 우리나라가 앞으로 나아갈 길은 현재보다도 훨씬 고도로 개발된 인력의 확보를 위해서 더 한층 노력을 경주하는 길이라는 것을 다시 확인하게 됩니다.

형제, 친척들, 모든 벗들에게 안부 전합니다. 나를 위해 걱정하고 기도해주신 분들께도 감사를 드립니다. 안녕히 계십시오.

책

메이야르 신부의 다음 책을 영어본과 일어 번역본 두 가지 중 있는 대로 구해주기 바랍니다. 영어본은 New York의 Harperrow사가 출판했습니다.

1) The Divine Milieu (1960)

2) Letters From a Traveller (1962)

3) The Future of Man (1964)

4) Hymn of the Universe (1965)

5) The Phenomenon of Man (1959)

6) The Appearance of Man (1965)

7) The Making of a Mind (1965)

8) Man's Place in Nature (1966)

9) The Vision of the Past (1967)

10) Writings in Time of War (1968)

1982년 11월 2일

한반도의 평화와 4대국

존경하고 사랑하는 당신에게(그리고 사랑하는 자식들에게)

이제는 날씨가 겨울을 향해 한발 한발 다가들어 가는 것 같습니다. 금년 겨울이 금세기 최대의 추위가 될 가능성이 크다 하니 지금부터 걱정이 됩니다. 지난 25일날은 상강霜降 다음날인데 몹시 기온이 내려 갔습니다.

화단에 나가 보니 국화를 빼놓고는 모조리 결단이 나버려서 몹시 가슴이 아팠습니다. 페추니아, 천일홍, 접시꽃, 황색 코스모스, 바스락, 맨드라미, 사르비아 등 정성을 다해서 가꾸어, 다른 화단의 꽃보다 1개월 이상이나 더 유지시켰는데 하루아침 모진 서리로 끝나고 말았습니다.

꽃들의 처참한 모습을 볼 때 마치 사랑하는 이의 최후를 보는 것같이 적막한 슬픔의 정을 느끼게 되었습니다. 인간은 무엇인가에 정을 주기 마련이고, 정을 주면 어느 땐가 이별의 슬픔을 맛보아야 한다는 것을 새삼 되느끼곤 하였습니다.

어제 면회 때 잠깐 이야기한 대로 지난 22일 밤부터 체증이 심해서 2~3일간은 몹시 고통당했습니다. 흉부 앞뒤가 잡아당기는 것같이 아파서 신음했는데 다행히 교도소 당국에서 외부 전문의까지 초빙해서 치료해주어서 아직도 죽을 먹는 처지이지만 지금은 많이 편해졌습니다. 그래서 10월분 편지를 달을 넘겨서 쓰게 된 것입니다.

몸이 아프니까 집 생각이 더욱 간절하고 당신이라도 옆에 있어서 간호해 주었으면 더 바랄 것이 없겠다는 생각이 무시로 나곤 했습니다.

　병상에 누워서 링겔 주사의 바늘을 팔에 꽂고 있는 지루한 시간 속에서 나의 인생에 대해서 이것저것 생각하고 자문자답하고 했습니다.

　─도대체 내 인생이란 무엇인가?

　일생을 두고 수난만 되풀이되고 남들처럼 마음 놓고 가족과 같이 단란한 생활 한번 못해본 채 이 나이가 되었으니 이러고도 산 것이라 할 수 있을까?

　─그렇다고 안락하게 사는 것만이 행복의 길도 아니지 않는가? 우리가 보는 그러한 사람들이 과연 행복했다고 스스로 자신할 사람이 몇이나 있을까? 그들은 자기 인생을 생각할 때 안일만 택하다가 오히려 의미 없는 일생을 보내고 말았다고 후회할 것이다.

　─그렇지만 그것도 정도 문제이다. 나같이 일생을 빈곤과 고통 속에서 보내며 죽음과 수난이 연속된 인생이라서야 어찌 인생의 의미를 회의하지 않을 수 있을 것인가?

　─그렇다면 지금까지 살아온 인생을 후회한다는 말인가? 국민을 위해, 나의 양심을 위해 성실하게 살아보겠다고 살아온 인생, 우리의 후손에게만은 우리가 살아온 서러운 세월을 유산으로 주지 않겠다는 나의 삶을 후회하는가?

　─후회한다고는 말하지 않겠다. 그러나 언젠가 홍업이가 말한 대로 나만 혼자 이렇게 수난의 일생을 보내야 한다는 것은 지나치다는 말이

다. 어디 내 개인의 수난뿐인가? 가족은 물론 얼마나 많은 형제·친척·친지들이 나로 인하여 희생되었는지, 그들을 생각할 때마다 얼마나 가슴이 아픈지 말로 표현할 수가 없다. 세상에 남이 나로 인하여 입는 고통을 하릴없이 보고 있는 것같이 괴로운 일도 없다. 그뿐인가? 일생을 살아오는 동안 얼마나 많은 사람의 은혜를 입었는지. 개인의 은혜, 인제와 목포 등 선거구민의 은혜, 국민의 은혜 등 어느 하나도 보답을 못하고 말았으니 언제나 마음만 안타까울 뿐이다.

이렇게 고난의 일생을 사는 가운데 남에게 본의 아닌 피해를 입히고, 남의 은혜를 갚지도 못하면서, 그렇다고 나의 조그마한 포부나마 펴볼 기회조차 한 번도 갖지 못하고 말았으니 이런 점에서도 나의 인생이란 무슨 가치가 있는 것인가 하는 생각이 든다.

─사실 우리는 인생에 대해서 회의적으로 될 때가 많다. 도대체 고난의 의미가 무엇인가? 자기가 저지른 죄에 대한 징벌인가? 그렇다면 왜 세상에서 악한 자가 성하고, 선한 자가 좌절되는 수없는 예증을 우리는 보게 되는가?

적어도 동양에서만은 역사의 아버지라 할 수 있는 사마천司馬遷도 그의 《사기열전史記列傳》의 백이·숙제 편에서 이 문제를 정식으로 제기하고 있다. '세상에는 천도가 있다 한다. 그러나 백이·숙제 같은 의인은 수양산에서 굶어 죽었다. 공자가 가장 촉망한 제자 안회顔回도 굶어 죽었는데 먹을 것이 없어 영양실조로 죽었다. 반면에 도척盜跖이 같은 극악무도한 자는 부유한 가운데 천수를 다 누렸다. 이런 극단적인 예가 아니라도 우리는 악인이 잘되고 선인이 망하는 예를 우리 주변에서 무수히 본다. 과연 천도가 있는가 없는가?' 이런 요지이다.

그가 친구를 위해 정당한 변호를 하다가 한의 무제의 노여움을 사서 남자로서는 죽느니만 못한 궁형宮刑까지 당한 선인수난善人受難의 표본 같은 존재임을 생각할 때 그의 '천도가 있는가 없는가'하는 절규는 더욱 생생하게 우리의 가슴을 친다.

　―나도 그 문제를 많이 생각했어. 사실 왜 선인이 패배하고 악인이 잘되느냐 하는 문제는 인간의 종교와 윤리의 역사상 풀지 못한 오랜 숙제이지. 그러나 한 가지 분명한 것은 수난이 자기 자신에 대한 징벌이요, 성공이 선행의 보상이라는 논리로써는 절대로 그 숙제를 풀 수가 없다고 본다. 이 점에 대해서 참고가 되는 두 가지 견해가 있어. 하나는 도스토예프스키의 생각인데 그는 《카라마조프의 형제들》에서 드미트리 카라마조프가 자기의 아버지를 죽였다는 누명을 쓰고 결국 억울한 유죄 판결을 받을 때, 그가 수많은 마음의 갈등과 고뇌와 분노를 넘어서 깨달은 것이지.

　즉 드미트리의 깨달음은 이런 거야. '나는 억울하다. 그런데 왜 나는 시베리아 유형이라는 고난을 겪어야 하는가? 이것은 내가 과거에 지었던 수많은 죄, 내 아버지의 온갖 추잡한 죄는 물론 러시아 민족의 죄까지 내가 짊어지는 것이다. 인간의 수난은 인간이 공동체와 일원인 이상 자기의 죄 때문에만이 아니라 공동체의 성원들의 죄 때문에도 피할 수 없고 피해서도 안된다'는, 이런 의미의 깨달음을 통해 그는 유죄 판결을 달게 받는데, 그 깨달음으로 인해서 그는 구원을 받는 거야.

　―도스토예프스키의 생각은 참으로 위대한 깨달음인 것 같다. 사실 우리만 하더라도 그래. 멀리는 그만두더라도 조선왕조가 일본 침략자 앞에 망할 때 이 나라를 망국의 길로 이끈 자의 죄, 방관하며 비겁한 협력을 한 조상들의 죄를 지금의 우리가 모면할 수가 있을까? 일제로부

터의 해방이 우리 스스로의 힘으로가 아님은 물론 얼마나 많은 친일파들이 들끓었는가를 생각해보자. 해방 후, 과연 친일파가 징죄되고 애국자가 등장하는 민족의 정기가 바로 섰는가? 이런 민족 정통성의 역전에 대한 죄는 그후 이 나라의 모든 분야를 짓누르는 카르마Karma(業報)가 되어 있다.

양심, 정의, 애국 등을 하나의 공허한 구호로 만들고, 실상은 사악하고 이기적인 동기에서 수단과 방법을 가리지 않는 자들이 판을 치게만든 것이다. 어찌 우리가 이러한 모든 죄에 대한 징벌을 모면할 수 있을 것인가? 달게 받아야지. 아무튼 우리가 그래도 이 정도나마 유지된것은 6.25와 4.19에서 우리 청년들이 자유와 정의를 위해서 희생한 대가라고 생각해. 그런데 아까 또 하나의 견해란 무엇이지?

—그것은 메이야르 드 샤르뎅 신부의 견해야, 메이야르 드 샤르뎅신부의 생각을 요점만 이야기하면 이렇지.

'이 세상의 악과 인간의 고난은 이 세상의 불완전성에서 오는 불가피한 현실이다. 이 세상은 지구가 생긴 수십억 년 이래 계속 복잡화와의식화의 방향으로 진화해왔으며 또 진화하고 있다. 이 진화의 한가운데 예수가 왔으며, 완성의 종점Ωoint에 예수가 있어서 수렴收斂한다, 그러므로 우리는 불완전에서 완전으로, 죄와 고난의 기능성의 세계로부터 종말의 천국을 향해서 나아가고 있는 것이다.

우리가 고난을 무릅쓰고 이 세상의 완전함을 위해 노력하는 것은 하느님의 큰 역사에 동참하는 아주 큰 뜻이 있는 것이다.

인간의 역사는 큰 눈으로 볼 때에는 아직도 많은 죄와 고난이 남아있음에도 불구하고 보다 정의롭고 보다 살기 좋은 방향으로 전진하고있는 것이 사실이다. 그러므로 우리는 과거에 비추어 이러한 진화가 정신적으로 물질적으로 이루어지리라는 데 의심할 이유가 없다. 이는 단순한 신학의 논리가 아니라 과학의 증명이기도 하다. 그러므로 우리는 미래에 대한 믿음과 희망 속에 조용하고 평화로운 마음으로 모든 악과 고난을 받아들이고 또 이를 극복하도록 노력해야 한다.

우리가 고난에 처했을 때에도 찾기만 하면 하느님은 반드시 우리에게 구원의 가능성을 열어주신다.'

나는 메이야르 신부의 생각에서 참 많은 구원을 받았다고 생각해. 지구의 연령 수십억 년 동안 단순한 박테리아로부터 식물이 생기고, 바다의 생물이 생기고, 그것이 육지로 올라와서 육상동물이 생기고, 마침내 약 200만 년 전에 인간이 탄생하기까지의 진화 그리고 인간과 모든 만물(유기물. 무기물 다같이)의 계속된 진화를 생각할 때, 또는 인간이 역사 이래로 범해온 수많은 죄악, 노예제, 인종차별, 인간착취 등으로부터 차츰 해방되고 인간의 권리가 계속 강조되어온 것을 볼 때, 수많은 전염병이 근절 또는 현저히 감소되고 기아와 병고가 크게 퇴치되는 등의 사실을 직시할 때, 우리는 하느님이 역사 안에서의 계심과 부단히 일하심을 신앙으로서만이 아니라 과학으로서도 믿을 수 있다고 생각해.

—그러니 자기에게 소명감을 느끼는 사람은 인간의 장래를 비추는 밝은 미래에 대한 신념과 자기가 참여하는 전진에의 대열의 의미를 기쁘게 받아들이면서 수난을 불가피하면서 또 필요한 진화의 과정으로 받아 들여야 할 것 같아.

결국 모든 것을 따지고 분석하더라도 인간은 자기 양심에 떳떳하고 자기의 인생이 사회와 역사를 위해서 의미 있는 것이었다는 것을 믿을 수 있는 사람만이 진정으로 행복한 사람인 것 같아.

—결국 종말 완성의 그날까지 예수의 말씀대로 '이 세상에 죄가 없을 수 없겠지만' 우리는 양심의 명령에 순종하고 하느님과 항시 동행하면서 죄와 싸워 나아가야 할 것이야. 이 세상의 개선과 진화를 위한 소명을 느낀 자는 먼저 이기적인 자기에 대한 철저한 부정을 하고 악과 싸우며 진보에 공헌하도록 해야 할 거야.

우리는 우리의 역사에서도 이러한 자기 부정 속에서 이 민족의 빛이 되는 자기 현현顯現을 한 분들을 많이 보지 않는가? 사육신, 이순신, 전봉준 등 세계 역사 어디에다 내놔도 자랑스러운 우리의 모범들이다.

그러나 뭐래도 가장 철저한 자기 부정과 현현을 성취한 분은 예수 그리스도인 것은 말할 것도 없지. 결국 고난이 인간의 불가피한 운명이라면 그리고 고난을 받아들이고 극복하는 것이 역사에의 공헌과 자기 현현의 진정한 길이라면 자기 인생을 의미 있게 살려는 자는 고난의 세례를 피해서는 안 된다는 것이 되겠구면.

1. 4대국과 한반도의 평화

최근 집에서 온 편지로 소련의 고관이 우리나라를 다녀갔다는 이야기에 큰 관심을 갖게 되었습니다. 아직 어떠한 결론도 내리기는 빠르지만 우리나라와 소련 사이에 대화의 통로가 열린다면 이는 매우 주목하고 적극적으로 평가할 만한 일이라고 생각합니다.

우리가 완전한 통일에 이르기까지는 국제정세나 남북 관계로 보아 참으로 요원한 감이 있습니다. 그러나 그 이전에 남북의 평화적 공존과 상호 협력은 통일의 전제로서는 물론 동족상잔의 비극과 무거운 군사 부담을 덜기 위해서도 적극적으로 추구되어야 할 것입니다.

지난번 정부의 외교 책임자도 런던에서 연설했다지만 한반도의 평화와 남북문제의 순조로운 해결을 위해서는 남·북 쌍방의 성의 있는 태도 못지않게 4대국의 협력이 필요 불가결할 것입니다. 그런 의미에서 우리와 단절상태에 있는 중·소 두 나라와의 통로가 열리기를 우리는 진심으로 인내성 있게 바라고 여러 각도로 노력해야 할 것입니다.

결국 제1단계 목표는 남·북 간의 확고한 평화체제의 확립, 남·북에 대한 4대국의 교차승인交叉承認, 남·북의 유엔 가입 등이 될 것입니다. 그러기 위해서는 남한에서의 민주정치와 국민경제의 튼튼한 발전을 통해서 북한이나 중·소 양국으로 하여금 평화적 공존 외에는 방법이 없다는 것을 실감하게 만들어야 합니다. 남한 내의 진정한 단합과 번영이야말로 전쟁 억제와 평화에의 길이라는 것은 아무리 강조해도 과함이 없다 할 것입니다.

이러한 토대를 불가결의 전제조건으로 하면서 우리는 4대국에 의한 평화협력 문제의 추진을 다음과 같이 생각해보아야 할 것이라고 믿습니다.

첫째, 기본적으로 미·일, 특히 미국과의 충분한 협의와 협력 아래 모든 것이 추진되어야 할 것입니다. 어떠한 민족주의적 감상도 배제하면서 동시에 우리 민족의 이익을 위해 미·일과의 긴밀한 협력이 요청되는 것이라는 점을 분명히 인식해야 할 것입니다.

둘째는, 상황의 진전에 따라 중국이나 소련과의 접촉의 선후, 또는 체육·학술 등 내용의 차이는 있다하더라도 중·소를 동등한 위치에서 대한다는 기본자세에는 언제나 흔들림이 없음은 물론 오해도 없도록 힘써야 할 것입니다.

만일 그런 방향으로 나아가지 않는다면 결코 우리의 안전이나 이익에 도움이 안 됨은 물론 잘못되면 큰 낭패를 보게 될 것입니다.

셋째, 4대국 관계의 추진에는 당사국인 4대국뿐 아니라 유럽 제국 등 영향력 있는 우방 또는 중립국가들의 성원을 얻도록 힘써야 할 것입니다. 세계 여론의 대세는 남·북의 평화적 공존, 세계 각국의 남·북에 대한 동시 외교 관계의 수립, 남북의 유엔 가입을 지지하고 있는 것으로 판단됩니다.

다만 북한이 남한에 대한 적화의 가능성에 대한 그릇된 망상과 미련을 버리지 못하고, 이것이 중·소를 견제하기 때문에 일이 제대로 풀려나가지 않는 것으로 봅니다. 다시 한 번 대한민국 내에서의 국민의 화해와 민주적 단결이 아주 중요하다는 점을 역설하고 싶습니다.

우리나라가 남·북으로 분단되어 있으며 북은 중·소와 동맹 관계에 있고, 남은 미·일과 동맹 또는 준동맹 관계에 있다는 사실 그리고 무엇보다도 한반도가 4대국에 의해서 둘러싸여 있으며 각기의 이해 대상의 지점이라는 지정학적, 역사적 사실로 해서 우리는 운명적으로 4대 국과의 관계를 중시하지 않을 수 없습니다.

그뿐 아니라 한국이 세계 150개 국가 중 인구로 보아 20대 이내의 대국인데도 아직 유엔에도 가입하지 못하고 세계 많은 나라와의 외교 관계도 수립하지 못한 불합리한 현실도 4대국과의 관계에서부터 실마리를 풀지 않으면 절대 불가능하다 할 것입니다.

그리고 우리의 민족적 염원인 남·북의 통일도 역시 4대국의 협력이 불가결의 요건임은 더 말할 여지가 없습니다. 원컨, 원치 않건 우리는 우리의 국운과 4대국과의 불가분의 함수관계를 언제나 명심해야 할 것입니다.

71년에 내가 4대국에 의한 평화협력 추진을 주장했을 때 '우리의 안보를 남에게 의존하려는 사대주의적인 사고방식'이라고 비난받았으며, 72년의 7.4공동성명 직후에 남북의 동시 유엔 가입과 동시 외교를 주장했을 때도 그 당시 정부로부터 '말도 안 되는 소리'라고 일축당한 일이 있지만, 그 후의 방향은 모두 그러한 방향으로 나아가게 된 것을 우리는 다 알고 있습니다.

이 두 가지 문제에 대해 우리의 생존과 안전을 위해서 국민적 큰 관심을 가지고 계속 노력하며, 국정을 이의 실현을 위해서 조정·강화해 나가야 할 것입니다.

2. 어떤 인물에 대한 추모

기본적으로 볼 때 인물은 역사의 산물이지 인물이 역사의 기축을 좌우하지는 못합니다. 그러나 선·악간의 큰 인물은 역사에 지울 수 없는 발자취를 남겨 많은 사람의 운명에 결정적 영향을 줍니다. 그 중에서도 그 인물이 역사의 가는 방향과 발을 맞추며 백성의 운명에 이해와 애정으로 대한 사람은 시대를 초월해서 모든 사람의 존경과 사모를 받게 됩니다.

여기 적은 정鄭나라의 자산子産이란 사람이 바로 그런 사람인데 그는 지금부터 2500년 전 공자 시대의 인물인데 오늘날 동·서양의 역사가들로부터 비단 과거의 위인으로서가 아니라 현대적 의미의 위인으로서도 높이 평가되고 있습니다. 토인비도 《역사의 연구》에서 자산을 높이 평가하고 있습니다. 자산(성은 공손公孫, 이름은 교僑)은 기원전 6세기 중엽의 정나라라는 소국의 재상이었습니다. 그는 공자가 정나라를 방문했을 때 다정한 벗으로서 사귀었으며 후에 공자도 그를 칭찬하고 있습니다.

그는 정나라의 재상으로서 언제나 정나라를 연중행사같이 괴롭혀온 북의 진晉, 남의 초楚를 능란한 외교로써 견제하며 정나라를 주周 왕실을 위한 완충지대로 만듦으로써 평화의 기반을 튼튼히 굳혔습니다. 그러나 자산이 약육강식을 상례로 하는 두 강국을 단순한 외교만 가지고 견제한 것은 아닙니다. 그러한 외교의 기반으로서 튼튼한 내치가 있었으며 특히 국민의 자발적 지지를 얻는 성공적인 국내 통치의 솜씨를 보여주었습니다.

즉 그는 귀족 간의 대립 분쟁을 조정하여 정국의 안정을 기하고 나아가 백성을 위해 공정한 법치주의를 확립하고 세제와 토지제도를 개혁하여 귀족과 탐관오리에 시달리는 백성의 입장을 개선하는 국정의 개혁을 단행했습니다.

그의 정치의 윤리는 인륜人倫을 존중하고 정의를 확립한다는 데 있었으며 특기할 것은 미신을 철저히 배격하는 태도를 보여주었다는 것입니다. 백성 위주의 정치, 제도의 합리적 개혁, 법치주의, 정의 추구, 미신 배격—이러한 정치인을 2500년 전의 인물이라고 상상하기는 어려운 일입니다.

그러나 우리를 더욱 놀라게 한 것은 언론자유에 대한 그의 태도입니다. 내가 여기 굳이 2500년 전의 남의 나라 사람을 하나의 사모의 대상으로 기록하는 이유도 여기 있습니다. 이야기는 이런 것입니다.

자산 당시 정나라에서는 마을마다 학교 건물이 있었는데 농민들은 농사일이 끝나면 밤에는 여기 모여서 여러 가지 세상 이야기를 하는 중 때로는 정부의 하는 일을 비판도 하고 했다는 것입니다. 그러자 자산의 부하가 자산에게 "백성들이 학교 건물을 사용하지 못하도록 해야겠습니다. 쓸데없이 모여서 정부가 하는 일이나 비방하고 하니 안 되겠습니다. 그러다는 사회불안을 조성할 것 같습니다"라고 했습니다. 어느 시대에나 있는 소인배의 얕은 지혜요, 관료주의적 민불신民不信의 사고입니다. 그러자 자산이 대답하기를 "백성의 언론을 막는 것은 사회 불안을 막는 길이 아니라 오히려 조장하는 길이 된다. 백성은 자기 하고 싶은 말을 공개적으로 해버리면 그 불만이 내면적으로 쌓이지는 않는다. 그러나 불만으로 토로할 길마저 막으면 안으로 축적되었다가 어느 땐가 한꺼번에 터지면 수습할 수 없는 큰 사회불안이 된다. 그러니 불만이 있으면 그때그때 말하도록 하는 것이 좋다. 그뿐 아니라 백성의 그러한 불만의 토로는 정부로서도 아주 유익하다. 그들이 자유롭게 말하는 것을 우리가 귀담아 들으면 무엇이 불만이고 무엇을 원하는지 사실대로 알 수 있기 때문에 얼마나 정치하기가 편한가? 그런데 지금 만일 백성의 언론자유를 막아버리면 정부는 귀머거리가 되고 백성은 원한과 불만으로 가득 차서 들고 일어설 기회만 노리게 될 것이니 얼마나 위험한가? 절대로 학교에 모이는 것을 금할 일이 아니다"라고 했다는 것입니다.

정나라 자산의 언론에 대한 태도를 그것이 언론자유를 백성의 기본 인권으로서 존중한 민주주의적인 이념의 표현이라고는 물론 할 수 없습니다. 그러나 그 당시 백성은 가축같이 취급하고 노예제의 농경이 성행하고 있던 시대에 이러한 정도의 생각은 참으로 특기할 만한 뛰어난 사상이라고 할 것입니다.

오늘날도 이 정도나마의 언론자유에 대한 생각조차 미치지 못한 사람이 세계 각국의 통치자 중에 얼마나 많습니까? 자산이 만일 조선왕조 말기에 이 나라에 나타난 재상이었다 하더라도 그의 이미 지적한 여러 가지 정책과 언론에 대한 태도는 가장 개명된 명재상의 그것이라는 칭송을 받았을 것입니다. 탐욕과 포악과 반동성에 찬 지배자들이 역사의 장을 횡행천하하는 것을 예사로 아는 역사를 읽다가도, 이와 같이 백성을 위해 그 시대 나름으로 정의와 진보를 추구했으며 그 사상의 참 신성이 긴 세월의 거리를 뛰어넘고서 우리에게 공감을 주는 지도자를 만날 때 새삼스러운 삶의 보람을 느끼면서 인류가 절멸하지 않고 유지되어온 한 이유를 실감하게 됩니다.

3. 한국 경제문제에 대한 관견

우리 경제는 70년대의 정책결정에 있어서의 착오로 인한 후유증을 아직도 벗어나지 못하고 있는 것 같습니다. 새로운 경제정책을 수립하는 데 있어서 가장 중요한 것은 자유경제의 원리를 준수하는 기본자세를 견지해야 한다는 것입니다. 각국의 특수 사정에 따라 그 수단은 많은 차이가 있을 수 있지만 원리가 뒤바뀔 수는 없는 것입니다.

70년대의 경제정책의 과오는 이 원리를 무시하고 지나친 성장 추구와 수출에 열중하면서 기업의 체질을 특권 의존으로 취약화시킨 데 있다고 보아야 할 것입니다. 기하학과 같이 경제에도 왕도는 없습니다. 착실한 정도의 추구가 가장 안전하고 지속적인 발전의 길이라는 것을 깨달아야 할 것입니다.

우리는 이제부터라도 굳은 결심을 가지고 추구해야 할 원칙은 다음과 같은 것일 거라고 믿습니다.

1) 3자 균형의 경제

무엇보다도 성장과 안정과 분배의 3자를 균형 있게 추진하는 정책을 추구해야 합니다.

70년대가 성장을 위해서 나머지 두 개를 희생시키는 정책을 계속하다가 이제 성장마저 위태로운 지경에 이른 것입니다. 이 3자는 서로 상충되기 때문에 마魔의 삼각관계라고도 하지만 일방 건전한 경제발전을 위해서는 반드시 3자 균형이 이루어져야 하는 상호 보완의 관계이기도 합니다.

성장을 지속적으로 이루려면 물가의 안정이 절대조건이며, 분배를 의롭게 해서 근로자의 생산의욕을 고취시켜야 하고 구매력도 향상시켜야 합니다. 안정은 재화의 적절한 생산 공급 없이는 안 되며 분배의

적정성이 있어야 물가를 지나친 폭락으로부터 막을 수 있습니다. 분배의 향상도 성장 경제 속에서만 기대할 수 있으며 물가의 안정 없이는 모처럼의 소득도 인플레이션의 밥이 되고 맙니다.

GNP의 높은 성장률이 그 자체만으로 바람직한 것은 아니고 이 3자의 균형 속에서만 바람직하고 국민경제의 건전한 발전을 위해 의미가 있는 것입니다.

2) 기업인企業人의 윤리倫理

자유경제의 유지 발전을 위해서는 기업인의 높은 기업윤리가 필수 불가결함은 선진 각국의 경제사가 이를 충분히 증명하고 있습니다.

얼마 전에 유한양행의 작고한 경영자가 그의 유산을 사회에 환원했다고 해서 기업인의 표본같이 찬양된 일이 있습니다. 이는 그분의 고매한 개인적 정신의 표시로서 찬양해서 마땅하지만 그것을 기업인의 윤리로서 강조하는 데는 문제가 있는 것입니다.

진정한 기업인의 윤리는 어디까지나 경제적인 윤리이지 그러한 개인적인 윤리는 아닌 것입니다. 자유경제하의 기업인의 윤리란 첫째, 기업인은 자유경제에 대한 신앙과 그의 수호자로서의 자부와 사명에 차 있어서 의욕과 창의와 모험심에 차 있는 인간상의 형성에 노력해야 할 것입니다.

둘째, 기업인은 양질의 상품을 염가로 생산해서 소비자에게 공급할 절대적인 책임이 있다는 자각에 투철해야 합니다.

셋째, 근로자에 대한 정당한 보수, 즉 생산성 향상에 병행하는 보수를 지불하는 것을 당연한 의무로 받아들여야 할 것입니다.

넷째, 기업에서 나오는 이윤을 그대로 기업의 확대에 재투자해서 새로운 고용의 창출과 생산증가에 기여하는 것입니다.

다섯째, 기업운영의 생명은 생산성의 향상입니다. 이는 기업의 최우선의 목표가 되어야 합니다. 경영의 합리화, 기술의 혁신 그리고 노동의 자본 장비율의 향상 등 온갖 노력을 다해야 합니다. 기업의 발전이나 이윤의 향상은 오직 생산성의 향상만이 그 원천이 되어야 한다는 신념에 기업인은 투철해야 합니다.

여섯째, 슘페터가 지적한 것같이 기업이 생산성의 향상을 통해서 양질의 상품을 염가로 제공함으로써 시장을 독점하는 것은 반드시 나쁜 것도 아니고 자유경제 발전에 불가피한 현상이기도 합니다. 그러나 문제는 기업이 권력이나 재력을 악용하여 약자를 흡수·합병하여 시장을 독점해서 소비자에게 질 나쁜 물건을 비싸게 사도록 강요하는 비경쟁적 독점인데 기업은 이러한 유혹을 엄격히 배제해야 할 것입니다.

일곱째, 기술의 발전과 시장의 세계적 광역화로 기업은 날로 거대화하여 이제는 하나의 사기업이라기보다는 사회적 기관이 되어가고 있습니다. 그러므로 기업인은 국민경제의 성쇠, 물가의 안정, 고용의 유지, 공해의 방지, 자원의 보존 등 기업의 사회적 책임을 지려는 결의가 필요하게 된 것입니다.

이러한 것들이 기업인이 지켜야 할 윤리의 범주가 아닌가 생각합니다. 우리나라와 같이, 자유경제의 안티테제를 신봉하는 공산주의 체제가 국토의 반을 지배하는 나라에서 기업인의 사명과 기업윤리의 중요성은 다른 어느 나라보다 크다함은 의심의 여지가 없다 할 것입니다.

그런데 만일 우리나라의 기업인의 윤리상태가 첫째, 자유경제의 기수로서보다는 수단 방법을 가리지 않는 이권 추구의 화신이 되어 있다면, 둘째, 소비자에 대한 서비스보다는 수출품보다 질 나쁘고 값비싼 물건을 뒤집어씌우는 것을 상습으로 하고 있다면, 셋째, 근로자에의 정당한 분배를 거부하고 최소한의 생활급조차 기피하고 있다면, 넷째, 소득의 재투자보다는 사치·낭비·재산도피 등에 이를 돌리고 있다면, 다섯째, 생산성의 향상을 통한 것이 아니라 권력과의 결탁, 인플레이션의 이득 독점 등을 통해서 기업의 비대를 꾀하고 있다면, 여섯째, 생산성 향상의 결과로서가 아니라 비경쟁적이고 인위적인 방법에 의해서 국민 경제가 소수 기업인에 의해서 독점되어 중소기업을 도산으로 몰고 소비자의 희생을 강요한다면, 일곱째, 기업이 사회적 책임을 등한히 하고 국토의 황폐나 공해의 남발을 서슴지 않는다면 과연 어떻게 될 것인가요?

기업은 국민의 신임보다는 비난의 대상이 될 것이며 공산주의에 대해서 자유경제의 우월성을 증명하는 챔피언이 아니라 그들의 주장의 정당성을 실증해주고 승리를 보장해주는 본의 아닌 역효과를 초래하는 무서운 책임의 감당자가 되어야 하지 않을까요?

정치도 사람이 하고 경제도 사람이 합니다. 자유경제의 주인은 기업입니다. 우리는 기업인에게 사회사업가가 되라고 요구하지 않습니다. 그러나 자유경제의 윤리에 대한 철저한 신봉자가 될 것을 강력히 촉구하는 것입니다.

3) 창의創意와 생산성生産性의 향상向上

70년대 경제정책의 과오는 무엇보다도 창의와 생산성 향상을 등한시한 것입니다. 60년대에 우리는 경제발전의 상당한 국면을 보였습니다. 그러나 이것은 우리 경제의 내재적 실력에 의한 것이 아니라 마치 산유국들이 지하에 있는 석유를 캐서 수출한 것같이 하나의 잉여자원인 저렴하고 무진장한 노동력을 활용한 잉여자원 수출의 단순경제의 성과에 불과했던 것입니다.

그 당시 우리는 막대한 실업자를 안고 인력은 상대적으로 무한히 있는 일종의 자유재(공기나 물같이)였습니다. 더욱이 교육받은 인력이니 금상첨화격이었습니다. 그러니 차관에 의해서 기계와 원료나 반제품 원료를 들여다 풍부한 노동력을 헐값으로 이용해서 국제시장에 소비재를 수출할 수 있었던 것입니다. 이런 상황은 어떤 의미에서는 70년대 전반까지 계속되었습니다.

그러나 그러한 easy going 한 돈벌이는 결코 오래갈 수가 없었던 것입니다. 왜냐하면 노동력은 곧 달리게 되니 노임도 오르게 되고 국제적으로는 다른 중진국들의 치열한 경쟁의 도전을 받게 된 것입니다.

정부와 기업은 최대한의 창의와 노력으로 우리 실정에 알맞은 사업 구조의 창조 그리고 생산성의 향상을 기해서 국제경쟁력 있는 중화학 공업 및 경공업의 병진을 기해야 했던 것입니다.

그러나 정부는 이러한 준비 없이 이 사태를 아주 낙관적으로 판단하여 중화학공업 일변도의 길로 치달렸습니다. 그러나 근대적 중화학공업을 국제경쟁력 있게 운영해나갈 준비가 없는 상황에서 성공할 리가 없었습니다. 무엇보다 업종의 선정을 우리의 실정에 맞는 자원 소비의 종목에 치중했어야 했습니다. 또 내수나 수출용 경공업을 계속 중시해서 물가안정과 외화수입 증대에 힘써야 하는데 자본투자의 80퍼센트를 중화학에 투자하여 이들을 등한시한 것입니다. 그 결과 물가는 뛰고 수출은 둔화되었습니다.

일방 정부·기업·금융·교육 각 부문에 걸친 합리적이고 능률적인 운영을 통한 생산성 향상의 기반 없는 중화학공업 건설의 홍수는 막대한 자원의 낭비와 줄지은 부실기업을 속출하게 한 것입니다. 거기다 부실기업의 합리적인 정비나 도태시킴 없이 다시 이를 막대한 금융 방출을 통해서 구제하는 낭비가 거듭 되었습니다.

이리하여 황금의 전환기인 70년대를 우리는 건전한 경제발전의 방향과는 아주 거리가 먼 방향을 더듬는 결과가 오늘의 현실을 가져온 것입니다.

오늘날 우리의 기업은 높은 부채율(총자산에 대한 82퍼센트)과 아주 낮은 이윤율이라는 지극히 불건전한 상태에 있습니다. 정부는 공정한 경제 속의 우승열패優勝劣敗라는 자유경제의 원칙을 준수하면서 정부·기업·금융 등 모든 관계부문에서의 창의와 생산성 향상에 전력을 다하도록 유도할 수 있을 때 다시 발전의 계기가 올 것입니다.

그리고 무엇보다도 기업이 기업은 망해도 경제외적 방법에 의해서 기업인은 치부하는 부조리를 철저히 봉쇄해야 할 것입니다.

4) 내포경제체제內包經濟體制의 강화

우리 경제의 건전한 발전을 위해서는 3)의 문제와 더불어 경제의 내포화에 주력해야 할 것입니다. 그러기 위해서는 첫째, 농업을 경제적 견지에서도 다시 중요시해야 합니다. 농업은 지금 40퍼센트 이상의 식량을 수입에 의존하고 있는 우리로서는 아주 중요한 수입 대체산업입니다.

농업은 원료·동력·기계·설비 등의 비중이 아주 적기 때문에 부가가치가 매우 높습니다. 농업은 기업에게 시장으로서의 중요한 가치를 가지고 있습니다. 이 외에도 국토의 균형 있는 관리, 도시집중의 방지, 사회안정 등을 위해서도 농업경제의 중시와 재건은 매우 중요하다고 할 것입니다.

둘째는, 중소기업과 내수산업의 가치를 중시해야 합니다. 이러한 기업들은 아직도 강한 경쟁력을 가지고 있으며 높은 비율의 고용시장을 제공해주고 수입 의존도가 아주 낮은 이점도 가지고 있습니다. 지금까지 중소기업은 일관해서 경제발전의 희생물이 되어왔는데 아직도 비교적 저렴한 노동임금이나 노동집약적 생산품에 의한 국제경쟁의 이점을 생각할 때 수출의 관점에서도 이를 적극 육성해야 할 것입니다.

셋째는, 우리 경제를 대기업과 중소기업, 도시경제와 농촌경제, 지역과 지역, 수출산업과 내수산업, 이러한 관계에 있어서 균형 있는 발전을 이룰 수 있도록 힘쓰는 것은 이 나라 경제의 건전한 발전을 위해서 필수불가결한 요청입니다.

넷째, 분배의 공정은 우리나라 경제에 대한 아킬레스건腱적인 문제로서 제기되는데 이것은 국민의 단결, 사회의 안정을 위해 긴급한 문제일 뿐 아니라 안정된 국내시장을 기업에 제공하는 데도 아주 중요한 것입니다.

다섯째, 무형의 사회 간접자본을 유지 발전시켜나가야 합니다. 우리는 막스 베버의 자본주의와 근대경제 발전 과정에서 양심, 근면, 절약 등에 의한 기업의 성공이 하느님의 구원의 증거가 된다는 프로테스탄트의 정신이 얼마나 큰 동적 역할을 했는가 하는 것을 잘 알고 있습니다.

이미 지적한 기업인의 윤리 그리고 우리의 사회관습, 인심, 기풍 등과 조화되며 무엇보다 정직하고 근면한 자가 성공하는 경제풍토의 조성은 우리 경제의 장기적 건전한 발전을 위해 아주 중요한 요건일 것입니다.

5) 금융의 자율화

최근 5대 시중은행의 민영화에 따른 재벌 독점에 대한 시비가 국회에서 일어나고 국민의 주목을 받고 있다는 것을 집에서의 편지로 알게 되었습니다.

그런데 금융을 둘러싼 가장 핵심적인 문제는 금융의 자율화를 실현 보장한다는 것입니다. 금융자율화 문제에 대해서의 나의 견해를 적어

보면,

첫째, 은행의 민영화가 바로 금융의 자율화는 아니라는 점입니다. 은행을 민영화하고도 정부는 직접 또는 한국은행, 감독원 등을 통해서 금융의 자율을 침해하는 간섭을 얼마든지 할 수 있는 법적 실질적인 힘이 있다는 것입니다. 반면에 은행의 국유상태를 그대로 두고도 정부의 결심만 있으면 얼마든지 금융의 자율화는 가능할 수 있습니다.

둘째, 금융의 자율화란 정부의 기본적 금융 운영의 원칙 아래 은행이 자유로운 선택으로 대출선이나 이자율을 결정하며 인사와 기타 운영의 간섭을 받지 않는 상태를 말할 것입니다. 과거와 같은 정부의 전면적 간섭 아래서는 금융의 자율성이나 발전은 기대할 수가 없습니다. 그러한 간섭 때문에 우리나라의 은행이 기업 발전에 비해서 현저하게 뒤떨어져 있는 것입니다.

낙후된 금융의 발전을 위해서 정부의 간섭을 최소화하고 그 자율성을 보장하는 것은 절대 필요한 것입니다. 그러나 금융의 자율성을 보장하더라도 정부기관의 감독·감시는 필요한 것이니 그것은 은행이 국민의 소중한 재산을 맡아서 관리·운영하는 곳이며, 또 그 대출이 부실하거나 과도히 팽창될 때는 인플레이션을 유발하는 등 국민경제에 피해가 크기 때문입니다.

그러나 이미 말한 인사, 운영, 일정한 범위 내에서의 자유로운 이자의 결정, 저축방법의 다양한 개발 그리고 무엇보다도 대출선의 철저한 심사를 통한 자주적 결정 등 자율권은 꼭 보장되어야만 금융의 발전을 기대할 수 있습니다.

금융의 발전 없이 민간자본 동원의 극대화를 통한 경제의 비인플레이션적 발전은 기대하기 힘들 것입니다.

셋째, 시중은행이 모조리 재벌의 수중으로 들어감에 따라 우리나라의 재벌이 단순한 산업재벌만이 아니라 금융재벌까지 겸한 종합재벌이 되었습니다. 이미 말한 대로 필요한 것은 금융의 자율화이지 민영화가 아니며, 자율화는 국유 하에서도 정부의 결심만 있으면 얼마든지 가능하며, 어떤 의미에서는 국유가 더 바람직한데 이렇게 된 결과가 어떻게 될 것인지 주목과 우려의 대상이라 할 것입니다.

잘못하여 이제는 재벌이 정부 대신 권력을 휘둘러서 은행의 인사는 물론 대출까지 농단하여 은행이 재벌의 사금고화하지는 않을 것인가? 종래 정부 소유 아래서도 그러한 경향이 있던 것을 생각하면 그 우려나 기우라고만은 할 수 없을 것입니다.

그러나 기적적으로 은행의 자율적 운영을 보장한다면 은행은 필요한 대형화와 능률화를 이루어 우리 경제발전에 본연의 공헌을 하는 가능성도 있을 것입니다.

6) 지수경제指數經濟의 미신 탈피

우리는 정부도 국민도 경제의 지수에 너무 신경을 쓰고 있는 것 같습니다. 물론 지수를 무시할 수는 없지만 경제의 지수란 그 내용과 대조해서 보지 않으면 의미가 없는 것입니다(가령 지수 그 자체가 정확하다고 치더라도 말입니다).

경제지수만 가지고 경제상황에 대해서 지나친 낙관이나 비관은 금물입니다. 예를 들어 GNP가 아무리 성장하더라도 인플레이션을 수반한 성장은 위험천만하며 또 성장의 내용이 균형 있는 것인지, 1·2·3차 산업 간의 현저한 불균형을 수반한 것인지 그리고 성장의 분야가 건전한 것인지, 오락·유흥·사치업종 등의 이상비대인지 등 내용을 보지 않고는 지수만 가지고 일희일비할 수는 없습니다.

둘째로, 국민소득 같은 것이 아무리 1인당 소득이 늘었더라도 부의 분배가 불균형하게 이루어졌다면 도리어 성장지수가 높은 만큼 위험 지수도 높다고 보아야 할 것입니다.

셋째로, 통화량 같은 것도 통화 팽창률이 높다고 반드시 인플레이션을 유발하는 것도 아니며, 그 율이 낮다고 안정적인 것도 아닙니다.

팽창률이 높아도 방출된 통화가 생산과 직결되면 비인플레이션적이며 팽창률이 낮더라도 생산과 직결되지 않으면 인플레이션의 유발 원인이 됩니다.

넷째, 물가의 지수도 소비자 물가가 지수상으로는 안정되어 있어도 국민의 생활 필수품의 물가는 높은 등귀율을 보이는데 여러 가지 비생필품까지 평균하니까 소비자 물가지수는 안정상을 보일 수도 있습니다.

도매물가도 지수만이 아니라 철강·연료 등 경제 전반에 큰 영향을 주는 기초원료의 물가 동향이 더욱 중요할 수 있는 것입니다.

다섯째, 수출실적의 지수는 전全 정권 이래 신경질적일 정도로 문제가 되는데 과거에는 목표 숫자 달성을 위해서 얼마나 무리를 했는가? 그로 인한 부작용과 국민의 희생이 얼마나 컸던가? 도대체 가득률이 낮은 수출이나, 밑지면서 하는 수출, 국민이 비싼 국내 가격으로 수출 적자를 메워주면서 하는 수출이 무슨 의미가 있는 것인지 깊이 생각해 볼 일일 것입니다. 그만 아니라 수출은 60년대의 저렴한 노동력을 팔아 먹던 때가 아니면 경제발전의 견인차가 될 수 없는 것입니다.

이미 말한 대로 경제의 창의적 발전과 생산성의 향상 등의 내포적 발전을 추진하여 경제가 국제 경쟁력에 감당할 만큼 발전되었을 때 수출은 경제발전의 자연적 결과로써 이루어져야 할 것입니다. 선진 각국의 경제발전의 역사가 모두 이를 증명합니다.

수출입국의 표본같이 알려진 일본조차도 어떤 상품이 국제시장에 등장하기까지는 국내에서 이미 충분한 판로를 개척한 연후라는 것입니다.

경제발전의 목적은 어디까지나 자국민의 경제적 생활의 향상에 있는 것이며, 수출은 이를 위한 외자조달을 위해서 필요한 것뿐입니다. 그런데 만일 밑지면서 수출하거나, 자국민의 희생 위에 수출한다면 본말의 전도라 아니할 수 없을 것입니다.

수출목표를 아무리 책정했더라도 손해될 것 같으면 말아야 할 것입니다. 그런데 목표 달성의 지수만 채우면 그 내용이야 어떻건 그 해의 수출에 성공한 것같이 생각하고, 아무리 수출내용이 견실하더라도 목표지수를 달성 못하면 실패한 것같이 치는 정부나 여론의 자세는 포기되어야 할 것입니다.

지수는 하나의 방향설정이지 지상명령도 아니고, 경제정책 성패의 기준도 아닙니다. 우리는 지수경제의 미신으로부터 탈피해서 보다 침착하고 성숙한 자세로 경제를 보고 운영할 때가 되었다고 생각합니다.

1982년 11월 26일

철학자들의 정치관 비판

존경하고 사랑하는 당신에게(그리고 사랑하는 자식들에게)

날씨가 매우 추워졌습니다. 나같이 난방장치를 얻지 못한 분들은 얼마나 추울까 걱정입니다. 그러나 많은 분들이 연고지로 옮긴 것은 그런 대로 다행한 일이라고 생각합니다. 하루 속히 모두 사랑하는 가족들과 함께 되기를 기도하고 있습니다.

당신의 편지를 볼 때 요즈음은 신앙면에서 많은 진보를 이루어가고 있는 것을 느끼게 되며, 내게도 좋은 도움이 될 때가 많습니다. 그러나 손이 불편한 가운데 매일 쓰는 편지를 너무 길게 쓰지 않도록 하기 바랍니다.

전일에 정화의 그림을 보고 깜짝 놀랐습니다. 이제 네 살 반짜리의 그림이라곤 할 수 없는 것 같아요. 나는 정말 그림을 못 그렸는데요. 지영이 글씨도 눈부신 진보를 이룬 것 같아요. 내년에 국민학교 가면 썩 잘할 것 같아요.

아이들의 편지를 보고 모처럼 나의 어린 시절을 회상했습니다. 당신이 알다시피 나는 과거를 회상하는 것을 별로 하지 않았고, 그래서 당신이나 아이들에게 별로 그런 이야기를 한 일이 없었던 것 같아요. 그래서 오늘은 나의 어린 시절 이야기를 몇 자 적겠어요.

내가 신안군 하의면 후광리라는 마을에서 태어날 때는 몹시 난산이었더래요. 그래서 태어난 아이는 까무러쳐 있는 상태였더라고 합니다.

의사는 물론, 산파도 없는 시골에서 용케 목숨을 부지한 셈이지요. 어렸을 때 나는 몹시 동물을 좋아했어요. 집의 소를 따라다니다 뒷발에 채인 기억이 나요. 집에서 키운 개를 동네 사람들이 잡아먹을 때는 마구 울고 야단을 했는데, 나중에는 개고기를 받아먹은 기억이 나요. 내가 태어난 집 앞에는 바닷물이 수문을 통해서 들어와서 흘러가는 개울이 있어요. 나는 그 개울에서 고기도 낚고 뱃놀이도 했어요. 아버지가 깎아준 배에다 돛대를 세우고 종이 돛을 달아서 달리게 하고 놀았어요.

한번은 아버지가 외출하실 때 배를 깎아달라고 떼를 쓰니까 할 수 없이 두루마기를 벗고 깎아주시던 일이 지금도 생생해요. 아버지는 퍽 인자하셨어요. 아버지는 또 판소리나 춤이 참 능하셨는데 아마 그 길로 나가셨으면 크게 성공하셨을 거예요.

그 당시 후광리 전체 50~60호 중 우리 집이 가장 생활이 나은 편이었는데 지금부터 50년 전의 당시로서는 아주 귀한 축음기가 우리집에만 있었어요. 그래서 임방울이니 이화중선이니 하는 당대의 명창들의 레코드를 틀라치면 마을 사람들이 마당 가득히 모여서 듣곤 했지요. 많은 사람들이 혹시 축음기 안에 사람이 움츠려 들어가서 부르는 요술을 하는 것이 아닌가 생각들 했어요. 나의 현재의 판소리에의 취미는 그러한 영향일 것입니다.

나는 지금과 같이, 어렸을 때부터 잡곡밥을 좋아해서 집에서 주는 쌀밥을 가지고 이웃집 아이의 조밥과 바꿔 먹으러 다녔어요. 어렸을 때 나의 최고 놀이 상대는 바로 두 살 아래의 동생(대의)이었어요. 대현이는 나이 차이가 많았는데 지금 얼굴로는 상상할 수 없으리만큼 어렸을 때는 아주 잘생겼어요. 나는 어렸을 때 아주 얌전한 편이었으며 별로 누구와 다툰 일도 없어요.

겁도 많아서 도깨비를 아주 무서워했어요. 시골집은 변소가 마당 건너에 있는데 밤에는 누가 동행해주지 않으면 변소를 못 갔으니까요. 요즈음《리더스 다이제스트》를 읽으니까 미국의 유명한 마술사 후 다니가 어렸을 때 어머니가 죽으면 어쩌나 하고 자주 울었다는데 그것을 보고 나도 그랬던 기억이 나더군요. 밤이면 그런 생각을 하다가 자주 훌쩍거리던 생각이 나요.

다섯 살 때쯤이라고 생각하는데 동네에 엿장수가 엿과 여러 가지 잡화를 가지고 왔는데 술이 잔뜩 취해가지고 길가에서 잠에 곯아떨어져 버렸어요. 그때 큰 아이들이 물건을 마구 훔치면서 내게도 담뱃대 하나를 주기에 아버지 드린다고 집에 가지고 갔지요. 그랬다가 어머니에게 야단맞고, 어머니와 같이 엿장수에게 돌려준 생각이 나요. 시골생활에서 가장 재미있는 것은 여름의 바다나 개울에서의 물놀이, 고기 낚기 그리고 가을에 소를 끌고 친구들과 산에 가서 소는 풀 먹게 놓아두고 밭에서 콩을 뜯어다 구워 먹는 것 등이었어요. 아마 7~8세쯤에 집안의 유식한 한학자가 경영하는 서당에 한 일 년 다녔는데,《소학小學》을 배울 땐가 강講을 바쳐서 장원壯元을 했어요. 그래서 관례대로 집에서 떡과 음식을 푸짐하게 장만하여 어머니가 서당에 가지고 가서 선생 이하 전 학우를 대접할 때는 정말 신이 나더군요.

그후 사립의 강습소를 좀 다니다 열 살 무렵 우리 섬에 처음으로 4년제 보통학교가 생겨서 대의를 입학시키기 위해서 아버지와 같이 학교에 갔다가 갑자기 아버지가 면장과 상의해서 나를 2학년에 넣었어요. 그 때의 입학이 나의 인생의 하나의 전기였지요. 만일 그때 입학하지 않았던들 그대로 시골에 묻혀 살게 되었을 것이니까요. 학교는 왕복 10 킬로미터가 넘는 거리여서 비가 올 때나 겨울에는 통학하기가 참 힘들었어요. 그런 단련이 후일의 내게 도움이 된 것 같아요.

공부는 잘했으며 특히 역사에 취미가 많았고, 어렸을 때부터 신문은 일면을 먼저 볼 정도로 시사 문제에 관심이 컸어요.

어렸을 때 가장 난처한 것은 항렬行列이 높다는 것이었어요. 면사무소 소재지인 대리大里에는 거개가 김해 김씨들이 살았는데, 아주 나이 먹은 노인들조차 대부분이 나보다 항렬이 낮은 거예요. 그래서 어린 나보고 아제니, 족조니 하고 경어를 쓰면 도무지 말을 할 수가 없었어요. 연전에 작고한 당신도 잘 아는 기배琪倍씨는 조카 항렬인데 당시 그 양반이 면장이었어요. 그래서 후광리 구장을 하는 아버지를 찾아서 자주 집에 오면, 나보고 '대중이 아제'라고 부르곤 했는데 면장이란 어마어마한 사람이 나를 그렇게 부르고 경어를 쓰는 데는 언제나 당황해서 숨곤 했던 기억이 나요.

우리 시골은 비교적 살풍경했지만 바다를 보는 경치만은 썩 좋았어요. 내가 목포 대반동 앞바다 경치를 아주 좋아하는데 그 이유는 아마 그 경치가 시골 후광리 뒷산에서 내다본 바다 경치와 흡사하기 때문인 것 같아요. 경치 이야기가 나왔는데 나는 우리나라 경치 중 목포 대반동 앞과 한산섬 물가 경치 그리고 동해안 해변이 내가 본 것 중 제일 좋은 것 같아요.

나는 산 경치에는 별로 감동을 느끼지 못했어요. 그래서 지금도 내 단 한 가지 소원(물질적인)이 바다나 하다못해 강이라도 보이는 남향의 언덕에 한식 기와집을 짓고 살았으면 하는 것이지요. 나는 한식 기와집의 기와의 선, 용마루의 웅장함, 기와줄 이은 담 등을 너무도 사랑한 것 같아요.

아무튼 나의 꿈 많고 행복했던 어린 시절은 보통학교 4학년 때 목포로 전학함으로써 전혀 새로운 국면으로 발전되어갔지요. 누구에게나 고향은 그리운 것이지만 나에게 있어서는 이름도 없는 하의도라는 조그마한 섬의 한구석인 후광 마을이 내 마음의 고장으로서, 생각할 때마다 그리움과 추억을 금치 못하게 해요.

내가 내 아호雅號를 후광後光이라 한 것이 그 때문이라는 것을 당신은 잘 알지요.

1. 사색의 단편

● 니체는 말하기를 '괴물과 싸우는 사람은 자신이 괴물이 되지 않도록 주의해야 한다. 심연深淵을 너무 오래 들여다보면 심연이 당신의 영혼을 들여다보기 시작하는 것이다'라고 했다.

황금을 얻고자 싸운 사람은 황금에 먹히지 않도록, 권력에 집착한 사람은 권력의 노예가 되지 않도록, 범인 잡는 데 종사한 사람은 자기 마음이 범인을 닮아서 사악해지지 않도록 그리고 우리가 명심할 것은 공산당과 싸운다면서 공산당의 수법을 닮아가는 일이 절대로 없도록 할 일이다.

● 하느님의 소명을 받은 사람은 이 세상의 빛과 소금이 되어야 한다. 빛은 암흑의 권세와 싸워야 하고 소금은 부패의 힘과 싸워야 한다. 그러므로 빛과 소금이 된다는 것은 시련과 고난의 생활을 의미한다.

● 민주주의는 한 마디로 요약하면 government by the people이다. 참여의 정치다. 참여의 정치란 백성이 주인 되는 정치, 백성이 자기 운명을 자기가 결정하는 정치, 백성이 스스로 신이 나서 건설하고 나라 지키는 정치, 백성이 그 속에서 발전하는 정치다.

● 애국의 실체는 백성이다. 백성이 애국하고, 백성을 위해 애국해야 한다. 소수자가 애국을 농단하거나 소수자를 위한 애국이 되지 않도록 해야 한다. 그러기 위해서는 백성이 똑똑하고 강해져야 한다.

● 이 세대는 역사상 가장 큰 격변의 세기이고 그중에서 한국은 가장 큰 변화를 겪고 있는 나라다. 이러한 가운데 우리가 처한 문화적 위

험의 하나는 식민지 문화로 되는 위험이요, 또다른 하나는 국수주의적 문화로 되는 위험이다. 우리가 건설할 문화는 민족적 특수성과 세계적 보편성을 겸비한 문화다.

● If winter comes, can spring be far behind? 이 말은 만고의 진리다. 그러나 문제는 자연의 봄은 정확히 시간을 지켜오지만 인생의 봄의 리듬은 아주 불규칙하다는 점이다. 빠를 때도 있고 아주 영원히 안 올 것 같이 느껴지는 때도 있다.

일제시대에 많은 독립투사들이 늦은 봄을 참지 못해 기다림을 포기했다. 그러나 봄은 왔고, 기적같이 갑자기 왔다.

● 근대화는 세 가지 측면이 있다. 하나는 기술과 생산의 향상으로 풍요로운 생활을 기능케 하는 산업주의産業主義요, 둘은, 민족 단위의 국가를 형성하여 그 독립을 유지하는 민족주의요, 셋은, 각국과의 평화로운 협력 속에 국민의 자유와 평등과 복지를 향상시키는 민주주의다.

이 셋은 근대화의 성취를 위해 어느 것이나 불가결하다. 그러나 그중에서도 민주주의는 산업주의가 다수의 행복에 봉사하게 하기 위하여, 민족주의가 남의 민족의 권리를 내 민족의 그것같이 존중하게 하기 위하여 더욱 불가결한 요소다.

● 학문이나 지식에 있어서는 권위에 맹종해서는 안 된다. 존경은 해도 비판의 눈은 견지해야 한다. 모든 지식은 내 자신의 비판의 그물에서 여과시켜 받아들여야 한다. 설사 그것이 미숙하고 과오를 범할 경우가 있더라도, 내가 나로서 사는 유일한 지적 생활의 길이기 때문이다.

● '사위는 쳐다보고 며느리는 내려다보라'는 말이 있는데 이는 우리 조상들의 깊은 지혜를 담은 말이다. 상류층과 하류층 간의 혼인으로 계층 이동을 통해서 우리는 생활 경험의 교환, 건강한 피의 교류 위에 국민적 단결의 사회를 이룰 수 있다. 가정적으로 낮은 계층에서 얻은

며느리나 아내야말로 집안을 견실하게 가꾸며 남편의 성실한 반려가 될 것이다. 그러나 요즈음 우리 사회는 벼락 출세한 상류층끼리 규벌閨閥 형성에 열중하고 있으니 사회적으로나 가정적으로나 한심한 일이라 할 것이다.

● 민주 국가에 있어서 언론과 사법부는 민주주의의 존폐를 좌우하는 관건이다. 어떠한 독재나 부패도 언론이 살아 있는 한 영속될 수 없고, 어떠한 부조리나 인권 침해도 법관이 건재하는 한 묵과될 수가 없다.

그러나 이 두 개의 기능이 건재하지 않으면 그 나라는 희망이 없다고 단언할 수 있다. 그러므로 민주주의를 사랑하는 모든 사람은 이 두 개의 기능에 대한 감시와 격려를 게을리해서는 안 된다.

그런데 언론과 법관보다 더 중요한 것이 있다. 그것은 권리와 책임의 의식에 무장되어 자기와 그 사회의 운명의 주인이고자 하는 결의에 넘친 그리고 필요하면 희생을 무릅쓰고 행동하는 시민계급의 존재다. 이러한 시민계급의 존재야말로 민주주의의 알파이자 오메가이며, 공산주의를 극복해낼 수 있는 원동력이기도 하다.

● 내 옷소매에 눈물 떨어질 때 동정을 베푼 사람의 은혜를 잊지 않으려고 마음만은 간직해왔다. 그러나 내 환경이 이를 허용치 않았다.

● 나는 자식들이 내가 다하지 못한 보은을 다해주기를 간절히 바라고 있다.

● 한 사람이 사회가 인정해줄 만큼 성장하는 데는 수십 년이 걸린다. 그러나 이를 망치는 데는 순간이면 족하다. 많은 사람들, 국민의 존경이나 기대를 받던 사람들이 압력이나 유혹에 못 이겨 자신을 망치는 것을 보고 얼마나 우리는 가슴 아파했는가! 그리고 인간의 신념이니 인격이니 하는 것에 얼마나 자주 회의했던가! 그보다도 그러한 변절의 인사들이 아직도 국민들이 자기를 옛날대로 인정해주는 것으로 착각

하고 지도자연하고 설치는 것을 볼 때 얼마나 불쌍하고 민망하던가!

● 백유경百喩經에서 부처님은 말하기를 사람으로 태어나기가 얼마나 어려운고 하니 마치 눈먼 거북이 망망한 대해를 떠내려가다가 썩은 나무토막을 만나서 이를 붙잡고 그 나무토막에 뚫어진 구멍을 찾아서 그 구멍을 빠져나가는 것과 같다고 했다. 사람으로 태어난 것의 귀중함을 얼마나 절실히 묘사한 말씀인가?

인생으로 태어난 것은 같은 동물 중 다른 것들을 볼 때 그것이 아주 큰 축복이며 멋있는 일이라는 것을 알 수 있다. 아무리 삶이 고통스럽더라도 다른 동물 아닌 사람 동물로 태어났다는 것만으로도 그러한 고통의 시련과 대결해서 인생을 의미 있게 살아가보겠다는 의욕을 갖기에 족하지 않을까?

● 프랑스혁명 이래 이 세계에는 군주정치, 민주주의, 공산주의, 나치즘 등의 여러 이념이 등장했지만 이 세계를 움직인 주요 원동력은 내셔널리즘(국가주의)이었다. 각 나라에 있어서 이념은 하나의 명분이고, 그들은 결국 자국의 이해관계에 의해서 행동하게 되는 것이다. 1차대전은 이념과는 전혀 상관없는 제국주의 국가끼리의 싸움이요, 2차대전은 일·독·이의 파시즘 국가로서의 싸움인 것은 틀림없지만, 그러나 그 싸움은 파시즘이기 때문이라기보다는 침략자이기 때문에 내 이익을 지키기 위해서 싸운 것이다.

영국과 프랑스는 히틀러가 오스트리아와 체코를 침공할 때까지도 유화정책에 급급했고, 미국은 일본이 진주만을 공격할 때까지는 만주나 중국 침략의 저지를 위해 일어서지 않았다.

더구나 소련은 히틀러와 독·소 불가침조약을 맺고 폴란드를 공동 분할했으며, 일본과는 중립조약을 맺고 그 침략을 외면했다.

이념으로만 따진다면 영·불·미나 소련이 그렇게 단합할 수는 없는 것이다. 그뿐 아니라 미국과 소련은 이념적으로는 상극인데도 파시즘 타도에는 동맹으로 함께 나서더니, 그 목적이 달성되자 그날부터 냉전을 시작했다. 역시 이해 때문에 손잡았다가 그 이해가 끝나니까 다시 대결로 돌아간 것이다.

중국과 소련은 이념이 같은 동맹국이면서도 60년대에는 그 이념이 다르다고 반수정주의를 중공은 외쳐 대더니, 70년대에 들어가자 패권주의 반대, 사회제국주의 반대를 외침으로써 중·소 대결의 참 이유가 이념 문제가 아니라 이해 문제임을 실토하게 되었다.

그런데 요즘 다시 중·소 접근의 기미가 보이는데 중공은 그 조건으로 수정주의 포기를 요구한 것이 아니라 패권주의 포기, 더 구체적으로는 중·소 국경의 침략 위협의 제거를 요구하고 있다.

이러한 모든 사실들은 그 시비야 어떻든 아직도 세계는 국가주의의 도도한 물결 속에 있다는 것을 말해 준다. 우리는 미국을 동맹국으로, 일본을 준동맹국으로 갖고 있지만 무엇이 그들과 우리가 손을 잡는 데 있어서의 이해관계인가를 언제나 바로 보아야 한다.

그런데 다행하게도 한국에서는 이념과 이해가 일치하는 관계가 있다. 그것은 한국은 특수하게도 이념 때문에 남·북이 분단된 나라이기 때문에 남·북의 대결은 공산주의와 민주주의 이념의 대결이요, 따라서 공산주의를 막기 위한 한·미·일 삼국의 공동의 이익은 오직 한국에서 민주주의가 착실하게 발전해서 국민의 이해와 단결 속에 정국이 안정되고 공산주의에 대한 민주주의의 우월성을 과시할 때만 가능하기 때문이다. 한국에서의 민주주의의 실현은 바로 한·미·일의 이해의 문제라는 점을 바로 인식할 때, 공산당과 싸우는 데는 민주주의는 시기상조라는 식의 주장은 어느 모로나 부당하다는 것을 우리는 분명히 확인할 수 있는 것이다.

2. 철학자와 정치관

여기 네 사람의 철학자, 플라톤, 아리스토텔레스, 루소 그리고 니체의 정치적 견해에 대해서 쓰고자 하면서 나는 여러 날 주저했습니다. 나같이 철학에의 문외한이 비록 형이상학이나 인식론 같은 이론철학의 부분은 아니라 하더라도 과연 이런 대가들의 견해에 비판적 의견을 표시하는 것이 필요할까요? 비록 여기에 적는 상당 부분이 책임 있는 철학자들의 비판을 바탕으로 한 것이라 하더라도 말입니다.

그러나 다음을 읽어보면 알겠지만 오늘의 우리 사회의 많은 사람들이 앞에 열거한 철학자들의 너무도 혁혁한 권위를 존중한 나머지 그들이 표시한 정치관 또는 윤리관의 진실을 외면하고 있는 경향이 강함으로 해서 이 글을 당신과 아이들에게 보임으로써 참고가 되게 하고자 펜을 들었습니다.

이 글을 읽고 나면 내가 이미 편지 앞부분에서도 말한 학문이나 지식을 비판적으로 받아들여야 한다는 지적 태도의 중요성을 새삼 느끼게 되리라고 믿습니다.

1) 플라톤(B.C. 427~347년)

(1) 그의 생애와 저작

플라톤은 아테네의 명문 집안에서 태어났으며, 20세부터 28세까지 소크라테스에게서 배우고, 그의 불행한 죽음에 큰 충격을 받고 민족주의적 중우정치衆愚政治를 혐오하는 결정적 영향을 받았다 합니다.

그는 그후 유크리트와 피타고라스 학파에서 배웠습니다. 남부 이탈리아 시칠리 섬에서 젊은 벗 디옹의 소개로 그의 의형인 참주僭主를 만났으나 정견이 정반대로 갈리는 바람에 미움을 받아 노예시장에 팔렸다가 간신히 아테네로 돌아갔습니다.

그는 아테네 교외에 아카데미아(일종의 대학)를 세우고 약 40년간을 교육에 힘썼으며, 80세로 세상을 떠났습니다. 그는 그리스가 낳은 최대의 사상가로, 유심론적 철학의 거두로, 그의 철학사에서의 영향은 영원할 것입니다.

그의 사상은 아우구스티누스 등 중세의 신학사상에도 큰 영향을 주었는데, 아우구스티누스의 《신국론》은 그의 사상에 바탕을 둔 것이라고도 평해집니다. 그의 저서는 35종의 《대화편》과 기타 서간집들이 전해지고 있는데 오늘 여기서 검토되는 것은 유명한 《국가론》입니다.

플라톤의 철학사상의 핵심은 이데아론인데, 우리가 경험한 이 세계는 가상이고 만물의 원형인 진정한 세계가 이데아의 세계인데 그 세계는 우리의 경험 세계보다 가치 있는 세계라는 것입니다.

이데아를 알기 위해서는 상기설想起說, 사모설思慕說 등이 있으나 여기에서는 생략하고 그의 정치적 견해를 더듬어보겠습니다.

(2) 플라톤의 정치관

① 플라톤의 국가론은 최초의 유토피아인데 그는 거기서 철인정치를 지향하고 있습니다.

② 정치의 목표는 정의의 실현인데 그가 말한 정의는 오늘 우리가 말하는 평등을 전제로 하는 개념이 아니라 다음에 말하는 세 계급이 서로 자기 맡은 일에 전념하고 다른 계급의 일에 간섭하지 않으며 누구도 지나치게 분주한 사람이 없는 것을 말합니다.

③ 그는 시민을 세 계급으로 나누었는데 통치에 종사하는 수호자守護者 계급과, 전쟁에 종사하는 군인 계급과, 생산에 종사하는 평민 계급으로 구별했습니다.

④ 수호자 계급은 세습인데 그중 심히 열등한자는 격하시키고, 밑의

계급에서도 아주 우수한자는 격상시키는데 이는 예외이지 원칙은 아닙니다.

⑤ 수호자 계급에 대해서는 교육·경제·가족 관계·종교 문제 등에 특별한 조치가 취해지는데 하나하나 말하면 다음과 같습니다.

(3) 플라톤의 교육관

① 교육의 목표는 엄숙, 예절, 용기를 기르는 데 있다.

② 문학에서는 호머나 헤시오도스의 작품 같은 것은 불허되는데 그 이유는 첫째, 신들의 좋지 않은 작태를 묘사함으로써 악영향이 우려된다. 둘째, 죽음에 대한 두려움을 묘사한 것은 용기를 저상시킬 우려가 있다. 셋째, 신들이 소리 높이 웃는 장면이 나온 것은 중용의 덕에 반한다. 넷째, 신들의 연회와 정욕 등의 모습은 절제에 반한다는 것이었다.

③ 연극에는 악인이 등장하니까 교육중인 아이들에게 보여서는 안된다. 다만 훌륭한 가문 태생의 영웅 이야기는 별도이다.

④ 음악은 용기와 절제를 나타내는 것은 허용되고, 웃게 하거나 비애와 환락적인 것은 안 된다.

⑤ 건강을 위해서는 생선이나 소고기를 군 것만 먹고, 조미료나 과자는 안 된다.

⑥ 생활에 있어서는 첫째, 일정한 연령까지는 추한 것, 악한 것으로부터 격리하며, 둘째, 그 연령이 지나면 적극적으로 유혹에 내맡겨 강한 의지를 기른다. 셋째, 정서적인 것은 배격하며, 넷째, 성장하기 전 일차 전쟁 장면을 현지 견학한다. 다섯째, 여자도 똑같이 교육(체육, 전쟁기술까지)시키되 그 소양과 능력에 따라 등용한다.

이상의 교육은 그가 높이 평가한 스파르타식이며, 여러 장점도 있지만 한 마디로 말해서 국가가 원하는 형의 사람을 만들자는 것입니다.

self copy
Carter Library

MEMORANDUM

16A

(5613) Add On

Zbig - We will continue our efforts on Kim's behalf J

INFORMATION

THE WHITE HOUSE
WASHINGTON

October 20, 1980

MEMORANDUM FOR: THE PRESIDENT

FROM: ZBIGNIEW BRZEZINSKI

SUBJECT: Letter to the President from
Mrs. Kim Dae Jung

Attached at Tab A is a letter to you from the wife of imprisoned
Korean politician Kim Dae Jung. The letter was sent secretly
out of Korea and relayed to you by a retired federal employee who
has spent many years in Korea and is well-known to the Kim family.
The letter appears to be authentic. Mrs. Kim goes into much of
the background of Kim's case, lists the hardships that she, her
husband and her family have endured and urges that the United
States find a way for Kim to leave Korea and come to the United
States for study and medical attention. Mrs. Kim hints strongly
that if his life is spared her husband will give up politics.

We are continuing to put heavy pressure on the Korean Government,
through private means, to spare Kim's life. Last week President
Chun sent a trusted military officer to the US to test the water
on this issue. We made certain that all Government officials
gave him the same message: that it is imperative that Kim's life
be spared. In buttressing this argument we pointed out that
widespread protests from many groups from within the US would be
incited if Kim were executed, and that North Korea would be the
only country to benefit from such developments. We urged in the
strongest terms that in order for the ROK-US partnership to
continue, Kim's sentence be commuted. We believe that this
argument had impact with Chun's emissary but we will continue to
press our case through every possible channel.

Since it was sent secretly, Mrs. Kim does not expect a reply to
her letter.

Attachment

Electrostatic Copy Made
for Preservation Purposes

브레진스키 백악관 안보보좌관이 카터 대통령에게 보낸 보고서.
비밀 경로를 통해 이희호 여사의 편지를 받았고 최근 방미한 전두환 대통령의 심복에게
"한미관계가 지속되기 위해서는 김대중의 감형이 되어야 한다."고 촉구했음을 밝히고 있다.

(4) 플라톤의 경제정책

① 수호자는 간소한 공동 침식의 생활을 한다.

② 사치와 부는 다같이 금한다.

③ 부도 빈곤도 불허하며, 모든 계급이 물질에 좌우되지 않고 선해야 한다.

④ 생산은 평민 계급과 노예가 담당한다.

플라톤은 경제에 있어서는 일종의 공산주의 정책을 추구했던 것입니다. 이는 경제만이 아니라 다음의 가족관계에도 뚜렷이 나타나 있습니다.

(5) 가족 관계

① 일정 수의 남녀를 입법자의 지령에 의해서 동거케 한다. 그들은 국가의 결정을 운명으로 받아들인다.

② 동거자들은 공동의 가정을 이룬다. 여자는 모든 남자의 공동의 처요, 아이들은 공동의 자식이다.

③ 친부모와 자식은 서로 모르게 관리하며, 모든 아이는 연령에 따라 형제자매가 된다.

④ 병약자와 저능아는 어떤 신비로운 장소로 옮겨간다.

⑤ 아버지가 될 자격은 25세에서 55세 이내이며, 어머니는 20세에서 40세까지의 여성만이 될 수 있다. 이 연령 이외의 남녀 사이에서 출생한 자식은 부실한 것이므로 낙태시키거나 출산 후 살해해버린다.

참으로 끔찍한 구상이며 스파르타보다도 더 철저한 처자의 공유재인 것입니다. 플라톤은 이러한 생활방식을 통해서 개인적 소유의식을 감소시키고 공적 지배를 용이하게 하려 했던 것 같습니다.

(6) 종교 문제

플라톤에 있어서 종교란 정부가 국민을 믿게 하는 하나의 신비주의 같은 것이었습니다.

① 의사가 환자를 속이는 것같이, 시민을 속이는 것은 정부의 특권이다.

② 피치자는 물론, 통치자까지도 속기를 바라는 하나의 충성스러운 거짓one loyal lie이 필요하다.

③ 국가의 가족 배치 같은 결정을 운명이라는 종교적 신앙심으로 받아들이도록 교육한다.

④ 가장 중요한 신앙은 신이 금·은·동 또는 철의 세 가지의 종류로 인간을 만들었는데, 금의 사람은 통치 계급에 적당하고 은은 군인에, 동(또는 철)은 평민에 적합하도록 만들었다는 신앙이다.

철학이란 철저한 지적 추구의 학문인데 플라톤 같은 위대한 철학자가 이와 같은 지성에 배반되는 종교적 주장을 창안한 것은 우리들의 놀라움을 자아낼 만한 일이라고 하겠습니다.

(7) 실현 기능성

그러한 플라톤이 이러한 이상국가를 얼마만큼 실행 가능한 것으로 믿었을까요? 그는 이 계획을 아주 실현 가능한 것으로 믿었던 것입니다. 그것은 여기 내용의 상당 부분이 이미 스파르타에서 실천한 것들이고 철인정치는 그보다 앞선 철학자 피타고라스와 그 당대에 있어서의 피타고라스의 제자가 예가 되었으며, 그 당시 많은 그리스 도시국가들은 철학자를 초청해 입법을 하는 일들이 있었던 것입니다. 플라톤 자신은 실패는 했지만 시라쿠사의 정치개혁에 두 번이나 참가했던 것입니다.

(8) 《국가론》에 대한 몇 가지 견해

이미 논평한 것을 감안하면서 플라톤의 이상국가에 대한 몇 가지 견해를 적어보겠습니다.

① 그가 이토록 철저한 반민주사상에 입각한 전제정치를 내세운 데에는 그의 귀족이라는 출신 성분과 그 당시 아테네 직접 민주주의의 타락상을 반영하고 있는 것이라 합니다.

② 그의 이상국가란 따지고 보면 국방과 식량 확보가 전부라 할 수 있는데 이것은 그 당시 스파르타에의 패전과 그로 인한 경제의 궁핍, 특히 식량난에 허덕인 아테네의 현실을 잘 반영한 것이라 하겠습니다.

③ 그는 승자인 스파르타를 찬양하고 그의 이상국가에서는 스파르타에서 배우고 그 이상의 철저한 국가지배를 추구했는데, 이는 아테네의 패배가 단순히 스파르타의 강력함에 기인한 것이 아니라 아테네 자체의 내부적 조건, 즉 귀족의 특권정치로 인한 민심의 이반, 이와 병행하여 직접 민주정치의 무질서와 타락상 그리고 페르시아 전쟁시의 동맹국가에 대한 아테네의 교만과 배신에서 오는 국제적 고립 등 보다 근본적인 패인을 간과한 데서 온 것 같습니다(스파르타에 대해서는 지난번 적은 바가 있습니다).

④ 그의 이상국가의 목적은 부국강병이 목표인데 그러나 그 당시의 아테네를 포함한 모든 그리스 도시국가의 초미焦眉의 과제는 언젠가도 적은 바와 같이 하루 속히 그리스 전체의 통일국가를 형성해서 동방의 페르시아는 물론 북방 마케도니아에의 대비 그리고 서방의 로마나 카르타고와의 지중해 쟁파전에 임한다는 데 있었으며 이것이 그리스의 사활을 결정하는 문제였던 것입니다. 그러나 그토록 명민한 대철인도 여기까지는 그 총명이 미치지 않았던 것 같습니다.

⑤ 그의 이상국가가 반인간적이며 반지성적인 점은 이미 지적했습니다.

2) 아리스토텔레스(B.C. 384~322년)

(1) 그의 생애와 저작

① 아리스토텔레스는 마케도니아의 스키티아에서 태어났으며, 그의 부친은 궁정시의宮廷侍醫였는데 아리스토텔레스는 어려서 고아가 되어 친척에 의해서 양육되었습니다.

② 17세에 아테네에 와서 이후 20년간 플라톤에게서 배우고 그의 사후에는 아카데미아의 제일 학두學頭가 되었습니다.

③ B.C. 342년에 마케도니아 왕 필립포스의 초청으로 그의 왕자 알렉산더(당시 13세)의 가정교사가 되었다가, 알렉산더가 16세에 왕위에 오르자 그 직을 떠났습니다.

④ B.C. 335년에 다시 아테네에 와서 류케이온lyceum을 창설하여 제자들을 가르쳤는데 매우 인기가 있었으며, 제자들과 같이 나무 그늘을 소요하면서 가르쳤기 때문에 소요학파라고 불렸습니다.

⑤ 알렉산더 사후 아테네에서는 반마케도니아 운동이 일어나 그도 고소당하게 되었는데 그는 소크라테스와는 달리 "철학을 모독하는 기회를 아테네인에게 다시 주고 싶지 않다"고 도망하여 그 다음해 62세로 세상을 떠났습니다.

그의 저서는 논리학, 자연과학, 윤리학, 미학 등 당시의 지식 분야 전반에 걸쳐 있으며, 여기서 문제되는 정치학은 8권으로 되어 있습니다. 그의 저서는 대부분 남아 있습니다.

아리스토텔레스의 저서는 플라톤과는 달리 그 대부분이 동로마에서 사라센에 전해졌다가 회교도의 스페인 침략시 또는 십자군 전쟁시 유럽에 받아들여져서 중세의 사상과, 신학과, 정치 및 르네상스 운동에 지대한 영향을 주었습니다. 아리스토텔레스는 미켈란젤로와 더불어 보기 드문 종합적인 천재였다 합니다.

(2) 국가관

① 국가는 최고의 지위를 차지하며, 그 목표는 최고선을 실현하여 국민의 행복과 명예로운 생활을 보장하는 데 있다.

② 가족은 손이 인체의 일부인 것 같이 국가의 일부이다.

③ 플라톤의 국가론은 불합리한데 첫째, 통제가 지나치며, 둘째, 공동의 아들이면 누구도 책임 있게 돌보지 않을 것이며, 셋째, 공동 부부생활이란 간통을 조장하는 것이며, 넷째, 공동생활에서는 누구도 생활의 책임을 지지 않을 것이며, 다섯째, 공산주의는 이웃 간의 시비를 조장할 것이므로 사유재산제 아래에서 자비로써 나누어 쓰도록 훈련해야 한다.

아리스토텔레스의 국가관은 일종의 국가지상주의이며 그의 플라톤 비판은 근본적인 인간성에서가 아니라 효용론의 입장에서인 것 같습니다.

(3) 경제관

① 토지같이 생산물에 의하지 않는 돈벌이, 즉 상업이나 대금업은 타락된 것이다.

② 대금업은 설사 고리高利가 아니더라도 악하다.

③ 시민은 상업, 농업, 기술직에 종사해서는 안 된다.

그리스의 철학자들은 거의가 자신이 지주이거나 지주의 보호 아래 있어서 그들의 이익을 대변했었다 합니다. 아리스토텔레스의 대금업에 대한 부정적인 주장은 중세 교회에 영향을 주어서 종교개혁 때까지는 그리스도 교도는 대금업을 하지 못했습니다. 물론 중세의 대금업 천시는 반유대적 감정, 교단과 영주들의 지주적 지위도 원인이 됩니다.

(4) 국가의 종류와 규모

① 그는 가장 좋은 국가의 형태를 첫째 군주제, 둘째 귀족제, 셋째 입헌제의 순으로 들었으며, 가장 나쁜 것을 첫째 참주제, 둘째 과두제, 셋째 민주제의 순으로 들었습니다.

가장 좋은 것이 군주제이며, 가장 덜 나쁜 것이 (직접)민주제라는 것입니다. 그런데 가장 나쁜 참주제는 군주제의 타락한 것이며, 다음 과두제는 귀족제의 타락한 것이고, 민주제는 입헌제의 타락한 것이라는 것입니다. 그러므로 아리스토텔레스는 군주제보다는 오히려 입헌제 내지는 민주제를 지지했다고 보는 사람도 있습니다.

② 국가는 도시국가로서 첫째, 그 규모가 너무 크면 곤란하다. 시민이 서로 성격을 알아야 선거나 소송을 유효하게 할 수 있다. 둘째, 국토의 넓이는 언덕 위에서 내려다볼 만해야 한다. 셋째, 국가는 자급자족해야 한다는 것을 주장하고 있습니다.

(5) 시민의 자격

① 상인과 직공은 자격이 없다. 그들은 생활을 위해 일해야 하므로 명예롭지도 덕성스럽지도 못하다.

② 농부는 노예로써 충당되어야 한다.

③ 그리스인은 정신을 가지고 있으므로 노예에 적합치 않고 그 외의 사람, 특히 남방의 사람이 양순해서 노예에 적합하다.

④ 노예는 열등한 자가 되는 것인데 그 우열의 판단은 전쟁으로 결정한다. 전쟁에서의 승자는 우수함의, 패자는 열등함의 증거이다.

⑤ 길들인 동물이 주인 밑에서 행복하듯이, 열등인은 통치자 밑에서 노예로 사는 것이 행복하다.

⑥ 사람은 나면서부터 통치자와 노예의 운명을 타고난다.

⑦ 여자의 열등한 지위는 노예제도와 같이 아주 자연스러운 것이다.

이러한 차별적 태도는 그 당시의 그리스인의 직업관, 노예관, 여성관을 이론적으로 대변한 것이라 할 것입니다.

(6) 아리스토텔레스의 정치관에 대한 몇 가지 관견觀見

① 가장 놀라운 것은 그 당시 그리스 반도는 북방의 마케도니아에 의한 정복으로 도시국가의 무용성無用性이 완전히 증명되었고, 특히 그의 제자인 알렉산더 대왕에 의해서 대제국시대가 열리고 그리스 문명과 동방문명의 통합에 의한 헬레니즘 시대가 열리는 역사의 격변기에 처해서, 그가 이미 폐물이 된 도시국가의 설계도를 그리고 있었다는 사실입니다. 그와 같은 천재이자 절세의 지식인이 말입니다.

② 그의 노동 경시 사상은 중세에까지도 많은 악영향을 주었는데, 그는 아테네의 병폐가 노동 경시와 노예 의존의 경제에 크게 연유했던 것을 통찰하지 못한 것 같습니다.

③ 그는 그리스인, 특히 아테네인은 우수하다는 주장에 서 있습니다. 한편 전쟁에 패배한 자는 열등함이 증명되었고 노예가 되어서 마땅하다고 했는데, 그렇다면 펠로폰네소스 전쟁에서의 패배를 겪은 아테네는 노예가 되어야 마땅하다는 이론이 나오는 것입니다.

전쟁의 승패로 인간 자체의 우열이 결정된다는 주장이 옳지 않음은 말할 것도 없습니다.

④ 이미 말한 대로 그는 알렉산더의 스승이었는데 그의 저서 어디에도 그에 대해서 언급하고 있지 않다 합니다. 이는 단순히 흥미의 문제가 아니라, 그가 만일 알렉산더의 동향에 보다 진지한 주목을 가졌던들 그는 반드시 역사의 전환을 알았을 것이요, 따라서 그의 정치학의 내용도 아주 달랐을 것입니다.

⑤ 여담이지만 평등을 부정하는 그의 직업관, 여자관, 노예관 등을 읽을 때, 우리는 성경의 내용을 상기하면서 그리스 사상과 히브리 사상의 차이를 실감하게 됩니다.

3) 루소(1712~1778년)

(1) 그의 생애와 사상

① 스위스 제네바에서 시계공의 아들로 태어나 어려서 양친을 잃고 12세에 학교를 그만둔 뒤 빈궁 속에 여러 직장을 전전하면서 청춘을 보냈습니다.

② 그의 종교는 원래 칼빈파였으나 생활을 위해 12세 때 가톨릭으로 전향했다가 유명해진 후 다시 칼빈파로 복귀했습니다.

③ 그는 1745년경 파리에서 자기 보호인의 하녀로 있던 테레사와 동거해서 다섯 자녀를 두었는데 모두 고아원에 주었습니다. 테레사는 추녀였고, 무교육자였고, 바보였으며, 그 어미는 음흉하고 돈 뜯는 데만 정신이 팔려 있었습니다.

루소는 테레사에게 애정도 없었다는데, 그런 여자와 사실상의 부부 생활을 한 것입니다. 아마 약자 보호심리와 그녀의 철저한 의지에의 만족 때문이었을 것이라고도 합니다.

④ 그는 1750년에 쓴 〈과학과 예술론〉이란 논문의 당선으로 유럽에 그 명성을 떨쳤는데 그 내용은 과학과 예술이 인류에게 이익을 주지 못했다는 것입니다.

⑤ 그는 1762년에 쓴 교육소설 《에밀》과 《민약론》으로 프랑스 당국의 미움을 받자 제네바, 프러시아, 영국 등으로 수년을 전전하면서 망명생활을 하다가 프랑스로 돌아온 후로는 정신 불안으로 광적이 되어 각지에서 요양하다가 불행 속에 죽었습니다.

⑥ 루소의 저서는 앞서 말한 것들 외에도 몇이 더 있는데, 그 영향은 철학, 문학, 예술, 정치, 인간의 생활 태도 등에 아주 큰 것이었습니다.

⑦ 루소는 그의 《참회록》에서 그의 치부를 과장할 정도로 적나라하게 기록해놓고 있습니다.

⑧ 루소는 낭만주의의 창시자로 인간의 정서에서 인간 외의 사실을 추리하는 유의 사상체계를 처음으로 세웠습니다.

⑨ 그의 정치사상은 일반이 많이 알고 있는 대로 철저한 민주주의의 입장은 아니고 가민주적pseudo democratic 독재정치의 철학의 고안자라 할 것입니다. 그러나 전통적인 군주의 전제정치에의 단호한 반대자인 것은 분명합니다.

⑩ 그는 자연으로 돌아가라고 외치면서, 인간은 본래 선한 것으로서 원시인도 배부르면 자연 및 동류들과 평화롭게 지내지 않느냐고 주장했습니다.

⑪ 루소는 신학에 큰 영향을 주었는데, 플라톤 이래 신의 존재 증명은 우주론적 증명, 목적론적 증명, 본체론적 증명, 도덕적 증명 등 지적 논증이 상례였는데 처음으로 정서에 의한 인간성의 어떤 것, 즉 경외심, 신비감, 선악 관념에 근거를 둔 신神 이론을 주장했습니다. 이는 오늘날에는 평범한 이야기이지만 그 당시로서는 아주 혁명적인 주장이었습니다.

(2) 루소의 국가관
① 루소의 정치관을 피력한 《민약론》은 다른 저서와는 달리 지적으로 저술되어 있습니다.

② 그는 민주주의를 공치사하지만 전제정치의 경향을 띠고 있는데, 이로 인해서 그의 사상의 줄기에 프랑스혁명도 나오고 히틀러도 나오

게 됩니다.

③ 그는 정치제도로서 소국은 민주주의(그리스 같은 직접 민주주의)가 적합하고, 중간 크기의 나라는 귀족정치가 적합하고, 대국은 군주제도가 적합하다고 했습니다.

④ 그는 자유를 주장하나 자유를 희생하더라도 평등을 얻고자 했는데, 그것은 모두가 일정 한도의 토지를 갖고 빈부의 차가 없는 일계급 사회를 원했기 때문이라 합니다.

⑤ 우리가 오늘 말하는 대의제 민주정치를 그는 선임귀족정치 executive aristocracy라고 했는데, 이것이 제일 좋기는 하나 어느 나라에나 적합한 것이 아니라 이를 실시하기 위해서는 기후도 온화해야 하고 생산도 초과해서 사람을 부패시켜서는 안 된다고 했습니다.

(3) 루소의 사회계약설

① 계약이란 각자의 그 모든 권리와 온갖 양보를 공동사회에 돌린다, 양보는 남김없이 해야 한다.

② 공동사회는 일반의지를 가지고 있으며, 각자는 이에 절대 복종해야 한다, 복종하지 않으면 강제할 수 있다.

일반의지는 대중이나 국민의 뜻이 아니라 공동적 인격으로서의 국가의 의지로서 결국은 공동체를 형성한 지도자의 의지가 되게 된다.

일반의지를 행사하는 주권력은 불양도성, 불분할성, 무류성無謬性, 절대성을 가지고 있다.

③ 일반의지의 표현의 방해가 되는 부분적인 사회가 존재해서는 안 된다. 그러므로 각종 종교단체(국교 이외), 정치단체, 사회단체는 구성할 수 없게 된다.

이러한 루소의 민약론은 같은 사회계약을 주장한 사상가 중 홉스에 가깝고 로크와는 다른 것이라 할 것입니다.

홉스는 국민이 그의 자연권을 보호하기 위해서 계약을 맺고 주권자에게 이를 넘겨주는 것이며, 주권자의 권력은 절대적이어서 계약자인 국민은 주권자에게 절대 복종해야 한다고 했습니다. 여기서 홉스가 말하는 주권자란 사실상 절대군주를 의미하고 있으며, 따라서 그의 사회계약론은 민주주의와는 아주 거리가 먼 것입니다.

반면에 로크는 홉스와 같이 자연권에서 출발하지만, 그는 자연권을 보다 완전하게 보전하기 위하여 서로 계약을 맺어서 그중에서 최고 권력자를 내세워 그에게 권력을 위탁한다고 했습니다.

그러므로 계약 당사자인 통치자가 국민의 자연권을 보장하는 한 그의 권력은 정당화되지만 그렇지 않을 때에는 국민들이 대항하기 위해 권리를 유보한다고 했습니다.

그러므로 로크의 사상은, 통치자에게 유보 없는 권력을 주며 국민은 그에게 절대 복종해야 할 뿐 아니라 통치자의 무류성이나 절대성 등을 인정한 루소의 생각과는 아주 다른 것입니다.

그러므로 학자들은 루소를 히틀러의 조상이며, 로크를 루즈벨트와 처칠의 조상이라고 하기도 합니다.

(4) 루소의 정치관에 대한 몇 가지 의견

① 루소는 봉건왕조와 전통에 강력히 반대하고 심정적으로는 가난한 사람들의 편이었으나, 이미 본 대로 그의 정치사상은 새로운 독재주의를 낳을 요소를 내포하고 있었습니다.

사실 루소의 정치사상은 헤겔이 프러시아의 전제정치를 합리화하는 데 이용되었고, 바이런이나 칼라일의 영웅숭배주의, 피히테의 국가주의 등을 거쳐 마침내 히틀러의 나치즘을 낳는데 그 원류를 이룬 것이라 합니다.

② 한편 루소의 《민약론》은 프랑스혁명의 바이블이 되었는데, 그것은 왕권신수설이나 전통적 도덕을 맹렬히 반대할 뿐 아니라 많은 민주주의적인 요소를 내포하고 있었기 때문입니다.

그러나 그 프랑스혁명에서 로베스피에르 같은 피에 굶주린 독재자도 역시 루소의 제자로서 나왔습니다. 결국 루소의 사상은 양날의 칼 같은 것이라 할 수 있을 것 같습니다.

③ 루소의 주장 중 가장 문제되는 것은 앞에 루소의 사회계약설의 첫째와 둘째에서 나타난 대로 국민의 권리를 전적으로 양도하고, 아무 유보도 하지 않으며 국가에 절대 복종해야 한다는 위험한 것입니다.

그렇게 되면 자유와 인권의 주장을 하기 어렵게 되고 저항도 불가능해지는 것입니다. 물론 루소는 별도로 약간 유보적인 것을 첨가했지만 독재자의 악용을 막기에 충분한 것은 아니었습니다.

④ 민주주의는 정치적으로는 국민이 주권자가 되어 권력을 주기도 하고 뺏기도 할 때 민주주의라 할 수 있는데 루소에게는 그것이 없습니다.

⑤ 루소는 낭만주의의 창시자이며 주정주의主情主義자로서 주지주의主知主義에 반대했는데 이것은 참 매력 있는 것이지만 그만큼 위험도 큰 것이었습니다.

낭만주의는 현실에 입각하기보다는 복고적이며 중세 찬미적이었으며, 때로는 정반대로 미래몽상적이었는데 영웅숭배주의, 배타적 애국주의, 민족의 신격화, 피의 순결 등이 그들의 감정을 설레게 한 것입니다.

⑥ 인간은 정서를 가지고 있는 만큼 누구나 낭만주의자가 될 수 있고, 영웅주의자, 초인적 지배자를 꿈꿀 가능성이 있습니다. 언제나 경계할 만한 일이라 하겠습니다.

다음은 니체의 차례인데 지면 관계로 다음 달에 적겠습니다.

책의 부탁

1) 요세프스, 《The Jewish War》

2) E. H. 카, 《歷史란 무엇인가》(범우사)

3) 러셀 外, 《人生이란 무엇인가》(범우사)

4) H. 콘첼만, 《新約聖書神學》(大韓基督敎書會)

5) 유인호, 《농업경제의 실상과 허상》(평민사)

6) 차인석, 《현대 정치와 철학》(〃)

7) 장을병, 《정치의 파라독스》(〃)

8) J. 네루, 《세계사 편력》(석탑출판사)

9) 박현채, 《민중과 경제》(민중사)

지금 편지를 마감하는데 지영이와 정화의 그림을 또 받았습니다. 저의 아버지를 그린 것이라 합니다. 사진도 받았다고 전해주세요. 나는 요즈음 체증은 많이 좋아져서 이제는 된 밥을 먹고 있습니다. 안심하세요. 다리의 통증은 여전하고 귀의 소리도 나아지지 않지만 당신 말대로 심호흡을 열심히 하고 있어요. 요즈음 추위에는 큰 지장 없으니 너무 걱정 말기 바랍니다.

오늘 당신 편지에 크리스마스 카드 이야기가 있었는데 12월달을 바라보니 참으로 마음이 착잡해요. 가족들과 같이 지내던 크리스마스가 꿈과 같이 생각되며 그리워집니다.

모두 주님의 은총 아래 건강하기 바랍니다. 당신도, 홍일이도, 지영 모도, 홍업이도, 홍걸이도, 지영이도, 그리고 정화도 말입니다.

모든 친척, 벗들, 집안의 모든 분들에게 안부 전합니다.

1982년 12월 15일*

민족을 위한 기도

주님께 드리는 기도

사랑하는 예수 그리스도 우리의 주님!

오늘은 주님의 성탄의 날입니다. 하느님께서 주님을 참하느님이시자 참 인간으로 이 세상에 보내신 날입니다.

주님의 강생으로 이 세상은 성화되었으며 하느님의 복음 속에 전혀 새로운 시대로 접어들게 되었습니다. 그것은 주님께서 오신 뜻이 권세 있고 부귀한 자를 위한 것이 아니라 "주께서 나를 보내시어 묶인 사람들에게 해방을 알려주고, 눈먼 사람들을 보게 하고, 억눌린 사람들에게 자유를 주며, 주님의 은총의 해를 선포하게 하셨다"는 목적에 있기 때문이었습니다.

하느님이 복음을 전하게 하시기 위해 자기 독생자를 보내시고, 우리를 죄로부터 구원하시기 위해 십자가에 못 박으시고, 우리의 영생을 다짐하시기 위해서 죽은 자 가운데서 다시 살리셨다는 이러한 엄청난 기쁜 소식과 은혜가 어떻게 다시 있을 수 있겠습니까! 참으로 죄와 절망 속에서 신음하는 무리에게 오늘의 행복과 내일의 희망을 위해서 주님의 강생 이상 더 큰 기쁨이 어디 있겠습니까!

주님은 이 세상에 오셔서 두려운 하느님을 사랑의 하느님으로 알리

---

* 저자는 이 편지를 쓴 날 밤에, 다음날 서울대학병원으로 이감된다는 통고를 받았다. 이날 오전, 가을에 화분으로 옮겨 복도의 스토브 옆에 두었던 진달래가 한 송이 피었다고 한다.

셨고, 징벌의 하느님을 용서의 하느님으로 바꾸셨으며, 우리를 죄로부터 해방하시어 지옥의 문에 봉인을 하셨으며, 죽음의 권세에 승리하여 부활을 보이셨습니다.

주님은 인간을 하느님의 진리 이외의 모든 권세의 억압으로부터 해방시켰습니다. 통치자의 부당한 억압은 물론 아들을 아버지로부터, 며느리를 시어머니로부터 자유롭게 해방시켰습니다.

주님은 권세 있고 부요한 자를 배격하시고 눌리고 가난한 자를 두둔하셨습니다. 주님의 이와 같은 자유와 정의의 선포는 일견 오직 억눌린 자와 가난한 자만을 위한 편벽된 사랑 같지만 그러나 주님의 참뜻은 자유와 정의의 실현을 통해서 권세 있는 자와 부요한 자까지도 그들이 빠져 있는 죄로부터 구원하시겠다는 보편적인 사랑이 그 바닥에 깔려 있음을 저희들은 알 수 있었습니다.

주님은 또한 당시 유태인들의 그릇된 선민의식의 두터운 벽을 깨시고 하느님의 사랑이 온 세계를 향한 보편성을 이루시는 일대 혁명을 단행하셨습니다. 사마리아인을 착한 이웃으로 보신 여리고 여행자의 수난 이야기, 사마리아인에게 복음을 선포하시는 사마리아 우물가 여인 이야기, 실로 페니키아 여인의 자식 구원 이야기, 주님이 다시 세상에 오셨을 때 온 세상의 모든 민족들에게 그들의 행실에 따라 차별 없이 상주고 벌주겠다고 약속하신 마태복음 7장의 이야기 그리고 부활하신 후 제자들에게 땅 끝까지 주님의 복음을 선포하라고 명령하시고 특히 사도 바울을 이방인의 사도로 택하신 이야기 등이 주님의 구원의 보편성을 증명하고 있습니다.

이러한 주님의 제한 없는 보편 구원성이 그간 교회의 과오로 인하여 오랫동안 가로막혀졌습니다. 교회는 '구원은 예수 그리스도로부터'를 '구원은 교회를 통해서만'으로 좁게 해석했던 것입니다. 그러나 교회는 마침내 그 잘못을 깨닫고 하느님의 계시 속에 타종교나 무신론자 가운데에서도 만인을 위해 죽으신 예수께서 구원의 역사를 하시는 것을 믿지 않으면 안 된다고 말하기에까지 이르렀습니다.

우리는 예수 그리스도 교회에 속한 것을 자랑으로 생각하며 이것이야말로 주님을 따르는 최선의 길이라고 굳게 믿습니다. 그러나 우리들의 이러한 믿음이 주님의 자유로운 구원의 역사를 가로막을 수는 절대로 없을 것입니다. 더욱이 교회가 세계의 모든 사람을 교회 안으로 받아들일 가능성이 전혀 없는 마당에 이는 더 말할 나위도 없을 것입니다.

교회는 성립 이래 온갖 박해와 신고辛苦 속에서도 주님에 대한 사랑과 믿음에만 의지해서 놀라운 업적을 이룩했습니다. 조선왕조 말기의 100년 동안 천주교가 보여준 역사도 그러한 교회사의 일단이 될 것입니다. 그러나 교회가 많은 신학적 또는 인간적인 과오를 범한 것도 사실입니다. 율법주의, 특권의 남용, 부패, 배타성, 눌린 자를 외면한 지배자 편들기, 현세 무시의 타계주의 등 얼굴이 뜨겁고 가슴이 아픈 과오가 많았습니다. 그러나 주님의 사랑과 계시의 빛은 마침내 제2차 바티칸공의회의 저 찬란한 문헌을 낳게 하셨고 세계 교회협의회의 수많은 위대한 업적을 이루게 하고 계십니다. 교회의 역사 이래 오늘의 교회만큼 주님의 성령의 역사가 성공적으로 이루어진 때가 없었다고 믿으며 오늘을 살면서 자랑스러운 교회의 모습을 보는 저의 행복과 주님에의 감사는 너무도 큽니다.

사랑하는 주님!

제가 주님의 품 안에 받아들여지기 위해서 영세를 받는 것은 1957년 7월 3일이었습니다. 저는 윤형중 신부님으로부터 교리에 대한 특별교육을 받고 김철규 신부님의 집전 아래 장면 박사를 대부로 모시고 노기남 대주교실에서 그분의 입회 속에 영세를 받은 과분한 영예를 가졌습니다.

그러나 그후 저의 신앙생활은 결코 성실하지도 열렬하지도 못했으며 많은 죄를 범했습니다. 제가 참으로 주님을 절실히 찾고 주님께 매달린 것은 유신 이후 해외에 있을 때부터입니다. 그 당시 저는 고국과 가족으로부터 끊어지고 언제 다시 만나리라는 보장도 없이 타국에서 외롭고 고독한 나날을 보냈습니다. 그러한 정신적 불안과 공허가 본능적으로 주님을 찾게 하고 주님에의 기도 속에 살게 했습니다. 그후 1년 만에 고국에 돌아와서 지금까지 9년 4개월, 그동안 단 하루도 인간적인 안정이나 평화를 누려보지 못했습니다. 교도소 생활만도 5년 5개월이 됩니다. 죽음의 고비도 넘어야 했습니다.

아아, 만일 제게 주님이 안 계셨으면 제가 어떻게 오늘 같은 모습을 지킬 수 있었을까요? 주님은 암담한 감방에서 공포의 법정에서 어디서나 저의 스승으로 벗으로 의논 상대로 같이 계시며 격려하고 가르치시고 때로는 같이 슬퍼해주셨습니다.

주님은 저의 무거운 짐을 한없는 애정으로 같이 져 주셨습니다. 생각하면 저같이 주님의 은혜를 많이 입은 사람도 없을 것입니다. 주님, 6.25 당시 공산군 감옥에 갇혔던 저를 220명의 재소자 중 140명이나 학살되는 가운데서 탈옥해 살도록 하셨습니다.

주님은 71년 국회의원 선거 지원차 전국을 지원 유세하는 제 차를 14톤 대형 트럭으로 들이받아 교통사고를 빙자해서 죽이려는 음모를 간일발의 위기 속에서 좌절시켰습니다.

주님은 제가 1973년 8월 8일부터 13일까지 5일 동안 납치되었을 때 시종 저와 같이 계시면서 제 목숨을 살려내셨습니다. 그리고 마지막에는 재작년의 사형 판결에서 저를 구출하셨습니다.

아아, 주님의 크고 깊은 은혜여! 제가 무엇이기에 주님께서는 저에게 이렇게 큰 은혜를 베푸신 것일까요? 마지막 두 번의 경우에서는 국내외의 많은 인사들, 그 가운데 특히 주님의 교회들이 보여준 정성과 힘이 얼마나 컸습니까?

주님은 제게 세 번 나타나셨습니다. 하나는 납치 당시 납치자들이 바다에서 저를 꽁꽁 묶어서 이제 막 물에 던지려고 들고 나가려는 순간 제 옆에 서 계신 모습으로 나타났는데 그 순간이 제게 삶의 구원이 온 시간이었습니다.

두 번째는, 재작년 제가 수사기관에 있을 때 "두려워하지 말고 믿기만 하여라"는 회당장 야이로에게 하신 말씀의 소리로 나타나셨습니다.

세 번째는, 제가 여기 교도소로 온 직후 꿈에 나타나셨는데 죽음의 곳에 버려지기 위해 발가벗겨진 채 혹한 속에 수레에 실려 교외의 황야로 끌려갔을 때 하늘에서 내린 두 줄기 빛이 저와 저를 끌고 간 일꾼까지 따뜻하게 해주면서 저를 다시 안전한 곳으로 데려오셨습니다.

저는 주님의 이 모든 사랑이 오직 저로 하여금 이웃과 이 사회를 위한 봉사의 한 도구로 삼으시기 위한 것으로 믿고 있습니다. 그리하여 저의 모든 것을 바쳐 주님의 선교에 동참할 결심입니다. 자유와 정의와 평화의 실현을 통해서 이 세상을 구원하시고 우리의 믿음을 높이시어 모든 사람을 영적으로 구원하시려는 주님의 역사에 저의 온갖 정열과 노력을 다해 동참함으로써 여생을 바치겠습니다.

주여! 저는 힘없고, 흔들리고, 인간의 지혜를 앞세웁니다. 저를 도우시고 바로 이끌어주소서.

돌이켜보면 작년 크리스마스를 이 감방 안에서 홀로 보내면서 주님을 생각하고 가족과 벗들을 생각하면서 앞으로 한 해의 주님의 은총을 간절히 기도드렸습니다. 과연 지난 1년 동안 저희에게 주신 주님의 은혜는 매우 풍성하였습니다. 무엇보다도 저의 사건으로 교도소 생활을 하던 이들 중 몇 분이 출옥했습니다. 저의 가족에게도 고르게 기쁨이 있었습니다. 다같이 건강하고 믿음이 튼튼한 가운데 큰자식 홍일이 집안은 며느리와 손녀들이 모두 영세를 받고 아주 화목한 가운데 행복한 주님의 집안을 이루고 있습니다.

둘째자식 홍업이는 비록 아직 출국허가는 얻지 못했지만 미국의 주님의 교회에서 아주 좋은 조건의 재정보증과 유학 초청을 해주었습니다.

막내에게의 주님의 은혜는 가장 큰 기쁨을 우리 가족에게 주었습니다. 홍걸이가 그간 그토록 원하던 고려대학교 불문과에 무사히 입학한 것입니다.

그리고 저는 오스트리아의 인권단체(오스트리아의 수상 부르노 크라이스키를 위해 제정된 인권상으로, 1981년 11월에 주어졌으나 실재 수상은 1982년에 이루어졌다)로부터 상을 받은 것을 위시로 국내외의 여러 시민과 단체로부터 유형·무형의 성원을 받았습니다. 아내도 미국의 자기 모교로부터 상(내쉬빌에 있는 스컬릿 칼리지에서 뛰어난 봉사에 대한 상으로 타워 어워드Tower Award 상이 주어졌다. 실제 받은 것은 도미 후였다)을 받았으며, 역시 국내외로부터 계속된 위로와 기도의 성원을 받았습니다.

그러나 이러한 유형의 기쁨들도 저희들의 믿음이 더해지고 그동안의 공부의 덕으로 주님에 대한 앎을 더 가질 수 있게 된 기쁨과는 바꿀 수가 없습니다. 저는 두 번의 옥중생활 중 수십 권의 국내외의 신학서적을 읽었습니다. 그중에서도 저에게 가장 결정적인 영향과 믿음의 진보를 준 것은 이미 말씀드린 바티칸공의회 문서, 유럽의 신·구교 학자들이 공동 저술한 《하나의 믿음》 그리고 20세기 신학사상의 최고봉을 이루는 주님의 참된 종 메이야르 드 샤르뎅 신부님의 저술들과 국내 민중신학 이론가들의 저서였습니다. 제게 이러한 고귀한 문헌을 읽게 해주신 주님의 섭리에 감사드리고 있습니다. 제가 이러한 글들을 바르게 이해하고 그 확고한 바탕 위에 주님의 뜻에 합당한 실천을 할 수 있는 지혜와 능력을 주시옵소서.

사랑하는 주님!

이제 마지막으로 이 세계와 우리나라와 겨레를 위해서 기도를 드리고자 합니다. 주여, 자비와 능력으로 이 모든 것이 이루어지도록 하시되 이를 위하여 첫째는 우리 교회와 믿는 자들이 바르게 깨닫고 이를 실천하도록 이끌어주시고, 다음에는 이 시대 모든 사람들의 양심의 잠을 깨게 하시어 주님의 역사에 합류하도록 인도하여 주십시오.

먼저 이 세계 전체를 위해서 기도를 드립니다.

첫째, 교회가 타계주의적 개인 구원 위주의 그릇되고 낡은 자세로부터 탈피해서 눌린 자와 고난 받는 자를 위한 자유와 정의와 평화의 주님의 역사에 빠짐없이 동참하여 문자 그대로 주님의 증거자요, 이 시대의 빛과 소금이 되게 하소서.

둘째, 이 세계가 이기주의적인 국가주의로부터 벗어나서 이미 교통과 통신 등 물리적으로 하나가 된 현실을 직시하고 반성과 회개와 사랑 속에 하나의 세계를 이루도록 하여 주십시오.

셋째, 지금 인류는 경제적 평등의 미명하에 집단적 자기 숭배의 노예의 실태로 인간을 끌고 가려는 공산주의의 위협에 직면하고 있습니다. 우리 모두가 이 위험을 바로 깨닫는 동시에 이러한 위기로부터 세계를 구출하는 길은 자유세계의 지도국가가 남북 간의 경제적 격차의 시정에 충분하고 과감한 조치를 다하는 동시에, 모든 비공산국가의 지도자들이 국민에게 자유와 경제적·사회적 정의를 실현하는 것만이 공산 위협을 극복하는 기본이라는 것을 깨닫고 이의 실천에 성의를 다하도록 하여 주소서.

넷째, 지금 인류는 핵무기만으로도 전 세계를 30번이나 파멸시킬 수 있는 무기를 비축하는 광태를 부리고 있습니다. 20세기의 저명한 역사가의 한 분은 인간의 역사 이래의 4대 죄악인 노예제도, 인종차별, 착취제도, 전쟁 중 앞의 세 개는 이미 폐지되었거나 인간의 양심에 의해서 그 정당성이 부정되었는데 거기에는 기독교문명(교회 아닌)의 영향이 결정적이었다고 합니다. 즉 주님의 섭리가 컸던 것입니다.

그러나 전쟁만은 더욱 더 커가기만 하고 더욱 파괴적으로 되어가고 있습니다. 앞에 말한 세 가지의 악을 근절하는 것도 아직 인류의 큰 과제이지만 그러나 전 인류의 순식간의 멸망의 위기는 너무도 절박하고 두려운 일입니다. 오직 주님의 섭리를 통한 인류 양심의 각성과, 전쟁을 꿈꾸는 자에 대한 전 인류적 규탄만이 이를 미연에 방지할 수 있사오니 주여, 인류를 전쟁의 참화의 위협으로부터 구해주소서.

다음에는 우리나라와 겨레를 위하여 간구하겠습니다.

첫째, 우리의 국시는 민주주의입니다. 해방 후 근 40년이 되었지만 아직도 이를 이루지 못하고 있습니다. 민주주의만이 자유의 길이요, 경제적 평등의 길이요, 사회적 복지의 길입니다. 민주주의만이 국민이 대한민국 국민으로서의 보람과 자랑을 느낄 수 있는 길이요, 공산주의자와 싸울 의욕을 고취시키는 길입니다.

주여! 국민의 행복을 위해서, 국가의 안정을 위해서 진정한 민주주의가 이 나라에 확고하게 이루어지도록 은혜를 베푸소서.

둘째, 백성이 나라의 주인이며 역사의 주체입니다. 그러나 민중은 언제나 소외되고 그 권리는 무시되어 왔습니다. 그러나 민중의 자기 권리의 회복은 스스로의 각성과 노력과 희생에 의해서만 이루어질 수 있으며 그것만이 정도입니다.

주여, 우리 겨레가 주님의 뜻에 따라 폭력과 파괴를 배제하되 그러나 끈질긴 노력과 전진으로 주님이 주신 천부의 권리를 완전히 누릴 수 있도록 그들을 깨우치고 일으켜주소서.

셋째, 이 나라는 분단과 동족상잔의 쓰라린 역사 속에 살고 있는 유일한 나라입니다. 공산주의의 위협은 지금도 여전합니다. 지도자와 국민이 모두 각성해서 이 나라에서 자유와 정의와 번영을 동시적으로 실천하여 공산주의에의 튼튼한 방벽을 이루고, 그들로 하여금 무력통일을 단념하고 평화적인 공존과 통일의 길에 응해 오게 하는 태세를 갖출 수 있게 하소서.

넷째, 이 나라의 정치인, 경제인, 언론인, 법관 등 국가 운명에 대한 관건적 입장에 있는 이들이 국가 운명의 장래에 대한 두려운 경계심과 인간의 명예나 부귀의 허망함을 해방 이후의 많은 교훈적 사례를 통해서 깨닫고, 모든 판단과 행동을 국가와 국민대중을 중심으로 할 수 있도록 그들의 양심을 일깨우고 그들의 용기를 북돋아주소서.

다섯째, 이 땅의 모든 고난 받는 이들이 각성과 결단으로 자기 운명과 역사의 주인이 되게 하여 주시고, 의롭게 살다가 지금 고초를 당한 사람들과 그 가족들에게 주님의 자비와 은혜를 넘치게 주시어 그들이 주님의 영광과 승리를 보고 노래하게 하소서.

아멘!

1. 철학자와 정치관(속)

전달에 철학자와 정치관의 항목에서 플라톤, 아리스토텔레스, 루소까지는 쓰고 니체를 못 썼는데 여기다 적어보겠습니다(언제나 고통스럽게 느낀 점이지만 아무리 글씨를 작게 써도 쓰고 싶은 것을 다 못 씁니다. 그보다도 일단 써버리면 정정하기가 어렵기 때문에 불만스러운 것을 그대로 보내는 아쉬움이 참 큽니다. 여하튼 이러한 고통스러운 작업을 견뎌주는 내 자신, 특히 나의 눈에 대해서 감사하고 있습니다).

4) 니체(1844~1900년)

(1) 니체의 생애와 저서

① 그는 목사의 아들로 태어나서 5세에 부친을 잃고, 조모댁에서 자랐으며 대학 진학 때까지 어머니, 누이, 두 고모 등 여자들 속에서 자랐습니다.

② 본대학, 라이프치히대학 등에서 문헌학을 전공하고, 그의 뛰어난 능력으로 24세에 스위스의 바젤대학의 정교수가 되었습니다.

③ 우연히 쇼펜하우어의 저서를 읽고 큰 영향을 받았으며, 그는 생의 철학에 있어서 쇼펜하우어의 후계자를 자처하지만 사실은 그가 훨씬 뛰어났으며 그를 생의 철학의 창시자로 보아 마땅하다 합니다.

④ 그는 바그너의 음악에 심취하고 바그너의 열렬한 숭배자였으나, 후에 바그너와 결별하고 그를 맹렬히 비난하는 글을 많이 발표했습니다.

⑤ 그는 1878년(34세)에 지병인 눈병, 두통, 기타 여러 가지 병이 악화되어 바젤대학을 사임하고 1889년 1월 그가 정신이상이 될 때까지 각지를 전전하면서 요양과 집필의 세월을 보냈습니다.

⑥ 그의 저서는《비극의 탄생》《인간적인 너무도 인간적인》《짜라투스트라는 이렇게 말했다》《선악의 피안》《안티그리스트》《디오니소스 찬가》《바그너의 경우》《니체와 바그너》등인데 철학적으로 볼 때는 존재론이나 인식론에는 특색이 없으나 윤리사상이나 종교비판에서는 큰 영향을 주었습니다.

(2) 니체의 사상 개관

① 그의 생의 철학은 쇼펜하우어에서 출발했지만 그는 쇼펜하우어의 염세주의적 철학에 반대하고 생의 힘, 생의 충실, 생의 환희를 예찬하며 권력의 의지를 주장하였습니다. 즉 살려는 의지, 자기 자신을 표

현하고 지배하려는 의지를 주장하였습니다.

② 그는 영겁회귀永劫回歸를 말했는데 '삶은 괴롭지만 피할 길이 없다. 죽어도 다시 나게 되어 괴로움은 못 피한다. 그렇다면 차라리 운명을 사랑하라'고 주장했습니다. 아마 이런 데서 실존주의와 연결이 될 것입니다.

③ 삶의 고통을 극복하고 활동과, 생성과, 창조를 향한 디오니소스적 강자, 권력의지에 충만한 초인이 되라고 그는 주장했습니다.

④ 그는 낭만주의를 비판했지만 그의 사상은 독일 후기 낭만주의의 쌍벽인 쇼펜하우어, 바그너에 의해서 크게 형성되었으며 영국의 낭만주의 시인 바이런의 숭배 등 낭만주의의 영향을 크게 받았다고 전문가들은 보고 있습니다.

(3) 니체의 정치·윤리적 주장

이상 권력의지의 초인, 디오니소스적 인간, 영겁회귀와 운명애 등 그의 사상의 골격 아래 이루어진 니체의 주장은 구체적인 면으로 들어가면 두려움을 넘어서 숨이 막힐 지경입니다. 즉,

① 한 사람의 위대한 인간을 만들기 위해서는 평범한 인간의 고통은 개의할 바 아니다. 다수자는 소수 탁월한 자의 수단이며, 독자적인 행복을 다수자가 요구한다는 것은 부당하다.

② 전 민족의 불행도 한 강자의 고통만 못하다. 프랑스혁명은 나폴레옹을 낳는 데서만 정당화된다. 우리 세기의 모든 희망은 나폴레옹에게만 걸렸다.

③ 종래의 기독교 도덕 아래서의 선이라는 것은 악이요, 악이라는 것은 선이다. 진정한 도덕이란 모든 사람을 위한 것이 아니고 소수의 귀족만을 위한 것이다. 선과 악은 다같이 고귀한 소수자에게 속한다.

여타 대중에게는 문제가 되지 않는다.

④ 고상한 사람은 대중에게 등을 돌리고 민주주의에 반대해야 한다. 민주주의란 속된 무리들이 자기들이 주인이 되고자 하는 음모인 것이다.

⑤ 동정이란 약자의 도덕이다. 동정이니 사랑이니 하는 것은 약자가 강자로부터의 해를 모면하기 위한 술책이다.

⑥ 독일정신을 확립해야 하며 이것에 의해서 병든 시대는 쾌유된다.

이러한 주장은 카리스마적 지도자 출현을 가능케 했지만 그는 국가주의자는 아니고 정열적인 개인주의자이며 영웅숭배자였습니다.

(4) 니체의 여자관

니체는 여자에게는 언제나 서먹서먹했으며, 일생에 두 번 구혼했지만 한 번도 직접 하지 못하고 편지나 남을 통하여 했다가 그것도 거절당했다 합니다. 러시아 귀족 출신인 루 살로메라는 아주 총명한 여자에게는 몹시 반했기 때문에 일설에는 거절당하자 자살하려고까지 했다 합니다. 그는 자기 어머니, 누이(엘리자베스), 기타 어떤 여성하고도 오래 원만히 지내지 못했습니다. 특히 누이는 매우 교활하고 간악해서 니체를 몹시 괴롭히고 니체가 그토록 좋아했던 루 살로메와 니체를 이간질해서 떼어놓았습니다.

니체의 여성에 대한 비난에는 끝이 없을 지경이었는데,

① 여자는 우정을 나눌 대상이 못된다. 남자는 전쟁을 위해 훈련시켜야 하며, 여자는 그 전사들의 심심풀이를 위해 훈련시켜야 한다.

② 그대는 여자에게 가려는가, 갈 때는 회초리를 가지고 가라.

③ 우리는 동양 사람같이 여자를 소유물로 생각해야 한다.

이러한 여자에 대한 그 주장은 그것 자체로서 저명한 것으로, 여기 어떤 역사상의 증명이나 개인 경험의 뒷받침도 없습니다.

(5) 니체와 기독교

니체는 기독교 명문의 아들로 그의 조부는 지역 교구의 감독이고, 그의 아버지는 목사였습니다. 그도 대학 입학까지는 독실한 신자였는데 그의 반기독교로의 전향은 자기 내부의 변화에 기인한 것이며 외부적 이유는 별로 없는 것 같습니다. 그는 주장하기를,

① 기독교의 윤리는 약자의 도덕이고 노예의 도덕이다.

② 일반 반기독교주의자가 말하는 교회는 전제군주의 동맹자이며, 민주주의의 원수라는 것은 사실과 다르다. 프랑스혁명, 사회주의는 본질상 기독교와 같은 것이다.

③ 불교와 기독교는 허무주의적 종교이다. 왜냐하면 인간과 인간 사이의 궁극적 가치 차이를 부인하기 때문이다. 기독교는 타락되고 썩어빠진 배설물과 같은 것으로 가득 차 있는 것이다.

④ 신약성서는 인간들 중에서 가장 비천한 무리들의 복음이다.

⑤ 자만, 차별감, 위대한 책임, 충만의 정신, 특이한 금욕주의, 투쟁과 정복의 충동, 감정과 복수와 분노, 주색, 모험, 지식의 신격화 등의 가치를 부인하는 기독교는 저주받아 마땅하다.

⑥ 우리는 기독교의 성자 대신 고귀한 사람 즉 지배하는 귀족을 원한다.

그는 자기를 폴란드 출신 귀족의 후예로 믿고 있었는데, 이는 사실이 아니고 그의 고모들이 조작한 것이었다 합니다.

(6) 니체에 대한 몇 가지 소견

① 일견 터무니없는 것 같은 니체의 철학을 어떻게 평가하며, 유용성은 무엇이며, 가치는 어떠한 것인가? 단지 하나의 정신병자의 망상인가? 결론적으로 그의 학설의 영향은 철학자보다는 문학적·예술적 문화인에게 큰 영향을 주었으며, 그의 예언은 대전쟁의 발발 등 적중

한 것이 많았습니다.

② 니체의 초인사상, 권력에의 의지, 귀족주의 등은 나치스의 전사前史가 말해졌을 때 영원히 인용될 것은 당연한 것이라고 그의 연구자들은 말하고 있습니다.

③ 니체의 초인사상, 여자 멸시, 기독교 윤리의 부인은 모두가 그의 두려움의 감정의 소산일 것이라는 데 몇몇 전문가의 의견이 일치합니다. 즉 서양철학사를 쓴 버트런드 러셀, 니체 연구서를 쓴 칼 야스퍼스, 그의 전기를 쓴 I. 프렌쩰이 다같이 그가 일생 동안 가지고 있던 불가사의한 두려움의 감정을 지적하고 있습니다. 다시 말해서, 그가 여자를 멸시한 것은 우리가 흔히 본 바 여자를 두려워하는 사람들이 여자를 멀리하고 비난함으로써 자존심을 달래는 것에서 알 수 있는 바와 같다는 것이며, 기독교에 대한 비난도 이웃에 대해서 두려움밖에 느끼지 못한 그의 심정에 비추어 기독교의 사랑을 두려움의 소산으로만 본 것이라는 것입니다. 이 세상에는 타인에 대한 공포 때문이 아니라 자발적이고 억제할 수 없는 사랑 때문에 남에게 동정하고 봉사하는 성자가 있다는 것을 그는 이해하지 못한 것이라고 그들은 지적하고 있습니다.

이런 관점에서 '그의 초인사상이라는 것도 결국 이웃에 대한 두려움의 산물이다. 남을 두려워하지 않는 사람이 남에게 폭군이 될 필요는 없는 것이다. 그가 존경한 프레드릭 대왕, 나폴레옹 등이 모두 군인인 것도 그의 두려움에 찬 심정의 반작용으로 볼 수 있다'는 것입니다.

④ 그는 자기를 강자로 위장하는데 특히 그의 초인사상 같은 것은 현실 세계의 하나의 악몽 같은 것으로, 그의 고귀한 사상이란 실은 무자비하고 냉철하고 잔인하며 타인의 운명에 대해서는 그지없이 자기의 권력만 염두에 둔 너무도 몸서리치는 주장이라고 비판받고 있습니다(히틀러에서 보는 바같이).

⑤ 니체의 이러한 특이한 사상의 원인으로는, 이미 말한 바 그의 건강의 상태, 특히 정신병의 잠복기의 영향이 있을 것으로도 보는 사람이 있습니다. 그러나 니체의 기본 주장을 정신병자의 그것으로 보면 큰 잘못일 것입니다. 거기에는 정연한 논리와 비범한 통찰이 있기 때문입니다.

2. 사색의 단편

● 신학자 볼트만은 말하기를 '그리스도적 삶의 성격은 심리적 현상이 아니라 신앙의 태도가 규정한다'고 했다. 근자 한국 교회 일부에서 성령의 은사를 받았다느니 방언을 했다느니 하면서 그러한 망아忘我적 상태야말로 참된 기독교인이 된 증거같이 떠드는 경향에 그 말은 좋은 경고가 된다. 사도 바울도 고린도 교회의 그와 같은 성령 소동을 경고한 바 있다(고전 14:26).

● 괴테는 파우스트를 통하여 '이것이 지혜의 마지막 섭리이니 매일 새로이 정복하는 자 오직 그만이 생명과 자유를 얻는다'고 했다. 우리는 매일 새로이 나고 매일 새로이 전진해야 한다. 우리의 정복의 상대는 자기다. 안주하려는 자기, 도피하려는 자기, 교만해지려는 자기, 하나의 성취에 도취하려는 자기와 싸워서 이를 정복해야 한다.

● 경쟁에는 형제적 경쟁과 적대적 경쟁이 있다. 전자는 경쟁자와 협력하며 남을 살리면서 또는 남을 살리기 위해서 경쟁한다. 후자는 고립해서 투쟁하며 남을 파멸시키면서 또는 남을 파멸시키기 위해서 경쟁한다. 전자는 자기와 남을 다같이 성장시키고 후자는 자기와 남을 다같이 좌절시킨다.

● 하느님은 물리적인 강자가 아니다. 그분은 힘으로서는 약하고 사랑으로서는 강하다. 예수의 생애가 바로 하느님의 이러한 특성을 증거

하고 있다.

● '만리장성은 진시황이 만들었다. 석굴암은 김대성이 만들었으며, 경복궁은 대원군이 건축했다'고 역사는 기록한다. 이것을 누구도 의심하지 않지만 잘 생각하면 터무니없는 허구다. 진실한 건설자는 그들이 아니라 이름도 없는 석수, 목수, 화공 등 백성의 무리들이었다. 우리는 이 사실을 정확히 깨달을 때 이름 없는 백성들에 대한 외경심과 역사의 참된 주인에 대한 자각을 새로이 하게 된다.

● 소비와 소유의 극대화로 행복을 성취하려는 오늘의 인류는 결국 좌절과 소외의 불행을 맛볼 뿐이다. 우리의 진정한 행복은 자기 능력의 개발, 이웃에의 사랑과 봉사를 통해서만 얻어질 수 있는 것이다.

● 진정한 정치가 할 일은 억압받는 자와 가난한 자의 권리와 생활을 보장하고 그들을 정치의 주체로서 참여케 하는 것이다. 그러나 이러한 과정에서 억압하던 자와 빼앗던 자들도 그들의 죄로부터 해방시켜서 대열에 참여케 해야 한다. 그 점에서 정치는 예술이 된다.

● 우리는 자기의 직업이나 직책을 택할 때 일시적 수입이나 지위보다는 참으로 자기가 인생의 보람을 그 일을 통해서 느낄 수 있는가 없는가에 의해서 결정해야 한다. 그러한 결정을 통해서만이 우리는 사회에의 공헌과 자기 능력의 발휘를 기대할 수 있다. 그뿐 아니라 긴 안목으로 보면 그러한 선택은 결국 경제적 수입과 지위의 향상도 가져오는 경우가 많다.

● 사람을 대할 때 마음을 온통 열고 그를 받아들여야 한다. 그리고 나를 아낌없이 그에게 주어야 한다. 온몸으로 받고 주어야 하며 그와 하나가 되어야 한다. 이 말은 그의 결함이나 계략을 눈감아주라는 말이 아니다. 그것을 능히 보면서 온몸으로 대하고 주고받으라는 말이다(군자는 화이부동한다君子和而不同).

옥중단시

면회실 마루 위에 세 자식이 큰절하며
새해와 생일하례 보는 이 애끓는다.
아내여 서러워 마라 이 자식들이 있잖소.

이몸이 사는 뜻을 뉘라서 묻는다면
우리가 살아온 서러운 그 세월을
후손에 떠넘겨주는 못난 조상 아니고저.

추야장 긴긴 밤에 감방 안에 홀로 누워
나라 일 생각하며 전전반측 잠 못 잘 때
명월은 만건곤하나 내 마음은 어둡다.

둥실 뜬 저 구름아 너를 빌려 잠시 돌자.
강산도 보고 싶고 겨레도 찾고 싶다.
생시에 아니 되겠으면 꿈이라면 어떨까.

지난겨울 모진 추위 눈물로 지샜는데
무정한 꽃샘바람 끝끝내 한을 맺네
우습다 천지 이치를 심술 펴들 어쩌리.

내게도 올 것인가 자유의 기쁜 날이
와야만 할 것인데 올 때가 되었는데
시인의 애타는 심정 이내 한을 읊었나.

옥중단시

509

가족이 보고 싶다 벗들이 보고 싶다.
강산도 보고 싶고 겨레도 보고 싶다.
그렇다 종소리 퍼지는 날 얼싸안고 보리라.

봄비는 소리 없이 옥창 밖을 내리는데.
쪼록쪼록 낙수 소리 밤의 정적 깨는구나.
만상이 새봄 왔다고 재잘대는 소리인가.

망각의 뜰에도 봄은 찾아 오는가.
진달래 개나리 나비도 쌍쌍이네.
묶인 몸 한 많은 세월 너와 같이 살리라.

저기 오는 저 구름아 북풍 따라 온 구름아
무슨 소식 가졌기에 하 그리 바삐 온가
지난밤 꿈자리 사나 가슴 설레 있는데.

하늘이 무너져도 솟아날 구멍 있고
범에게 물려가도 살아오는 길이 있다.
이 겨레 반만년 의지 이 말속에 담겼다.

주님의 손목 잡고 만당원정 하닐 적에
눈물은 강이 되고 한숨은 뭉친 구름
언제나 이 한을 풀고 기쁜 날을 살거나.

– 1982년 청주교도소에서

이제 가면

잘 있거라 내 강산아 사랑하는 겨레여
몸은 비록 가지만은 마음은 두고 간다.
이국땅 낯설어도 그대 위해 살리라.

이제 가면 언제 올까 기약 없는 길이지만
반드시 돌아오리 새벽처럼 돌아오리
돌아와 종을 치리 자유종을 치리라.

잘 있거라 내 강산아 사랑하는 겨레여
믿음으로 굳게 뭉쳐 민주회복 이룩하자.
사랑으로 굳게 뭉쳐 조국통일 이룩하자.

- 1982년 12월 23일 미국으로 출발을 앞두고

옥중단시

세 아들의 서신

1981년 4월 14일

사랑하는 아버지께*

꿈속에서도 간절히 만나뵙고 싶어 애를 쓰던 아버지께 편지를 쓴다
고 생각하니 먼저 눈시울이 뜨거워지는군요. 무엇보다도 먼저 저희 가
족들과 많은 분들의 기도를 들어주시어 아버지의 생명을 지켜주신 주
님의 크신 은혜에 감사를 드리고 있습니다. 하느님께서 아버지와 같이
하시며, 이사야 48장 10절의 "보라 내가 너를 연단하였으나 은처럼 하
지 않고 너를 고난의 풀무에서 택하였노라" 하신 말씀과 같이 보다 더
귀하게 쓰시려고 이 어려운 시련을 주시는 것으로 믿고 있으면서도,
저 자신 미약한 인간인 탓인지 얼마나 가슴을 조이던 시간이었던가 생
각하니 지금도 온몸이 오싹하는 것 같습니다.

저희들은 이곳에서 매주 한 번씩 미사를 보고 많은 도움을 받고 있
습니다. 이번의 어려운 시련을 이겨나가는 데는 전지전능하신 아버지
하나님의 보살펴 주심과 저희들 자신의 강한 믿음이 필요하였습니다.
제 자신 그동안 다 큰 어른이 되었다고 생각을 하고 있었는데 이번에
보니 아직도 어린애란 생각이 들었습니다.

---

* 저자의 장남인 홍일 씨가 1980년도의 5.17사태로 구속되어 있던 중, 아버지인 저자에게 편지를 쓰고 싶
어 여러 번 교도소장에게 간청한 끝에 겨우 허락을 받아 대전교도소에서 처음 쓴 편지다.

너무도 아버지를 그리워한 탓인지 저희 형제가 어머니께서 돌아가신 뒤 아버지 손을 양쪽에서 나란히 잡고 남산 팔각정에 올라가 사진을 찍는 등 여러 가지로 아버지께 사랑을 받던 생각이 나곤합니다. 어머니, 홍업, 홍걸, 제 처를 통해 아버지 면회와 편지에 대해서 전해 듣고 있습니다만 아버지 건강이 좋지 않으심이 무척이나 가슴이 아프군요. 주님의 보살펴주심을 믿으며 간절한 마음으로 기도를 드리고 있습니다만 아버지께서도 힘을 내시고 건강에 유의하여 주시기를 간절히 부탁드립니다.

　저 자신 이곳 생활을 하면서도 아버지께 죄송스럽게 생각하는 것은 너무도 부족함이 많은 탓으로 아버지를 제대로 돕지도 못하고 걱정만 시켜드리고 있는 점입니다. 그러나 아버지께서 평소 하신 교훈의 말씀들을 가슴 깊이 명심하고 실천해가도록 노력하는 자식이 될 것을 약속드립니다. 저 자신 이곳의 생활을 함에 있어 마음의 평온을 찾을 수 있음은 먼저 훌륭하신 부모님을 모시고 있다는 자부심과, 아직 어린 줄만 알았던 제 처가 너무도 현명하게 가정을 잘 지켜주고 있기 때문인 것 같습니다. 이곳에 들어와 가족의 귀중함을 절실히 더 느끼게 되는 것 같습니다.

　가능한 한도에서 홍업, 홍걸에게 자주 편지를 하여 이 시기를 헛되이 하지 않고 더욱 성장할 수 있는 시기가 될 수 있도록 노력할 것을 당부하고 형제간의 우애를 더 돈독히 할 것을 이야기하고 있습니다.

　요즈음 여러 곳에서 격려 편지와 책, 최하 500원의 영치금을 보내주고 있어 제게 큰 힘이 되고 있습니다. 저 자신 아버지와 그분들의 기대에 보답하는 뜻에서라도 이곳 생활을 보람 있게 하여 무언가 한 가지는 얻고나갈 각오입니다. 이 시간들을 그냥 허비함은 너무도 억울한 것 같은 생각이 드는군요. 저 자신 부족하나마 노력하여 천주님의 자녀로서 '나를 태워 세상을 비추고, 나를 녹여 세상의 썩음을 막는 빛과 소금의 역할'을 하는 참된 삶을 살아가도록 힘쓰겠습니다.

오늘이 저희들의 대법원 재판날입니다. 어떤 판결이 있었는지는 아직 알지 못합니다만 기대는 하지 않고 있습니다. 그러나 한편으로는 저 자신 약한 인간인 탓인지, 하나님의 크신 은혜가 있어 우리 가족과 또 아버지와 같이 고생하시는 많은 분들에 '만남'과 '자유'라는 기쁜 소식이 있기를 기도드리고 있습니다.

이번 19일은 부활 대축일이고, 그 다음날인 20일은 제 사랑하는 딸 지영이의 만 다섯 번째 생일입니다. 지금은 유치원에 다니며 정화와 같이 건강하고 영리하게 잘 자라고 있는 것 같습니다. 아버지께서도 아이들이 보고 싶으셔도 참고 계시는 것과 같이 저 역시 아이들을 보고 싶어도 이런 상황을 어린아이들 머릿속에 심어주고 싶은 생각이 없어 참고 있습니다.

지영이가 다른 사람들에게 '저한테 돈이 있으니 아빠가 보고 싶으니 있는 데를 알면 데려다 달라'는 말을 한다더군요. 아이들이 식사 때와 잠잘 때 꼭 기도를 하며 '할아버지와 아빠가 건강하게 지내고 빨리 우리들한테 돌아오게 해달라'고 기도한다더군요. 아이들의 기도가 이루어지기를 간절히 바라는 마음입니다.

이제 저희들도 기결이 될 터이니 사정이 허락하는 한 자주 편지를 보내도록 하겠습니다.

아버지가 무척 뵙고 싶군요 건강하시기를 간절히 기도드리겠습니다. 안녕히 계십시오.

큰아들 홍일 올림

P.S. 이 편지를 취급하는 분들께. 이 편지를 아버지께서 받아보실 수 있도록 선처하여 주시기를 간절히 부탁드립니다(이 부탁의 글은 봉함엽서 뒷면의 겉에 쓴 것이다. 당시의 상황 속에서 이 편지가 전달되지 않을 것을 염려하고 애태우는 심정으로 부탁한 것이다).

1980년 12월 14일

아버님

　사람의 마음으로는 극복하기 힘든 너무도 큰 시련에 있는 아버지가 안타깝습니다. 그러나 아버지는 누구보다도 하느님의 많은 사랑을 받고, 그러므로 더욱 많은 시련을 주시는 것으로 믿습니다. 하느님께서는 인간이 극복할 수 없는 시련은 주시지 않는다 하셨습니다. 반드시 아버지께서 이러한 시험을 이기실 수 있도록 해주실 것을 믿고 기도합니다.

　지금도 시험 가운데 있는 아버지와 작은아버지, 형, 비서분들, 그외 많은 분들을 생각하면 가슴 아프지만 저 역시 이번에 제 일생에 다시 없을지 모르는 귀한 경험을 많이 했습니다. 특히 하느님께서 항상 저와 함께 하심과 어려운 가운데에서도 제 불편을 덜어주시고 저를 격려해주시고 도우심을 너무나 많이 느낄 수 있었습니다.

　참으로 처음으로 저의 그동안의 생활과 많은 잘못을 돌이켜볼 수도 있었고 이해하지 못했던 주위의 분들과 또 많은 분들의 고통들이 얼마나 컸었고 큰가를 알 것 같아 그분들께 마음으로나마 미안함과 고마움을 느낍니다.

　힘들고 괴로웠던 시간에 아버지께서 제게 말씀해 주셨던 "모든 일들이 다 좋은 일도 없고 나쁜 일도 없다", 또 "하느님! 제가 변화시킬 수 있는 것은 변화시킬 수 있는 용기를 주시고 제가 변화시킬 수 없는 것은 평온한 마음으로 받아들일 수 있는 지혜를 주소서" 하는 말들이 가슴에 와닿는 것 같았습니다.

어머님 말씀대로 이번 시련이 우리 가족들을 하느님 앞에 굳은 믿음으로 뭉칠 수 있게 하신 귀한 시간이라 생각됩니다.

어머니에 대한 고마움은 말로 다할 수 없지만, 형을 면회해도 괴로운 내색 없이 깊어진 신앙과 항상 밝고 명랑한 마음으로 어려움을 어려움으로 받아들이지 않고 즐거움으로 받아들이려는 자세 등의 모습을 보며 형을 존경할 수 있는 마음입니다.

연약하게만 생각하던 형수에게서도 못 느꼈던 좋은 점이 많은 것을 알 수 있었습니다.

저 역시 학교 졸업 후의 모든 환경과 제 처지에 어떤 때는 좌절과 회의도 많이 가졌었지만, 하느님께서 제게도 큰 사랑을 베푸시고 그간 제게 그 크신 사랑을 다 담을 수 있는 그릇을 만들게 하신 것으로 생각됩니다. 제게도 주님께서는 거의 사소한 기도까지 모두 들어주십니다.

아버지에 대한 저의 기도도 반드시 이루어질 것을 믿으며 아버지께서는 너무도 크신 주님의 계획 안에 계신 줄로 믿습니다.

홍업 올림

(저자의 차남인 홍업 씨는 3개월간을 숨어 다니다가 연행되어 70여 일의 구류 후 석방되었다)

1980년 12월 12일

아버지께

그간 안녕히 지내셨습니까? 저도 학교에 잘 다니고 있습니다.

이제 날씨가 영하 10도를 오르내리는데 아버지의 건강이 어떠하신지 모르겠습니다. 그리고 큰형의 건강도 걱정이 됩니다.

그동안에 저는 학교의 교내 문예작품 모집에 시가 당선이 되어 교지에 실리게 되었습니다. 미숙하게 쓴 것 같은데 당선이 되어 부끄럽기도 하지만 기쁜 마음도 듭니다.

학교에서나 교회에서 여러분들이 우리 가족의 안부를 물으셨고 학교 친구들 중에도 저의 사정을 잘 아는 친구들이 몇 있는데, 모두 좋은 친구들이어서 대학이나 사회에 나아가서도 우정을 계속 유지할 것 같습니다.

저는 요즈음 방학 동안의 계획을 어느 정도 세워 놓고 부족한 과목을 보충해서 3학년에는 공부를 충실히 하고 실력을 쌓아서 바라는 대학의 학과에 가서 더욱 많은 공부를 하려고 합니다. 고 2때의 겨울방학이 중요하기 때문에 저의 노력이 꼭 필요할 것 같습니다.

저는 얼마 전에 김동리의 《사반의 십자가》라는 책을 읽었습니다. 내용은 유태 나라를 로마의 손아귀에서 풀려나게 하기 위해 예수님을 이용하려던 사반이 결국 실패하고 예수님과 같이 십자가에 매달리게 된다는 내용이었는데, 거기서 저는 예수님은 우리를 하늘나라로 인도하기 위해서 무척 애를 쓰셨고, 우리 인간들이 하늘나라를 잊고 당장 현실에서 편하기만을 원하는 마음을 깨우쳐주셨다는 것을 깨달을 수가 있었습니다. 그러고 보면 현실 사회에서 권력이나, 돈이나, 명예를 지나치게 탐하는 자들은 그런 것이 하늘나라로서는 전혀 소용없다는 것을 깨닫지 못한 자들이며, 그들의 행동은 그래서 부질없는 것이라고 생각합니다.

저는 전번 면회에 갔다온 후 아버지께서 하신 말씀을 기억하고 그것을 명심해서 실천하려고 마음먹고 있습니다. 그리고 아버지께서 권력이나 부를 탐하시지 않으시고 오직 하나님과 국민을 위해서만 일하셨다는 것을 저는 잘 알고 있기 때문에 저는 아버지를 자랑스럽게 생각합니다.

그럼 몸 건강히 안녕히 계십시오, 이만 적겠습니다.

홍걸 올림

김대중 마지막 일기

2009년 1월 1일
새해를 축하하는 세배객이 많았다.
수백 명.
10시간 동안 세배받았다.
몹시 피곤했다.
새해에는 무엇보다 건강관리에 주력해야겠다.
'찬미예수 건강백세'를 빌겠다.

2009년 1월 6일
오늘은 나의 85회 생일이다.
돌아보면 파란만장의 일생이었다.
그러나 민주주의를 위해
목숨을 바치고 투쟁한 일생이었고,
경제를 살리고 남북 화해의 길을 여는
혼신의 노력을 기울인 일생이었다.
내가 살아온 길에 미흡한 점은 있으나 후회는 없다.

2009년 1월 7일
인생은 생각할수록 아름답고
역사는 앞으로 발전한다.

2009년 1월 11일

오늘은 날씨가 몹시 춥다. 그러나 일기는 화창하다.
점심 먹고 아내와 같이 한강변을 드라이브했다.
요즘 아내와의 사이는 우리 결혼 이래 최상이다.
나는 아내를 사랑하고 존경한다.
아내 없이는 지금 내가 있기 어려웠지만
현재도 살기 힘들 것 같다.
둘이 건강하게 오래 살도록
매일매일 하느님께 같이 기도한다.

2009년 1월 14일

인생은 얼마만큼 오래 살았느냐가 문제가 아니다.
얼마만큼 의미 있고 가치 있게 살았느냐가 문제다.
그것은 얼마만큼 이웃을 위해서
그것도 고통받고 어려움에 처한 사람들을 위해
살았느냐가 문제다.

2009년 1월 15일

긴 인생이었다.
나는 일생을 예수님의 눌린 자들을 위해
헌신하라는 교훈을 받들고 살아왔다.
납치, 사형 언도, 투옥, 감시, 도청 등
수없는 박해 속에서도 역사와 국민을 믿고 살아왔다.
앞으로도 생이 있는 한 길을 갈 것이다.

2009년 1월 16일

역사상 모든 독재자들은

자기만은 잘 대비해서

전철을 밟지 않을 것으로 생각한다.

그러나 결국 전철을 밟거나

역사의 가혹한 심판을 받는다.

2009년 1월 17일

그저께 외신기자 클럽의 연설과 질의응답은

신문, 방송에서도 잘 보도되고

네티즌들의 반응도 크다.

여러 네티즌들의 '다시 한 번 대통령 해달라' '상식이 통하는 세상을 다시 보

고 싶다, 답답하다, 슬프다'는 댓글을 볼 때 국민이 불쌍해서 눈물이 난다.

몸은 늙고 병들었지만

힘닿는 데까지 헌신, 노력하겠다.

2009년 1월 20일

용산구의 건물 철거 과정에서

단속 경찰의 난폭 진압으로

5인이 죽고 10여 인이 부상 입원했다.

참으로 야만적인 처사다.

이 추운 겨울에

쫓겨나는 빈민들의 처지가

너무 눈물겹다.

2009년 1월 26일
오늘은 설날이다.
수백만의 시민들이 귀성길을 오고 가고 있다.
날씨가 매우 추워 고생이 크고
사고도 자주 일어날 것 같다.
가난한 사람들,
임금을 못 받은 사람들,
주지 못한 사람들,
그들에게는 설날이 큰 고통이다.

2009년 2월 4일
비서관회의 주재.
박지원 실장 보고에 의하면
나에 대해서 허위사실을 공표한
한나라당 의원에 대해서(100억 CD) 대검에서
조사한 결과 나는 아무런 관계 없다고 발표.
너무도 긴 세월동안 '용공'이니 '비자금 은닉'이니 한 것.
이번은 법적 심판 받을 것.
그 의원은 아내가
6조 원을 은행에 가지고 있다고도 발표.
이것도 법의 심판 받을 것.

2009년 2월 7일
하루 종일 아내와 같이 집에서 지냈다.
둘이 있는 것이 기쁘다.

2009년 2월 17일
명동성당에 안치된 김수환 추기경의 시신 앞에서
감사를 드리고 천국 영생을 빌었다.
평소 얼굴 모습보다 더 맑은 얼굴 모습이었다.
역시 위대한 성직자의 사후 모습이구나 하는
감동을 받았다.

2009년 2월 20일
방한 중인 힐러리 클린턴 미 국무장관으로부터 출국 중 전용기 안에서 전화
가 왔다.
그는 전화로 1. 클린턴 대통령의 안부 2. 과거 자기 내외와 같이 있을 때의 좋
았던 기억 3. 나의 재임 시의 외환위기 수습과 북한 방문 시 보여준 리더십 4.
다음 왔을 때는 꼭 직접 만나고 싶다 5. 남편 클린턴 대통령도 나를 만나기를
바라고 있다고 했다.
힐러리 여사가 뜻밖에 전화한 것은 나의 햇볕정책에 대한 지지 표명으로 한
국 정부와 북한 당국에 대한 메시지의 의미가 담겨 있는 것 같다.
아무튼 클린턴 내외분의 배려와 우정에는 감사할 뿐이다.

2009년 3월 10일
미국의 북한 핵 문제 특사인 보스워스 씨가
방한했다가 떠나기 직전 인천공항에서 전화를 했다.
개인적 친분도 있지만
한국 정부에 내가 추진하던
햇볕정책에의 관심의 메시지를 보낸 거라고
외신들은 전한다.

2009년 3월 18일

투석 치료.

혈액 검사, X레이 검사 결과 모두 양호.

신장을 안전하게 치료하는 발명이 나왔으면 좋겠다.

다리 힘이 약해져 조금 먼 거리도 걷기 힘들다.

인류의 역사는 맑스의 이론같이 경제형태가 주도하는 것이 아니라 지식인이 헤게모니를 쥔 역사 같다.

1. 봉건시대는 농민은 무식하고 소수의 왕과 귀족 그리고 관료만이 지식을 가지고 국가 운영을 담당했다.

2. 자본주의 시대는 지식과 돈을 겸해서 가진 부르주아지가 패권을 장악하고 절대 다수의 노동자 농민은 피지배층이었다.

3. 산업사회의 성장과 더불어 노동자도 교육을 받고 또한 교육을 받은 지식인이 노동자와 합류해서 정권을 장악하게 되었다.

4. 21세기 들어 전 국민이 지식을 갖게 되자 직접적으로 국정에 참가하기 시작하고 있다.

2008년의 촛불시위가 그 조짐을 말해주고 있다.

2009년 4월 14일

북한이 예상대로 유엔 안보리의 의장성명에 반발해

6자회담 불참, 핵개발 재추진 등 발표.

예상했던 일이다.

6자회담 복구하되 그 사이에 미국과 1 대 1 결판으로 실질적인 합의를 보지 않겠는가 싶다.

2009년 4월 18일

노무현 전 대통령 일가와 인척, 측근들이

줄지어 검찰 수사를 받고 있다.

노 대통령도 사법 처리 될 모양.

큰 불행이다.

노 대통령 개인을 위해서도,

야당을 위해서도,

같은 진보 진영 대통령이었던 나를 위해서도,

불행이다.

노 대통령이 잘 대응하기를 바란다.

2009년 4월 24일

14년 만에 고향 방문.

선산에 가서 배례.

하의대리 덕봉서원 방문.

하의초등학교 방문, 내가 3년간 배우던 곳이다.

어린이들의 활달하고 기쁨에 찬 태도에 감동했다.

여기저기 도는 동안 부슬비가 와서

매우 걱정했으나 무사히 마쳤다.

하의도민의 환영의 열기가 너무도 대단하였다.

행복한 고향 방문이었다.

2009년 4월 27일

투석 치료.

4시간 누워 있기가 힘들다.

그러나 치료 덕으로 활동할 수 있는 것 크게 감사.

나는 많은 고생도 했지만

여러 가지 남다른 성공도 했다.

나이도 85세.

이 세상 바랄 것이 무엇 있는가.

끝까지 건강 유지하여 지금의 3대 위기—민주주의 위기, 중소서민 경제 위기, 남북 문제 위기 해결을 위해 필요한 조언과 노력을 하겠다.

'찬미예수 백세건강'

2009년 5월 1일

이제 아름다운 꽃의 계절이자 훈풍의 계절이 왔다.

꽃을 많이 봤으면 좋겠다.

마당의 진달래와

연대 뒷동산의 진달래가 이미 졌다.

지금 우리 마당에는

영산홍과 철쭉꽃이

보기 좋게 피어 있다.

2009년 5월 2일

종일 집에서 독서, TV, 아내와의 대화로 소일.

조용하고 기분 좋은 5월의 초여름이다.

살아 있다는 것이 행복이고

아내와 좋은 사이라는 것이 행복이고

건강도 괜찮은 편인 것이 행복이다.

생활에 특별한 고통이 없는 것이

옛날 청장년 때의 빈궁 시대에 비하면 행복하다.

불행을 세자면 한이 없고,

행복을 세어도 한이 없다.

인생은 이러한 행복과 불행의 도전과 응전 관계다.

어느 쪽을 택하느냐가

인생의 성공과 실패를 좌우할 것이다.

2009년 5월 18일

미국의 클린턴 전 대통령이 내한한 길에

나를 초청하여 만찬을 같이 했다.

언제나 다정한 친구다.

대북정책 등에 대해서 논의하고 나의 메모를 주었다.

힐러리 국무장관에 보낼 문서도 포함했다.

우리의 대화는 진지하고 유쾌했다.

2009년 5월 20일

걷기가 다시 힘들다.

집 안에서조차 휠체어를 탈 때가 있다.

그러나 나는 행복하다.

좋은 아내가 건강하게 옆에 있다.

나를 도와주는 비서들이 성심성의 애쓰고 있다.

85세의 나이지만

세계가 잊지 않고 초청하고 찾아온다.

감사하고 보람 있는 생애다.

2009년 5월 22일

버마 혁명민주지도자 등 수명이 내방.

민주화에 대해서,

나는 "버마는 외국의 지지는 충분히 얻고 있으니 이를 활용해서 안에서 국민이 자력으로 쟁취하도록 노력하시오"라고 격려했다.

2009년 5월 23일

자고 나니 청천벽력 같은 소식—노무현 전 대통령이 자살했다는 보도.

슬프고 충격적이다.

그간 검찰이 너무도 가혹하게 수사를 했다.

노 대통령, 부인, 아들, 딸, 형, 조카사위 등

마치 소탕작전을 하듯 공격했다.

그리고 매일같이 수사기밀 발표가 금지된 법을

어기며 언론플레이를 했다.

그리고 노 대통령의 신병을 구속하느니 마느니 등

심리적 압박을 계속했다.

결국 노 대통령의 자살은 강요된 거나 마찬가지다.

2009년 5월 24일

노 대통령 장례식을 정부와 측근들은 국민장을 주장하는데 가족은 가족장을 주장해 결말을 못 보았다.

박지원 의원 시켜서 '노 대통령은 국민을 위해 살았고 국민은 그를 사랑해 대통령까지 시켰다. 그러니 국민이 바라는 대로 국민장으로 하는 것이 좋겠다'고 전했는데 측근들이 이 논리로 가족을 설득했다 한다.

2009년 5월 25일

북의 2차 핵실험은 참으로 개탄스럽다.

절대 용납해서는 안 된다.

그러나 오바마 대통령의 태도도 아쉽다.

북의 기대와 달리 대북정책 발표를 질질 끌었다.

아프가니스탄, 파키스탄에 주력하고 이란, 시리아,

러시아, 쿠바까지 관계 개선 의사를 표시하면서

북한만 제외시켰다.

이러한 미숙함이 북한으로 하여금

미국의 관심을 끌게 하기 위해서

핵실험을 강행하게 한 것 같다.

2009년 5월 29일

고 노 대통령 영결식에 아내와 같이 참석했다.

이번처럼 거국적인 애도는

일찍이 그 예가 없을 것이다.

국민의 현실에 대한 실망, 분노, 슬픔이 노 대통령의 그것과 겹친 것 같다.

앞으로도 정부가 강압일변도로 나갔다가는

큰 변을 면치 못할 것이다.

2009년 5월 30일

손자 종대에게

나의 일생에 대해서 이야기해주고

이웃 사랑이

믿음과 인생살이의 핵심인 것을

강조했다.

2009년 6월 2일
71년 국회의원 선거 시 박 정권의 살해음모로
트럭에 치어 다친 허벅지 관절이 매우 불편해져서
김성윤 박사에게 치료를 받았다.

독재에 맞서 민주화 투쟁을 하던 시절 김대중.
그는 우리 시대의 '행동하는 양심'으로 끝까지 지조를 지켰다.

위_ 대통령 후보로 선출된 후 1971년 미국으로 건너가 에드워드 케네디 미 상원의원과 만난 김대중.
케네디 의원은 김대중을 '한국의 케네디'라며 지원을 아끼지 않았다.
아래_ 에드워드 케네디 의원이 3.1사건으로 김대중이 구속되자 이희호에게 보낸 편지.

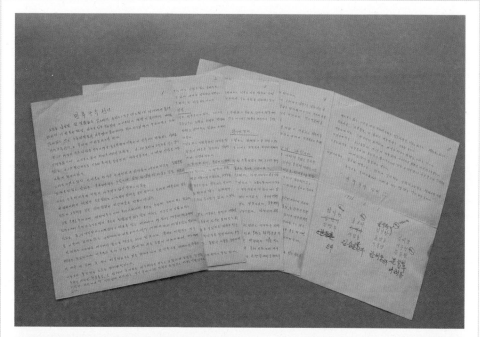

위_3.1민주구국선언서, 1976년 3월 1일 명동 성당에서 발표한 이 선언으로 김대중을 비롯한
민주인사들이 '긴급조치 9호' 위반으로 구속되었다.

아래_3.1사건 직후 김대중은 정일형 박사 등과 함께 명동에서 유신철폐를 위한 촛불시위를 했다.

재판이 있던 날이면 사건 관련자 부인들이 나라꽃 무궁화의 색깔인 보라색으로 된
한복을 입고 가두시위를 벌였다.

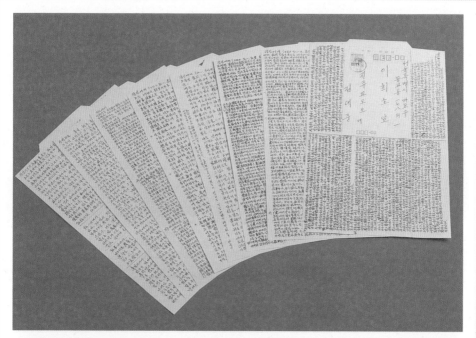

위_3.1사건으로 진주교도소 수감 당시 이희호 앞으로 보낸 봉함엽서.
아래_김대중이 입원해 있던 서울대병원 특실병동 입구. 감시요원들이 지키고 있는 광경.

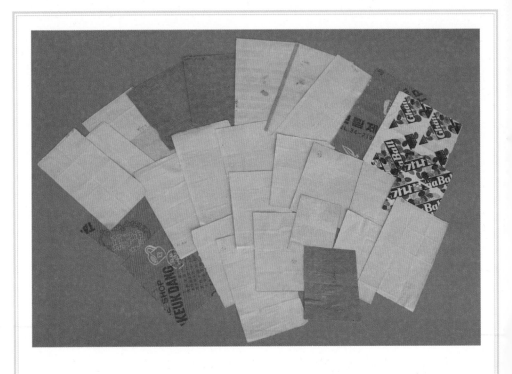

3.1사건으로 구속되어 서울대병원으로 이감된 김대중이 이희호에게 보낸 메모들.
과자 종이, 껌 종이에 못으로 눌러썼다.

1978년 9월 12일 이희호에게 보낸 못으로 눌러쓴 메모(원본 크기).

위_3.1사건과 관련해 김대중의 석방과 박정희 정권의 퇴진을 요구하는 뉴욕 교민들의 시위.

아래_1978년 12월 27일 새벽 1시 55분, 서울대병원에서 형 집행정지로 풀려나는 김대중.

김대중 내란음모사건에 연루되기 전 가족들과 신문을 보며 시국을 걱정하고 있다.

사형선고를 받은 김대중의 구명을 위해 일본에서 열린 총궐기대회.

URGENT ACTION
amnesty international
URGENT ACTION

International Secretariat, 10 Southampton Street, London WC2E 7HF, England

Amnesty International opposes by all appropriate means the imposition and infliction of death penalties and torture or other cruel, inhuman or degrading treatment or punishment of prisoners or other detained or restricted persons whether or not they have used or advocated violence.
(Amnesty International Statute, Article 1(c))

EXTERNAL (for
general distribution)

Index: ASA 25/18/80
Distr: UA

— UA 212/80   Death Penalty/Legal Concern   17 September 1980

REPUBLIC OF KOREA (SOUTH KOREA):   KIM Dae-jung and 23 co-defendants
===

Kim Dae-jung, former Presidential candidate and the main opposition leader in South Korea, was sentenced to death today, 17 September 1980, by a Martial Law Tribunal in Seoul. Although known for his clear political record advocating democracy by peaceful means under a constitution protecting fundamental rights, he was arrested on 17 May 1980, immediately after full Martial Law was declared, and was charged with attempting to overthrow the government by violent means, and funding student disturbances for this purpose. He was charged under the National Security Law, the Anti-Communist Law, the Criminal Code, the Foreign Exchange Control Law and Martial Law Regulations. During his trial, which started on 14 August 1980 and which was only open to some members of the public, Mr Kim stated that he does not believe in violence and is not a communist, and categorically denied that he tried to cause student disturbances to overthrow the government during April and May 1980.   Their trial before a martial law court fell far short of international legal standards and details about irregularities in trial procedures are described below.

Although Kim Kae-jung's sentence has still to be confirmed by the Military Appeal Court and the Supreme Court, Amnesty International is deeply concerned that all legal processes may be completed within a very short time, and Mr Kim executed.

Amnesty International believes that he has been arrested because of his persistent advocacy of the peaceful establishment of a democratically elected government under a constitution which would guarantee fundamental human rights, and that he has been sentenced to death for what appears to be normal political activity for a presidential candidate standing for election. He has therefore been adopted as a Prisoner of Conscience.

23 persons were tried with Kim Dae-jung. They are: Reverend MOON Ik-hwan, Presbyterian Minister and theologian; Dr LEE Moon-young, former professor at Korea University; YE Chon-ho, former member of the National Assembly; KOH Eun, poet; KIM Sang-hyon, former member of the National Assembly; LEE Shin-bom, student; CHO Song-oo, student; LEE Hae-chan, student; LEE Sok-pyo, student; SONG Ki-won, student; SUL Hun, student; SHIM Jae-chul, student; Reverend SUH Nam-dong, minister and former professor; KIM Chong-won, pig farmer; HAN Seung-hon, former lawyer; Reverend LEE Hae-dong, Presbyterian minister; KIM Yoon-shik;   Professor HAN Wang-sang, former professor; Professor YU In-ho, former professor; SOHN Kon-ho, former journalist; LEE Ho-chul, novelist; LEE Taek-don, former member of the National Assembly; KIM Nok-young, former member of the National Assembly. They have been sentenced to terms of imprisonment of between 2 and 20 years.

The first 12 persons listed were charged under the Criminal Code and Martial Law Regulations, and the remaining 12 under Martial Law Regulations only. Although the individual charges varied, all 23 were accused of association with Kim Dae-jung, and of having participated in his alleged attempt to overthrow the government. They are known to have been active in the movement for democratic and human rights; many have previously been adopted as POCs by Amnesty International.

사형이 선고되자 국제사면위원회는 김대중의 구명을 위한 긴급보도문을 발표했다.

Dr.-Bruno-Kreisky-Stiftung
für Verdienste um die Menschenrechte

Wipplingerstraße 33-35   Tel.: 63-37-11/249   1011 Wien

Herrn
Kim Dae Jung
                              Wien 1981-11-o3
                              Hu-bf
_____

Sehr geehrter Herr Kim Dae Jung!

Wir freuen uns, Ihnen mitteilen zu können, daß Ihnen von
der Jury der "Dr.Bruno-Kreisky-Stiftung für Verdienste um
die Menschenrechte", eine Auszeichnung zuerkannt wurde.
Diese Stiftung wurde 1976 anlässlich der Vollendung des
65.Lebensjahres von Bundeskanzler Dr.Bruno Kreisky ge-
gründet.

Die Mitglieder der Jury haben bei der Sitzung am 6.Juli 1981,
nach eingehender Beratung zwölf Personen, resp. Personen-
gruppen für eine Auszeichnung vorgeschlagen und wir ersuchen
Sie, nähere Einzelheiten über die Preisträger, der beiliegen-
den Aufstellung zu entnehmen.
Wir freuen uns außerordentlich, Ihnen Mitteilung über die
Zuerkennung eines Preises an Sie machen zu können und gratu-
lieren im Namen der Stiftung schon heute zu der Auszeichnung,
die mit einem Preis von Einhunderttausend Ö-Schilling ver-
bunden ist.
In der Annahme, daß Sie bereit und in der Lage sind, den
Ihnen zuerkannten Preis anzunehmen, teilen wir Ihnen mit, daß
die Preisverleihung

<u>am Freitag, dem 27.November 1981, um 11.oo Uhr vorm.</u>
<u>im Stadtsenatssitzungssaal des Wiener Rathauses</u>
<u>Eingang Lichtenfelsgasse 2, Feststiege 1</u>

vorgenommen wird.
Ihre diesbezüglichen Reise- und Aufenthaltskosten werden von

1981년 11월 3일 오스트리아 브루노 크라이스키Bruno Kreisky 재단은 김대중의 인권신장 노력을
인정하여 인권상을 수여했다. 김대중은 수감 중이라 수상식에 참석할 수 없었지만 훗날
자유의 몸이 되어 오스트리아를 방문했을 때 재단을 방문하여 고마움을 표시했다.

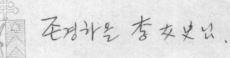

존경하은 총 여사님,

주신 글월 감사히 받았읍니다.

아모조록 주님의 도우심으로 마음의 평화와

아울러 건강하시기를 바랍니다.

옥중에 계시는 김 선생 님 위해 더욱 간절히

빌고 있읍니다.

동봉한것 약소하오나 받아주시기

바랍니다. 내내 안강하소서,

1981. 1. 30.

김수환 드림.

김수환 추기경이 이희호 여사에게 보낸 편지.

김대중의 옥중 사진(1981년 겨울)

To His Excellency

CHUN DOO HWAN

President of the Republic of Korea

I have received the kind letter of January 5 with which Your
Excellency courteously acknowledged the appeal I made on purely
humanitarian grounds for an act of clemency in favour of
whose death sentence has recently been commuted.
I wish to assure you of my warm appreciation of the prompt-
ness with which   case was given consideration.
With sentiments of the highest consideration for Your Ex-
cellency, I pray God to watch over the noble Korean people
and to bestow his richest favours on you all.

From the Vatican, February 14, 1981

Joannes Paulus PP. II

교황 요한 바오로 2세가 1981년 2월 14일 전두환 대통령에게 보낸 서신.
교황은 1980년 12월 11일 전두환 대통령에게 보낸 서신에서 사형수 김대중에 대한
인도적 조치를 간절히 요청했다(사진출처 : 국가기록원 대통령기록관).

《옥중서신》은 스웨덴어판, 영문판, 일본어판으로 번역 출간되었다.